Art. n.º V. L B. 14

LES RUSES INNOCENTES,

DANS LESQUELLES SE VOIT

comment on prend les Oiseaux passagers, & les non
passagers : & de plusieurs sortes de Bêtes à quatre pieds.

AVEC LES PLUS BEAUX SECRETS
de la Pêche dans les Rivieres & dans les Etangs.

Monasterij B. M. Albo-mantellonum

ET LA MANIERE DE FAIRE TOUS
les Rets & les Filets qu'on peut s'imaginer.

Le tout divisé en cinq Livres, avec les Figures.

Ord. S. Benedicti — Congreg. S. Mauri.

Ouvrage tres-curieux, utile & recreatif pour toutes sortes de
personnes qui font leur sejour à la Campagne.

Par F. F. F. R. D. G. dit le Solitaire Inventif.

NOUVELLE EDITION,

Revûë, corrigée, & augmentée d'un Traité tres-utile de la Chasse, pour
facilement prendre toute sorte de Gibier, pour les quatre
Saisons de l'Année.

Exdono D. J. Gentil
presbyteri 1713

A PARIS,

Chez CHARLES DE SERCY, au Palais, au sixiéme Pilier de la
Grand'Sale, vis-à-vis la Montée de la Cour des Aydes,
à la Bonne-Foy couronnée.

M. DCC.
AVEC PRIVILEGE DU ROY.

A MONSEIGNEUR
FRANÇOIS D'AIX,
CHEVALIER COMTE
DE LA CHAIZE,

CONSEILLER DU ROY EN TOVS
ſes Conſeils , Capitaine des Gardes de la
Porte de Sa Majeſté, Senéchal de Lyon.

ONSEIGNEVR,

Quoy que le Solitaire dont je prens la liber-
té de vous offrir les écrits , ait deja paru dans

â ij

EPITRE.

le monde, & qu'il y ait paru avec reputation,
il n'oseroit se presenter à vous sans une crainte
respectueuse. Ce nouvel Eclat dont vous brillez,
MONSEIGNEVR, cette Charge importante
dont vous venez d'estre revestu, cet agrément
que le plus grand Roy du monde a fait paroître
en vous voyant approcher de si prés de sa Personne sacrée, tout cela sont des sujets qui rele-
vent infiniment vôtre merite. Il estoit assez soû-
tenu par la noblesse de vostre sang, par l'éclat
de vôtre Famille, par les rares qualitez & le
rang que tient à la Cour un frere illustre entre
les mains de qui le Ciel & Sa Majesté ont con-
fié le plus riche & le plus precieux tresor qui
soit au monde; mais, MONSEIGNEVR, ce
nouveau degré d'honneur vous donne un nouveau lustre, & dans la necessité où je me suis
trouvé de chercher au Solitaire Inventif un Patron dont le nom pût le faire paroître avec
un nouvel éclat, il m'a fait prendre la liberté de vous le presenter. Recevez-le, MON-
SEIGNEVR, avec cette douceur, cette bonté,
& cette generosité qui vous sont si ordinaires;
il s'estimera trop heureux si par mille petits secrets innocens sur la Chasse & sur la Pêche il

EPITRE.

peut vous divertir un moment, & meriter vô-
tre eſtime : Mais je le ſeray bien davantage ſi
par l'offre que je vous en fais je puis vous per-
ſuader le profond reſpect & la parfaite ſoû-
miſſion avec laquelle je ſuis,

MONSEIGNEVR,

Vôtre tres-humble & tres
obeïſſant ſerviteur,
C. DE SERCY.

AVERTISSEMENT,

SVR L'ORDRE TENV EN TOVT
ce Livre.

E Lecteur sera informé de l'ordre que j'ay tenu dans ce volume, luy declarant en détail les raisons pour lesquelles je le divise en cinq parties, & le rang de chaque livre. Je l'ay voulu commencer par le traité des Filets, afin que ceux qui voudront s'instruire à les faire, trouvent d'abord dequoy se contenter, & qu'il est necessaire de les avoir dans l'idée pour la connoissance & pratique des quatre parties qui le suivent. J'avois bien montré parlant des Oyseaux, des bêtes, & des Poissons, la maniere de travailler aux filets necessaires, pour l'intelligence des Chapitres en particulier, mais j'ay crû devoir éviter la confusion & l'embaras pour les curieux, qui se contenteront peut-estre de sçavoir, ou pratiquer les ruses, sans vouloir prendre la peine de travailler aux filets. Je n'ay pas aussi estimé devoir confondre le traité des Oyseaux de passage avec celuy des non passagers, dautant que la prise des uns est plûtôt pour le divertissement, que pour le profit : & les autres qui ne font que passer, se prennent principalement pour l'avantage qu'on en reçoit. Ce n'est pas que l'on n'y puisse recevoir autant de contentement qu'aux oyseaux de païs, mais il arrive souvent qu'en cette chasse la peine surpasse le plaisir, outre que ces oyseaux ne se trouvent pas dans toutes les Provinces, au lieu que les autres se rencontrent par tout.

J'ay donc fait mon fecond traité pour montrer comment on peut prendre les Oyfeaux non paffagers avec des rets, filets, colets, lacets, gluaux, & autres inventions, tant de jour que de nuit. Par les Oyfeaux de païs, j'entens parler des Faifans, Perdris, poules-d'eau, Merles & autres Oyfeaux qui fe voyent en tout temps dans nos contrées.

Le troifiéme livre montrera par quel moyen on prend les Oyfeaux paffagers, tant avec les filets qu'autres machines, & pour faire diftinction de ceux-cy avec les Oyfeaux de païs, on fçaura que ce font tous oyfeaux de fauçonnerie, les Cailles, aloüettes, ortolans, becaffes, Canards, pluviers, herons, & tous autres oyfeaux de marécage.

Le quatriéme aprend les rufes des païfans qui prennent les lievres & les lapins, & comment on pourra dépeupler un païs des bêtes puantes ou mal-faifantes, comme les Loups, Renards, Blereaux, Foüines, & autres animaux.

Le cinquiéme Livre fournit quantité de belles inventions pour pêcher du poiffon dans les Rivieres & dans les Etangs, avec des lignes & des filets, tant le jour que la nuit.

Pour l'intelligence de tout cet Ouvrage, j'ay deffeigné plufieurs figures marquées de grandes & petites lettres, avec des chiffres cottez dans le difcours de chaque Chapitre. Toutes ces figures font contenuës en foixante-fix planches ou Tables, que j'avois penfé faire mettre chacune à la fin des chapitres : mais comme il y a certaines Tables qui contiennent plufieurs figures, qui ont chacune leur chapitre particulier, on feroit obligé de les repeter cinq ou fix fois ; ainfi je les ay fait mettre à la fin de chaque livre, pour le deffein duquel elles ont efté faites.

L'on trouvera au commencement de chaque traité un avertiffement particulier ; & une Table des Chapitres. Au refte j'aurois bien augmenté cet ouvrage d'une fixiéme partie, qui eft un recueïl que j'ay fait de la groffeur & forme des Oyfeaux, qui fe peuvent prendre par nos rufes, avec les couleurs du plumage, beauté de plufieurs autres fortes d'oyfeaux, dont il n'eft point fait de mention dans ce traité ; mais ayant confideré, que tant d'autres Auteurs en ont écrit, quoy qu'avec peu d'in-

telligence, je n'ay pas voulu le mettre au jour. Ce n'eſt pas peut-
eſtre que ce que j'en pourrois dire ne fuſt bien receu des curieux,
tant pour les remarques particulieres que j'en ay faites, que pour
la connoiſſance que je puis donner de certains petits oyſeaux,
qui ne ſont pas connus en d'autres livres, & dont je pourrois parler avec experience, les autres n'en ayant rien dit que par me-
moires, ou bien ſur le rapport d'autruy ; mais enfin ſi je ſçay que
mon Ouvrage ſoit bien receu, & qu'on deſire le reſte, je le don-
neray d'auſſi grand cœur que celuy-cy.

AVIS

AVIS
AU LECTEUR.

E veux, mon Lecteur, vous donner un avis tres - important pour bien travailler aux filets fans embaras, qui eft que vous ne faffiez pas dans la lecture de ce livre comme font beaucoup de perfonnes, lefquelles lifent les livres à la hafte fans voir les Prefaces, les Avis, ny même les premiers Chapitres, qui font ordinairement les vrais fondemens de tout l'Ouvrage, & principalement au Traité des Filets. Les dix-fept premiers Chapitres doivent eftre bien entendus pour fçavoir faire generalement toutes fortes de rets & de filets; c'eft pourquoy traitant des filets particuliers, je renvoye toûjours le Lecteur à ces premiers Chapitres: car s'il falloit dire à chaque filet toutes les particularitez qu'il faut y rapporter, le Livre feroit trop gros, & peut-eftre ennuyeux dans toutes ces redites. Aprenez donc bien les fondemens, (& vous ferez bien-tôt fçavant dans cét Art) principalement les 4. 5. 6. 9. 10. Chapitres. Au refte, j'ay encore à vous dire, de ne pas vous regler fi les figures font hors des proportions, parce que fi j'avois voulu obferver & reduire chaque figure au petit pied, il auroit fallu de trop grandes Tables qui auroient efté de grand coût, je les ay feulement deffeignées le mieux qu'il m'a efté poffible pour les faire comprendre; ne vous amufez qu'aux regles prefcrites dans les difcours & dans la reprefentation de la chofe que vous defirerez, cecy foit dit pour tout le livre en general.

Au refte je ne m'étonneray point fi vos premieres penfées touchant l'Ouvrage que je donne au public, ne font pas en ma faveur ; & fi vous m'accufez d'abord de n'avoir pas choifi un fujet d'écrire qui foit conforme à ma profeffion ; j'ay fait moy-même ce jugement de mon deffein quand j'en ay conceu les premieres idées. Et fi le fentiment de mes amis n'avoit prevalu fur le mien, mon Livre feroit encore à prefent auffi inconnu que ma perfonne, qui eft cachée dans la folitude.

Ils m'ont reprefenté, pour m'obliger à le mettre au jour, que tout ce qui eft utile au prochain, & qui ne bleffe la confcience de perfonne, ne peut eftre improuvé que par des efprits critiques, qui portent fans difcernement leur cenfure fur toutes chofes. Ils m'ont dit que ceux qui me blâmeront d'avoir employé mon temps à apprendre aux hommes des rufes innocentes pour prendre les oyfeaux & les poiffons, n'auroient pas approuvé la vie des Apoftres, qui depuis même leur vocation à la premiere dignité de l'Eglife, donnoient une partie de leur temps à pratiquer en perfonne ce que je me contente d'enfeigner à d'autres. Ils m'ont dit encore que la tradition qui nous reprefente le plus parfait des Solitaires faint Jean Baptifte, fe divertiffant avec des animaux de plaifir, me permet à fon exemple de relâcher mon efprit aux heures que ma Regle ne m'appelle point à des chofes plus importantes ; & de procurer à ceux qui vivent dans la campagne un employ utile & honnefte, qui faffe diverfion de plufieurs chofes moins raifonnables où l'oyfiveté les pourroit porter. Enfin me rendant à de fi juftes confiderations, j'ay encore penfé de moy-même que le Livre que je donne au public pouvoit eftre regardé

comme un effet de mon vœu de pauvreté, qui m'o-
blige à laisser au monde l'usage de tout ce que j'ay pos-
sedé, & à luy abandonner avec tout le reste les secrets
que j'ay appris avant que de quitter le siecle, pour ne
me rien reserver que les seules choses que la Religion
me donne pour y vivre & pour la servir.

Je ne dois pas oublier de faire remarquer à mon Lecteur, qu'outre les avantages visibles qu'on pourra retirer de cet Ouvrage, il y en a encore de considera-
bles; dont peut-estre on ne s'apperçoit pas, comme des
lumieres que je donne aux Seigneurs & à ceux qui ont
droit de conserver leurs chasses, pour découvrir les ruses dont les païsans se servent pour dépeupler leurs terres, & prendre sourdement leur gibier par des instru-
mens qui sont deffendus par les Ordonnances. Je n'ay
rien voulu écrire touchant la maniere de prendre les
Cerfs, les Daims, les Sangliers, ny des Chevreüils,
pour des raisons qu'il est aisé de juger, mon intention
estant de profiter à plusieurs, & de ne nuire à personne.

Or afin que vous ayez d'abord devant les yeux tout
le plan de mon dessein, je dois vous dire que je divise
mon Ouvrage en cinq livres.

Le premier enseigne à faire les filets qui peuvent servir à nos Ruses Innocentes. Le second traite de l'art de
prendre les oyseaux qui ne sont point passagers. Le troisiéme montre à tendre les pieges aux oyseaux de passage. Le quatriéme donne les inventions pour prendre les
bêtes à quatre pieds; excepté celles dont à dessein je
n'ay pas voulu écrire. Le cinquiéme contient les plus
beaux secrets pour la pêche dans les estangs & dans les
rivieres.

AVIS AV LECTEVR.

Si vous retirez quelque fruit de mon travail, j'auray tout
ce que j'en pretens, & je demanderay à Dieu pour vous &
pour moy qu'aprés que nous aurons employé la moindre
partie de noſtre loiſir à nous divertir innocemment, nous
occupions utilement tout le reſte pour ſa gloire, & pour
travailler à noſtre ſalut.

EXTRAIT DU PRIVILEGE DU ROY.

PAR Grace & Privilege du Roy donné à Verſailles le troiſiéme jour d'Avril mil ſept cens, ſigné, Par le Roy en ſon Conſeil, LECOMTE, & ſcellé; Il eſt permis à CHARLES DE SERCY Marchand Libraire à Paris, de faire reïmprimer, vendre & debiter, en tel volume & caractere que bon luy ſemblera, un Livre intitulé *Les Ruſes Innocentes pour les divertiſſemens de la Chaſſe, & de la Pêche; avec un petit Traité tres-utile pour la Chaſſe;* pendant le temps de ſix années, à compter du jour que ledit Livre ſera achevé de reïmprimer pour la premiere fois : Avec défenſes à tous Libraires, Imprimeurs & autres perſonnes, d'imprimer, ou vendre, ni contrefaire ledit Livre, ſans le conſentement dudit De Sercy, ou de ceux qui auront droit de luy; à peine aux contrevenans de confiſcation des Exemplaires contrefaits, & de trois mille livres d'amende, payable ſans déport par chacun des contrevenans, & de tous dépens, dommages & intereſts, comme il eſt plus-au long porté par ladite Lettre.

Regiſtré ſur le Livre de la Communauté des Imprimeurs & Libraires, conformément aux Reglemens. A Paris, le quatriéme jour de May mil ſept cens.

Signé, C. BALLARD, *Sindic.*

Achevé d'imprimer pour la premiere fois en vertu du preſent Privilege, le 18. May 1700.

TABLE
DES CHAPITRES
QUI COMPOSENT LE PREMIER LIVRE.

TABLE DES CHAPITRES.

TABLE DES CHAPITRES.

LIVRE

LIVRE PREMIER,
DE LA MANIERE
DE FAIRE TOUTES SORTES
DE RETS ET FILETS
POUR PRENDRE LES OYSEAUX,
LES BESTES ET LES POISSONS.

AVIS POUR TRAVAILLER AUX FILETS.

CHAPITRE PREMIER.

UICONQUE veut travailler aux filets, doit toûjours avoir provifion d'une demie-douzaine d'aiguillesde bois de plufieurs grandeurs, afin d'en changer felon la grandeur des mailles. Ces aiguilles fe font ordinairement de furin (autrement du garais) ou bien de coudre, longues de neuf, dix, onze, ou douze pouces, épaiffes comme le dos d'un coûteau. On aura auffi des moûles de diverfes groffeurs, qui feront de bois de feux, ou de faule, afin qu'ils foient plus legers : & lors qu'on voudra faire des mailles au deffus de trois pouces de largeur, il faudra que le moûle foit plat, & fait de quelque morceau de doüelle de tonneau ; parce qu'un moûle fe doit tenir avec le pouce ; & le premier doigt de la main gauche, ce qu'on

A

ne peut faire quand il eſt gros. Il y a deux façons de mailler :
La premiere eſt par deſſus le pouce, qui s'appelle briſe-coup, &
eſt pour le rhabillage des filets, & pour faire les grandes mailles
quand on travaille ſur un moûle plat.

La ſeconde maniere de mailler eſt ſous le petit doigt qui s'appelle lacer, laquelle ſert à toutes ſortes de filets, exceptez les
ſuſdits, celle-cy eſt la plus commune & la meilleure ; parce que
le travail en eſt plûtoſt fait de la moitié que de l'autre façon. Il
eſt pourtant neceſſaire de ſçavoir mailler des deux ſortes, par les
raiſons que j'ay dites : Pluſieurs perſonnes mépriſeront peut-eſtre
les enſeignemens que je donne pour la fabrique des filets. Les
uns diront qu'ils ſçavent bien comment ils ſe font, & les autres
ne voudront point s'y appliquer, à cauſe de la baſſeſſe de l'art,
croyant que pour peu d'argent ils auront plus de Rets qu'ils
n'en pourront uſer. Je veux par precaution fournir icy de répon-
ſe à leurs objections, commençant par les premiers. Je dis que
peu de monde entend la compoſition de tous les filets en general. Tel ſçaura mailler en lozange, qui ne ſçaura pas la maille
quarrée. Un autre ſçaura les deux ſortes de mailles, qui n'entendra pas les filets particuliers : mais enfin qu'un homme ſoit au
deſſus de toutes ces difficultez, j'eſpere qu'il trouvera quelque
choſe dans ce Livre capable de le contenter, ou il ſera bien cri-
tique. Et pour répondre à ceux qui ne voudroient point s'abaiſſer
juſques à faire des filets ; puiſque, diſent-ils, on en a beaucoup
pour peu d'argent, ils apprendront que toutes choſes déperiſſent,
& principalement les filets, qui pourriſſent, quand ils ont eſté
long-temps moüillez ſans eſtre étendus, & que les rats & ſou-
ris les coupent, ou bien qu'ils ſe rompent à force de ſervir ; ſi bien
qu'un filet eſtant commené à rompre, il ne dure plus gueres :
mais s'il eſt rhabillé de temps en temps à meſure qu'il ſe gâte,
il ſervira deux fois autant. Ainſi vous jugerez qu'il ne faut pas
mépriſer de ſçavoir cet art. Joint auſſi que les filets ſe peuvent
faire l'Hyver dans la chambre en cauſant auprés du feu, & de
jour lors qu'il fait mauvais temps, & qu'on ne ſçait à quoy s'employer : & ce qui eſt le plus à conſiderer eſt, que voulant avoir un filet
dans lequel il n'y a que deux livres de fil, qui coûte peut-eſtre quin-

ze ou feize fols la livre, vous l'acheterez jufques à une piftole ; &
fi vous le faites vous-mefme, ce fera huit livres d'épargne & peut-
eftre un divertiffement ; & ainfi des autres filets. Jugez, par là, fi
on peut trouver à redire au prefent que je fais de mon travail,
qui n'eft pas une demangeaifon d'écrire pour faire parler de
moy, puifque je vous cache mon nom. Outre ce que j'ay dit,
ayez une paire de cizeaux camus, figurez dans la premiere Table, qui fe portent dans la poche fans crainte d'en eftre bleffé :
on en a affaire à tous momens pour couper le fil, quand on travaille aux rhabillages & aux filets neufs. Faites faire auffi un
moulinet pour retordre le fil, fi vous n'avez point de roüet dequoy les femmes fe fervent pour filer. Ce moulinet fe voit dans
la fixiéme Table, Figure 33. J'enfeigneray cy-après comment il fe
fait. Ne m'accufez pas de vous avoir celé quelque chofe touchant les filets, fi vous ne reüffiffez d'abord à l'ouvrage que vous
entreprendrez, mais croyez que la faute vient de vôtre côté,
manque de patience, pour la pratique, ou d'attention à la lecture du traité des Chapitres. Lors que je cotte la premiere, feconde, ou autre Table, fans dire de quel Livre, j'entens ce Livre
des Filets.

DES TERMES DE L'ART ORDINAIREMENT USITEZ

CHAPITRE II.

VOUS devez fçavoir que la toife contient fix pieds, le
pied douze pouces, le pouce douze lignes.

Lors que je nommeray dans ce Livre une Ayguille,
j'entens parler de la 2. figure, qui fe voit dans la premiere Table

Et par les termes de couvrir & emplir l'Ayguille, c'eft mettre
du fil deffus, comme je diray cy-après.

Le moule eft un morceau de bois, figure 3.

Vous verrez par la 6 figure de la feconde Table, ce que c'eft
que lever, ou commencer un filet à lozange.

Maille à lozange, eft quand la pointe ou coin des mailles eft en
haut, lors que le filet eft tendu, comme la 12 figure le fait voir.

A ij

LIVRE PREMIER;

La maille quarrée, c'est lors qu'un filet est tendu, ainsi qu'en la 13. figure les mailles sont toutes rangées comme un damier, échiquier, ou le derriere d'un trictrac.

Pourfuivre ou continuer un filet, n'est autre chose que faire les mailles toutes de suite, jusques à la grandeur qu'on veut donner au filet.

Jetter accreuë, est faire des boucles, comme on le voit par les lettres K L M N O, de la 4. figure de la premiere Table, qu'on fait servir de mailles pour accroistre le filet.

Mailles doubles, c'est le rang de mailles marquées des lettres P Q R S T, de la 5. figure.

Largeur de mailles est représentée dans la même 5. figure, & quand je dis qu'une maille à quatre pouces de large, j'entens l'espace qui se voit depuis la lettre V, jusques à X, & ainsi des autres plus grandes ou plus petites.

Enlarmer un filet, n'est autre chose que faire comme de grandes mailles à côté du filet, avec de la ficelle, ainsi que les representent les chiffres 1. 2. 3. 4. 5. 6. 7. de la 18. figure dans la 3. Table.

Border un filet, c'est attacher avec du fil de trois en trois pouces une corde autour d'un filet pour le rendre plus fort, comme on peut voir par les poincts marquez des petites lettres b. c. d. e. f. g. h. i. k. l. de la 12. figure.

Coudre un filet, c'est en assembler deux pour n'en faire qu'un, ou quand on veut en rallonger, ou faire servir de vieux.

Monter un filet, c'est mettre toutes les cordes necessaires pour le tendre prest à servir, ainsi qu'il se voit dans la 21. figure qui represente un traîneau tout monté prest à servir.

Aumé, c'est un terme de l'art, qui exprime les grandes mailles des filets triples, par exemple, celles qui font des deux côtez d'un tramail, ou d'un halier.

Toile, c'est le filet du milieu qui est de plus petites mailles, & de fil plus delié, comme vous voyez dans un tramail, ou dans un halier.

Goulet, est l'ouverture d'un filet par où le poisson entre, & n'en peut sortir. Ce goulet est au filet la mesme chose que les entrées qui font autour d'une cage de fer, pour prendre des rats.

Filet double, c'est lors qu'il y a un, ou plusieurs goulets, ainsi qu'il paroist dans la 34. figure de la 6. Table par les lettres A C.

Piquet, est un bâton pointu par un bout, qui est gros & long à proportion de la resistance qu'il doit faire, à quoy on le veut employer.

Corde cablée, c'est une corde qui est cordée en trois cordons, dont chaque cordon est fait de trois autres, qui font neuf brins que contient cette corde, laquelle est faite ainsi que les cordes des bâteaux ou navires.

Ligne ponctuée, est une ligne qui n'est faite que de petits poincts, pour la distinguer d'avec les autres lignes faites d'un trait de plume.

MANIERE DE FAIRE VN MOVLINET,
pour retordre le fil.

CHAPITRE III.

LA plufpart des Pefcheurs & autres gens qui font des filets, retordent eux-mefmes le fil qu'ils employent avec un moulinet de bois fait de plufieurs pieces qui fe voyent en la 6. Table figure 31. & 32. Pour le faire, il faut deux morceaux de bois F L H, & G K I, longs de fix pouces, percez chacun à un pouce proche du bout, & au milieu. Ayez deux autres bâtons V X, qui entreront des deux bouts dans les trous, en forte qu'eftans bien arreftez, ils foient de forme quarrée; Outre ces deux bâtons il en faudra avoir un troifiéme K P N, long d'un pied & demy plus gros de la moitié que les deux autres qui fera coupé par le bout K, de forte qu'il ait la liberté de fe mouvoir à l'aife dans le trou, & l'autre bout L, lequel doit paffer tout outre, & est couppé en diminuant vers le bout N, comme la pointe d'un fufeau à filer. Prenez un morceau d'un fond de tonneau, ou autre bois plat, épais d'un demy-pouce & large de neuf pouces, coupez-le en rond comme la figure 31. & le percez au milieu M, pour y faire entrer le bout N, du

A iij

bâton juſques à la marque O , qui eſt environ deux pouces proche du quarré L , ainſi le moulinet ſera fait , & pour s'en ſervir, on met les plotons de fil dans quelque vaiſſeau , & liant les
bouts à la pointe N , du bâton, on paſſe une couraye attachée
des deux bouts à un arçon de bois Q S, cette couraye fait un
demy-tour ſur le bâton au lieu marqué T, & en faiſant tourner
la piroüette ou rondeau de bois, on ſe recule en arriere, à meſure que le fil ſe retord , cette piroüette tournera en faiſant aller l'arceau, comme ſi on joüoit du violon, ou comme un ſerru-
rier qui perce une clef, & lors qu'il y a une grande longueur de
ce fil retors , on le détache du bout N , pour le devider ſur le
bas de la broche , ou bâton , à l'endroit marqué de la lettre P ,
joignant le rondeau de bois, & quand il eſt tout devidé , on le
rattache au bout de la broche , pour retordre comme auparavant. Ceux qui veulent dépeſcher un filet, duquel ils ont promptement affaire , ne s'amuſent pas à retordre leur fil , ils le font
faire par une femme avec un roüet à filer , qui en retord trois
fois plus que le moulinet, mais il n'en eſt pas ſi bien ny ſi facile à employer. Il vaut encore mieux quand on le fait retordre à
la main avec un fuſeau, parce qu'il en eſt plus rond & plus uny
je vous conſeille de le faire faire ainſi, principalement lors qu'on voudra l'employer à des rets ſaillans, ou autres filets delicats & legers.

DE QVELLE FACON IL FAVT COVVRIR,
charger, ou emplir l'Ayguille, & faire les premieres mailles d'un filet.

CHAPITRE IV.

VANT de commencer un filet , il faut ſçavoir la longueur & la largeur qu'il doit avoir , & la grandeur de la
maille, afin de ne pas faire les mailles d'un filet à prendre des petits oyſeaux , ſi grandes que pour des gros,
cela eſtant obſervé, empliſſez, chargez, ou couvrez l'Ayguille de fil,
ainſi qu'en la premiere figure de la premiere Table. Prenez un peloton de fil marqué Y , & en mettez le bout f, ſur l'Ayguille , poſant le pouce de la main gauche deſſus, & tenant le reſte du fil

de la main droite, vous le ferez paſſer par l'ouverture d c, pour
en faire deux tours deſſus le tenon i, de l'Ayguille : ce qu'eſtant
fait , menez le fils h dans la coche b , & tournez l'Ayguille de
l'autre côté pour faire paſſer le fil ſur le tenon par l'ouverture c d,
puis le remenez dans la coche b , pour paſſer encore ce fil , &
continuez de meſme , tant que l'Ayguille ſoit aſſez chargée ; toutes les fois qu'on voudra faire paſſer ce fil deſſus le tenon , il ne
faudra que pouſſer du pouce ſur l'endroit g, la pointe du tenon
ſortira qui donnera facilité de paſſer le fil par derriere ſans le mettre dans l'ouverture c d ; quand l'Ayguille ſera pleine, prenez un
moûle pour travailler, faites deux tours du fil deſſus, & noüez les
deux brins enſemble , puis le retirez hors du moûle : Ce ſera la
premiere maille du filet , laquelle ſe voit marquée d'une † dans
la ſeconde Table ; ſi vous voyez que cette maille ſoit trop grande , prenez un moûle plus petit , & ſi elle eſt étroite , un plus
gros. La premiere maille eſtant faite , mettez-la à un clou marqué
du chiffre 4. de ſorte que le nœud ſoit élevé à la moitié de la
maille , poſez le moûle 2, proche du bas de la maille 3 , & tournant le fil 6, par deſſus , menč l'Ayguille dans la maille par derriere le moûle , & tirez le fil tout au raiz que l'endroit 6 aille
ſous 3, & le rapportez ſur le moûle : puis poſant le pouce deſſus
pour le tenir, paſſez la pointe de l'Ayguille par derriere la maille,
faites-la entrer par deſſous le nœud 5, & la tirez, il ſe fera un autre nœud, qui ſera la deuxiéme maille : aprés on retirera le moûle
hors de cette deuxiéme maille pour le poſer deſſous , comme
vous avez fait à la premiere , & vous ferez la troiſiéme , & ainſi
des autres. Cette façon de mailler s'appelle briſe-coup, ou ſur le
pouce.

Pour mailler ſous le petit doigt, voyez la 16. figure de la 3. Table. Commencez la premiere maille comme je viens de dire, &
poſez auſſi le moûle deſſous, apportez le fil ſur le milieu L, & le
tenez avec le pouce de la main gauche , ayant les trois derniers
doigts étendus, amenez ce fil par derriere le petit doigt I, & de
là par derriere le moûle conduiſez-le proche le pouce, & formez-
en comme un grand cercle M, qui environne la maille : puis vous
apporterez la pointe de l'Ayguille par dedans la boucle qui ſe fait

avec le petit doigt I, & de là dans la maille, & vous tirerez le
fil, preſſant ferme du pouce ſur L. La ſeconde maille eſtant faite, tirez-en le moûle dehors, & le mettez ſous cette maille pour
faire la troiſiéme, & ainſi des autres ; par cette ſorte de maille
ſous le petit doigt, on travaille beaucoup plus vîte que ſur le
pouce.

Si vous ne pouvez comprendre ces deux enſeignemens pour
mailler, à cauſe qu'ils vous ſembleront obſcurs, ſuivez mon avis,
qui eſt de chercher une perſonne qui les ſçache faire, vous la
trouverez facilement, & elle vous montrera en un jour ces deux
façons de mailler : quand vous le ſçaurez, je m'aſſeure que liſant
attentivement ce Livre, vous ferez toutes ſortes de filets imagina-
bles. Quoy que vous ayez de la peine d'entendre ce Chapitre,
ne deſeſperez pas des autres, ils ſont bien plus faciles à comprendre que celuy-cy, dont je n'aurois pas voulu embarraſſer le Lecteur, mais l'on m'a conſeillé de ne pas l'obmettre, pour rendre
mon Livre plus parfait.

COMMENT SE FAIT LA LEVEVRE D'VN FILET.

CHAPITRE V.

QUAND on a fait les mailles, ainſi que j'ay cy-devant
dit, elles ſont faites comme le montre la 6. figure de la
2. Table.

Notez, que pour avoir un filet, qui eſtant étendu ſe
trouve de la grandeur qu'on le deſire, il faut que la leveure ſoit
deux fois auſſi longue (Exemple) Vous voulez que le filet ſoit
long comme depuis A juſques au chiffre 8, pourſuivez cette façon
de mailler juſques à la lettre B, qui eſt le double de la longueur,
parce que ces mailles eſtant ouvertes de côté & d'autre, comme on
le voit dans la 8. figure, le filet ſe racourcira de moitié. Ayant maillé la longueur neceſſaire, ouvrez les mailles des deux côtez, &
paſſez une fiſcelle par le rang a b de la 8. figure, & noüez les deux
bouts enſemble, la leveure ſera faite, & en eſtat de pourſuivre,
ainſi qu'il ſe voit par la 7. figure,

B

DES FILETS.

Il faudra obferver toutes ces chofes pour faire tel filet qu'on voudra, & qui foit en mailles à lozanges.

DV MOYEN DE TRAVAILLER AVX FILETS, la leveure eftant faite.

CHAPITRE VI.

AYANT fait la leveure, figure 7. comme il a efté dit, mettez la ficelle au clou I, & tenant le moûle G de la main gauche, approchez-le deffous la premiere maille, paffez le fil autour du moûle, & faites eutrer l'Ayguille dans la maille pour faire la premiere du troifiéme rang. Cette maille eftant faite, on laiffera fur le moûle, & on continuëra de mailler ainfi à toutes les mailles de fuite, fans tirer le moûle dehors, finon lors qu'il y en aura trop deffus, car alors il faudra les en ôter toutes, à la referve d'une pour tenir le moûle en état. Quand vous ferez à la derniere maille H, il faudra tirer le moûle hors de toutes les mailles, le pofer fous la derniere que vous aurez faite, & commencer le quatriéme rang qui retournera du côté G, où vous ferez la même chofe que vous aurez faite vers H: & ainfi de tous les autres rangs, jufques à la fin du filet. Il faudra le faire le quart plus long que la mefure; à caufe qu'étant ouvert, ou étendu en large, il s'accourcira du quart ou du tiers; par exemple, fi vous defirez faire une tiraffe qui ait trois toifes de queuë ou de longueur, faites le filet de quatre toifes de long. On obfervera ponctuellement ce point à tous les filets qui feront faits de mailles à lozange.

POVR FAIRE VN FILET FERME' COMME feroit un fac.

CHAPITRE VII.

SI vous defirez faire un grand fac pour mettre des pelotons de fil, ou bien un fac moyen pour tranfporter des Oyfeaux vivans, fans qu'ils fe bleffent, & du gibier mort qui ne fe corrompe point; (ce fac eft ordinairement nommé panetiere, & eft reprefenté dans la 3. Table figure 14.

B

qui ſe pend au col avec la corde T, & ſe ferme comme une bourſ
ſe, avec les deux cordons N C.)

Il faut faire le filet figure 15. de petites mailles d'un quart de
pouce de large, & que la leveure ſoit de quatre pieds de longueur; afin que le ſac eſtant fait, il ait un pied de large. Quand
la leveure ſera faite, pourſuivez le filet juſques à un pied de long, &
pour lors quittez le moûle G, & prenez-en un autre A, plus petit
des deux tiers, que vous poſerez pour la premiere maille, comme
ſi vous vouliez travailler. Vous paſſerez le bout E de l'Aiguille
dans la premiere maille, & dans la derniere B, que vous rapporterez deſſus l'autre, pour n'en faire qu'une des deux. Vous ferez
enſuite une petite maille, laquelle eſtant faite, il faudra la laiſſer
ſur le moûle, paſſer la pointe de l'Aiguille dans la ſeconde maille
marquée du chiffre 1, & dans celle qui eſt marquée 2, puis faire
une autre petite maille comme auparavant & paſſer derechef l'Aiguille dans la maille 3 & 4 enſemble, & faire une troiſiéme maille,
pourſuivant ainſi juſques au bout 10. Le filet eſtant tiré par les
deux côtez A, 10, ce rang de petites mailles ſe trouvera tout droit
comme une ficelle, qui tiendra le filet d'un pied de large. Quand
le bas aura eſté fait, on paſſera une ficelle dans la maille 10, &
dans tous les autres du même rang, en montant juſques au chiffre
9. Il faut noüer les deux bouts de cette ficelle enſemble, & la mettre au clou pour faire pendre en bas les deux côtez A K, & B D,
pour y faire une rangée de petites mailles, comme l'on a fait au
côté A B, prenant les mailles 5 & 6 à la fois, 7 & 8 enſemble, &
ainſi de toutes les autres. Vous paſſerez aprés cela une ficelle par
ce rang de petites mailles, qu'on mettra au clou pour laiſſer pendre
le côté 9, 10, afin d'y faire pareillement une rangée de petites mailles qui tiendra le filet à la hauteur de neuf pouces, depuis D juſques
à la lettre B. En faiſant ce ſac, je change d'un moûle plus petit
pour le tenir contraint, & afin qu'eſtant changé il ne s'allonge: ce
qui preſſeroit trop les Oyſeaux, ou le Gibier (comme il eſt aiſé de
juger.) Il ſera neceſſaire d'y attacher une corde aux deux côtés, afin
de le pouvoir pendre; & paſſer deux ficelles par toutes les mailles
du dernier rang de l'ouverture D K pour le fermer comme une
bourſe.

DE LA MANIERE QU'IL FAVT ENLARMER VN FILET.

CHAPITRE VIII.

N enlarme tous les filets qui se doivent mouvoir, comme seroient les rets saillans, ausquels il convient faire comme une maniere de grandes mailles à costé avec de la ficelle, afin d'y passer la corde qui les doit faire joüer & fermer : Car si on la passoit dans les vrayes mailles du filet, outre que ce filet n'ayant pas de liberé pour couler sur la corde, seroit trop long-temps à faire son effet, les petites mailles seroient d'abord rompuës, estant froissées par la corde.

Il faut donc pour enlarmer un filet avoir de la ficelle de grosseur proportionnée au fil, dont le filet est fait, & comme en la 18. figure de la 3. Table, passer une corde ou ficelle, dans toutes les mailles d'un des bouts du filet : par exemple celuy qui est marqué des chiffres 8. 9. 10. 11. noüer les deux bouts de la corde ensemble, & la mettre à un clou : puis prendre le bord du filet, & attacher une ficelle à la premiere maille R, & à demy-pied plus loin passer la même ficelle dans une autre maille 12, & faire un nœud pour l'arrêter, de là à demy-pied plus loin 13, en faire encore autant, & continuer toûjours de même jusques au bout. Cette ficelle estant ainsi noüée de demy en demy-pied, elle fera comme des grandes mailles 1. 2. 3. 4. 5. 6. 7. au côté du filet, par lesquelles on passe la corde qui le doit faire joüer. Ce n'est pas une regle necessaire que ces grandes mailles soient de la grandeur d'un demy-pied : car vous les ferés plus longues, ou plus courtes, selon la longueur & la largeur du filet. Au reste, vous serez averty, qu'il faut enlarmer les filets par les côtés, de la longueur qu'ils auront esté travaillés, & non en large, principalement aux rets saillans, qui ne vaudroient rien autrement. Exemple, le filet a esté levé, ou commencé par les mailles R. 8. 9. 10. 11. & finy par Q, ces chiffres 1. 2. 3. 4. 5. 6. &c. jusques à R, representent la longueur, aussi paroît-il enlarmé par le côté de la longueur ; car si je l'avois enlarmé par la largeur marquée des chiffres 8. 9. 10. 11. lors qu'il seroit question de le tendre & ca-

cher en terre, comme doivent estre les rets saillans, il ne se pourroit pas placer en un petit lieu, parce qu'il s'enfleroit. C'est pourquoy vous devés observer de commencer ces sortes de filets par la
longueur, & non par la largeur, c'est à dire, qu'il faut faire la leveure de la largeur qu'on veut le filet, & continuer le travail sur la
longueur.

COMMENT ON FAIT LES FILETS RONDS.

CHAPITRE IX.

J'APPELLE filets ronds, tous filets qui sont faits à peu-
prés comme un boisseau, un tonneau, ou autre forme
semblable, tel que seroit celuy qui est figuré 34. dans la
6. Table. On les commence par le bout qu'on veut, lar-
ge, ou étroit, selon la forme qu'il doit avoir. La 12. figure de la seconde Table vous servira de patron pour y travailler.

Faites premierement la leveure ainsi que j'ay dit au 5. Chapitre,
& la mettés au clou T. Et pour mailler en rond, au lieu de prendre
la premiere maille Z pour faire la rangée, comme on feroit à un
filet qu'on ne voudroit pas faire rond, il faudra prendre la derni-
re maille du bout du rang R, la faire approcher de Z, en faisant
une nouvelle maille entre Z & R, & par ce moyen elle fermera le
filet, & le tiendra en rond. Vous continuërés la rangée de mailles
tout autour, prenant la nouvelle que vous aurés faite entre les deux
autres Z R, & poursuivrés ainsi le filet, maillant toûjours en tournant, jusques à la longueur que vous le desirés.

DE QVELLE FACON SE DOIT FAIRE VN
filet rond avec des goulets.

CHAPITRE X.

QUAND on veut faire un filet rond avec des goulets ou diverses entrées, il faut commencer ainsi que j'ay dit au Chapitre precedent, & lors qu'on sera parvenu à l'endroit où
on veut un goulet, il y faudra faire un rang de mailles doubles.

A

Vous avés pour exemple la 34. figure de la 6. Table, laquelle a deux entrées, l'une à la lettre A, qui eſt le premier goulet, & l'autre à la lettre C, qui eſt le ſecond. Travaillés donc en rond, & quand vous aurés atteint l'endroit A, prenés deux pelotons de fil, & en couvrés l'Ayguille des deux enſemble. Puis faites-en un rang de mailles tout autour du filet, vous aurés par ce moyen une rangée de mailles doubles, telles qu'elles paroiſſent entre les lettres V, S, de la 20. figure Table 3. & lors que cette rangée ſera faite, coupés les deux fils, & rechangés d'Ayguille pour prendre la premiere couverte de fil ſimple, & pourſuivés de mailler ſur la moitié des mailles de cette rangée, c'eſt à dire, qu'il faudra à chaque maille double n'en prendre qu'une ſimple, qui ſera la moitié, & laiſſer l'autre pour le goulet, & ainſi à toutes les autres de ſuite, travaillant aprés juſques à l'endroit D, auquel on changera pareillement d'Ayguille, prenant celle qui eſt couverte de fil en doubles, pour faire encore un rang de mailles double, & puis rechanger de moûle comme devant.

MANIERE DE IETTER DES ACCRVES POVR faire qu'un filet ſoit plus large en un ſens, qu'en l'autre.

CHAPITRE XI.

IL ſe fait une ſorte de fauſſes mailles, que les faiſeurs de filets appellent Eſcruës, ou pour mieux dire Accruës. On s'en ſert à pluſieurs ſortes de filets, principalement en ceux qui ſont en mailles quarrées (que je montreray cy-apres) & en ceux qui ſont ronds plus eſtroits d'un bout que d'autre. Vous pouvez voir la forme de ces Accruës dans la 17. figure de la 3. Table, elles ſont marquées des lettres V, X, on les fait en cette ſorte.

Suppoſez que vous vouliez faire un filet qui ait deux pieds de large par un bout, & par l'autre dix pieds, & que ſa longueur entre ces deux largeurs ſoit de quatre pieds, ce filet aura les mailles d'un pouce de large. Faites la leveure de vingt-quatre mailles (comme j'ay dit au 5. Chapitre) & lors que vous travaillerez au premier rang d'apres la leveure, faites cinq ou ſix mailles, &

B iij

quand vous ferez à la fix ou feptiéme marquée V , faites le tour
du moûle avec le fil, & repaffez l'Ayguille dans la même feptiéme maille , & faites le nœud, ce fera l'Accruë, qui paroîtra
(lors que le moûle en fera dehors) ainfi qu'une boucle , ou un
anneau , pourfuivez apres cela le filet , comme à l'ordinaire , &
quand vous en aurez fait dix ou douze (n'importe pas combien ,
pourveu que vous faffiés deux Accruës en chaque rangée de mailles) jettés encore une autre Accruë X , en la même maniere que
la premiere , puis achevés le rang qui fe trouvera avoir vingt-fix
mailles, à caufe des deux Accruës, & en recommencés un autre,
auquel il faudra faire deux autres Accruës, ce qu'ayant fait, il aura vingt-huit mailles, & ainfi des autres rangs qui s'augmente-
ront toûjours de deux mailles plus que celuy qui le precede-
ra.

    Par ce moyen le filet s'élargira de deux pouces à tous les rangs,
& fi au contraire, on vouloit faire un filet qui allaft en eftreciffant, il faudroit au lieu de jetter des accruës aux endroits où j'ay
dit, prendre deux mailles à la fois, & de ces deux n'en faire qu'une,
de cette façon le filet ira en eftreciffant de deux pouces à chaque
rang, au lieu que de l'autre maniere il s'élargiroit de deux pouces
à toutes les rangées.

INSTRVCTION POVR FAIRE DES FILETS A GOVLETS,
ou à diverfes entrées.

CHAPITRE XII.

 N ne fait gueres de filets à goulets , fi ce n'eft pour
pefcher du poiffon. Celuy qui fe voit dans la pre-
miere Table du cinquiéme Livre , fervira de modele
pour s'inftruire à en faire d'autres. Il eft aifé à voir dans
cette figure , qu'apres la grande ouverture ou principale entrée
S P R , il y a par dedans le filet une autre entrée plus petite, marquée des deux lettres E , e , laquelle nous appellons goulet, à raifon
qu'elle eft plus petite que la gueule S P R , & auffi parce que ce
goulet va en eftreciffant, depuis E , e , jufques à la lettre I.

Quand vous defirerez faire un filet où il y aura un, ou plufieurs de ces goulets, il faudra faire une rangée de mailles tout
autour de l'endroit où doit eftre le goulet, on divifera ces mailles
en quatre parties, & au commencement de chaque partie, on
prendra deux mailles à la fois; c'eft à dire, qu'on paffera l'Ayguille dans deux mailles de fuite. Par exemple, la 19. figure de la feconde planche de ce Livre, a trente-deux mailles, partagez trente-deux en quatre, ce feront huit mailles pour chaque partie.
Vous prendrez donc les deux premieres mailles où font les
poincts marquez de la lettre a enfemble, & continuërez de mailler jufques aux deux autres mailles lettre b, que vous prendrez
pareillement à la fois, & vous travaillerez jufques aux deux autres
mailles d c, pour les prendre auffi de même : & enfin les deux
autres d, qui feront les quatre endroits choifis pour prendre deux
mailles à la fois à tous les rangs, afin de reduire par ce moyen l'entrée du goulet à telle longueur qu'on voudra luy donner.

Si vous vouliez que ce goulet fuft plus long avec les mefmes ouvertures d'entrée & de fortie d'un côté ou d'autre, il ne faudroit
prendre deux mailles enfemble qu'en deux ou trois endroits de
chaque rang : & fi au contraire on le vouloit plus court, l'on prendroit deux mailles à la fois en cinq, fix, ou fept endroits du rang. Si
le filet où on veut un goulet eft rond, on fera un rang de mailles
doubles, ainfi que j'ay dit au 10. Chapitre.

MOYEN DE FAIRE DES FILETS QVI SE FERMENT, comme une bourfe.

CHAPITRE XIII.

Es pochettes, ou poches, avec lefquelles on prend des
lapins au furet, font de ce genre de filets.

Pour les faire, on commence par la leveure qui doit
eftre faite felon la largeur qu'on veut donner au filet, & on
pourfuit à mailler jufques à la longueur qu'il luy faut. Quand il eft
achevé de mailler, on affemble toutes les dernieres mailles de
chaque bout, pour en faire une boucle, ainfi qu'il fe voit par les

lettres E F de la 23. figure dans la 4. Table , qui reprefente une
poche à lapins toute prefte à tendre ; la 25. figure en montre une
faite à demy , laquelle fervira de modele. Paffez le premier doigt
de la main gauche dans toutes les mailles 1. 2. 3. 4. 5. 6. 7. 8. 9. 10.
11. du bout du filet, & les faifant preffer les unes proche & deffus
les autres, comme N, liez-les enfemble par deffous le doigt à la
lettre P, & tournez cinq ou fix fois le fil autour, en eftraignant,
puis oftant toutes ces mailles de deffus voftre doigt , paffez le fil
par dedans, & le tournez tout autour autant de fois qu'il fera neceffaire pour en faire comme une boucle de corde , qui fera l'u-
ne des deux qu'il faut au filet. Vous pouvez encore & cela fera mieux,
faire ces boucles de même façon qu'un Tailleur d'habits, ou Coû-
turier fait une boutonniere, & quand cette boucle fera faite, en
faire autant à l'autre bout, il ne reftera plus que de paffer une ficelle par dedans les dernieres mailles du bord M Q , laquelle
vous attacherez d'un bout à la boucle P , & l'autre paffant dans
la boucle F, demeurera libre pour eftre lié à quelque branche ,
lors qu'on s'en fervira. Il faudra en paffer une autre dans les mailles de l'autre bord N O, qui fera attachée à la boucle F, & paffera dans la boucle P, fi bien que mettant quelque chofe au milieu
K, & prenant les deux ficelles G H pour lever le filet, la charge fera approcher les deux boucles enfemble , qui fermeront le filet
ainfi qu'une bourfe.

POUR EMPESCHER QV'VN FILET FAIT,
à mailles à lozanges ne puiffe s'alonger.

CHAPITRE XIV.

QUAND vous aurez fait un filet de mailles à lozanges, duquel vous defirez vous fervir, fans qu'il s'alonge ny s'accourciffe plus que la longueur & largeur à laquelle on l'a deftiné, & qui fe tienne toûjours en eftat: (C'eft à dire que fes mailles foient ouvertes de toute leur grandeur, & paroiffent quarrées,
ainfi qu'on peut voir par la 21. figure de la 13. Table , qui reprefen-
ce un traîneau à perdrix , ou bien comme feroit un Aumé d'un
tramail,

tramail , ou les grandes mailles d'un halier à cailles,) il faut faire
la leveure felon la largeur qu'on defire le filet , & la pourfuivre
jufques à la longueur qu'il doit avoir ; & quand vous ferez à la
derniere rangée de mailles , changez de moule , & en prenez un
moins gros de la moitié, ou des deux tiers, que celuy dont vous
avez fait le filet. Faites fur ce petit moûle un rang de mailles. Ce
moûle eftant fait , il faudra paffer par dedans toutes ces petites
mailles une ficelle, laquelle vous mettrez à un clou pour faire à
l'autre bout du filet une rangée de mailles fur le même petit moûle. Cela eftant fait , retirez la ficelle , repaffez-la dans toutes les
mailles du côté du filet , & la remettez au clou , afin de faire par
les deux côtez du filet un rang de petites mailles , ainfi que vous
avez fait aux deux bouts , puis redefaites la ficelle, & étendez le
filet , comme il fe voit dans la 22. figure , vous remarquerez comment ces petites mailles le tiennent en bride de A en B , qui eft
fa longueur , & de B en C , qui eft la largeur.

Mais afin de ne vous pas tromper dans cette forte de mailles ,
qui eftant faites fur un moûle trop petit , feroient pocher ou
bourfer le filet par le milieu , il faut l'éprouver fur deux ou trois
des premieres mailles , & rechanger de moûle , jufques à ce qu'il
fe rencontre de groffeur convenable , afin que toutes les mailles
du filet fe tiennent ouvertes quarrément , car fi le moûle eftoit
auffi trop gros , le filet eftant étendu fe trouveroit trop long , &
trop eftroit , & de mauvaife grace. L'experience en eft facile, pour
ne fe pas méprendre.

LA METHODE DE FAIRE LES FILETS A PETITES BOVCLES
ou Boucletes.

CHAPITRE XV.

B IE N que ces fortes de filets à boucletes ne foient gueres en ufage , j'ay crû en devoir dire quelque chofe en ce
lieu pour s'en fervir dans les rencontres.

On fait ces filets de mailles à lozanges, de hauteur &
largeur convenables pour le lieu où ils doivent fervir. Vous en voyez

C

un en la figure 26. de la 4. Table, auquel il y a des bouclettes à toutes les mailles du haut FK. Ces bouclettes font de fer, ou pour le mieux de cuivre , & affez grandes pour y ficher le bout du petit doigt , ou une corde de moyenne groffeur.

Pour attacher ces bouclettes au filet, on doit fe regler fur la 27. figure, qui montre, que paffant le bout de la maille a, dans la bouclette b , on fait repaffer la même bouclette g, dans a, qui coulant par deffus e , f, jufques aux points c d, vient faire fon nœud au bas de la boucle au point h, & ainfi fe mettent toutes les autres bouclettes.

On paffe enfuite une groffe ficelle , ou une corde de moyenne groffeur dans toutes ces boucles pour s'en fervir comme de verge d'un rideau de lit , lors qu'on voudra tendre le filet.

INSTVCTION POVR FAIRE LES FILETS EN MAILLES
quarrées , & prémierement , pour faire un filet qui foit de forme
tout à fait quarrée.

CHAPITRE XVI.

Es filets , qui font faits en mailles quarrées , ont bien meilleure grace, & ne font pas de fi grande dépenfe, ny fi difficiles à faire , quand on y fçait travailler , que ceux qui font faits à lozanges. C'eft pourquoy je vous confeille d'en ufer tant que vous le pourrez.

Pour travailler à ces fortes de filets, voyez la 9. figure de la feconde Table. Il faut prendre la mefure de la longueur que vous defirez faire le filet avec une ficelle 1. 2. 3. laquelle on attachera d'un bout au clou I, puis prenant l'Ayguille chargée de fil , & un moûle de la groffeur qu'on veut la maille ; il faudra tourner le fil deux fois autour du moûle, noüer les deux brins enfemble, & les retirer hors du moûle. Ce fil ainfi noüé , fera fait comme une boucle, laquelle fervira , fi on veut, de premiere maille, qu'on mettra au clou I avec le bout de la mefure , & aprés on pofera le moûle deffous cette maille pour en faire une autre feconde, qui fera la premiere maille du deuxiéme rang , & fans l'ôter du moûle, on fera de nouveau un tour de fil fur le moûle , & on

paſſera l'Ayguille encore une autre fois dans la maille du premier rang, faiſant un nœud comme devant. Ce ſera une accruë
qui fera la deuxiéme maille du ſecond rang. Il faut aprés cela
ôter ces deux mailles du moûle pour le poſer ſous l'accruë, ou
maille qui a eſté faite la derniere, pour commencer le troiſiéme
rang de la même façon qu'on a fait le ſecond; obſervant de jetter toûjours une accruë à la fin de chaque rangée de mailles.
Ainſi le filet ſe fera en élargiſſant, comme le montre la 9. figure, & lors qu'il ſera auſſi long que la ficelle, ou meſure 1. 2. 3. il
ne faudra plus faire d'accruë au bout des rangs, mais au contraire, on diminuëra, prenant à la fin de chaque rangée deux mailles à la fois. Exemple, ayant finy le rang du côté L, travaillez
de ſuite pour aller de l'autre côté, & lors que vous prendrez la
penultiéme maille M, prenez auſſi N, pour n'en faire qu'une des
deux, puis travaillez en allant vers L, & prenez pareillement les
deux dernieres mailles à la fois, ce qu'il faut obſerver ponctuellement à tous les rangs, juſques à la perfection du filet, qui finira
par une maille, ainſi qu'il a commencé, & ſi vous l'étendez, il
ſe trouvera quarré comme dans la 10. figure, qui le fait voir commencé par X, & finy par Y.

Il n'y a pas une maille ſuperfluë à cette ſorte de filets.

DE LA MANIERE QU'IL FAUT FAIRE UN FILET
en mailles quarrées, qui ſera plus long que large.

CHAPITRE XVII.

Es filets, qui ſont plus longs que larges, & faits en mailles quarrées, ſont ordinairement les traineaux, panetieres, & les aumez, ou grandes mailles d'un halier.

Pour faire l'un de ces filets, il faut prendre avec une
ficelle la meſure de la longueur & largeur qu'on luy veut donner;
ainſi qu'il paroît dans la 2. Table, figure 11. La longueur eſt repreſentée par la ligne a, c, & la largeur par la ligne a, b. On attachera l'u-
ne & l'autre meſure au clou a, puis il faudra commencer la premiere maille, & la mettre au meſme clou pour continuer le filet,

en jettant des accruës à la fin de chaque rang, comme j'ay enseigné au chapitre precedent, & lors qu'il sera aussi long, que la
ficelle a, b, au lieu de faire des accruës à la fin de chaque rangée de mailles, on en prendra toûjours deux à la fois d'un côté. Par exemple, au costé marqué de la lettre f, & de l'autre
P Q, il faudra jetter une accruë, c'est à dire, qu'au bout de
tous les rangs de mailles qui finiront du côté f g, on prendra
deux mailles ensemble pour n'en faire qu'une des deux, & au contraire, à toutes les rangées qu'on finira au bord marqué des lettres P Q, on y fera une accruë, ainsi le filet se fera en long toûjours sur la mesme largeur qui paroît depuis f, jusques à la lettre g. On continuëra cette façon de mailler, tant que l'on soit parvenu au bout de la longueur, de la mesure a, c, & alors, au lieu
de faire des accruës du costé P Q, il faut prendre les deux dernieres mailles à la fois, aussi bien que du costé f g, puis achever
le filet toûjours en diminuant. Cela estant observé, & le filet étendu, il paroîtra plus long, que large, & tel que la 13. figure le montre
commencé par S, & finy par V.

METHODE POUR FAIRE DES FILETS PARTICULIERS
qui ont divers noms, & premierement de la Tonnelle pour
prendre les perdrix.

CHAPITRE XVIII.

A tonnelle pour prendre les perdrix ne doit pas avoir plus
de quinze pieds de queüe, ou de longueur, ny gueres
plus de dix-huit pouces de largeur, ou d'ouverture par
l'entrée. Vous en verrez une figure dans la premiere Table du second Livre, qui est representée tenduë. Sa longueur se prend
depuis la lettre A jusques à G, elle doit estre faite en diminuant
vers la queüe A, de sorte que dans le fond il n'y ait que cinq ou six
pouces de hauteur.

Ce filet sera de bon fil retors en trois brins, qui ne soit pas trop gros,
teint en couleur verte, jaune, ou minime, ainsi que je diray sur la
fin du Livre, les mailles en seront d'un pouce & demy, ou deux

pouces de largeur. On peut luy en donner trente de leveüre, plus ou moins felon la largeur des mailles. Cette leveüre paroift par la feptiéme figure de la feconde Table. Pour y travailler au lieu de reprendre la maille G, pour mailler de fuite, prenez celle de l'autre côté H, & continuez de mailler en rond (comme j'ay montré au chapitre 9.) jufques au fix ou feptiéme rang, alors vous prendrez deux mailles à la fois, à un endroit feulement, afin de diminuer le filet, & vous ferez la même chofe de quatre en quatre rangs, pour faire que le filet s'étreciffe par degrez, & fe trouve en finiffant n'avoir plus que huit ou dix mailles de tour. Apres que le filet eft achevé, il faut paffer dans les dernieres mailles du bout le plus large, une verge de bois bien unie, & groffe comme une baguette de fufil, ou arquebufe, qu'on plie en rond, comme feroit un cercle de tonneau, puis on attache ces deux bouts enfemble l'un fur l'autre pour tenir le cercle en eftat. On en mettra d'autres plus petits par degrez aux endroits marquez des lettres F E D C B, éloignez les uns des autres à proportion de la longueur, que fera la tonnelle. On y met ces cercles plûtôt ronds que d'autre forme, afin qu'elle fe puiffe aifément placer dans le fond d'une raize, entre deux fillons de bled, ou de gueret. Pour joindre ou attacher ces cercles au filet, il faut les faire paffer dans un rang de mailles du tour, puis lier avec du fil les deux bouts de la verge enfemble, afin qu'ils ne s'ouvrent pas plus qu'il ne faut, & qu'ils foient toûjours en mefme eftat, il faudra attacher aux deux côtez du cercle de l'entrée deux piquets a b c d, longs d'environ un pied & demy, qui ferviront pour tenir la tonnelle tenduë bien droite. On en mettra un autre A, long d'un pied, à la queuë du filet pour le tenir bien droit & roide.

Il faut faire deux haliers fimples pour accompagner la tonnelle, qui feront faits de mailles à lozanges, ou quarrées, il n'importe, pourveu qu'ils foient d'un pied de haut, pour les faire de mailles à lozanges. Voyez le Chapitre 14. & fi vous les voulez de mailles quarrées, la methode fe trouvera au Chapitre 17. chaque halier fera de fept ou huit toifes de longueur, quand ils feront faits, on y attachera de deux en deux pieds des picquets M N O P H I K L, gros comme le petit doigt & longs d'un

C iij

pied & demy, afin de les pouvoir tendre aux deux côtez de la tonnelle, quand on s'en voudra servir.

COMMENT SE FAIT VN TRAINEAV
pour prendre des perdrix.

CHAPITRE XIX.

 I vous defirez avoir un traineau, qui foit fait de mail-
les à lozanges, il faut travailler comme il a efté mon-
tré au 14. Chapitre & fi vous le voulez en mailles quarrées, voyez la maniere contenuë au 17. Chapitre, & ob-
fervez les regles qui fuivent.

Sçavoir, qu'un traineau doit eftre de fil bien delié, & retors
en deux brins. On ne luy doit pas donner plus de douze toifes
de long, ny moins de fix. La hauteur ou largeur ne fera pas moindre de quinze pieds, ny plus grande de trois toifes. La maille, foit
quarrée, ou à lozange, aura deux pouces de large. Quand tout le
filet fera maillé, on le bordera tout autour d'une corde groffe
comme une plume à écrire, laiffant pendre à chaque coin A B
C D (de la 3. figure en la 2. Table du fecond Livre) deux bouts
de la même corde, long chacun d'un pied. On en attachera d'autres de deux en deux pieds, tout le long du filet, ainfi qu'ils paroiffent dans la mefme figure par les lettres E F G, & H I L. Ces
cordes fervent pour lier le traîneau à deux perches, qui doivent
eftre portées par deux perfonnes.

Vous obferverez que le filet eft bien long & large, le fil en doit
eftre plus fin, & la maille plus grande, afin de le rendre plus leger & plus portatif. Vous en voyez un figure 21. dans la 3. Table
de ce Livre, qui eft fait de mailles à lozanges.

*POVR FAIRE VN AVTRE TRAINEAV QVI
doit estre porté par une seule personne.*

CHAPITRE XX.

V Ous verrez dans la troisiéme Table du second Livre, la figure 4. qui represente la forme d'un traineau, lequel se porte par une seule personne.

Pour le faire, il faudra le commencer, ainsi qu'on feroit un filet de mailles à lozanges, il se commence de la façon montrée au 5. Chapitre, la leveure doit estre de huit ou dix mailles de deux pouces de large, on en mettra plus ou moins, selon la grosseur de l'homme qui s'en veut servir. La leveure estant faite, vous le poursuivrez comme un filet en mailles quarrées, c'est à dire, qu'il faut faire des accruës au bout de chaque rang de mailles, jusques à la longueur d'environ douze ou quinze pieds, & pour lors changer de moûle, & en prendre un plus petit de la moitié ou des deux tiers, & faire le dernier rang dessus, puis le border tout autour d'une forte ficelle, en faisant pendre deux bouts à chaque coin Q R, qui soient d'un pied de longueur, pour attacher le filet aux perches. Quant aux deux autres coins S T, la ficelle ne doit pas estre noüée comme pour y demeurer, afin de pouvoir élargir, ou étressir le filet selon la grosseur de la personne, qui s'en servira. On mettra par les côtez des ficelles de pieds en pieds aux endroits marquez des lettres b c d e f g h i, pour lier le traineau au long des perches.

*DE LA MANIERE QV'IL FAVT FAIRE VN FILET
pour prendre des perdrix appâtées.*

CHAPITRE XXI.

P Our faire cette sorte de filet, voyez la 24. figure de la 4. Table, il le faut faire, si vous voulez, en mailles quarrées comme il est montré au 17. Chapitre.

On le fera de trois pieces, la plus grande A B F G, sera longue de six pieds, & large de quatre pieds, & les deux autres morceaux P Q H I, & K L X Y, feront longs de quatre pieds , & larges d'un pied. Il faudra les attacher avec le grand, commençant par le coin P, & laiſſant depuis P R , juſqu'es au bout A , autant de longueur que le petit filet eſt large, ſçavoir un pied. Cette longueur ſe terminera au point R , d'où on commencera à coudre les deux pieces P R , enſemble, continuant juſques aux lettres Q S, laiſſant auſſi long du grand filet depuis S , juſques à B, comme de P, au bout A. Cela fait , couſez l'autre morceau X Y, & T V , de même façon & tout vis-à-vis l'autre. Ces filets eſtans aſſemblez, vous aurez quatre piquets, comme celuy qui paroiſt marqué des lettres C E I, long de dix-huit pouces, & gros comme le doigt, avec une coche au bout I , pour les attacher à chaque coin R S T V, où ſont joints les filets. On fera à tous ces piquets un petit trou à demy-pied proche du bout C, pour y faire tenir une boucle E, qui ſera de fer , ou de cuivre, ſemblable à celles qu'on met aux rideaux des lits. Apres il faudra avoir une ficelle aſſez forte, qu'on paſſera d'un bout dans la boucle du piquet qui ſera attaché au coin du filet qui eſt marqué des lettres P R , & de là dans le coin du petit filet I , la faiſant paſſer dans toutes les mailles du bord , & ſortir par la maille H. On la fera enſuite entrer dans la boucle du piquet, qui ſera au coin Q S, de là dans la maille du coin du petit filet B, & ainſi tout autour , juſques au dernier coin A, & enfin dans la boucle avec l'autre bout. On laiſſera pendre deux bouts de quatre ou cinq pieds de long chacun, & on les noüera enſemble, comme ils ſe voyent à la lettre M.

　　La forme de ce filet ſe peut voir par les deux figures 5. & 6. qui ſont dans la Table du ſecond Livre. Ces figures repreſentent ce filet tendu.

INSTRVCTION POVR FAIRE DIVERSES SORTES,
de haliers, & premierement pour faire des haliers pour prendre des perdrix.

CHAPITRE XXII.

POUR faire des haliers à perdrix qui soient semblables à la 7. figure de la 4. Table ; on fera les aumez, ou grandes mailles de mailles quarrées, comme il a esté dit au 17. Chapitre , lesquelles seront au moins larges de trois pouces & demy chacune , & de quatre & demy , ou cinq pour le plus. Il doit avoir de hauteur trois ou quatre grandes mailles & non pas davantage. La longueur en est à discretion , quoy qu'on les fasse ordinairement de trois toises de long. Pour le composer ; si on fait les aumez hauts de quatre grandes mailles, on le fera large de huit, & si on ne le veut haut que de trois grandes mailles , on ne le doit faire que de six grandes mailles , & apres on le met en double , quand il le faut monter , à cause qu'on met de grandes mailles des deux côtez. On void dans le milieu la toile qui est faite de fil bien delié, retors en deux brins, ayant la maille de deux pouces de large. Pour faire mieux comprendre pourquoy je dis que si on veut le halier haut de quatre grandes mailles , on le doit faire de huit , voyez dans la seconde Table de ce Livre la 13. figure , qui montre un aumé lequel a huit mailles de large. Pour le mettre en l'estat qu'il doit estre pour servir en halier , on l'étend , puis on met la toile tout au long depuis A jusques à B, seulement sur la partie contenuë entre les quatre lettres A B V T, & on rapporte l'autre partie A S B D , par dessus la toile , faisant joindre le bord S D , à celuy de T V. En cas qu'on fasse le halier de cette hauteur , il faudra faire la toile sur quatorze mailles de leveure , & si on ne le fait que de trois grandes mailles de haut, la toile n'aura que onze mailles de large , ou douze tout au plus. Elle ne se fait que de mailles de lozanges , car les quarrées ne s'y peuvent accommoder. Sa longueur sera deux fois celle de l'aumé. Lors que la toile est faite , il faut passer une ficelle dans toutes les mailles du bord des deux côtez

D

audelà de la longueur, afin de la faire également froncer, ou pocher entre les deux aumez, apres l'on attache le tout à des piquets
longs d'un pied & demy, ou de deux pieds.

Je ne m'arréteray pas à décrire par le menu la façon de les
monter, cela seroit trop long, on trouvera assez de personnes qui
en feront voir de semblables pour les cailles, ou perdrix. Ils sont
faits les uns comme les autres, il n'y a que les proportions à garder. Les aumez se peuvent faire aussi bien de mailles en lozanges, comme des quarrées, observant ce que j'ay dit au Chapitre quatorze pour faire qu'un filet ne s'allonge, n'y s'accour-
cisse.

COMMENT SE DOIT FAIRE VN HALIER
pour des faisans.

CHAPITRE XXIII.

POUR faire un halier à prendre des faisans, il faut que
les aumez soient en mailles quarrées, & que chaque maille ait pour le moins cinq pouces de large, & six pour
le plus. La toile doit être faite sur quinze mailles de leveure, & chaque maille de trois pouces de large. Il suffira que l'aumé, ou plûtôt tout le halier, soit de trois grandes mailles de hauteur, la
longueur sera à discretion, & pourtant proportionée au lieu où
l'on s'en veut servir. Le halier à faisan doit avoir plus de poches
que celuy qu'on fait pour la perdrix, parce qu'il est plus gros :
c'est pourquoy il faudra faire la toile deux fois & un quart, ou
deux fois & demie aussi longue que l'aumé, les piquets seront attachez de deux pieds & demy en deux pieds & demy. Prenez
bien garde que le fil de toile soit retors bien rondement, & aussi
fort, que fin, ou delié, car un faisan se tourmente beaucoup, lors
qu'il est pris ; & parce qu'il est plus fort, que la perdrix, il rompt
le filet, s'il n'est fait de bon fil. Pour ce qui est du reste du halier,
voyez, & faites comme au Chapitre precedent.

MANIERE DE FAIRE LES HALIERS
à Cailles, Rafles de genet, & poules d'eau.

CHAPITRE XXIV.

L Es haliers à cailles fe font de la même façon que ceux à perdrix, dont j'ay amplement traité au 22. Chapitre. Il n'y a de la différence que dans les proportions.

La longueur fe fait à difcretion. On les fait ordinairement de quinze, ou dix-huit pieds de long, & de la hauteur de trois ou quatre grandes mailles & non davantage, lefquelles doivent être larges d'un pouce & demy, ou deux pouces tout au plus. On fera la toile fur dix ou douze mailles de leveure, qui auront chacune un pouce de largeur tout au plus. Toute la toile doit être plus longue de la moitié que l'aumé, lequel fe fait ordinairement de mailles à lozange, parce que la maille quarrée n'eft pas fi connuë, mais fi vous me croyez, vous les ferez en mailles quarrées de la maniere contenuë au 17. Chapitre ; les cailles s'y prennent mieux qu'aux autres. Les piquets feront mis d'un pied & demy en pied & demy, ou deux pieds tout au plus, il ne les faut pas plus gros que la moitié du petit doigt. La plûpart des haliers à cailles fe font de foye.

Les haliers pour les rafles de genet & d'eau, doivent être femblables à celuy des cailles, finon qu'il faut que les mailles de l'aumé foient pour le moins larges de deux pouces, ou deux pouces & demy, & celles de la toile d'un pouce & un quart, qui fera de fil bien delié, & auffi longue dans toute fon étenduë, que fera long tout l'aumé, & les trois quarts davantage. Les piquets feront attachez de deux en deux pieds.

Le halier aux poules d'eau, fe peut faire ainfi que pour les râles, mais afin qu'il foit plus fortable pour la poule d'eau, qui eft prefque auffi groffe qu'une perdrix grife, faites les mailles des aumez de deux pouces & demy, ou trois pouces de large & celle de la toile d'un pouce & demy. La toile fera deux fois auffi longue que l'aumé. Attachez les piquets de deux en deux pieds, ou deux pieds & demy.

D ij

Pour le reste on observera le contenu au 22. Chapitre, qui traite des haliers à perdrix.

DV MOYEN DE FAIRE VNE TIRASSE
pour les Cailles.

CHAPITRE XXV.

A tirasse se peut faire en mailles quarrées, quoy qu'ordinairement on les fasse en lozanges. Si vous les faites
en mailles quarrées, instruisez-vous par les Chapitres 16.
& 17. & quand vous aurez fait le filet, bordez-le d'un
côté avec une corde assez forte, laquelle vous laisserez pendre
cinq ou six pieds de chaque bout, plus que la longueur de la
Tirasse, afin de s'en servir pour traîner le filet, que vous ferez de
mailles larges d'un pouce.

Si vous desirez faire la Tirasse de mailles en lozange, il faut la
lever comme j'ay montré au 5. Chapitre, & luy donner du moins
deux cens mailles de leveure d'un pouce de large. On luy en peut
donner jusques à quatre cens, si l'on veut, non davantage, parce qu'elle seroit trop forte à traîner. La 14. figure de la 4. Table du troisiéme Livre vous servira de modele. La longueur se
prend dequis I jusques à K, qui est le côté par où elle doit être
levée, ou commencée, & non en l'autre sens. Il faut qu'elle ait
trois toises de queuë depuis I jusques à L; & quand le filet sera
achevé, on passera une corde I K Q, assez forte dans toutes les
mailles du dernier rang, & on attachera cinq ou six des dernieres à la corde, à l'endroit marqué I, & autant à l'autre côté
au bout du filet K, éloigné de I, selon la largeur qu'aura toute
la Tirasse. Le reste des mailles doit avoir la liberté de couler le
long de la corde depuis I, jusques à K. Il faudra laisser pendre
aux deux côtez du filet cinq ou six pieds de la corde, comme ils
paroissent dans la figure 13. par les lettres A D pour tenir la tirasse en traînant sur les cailles, & pour l'élargir davantage quand
on voudra. Il faut toûjours que ces sortes de filets soient faits de
bon fil assez gros & fort, retors bien rondement en trois brins.

On les peut teindre, si l'on veut, en couleur brune, comme je l'enseigne sur la fin du Livre.

LA METHODE POVR FAIRE LES PANETIERES
& premierement, Comment il faut faire une panetiere simple,
ou commune, soit de mailles à lozanges, ou quarrées.

CHAPITRE XXVI.

N fait ordinairement les panetieres en mailles à lozanges, parce qu'il se rencontre peu de personnes qui les sçachent faire d'une autre façon. Pour moy je conseilleray toûjours de les faire tant qu'on pourra de mailles quarrées, ainsi que je l'ay montré aux 16. & 17. Chapitres. Etant faites de cette sorte, & étenduës dans la passée, elles ne paroissent presque point, & quand il s'y mêle quelques petits éclats de bois, on les en ôte facilement, ce qui ne se fait aux filets à lozanges qu'avec grande peine : outre que bien souvent ces sortes de filets froncent un peu trop en certains endroits, & rendent un espace obscur, qui épouvante la beccasse, & la fait retourner en arriere, ou passer pardessus.

Il y a encore à redire aux panetieres à lozanges, en ce qu'il faut plus de fil & de travail, qu'aux filets en mailles quarrées qui sont plûtôt faits, & ausquels il n'y a pas une maille superfluë. Je les mets l'une & l'autre sorte à vôtre choix.

Si vous faites la panetiere de mailles à lozanges, prenez la mesure de la largeur du lieu où vous la voulez tendre, & faites la leveure (comme au 5. Chapitre) deux fois aussi longue que cette mesure. Sa hauteur sera depuis la branche où est la poulie jusques à deux pieds proche de la terre. Et pour vous le faire mieux comprendre, voyez la premiere figure de la premiere Table du troisiéme Livre. La largeur se prend depuis la lettre V, jusques à la lettre X, qui sont les endroits où doivent tomber les pierres M N, quand le filet sera tendu. La hauteur est prise à la poulie I, en descendant proche de la lettre V. Vous ferez donc le filet long du tiers plus que cette hauteur, parce qu'étant étendu en lar-

D iij

ge , il s'accourcit du tiers. Lors que tout le filet sera maillé ,
vous passerez une corde un peu moins grosse que le petit doigt,
dans toutes les mailles du dernier rang M N , & vous arresterez les
deux costez, attachant les six premieres mailles du rang ensemble à la
corde , au lieu marqué q, en sorte qu'elles ne puisse couler: & vous
en ferez autant à l'autre costé r , distant de q , selon la largeur de la
passée , laissant le reste des mailles du haut de la panetiere , libres
de pouvoir couler d'un costé & d'autre, ainsi qu'un rideau de lict.
Aprés cela il faudra attacher une ficelle à la corde q , & une autre à la lettre r , qu'on fera passer dans le dernier rang de mailles
des costez, afin de lier le filet en estat aux deux arbres A B. On
laissera pendre un pied ou deux de la corde à chaque bout q r du
filet, pour attacher la panetiere aux pierres , lors qu'il la faudra
tendre.

Si vous voulez que la panetiere soit en mailles quarrées , prenez la largeur & la hauteur , ainsi que je viens de dire , & travaillez comme je l'ay montré aux Chapitres 16. & 17. Le filet estant
achevé , bordez-le par en haut , avec une corde assez forte , &
passez deux ficelles par les mailles des deux costez, ainsi qu'à celle qui est faite à lozange , y laissant pareillement deux bouts de la
corde pour la lier aux pierres.

D'VNE AVTRE PANETIERE SIMPLE AVEC
des Bouclettes.

CHAPITRE XXVII.

ES panetieres volantes , ou à bouclettes , ne se font que
de mailles en lozanges , parce qu'il faut qu'elles cou-
lent le long d'une corde , ainsi qu'un rideau de lit. Vous
en trouverés la forme dans la 6. figure de la seconde Table du troisiéme Livre. Elle ne doit pas avoir plus de cinq ou six
toises de large, & deux & demie , ou trois toises de hauteur. Les
mailles auront deux pouces de largeur, on peut, si l'on veut, les
faire de deux pouces & demy , ou trois pouces de large , & non
davantage. Il faut que ce filet soit fait de fil bien delié , & pour-

tant fort, & l'on doit attacher des bouclettes de cuivre à toutes les mailles du dernier rang d'en-haut B D. J'ay amplement décrit la maniere d'ajuster ces bouclettes au 15. Chapitre. Il faut commencer ce filet comme il est montré au 5. Chapitre, & faire la leveure deux fois aussi longue, qu'on veut que la panetiere ait d'étenduë. Puis luy ayant donné le quart de plus que la mesure de la hauteur, on accommodera les bouclettes. Estant ajustées en l'état qu'elles doivent être, vous passerés une corde moyennement grosse, ou bien une ficele grosse comme une plume à écrire par dedans toutes ces bouclettes. On aura aussi deux autres petites ficelles a b c d, qu'on passera par le dernier rang de mailles des deux côtés, dont l'une sera attachée à la bouclette a, & l'autre à la bouclette c, pour tenir la panetiere en état, quand on s'en servira; c'est pourquoy on laissera les deux bouts b d libres, & plus longs que la hauteur du filet de neuf ou douze pieds.

Si vous m'en croyés, vous teindrés cette panetiere en couleur brune, aussi bien que les autres.

POVR FAIRE VNE PANETIERE EN TRAMAIL
ou contre-maillée.

CHAPITRE XXVIII.

Es panetieres triples, ou contre-maillées servent principalement pour les passées qu'on a faites autour des Forests. Elles sont commodes, en ce qu'une même personne en peut tendre plusieurs, sans être obligée d'y guetter, car les beccasses s'y prennent d'elles-mêmes. Vous en avés un modele dans la 38. figure de la 7. Table de ce Livre.

Pour y travailler, vous devés prendre la mesure de la largeur & de la hauteur du lieu où elle doit servir, & l'attacher à un clou pour faire l'aumé en mailles quarrées de la maniere contenuë au 17. Chapitre. Cet aumé sera de bon gros fil retors en quatre brins, & les mailles de dix ou douze pouces de large. La toile doit être de fil bien delié, retors en deux brins, & la maille de deux pouces de largeur, ou deux pouces & demy, laquelle toile on fera deux fois,

ou deux fois & demie auſſi longue & large que l'aumé, afin qu'elle ait beaucoup de poche, il la faut mettre entre deux aumés,
& monter tout le filet en cette ſorte. Eſtendez un des aumez à
terre dans une grande place bien unie, & nette de brins d'herbes, de
bois, & autres choſes qui pourroient vous nuire, attachez-le des quatre coins A B E F, avec des piquets, puis paſſez une ficelle bien unie
& ſans aucun nœud dans le dernier rang de mailles qui fait tout
le tour de la toile. Cela étant fait, il faudra attacher le bout de
cette ficelle, & le coin de la toile au coin A de l'Aumé, puis menant la ficelle tout au long du bord A Q B, on la liera pareillement avec un coin de la toile au coin B, de l'aumé, & de là en
continuant de mener la ficelle, on attachera un autre coin de
toile à la lettre F, & enfin le dernier coin à E, aprés quóy on diſ-
perſera la toile également, en ſorte qu'elle fronce & poche par
tout, puis vous paſſeréz l'autre aumé par deſſus cette toile, pour
lier auſſi ſes quatre coins, avec ceux de l'autre A B F E. Quand
la toile ſera ainſi enfermée entre ces deux aumez, il faut prendre
de bon fil, attacher le bord des deux aumez, avec la ficelle qui
paſſe dans le bord de la toile, ainſi qu'on voit par les brins de fil
qui paroiſſent marquez des chiffres 1. 2. 3. 4. 5. 6. 7. 8. 9. & faire de
même tout autour du filet, afin de n'en faire qu'un des trois qui
ſont les uns ſur les autres. Il faudra auſſi dans toute ſon étenduë
en certains endroits, comme de trois pieds en trois pieds lier avec
un brin de fil les deux aumez enſemble, ainſi qu'on voit par les
endroits marquez des lettres G H I K L M N O P, & autres lieux
où il y a de petits nœuds, afin que le filet étant tendu en l'air, la toile
ne deſcende pas dans le bas, ce qu'elle feroit, ſi les aumez n'é-
toient ainſi liez enſemble, & il ſe trouveroit quelquefois plus de poche en un endroit qu'en l'autre. Ayant ajuſté toute la panetiere de
cette façon, l'on prendra une corde de la groſſeur du petit doigt,
laquelle on coudra tout autour pour la border. Il faudra laiſſer aux
deux coins A B deux boucles de la même corde, longues chacune
de demy-pied, & aux deux autres coins E F, on laiſſera pendre
deux autres bouts de corde longs d'une toiſe, pour lier le filet aux
arbres, & le tenir en état pendant les grands vents. Ce qui fait
auſſi que les beccaſſes s'en prennent mieux.

Il faudra

Il faudra teindre cette panetiere en couleur brune, parce qu'elle paroît trop.

DE LA MANIERE DE FAIRE VNE POCHETTE
ou poche à faisans & perdrix.

CHAPITRE XXIX.

'AY montré au 13. Chapitre le moyen de faire des filets comme pochettes, ou poches à lapins. On fera celles à faisans & perdrix de la même sorte. Elles ne different qu'en la longueur, qui doit estre de quatre ou cinq pieds entre les deux boucles. Il faut faire ces poches de fil bien delié, & pourtant fort & retors bien rondement. On ne les fait jamais que de mailles à lozanges, large de deux pouces chacune. Il faudra faire la leveure (ainsi qu'il a esté montré au cinquiéme Chapitre) de vingt mailles, & quand il sera fait, passer une ficelle bien unie & assez deliée tout autour, ainsi qu'aux pochettes pour les lapins, puis teindre le tout en verd, ou autre couleur que j'enseigne au Chapitre quarante cinq. Si ces filets ne doivent servir qu'aux faisans, faites-les plus forts, c'est à dire, que le fil en soit retors en trois brins, & pour les perdrix, il suffira en deux brins.

DV MOYEN DE FAIRE VNE ARAGNE'E
à prendre les Merles.

CHAPITRE XXX.

E filet doit estre fait de mailles à lozanges, & non quarrées, chacune d'un pouce de large, de fil bien delié, retors en deux brins, & teint en couleur. La leveure se fera (comme il est enseigné au Chapitre 5.) de soixante & dix ou quatre-vingt mailles. On fera la hauteur de sept à huit pieds, afin qu'estant étendu, il se trouve avoir cinq à six pieds, plus ou

E

moins , felon la hauteur des lieux où l'on s'en veut fervir , vous
pouvez faire ce filet avec des bouclettes , dont la maniere eft
contenuë au 15. Chapitre , finon il faudra paffer une ficelle bien unie
dans toutes les mailles du dernier rang d'enhaut , ainfi qu'il paroît par
la 32. figure de la 11. Table du deuxiéme Livre , où vous voyez que
la ficelle A B , paffe dans les mailles du dernier rang.

MANIERE DE FAIRE LA RAFFLE
aux petits Oifeaux.

CHAPITRE XXXI.

A raffle aux petits oifeaux eft un filet triple , ou contremaillé qui fe voit par la 44. figure de la 13. Table du fecond Livre. C'eft une efpece de tramail , ou de panetiere contre-maillée. Les aumez en font faits en mailles
quarréés , ainfi qu'il eft amplement montré au 17. Chapitre. Ces
mailles feront larges chacune de trois pouces , la toille ne peut
eftre que de mailles à lozanges de la largueur de neuf lignes , qui eft
les trois quarts d'un pouce. Il faut faire chaque aumé de dix ou douze pieds de longueur depuis M jufques à la lettre R , & la hauteur depuis M jufques à I , fera de fix ou fept pieds , fait de fil bien
retors en trois brins. Il faudra faire la toile deux fois auffi longue
& large que l'aumé , & de fil brun delié retors en deux brins. Pour
le monter , on obfervera toutes les particularitez que j'ay dites au
28. Chapitre , parce que ce filet doit faire le même effet que la
panetiere à tramail. On laiffera feulement aux quatré coins I M
R O , deux bouts de corde longue chacune d'un pied. Il faudra en
attacher en deux ou trois autres endroits des deux côtez pour lier
la raffle à deux perches , ainfi qu'on peut voir par les lettres I K L
M O P Q R. La corde que l'on coudra autour 1. 2. 3. 4. 5. 6. 7. 8.
ne doit pas eftre plus groffe qu'une plume à écrire , afin que le filet en foit plus leger , & moins embaraffant.

COMMENT ON DOIT FAIRE VN RETS
faillant pour prendre des petits oiseaux

CHAPITRE XXXII.

L Es rets faillans ne se font jamais qu'en mailles à lozanges, à cause qu'il faut les cacher en terre. On ne les doit pas faire de plus de six ou sept toises de longueur, ny aussi plus courts que trois toises.

Pour en faire un qui puisse servir à prendre des petits oyseaux appastez, vous n'avez qu'à faire la leveure (ainsi qu'il a esté montré au 5. Chapitre) & le commencer de cinquante mailles, larges de neuf lignes qui sont les trois quarts d'un pouce, c'est une grandeur de maille sortable pour arrester le plus petit oyseau. Il faut faire ce filet de fil bien delié retors en deux brins. Quand il sera fait, vous l'enlarmerez ainsi qu'il est enseigné au 8. Chapitre, afin d'y passer une corde cablée de grosseur convenable, selon la grandeur du filet, & l'éloignement de la loge. Le tout estant fait, il faudra le teindre avec une des couleurs qui sont contenuës au 45. Chapitre.

DE LA MANIERE QVE SE FONT LES NAPPES
pour les Ortolans & Aloüettes.

CHAPITRE XXXIII.

L Es nappes qui ne font que de mailles à lozanges, elles doivent estre faites de bon fil bien delié, & retors bien rondement en deux brins.

Si on les veut pour prendre des ortolans, la maille n'aura que les trois quarts d'un pouce de largeur.

Et si on les fait pour prendre des alloüetes, il en faudra faire les mailles d'un pouce de large chacune. Ces filets sont representez dans la 15. figure de la 5. Table du troisiéme Livre, vous en ferez la leveure (comme elle se trouve enseignée au 5. Chapitre)

E ij

de soixante & dix ou quatre-vingt mailles , & vous travaillerez jusques à ce que chaque nappe se trouve avoir huit ou neuf toises. Etant ainsi faites, il faut les enlarmer des deux côtez (comme il a esté dit au 8. Chapitre) parce qu'elles peinent de toute leur étenduë, au contraire des retz saillans qui ne travaillent que d'un côté. Lors que vous aurez enlarmé les deux filets , il faudra passer une corde de chaque côté dans les grandes mailles , ou enlarmure, cette corde doit estre cablée. On fera une boucle à chaque bout des cordes pour les passer dans des bâtons. Et pour la largeur, a , c, il y faut passer une ficelle dans toutes les mailles du dernier rang, & la lier d'un bout à la corde , laissant l'autre libre pour étressir ou élargir le filet quand on voudra , selon la longueur des bâtons qui le fera joüer.

D'VN FILET CONTRE-MAILLE' POUR PRENDRE les passereaux ou moineaux dans les chambres & dans les greniers.

CHAPITRE XXXIV.

C E filet est un diminutif de la raffle aux petits oyseaux Chapitre 31. On le doit faire de la même façon, à la reserve que les mailles des aumez , qui seront faits en mailles quarrées , n'ont que deux pouces ou deux pouces & demy de largeur. La toile doit être de fil delié retors en deux brins, ayant les mailles larges chacune d'un pouce. La longueur & la largeur de tout le filet monté prest à tendre , se fera selon la grandeur des fenestres, ou autre lieu auquel on le voudra tendre. Vous observerez seulement de luy donner de la poche , comme à la raffle aux petits oyseaux. Il ne sera pas necessaire d'y mettre des morceaux de cordes par les côtez pour l'attacher , parce qu'il se pose avec des cloux.

POUR FAIRE LES RETS SAILLANS A PLUVIERS & à Canards.

CHAPITRE XXXV.

Es fortes de rets faillans ne fe font jamais d'autres mailles que de celles à lozange, parce qu'ils paroiffent moins de la moitié quand ils font pliez, que les autres qu'on feroit en mailles quarrées.

Il faut que la maille en foit large de deux pouces, & que le fil foit retors bien uniment en deux brins faits du meilleur chanvre qu'on pourra trouver. Vous ferez la leveure (de la maniere contenuë au 5. Chapitre) fur quatre-vingt mailles, cette leveure fera la largeur du filet, & fa longueur contiendra douze toifes. Il le faudra enlarmer d'un côté, comme j'ay montré au 8. Chapitre. La ficelle avec laquelle on l'enlarmera, fera bien forte & de bonne groffeur pour y paffer une corde cablée dans les grandes mailles qui feront faites de cette ficelle; cette corde doit être de la groffeur du petit doigt. Vous ferez par les deux bouts du filet le dernier rang de mailles fur un moûle plus petit de la moitié que celuy fur lequel on aura fait tout le rets, afin de tenir le filet en eftat. Ces petites mailles fe feront de la maniere montrée au 14. Chapitre, pour empêcher qu'un filet ne s'allonge ny s'accourciffe. Il faut teindre les rets & la corde en couleur brune qui eft enfeignée cy-aprés au 45. Chapitre.

COMMENT SE FONT LES NAPPES POUR prendre les Canards.

CHAPITRE XXXVI.

Es nappes pour prendre les canards fe font de mailles à lozanges de trois pouces de large, leurs formes fe voyent par la 11. figure de la 12. Table du troifiéme Livre. Il faut faire la leveure (comme j'ay enfeigné au 5. Chapitre) de trente-cinq ou quarante mailles. La longueur de

E iij

chaque filet fera de dix, onze, ou douze toifes, la largeur fuivra la leveure. Quand le filet fera tout maillé, on l'enlarmera
comme il a efté montré au huitiéme Chapitre, à la referve qu'il
faut faire les grandes mailles de ficelle dès deux côtez, & qu'elles ne foient pourtant que de fix en fix pouces feulement, pour
y paffer par dedans des cordes cablées, aufquelles il faut faire
des boucles pour les paffer de chaque bout à des bâtons, lorsqu'on s'en voudra fervir. Le fil dont on fait ces nappes doit être
parfaitement bon & bien retors en deux brins, autrement il ne
refifteroit pas à l'eau dans laquelle on tend ces filets. Il faut les
teindre en couleur brune, comme il fe verra cy-aprés au 45. Chapitre. Je ferois d'avis de faire tremper ces fortes de filets dans de
l'huile, aprés qu'ils auront efté teints, afin de les mieux conferver dans l'eau.

MANIERE POUR FAIRE LES ARAIGNEES
pour-prendre les oyfeaux de proye avec le Duc.

CHAPITRE XXXVII.

OUs ferez ces araignées pour la chaffe des oyfeaux de
fauconnerie avec le Duc en mailles à lozanges, larges de
deux ou trois pouces, de fil delié & retors en deux brins.
Vous ferez la leveure (de la maniere contenuë au 5. Chapitre) affez ample, afin que le filet eftant tendu ait deux toifes de
largeur, & pour la hauteur, on le fera felon la hauteur de l'arbre
qu'on a choifi pour tendre, qui fera depuis deux toifes jufques à
trois, & non davantage, parce qu'il feroit trop difficile de pouvoir
les tendre. Vous pouvez faire ces fortes de filets avec les bouclettes, comme il eft montré au 15. Chapitre, ou bien on paffera une
ficelle bien unie & moins groffe qu'une plume à écrire, dans toutes
les mailles du dernier rang d'en-haut lefquelles auront la liberté
d'aller & venir deffus la ficelle, comme un rideau de lict fur fa
verge de fer. Il faut que ces filets foient teints en vert, ou couleur
brune. Voyez le 45. Chapitre.

Vous pouvez voir la forme de ces filets dans la 50. figure de la 35. Table du troisiéme Livre.

DV MOYEN DE FAIRE LES PANS CONTRE-MAILLEZ pour les lapins.

CHAPITRE XXXVIII.

LES pans se font de la même façon que les haliers à perdrix contenus au 22. Chapitre. Les aumez en peuvent estre de mailles quarrées ou à lozange, larges de six ou sept pouces chacune. Si on les veut faire de mailles à lozanges, on doit s'instruire par le 14. Chapitre, & si vous les voulez en mailles quarrées, reglez-vous sur le 17. Chapitre, & faites-les de ficelle assez forte. Les mailles de la toile doivent estre d'un pouce & demy, ou deux pouces de large, & de fil retors en trois brins. La hauteur du pan sera de trois ou quatre pieds, & la longueur à discretion. Il faut que la toile soit au moins deux fois aussi longue & large que l'aumé. On y met des piquets qui s'attachent de quatre pieds en quatre pieds, & on coud les deux aumez ensemble, faisant tout le reste comme les haliers.

DE DEVX FACONS DE PAN SIMPLE.

CHAPITRE XXXIX.

IL est représenté dans la premiere Table du quatriéme Livre, deux figures du pan simple, fait de mailles en lozanges, on les peut faire de mailles quarrées, si l'on veut. La maille sera d'un pouce & demy de large de fil bien fort, & retors en trois brins. Si on les fait de mailles à lozanges, il leur en faut donner vingt-quatre de leveure, & trois toises de longueur, puis passer une ficelle dans toutes les dernieres mailles du bord de la longueur, tant au haut qu'au bas de celuy qui est figuré 11. & teindre le tout en couleur brune, enseignée cy-apres au 45. Chapitre. Le pan figuré 3. sera meilleur. Si on le fait de mailles quarrées, auquel cas on luy donnera cinq pieds de largeur, ou hauteur, & trois ou quatre toiſes de longueur, ſelon le lieu où il devra ſervir. Il ne ſera pas beſoin de paſſer aucune ficelle autour de ce dernier, parce qu'il ſert d'une autre façon que le premier, ainſi qu'il ſe verra dans ſon Chapitre, où vous en apprendrez l'uſage.

DE QVELQVES FILETS POVR PESCHER LE POISSON, & premierement, de deux ſortes d'Eſperviers.

CHAPITRE XL.

IL ſe voit de deux façons d'eſperviers pour prendre du poiſſon, la 22. figure dans la 11. Table du cinquiéme Livre eſt la plus commune, & moins embaraſſante. Ce filet n'eſtant pas aiſé à faire, j'eſpere que l'inſtruction ſuivante ne ſera inutile à celuy qui voudra y travailler.

La leveure ſe doit faire de douze mailles de deux pouces de large. On travaille ce filet en rond de la maniere qui eſt enſeignée au 9. & 10. Chapitre. Il faut faire dix rang de mailles ſur le même moûle avec quoy on a fait la leveure, puis changer d'un autre plus petit du demy-quart, pour continuer dix autres rangées de mailles, moins grandes que les premieres, obſervant ce changement de moûle à tous les dixiémes rangs, juſques à la fin du filet, qui ſera par le bas de petites mailles à ficher le bout du doigt ſelon qu'on aura diminué les moûles par degrez, afin de prendre auſſi bien les petits poiſſons que les gros. A meſure que vous travaillerez, jettez des accruës (de la ſorte que j'ay montré au 11. Chapitre) de ſix en ſix mailles au deuxiéme rang d'aprés la leveure, & faites le troiſiéme ſans accruës: puis jettez encore des accruës au quatriéme rang, & travaillez le cinquiéme ſans accroiſtre, & au ſixiéme accroiſſez. Faites ainſi de tous les autres rangs les uns aprés les autres, juſques à ce que le filet ait huit ou neuf pieds de hauteur. Si vous ne devez ou voulez prendre que les gros poiſſons, ne changez point de moûle que de quinze en quinze rangées de mailles, ce filet doit eſtre fait de bon fil retors en trois brins, & quand il ſera fait, il le faudra teindre en couleur

brune,

brune enseignée cy-après au 45. Chapitre, & le monter de corde
& de plomb en la maniere qui suit. Ayez vingt ou vingt-cinq
livres de bales de plomb, plus, ou moins, selon l'estenduë du filet, qui seront grosses comme des bales de fusil, & toutes per-
cées dans le milieu, ainsi que les grains de chapelet, pour les enfiler de même façon, avec une corde d'une moyenne grosseur. A
chaque fois que vous aurez enfilé une bale, faites un nœud à la
corde tout joignant la bale, puis enfilez-en une autre, & faites
encore un nœud, de sorte qu'il s'en rencontre toûjours un entre deux bales, & que le tout ressemble à un chapelet. En ayant
fait un tour selon la grandeur du filet, il faudra noüer les deux
bouts de la corde du chapelet ensemble, & avec une aiguille couverte, ou chargée de ficelle, attacher ces bales ainsi enfilées tout
autour du bas du filet. Cela estant fait, prenez nombre de ficelles longues de quinze pouces. Vous les attacherez de pieds en
pieds à la rangée de mailles marquée des lettres a h i κ l m d,
qui doit estre à dix-huit ou vingt pouces au dessus du chapelet,
& lors qu'elles seront toutes noüées, vous leverez la corde ou
chapelet de bales en haut, pour la lier aussi de pieds en pieds à
l'autre bout de chaque ficelle, de façon qu'il n'y ait pas plus de
neuf, dix, ou onze pouces de longueur depuis la rangée de mailles a h i κ l m d, jusques au bas b g n o p q c. Par ce moyen le
filet fera une espece de ventre tout autour, pareil aux deux endroits marquez des lettres b f a, & c e d : & c'est dans ce ventre que
le poisson demeure pris. Ces ficelles sont assez bien representées
par les lignes noires a b, h g, i n, κ o, l p, m q, & d c. Outre cela
on attachera à la pointe, ou bout du filet r, une corde longue
de deux ou trois toises, avec une boucle S, pour passer le bras
dedans, afin de retirer l'espervier de l'eau.

Quant à l'autre sorte d'espervier figuré 23 dans la même Table, il est fait de même façon que celuy de cy-dessus, mais il se
monte d'une autre maniere ; car au lieu de lier une corde au
bout du filet par où il a esté commencé, il faut y mettre une
grande boucle ou anneau V, qui soit de cuivre, gros comme le
petit doigt, ou bien de corne épaisse de neuf lignes, qui sont les
trois quarts d'un pouce. On attachera autour de cette boucle les

F

douze premieres mailles de la leveure du filet , aprés quoy , vous ajusterez le chapelet de bales tout autour du bas X Y Z A B C D. Il faut aprés cela lier au chapelet des ficelles fortes & longues de six pieds aux endroits marquez des mêmes lettres X Y Z A B C D, & il faut qu'elles soient éloignées les unes des autres d'un pied. Elles doivent estre toutes nouées ensemble au bout d'une corde T, qui passe dans la boucle V. Ces ficelles sont representées par les lignes droites qui vont du chapelet rendre dans l'anneau V; de sorte que tirant la corde par le bout E (quand le filet aura esté jetté) tous les endroits marquez des lettres X Y Z A B C D, se rencontrent en un monceau les uns proches des autres, & que la boucle V soit baissée jusques au chapelet. Ainsi le filet sera fermé comme une bourse, sans qu'il en puisse sortir aucun poisson, que les petits qui passent au travers des mailles.

DU MODELE POUR FAIRE LA RAFFLE au Poisson.

CHAPITRE XLI.

E nomme ce filet une raffle à poisson, parce qu'estant bien fait & tendu (comme je l'enseigne) en quelque grande ou petite riviere, pourveu que l'eau n'y soit pas trop rapide, il s'y prend une prodigieuse quantité de poisson. J'en diray toutes les particularitez en un autre endroit, me contentant en ce lieu de montrer la maniere de le faire. Vous en verrez la figure dans la premiere Table du 5. Livre.

Le plus difficile à faire de tout le filet, c'est le coffre, qui contient tout ouvert ou monté six pieds de longueur, depuis la lettre E jusques à H, & de trois ou quatre pieds de diametre, ou d'ouverture entre les deux bords du cercle, des deux lettres H f, selon la hauteur de l'eau en laquelle il doit estre tendu. Si on le veut de trois pieds de diametre, il faudra faire la leveure (comme il a esté dit au 5. Chapitre) de deux cent mailles d'un demy pouce de large. Quand la leveure sera faite & les mailles enfilées, ainsi qu'en la 12. figure de la seconde Table de ce Livre, on attachera la ficelle à un clou T, & on continuëra de mailler à l'ordinaire , jufques à la longueur d'un pied, après il faut joindre les deux côtez enfemble pour travailler en rond (comme il eft montré au 9. Chapitre) c'eft à dire qu'au lieu de prendre la maille Z pour travailler à l'ordinaire, on prendra l'autre maille R , faifant par ce moyen joindre R & Z enfemble, puis on pourfuivra le filet toûjours en rond, jufques à quatre pieds de longueur. Quand on y fera parvenu, il faudra changer d'aiguille, & en prendre une couverte de fil en double pour en faire un rang de mailles double. Ce rang eftant fait vous reprendrez la premiere aiguille chargée de fil fimple, de laquelle vous pourfuivrez le filet, & vous travaillerez tout autour, comme devant, en prenant une maille fimple, ou pour mieux dire la moitié de chaque maille double, laiffant l'autre pour faire dans un autre temps la même chofe qu'à celles que vous prenez maintenant, fur lefquelles ayant fait deux rangées de mailles, il faudra diminuer d'une maille à tous les quarts du filet.

Pour mieux comprendre ce que je veux dire : Suppofez que le rang des mailles du tour de ce filet, foit de deux cent. Lors que vous aurez fait les deux rangées complettes , prenez deux mailles à la fois pour n'en faire qu'une des deux ; & quand vous ferez à la cinquantiéme, prenez -en deux autres enfemble , & pourfuivez jufques à la centiéme, pour en prendre encore deux autres à la fois, & enfin à la cent cinquantiéme on fera la même chofe. Ainfi le filet fera diminué d'une maille à toutes les cinquantiémes mailles , qui font le quart de deux cent , qui fera quatre mailles de diminution au rang. Vous obferverez cela à toutes les autres rangées, en fuivant , non pas de cinquante en cinquante mailles, mais à tous les endroits aufquels on aura commencé de diminuer , jufques à ce qu'il n'y ait plus que vingt ou vingt-quatre mailles de tour, & ainfi le goulet ou l'entrée fera faite. Il faudra le laiffer là & retourner prendre les rangs des mailles qui faifoient la moitié des doubles pour faire aufli deux rangées de mailles ordinaires tout autour , lefquelles eftant faites , on jettera des accruës de quarante en quarante mailles, jufques à vingt rangs. La maniere de faire ces accruës fe peut voir au Chapitre 11. Quand on aura fait les vingt rangées de mailles fur ce même moûle , on

F ij

en changera d'un autre plus gros d'un demy - quart pour travailler deſſus dix autres rangs de mailles, & aprés ces dix rangées, il
faudra changer encore d'un autre moûle plus gros d'un demy-
quart, augmentant toûjours par degrez, & jettant des accruës
de quarante en quarante mailles, juſqu'à ce que le filet ait ſix ou
ſept pieds de long, & que les dernieres mailles ſe trouvent d'un pouce ou d'un pouce & demy de largeur. Lors que ce filet ſera aſſez long,
il faudra partager le dernier rang de mailles en quatre parties
égales, comme par exemple la premiere figure de la premiere
Table du cinquiéme Livre, la partie marquée des lettres V g, doit
contenir autant de mailles que la partie qui ſe trouve depuis V juſques à la lettre T. Prenez donc le quart V g, & travaillez deſſus
le plus gros moûle enſuite des mailles de cette partie V g, ſans
croître ny diminuer, & vous le continuërez autant que vous de-
ſirerez que l'aîle du V X du filet ſoit longue. On travaillera de
même façon enſuite de l'autre quart T b, pour faire l'aîle T
Y pareille, laiſſant toûjours une des quatre parties entre deux aîles. Et pour achever ce filet, d'où il n'y peut avoir que la moitié
de fait, reprenez par où il a eſté commencé, pour en faire de
l'autre côté autant que vous en avez de fait. Afin de m'entendre mieux, conſiderez la 29. figure de la cinquiéme Table de
ce Livre, & ſuppoſez que le filet ait eſté commencé par les
mailles l κ m n, & achevé par le bout O, liez le tout par la
ligne p q, & l'attachez à un clou, puis noüant le fil r, de l'aiguille à la demie maille, travaillez & prenez la maille m, puis n, &
ainſi des autres de ſuite, en tournant tout autour, ſans croître ny
diminuer juſques à quatre pieds de longueur, faiſant le reſte du
filet ainſi que vous avez fait l'autre moitié. L'ouverture i qui demeurera, ſervira pour prendre le poiſſon dans le coffre du filet,
ſans le tirer hors de l'eau.

　　Il ne reſte plus qu'à enſeigner la maniere de montrer le tout.
Pour commencer, vous aurez cinq ou ſix bâtons ou petites perches de châtaigner, ou autre bois ployant, bien droites & unies,
de longueur convenable, ſelon le tour que doit avoir le coffre
du filet. Il faudra les ployer comme des cerceaux ou cercles de
tonneau, en mettant les deux bouts enſemble l'un ſur l'autre,

puis paſſer le filet par dedans , & l'attacher tout autour à ces
cercles , commençant d'en mettre un à l'entrée H f , ſur le lieu
où a eſté fait le rang des mailles doubles , un à l'autre bout
du coffre E e , & les deux ou trois autres entre ces deux là en
des eſpaces égaux. Pour tenir les goulets en eſtat , il faudra attacher de petites ficelles , ſçavoir quatre à chaque goulet en cette ſorte. Suppoſez que les goulets ont vingt-quatre mailles de
tour dans les bouts I L , partagez-les en quatre parties , qui ſeront
de ſix mailles chacune : attachez un fil au milieu de la premiere , &
faites encore un rang de mailles d'un pouce de large. Dans ce rang
il ne s'en trouvera plus que cinq , coupez le fil , & le rattachez
au milieu de la premiere de ces cinq mailles , & faites encore un
rang , auquel ne ſe trouvera plus que quatre mailles. Coupez derechef le fil pour le mettre tout de même à la premiere maille de
ces quatre , vous ferez le dernier rang de trois mailles , dans leſquelles il faudra paſſer une ficelle , & la doubler d'un bout en
forme de boucle ou maille , qui aura deux pouces de longueur ,
ſur laquelle ces trois mailles auront liberté d'aller & de venir pour
s'élargir. On fera les trois autres parties du goulet de la même façon. Aprés cela faites tenir les deux cercles E H , par deux perſonnes qui feront étendre le coffre également de côté & d'autre ,
& attachez les quatre ficelles ſeparément , & en égale diſtance au
deuxiéme cercle qui luy eſt oppoſé , comme celle du goulet I , au
cercle G , & celle du goulet L au cercle F , de ſorte que ces deux
goulets ſoient toûjours tendus roides , & que l'ouverture paroiſſe grande , comme à paſſer le pied chauſſé ou un ſabot , & par
l'ouverture ou regard M , il faudra le fermer avec une ficelle
qui lacera les mailles des deux côtez enſemble. Puis il faut avoir
une longue & forte ficelle M N O , qui eſtant en double depuis
M juſques à la lettre N , embraſſe toutes les ficelles des deux goulets , afin que voulant lever le filet de l'eau , on puiſſe fermer
les goulets en tirant cette ficelle , & empécher que le poiſſon
ne s'échappe , lors que les deux cercles de l'entrée du coffre viendroient à s'approcher l'un de l'autre. Cette ficelle du ſecret eſt une
bonne invention pour fruſtrer ceux qui voudroient dérober le
poiſſon. Dans la deuxiéme Table du cinquiéme Livre , ſe voit la

forme de ce filet reprefentée au net , avec de fimples traits les mêmes lettres & les mefures fufdites.

Achevons de voir comment il faut ajufter les aîles de la raffle. Prenez une corde cablée groffe comme le petit doigt , & la coufez au bas du filet d g Q b c , c'eft à dire , liez une ficelle au bout de la corde c, puis l'ayant paffée dans trois ou quatre mailles , faites deux nœuds autour de la corde , reprenez trois autres mailles , & faites encore deux autres nœuds continuant tout le long de la corde , jufques à l'autre bout d. Mettez - y aprés de fix en fix pouces des morceaux de plomb, longs de deux ou trois pouces (dont on voit la forme par la 37. figure de la 6. Table du cinquiéme Livre) qui entoureront la corde. Ayant ainfi accommodé les cordes du bas de la raffle , prenez plufieurs morceaux de liege , grands de deux ou trois pouces en quarré , épais d'un pouce , lefquels feront percéz dans le milieu pour y paffer une corde, qui fera auffi cablée, & de même groffeur que l'autre, fur laquelle on arrangera tous ces morceaux de liege, éloignez de fix en fix pouces, ou de neuf en neuf , puis on y coudra le haut du filet de la même façon qu'on a fait l'autre du bas. Il faudra laiffer pendre au bout de chaque aîle un morceau de la même corde, tant du haut que du bas , longue de trois ou quatre pieds, pour les attacher à des perches quand on voudra tendre le filet.

J'ay deffeigné dans la 6. Table de trois fortes de morceaux de plomb, qu'on peut mettre au bas de ce filet, la 35. figure eft groffe comme le pouce , longue de trois pouces , & percée tout au long d'un trou G, de la groffeur de la corde. Si on s'en fert, il faut les enfiler tous avant de coudre le filet à la corde.

La 36. figure eft d'une autre forte, appellée des Pefcheurs gouffe de plomb. On ne les met au filet qu'aprés qu'il eft tout fait, fi vous en employez, pofez la corde dans les deux bouts fourchus H I, puis avec un marteau rabatez la pointe K autour de la corde, & la pointe L par deffus K , & ainfi de l'autre bour.

La 37. figure eft le morceau de plomb que j'ay dit cy-deffus.

DE LA MANIERE QV'IL FAVT FAIRE VN
filet appellé Louve.

CHAPITRE XLII.

E filet est un diminutif du precedent, & n'est autre chose que le coffre de la raffle. Sa forme est representée
dans la 3. figure de la 3. Table du 5. Livre. La 4. figure le fait voir avec des traits seulement, pour en faire mieux comprendre la façon & ses proportions.

Il faut le commencer sur seize mailles de leveure, & jetter des
accruës, comme il est dit au Chapitre 11. de quatre en quatre mailles au premier rang qu'on fera aprés la leveure, & continuer les
autres rangs de même façon, faisant les accruës vis-à-vis de celles
qui seront aux rangées des mailles precedentes, jusques à ce que
le filet ait un pied & demy de longueur, qui sera un des goulets.
Estant parvenu à cette longueur, il faudra cesser de faire des accruës, & travailler sans croître ny diminuer : & lors que vous aurez fait encore trois pieds de long, laissez une ouverture, ou ré-
gard de cette sorte.

Au lieu que vous avez travaillé en rond, tout ce qu'il y a déja
de filet fait, retournez sur vôtre ouvrage, comme si vous vouliez
faire un filet non fermé, & quand vous serez parvenu à la maille
où vous avez changé l'ordre de travailler, retournez sur les mailles que vous venez de faire, & quand vous serez à l'autre bout, faites encore de même, & continuez cette façon de mailler jusques
à un pied de longueur. Cela estant fait, on travaillera en rond,
comme l'on a fait au commencement, jusques à trois autres pieds
de longueur, ce sera sept pieds qu'aura ce coffre, sans les deux
goulets, puis on fera le second goulet, en prenant deux mailles
à la fois à chaque quart du tour du filet, pour diminuer jusques à
seize mailles, ainsi que vous avez commencé l'autre bout. Aprés
quoy on l'attachera aux cercles en mettant le premier A G, justement sur le rang de mailles proche le premier où vous avez jetté
des accruës, un autre D K sur l'autre bout du coffre, & enfin les

deux autres cerceaux entre les deux des bouts aux endroits marquez des lettres BA, CI, feparez en égale diftance. Ajuftez enfuite les goulets, comme ceux du coffre de la raffle, & fermez le
regard M. Les quatre cercles que vous mettrez à la louve feront
de la grandeur d'un cercle de tonneau, auffi y peuvent-ils fervir.
Quand on voudra tendre ce filet, il faudra avoir quatre bâtons
D F K V, gros comme le bras, & longs de cinq pieds, ou cinq
pieds & demy, percez ou cochez proche des bouts, qu'il faut attacher avec des cordes tout autour des cercles pour tenir la louve
en eftat, comme feroit un tonneau, ainfi qu'il paroît par les lettres
A B C D. Il faudra laiffer pendre quatre cordelettes au bâton
G H I K, pour y lier des pierres, afin de faire aller le filet au fond
de l'eau. Vous mettrez auffi une corde R, longue de trois toifes au
bâton L, pour retirer la Louve de l'eau quand on n'en pourra pas
approcher fans fe moüiller.

Tout ce que je puis avoir obmis en ce Chapitre fe trouvera au
Chapitre precedent, car c'eft la même chofe, à la referve qu'à la
Louve il y a des bâtons, & qu'il n'y en a point à la Raffle, outre
qu'à la Raffle il y a une ficelle du fecret, & non à la Louve.

DESCRIPTION D'VN FILET ADMIRABLE
pour tendre en toutes fortes d'eaux.

CHAPITRE XLIII.

E filet que j'appelle Quinque-porte eft quarré, & reffem-
ble à une cage. Sa figure fe voit dans la 7. figure de la 4.
Table du cinquiéme Livre : Cette figure le reprefente
tout monté & tendu comme il doit eftre dans l'eau, &
la 8. le montre tendu feulement avec des fimples traits, l'une &
l'autre figure eft marquée des mêmes lettres, pour en mieux faire
comprendre la façon & les proportions.

Il eft compofé de fix pieces, aufquelles il y a un goulet au milieu de chacune, finon à celles du deffous, qui eft toute unie.
Pour commencer d'apprendre la façon de ce filet, je le fuppo-
                                                          fcray

feray de huit pieds en quarré, & de quatre pieds de haut. Faites la leveure de quarante-huit mailles d'un pouce de largeur, & travaillez à l'ordinaire, fans croître ny diminuer jufques à quarante pieds de long, qui fera quatre cent quatre-
vingt rangées de mailles. Prenez une ficelle, & la paffez dans
toutes les mailles du bord d'un des côtez de ce filet, noüez les
deux bouts enfemble, & l'attachez à un clou pour travailler
par l'autre côté, commençant à la premiere maille, à laquelle
vous lierez le bout du fil de l'éguille, & maillerez jufques à la
cent-vingtiéme. Quand vous ferez parvenu à cét endroit, au
lieu de continuer le rang, retournez fur vôtre ouvrage, comme
fi vous faifiez un autre filet à part, & pourfuivez jufqu'à ce qu'il
foit de fix vingt mailles de longueur, auffi bien que de largeur.
Cette piece de filet ainfi travaillée fervira pour faire le deffus de
tout le filet. Lors qu'il fera achevé enfilez d'une ficelle la derniere rangée des mailles que vous venez de faire, noüez les deux bouts
de cette ficelle enfemble, & la mettez au clou en ayant ôté
l'autre côté du filet, duquel vous tirerez la ficelle pour y travailler & faire auffi une piece de fix-vingt mailles en quarré vis-à-vis
de l'autre, laquelle fervira pour le deffous. Cela eftant fait, piquez en terre quatre bâtons bien droits A C D B, de forte qu'ils
foient bien en quarré, & diftans les uns des autres de huit pieds.
Attachez une corde au bas des quatre bâtons E F G T, & un autre à quatre pieds plus haut aux endroits marquez A C D B, puis
étendez la longueur du filet par dedans & l'y coufez en haut & enbas tout autour de cette corde, aprés quoy étendez la piece du deffus & celle du deffous pour les coudre pareillement au long de la
corde avec le filet du tour, ainfi le filet fera quarré comme un dez.
Refte d'y mettre des Goulets qu'il faut commencer fur douze mailles de leveure (de la maniere contenuë au 5. Chapitre) & jetter des
acruës (comme au 11. Chapitre) de trois en trois mailles pour le premier rang d'aprés la leveure, & continuer à tous les endroits de
chaque rangée de mailles, jufques à ce qu'il y ait deux pieds de
longueur. On fera cinq goulets de la même façon que celuy-
là, l'un pour le deffus H, & les autres pour les quatre côtez. Quand
ils feront faits, ouvrez-les & les étendez en rond fur chaque

G

pan du filet, puis coupez ce qui fera neceffaire pour faire l'entrée
felon l'étenduë du goulet que vous y couferez. Ajuftez aprés les ficelles, ainfi que j'ay montré au 41. Chapitre, en forte que les goulets foient tendus ouverts comme ceux de la raffle (l'experience
vous apprendra le refte) & le filet fera en état d'eftre tendu.

   Une autre maniere pour ce filet, eft de travailler chaque piece
feparément ; voyez la 28. figure de la Table de ce Livre. Il faudra
commencer par la petite ouverture A du goulet & faire la leveure
fur douze mailles d'un pouce de large, & au premier rang que vous
ferez aprés la leveure, vous jetterez une accruë dés la premiere maille, une feconde accruë à la quatriéme maille, une autre à la feptiéme, & la derniere à la dixiéme. Ce feront quatre accruës au rang,
ce qu'il faut obferver à toutes les rangées de maille qu'on fera, n'en
faifant pas plus de quatre au rang. Pour ne vous y point tromper
faites ces accruës toûjours vis-à-vis de celles du rang precedent, elles formeront comme des lignes droites A C, A I, A B, lefquelles feront doubles comme elles paroiffent, encore qu'elles aillent
en ferpentant. De cette façon on travaillera avec fureté & fans faute. Si vous prenez bien garde aux endroits marquez des lettres H G
D E I F, vous verrez que les accruës ainfi jettées fe fuivent. Quand
il y aura environ deux pieds de faits, depuis A jufques à la lettre C
ou B, pour lors vous ferez une accruë, & à la huitiéme maille une
autre, à la fixiéme une autre, & vous en jetterez ainfi continuellement de huit en huit mailles, jufques à ce que tout le filet
ait fix pieds de longueur. Lors qu'il fera fait & étendu en double
fur la terre, comme vous le voyez, il fera de forme ronde par le
côté le plus large, ainfi que le marque l'arc ou ligne courbe ponctuée K L M, mais pour le mettre en ordre fans difformité, il vaut
mieux perdre un peu de fil, & couper au quarré chaque piece en
cette forte. Suppofez que le filet foit étendu à terre ouvert en
ovale, & que le bord qui eft autour foit l'ovale ponctuée R O
S Q T P V N, de la 30. figure, mettez une ficelle avec un clou fur
le bord du filet, à l'endroit marqué de la lettre P, & tirant cette ficelle en droite ligne, coignez un autre clou N, à huit pieds plus
loin, & la détournant tout d'un coup à l'angle droit ou quarré,
vous la mettrez avec un autre clou fur le bord O du filet diftant de

N de quatre pieds. On conduira derechef la même ficelle à huit pieds de là au bord Q, & puis enfin à la lettre P, avec le premier bout. Cette ficelle attachée à fes quatre cloux, formera un quarré long de huit pieds en un fens, & de quatre en l'autre. Prenez aprés cela des cizeaux, coupez le filet le long de la ficelle, & en ôtez le fuperflu, qui déborde hors les quatre lignes. Exemple, coupez depuis P jufques à Q, le morceau T fera fuperflu, & ainfi il faudra l'ôter ; il en fera même des trois autres morceaux V R S. Les quatre pieces du tour du filet feront faites de même façon, & pour le deffus, on le fera plus long de neuf pouces, afin qu'étant étendu à terre on le puiffe couper de huit pieds en quarré, le deffous fe fera de huit pieds en tout fens, tout uny, & fans croître ny diminuer. Quand toutes les pieces feront faites, il faudra coudre les unes avec les autres à des cordes, ajufter les ficelles, & faire tout comme j'ay dit pour l'autre maniere. On laiffera pendre à tous les coins du filet, tant du bas que du haut, deux bouts de corde longue chacune d'un pied ou deux, pour l'attacher aux perches lors qu'on le tendra.

POVR FAIRE VN TRAMAIL.

CHAPITRE XLIV.

Uand je propofe en ce lieu la maniere de faire un Tramail, je ne pretens pas donner rien de nouveau, puis que tous les Pêcheurs en fçavent faire : mais ayant enfeigné comment il faut faire tous les filets particuliers qui font neceffaires à nos rufes innocentes, j'ay crû ne devoir obmettre celuy-cy, puis qu'il doit fervir en plufieurs endroits du cinquiéme Livre traitant de la pêche.

Je diray donc que le Tramail fe fait ordinairement de mailles à lozanges, tant pour les aumez ou grandes mailles, que pour la toile ou les petites mailles, bien qu'on puiffe faire les aumez à maille quarrée. La longueur d'un Tramail ne fe fpecifie point, on le fait auffi long qu'on veut. La hauteur eft ordinairement de quatre pieds; mais on le peut faire plus ou moins haut selon la profondeur de l'eau où l'on veut pêcher.

Pour le faire, il faut commencer par les aumez, qui doivent estre de ficelle ou de gros fil retors en quatre brins. Si vous les desirez de mailles à lozange, voyez le 14. Chapitre, le 17. vous apprendra à les faire en mailles quarrées. Soit qu'on fasse les aumez d'une maille ou d'autre, la toile doit estre toûjours à lozanges, & deux fois aussi longue & large que l'aumé, afin qu'elle ait de la poche. La maille en sera d'un pouce de largeur, & de fil retors en trois brins, & celle de l'aumé de neuf pouces de large. Quand la toile est achevée, on passe une ficelle bien forte dans toutes les mailles du dernier rang d'enhaut & d'enbas, puis on a plusieurs morceaux de liege de trois pouces de large, & d'un pouce d'épaisseur, tous percez au milieu pour les passer sur une corde cablée grosse comme le petit doigt. Il faudra lier cette corde des deux bouts à deux arbres, à quatre pieds au dessus de terre, & ajuster les morceaux de liege tout au long, de neuf en neuf pouces. Aprés cela il faut étendre à terre par dessus la corde du liege les aumez, & la toile entre deux pour les attacher avec de la ficelle au commencement de la corde proche le premier morceau de liege : puis conduisant le bord de la toile toûjours entre les deux aumez, liez le tout de trois en trois pouces à la corde, sans approcher ny reculer les morceaux de liege, observant de faire froncer la toile autant qu'il en sera besoin. Vous aurez une autre corde de même grosseur que celle où a esté enfilé le liege, à laquelle il faut coudre l'autre bord de la toile & des aumez, de la même façon qu'au bout du filet, & lors qu'elle sera ajustée, on mettra le plomb.

Les Pêcheurs se servent pour leurs filets des deux sortes contenuës és figures 36. & 37. de la sixiéme Table. Ils appellent la premiere sorte des gouces de plomb longues de deux pouces, ou de trois, grosses comme le doigt, lesquelles ont deux branches ou crochets K L à chaque bout pour les faire tenir à la corde qu'on fait entre les crochets H I, puis avec un marteau on les rabat autour de la corde. Il faut les mettre de trois en trois pouces, selon qu'il y a plus ou moins de liege dans le haut du filet.

L'autre maniere se met aussi de trois en trois pouces, ce n'est qu'un morceau de plomb applati, épais comme une piece d'un écu, long de deux ou trois pouces. On pose la corde (designée par l'espace des deux lignes ponctuées N O) sur le plomb, puis avec un marteau on rabat le bord P Q dessus la corde, le faisant tourner vers R S jusques à ce que le plomb soit tout-à-fait roulé.

Pour moy je me suis toûjours servi d'une autre maniere pour plomber les filets, la 35. figure represente la forme du plomb dont je plombois tous mes filets à pêcher. Je faisois un moûle de pierre, dans lequel il y avoit un creux long de trois pouces, & gros comme le doigt. Dans le milieu de ce creux je mettois en long une broche de fer de la grosseur de la corde qui y devoit entrer : puis ayant fermé le moûle je jettois le plomb dans le soûpirail, & lors qu'il estoit froid je faisois sortir la broche hors du plomb, qui y laissoit le trou G, dans lequel devoit passer la corde.

Si vous employez du plomb fait de cette façon, vous pouvez bien juger qu'il le faut enfiler avant que de coudre les aumez, & la toile à la corde, & les placer de trois en trois pouces. C'est à mon gré la meilleure invention pour plomber les filets; parce qu'il ne s'en perd rien, outre que cela est plus propre, & plûtôt fait que les deux autres sortes dont les Pêcheurs se servent.

COMPOSITION POVR TEINDRE
les filets.

CHAPITRE XLV.

L est bien raisonnable puis que je vous ay montré à faire les filets, de vous apprendre le moyen de les conserver. Il les faut teindre, ils en durent davantage & n'épouvantent pas le gibier ny le poisson comme s'ils estoient blancs. Il n'y a que de trois sortes de teinture qui soient necessaires pour toutes sortes de filets, sçavoir la fueille-morte, le jaune, & le verd.

La premiere, qui est la teinture la plus commune, & qui conserve mieux les filets est faite de tan, qu'on prend chez les Tanneurs, de quoy ils accommodent leurs cuirs, mais comme on n'en rencontre pas par tout quand on en a affaire, celle qui se fera avec de la peau

G iij

de noyer fuffira, & fera auffi bonne, vous la ferez en cette forte.

Tirez de terre des racines de noyer, prenez-en l'écorce, coupez-la par morceaux grands comme deux doigts, & fur deux boiffeaux de cette écorce, mettez-y deux feaux d'eau, & faites boüillir le tout enfemble l'efpace d'une heure, puis pofez les filets au fonds du vaiffeau, rapportez tous les morceaux d'écorce par deffus, & laiffez-les tremper vingt-quatre heures dans cette teinture, tirez-les aprés cela & les tordez pour les étendre & faire feicher, ils feront teints de couleur brune comme minime.

La feconde teinture qui eft jaune, fe fait avec de l'herbe nommée Eclaire ou Chelidoine, qu'il faut prendre à grandes poignées, & en frotter le filet par tout, comme fi on le favonnoit, & quand on l'aura fait feicher, il fera jaune fale.

La derniere couleur, qui eft le verd, eft la plus propre pour prendre les oyfeaux, parce qu'ils ont accoûtumé de voir l'herbe qui eft de la même couleur, & de marcher deffus, fi bien qu'ils ne s'épouvantent pas pour les filets teints de cette couleur. Elle fe fait avec du bled vert, haché & pilé en boüillie, dont ou frote le filet par tout, puis on laiffe l'un & l'autre péle-méle tremper vingt-quatre heures.

La teinture qui fe fera par un Teinturier en fil ou en foye, vaudra bien mieux, & durera davantage; je vous confeille de vous en fervir fi vous eftes fur les lieux pour le faire.

LE MOYEN DE CONSERVER LONGVEMENT les filets.

CHAPITRE XLVI.

'Ay déja dit au Chapitre precedent comme la teinture conferve les filets, principalement celle qui fera faite avec du tan, ou bien l'autre qu'on feroit de racines de noyer.

Je vous avertis auffi, que lors que vos filets feront moüillez, il ne faut pas eftre pareffeux de les étendre à l'air, pour les faire feicher promptement. Il ne faut pas auffi les laiffer dans l'eau l'Eté pendant les grandes chaleurs plus d'une nuit fans les faire feicher, parce qu'ils ramolliffent & rompent facilement aprés qu'ils y ont efté durant un jour. Pour ce qui eft des faifons fraîches, on les peut laiffer coucher dans l'eau deux nuits & un jour fans qu'ils fe gâtent.

Il ne faut jamais manquer de laver tous les filets à pécher, auffi-toft qu'on les tire de l'eau principalement ceux qui y ont demeuré la nuit, parce qu'il s'y amaffe une certaine laye ou craffe, laquelle eftant feiche avec le filet, le mange & le mine peu à peu.

On doit toûjours tenir les filets dans un lieu exempt de rats & de fouris, & les fufpendre en l'air, & non proche d'une muraille, parce que les rats & les fouris les pourroient ronger.

Il ne faudra pas negliger de rabiller la moindre maille qu'on verra rompuë à un filet; car dés qu'il commence d'eftre rompu en un endroit, le refte ne dure plus gueres en fon entier, & au contraire fi vous avez foin de le rabiller fouvent, il en durera un tiers ou la moitié davantage.

Je croy, mon cher Lecteur, avoir affez amplement traité des filets. Si vous y trouvez quelque chofe à vôtre goût, rendez-en loüange à nôtre Seigneur, & le priez qu'il vous garde de l'offenfer dans la pratique de mes enfeignemens, auffi bien qu'en toutes autres actions que vous devez faire pour fa gloire. Dieu foit beny.

Fin du premier Livre.

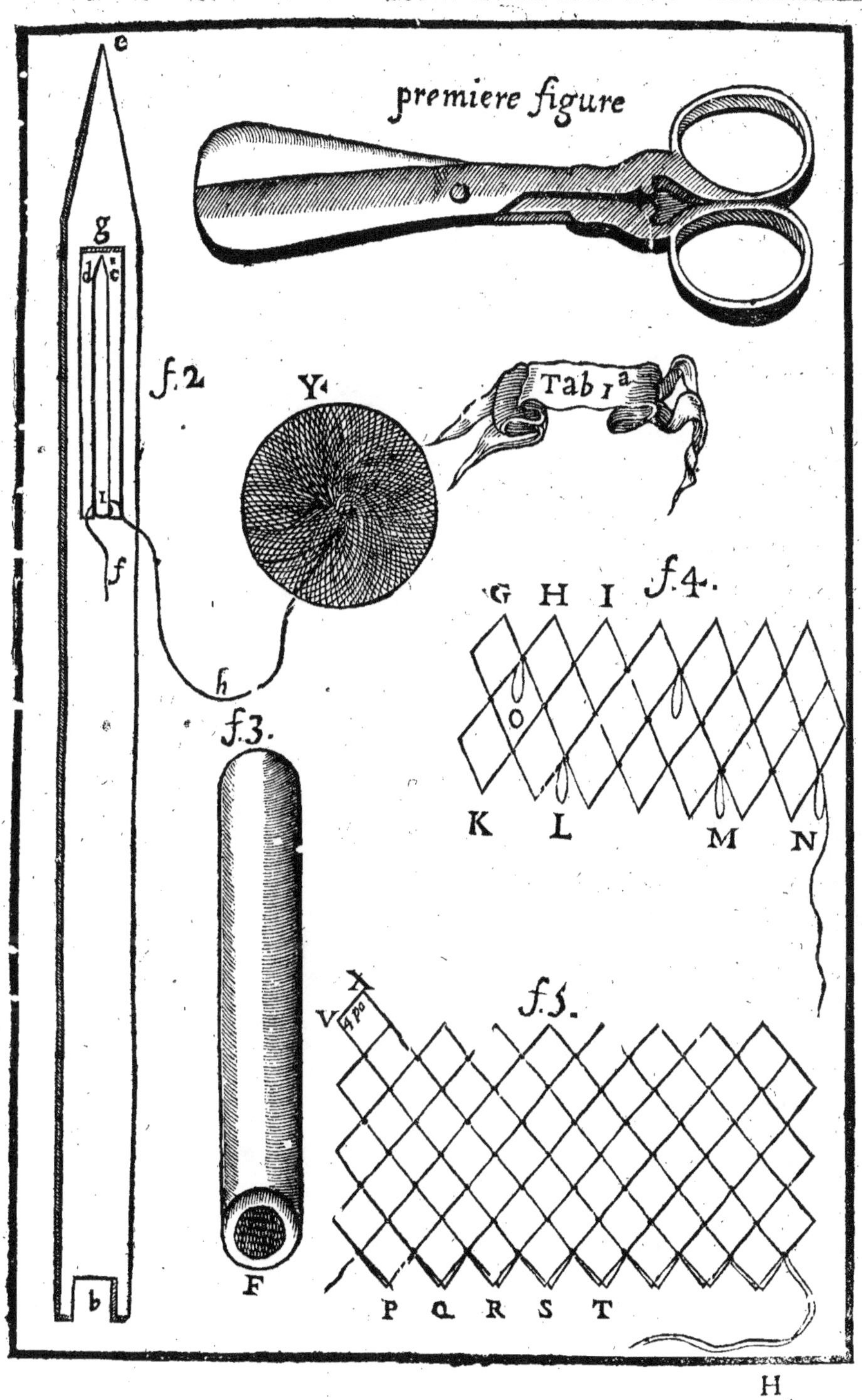

premiere figure

57

e

g

d c

f.2

l

f

Y·

Tab. I a

f.4

G H I

K L M N

f.3

F

f.5

V 4 po X

P Q R S T

b

H

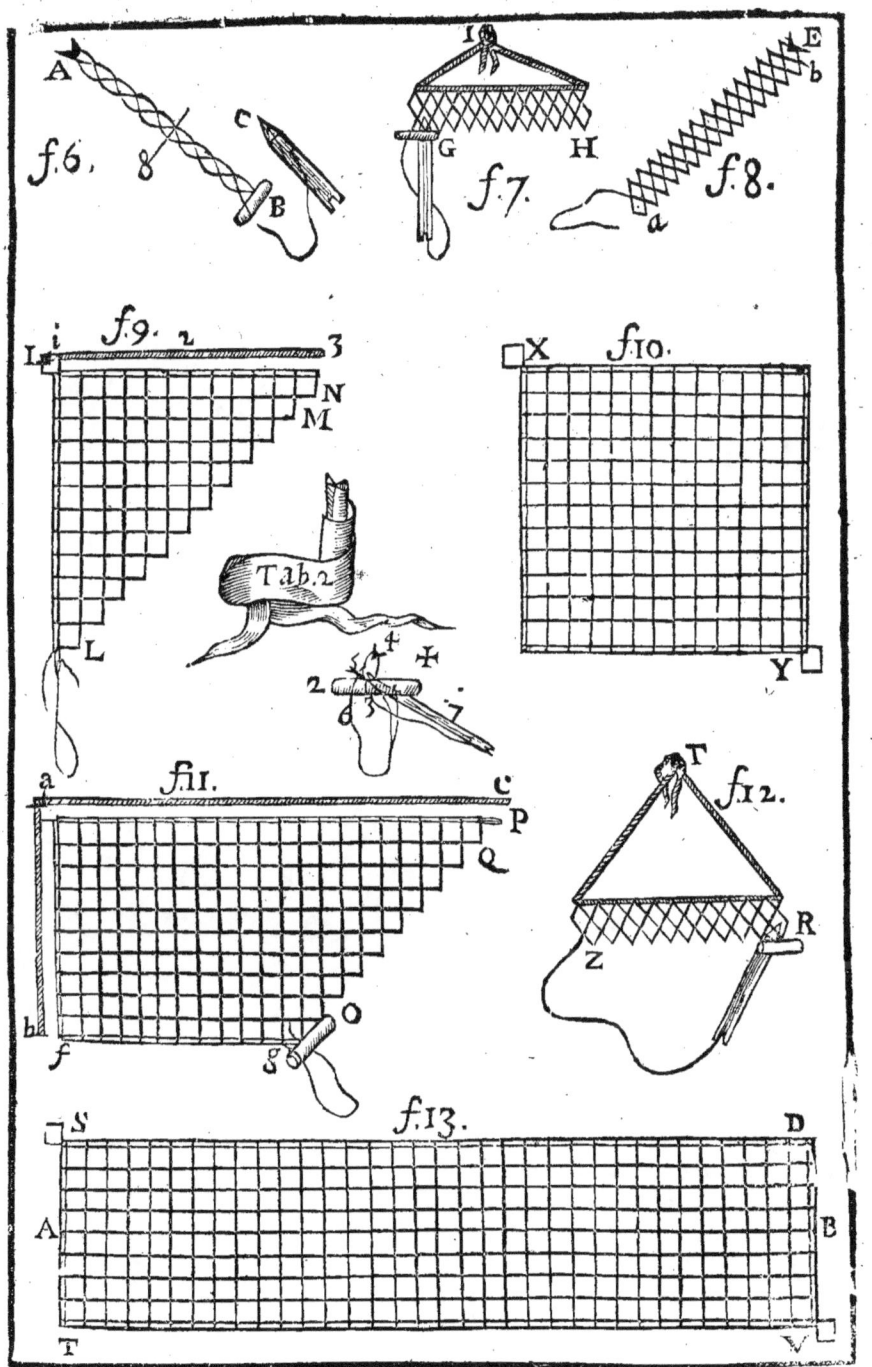

f.6. 8

A

c

B

I

G   H

f.7.

E

b

a

f.8.

i

L   i   *f.9.* 2   3

N

M

L

Tab.2

4

2   5   7

X   *f.10.*

Y

a   *f.11.*   c

P

Q

b

f   g   O

S   *f.13.*   D

A   B

T   V

T   *f.12.*

R

Z

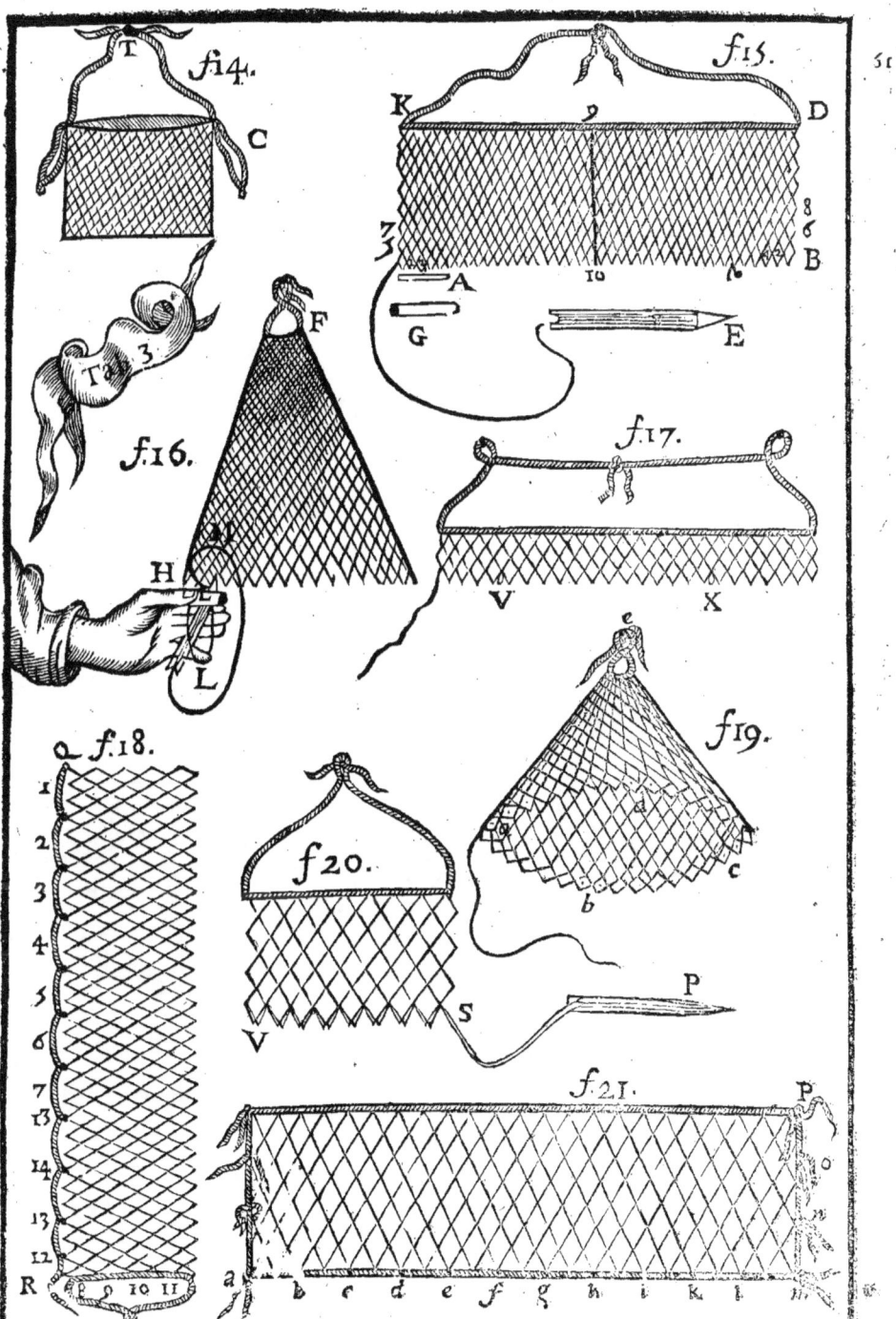

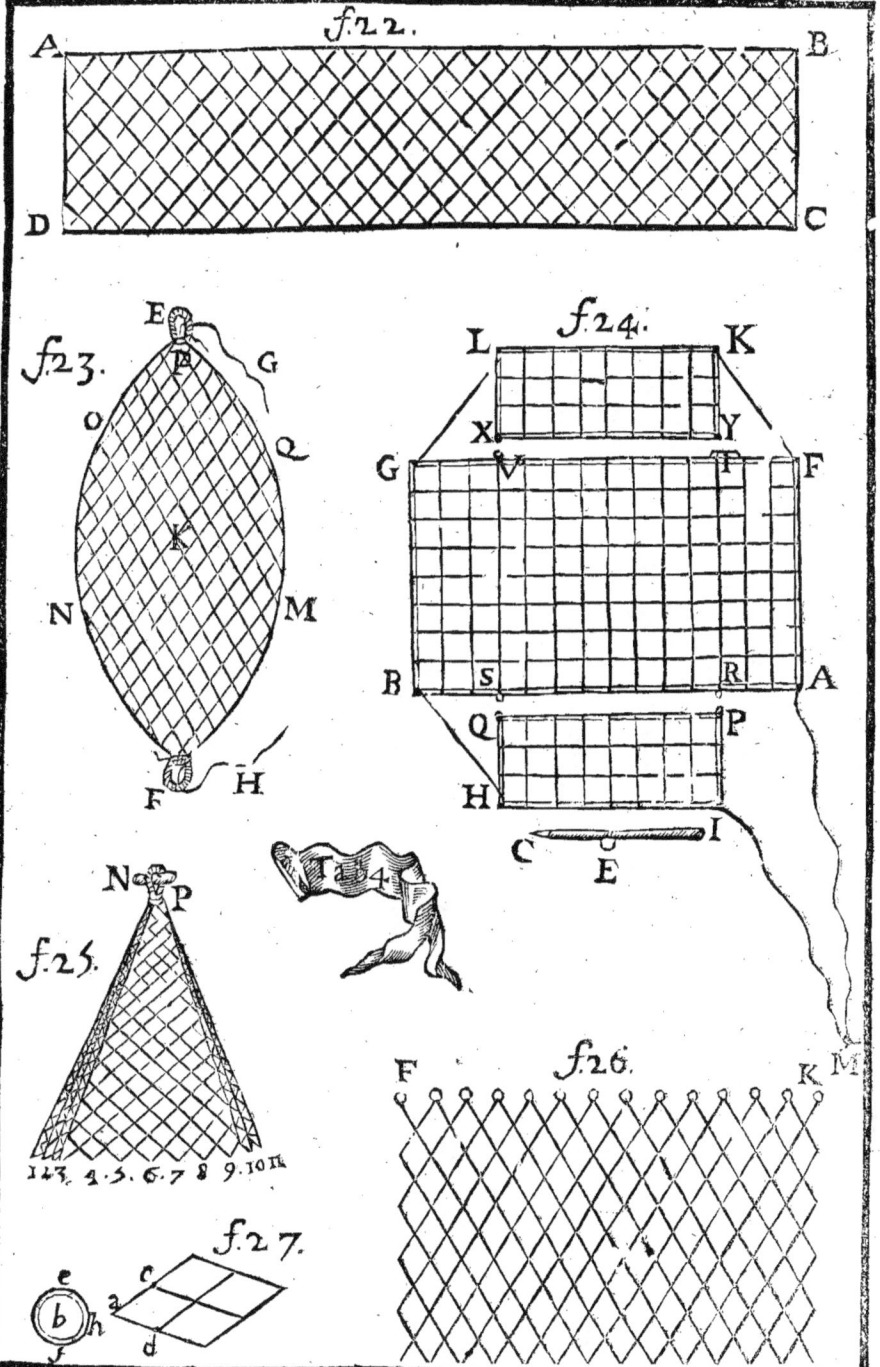

f.22.

f.23.

f.24.

f.25.

1.2.3. 4.5. 6. 7 8 9.10 11.

f.26.

f.27.

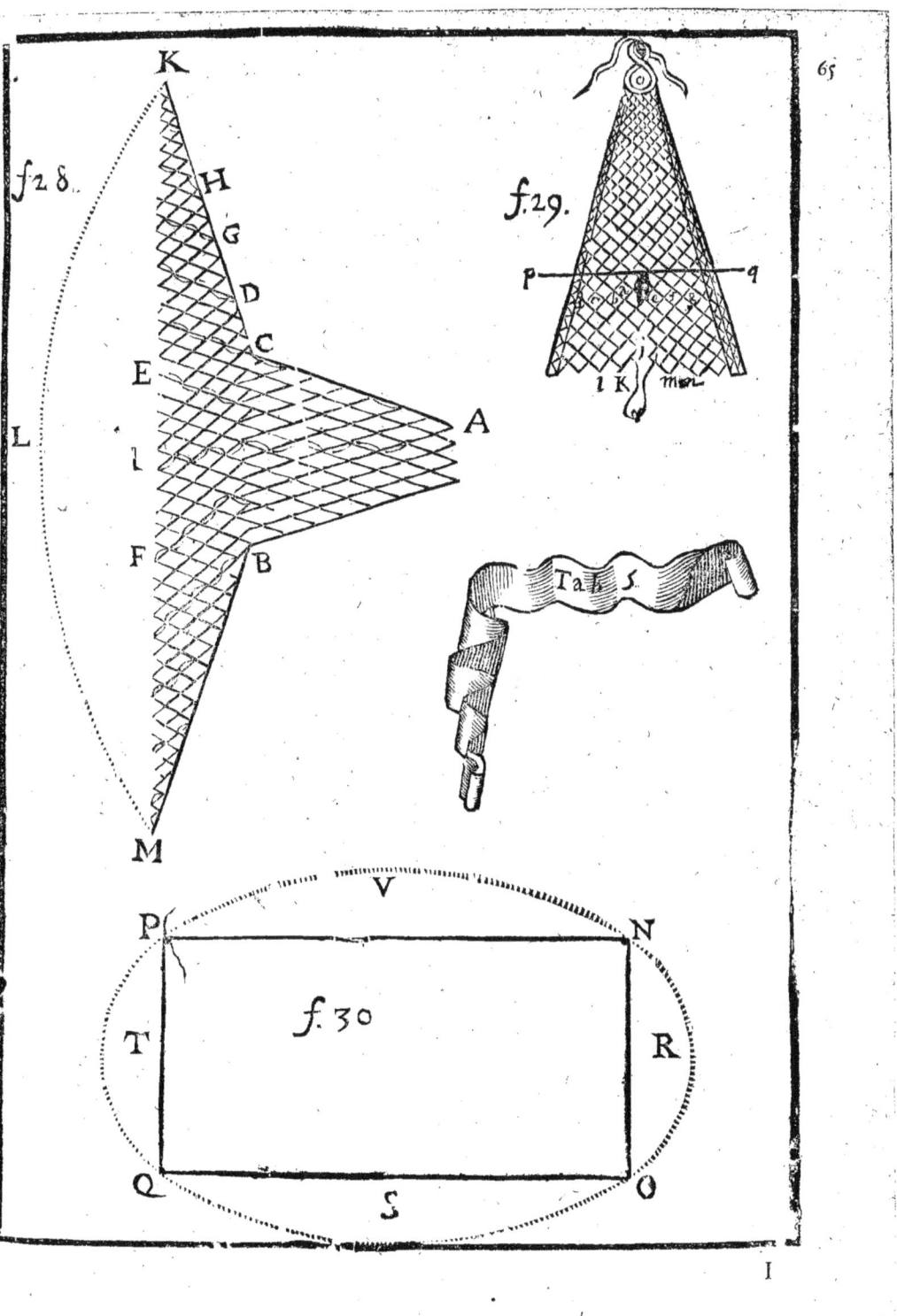

f.28.

K
H
G
D
C
E
A
l
L
F
B

M

f.29.

p ———————— q

l K   Merl.

Tab. S.

V
P   N
f.30
T   R

Q   S   O

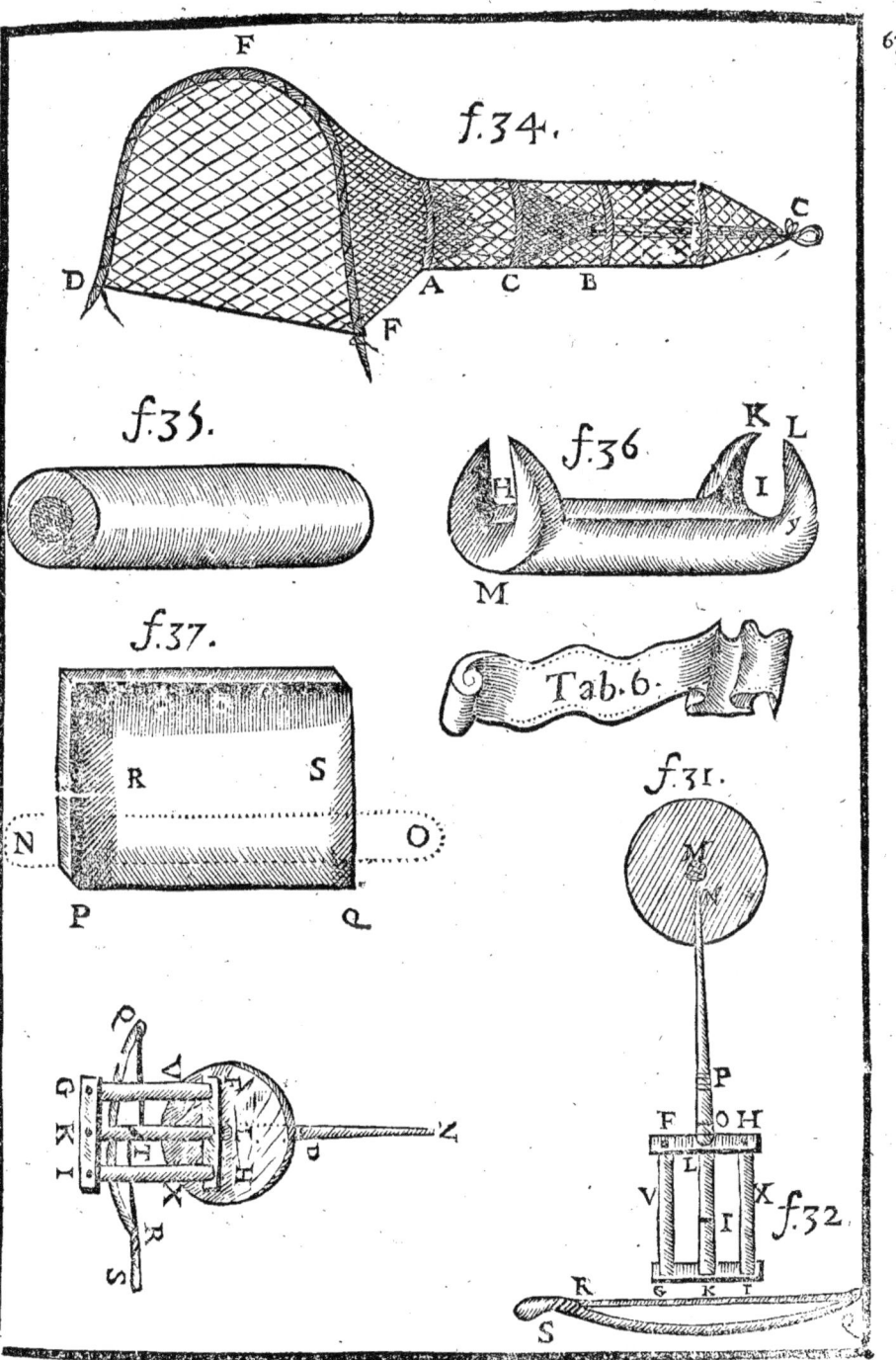

f.34.

f.35.

f.36.

Tab.6.

f.37.

f.31.

f.32.

A Q B

1
2
3
4
5
6
7
8
9

G H I K L

M N

O

P

E F

C *f.38.* D

39. *figure.*

E H G I K F
L M

A B

C D

LIVRE SECOND,

DANS LEQUEL ON DE'COUVRE
toutes les rufes dont les Payfans fe fervent pour prendre les
Oyfeaux non paffagers, tant avec des rets , filets , collets , lacets, gluaux, qu'autres inventions, tant le jour que la nuit.

AVERTISSEMENT AV LECTEVR,
touchant les termes ufitez dans cette feconde Partie.

E Lecteur doit fçavoir , s'il ne le fçait déja , que la
toife contient fix pieds de longueur , le pied douze
pouces , le pouce douze lignes , & la ligne fe divi-
fe fort peu.

Ligne ponctuée , eft une ligne marquée de petits points qui fe
fuivent , pour la diftinguer d'avec une ligne tirée toute d'un trait
de plume.

Colet , n'eft autre chofe que plufieurs brins de crin de cheval
qu'on tourne enfemble , comme une corde, & on fait une boucle à un des bouts , dans laquelle l'autre bout eftant paffé on le
tend en forme ronde ; de forte qu'un oyfeau paffant la tefte par
dedans, il demeure arrefté par le col.

Lacet , ne differe du colet qu'en la maniere de le tendre ,
parce qu'il prend l'oyfeau par le pied , & le collet par le col,
l'un & l'autre fe fait auffi bien de fil , de foye , comme de crin
de cheval.

Quand je dis qu'une perdrix *Reclame* , c'eft quand le mâfe

ou la femelle s'entre-appellent, ou bien la mere qui rappelle ſes petits lors que les chaſſeurs les ont écartez. Quelques-uns nomment ce-reclame chanter, crier, ou appeller.

Perdrix qui marque, c'eſt que le mâle de la griſe a le côté des yeux (qui ſe nomme Crête) de couleur de feu, & le deſſous de l'eſtomach à demy couleur de minime, fait en forme de fer de cheval, auſſi l'appelle-t'on fer à cheval. Une jeune femelle a bien ce fer, mais plus petit de la moitié que le mâle, & n'a la crête qu'un peu rougeâtre de couleur de chair. La vieille femelle n'a pas de fer, mais ſeulement quelques taches de couleur feüille-morte. Quelques femelles ont le fer plus grand que les mâles. Le mâle & la femelle de perdrix rouges ſont ſemblables pour le plumage, il n'y a autre difference, ſinon que le mâle eſt un peu plus gros, & qu'il a par le milieu du derriere des jambes un bouton nommé Argot, gros comme un poids, les jeunes n'en ont preſque point. Il faut eſtre bien experimenté pour les connoître, parce qu'il ſe voit quelques femelles qui ont cet argot à une des jambes.

Lors que je parle de *fuſter*, on doit entendre qu'un oyſeau ou un autre animal, a eſté pris, & s'eſt échappé, ou bien qu'on a manqué de le prendre, & qu'il a découvert la ruſe par laquelle on penſoit l'attraper.

Hallier, eſt un filet, lequel eſtant étendu pour s'en ſervir, doit avoir la forme d'une haye, qui ferme un champ.

Par le terme de *Gluaux*, on doit entendre de petits brins ou rejettons d'ormeau gros comme un fer d'aiguillette, leſquels on couvre tout de glu, à la reſerve de deux ou trois doigts de long en approchant du gros bout.

Arçon, eſt une petite verge ou brin de bois plié en rond, dont on lie les deux bouts enſemble l'un ſur l'autre, ou bien on les pique en terre pour faire une forme de porte ronde. On en fait de plus forts les uns que les autres ſelon les neceſſitez.

On appelle *Marchette*, un petit bâton, qui tient une machine en eſtat, & ſurquoy l'oyſeau venant à marcher ſe prend ou du moins fait que la machine ſe détache.

Appaſter

Appaſter, eſt mettre du grain dans un lieu pour y attirer les oyſeaux qu'on veut prendre.

Par le terme d'*Appercher* , on doit entendre que c'eſt découvrir
ou remarquer l'endroit où quelque oyſeau ſe retire pour paſſer la
nuit.

K

TABLE DES CHAPITRES,
contenus dans ce deuxiéme Traité des Oyseaux
non Passagers.

K ij

LIVRE SECOND,
TRAITANT
DES OYSEAUX
NON PASSAGERS.

POVR PRENDRE LES PERDRIX DE IOVR
avec un filet nommé Tonnelle.

CHAPITRE PREMIER.

Es Perdrix font affez communes en France; quoy que les tireurs en volant, & les payfans avec des filets, collets, lacets, & des cages, ou mües en faffent mourir un grand nombre.

Je veux vous enfeigner par ordre toutes les rufes dont on fe peut fervir pour les prendre. Si vous n'eftes pas en eftat de chaffer, ne mé-prifez pas pour cela la lecture de ce livre ; car elle vous fervira pour connoître quand les étrangers chafferont fur vos terres, & pour les empécher de prendre le gibier que vous ferez bien-aife de conferver, ou de le faire prendre par vos domeftiques, pour en regaler vos amis.

Pour prendre les perdrix avec un filet nommé Tonnelle, il eft neceffaire de fçavoir premierement, en quel lieu elles font, car fi elles font dans un bois, une vigne, une lande, un chaume, ou bien un bled déja grand, il ne s'y faut pas arréter ; parce que si vous n'y voyez la compagnie entiere, il n'en faudra qu'une, qui demeurant derriere & vous voyant, s'envolera & par son cry obligera le reste de la compagnie de la suivre. Il faut donc qu'elles soient dans un bled verd non trop fort, un gueret, un pré, ou une terre en friche, ou bien dans un avansry, qui est un champ, dans lequel on aura cueilly de l'orge ou de l'avoine.

Les personnes qui chassent à la Tonnelle sans crainte, vont avec un chien couchant qu'ils tiennent attaché à une longue corde, & le font chasser. Lorsqu'il a fait son arrest, ou qu'il rencontre bien fort, ils l'attirent derriere, & l'attachent en quelque endroit à l'écart : puis en dépliant la toile ils montent une vache artificielle, & vont pour les prendre, comme je diray cy-aprés.

Les Paysans & autres qui chassent avec crainte, ne se servent pas de chien, mais ils vont à la pointe du jour dans la campagne entendre chanter les perdrix, car elles n'y manquent jamais.

Celuy qui doit tonneler estant asseuré du lieu, où elles ont chanté la derniere fois, il monte la vache, & si-tôt qu'il peut voir assez clair pour les découvrir, il se met en estat (comme vous verrez dans la premiere Table, que je suppose representer toute une piece de bled, & les espaces d'entre les lignes ponctuées marquez des chiffres 1. 2. 3. le fond des rayes ou l'entre-planche du bled, dans lesquelles les perdrix courent sans empéchement) ayant la tonnelle & ses halliers sur son épaule, il prend la vache avec les deux mains par le milieu I, où sont liez tous les bâtons ensemble, & regardant par les deux trous m, n, va doucement de côté & d'autre du champ jusqu'à ce qu'il ait découvert les perdrix. Les ayant apperceuës il approche & recule en tournant tout autour, jusqu'à ce qu'il les voye estre en asseurance & sans crainte, considerant de quel côté elles ont plus d'inclination d'aller : l'ayant bien connu, il fait le tour bien loin, & pique sa vache à terre toute droite pour déplier la tonnelle, & commence par la queuë à piquer le bout A, dans le milieu, ou le fond d'une raye de bled, & marchant vers les perdrix, étend tout le filet B C D E F G, puis il pique les deux piquets b, d, qui tiennent au cercle de l'entrée, en sorte que la Ton-

nelle foit tenduë bien roide, & repiquant la vache déplie les halliers & les picque d'un bout, lettre a, au raiz de la tonnelle joignant
le bâton b & reprenant la vache d'une main, chemine de côté
en piquant le refte du hallier P O N M, tout de fuite, à côté un peu
en biaifant vers les perdrix, comme il fe void par la figure, où les
oyfeaux y font marquez des lettres Q, R, S, T, V Il pique l'autre
hallier, c H I K L, de même façon. Le tout eftant bien tendu, le
Tonneleur s'écarte & fait le tour par derriere les perdrix, comme
vous le voyez à la figure ii. qui reprefente la vache, derriere laquelle il doit eftre, & regardant toûjours par les deux trous m, n,
il les approche peu à peu, non pas tout droit, mais allant de côté & d'autre. S'il voit qu'elles s'arrêtent & levent la tête, c'eft
figne qu'elles ont peur, & en ce cas il fe recule de côté, & fe
couche à la renverfe, ayant toûjours fa toile fur luy, & remuant
comme fait une vache ou un cheval qui fe veautre : puis fe relevant il
marche doucement de côté & d'autre, comme une vache qui
paift, cela les amufe, en forte qu'elles croyent que c'eft une vraye
vache. Si elles vont cherchant à manger, c'eft une marque qu'elles font affeurées, pour lors il les approche, & peu à peu les
meine vers les filets; s'il en voit quelqu'une qui s'écarte, il la va
détourner & toucher avec les autres comme un troupeau de brebis. Quand elles font proche des halliers, elles donnent de la tête & de l'eftomach dedans, & comme le païfan les preffe, elles
veulent avancer : fi bien que fuivant le hallier qui va en biaifant
(comme j'ay dit) elles fe trouvent à l'entrée de la Tonnelle, où le
bourdon, qui eft le pere de la compagnie s'arrête, & ne veut pas
les laiffer entrer qu'il n'ait ce femble bien confideré s'il y a du danger. Le Tonneleur les preffe toûjours, il en entre quelqu'une qui
court au fond du filet, en même temps les autres croyent que le
paffage eft libre, & elles fuivent la premiere qui eft entrée.

Il ne faut pas douter que le chaffeur jettant la vache à bas, ne
coure bien vifte pour fermer l'entrée du filet & prendre les perdrix, puis repliant la Tonnelle & la toile démontée, il s'en va
avec fa prife.

FABRIQVE D'VNE VACHE ARTIFICIELLE
pour tonneller.

CHAPITRE II.

 'Ay fait voir au dixiéme chapitre du premier livre comment se fait la Tonnelle, maintenant il faut vous montrer la fabrique d'une Vache artificielle, dont j'ay parlé au chapitre precedent, & qui est figurée 11. dans la premiere Table.

Cette vache doit estre faite d'une piece de toile X Y g h, de quatre pieds en quarré, teinte en couleur de vache : aux quatre coins x, m, h, g, & au milieu d'enhaut aux endroits marquez des lettres, e, f, sont cousus de petits morceaux de même toille, larges de deux pouces en quarré, pour y passer & arrester les bouts des bâtons o, p, qui se croisent, & le haut de la fourchette. Les deux bâtons doivent estre assez longs pour (estant ainsi croisez) tenir la toile bien étenduë & bien bandée. La fourchette Z, doit estre au moins longue de quatre pieds & demy, ayant le bout j, coupé en pointe, lequel passe dans un petit morceau de toile k, cousu au bas du milieu de la grande toile. Cette fourchette, & les deux bâtons o, p, sont liez ensemble avec une corde qui est attachée au milieu de la toile à la lettre l. Au côté h, m, est cousu une piece de toile Y, m, fait en façon de tête de vache, & de la même couleur que le reste de la toile, ayant un œil m, & deux cornes q, r, faites de quelque morceau de chapeau, & par l'autre côté x, est une queuë faite avec de la filasse ou autre chose plus convenable. Je conseille de mettre un bâton par le haut x, e, f, Y, tant pour faire tenir la tête Y m, & la queuë, x en estat, que pour mieux asseurer les autres bâtons & tout le corps de la vache. La queuë ne doit pas estre attachée tout au rais de la toile, il faut qu'elle ait un peu de jeu, afin qu'en marchant, cette queuë balance un peu. Faites au milieu de la toile à un pied proche du haut deux trous m, n, pour regarder & conduire de la veuë les perdrix ou autres oyseaux que vous voudrez approcher.

DES

COMMENT LES PAYSANS PRENNENT
les Perdrix la nuit avec un filet nommé Traineau.

CHAPITRE III.

Oicy une ruse de Païsan qui est bien plus prejudiciable que la precedente, aussi est-elle deffenduë.

Un Païsan s'en va le soir quand le soleil se couche dans une grande campagne, où il croit qu'il y a des perdrix, & se cachant derriere une haye ou un buisson, les écoute chanter, & delà il approche pour les remarquer. Quand elles ont un peu chanté, elles s'envolent peut-estre à cent pas delà, & courant les unes aprés les autres, elles chantent encore, & font un autre vol d'environ cinquante pas, & chantent comme auparavant. Quelquefois elles font un autre petit vol de vingt ou trente pas, & chantent encore deux ou trois fois, & s'arrétent où elles ont chanté la derniere fois. Le Païsan les suit toûjours toutes les fois qu'elles volent, jusques à ce qu'elles soient bien arrestées, & il remarque l'endroit à quelque arbre, ou par le moyen d'une pierre, ou bien avec une petite branche, ou un piquet qu'il pique en terre. Dés-lors il s'en retourne à la maison accommoder deux perches legeres, longues de trois toises, aussi fortes d'un bout que d'autre. Il est indifferent qu'elles soient de deux pieces: il prend son filet, ses perches, & un compagnon avec luy, & ils s'en vont lors qu'il fait bien noir dans le champ où sont les perdrix, à l'endroit qui a esté marqué & il ajuste le filet en cette sorte.

Dans la deuxiéme Table est representée la piece de bled, où les perdrix ont esté apperchées, les planches ou sillons de bled y sont aussi marquez par les plus grands espaces cottez de chiffres, 8. 9. 10. 11. 12. & le fond ou entre-deux de ces planches marquez des autres nombres 1. 2. 3. 4. 5. 6. 7. & par la lettre P on connoît le lieu où les perdrix sont arrêtées. Les deux hommes étendent le filet figuré iii sur la terre (en un lieu sans buissons & sans nuls autres branchages qui pourroient se méler dans le filet, & en empécher l'effet) & couchant une perche à chaque bout, ils y attachent le

L

traîneau tout au long aux endroits marquez des lettres A , G , F , E , D , & de l'autre bout aux lettres B , H , I , L , C , de même façon. Ils mettent aprés cela des ficelles dans le derriere du filet, qu'ils atta-chent tout au bord aux endroits marquez des petites lettres o , p , q , qui sont d'environ deux pieds & demy , ou trois pieds de longueur , ayant à l'autre bout chacune une petite branche d'arbre feuilleuë , garnie de quatre ou cinq fueilles , comme ils paroissent aux lettres M, N,O. On se sert de cela pour faire lever les perdrix qui pourroient peut-estre laisser passer le traineau par dessus elles , sans le bruit de ces petites branches qui les épouvantent lors que le filet fond sur les perdrix , sur tout les rouges , qui sont plus paresseuses à partir que les grises. Le filet estant bien tendu chacun prend sa perche par le milieu , la levant en haut , non pas toute droite , mais couchée , il la tire à soy en sorte qu'il ne traîne rien contre terre que les trois petits fueillards M , N , O , & il marche droit aux perdrix d'un pas lent & sans bruit , tenant le filet en l'air , le devant élevé de quatre ou de cinq pieds haut de terre , & le derriere d'un demy-pied seule-ment. Quand les perdrix se levent , ou autre chose qui vaille la peine d'estre pris , en ouvrant tous deux les mains ils laissent tomber le trai-neau , & courent prendre ce qui s'y trouve : Si les Perdrix s'envo-lent avant que d'estre couvertes du filet , comme cela arrive sou-vent , les chasseurs se reposent une heure ou deux , afin de laisser rendormir les perdrix qui se sont écartées dans le champ , puis ils battent toute la piece de terre avec le filet , commençant d'un cô-té & finissant à l'autre ils en prennent toûjours quelqu'une.

Si ayant passé le lieu où elles ont esté apperchées , elles ne sont point parties , pour lors ils retournent sur leurs pas , laissant un peu toucher le filet à terre par le derriere seulement , afin de les obli-ger de se lever si elles y sont , & si elles ne s'y rencontrent point , c'est une marque qu'elles ont couru aprés avoir chanté la derniere fois lors qu'on les apperchoit : ils rebattent de côté & d'autre tant qu'ils les ayent fait lever , ou qu'elles soient prises.

Cette chasse ne se fait point quand la lune est claire , ny sur la neige.

Quelques païsans portent du feu à cette chasse pour mieux dé-couvrir les perdrix , car voyant cette clarté , elles croyent que

c'eſt le jour, on les voit étendre les aîles, & ſe remuer. Pour
lors celuy qui tient le feu le détourne un peu à côté, pour n'eſtre
pas aperceu des perdrix, & lors que le traineau eſt deſſus, les autres le laiſſent tomber & courent les prendre.

Ce feu n'eſt autre choſe qu'un boiſſeau à meſurer le grain, que
le païſan s'attache devant l'eſtomac, en ſorte que le derriere ou
fond du boiſſeau, eſt poſé contre les boutons de ſon juſte-au-corps,
& l'ouverture eſt tournée du côté des perdrix, dans le fond de ce
boiſſeau eſt attaché une lampe de fer blanc faite exprés, qui porte
une mêche groſſe comme le petit doigt ; ſi bien que cette lampe
eſtant au fond du vaiſſeau, elle ne peut éclairer que par devant, &
non aux côtez. De cette maniere celuy qui la porte voit tout ce qui ſe
rencontre à vingt pas au devant de luy, & ne peut eſtre veu de perſonne, ny ſon compagnon auſſi, parce qu'il eſt à côté.

On ſe ſert encore d'une autre invention pour porter du feu au
traineau, qui eſt bien plus commode, & qui n'eſt pas ſi dangereuſe :
Avec le boiſſeau il y a toûjours du danger pour celuy qui porte le feu
pour le païſan, car une perſonne qui a un fuſil eſtant averty qu'on
prend ſes perdrix de nuit, tire toûjours au feu, & par ce moyen peut
tuer ou bleſſer celuy qui le porte ; comme il s'eſt rencontré pluſieurs
fois. Pour éviter donc cet inconvenient, le chaſſeur qui eſt ruſé, fait
faire une machine de fer blanc, qui ne ſe peut mieux faire comprendre qu'en vous imaginant une hotte ou butet à porter de la
terre. On met dans cette machine une lampe auſſi de fer blanc,
& pour la porter l'on y fait ſouder une anſe par le milieu de la
boſſe ; en ſorte que le tout paroît comme un butet couché à
terre de côté, où on attache la bretelle, ou bretevelle, pour le
porter par deſſous. Si bien que la perſonne qui le porte le tient
d'une main par l'anſe, & de l'autre porte le filet, tellement qu'un
tireur ne feroit point de mal au porte-feu quand il tireroit dans la
hotte de fer.

Il y a des perſonnes qui croyent que les perdrix accourent au
feu quand elles le voyent, à cauſe qu'on dit, prendre les perdrix
au feu ; c'eſt en quoy ils s'abuſent : car il eſt certain que ſi on eſtoit
quelque moment devant elles avec la lumiere, elles connoîtroient
incontinent la ruſe & s'envoleroient.

D'VNE AVTRE RVSE DE PAYSAN
pour prendre les perdrix la nuit par une seule personne.

CHAPITRE IV.

 Es païsans les plus rusez ne demandent point de compa-
gnon pour prendre les perdrix la nuit, de crainte d'estre dé-
couverts par un autre. Ils aiment mieux avoir plus de peine, & avoir seuls tout le profit.

Celuy qui veut prendre une compagnie de perdrix sans ayde
de personne, aprés avoir observé tout ce que j'ay dit au chapitre
precedent pour les appercher ou remarquer, estant de retour
chez luy il prepare deux perches de saule, ou de quelque autre bois,
bien droites & legeres, plus grosses d'un bout que d'autre, longues de douze ou quinze pieds Il y attache son filet comme
vous le voyez dans la quatriéme figure de la seconde table, le
plus gros bout de la perche au bout du filet le plus étroit marqué
de la lettre V, & avec toutes les ficelles qui sont aux deux côtez
Q S, T R, il lie bien ferme le filet tout le long des perches, ainsi
qu'il paroît par les endroits cottez des petites lettres b, c, d, e, f,
g, h, i, le traineau estant ajusté, il va sur le champ, auquel il a remarqué les perdrix, & il porte les filets, de sorte que le bord lettre
V, estant contre son ventre, les bouts des perches S, T, luy frois-
sent les côtez, & allongeant les bras, il prend des deux mains les
deux perches du plus loin qu'il se peut, afin que pressant la corde,
lettre V, contre son ventre, il en ait plus de force, & tenant le
filet élevé de terre de quatre, de cinq, ou de six pieds, il va
tout le long d'une planche de bled, posant contre terre à droit
& à gauche le bord Q R, du filet sans le quitter, à moins que les
perdrix ne se trouvent au dessous, car en ce cas il laisse tomber les
perches & le filet, & court prendre ce qui s'y rencontre.

Si les perdrix ne sont pas levées, quand le chasseur est au bout de
la raile, il rebat le reste du champ, s'écartant du lieu par où il a
déja passé de deux fois la longueur du filet, afin d'aller toûjours &
le poser á droit & à gauche comme il a fait la premiere fois,

obfervant toutes les autres regles prefcrites au Chapitre precedent.

On trouvera la maniere de faire ce filet au vingtiéme Chapitre
du premier Livre.

DE LA MANIERE PAR LAQVELLE
ou peut prendre une compagnie entiere de perdrix dans un lieu appafté.

CHAPITRE V.

 L y a des perfonnes, qui n'ont pas affez d'authorité
pour empécher les chaffeurs de chaffer, qui feroient
pourtant bien aifes de conferver & de multiplier le Gibier fur leurs terres, foit pour avoir le contentement
de le voir l'été en fe promenant par la campagne, ou pour en donner le divertiffement à leurs amis. Pour cela j'ay inventé un petit Invention
filet qui eft propre, non feulement pour prendre des corneilles de l'Au-
durant les neiges; mais auffi pour prendre une compagnie de teur.
perdrix, ce que vous pouvez faire facilement aprés vendanges
avant que de quitter la campagne, vous fervant de ce filet en la maniere qui fuit.

Vous devez fçavoir que la compagnie de perdrix que vous defirez
prendre, fe retire de jour dans un clos de vigne ou piece de terre,
en laquelle il y a une haye proche, ou du bois, ou bien des buiffons:
cela fuppofé, il faut mettre cinq ou fix poignées d'orge, d'avoine,
& de forment en un monceau, dans un endroit de la piece du
champ, ou clos de vigne, qui foit éloigné de l'entrée ou de quelque haye, d'environ trente ou quarante pas, & picquer autour
quatre picquets gros comme le doigt, & hauts de terre d'un
pied, éloignez les uns des autres de quatre pieds en forme d'un
quarré. De cet endroit ainfi preparé il faut cheminer au milieu du
champ, en laiffant tomber continuellement quelques grains, & s'en
retourner au logis.

Il eft certain que les perdrix volant dans ce lieu pour manger,

L iij

& rencontrant la traînée de grain, elles suivront jusques au morceau, où trouvant l'appas elles le mangeront, & le lendemain elles y retourneront dés le matin chercher à manger. Il faut y aller une ou deux fois de jour pour voir si elles ont fienté sur le lieu appâté ; si cela se rencontre ainsi vous estes asseuré qu'elles y ont mangé, & qu'elles y reviendront : c'est pourquoy remettez-y du grain, & piquez auprés de chaque bâton une branche de genet, & faites une traînée comme la premiere fois, & retournez-y encore, pour voir si nonobstant les genets elles y ont mangé ; & pour lors ayez de la ficelle, & en attachez du haut du piquet à l'autre, & quelque autre de travers : puis mettez dessus quelques brins de paille se croisant les uns sur les autres comme si c'estoit un filet, & appatez derechef, & faites la traînée de grains, si elles y remangent nonobstant la paille, la ficelle & les genets, elles seront bien tôt prises.

Vous pourrez donc ôter les quatre piquets, les ficelles, & la paille, & tendre le filet comme en la troisiéme table, figure cinq & six, piquant les quatre piquets qui tiennent au filet F, B, H, E, assez avant dans terre, en sorte que les piquets soient suffisamment éloignez les uns des autres pour que le filet bande par dessus, & soit tendu bien au quarré. Vous releverez aprés cela le bord M N, du filet, jusques à la partie du filet designée par les lettres Q R, & pour tenir le bord en l'air, mettez de petits brins de paille ou de chaume, ou bien quelques petits brins de bois bien foibles, qui soient piquez en terre par un bout, sur l'autre il faut appuyer le bord du filet, les chiffres 1, 2, 3, 4, 5, 6, 7, 8, 9, 10, de la sixiéme figure les font clairement voir. Les trois autres côtez O, P, S, doivent estre relevez de même façon, & pour asseurer les perdrix, il faudra mettre encore les quatre branches de genets aux quatre coins du filet proche des picquets, comme auparavant. Aprés cela ajustez-bien la ficelle qui est passée dans toutes les dernieres mailles du tour du filet, & dans les quatre boucles qui sont au bas des piquets, il faut attacher les deux bouts de cette ficelle qui sont noüez ensemble à une autre ficelle assez forte au point marqué de la lettre I, de la cinquiéme figure, ou du nombre dix-huit de la sixiéme ; l'autre bout à la haye ou buisson L, où vous vous devez mettre pour tirer cette ficelle & enfermer les perdrix ; de sorte qu'il faut que la ficelle soit lâche pour lever facilement le bord du filet (comme j'ay dit) & qu'elle soit aussi toûjours passée dans les boucles E , F , G , H , figure cinquiéme. Le filet estant tendu, on mettra encore cinq ou six poignées de grain ou plus, selon la quantité de perdrix qu'il y a dans la compagnie, & il ne faudra pas manquer de se trouver sur le lieu le matin à la pointe du jour pour disposer le tout & se retirer derriere la haye ou le buisson L , auquel on attache le bout de la corde qui doit faire joüer le filet.

Dés qu'il sera jour les perdrix se rendront à l'endroit appâté. Il faut les laisser bien ramasser sous le filet, & pendant qu'elles sont attentives à manger, tirer promptement la ficelle I , L , qui fermera le filet, & l'attacher bien roide à quelque piquet ou branche, afin que les perdrix ne fassent lever les bords du filet en se debattant, puis courez promptement les prendre.

Si par hazard elles n'y vont le matin, il faut y retourner à midy, si vous n'aymez mieux (comme le plus asseuré) de les y attendre toute la matinée.

J'ay desseigné les deux figures cinq & six exprés , pour faire mieux comprendre sans confusion la forme du filet tendu & détendu. La cinquiéme figure montre comme il doit estre détendu les perdrix estant dessous, & la sixiéme comme il faut qu'il soit tendu.

Des perdrix que vous prendrez mangez-en les mâles, & faites nourrir les femelles dans une chambre, jusques au Carême, que l'on ne chasse plus, & en ce temps-là, remettez-les en vos terres. Vous aurez par ce moyen autant de compagnies de perdrix que vous y aurez mis de femelles, & ainsi vous en repeuplerez vos terres & conserverez l'espece.

La maniere de faire ce filet est amplement montrée au chapitre vingt-uniéme du premier Livre.

AVTRE INVENTION POVR PRENDRE
une compagnie de perdrix dans une vigne ou bois,
avec des filets appellez halliers.

CHAPITRE VI.

VOus pouvez encore (si vous voulez prendre une compagnie de perdrix) vous servir de filets nommez halliers, (faits de la maniere contenuë au vingt-deuxiéme chapitre du premier Livre) en cette sorte.

Promenez-vous dans les champs avec un chien de chasse , s'il fait partir une compagnie de perdrix , & que vous les voyez remettre dans quelque petite piece de bois taillis , ou dans un clos de vigne, une bruiere, ou bien que vous les ayez entendu chanter, ou qu'elles ayent accoûtumé d'y estre souvent, faites comme dans la septiéme figure de la quatriéme table.

Supposé que l'endroit marqué des lettres I, K, M, soit le milieu du clos de vigne où vous avez veu remettre les perdrix, menez quelques personnes avec vous, & portez vos halliers, tendez-les, & les piquez de travers la vigne, à cent ou deux cens pas loin du lieu, où vous croyez qu'elles soient ; comme par exemple aux lettres G, H. Lors que les filets seront tendus , faites un grand tour, & allez par derriere les perdrix, & mettez vos gens d'ordre l'un à la lettre N, l'autre à la lettre P, & vous à O , & soyez éloignez les uns des autres, selon la longueur des halliers, & le nombre des personnes que vous aurez, & que les perdrix se trouvent entre vous & les filets. Ayez en vos mains chacun deux pierres, & approchant peu à peu frappez-les l'une contre l'autre , & allez aussi parlant, mais il faut cheminer si lentement que vous ne paroissiez pas avancer , autrement si vous les pressez, elles s'envoleront plûtôt que de courir. Il faut donc qu'elles courent pour fuir doucement le bruit qu'elles entendent de loin , & non le bruit qui les presse trop, ainsi elles iront insensiblement se prendre dans les halliers.

DES

Si vous ne les ayez pas trouvées de ce côté-là, c'eſt ſigne qu'el-les ont couru aprés s'eſtre jettées dans la vigne, & qu'elles ſont de l'autre côté de vos filets. En ce cas faites le tour bien loin, & vous placez aux lettres D, E, F, pour cheminer de même façon que de l'autre côté, vous les prendrez infailliblement.

Si vous avez une grande longueur de halliers, & que le lieu où vous les devez tendre ait beaucoup d'étenduë, ou bien que vous n'ayez ſuffiſamment du monde pour chaſſer les perdrix dans les filets, en telle ſorte qu'on ſoit contrait de s'éloigner à plus de trente ou quarante pas les uns des autres, il faut que vous & vos gens cheminiez vers les halliers, non pas tout droit; mais en ſer-pentant ou traverſant à droite & à gauche, pour ne pas laiſſer une eſpace notable ſans y paſſer; car il pourroit arriver que les perdrix ſeroient en ce lieu & ne remuroient point, n'eſtant pas preſſées du bruit.

RVSE DE PAYSAN POVR PRENDRE VNE *compagnie de perdrix appaſtées en un lieu, avec toute ſorte de cage vulgairement appellée Trebuchet, une Muë, ou un Tombereau.*

CHAPITRE VII.

'Invention que je propoſe en ce diſcours, eſt uſe ruſe par laquelle un payſan prend une compagnie de perdrix ſans y guetter, aprés les avoir appâtées. Cette invention eſt aſſez commune en quelques Provinces. Elle n'eſt autre qu'une cage, qui ſe nomme diverſement ſelon la diverſité des païs: les uns l'appellent tombereau, les autres une Muë, & quelques-uns Trebuchet, pour moy j'approuve ce dernier nom. Vous pourez auſſi bien uſer de cette ruſe, comme de celles des deux chapitres precedens, pour prendre les perdrix que vous deſirez conſerver ſur vos terres: c'eſt pourquoy j'enſeigneray en ce lieu la fabrique de cette machine ou Trebuchet, & la maniere de s'en ſervir. il ſe void dans la cinquiéme table, figure hui-

M.

tiéme. Il eſt compoſé de quatre morceaux de bois ou bâtons
A, B, A, D, D, C, & C B, longs chacun de deux pieds & demy, ou
trois pieds, percez à deux pouces proche de chaque bout d'un
trou à ficher le doigt. Il faut les poſer à terre les uns ſur les autres
en forme d'un quarré, & qu'ils ſoient encochez, ou entaillez au
droit des trous, juſques à la moitié de l'épaiſſeur du bois, pour les
faire tenir deux enſemble, ayant leur bout l'un dans l'autre, en
ſorte qu'ils faſſent quatre angles, & dans le coin d'un angle, où
ſe trouvera un trou, il faut y mettre le bout d'une verge de bois
groſſe comme le doigt, longue de quatre à cinq pieds, qui entre
dedans comme une cheville & qui paſſe d'un bout à l'autre, d'angle
en angle oppoſé. Mettez-en un autre de même façon dans les
deux angles qui reſtent pour croiſer la premiere. Cela eſtant fait, il
faudra avoir pluſieurs autres bâtons aſſez droits, gros comme le
doigt, & un peu plus courts les uns que les autres par degrez, & en
mettre tout autour des verges ou arçons, en ſorte qu'ils ſe croiſent
du bout les uns ſur les autres, juſques au ſommet du trebuchet, où
il faut laiſſer une ouverture pour en tirer les perdrix, obſervant
toûjours en ajuſtant ces bâtons de poſer les plus longs les premiers pour faire la cage en diminuant, & en arondiſſant par le
haut. Aprés que les bâtons ſeront tous ainſi diſpoſez, on les liera
ſur les arçons avec des oziers, des plombs, ou des cordes. Vous aurez une verge ou bâton F G, groſſe comme le petit doigt, laquelle vous platirez par les deux côtez, c'eſt à dire par le deſſus & par
le deſſous, & vous la couperez de trois pieds de longueur, l'attachant
avec une ficelle d'un bout F, au milieu du bâton A B. Cette
verge ſera mouvante, & non pas arreſtée, ayant une petite coche
à G, un pouce ou deux proche de l'autre bout. Quand on veut
tendre ce trebuchet, il faut avoir un piquet I K, long d'un pied &
demy, avec une ficelle attachée au bout d'enhaut pour y mettre
un petit bâton H, long d'un demy-pied, ou pour le mieux de
neuf pouces, ayant le bout G, coupé en façon de coin à fendre
du bois. Il faut planter ce piquet le bout K, en terre, en ſorte que
le trebuchet eſtant levé il le froiſſe en tombant. Lors qu'il eſt fiché en terre de hauteur neceſſaire, on leve le côté D C, de la
cage en haut, & on met le bout H, du petit bâton deſſous qui

le foûtient ; & l'autre bout qui eft fait comme un coin fe met dans la coche G, qui eft au bout de la marchette F G. Ainfi laif-fant bien doucement pefer le trébuchet, il demeure tendu & éle-vé en l'air d'un côté, environ un pied de haut, & la marchette de trois pouces, afin que les perdrix mangeant le grain de deffous la cage, puiffent marcher fur ladite marchette, & faffent tomber le trébuchet qui les enfermera.

Le païfan qui voit fouvent en un même endroit (foit vigne, bois, ou autre lieu) une compagnie de perdrix, il effaye de les prendre avec le tombereau : mais avant que d'y tendre, il cherche un lieu propre pour ce fujet. Si c'eft dans une vigne, il prepare un endroit proche de la haye, ou quelque fouche d'oziers, ou bien un buiffon, afin que fa cage ne foit pas fitôt veuë du monde, & qu'elle n'épouvente pas fitôt les perdrix. Ayant reconnu le lieu, il y met cinq ou fix poignées d'orge, ou d'avoine fiite à fec, au-trement au fer de la poëlle, ou bien du froment, & il en jette quelques grains par-cy par-là & fait une traînée affez loin, afin de guider les perdrix au monceau. Quand il connoît par leur fiente qu'elles y font venuës, il tend pour lors le trébuchet au même lieu où elles ont mangé, le couvrant de petites branches avec leurs feuilles, ou de genets, ou bien de pampre, fi c'eft la faifon, & il met fept ou huit poignées de grains deffous avec une longue traînée. Les perdrix qui ne manquent pas d'y revenir y eftant attirées par le grain, fe jettent d'abord toutes deffous la ca-ge pour manger, & comme elles font fort gourmandes, elles fau-tent les une fur les autres pour en prendre : tellement qu'elles marchent fur le bâton ou marchette F G, qui tient la machine tenduë, & font par ce moyen détendre le trébuchet qui les en-ferme deffous.

Lors que la compagnie eft grande, il demeure fouvent qu'el-ques perdrix dehors le tombereau quand il vient à tomber, mais le païfan les fçait fort bien reprendre une autre fois.

Si en vous promenant vous trouvez du grain en un monceau, faites le guet aux environs fans eftre vû de perfonne, vous ne man-querez pas d'y furprendre le païfan qui l'y aura mis ; car il ira deux fois le jour pour connoître fi elles y auront mangé. La

M ij

vraye heure de l'y rencontrer, c'eſt environ midy, & le ſoir au ſoleil couché.

J'ay deſſeigné les deux figures, huit, & neuf, dans la cinquiéme table, qui ſont repreſentées de deux façons, la huitiéme montre le trébuchet tendu en le regardant de front, & la neuviéme le fait voir tendu en le regardant par le côté, il eſt marqué des mêmes lettres que l'autre. La lettre E, vous fera remarquer que quand la cage ſera legere, & la compagnie de perdrix grande, il faudra mettre une groſſe pierre ſur le haut du trébuchet, afin que la charge empêche qu'une ſeule perdrix ne les faſſe détendre, autrement on n'en prendroit peut-eſtre qu'une ou deux: c'eſt la ruſe que le païſan ſçait bien obſerver.

DE QVELLE FACON LES PAYSANS prennent les perdrix dans les bois, & bruïeres avec des collets & lacets.

CHAPITRE VIII.

PLuſieurs payſans ſe mêlent de colleter les Perdrix, où les prendre avec des collets, & lacets, qu'ils tendent dans les bois & bruïeres, où ils ne perdent pas leur temps ny leur peine; car peu à peu ils prennent toute une compagnie.

Il y a certains endroits où les perdrix ſe plaiſent extremement. Le païſan qui les veut prendre les ſçait fort bien connoître. Je veux vous montrer la maniere dont ils uſent pour tendre aux perdrix, afin que quand vous trouverez des collets, vous ſçachiez quels oyſeaux on veut prendre en ces ſortes de lieux. Voyez dans la cinquiéme table la figure dixiéme, elle vous ſervira d'inſtruction avec le diſcours ſuivant.

Le payſan qui veut prendre des perdrix dans un bois, fait un grand cercle ou circuit, de vingt ou trente pas de large. Entre les ſouches des taillis qui forment cette enceinte, il fait de petites hayes de demy-pied de haut avec des genets, & de petites branches de bois qu'il pique à terre , & il ne laisse que le passage d'une perdrix dans le milieu. Ces passées se voyent marquées des lettres A, B, C, D, E,) où il pique un piquet gros comms le doigt. Il attache à ce picquet un collet de crain de cheval, qu'il tient ou-vert & il le met à hauteur du col de la perdrix, laquelle en se pro-menant pour chercher à manger, passe la teste dedans , & se fait prendre, soit qu'elle se pose dans le circuit ou aux environs; car à for-ce de se promener elle rencontre quelqu'une de ces petites hayes.

Si c'est dans une bruiere que le paysan veut prendre les per-drix, & qu'il y ait des petits sentiers ou des clairieres par où elles courent, il y fait, si de besoin est, une petite haye comme il feroit dans le bois, & il y laisse des passées ausquelles il met des collets, & ne manque point d'y aller voir à une heure aprés midy, & au soir pour reconnoître s'il y en a quelqu'une de prise.

Quelques-uns jettent du grain en ces endroits-là, pour y attirer plus facilement les perdrix.

Il y en a aussi qui mettent des lacets , c'est à dire des colets qui sont ouverts & couchez à plate terre dans le milieu de la pas-sée comme ils se voyent (dans la figure) marquez des lettres D, E , afin que les beccasses , si c'est dans la saison, s'y puissent pren-dre par le pied , ce n'est pas que les perdrix ne s'y prennent aussi bien que les beccasses, mais il est plus facile de les prendre par le col avec les collets.

_____

D'VNE AVTRE RVSE DE PAYSAN
pour prendre les perdrix avec des colles , durant que la neige est sur la terre.

CHAPITRE IX.

Uand la terre est couverte de neige , les oyseaux sont affamez, & cherchent par tous les endroits découverts, soit au pied des arbres, ou même le long des maisons où la neige est plûtôt fonduë qu'ailleurs.

Le païsan qui sçait le mêtier de colleter, ne s'oublie pas de re-garder dans les pieces de bled ensemencées s'il ne verra point de

perdrix fur la neige , & s'il en voit , il ne manque pas le foir de s'en
aller où il les a veuës pendant le jour , & avec une pelle de bois il
découvre une place de trois ou quatre toifes en quarré , comme vous
voyez par la onziéme figure de la cinquiéme table.

Suppofez que l'efpace qui eft entre les quatre lettres Y, Z, a, f
foit l'endroit du bled découvert , & que les efpaces qui fe rencontrent entre les lignes ponctuées , marquez des petites lettres a,
b, c, d, e, f, foient le deffus des planches de bled , & les autres plus
petits efpaces cottez des chiffres 1, 2, 3, 4, 5, le fond des rayes, où
fillons, autrement l'entre - planche par où la terre s'égoute. Quand
le Colleteur a bien rangé la neige , il fait au milieu de la place
découverte une petite haye K L M N, haute de demy-pied, laquelle traverfe toutes les planches, il laiffe au milieu du fond de chaque
raye la paffée d'une perdrix , il y met un piquet qu'il fiche en terre ,
& il attache un collet de crain à hauteur du col de la perdrix ; ces
collets fe voyent marquez des petites lettres g, i, h, κ, l, puis il y
jette du grain de côté & d'autre de la haye , ainfi qu'on peut voir par
les grandes lettres Q, R, S, T, & K, L, M, N, pour obliger les perdrix
de paffer , & le matin qu'elles voyent cet endroit découvert, elles
ne manquent pas d'y aller & de s'y prendre. Il eft affés aifé de voir dans
la figure comme les perdrix qui font aux lettres S , T, ayant mangé le
grain qui fe trouve de ce côté-là , & voulant paffer pour manger l'autre qu'elles voyent au delà de la petite haye , fe prendront dans les
collets κ l. Celles qui feront aux lettres O , P, allant de même & be-
quetant le grain le long de la raye, ne manqueront pas de fe prendre,
lors que voyant l'autre grain Q R, elles voudront paffer pour en
manger , car les oyfeaux de cette nature ne volent point en mangeant s'ils n'y font forcez, ils courent toûjours comme font les poules domeftiques.

Le Colleteur , fçait encore prendre les perdrix aux collets dans
les bleds , & dans les chaumes, quoy qu'il n'y ait point de neige
fur la terre. Il obferve fi une compagnie de perdrix a coûtume de
fe tenir en certaines pieces de bleds, ou de champ qui a efté chau-
mé, ce qui ayant efté reconnu , fi c'eft dans un bled verd, il fait
une petite haye de genefts couchez qui traverfent toutes les planches, & il laiffe de petites paffées avec des collets , comme il feroit

pendant les neiges. Si c'est dans un chaume, il pique quantité de collets confusément de côté & d'autre, & il jette du bled parmy tous ces collets : tellement qu'une compagnie de perdrix venant à se poser dans le champ à force de se promener, rencontre le grain, & en le mangeant ne sçauroit s'empêcher de se mêler parmy les collets, où il s'en prend toûjours quelqu'une.

COMMENT LES PAYSANS PRENNENT
des perdrix aux collets dans les champs lors qu'elles s'adoüent ou s'accouplent.

CHAPITRE X.

LE premier dégel qui vient aprés la fête des Rois, les perdrix grifes s'adoüent ou s'accouplent. On les voit courir les unes aprés les autres le soir, & le matin, principalement quand il a fait une gelée blanche, afin de courir plus vîte pour s'entrebattre, elles suivent les chemins ou sentiers qui se rencontrent autour des bleds verds. Le païsan qui se leve du matin, & qui va dés le point du jour à son travail, les voit souvent ; c'est pourquoy il tend des collets, comme dans la douziéme figure de la sixiéme table.

Supposé que la ligne ponctuée A D, soit le bord du bled, l'autre ligne ponctuée B C, le bord de la haye, & l'entre-deux de ces deux lignes, le chemin ou sentier par lequel courent les perdrix, il fait de vingt pas en vingt pas de petites hayes, hautes d'environ demy-pied, dans le milieu desquelles il laisse une passée large de cinq ou six pouces, & y pique un collet, ainsi qu'il se voit par les lettres E, F G, non pas tout droit comme ceux dont j'ay parlé cy-devant, mais en sorte que le bout d'enhaut panche à moitié sur la passée, autrement il ne s'y prendroit rien ; parce que courant les unes aprés les autres, elles vont la tête levée, & en passant rangeroient le collet avec l'estomach, mais le piquet avançant dans la passée elles sont obligées de baisser la tête pour passer par dessous, & ainsi se prennent au collet & s'étranglent.

Le païsan ne manque point de visiter les collets le matin au soleil

levant pour prendre les perdrix qu'il y trouve étranglées, & pour
emporter avec elles les collets, afin qu'ils ne foient point veus.

MANIERE DIVERTISSANTE POVR
prendre les mâles des perdrix grifes avec une chan-
terelle & des halliers.

CHAPITRE XI.

N prend les mâles des perdrix grifes qui n'ont point
de femelles, avec un filet vulgairement nommé hallier. Pour ce faire, il faut avoir dans une cage une perdrix femelle qui appelle les mâles, & les fait approcher
par fon chant.

La faifon de prendre les mâles eft depuis le premier dégel qui
arrive après la fête des Rois, que les perdrix commencent à s'ad-
douïer, apparier, ou accoupler, jufques au mois d'Aouft.

Belle re-marque. Il y a quantité de perfonnes qui croyent que l'on dépeuple un
païs de perdrix avec une chanterelle, mais ils s'abufent, puis qu'il
ne s'y prend que des mâles fans femelles, qui font plus de mal
aux femelles qui font accouplées que de bien, les empêchant
de couver quand ils les peuvent attraper, & caffant leurs œufs,
s'ils les trouvent ; d'où vient qu'on rencontre fouvent des compagnies de perdreaux qui font en petit nombre. Cela vient lors
que le mâle ayant efté trop chaud & ayant pourfuivi trop affiduë-
ment la femelle, qui vouloit pondre, elle n'a peu fe dérober de
luy pour aller à fon nid, & a perdu fon œuf plûtôt que d'y aller à
la veuë du mâle, qui luy auroit caffé fes œufs.

Remar-que cu-rieufe. Jamais un mâle ne fçait le nid de fa femelle, c'eft pourquoy
il eft bien aifé de prendre le mâle quand la femelle couve ; car
il croit qu'elle foit perduë, & va à la première qu'il rencontre.

Autre re-marque. Il y a des perfonnes qui font les raffinez difans, que les femelles
vont auffi par jaloufie au reclame des chanterelles pour les battre,
ce qui eft faux,& qui fait voir que ces fortes de gens ne fçavent pas difcerner les mâles d'avec les femelles ; car il y a des mâles qui chantent

tent comme des femelles, & qui ne marquent pas davantage qu'el-les.

Cette chaſſe ne ſe fait que depuis le ſoleil couchant juſques à la nuit, & depuis la pointe du jour juſques au ſoleil levé. Pour ap-prendre la maniere de ſe ſervir de la chanterelle, & des halliers, voyez la treiziéme figure de la ſixiéme table.

Suppoſez que l'eſpace depuis la lettre H, juſques à la lettre I, ſoit la haye d'une piece de bled de dix, vingt, ou trente arpens. Poſez vôtre chanterelle V, Y, X proche cette haye, & piquez vos halliers tout autour, comme ils ſe voyent par les lettres K, L, M, N, O, P, Q, R, S, & qu'ils ſoient éloignez de trois toiſes tout autour de la cage. Si vous en avez beaucoup, mettez vôtre ca-ge à cinq ou ſix toiſes avant dans le champ, & piquez vos fi-lets tout autour, puis vous retirez derriere la haye. Vôtre perdrix entendant chanter un mâle, ne manquera pas de l'appeller, & luy de venir. Quelquefois ils viennent quatre ou cinq à la fois, qui s'entre-battent autour des halliers à qui aura la femelle, qu'ils ont entendu chanter. Le plus preſſé ſe prend le premier. Ne vous ha-tez point de courir pour l'ôter du filet; mais attendez que quel-que autre donne dedans, il eſt certain que vous en aurez plus d'un, ſi vous ne vous impatientez pas.

Or pour éviter un inconvenient qui arrive ordinairement lors que l'on tend avant que le mâle ait chanté. Je vous conſeille d'at-tendre que vous l'ayez entendu chanter avant que de piquer vos halliers, afin d'approcher, & tendre à cinquante pas prés de luy, & que la femelle & le mâle ſe puiſſent entendre pour ſe répondre l'un à l'autre, ce qu'ils ne pourroiént faire, à cauſe de l'éloigne-ment, & du vent contraire.

Il arrive auſſi quelquefois que les mâles, qui en ont veu pren-dre d'autres, ne veulent pas approcher de plus de vingt pas de la cage qu'ils ont veuë une autre fois. Pour cela il en faut avoir de pluſieurs ſortes. Le diſcours du Chapitre ſuivant vous appren-dra la maniere de les faire.

N

LA FABRIQVE DE PLVSIEVRS SORTES
de cages pour mettre & transporter des perdrix femelles, pour servir
de chanterelles ou d'appeaux à faire approcher les mâles.

CHAPITRE XII.

Ans la sixiéme & septiéme table , on voit plusieurs sortes de cages à mettre la chanterelle pour prendre les perdrix. La quatorziéme figure de la sixiéme table est la plus commune pour la faire , reglez - vous sur la quinziéme figure.

Elle est composée de deux morceaux de fond de tonneau, marquez des lettres a h c , & b g d, taillez en rond par le haut a, b, de neuf pouces de hauteur , & d'un pied de large. Ils sont élevez par le bas à un autre morceau de bois de même largeur, long de quinze ou dix-huit pouces. Il y a par le dessus une tingue ou petite bande de bois , marquée des lettres a, b, longue de quinze ou dix-huit pouces, large & épaisse d'un demy-pouce, qui est clouée aux deux ais ronds pour les tenir en estat. Il faut couvrir le vuide de cette cage avec de la toile verte ou de quelque autre couleur grisâtre, tirant sur le brun, l'attacher avec des petits cloux, & laisser un, deux, ou trois trous par le dessus pour passer la tête de la perdrix , quand elle voudra chanter , ou écouter. On fera une petite porte f, à un des ais du bout ; par exemple à celuy qui est marqué de la lettre g, pour pouvoir mettre , ou retirer la perdrix quand on voudra , & faire à l'autre ais deux ouvertures, comme vous les voyez cottées de la lettre h , longues & étroites, pour que la perdrix puisse boire & manger. Vous attacherez aux deux bouts a, b, une couroye, sangle, ou corde pour pendre la cage au col , lors qu'on voudra la transporter. La figure vous dira le reste.

Voicy une autre sorte de cage qui est fort utile , quand la chanterelle est sauvage , parce qu'elle se debat en la portant, & lors qu'elle est sur le lieu , elle est si fatiguée , qu'elle ne dai-

gne pas chanter, ainſi que je l'ay ſouvent experimenté, ſi bien
que l'on ſeroit contraint de la laiſſer coucher dans le champ pour
s'en ſervir le lendemain matin : mais à cauſe que le renard, ou
autre animal la pourroit tuer, j'ay inventé une façon de cage figure ſeiziéme, dans la ſeptiéme table. La dix-ſeptiéme figure
vous apprendra à la faire ; vous en faiſant voir les parties en dé-
tail, n'eſtant pas encore couverte de fil de fer, comme elle doit
eſtre eſtant dans ſa perfection. Prenez donc là-deſſus vôtre patron.

Il faut prendre deux ais, A K, B Y, ayant chacun environ quinze pouces en quarré, & avoir deux arçons de gros fil de fer, qui
ſoient faits comme une porte, ou plûtôt comme les deux ais des
bouts de la cage precedente. Vous cloüerez ces deux arçons aux
deux ais quarrez, & vous attacherez un ais par deſſous de même largeur que les deux autres, & long d'un pied & demy : en ſorte que le
côté des arçons qui eſt quarré ſoit aux rais du grand ais. Aprés ce-
là on coudra une toile par deſſus les deux arçons pour former entre Inven-
tion de
l'Auteur.
les deux ais A K, B Y, une cage faite de même que la premiere fi-
gurée quatorze ; en ſorte que les trois ais débordent tout autour
d'environ trois ou quatre doigts. On met à tous les coins des morceaux de bois G H, E F, pour tenir les côtez en eſtat & il faut faire
bander la toile du milieu, puis on couvre le tout de fil de laiton
ou de fer gros comme une petite épingle commune, & pour donner à manger à la chanterelle, il y a une petite tirette, ou auget,
avec un abreuvoir & une mangeoire qui ſe met par le côté C, en- Autre
invention.
tre la cage & le fil de fer à la petite lettre a, c'eſt pourquoy il faut
que le côté de la cage de toile qui joint cette mangeoire, ſoit
ouvert avec des barreaux entr'eux ſeparez d'eſpace en eſpace, de
façon que la perdrix puiſſe facilement paſſer la tête entre-deux pour
boire & pour manger.

Si vous voulez le faire autrement, ayez une ſeconde grande cage
de fil de fer, qui ſoit de grandeur convenable pour enclore dedans la figure quatorziéme. La perdrix ſera dans cette cage. Laiſſez-
là coucher dans le champ ſans crainte des animaux, le matin elle
chantera. Je ne ſpecifie point la forme de cette grande cage, il
n'importe comme elle ſoit, pourveu qu'elle puiſſe empêcher qu'au-

cun animal touche la chanterelle. Vous la ferez ſi vous voulez comme une muë à mettre des poulets deſſous.

On ſe peut auſſi ſervir d'une autre façon de cage, qui eſt fort
jolie, & qui n'occupe preſque point de lieu, elle eſt fort portative,
Autre invention de l'Au-teur. & ne fait gueres de montre. Vous la voyez dans la treiziéme figure de la ſixiéme table. Elle eſt faite d'un vieil chapeau dont le
bord eſt couppé, le deſſous en eſt de bois, qui ſe ferme & ouvre
pour mettre & ôter la perdrix, & par le deſſus du fond du chapeau il
doit y avoir un trou par où elle paſſe la tête pour chanter. Il y a auſſi
un crochet Y, de gros fil de fer pour pendre la cage à la ceinture, &
au lieu marqué de la lettre V, il faut faire une ou deux ouvertures,
afin qu'elle puiſſe boire & manger par là. On mettra à la porte qui
eſt par deſſous un morceau de bois attaché ou cloüé, ce qui eſt encore mieux, long d'un demy pied, pointu par le bout X, pour le ficher en terre afin que la cage ſe tienne en l'eſtat qu'on la veut mettre.
Cette cage eſt fort propre pour les chanterelles apprivoiſées. On
ne les y met que pour les porter, car pendant le jour elles ſont
dans une grande cage ou dans une chambre.

La dix-huitiéme figure de la ſeptiéme table, repreſente une
autre ſorte de cage de ficelle, compoſée de trois arçons P, Q, R,
de gros fil de fer, faits en façon de porte ronde, haute d'un pied &
large de neuf pouces. Ces arçons doivent eſtre éloignez les uns
des autres de huit ou neuf pouces, & couverts d'un filet aſſez
fort, fait à grandes mailles de deux pouces de large. Elle doit eſtre
fermée par le bout marqué des lettres T, S, R, & il doit y avoir
Invention de l'Au-teur. une ficelle attachée au haut R, & au milieu du bas S, de l'arçon, pour
la faire tenir au piquet T, V. Le bout O de la cage doit eſtre fait, en
ſorte qu'on puiſſe l'ouvrir & fermer avec une ficelle qui paſſera dans
les dernieres mailles, pour mettre & ôter la perdrix quand on
voudra, & pour la fermer comme une bourſe, & l'attacher au
piquet N, de façon que la cage ſoit tenduë bien roide ſur le haut
d'une planche de bled. Les mâles viennent, & ne voyant plus
de cage en approchent facilement, & ſe mettent dans les filets.
Cette cage ſe doit faire pour le mieux en mailles quarrées, comme il a eſté montré au dix-ſeptiéme chapitre du premier Livre.

Il faut pourtant vous avertir qu'une chanterelle trop sauvage se peut quelquefois blesser dans ces sortes de cages de ficelle.

Si vôtre perdrix est bien privée , vous vous pouvez servir de l'une de mes plus belles inventions pour les chanterelles ; car un mâle viendra hardiment couvrir vôtre femelle en vôtre presence , si vous le voulez laisser faire, Quand je ne l'aurois pas experimenté , vous le croirez facilement par le discours, en voyant la dixneuviéme figure de la septiéme table. Il faut attacher sur le dos de la perdrix une boucle de rideau , marquée du chiffre 9. avec un ruban de soye étroit , ou bien quelque cordon ou tresse mollette , luy passant deux brins dessous les aîles , & deux par les côtez du col , qu'il faut joindre ensemble sous le ventre , de la même façon qu'on attache un chardonnet , avec cette difference , qu'il a la boucle sur le ventre , & la perdrix la doit avoir sur le dos.Vous attacherez à cette boucle une ficelle longue d'environ deux pieds , qui à son autre bout 8. aura encore une semblable boucle chiffre 7. dans laquelle passe une autre ficelle 4 , 5 , 6 , 7 , longue d'une ou deux toises , liée à deux piquets , hauts de terre d'un pied , ou d'un pied & demy. Vous attacherez à cette ficelle deux petites boucles 5. 6. lesquelles seront arrestées à deux pieds proches de chaque piquet 3 , 4 ; ayant auparavant fait passer la boucle 7, entre les deux petites boucles , afin que la perdrix 9. puisse se promener le long de la ficelle , sans pouvoir tourner autour des piquets, 1 , 4 , 2 , 3 , ce qu'elle feroit si les boucles 5 , 6 , ne l'arrêtoient. Vôtre perdrix estant ainsi disposée , jugez s'il y aura un mâle si fûté qui n'approche.

AVTRE MANIERE DIVERTISSANTE
pour prendre les mâles des perdrix rouges avec un appeau arti-
ficiel, & un petit filet nommé pochette.

CHAPITRE XIII.

'Appeau des perdrix rouges est bien different de celuy des grises, sa forme est representée par la vingt-un & vingt-deuxiéme figure de la huitiéme table. La vingt-uniéme le fait voir de côté, & la vingt-deuxiéme par le dedans, afin qu'on en puisse mieux connoître les particularitez. Reglez-vous donc dessus pour en faire un semblable. Il est fait de buis ou de bois de cormier, ou bien de noyer, en forme de navette, & gros comme un œuf de poule, mais pour le mieux faire comprendre; Imaginez-vous un œuf commun ayant comme deux queües a; b, qu'il soit percé de bout en bout & que par son ventre d c, il y ait une ouverture grande comme un loüis d'un écu, toute éreusé par le dedans jusques au fond. Il faut avoir uu tuïau de plume de Cigne, & un os de pied de chat, qui sera ouvert par un bout, que vous ferez entrer dans le trou a, & le pousserez jusques à ce qu'il soit environ le milieu de l'ouverture d, dans le fond, & que l'autre bout a, de l'os soit bouché: Ayez aprés un tuïau de plume à écrire, percé par les deux bouts, que vous mettrez par le trou b, jusques à ce que le bout c, soit prés du bout d, de l'os, & que soufflant par le bout b, cela fasse un ton de perdrix rouge, en approchant ou reculant le bout c, de la plume du bout d, de l'os, jusques à ce que vous ayez trouvé le vray ton.

Outre l'appeau, il faut avoir un petit filet, figure vingtiéme, qui s'appelle pochette (dont la maniere de le faire est montrée au vingt-neuviéme chapitre du premier Livre) & une petite verge de bois souple, longue de quatre ou cinq pieds. Le matin à la pointe du jour, ou bien le soir aprés le soleil couché, & quelquefois en plein midy, lors que vous entendrez chanter le mâle dans une

vigne , ou dans quelques bois taillis , ou une bruïere , mettez-vous
proche de quelque petit chemin ou fentier, auquel il y ait un endroit propre pour cacher une perfonne couchée fur le ventre. Suppofez que ce chemin foit l'entre - deux des lignes ponctuées A C,
D F, & le lieu pour vous cacher l'endroit marqué de la lettre K.
Attachés la ficelle nombre 1, qui paffe dans la boucle chiffre 4,
du filet au bout de la verge, que vous piquerez en terre fur le bord
du petit chemin , & la ployant en arc , vous piquerez pareillement l'autre bout à l'autre bord du chemin , & y attacherez auffi
la ficelle 3, qui paffe dans la boucle 5, en forte que les deux boucles 4, & 5, ayent la liberté de pouvoir s'approcher l'une de l'autre.
Prenez l'un des bouts de la pochette 6, ou 7, levez - le , & le pofez fur le haut de l'arc 2 , de façon qu'il s'y tienne de luy - même , laiffant l'autre bord à terre, ainfi le chemin fera fermé, en
forte que rien ne pourra paffer fans donner dans le filet. Ce filet
eftant tout - à-fait tendu , placez-vous un peu à côté, couché fur
le ventre à l'endroit marqué K , la tête fur le bord du chemin, à
une ou deux toifes du filet , & de l'autre côté que celuy par où
doit venir la perdrix. Par exemple, fuppofez que l'oyfeau chante
vers la lettre D , vous ferez couché à la lettre K , mais s'il eftoit du
côté E , il faudroit vous placer au lieu marqué L. Soyez fi bien
caché , fans remüer aucunement , que la perdrix ne vous puiffe
voir , & lors qu'elle chantera , donnez - luy deux ou trois coups
d'appeau, non pas trop forts , mais feulement qu'elle vous puiffe entendre. Elle volera tout d'un coup à vingt pas de vous,
& fe jettera dans le chemin pour écouter , puis elle chantera un
peu , répondez - luy d'un petit coup d'appeau , & non davantage. Auffi - tôt qu'elle l'aura entendu , vous la verrez accourir le
long du chemin, jufques auprés du filet , qu'elle confiderera , &
chantera une fois, puis donnant dans le milieu du filet , en fera
tomber le bord 2 , qui fera fur l'arçon, & s'enfermera d'elle même comme dans une bourfe, d'où vous la retirerez pour retendre,
s'il y en a d'autres.

    Cette chaffe ne fe fait que le mois d'Avril, May, Juin, & Juillet,
que les femelles s'accouplent, ou couvent, car on ne prend que les
mâles qui font fans compagnes , en contrefaifant la femelle avec

l'appeau artificiel. On pourroit bien prendre des perdrix grifes de cette façon ; mais elles ne fe jettent gueres dans les chemins, car elles font accoûtumées à traverfer les planches de bled, & au contraire les rouges n'ayment pas à courir dans les lieux mal unis : c'eft pourquoy ils fe pofent toûjours dans le premier fentier, afin de courir plus vîte à la femelle qu'ils entendent.

RVSE DE PAYSAN AVEC LAQVELLE
il prend les Faifans aux collets le long des bois.

CHAPITRE XIV.

Es colleteurs font la guerre aux faifans, foit quand ils vont manger pendant le jour dans les bleds meurs, ou bien lors qu'ils cherchent leur pâture dans les bois où ils fe retirent. Je commenceray d'enfeigner de quelle façon ils les prennent à la rentrée des bois quand ils retournent aprés avoir mangé.

Le colleteur qui fe mêle de cette chaffe fçait bien les heures que les Faifans doivent fortir des bois pour chercher le grain dans les champs. Leurs heures ordinaires font : le matin au foleil levant, à onze heures ou midy, & au foir une heure ou deux avant que le foleil fe couche. Celuy qui les veut prendre ne manque pas d'avoir provifion de collets ou lacets de crin de cheval. Il s'en va dés la pointe du jour écouter de quel côté il entendra chanter les Faifans pour s'y rendre, afin de les voir fortir du bois. S'il en fort quelqu'un il va fecretement chercher l'endroit & l'ayant connu, il y met deux ou trois collets, l'un à plate terre, & les autres à la hauteur du jabot de l'oyfeau ; en forte qu'il ne puiffe paffer fans mettre la tête dedans quelqu'un, ou fe prendre par les pieds ; & s'il y a plufieurs endroits où un Faifan puiffe paffer, il y met à tous dequoy l'arréter. Puis il fait le tour bien loin dans le champ, & fe trouvant à peu prés vis-à-vis du lieu où il croit que le Faifan eft arrêté pour manger, il fait un peu de bruit avec les mains, ou avec deux pierres qu'il frappe l'une contre l'autre, en approchant toû-

jours

jours vers le bois où font tendus les collets. Dez que l'oyseau l'entend il fait pour se sauver dans le bois , & paffant la tête dans un des collets , il se prend par le col & s'étrangle , ou bien il met les pieds dans le lacet , & l'emportant avec soy il demeure arreté par le pied , & quelquefois par tous les collets.

Il est à remarquer que les Faisans ne volent jamais s'ils n'y font forcez , car lors qu'ils veulent changer de lieu , c'est à la course , & non au vol. Pour ce qui est des autres heures du jour que le paisan veut tendre ses collets , il se met aux aguets pour les voir sortir , & fait la même chose qu'au matin ; mais avant que de s'y amuser , il regarde le long du bois du côté du bled , s'il n'y aura point de fentiers qui soient batus de Faisans , afin d'y mettre ses collets & ses lacets.

DE LA MANIERE QU'ON PEUT PRENDRE
les Faifans dans un bois fans les bleffer, pour en peupler quelque autre lieu où il n'y en a point.

CHAPITRE XV.

Lufieurs personnes ont des bois , dans lesquels il y a abondance de Faisans , & qui seroient bien aises d'en pouvoir prendre de vifs pour en peupler quelque autre terre où il n'y en a point. Si vous avez ce dessein là , servez-vous de la maniere qui vous est proposée par les figures vingt, vingt-trois , & vingt-quatriéme , dans la huitiéme table.

Cherchez un endroit dans vôtre bois où les Faisans se retirent ordinairement , ce que vous sçaurez pour les y entendre chanter le matin , ou que vous trouviez de leurs fientes à terre le long des petits sentiers par où ils courent , principalement après la rosée. Lors que vous aurez reconnu le lieu , voyez s'il y a quelque arbre facile à monter , & d'où vous puissiez avoir la veuë sur les petits chemins ou sentiers par où doivent courir les faisans. Quand vous

O

aurez trouvé l'arbre commode, & le lieu propre pour tendre, ap-
pâtez le long de ces petits chemins ; c'eſt à dire jettez du grain
pour les y attirer, & en mettez cinq ou ſix bonnes poignées en
un monceau dans un bel endroit, où tous ces petits chemins aillent rendre, & lors que vous connoîtrez que les Faiſans y auront
mangé, allez à la pointe du jour tendre en cette ſorte.

    Suppoſez que les deux lignes ponctuées A B C, & D E F, ſoient
les deux bords du petit ſentier ou chemin, ayez pluſieurs petits
halliers (comme celuy qui paroît dans la figure vingt-trois) longs
de quatre ou cinq pieds, & les piquez à travers le chemin B Q E,

Invention
de l'Auteur. faiſant de même à tous les ſentiers qui vont rendre au principal
lieu appâté. Cela fait, montez dans l'arbre que je ſuppoſe eſtre à
l'endroit marqué de la lettre M, où vous écouterez ſans remuer ny
faire du bruit. Vous prendrez garde lors qu'il y aura un faiſan pris,
pour l'ôter promptement; car auſſi-tôt que les Faiſans ſe ſentent
arrêtez, ils ſe debattent & font un bruit qui épouvante les autres.
Le premier Faiſan qui trouvera le commencement du grain que
vous avez jetté le long du chemin, appellera les autres pour manger, & courant par dedans le ſentier, ſe prendra dans les filets.

    La maniere de faire ces petits halliers eſt contenuë au vingt-troi-
ſiéme chapitre du premier livre.

    Si vous trouvez ces filets trop difficiles à faire, ou incommodes
à tendre, vous pourrez avoir des poches ou pochettes, qui ſont
montrées au vingt-neuviéme chapitre du même Livre, & avoir

Autre In-
vention. autant de verges comme de filets. Ces verges ſeront longues de
cinq ou ſix pieds, & moins groſſes que le petit doigt, vous tendrez le tout comme il paroît dans la vingtiéme figure. Coupez
les deux bouts de chaque verge en pointe, & les piquez aux deux
bords du chemin 4, 3, en ſorte que la verge ſoit comme une porte
ronde Etendez le filet tout au travers du chemin, puis prenez la
ficelle chiffre 1. qui paſſe dans la boucle 4, du filet, & l'attachez
au bas de la verge, toute au ras de la terre. Liez pareillement à
l'autre côté du chemin au bas de la verge, la ficelle 3, qui paſſe
dans la boucle nombre 5, & prenez le bord du filet 6, ou 7, que
vous leverez & que vous poſerez ſur le haut nombre 2, de l'arçon, de façon qu'il tienne fort peu. Si-tôt qu'un Faiſan donnera

dedans il se prendra plus facilement qu'au hallier, mais il se pourra aussi défaire, si on ne l'en ôte promptement.

Si vous ne trouvez pas d'arbre commode (comme j'ay dit cy-devant) vous pourrez tendre vos filets, & vous retirer à l'écart, & quand il sera tout à fait nuit, y aller voir : mais la chose n'est pas si asseurée comme d'y estre present ; parce que les premiers pris (comme j'ay déja dit) épouvantent les autres, joint aussi qu'il peut se rencontrer quelque animal qui les tuëra, ou bien qu'ils se blesseront dans les filets à force de se debattre.

Mais si vous n'avez n'y halliers ny pochettes, & que vous n'en vouliez pas faire, servez-vous d'une ruse de païsan, avec laquelle ils sçavent bien prendre les Faisans dans les bois avec des collets, la vingt-quatriéme figure vous montrera la maniere de les tendre. Ayez nombre de collets, ou de lacets de crin de cheval. Attachez-en un au piquet f, & tous les autres de même façon, faites plusieurs petites hayes C G F, toutes au travers des petits chemins qui vont rendre au principal lieu appâté, & laissez au milieu de chacune une espace G, qui soit justement la passée d'un faisan. Piquez sur le bord de cette passée un piquet f, en sorte que le collet qui y est attaché, soit tout à plat sur la terre, & ouvert en rond, mettant par dessous un petit bâton e, pour le tenir un peu élevé, en sorte qu'un oyseau ne puisse passer sans emporter ce lacet avec le pied, il ne faut pas que ces petites hayes soient plus hautes de six ou neuf pouces. Il est certain que le premier Faisan, qui en cherchant le grain passera par quelqu'une de ces hayes, s'arrêtera de luy-même par les pieds ; mais il faut estre prompt à l'en retirer, parce que s'il ne se prend que d'un pied, il se pourra rompre la jambe à force de se debattre. Le païsan qui ne se soucie pas de les avoir vivans, met avec un lacet un collet élevé, afin que le Faisan se prenne par le col ou par le pied.

O ij

COMMENT ON PEVT PRENDRE
les Poules & Râles d'eau avec des halliers.

CHAPITRE XVI.

Ans les prairies qui sont le long des petites rivieres, &
autour des étangs, il y a des herbiers fort épais qu'on appelle vulgairement Roûches, & Joncs, dans lesquels les
poules & râles d'eau se retirent & y cherchent leur pâture. Il est fort facile de les prendre, si vous avez des halliers tels
qu'ils sont representez dans la neuviéme table, figure vingt-cinq.
Le vingt-quatriéme chapitre du premier Livre montre la methode de les faire, & celuy-cy à s'en servir.

Invention de l'Auteur. Supposez que la ligne ponctuée marquée des lettres B D E G
K L, soit le bord de l'eau, & l'espace qui est entre cette ligne
& l'autre côté des lettres A C F H I M O, les Joncs. Piquez
l'un de vos halliers d'un bout à K, au bord de l'eau, & continuez
au travers des herbiers jusques au rivage I. Mettez un autre filet
à quarante pas plus loin, & le piquez d'un bout au rais de l'eau
à la lettre D, & le reste tout au travers des herbiers jusques à C.
Allez après loin de côté & d'autre, cheminant & traversant les
herbiers (par exemple) commencez à la lettre P, & cheminez
(comme le montre la ligne) vers O, de là à la lettre N, de N, à
la lettre M, & après à L. Quand vous serez au premier hallier,
ôtez-en ce qui sera pris, & continuez de marcher de la même
façon jusques à l'autre filet, après quoy faites le tour bien loin
vers Y, & cheminez au travers des Roûches, comme vous avez
fait de l'autre côté. S'il y a quelque chose dans les Joncs, il ne
les quittera point, & ne fera que courir devant vous, si bien qu'en
fuïant, tout ce qui y est se prend aux halliers.

Cette chasse est infaillible, quand on est asseuré qu'il y a des
poules ou râles d'eau, & même des râles de genêt, qui se retirent dans ces sortes d'herbiers les mois de May, Juin & Juillet, pour
y faire leurs petits, Quand il y en a, on les entend assez chanter
jour & nuit.

INSTRVCTION SVR VNE CHASSE DIVERISSANTE qu'on appelle la pipée, & des uſtencilles neceſſaires dont on doit faire proviſion.

CHAPITRE XVII.

LA pipée eſt une chaſſe fort divertiſſante, qui ne dure gueres plus d'un mois, elle ne ſe fait qu'au temps de vendanges, où l'on voit grand nombre de grives, & tourets, qui eſt le principal gibier qu'on y prend, quoy qu'il s'y rencontre auſſi des Pies, Jais, Merles, & autres petits oyſeaux.

La pipée ſe peut faire le matin depuis la pointe du jour juſques au lever du ſoleil, mais l'ordinaire & le meilleur temps eſt, de le faire au ſoir, demie-heure avant que le ſoleil ſoit couché, juſques à ce que les oyſeaux ſoient retirez.

Pour faire cette chaſſe, on ſe ſert de glu pour prendre les oyſeaux, il en faut faire proviſion d'une livre, & d'un milier de gluaux qui ſont de petits rejettons d'ormeau, longs d'un pied, qu'on couvre de glu.

Il faut outre cela une vingtaine de fueilles de lierre, & un petit paquet d'herbe nommé *gramen*, qui eſt une eſpece de chiendent delicat qui ſe trouve parmy les buiſſons de houx. Cette herbe eſt repreſentée par la vingt-neuviéme figure de la dixiéme table, ſi vous n'aymez mieux vous ſervir comme moy de la trentiéme figure, qui eſt faite de deux petits morceaux de bois e g, d f, longs comme le doigt, & gros comme un demy travers de doigt, & un petit ruban i, h, que je mets entre les deux bâtons, que je joins après enſemble comme le petit pipet, dont les enfans veulent contrefaire les marionnettes. Au lieu de fueille de lierre figure vingt-ſix & vingt-ſeptiéme de la neuviéme table, je me ſers d'un morceau de fer blanc, figure trente-un de la dixiéme table, qui eſt recourbé de la même maniere que ſi on coupoit un entonnoir par la moitié en long, & qu'après on mît la main deſſus les deux bords pour les applatir & joindre enſemble, laiſſant

O iij

le fond un peu en rond, auquel il faut faire un trou dans le milieu lettre m. Vous comprendrez assez de quelle forme il doit estre, par l'exemple des fueilles de lierre, puis qu'il doit faire le même effet.

Voyez donc dans la neuvième table comment on s'en sert. Premierement il faut faire un trou gros comme un pois , environ le milieu S, de la fueille, & mettant le premier doigt de la main gauche sur le couton R, le second sous le côté T, & le pouce sous V, faire approcher les deux bords de la fueille, qu'il n'y ait d'espace entre les deux qu'un demy-travers de doigt, qui continuëra en diminuant vers le bout Q, de sorte que la fueille devienne comme une gouttiere, puis on souffle par le bout Q, qu'on met dans la bouche. Ce bruit ressemble à celuy d'un Jay qui crie après le hiboux ou chat-huant. Cette fueille ainsi ajustée est de la forme qu'elle paroît dans la vingt-septiéme figure , laquelle est marquée des mêmes lettres pour la mieux faire comprendre.

Et pour se servir de la petite herbe figurée vingt-neuf, il faut en prendre une fueille, & la tenir avec le pouce , & le premier doigt de chaque main par les deux bouts a, b, & mettre le bord c, entre les deux levres , jusques à la moitié de largeur, puis en pressant les levres l'une contre l'autre, souffler delicatement, & contrefaire le cri de la cheveche qui est la femelle du hiboux.

L'autre pipeau figuré trente, est plus facile pour appeller les oyseaux, il n'est pas necessaire d'enseigner comment on s'en doit servir, puis que tous les petits enfans le sçavent bien.

DV LIEV OV SE DOIT FAIRE LA PIPE'E
& comment il le faut preparer.

CHAPITRE XVIII.

LA pipée se fait dans les bois taillis, qui sont forts, & qui ont du moins cinq ou six ans de coupe. Il faut choisir un endroit écarté des chemins, & qu'il y ait un petit arbre A B, figuré vingt-huit dans la dixiéme table, haut de trois ou quatre toises , éloigné des autres grands arbres pour le moins de cinquante pas. Il faut ébrancher cet arbre tout autour, à la réserve de quelques branches principales qui se rencontrent de côté & d'autre, faisant à peu prés comme une forme de couppe, ou verre à boire, & que les plus hautes répondent dessus l'entre-deux des basses, afin que ce qui tombera des plus élevées, ne s'arrête pas dessus les autres. Il faudra aussi ébranchiller & curer chaque grande branche, depuis le tronc de l'arbre jusques en approchant du bout : comme par exemple, celle qui est marquée de la lettre C, à laquelle il ne paroît point de petite branche ny fueille qu'en approchant du bout Z. Quand toutes les grosses branches auront esté ainsi appâtées, vous y ferez des entailles tout au long, en frapant de biais avec une serpe, qui fera des fentes de trois en trois doigts, comme il se voit en la branche F, pour y ficher des gluaux 9, 10, 11, 12, 13. L'arbre estant préparé, coupez quelques branches de taillis qui soient droites, piquez-les tout autour du tronc de l'arbre aux lieux marquez des lettres M, R, S, T, V, en sorte que le pied de chaque branche soit éloigné du pied de l'arbre d'environ quatre pieds, & que leurs cimes aillent toutes joindre le gros de l'arbre par le haut à la lettre B, ainsi qu'on peut voir par les lignes ponctuées M B, R B, S B, T B, & V B, & que cela soit suffisant pour loger quatre ou cinq personnes, selon qu'il s'y en rencontrera. Il faudra y laisser des ouvertures, afin qu'une personne puisse entrer & sortir.

La loge estant ainsi faite, cherchez tout au tour de l'arbre quatre ou cinq clairieres de bel abord, ou bien s'il n'y en a point, vous en ferez de cette sorte : Coupez à peu prés en droite ligne les petites branches des taillis qui peuvent faire obstacle, commençant depuis la loge jusques à la distance de trente ou quarante pas, tout au plus, en sorte que vous puissiez seulement voir quand il y aura quelque oyseau pris sur les gluaux que vous y mettrez. Les clairieres estans bien faites, choisissez tout au long sept ou huit branches unies qui soient placées de six en six pas, lesquelles on fera pancher de travers la clairiere, en leur donnant un coup de serpe par l'endroit qu'on jugera à propos, afin qu'elles soient de bonne hauteur pour les pouvoir ébranchiller & y faire des fentes ou entailles, comme aux branches de l'arbre, pour les couvrir aussi de gluaux.

Ces branches vous font reprefentées de la forte qu'elles doivent
eftre panchées & gluées par les figures marquées des lettres N, O,
P, Y, L, K. Il n'eft pas abfolument neceffaire d'avoir la veuë fur toutes ces branches gluées, mais il faut pourtant entendre lors qu'il
y aura quelque chofe de pris aux gluaux, & fe bien reffouvenir
du lieu où ils feront, afin d'y aller tout droit, car en courant,
vous faites fuir les oyfeaux qui vous voyent; c'eft pourquoy il faut
marcher fur les mains & fur les pieds.

On peut faire cette chaffe fans arbre, ayant tout autour de foy
de ces clairieres, avec des branches gluées, comme j'ay dit. Ces
branches s'appellent des plaiffes.

DE LA MANIERE QV'IL FAVT TENDRE
les gluaux, & comme on doit piper & appeller les oyfeaux
pour les faire approcher de l'endroit preparé.

CHAPITRE XIX.

AYant difpofé de bonne heure la loge avec l'arbre &
les plaiffes, il faut prendre toutes les uftencilles, comme la ferpe, les fueilles de lierre, le chiendent, & les
autres chofes que j'ay dit au dix-feptiéme Chapitre.
Il faudra couvrir de glu tous les gluaux, non pas tout au long,
mais depuis trois doigts proche du gros bout, jufques à la petite
pointe, afin de les pouvoir manier fans fe falir ny gluer les mains :
puis les metre par pacquets de deux ou trois cens à la fois dans
un morceau de quelque vieil' parchemin, pour empécher qu'il ne
s'y attache des ordures. Portez toutes vos uftencilles fur le lieu
preparé, & foyez-y au plus tard une heure avant que le foleil fe
couche, afin d'avoir le temps pour ajufter le tout en cette forte.

Il faut qu'un homme monte au haut de l'arbre, & mette des
gluaux tout au long des branches dans les entailles, comme ils font
reprefentez fur la branche marquée de la lettre F, qui font panchez & prefque couchez à trois doigts de haut fur la branche. De
forte qu'ils avancent de la moitié à côté ou par deffus les uns des
autres, fans pourtant fe toucher, ce que vous pouvez comprendre par
les chiffres

les chiffres 5, 6, 7, & 8, & un ou deux autres hommes en mettront aussi sur toutes les plaisses N,O,P,Y,L,K, qui auront esté faites autour de la loge. Le tout doit estre en estat un quart d'heure ou demy-heure avant que le soleil soit couché. Cela estant fait, que tout le monde se retire promptement dans la loge au pied de l'arbre, chacun se tenant bien caché, faisant le guet (de la veuë & de l'ouïe) du côté auquel il aura esté destiné pour y prendre garde, & non ailleurs, afin de ne rien troubler. Le silence doit estre exactement observé de tous, sinon de celuy qui doit piper, lequel commencera la pippée en appellant avec la feüille de lierre, ou le moineau de fer blanc, dans lequel il soufflera & contrefera le Jay, comme j'ay dit au dix-septiéme chapitre, en continuant toûjours de souffler dans le même instrument.

Le Roitelet sera le premier oyseau qui viendra voir jusques dans la loge, aprés suivra la Gadrille, autrement Gorge-rouge, les Mesanges viennent ensuite, puis les pinsons qui se prennent les premiers, capables de faire venir les gros oyseaux.

D'abord que vous avez un pinson, il faut que quelqu'un le prenne & luy rompe une aîle, pour le faire crier de temps en temps, selon que le Pipeur l'ordonnera. Les Jays & les Pies, s'il y en a dans la païs, suivront les Pinsons. Pour lors il faudra changer de pipeau, & prendre une feüille de la petite herbe figure vingt-neuviéme, ou le pipet de bois & de ruban figure trentiéme, pour souffler & contrefaire la chevêche, qui est la femelle du hiboux. Aussi-tôt que les Jays l'auront entenduë, ils se jetteront de plein abord sur vôtre arbre, où ils se gluëront, & tomberont à bas au pied de la loge.

Quand vous aurez un Jay, rompez-luy une aîle, & le faites crier, comme vous avez fait le pinson: tous les autres Jays & Pies viendront à la foule se poser sur l'arbre, & cependant les Merles approchent sourdement autour de la loge, volans & sautans de branches en branches pour découvrir ce qu'ils entendent. Tellement qu'ils se prennent sur les plaisses, & tombent à bas, où on les entend crier, il faut y courir promptement, le plus à couvert qu'on pourra. L'on a plus de peine à prendre ceux-cy que tous les autres, parce qu'ils courent emportant le gluau qui les empêche de voler.

Les Jays sont bien-tôt pris, ou quittent le lieu, & s'enfuient lors

P

qu'ils ont découverts la rufe du chaffeur, les grives viennent prendre leur place. Les unes fe prennent aux plaiffes ; mais la plus grande partie fe prennent fur l'arbre. Ces derniers oyfeaux font les plus
faciles à prendre, dautant qu'ils fe pofent tout du premier coup
fur l'arbre fans aucune méfiance, & tombent à vos pieds, fi bien
qu'on n'a point la peine de courir aprés.

Depuis que vos avez pris un merle, ou une grive, ou bien
un touret (qui eft prefque la même chofe qu'une grive) il faut
ceffer de faire crier le Jay, & fe fervir de la grive, du merle,
ou du touret.

C'eft le plus grand plaifir du monde de voir tous ces oyfeaux
étonnez, & curieux du bruit qu'ils entendent, fe jetter & fe prendre parmy les gluaux.

Comme le Roitelet eft le premier oyfeau qui vient au bruit du
pipeau, la grive où le Touret eft auffi le dernier : c'eft pourquoy
quand vous n'en verrez plus venir, quittez le lieu, & vous en
retournez jufques au lendemain à la pointe du jour que vous
pourrez piper. Il fe prendra encore quelque oyfeau, ou bien
vous ramafferez tous les gluaux pour une autre fois, que vous defirerez faire la pipée dans un autre bois ; car il ne fera pas bon
tendre dans ce même endroit de plus de quinze jours ; parce
que les oyfeaux qui auront échappé la premiere fois, feront fuir
les autres, qui voudroient approcher : mais quinze jours leur peuvent faire perdre le fouvenir de la rufe & de l'endroit preparé.

Cette chaffe eft une des plus divertiffantes qu'on faffe de jour
aux petits oyfeaux. J'avois la penfée de vous enfeigner à faire de
la glu, mais comme on en peut avoir une livre pour douze ou quinze fols, je referve de vous l'enfeigner dans un autre livre. Nous
pouvons feulement dire en paffant, que la glu n'eft autre chofe
qu'un compofé de grains de gui avant qu'ils foient murs.

POVR PRENDRE LES MERLES DE IOVR
pendant les broüillards, avec un filet nommé Araigne.

CHAPITRE XX.

Ette forte de chaffe fe fait ordinairement par un temps
de broüillards, à caufe que les merles volent bas, &
toûjours le long des hayes. On fe fert pour les prendre d'un filet appellé Araigne, dont la compofition
eft écrite au trentiéme chapître du premier livre, & pour vous
en fervir voyez la trente-deuxiéme figure de l'onziéme table.

Il faut premiérement faire provifion d'un bâton D F, long de
fix pieds, un peu fendu par le petit bout D, & pointu par l'autre F, le porter avec vôtre filet fous le bras, un coûteau dans la
poche pour s'en fervir dans le befoin, & vous promener le long des
hayes où vous croyez qu'il peut y avoir des merles. S'il y en a
quelqu'un, il volera devant vous fuivant toûjours la haye E, & fe
pofera à trente, quarante, ou cinquante pas de vous: pour lors
ayant remarqué l'endroit, vous irez à vingt pas proche du lieu
où il s'eft jetté, & tendrez le filet en cette forte.

Suppofez que le lieu où le merle s'eft jetté foit le long d'un
chemin où il y a des hayes des deux côtez: par exemple E, I, choififfez quelque branche d'arbre qui avance un peu fur le chemin,
comme par exemple celle de la lettre C, & qui foit élevée
de terre d'environ fix pieds, faites-y une petite fente A, avec
un coûteau, & y fichez legerement le petit coin de bois, qui eft
attaché à la ficelle de l'araigne. De là vous pafferez à l'autre côté
F, I, du chemin pour ajufter une autre branche d'arbre de même façon à l'oppofite de la première, y fichant pareillement le
petit coin qui eft attaché à l'autre bout de la ficelle du filet; de forte que la ficelle foit comme bandée, & le filet tendu au rais de la
haye où eft l'oyfeau. Cela eftant fait, prenez le tour, puis allez à
trente pas audeffus du lieu où s'eft jetté le merle, & approchez de
luy. Il fe levera pour fuir & s'échapper, & en fuïant le long de la

P ij

haye, il donnera dans le filet, qu'il fera tomber sur luy & s'envelopera dedans, d'où vous le retirerez pour continuer vôtre chaffe aprés d'autres.

Si par hazard il ne se rencontre point d'autre haye que celle
où s'est jetté le merle, il faudra suppléer avec le bâton D F, que
vous piquerez à l'opposite de l'Arbre E, A, éloigné de la haye
de six ou huit pieds selon la longueur de vôtre filet, & vous vous
en servirez tout ainsi qu'on feroit d'une haye.

DV MOYEN DE PRENDRE DES MERLES
Grives, & autres oyseaux, avec des repuces,
rejets, ou repenelles.

CHAPITRE XXI.

Es jeunes païfans qui demeurent dans les pays où il y a
des vignobles, prennent quantité de Merles, grives, tours,
& autres sortes d'oyseaux, qui mangent les raisins, &
principalement sur la fin des vendanges, que les chaffeurs les contraignent de se retirer dans les bois. Si vous desirez
vous divertir quelquefois à la chasse de ces oyseaux avec des Re-
puces, repenelles, ou rejets, instruisez-vous par la demonstra-
tion de la trente-troisiéme figure de l'onziéme table.

Cherchez dans les bois, qui sont le long des vignes des
endroits où se retirent ces oyseaux, tendez des rejets en plufieurs lieux de cette sorte. Choisissez un brin de taillis lettre O,
qui soit droit & haut, coupez-en les petites branches qui se
rencontrent tout autour, depuis le bas jusques à quatre ou cinq
pieds de haut, puis avec un fer rouge, ou un virbrequin faites-y
un trou à l'endroit marqué h, qui soit de la grosseur d'une plume
à écrire. Prenez un autre brin de taillis N, qui soit éloigné du premier d'environ quatre pieds, vous en couperez toutes les petites
branches qui se trouveront autour, & vous attacherez au bout L,
une petite ficelle longue de demy-pied, à laquelle vous noüerez un

petit collet de crin de cheval m, qui aura une boucle n, au bout. Il faut avoir aussi un petit bâton p, o, & long de quatre doigts, qui aura comme un petit crochet au bout o, & de l'autre sera un peu pointu en arondissant. Vous ferez plier le brin de taillis N, où est attaché le collet, & vous passerez ce collet dans le trou h, & le tirerez jusqu'à ce que le nœud m, soit aussi passé : après vous ficherez legerement le bout p, du petit bâton dans le trou h, & laisserez tirer le brin de taillis qui sera arrêté par le nœud m, à cause du bâton p, o, qui bouchera le trou, & empêchera qu'il ne passe. Il faut étendre legerement le collet, & l'ouvrir en forme ronde sur la marchette ou petit bâton p, o, puis on attachera une gappe de raisin au dessus, à l'endroit marqué de la lettre q, de sorte qu'un oyseau ne puisse toucher au raisin sans se poser sur la marchette, qui tombera aussi-tôt qu'il se posera dessus, & par ce moyen donnera liberté au nœud m, de passer, qui en passant fera que le brin de taillis N, emportera le collet qui tiendra l'oyseau pris par les jambes.

J'ay designé exprés trois figures pour en mieux faire comprendre la forme, & les pieces particulieres, dont deux paroissent tenduës. L'une se void par le devant, & l'autre par derriere, la troisiéme est détenduë. On en peut remarquer toutes les pieces, cottées des mêmes lettres que celles qui sont tenduës

---

D'VNE AVTRE SORTE DE REPVCES
portatives pour tendre en tous lieux.

CHAPITRE XXII.

Oicy une autre sorte de Repuce, qui se peut poser en tous lieux, soit pour la picquer en terre le long d'une haye, ou dans un jardin, ou bien la pendre à un arbre. On s'en peut servir pour prendre des Jays qui mangent les pois & les cerises; mais il la faut faire plus forte que pour les grives, & si on veut prendre des Mesanges, & autres petits oyseaux, elle sera faite plus foible à proportion.

Si vous defirez prendre des Merles, Grives, & autres pareils oyfeaux, faites la repenelle ainfi qu'elle eft reprefentée par la trente-quatriéme figure de l'onziéme table. Prenez un bâton de faux r z, long de cinq ou fix pieds, qui foit bien droit, & gros comme une canne (ou bâton avec lequel on s'appuïe en marchant) pointu par le gros bout z, & vous mettrez dans le petit bout r, un crochet de bois, marqué de la lettre G. Faites un trou au milieu y, gros comme deux fois une plume à écrire, un autre moins gros de la moitié, à demy-pied prés du bout à la lettre v. Prenez aprés une petite houffine, ou verge de bois, qui étant pliée fe redreffe, comme feroit par exemple du houx, longue d'environ trois pieds. Vous ferez contre le gros bout dans le trou y, du bâton, & vous attacherez à l'autre une petite ficelle, avec un collet au bout, lequel vous pafferez dans le petit trou v, & vous l'arrêterez avec un petit bâton t, fiché legerement auffi dans le même trou, pour empêcher le nœud du collet de paffer. Ouvrez aprés ce collet en rond Comme la figure marquée S, vous fait voir, & l'étendez fur le petit bâton t, auquel il y a un petit arrêt pour empêcher le collet de fe deffaire. Attachez une grappe de raifin au lieu marqué r, qui pende quatre doigts au deffus du bâton fur lequel eft le collet, & fi vous voulez tendre dans un alifier, cerifier, ou autre arbre, accrochez la Repuce à quelque branche, de forte qu'il n'y ait point d'autre petite branche proche du raifin, d'où les oyfeaux puiffent le manger fans marcher fur la marchette ou petit bâton t.

Si vous voulez prendre des mefanges, le petit crochet ou arrêt qui eft au bout t, de la marchette, doit eftre en pointe, afin de le mettre dans une noix à demy-caffée, ou dans un bout de chandelle.

Et fi vous avez deffein de prendre des Jays, pendez au deffus de la marchette t, cinq ou fix gouces de pois verds, ou un paquet de cerifes. Soit qu'on tende aux Jays, aux grives, ou aux petits oyfeaux, fi on veut tendre bas, proche d'une haye, ou dans le milieu du jardin, il faut piquer en terre le bout pointu z, de la Repuce.

COMMENT ON POVRRA PRENDRE LES
Grives & les Trayes qui mangent du guy dans les arbres.

CHAPITRE XXIII.

L E Guy eſt compoſé de certains bouchons de fueilles vertes, que pluſieurs Arbres produiſent comme un excrement, & qui jettent un fruit blanc douceatre, gros comme des pois, dont les grives, tourets, & principalement les trayës ſont fort friandes. Quand elles en voyent elles y volent, & depuis qu'elles en ont mangé une fois en un lieu, elles s'y arrêtent & y retournent toûjours tandis qu'il y a du fruit. Quelques païſans tendent une machine qui eſt ainſi que la trente-ſixiéme figure de la douziéme Table le marque.

Cette machine n'eſt autre choſe qu'une houſſine ou verge de bois vert, longue à proportion de la groſſeur du guy où on la veut tendre. Elle eſt ploiée en rond comme un cercle, & les deux bouts liez enſemble à l'endroit marqué de la lettre A. Le païſan monte ſur l'arbre, & pend le cercle au deſſus du guy avec trois ficelles qui ſont attachées aux lieux cottez A, B, C, qui ſont les trois tiers; de ſorte que le cercle eſt au milieu du haut de la talope de guy : puis il met tout autour de ce cercle de petits collets d'un brin de crin de cheval en double, qui ſont attachez & pendans par degrez, les uns bas comme ceux qui ſont marquez des lettres H, I, les autres un peu plus haut, ainſi que F, G, de façon qu'un oyſeau ne puiſſe ſe poſer, ny manger du fruit ſans ſe prendre par les pieds ou par le col à ces collets, quand ils ſont bien diſpoſez.

On peut mettre de ces machines en pluſieurs endroits, ſi on veut prendre quantité d'oyſeaux.

DE LA MANIERE PAR LAQVELLE LES
païsans qui gardent leur bêtail dans les bois prennent grand nombre d'oyseaux aux fossettes.

CHAPITRE XXIV.

Es païsans qui gardent leurs bestiaux dans les bois, prennent quantité de Merles, de grives, & autres oyseaux, qui mangent des vers de terre, avec de certains trous qu'ils font en terre, qu'on nomme vulgairement fossettes. La saison de cette chasse est depuis le commencement du mois de Novembre, jusques au mois de Mars. Je m'y suis diverty avec utilité, en ayant pris quelquefois deux douzaines en un jour de diverses especes.

Si vous voulez passer quelque temps à cette chasse, instruisez-vous par les figures trente-sept, trente-huit, & trente-neuf, de la douziéme table. La trente-septiéme est un instrument necessaire pour ce dessein : c'est une petite pelle de fer, large de trois ou quatre doigts, ayant une doüille R, avec un petit trou pour y mettre un clou, afin d'y faire tenir un manche ou bâton a, b, long de trois ou quatre pieds. Ces fossettes se doivent faire à l'abry des vents de galerne, ou Septentrion, & d'amont, ou Orient, parce qu'ils sont toûjous froids, & par consequent gelent la terre ; c'est pourquoy les oyseaux ne s'y amusent pas pour y chercher des vers, autrement des achées. Ils vont aux autres côtez, où le Soleil donne toûjours. Vous les devez donc faire le long des hayes, & dans les bois de haute-fûtaye proche des buissons de houx, parce que les oyseaux grattent & rongent les feüilles sous lesquelles ils trouvent les vers

Faite une petite fossette en terre comme elle est representée dans la trente huitiéme figure, large depuis x, jusques à la lettre y, de sept pouces, & du côté O, de quatre ou de cinq, & depuis x, vers O, de six, & profonde de cinq ou six. Ayez un petit bâton coupé de biais, & pointu, que vous ficherez au bord de la fossette

par le

par le dedans : mais pour ne vous point tromper reglez - vous
fur les pieces particulieres qui font deffeignées dans la trente-
neuviéme figure. Prenez donc un petit bâton V, X, moins gros
que le petit doigt , long de cinq pouces, couppez-le en biaifant
par le bout V , & que le refte aille en diminuant vers X , fichez-
le en terre au bord du dedans de la foffette, au lieu marqué M , &
que le bout qui eft couppé de biais , foit à fleur de terre. Ayez un
petit bâton S, T, un peu plus gros qu'une plume à écrire , long
de quatre pouces , qui foit plat d'un côté , & de l'autre faites - y
une petite coche au bout S. Vous aurez encore une petite fourchette de bois Y , Z, un peu plus groffe que les autres deux bâtons, longue de cinq ou fix pouces, couppée par le bout Z, comme un coin à fendre du bois : prenez le landais figure trente-
fept, & vous en allez en quelque endroit lever un gafon , cotté
des lettres P, K, L, qui foit plus grand de trois doigts tout autour
que la foffette, efpais de quatre à cinq pouces, & taillé de façon
qu'il foit plus petit de trois doigts tout autour par le côté L, que
par le côté K, qui eft herbu. Portez ce gafon proche de la foffette , & pofez le côté le plus large à trois doigts du bord auffi
le plus large de la foffette , qui eft marqué des petites lettres
x, y, prenez le bout S , du petit bâton , & pofez fon bout plat
fur le bout M , de celuy qui eft piqué en terre , puis mettez le
bout Z, de la fourchette dans la petite coche S, & renverfez le
gafon deffus , que le bout fourchu Y , foit fous l'endroit marqué K. Approchez ou reculez le petit bâton qui porte la fourchette jufqu'à ce que le tout tienne fi peu, qu'un petit oyfeau marchant fur le bout T, du bâton , faffe tomber le gafon, qui l'enfermera dans la foffette. La trente - neuviéme figure vous reprefente la machine tenduë en l'eftat qu'elle doit eftre , & pour y
attirer les oyfeaux , ayez des vers de terre , vulgairement nommez achées , ou lefches , & de longues épines en guife d'épin-
gles : prenez une de ces épines, & la paffez au travers du milieu
des corps de trois ou quatre de ces vers , que vous piquerez enfuite dans la foffette entre x, & y , à la lettre N, de façon qu'ils
puiffent eftre veus de ces oyfeaux: & de crainte que les oyfeaux
n'aillent par les côtez prendre les vers, il faut y piquer de petits

Q

brins de bois, a, b, c, d, e, f, g, afin qu'ils soient contraints d'y
aborder par le devant à la lettre O , où ne pouvant atteindre les
achées, ils feront forcez de se poser sur la marchette ou petit bâton T, qui tombe aussi-tôt, & les enferme dans la fossette.

Quand il gele bien fort, il faut dés le matin gratter un peu la
terre au devant de la fossette, pour y faire aller les oyseaux, qui
cherchent la terre fraîchement remuée pour y trouver à manger.

D'VNE AVTRE SORTE DE FOSSETTE
volante, ou plûtôt un filet volant pour tendre en tous lieux.

CHAPITRE XXV.

VOus pouvez au lieu de fossette en terre , vous servir
d'un petit filet qui se peut tendre en tous lieux le long
des hayes, dans les bois, & les jardins, au soleil & à l'ombre, & en tout temps, sans avoir l'embarras de tous les
petits morceaux de bois, qu'il faut avoir à l'autre sorte de fossette,
ny creuser la terre, qui quelquefois est trop dure ou trop mouvante, & que les racines des arbres empêchent quelquefois de bê-
cher: outre que l'on ne rencontre pas des lieux proches où l'on
puisse lever les gasons.

Si cette chasse vous plaît , faites de ces fossettes volantes,
ainsi que le montrent les figures quarante , quarante-un , &
quarante-trois, dans la douze & treiziéme table. Pour les faire,
reglez-vous sur la quatriéme figure. Prenez un bâton de houx
i, l, h, gros comme le doigt ou plus, long d'un pied & demy, &
un autre de deux pouces plus court, lesquels vous plierez en arc,
& les tiendrez en estat , avec une grosse ficelle en double , dans
laquelle vous passerez un bâton plat p, m, к, g, long d'un pied
& demy, que vous tournerez pour faire bander lesdits arçons,
comme on fait pour bander une scie, puis attachez le bout au
milieu du plus petit arçon g. Etant ainsi arrêté ; tenez d'une
main le bâton p, & de l'autre levez tout droit le grand arçon
h, si en le laissant aller il s'en retourne fort vîte, c'est une

marque qu'il fera bandé comme il faut. Attachés au quart du manche depuis S , jufques à la lettre K , une petite ficelle P , longue d'environ neuf pouces, & ayant à fon bout un petit bâton q, r, long de trois pouces, gros comme une plume à écrite, & entre cette ficelle p, & l'autre k, environ le milieu m, attachés un fil en double m n o , puis couvrés les deux arçons d'un petit rets ou filet, qui foit lâche dans le milieu , & que le tout s'ouvre ainfi qu'un fiege plié , comme il fe void par la quarante-troifiéme figure de la treiziéme table, qui montre auffi la maniere de le tendre.

Suppofez qu'elle foit en eftat d'eftre tenduë, prenez le grand arçon h, levez-le en haut, & rapportez par deffus le petit bâton q r, puis paffez au travers du filet le fil double m, n, o, où doit eftre attaché l'appas au milieu n, & ouvrant le bout o, pofez-le fur le bout r du bâton, & pour lors la machine fera tenduë en l'eftat qu'elle doit eftre.

La quarantiéme figure eft defignée pour montrer comment il faut faire cette machine. La quarante-troifiéme enfeigne à la tendre, & la quarante-uniéme la fait voir toute complette & tenduë. Toutes trois font cottées des mêmes lettres , pour les faire mieux comprendre. Quand vous en tendrez une en quelque endroit , mettez deffus le bas & par le derriere du deffus quelques feüilles, afin que les oyfeaux ne la puiffent détendre que par le devant. Les appas que vous y mettrez feront des lêches, ou vers de terre attachez d'un fil par le milieu du corps. Si vous voulez prendre des Roffignols, vous y mettrez des teignes, qui font des vers qu'on trouve dans des greniers où les Boulangers ferrent leur farine ; & pour prendre des oyfeaux qui vivent de grain , appâtés d'un épic de bled, ou d'un brin de cheneviere ou chanvre.

D'VN MOYEN POVR PRENDRE LES
petits oyseaux la nuit avec feu & filet.

CHAPITRE XXVI.

Es oyseaux se retirent l'hyver dans les bois taillis, les hayes, & les buissons, à cause du grand froid & des vents qui les incommodent ailleurs. Les païsans les y prennent en diverses manieres, que j'enseigneray chacun en son rang aux chapitres suivans, & dans celuy - cy je vous diray comment ils se servent d'un filet qu'on appelle en plusieurs lieux ecladoüere, qui n'est autre qu'un filet vulgairement nommé Carelet, avec lequel on pêche le poisson. Pour vous en servir voyez la quarante - deuxiéme figure de la treiziéme table.

Ayez deux bâtons A B C D, E F G H, droits & legers, longs de dix ou douze pieds, afin de pouvoir lever le filet bien haut, pour prendre les oyseaux qui seront dans les truisses fueilluës. Attachez le carelet à ces deux bâtons, commençant à lier les deux coins aux deux petits bouts A, E. Vous noüerez les deux coins C, G, le plus loin que vous pourrez vers les deux gros bouts des perches D, H, & vous attacherez les deux côtez tout au long avec des ficelles en deux ou trois endroits de chaque côté, comme vous les voyez cottez des grandes & petites lettres a, B, b, & c, F, d. Il faut estre trois ou quatre personnes, l'une portera le filet, une autre des torches de pailles, faites comme la quarante-huitiéme figure, ou bien comme celle qui se void dans la quarante - quatre marquée des lettres V, X, & la troisiéme portera une longue perche. Dés qu'il sera nuit, allez vous - en sur les lieux où vous croyez qu'il y peut avoir des oyseaux retirez, & d'abord que vous rencontrerez un beau buisson, où le vent ne donne point, il faudra que celuy qui porte le filet le déploïe, & le tienne étendu en l'estat qu'il paroît desseigné, justement à la hauteur du buisson (& s'il est possible du côté que le vent souffle ; par-

ce que les oyſeaux ne dorment jamais qu'ils n'ayent la teſte tour- née du côté du vent). Une autre perſonne éclaire derriere le mi- Remarque curieuſe.
lieu du filet avec une des torches de paille glumée, & le troiſié-
me va par derriere le buiſſon à l'oppoſite du feu, & frappe de ſa
perche ſur les branches pour faire fuir les oyſeaux. A ce bruit ils
ſortent tous épouventez, & penſant ſe ſauver ils veulent aller au
feu qu'ils voyent, croyant que c'eſt le jour, & donnent ainſi dans
le filet. La perſonne qui le tient, approche promptement les bâtons l'un de l'autre, enferme les oyſeaux, & fait faire un tour au
filet, de peur qu'ils n'échappent, puis il les ôte, & pourſuit la chaſſe comme auparavant. On va ainſi de buiſſon en buiſſon, & proche les groſſes hayes, & dans les bois de fûtayes, où il y a du
houx, parce que les oyſeaux ayment fort à s'y tetirer.

Notez que cette chaſſe eſt d'autant meilleure, qu'il fait plus
de froid & plus noir.

D'VNE AVTRE INVENTION PLVS BELLE QVE
*la precedente pour prendre toutes ſortes d'oyſeaux, qui ſe
retirent la nuit dans les bois, avec un filet contremaillé appellé Raffle.*

CHAPITRE XXVII.

J E me ſuis pluſieurs fois diverty pendant la nuit à la chaſ- Invention de l'Auteur.
ſe aux petits oyſeaux, que je viens de décrire & com-
me elle m'a plu, j'ay inventé un autre filet contremaillé plus divertiſſant que l'autre, puis que l'on y prend
beaucoup plus d'oyſeaux, & que c'eſt le principal but où viſent
les chaſſeurs. Je le nomme Raffle, parce qu'il raffle, ou prend tous
les oyſeaux qui donnent dedans.

Il eſt amplement traité au trente-uniéme chapitre du premier
Livre, de la maniere qu'on doit faire ce filet, ſa forme eſt repreſentée par la quarante-quatriéme figure de la treiziéme table. Pour
vous en ſervir, ayez deux perches I N, & O S, bien droites & legeres, groſſes comme le bras, & longues de douze ou quinze

Q iij

pieds, aufquelles vous attacherez le filet depuis le bout plus menu I, jufques vers le gros bout aux endroits marquez des lettres
K, L, M, & de l'autre côté pareillement aux lettres O, P, Q, R.
Quand il fera ajufté pliez-le, & vous en allez du moins quatre perfonnes, deux defquelles porteront le filet, un autre des torches de paille & le feu, & le quatriéme une longue & forte perche. Allez vous-en le long des chemins, où il y a de groffes
hayes bien épaiffes & à l'abry du vent, dépliez le filet, & que
deux des hommes les plus forts le prennent par les deux perches,
les levent auffi haut qu'il fera neceffaire. Alors tirant ferme chacun
de leur bout, ils feront bander la raffle, fans toucher aucunement à la haye; parce que la toile ou petit filet du milieu s'y ac-
crocheroit, & comme elle eft delicate, elle feroit auffi-tôt rompuë. Celuy qui porte le feu doit fe tenir derriere le milieu du filet, en forte que la lumiere foit vis-à-vis le milieu de la raffle,
& éloignée d'une ou deux toifes, felon la commodité du lieu.
Pendant qu'on étendra le filet, celuy qui porte la perche paffera
derriere la haye, & lors que vous l'avertirez par quelque petit fignal que tout eft en eftat, il frappera deffus la haye pour en
faire fortir les oyfeaux. Ils s'éveilleront tous épouventez, &
penfant fuïr du côté du feu, qu'ils croïront eftre le jour, donneront dans la raffle, où ils fe mellairont & demeureront pris.
Il ne faut pas s'errêter à prendre les oyfeaux qui font dans le filet à mefure qu'ils fe mailleront, mais continuer de battre la haye
jufques à ce que tous les oyfeaux en foient fortis, & pour lors
vous les ôterez tous; car il ne s'en peut échapper aucun, fi le filet n'eft rompu.

C'eft une chofe furprenante que la quantité d'oyfeaux qu'on
prend à cette chaffe. J'ay quelquefois pris à un feul buiffon épais
& fort, plus d'une douzaine de petits oyfeaux tout d'un coup.

Quand vous irez dans les bois, ne vous embarraffez pas dans
les forts, car vous rompriez la raffle, & ne pourriez l'étendre. Suivez les chemins qui font à l'abry, & où il y a de
beaux buiffons de taillis au long, & lors que vous verrez un
bel endroit, dépliez le filet, & faites fortir les oyfeaux, comme j'ay dit.

S'il y a quelque chofe en cette chaffe qui foit penible , c'eft de ce qu'il faut eftre quatre ou cinq perfonnes, mais du refte il n'y a que du plaifir , puis qu'on prend des quinze & vingt douzaines d'oyfeaux de diverfes efpeces dans un foir.

Notez que plus il fait froid & noir , plus la chaffe en eft meilleure. Cette maniere a encore cet avantage plus que les autres qui fervent à prendre les oyfeaux de nuit , qu'on peut les attraper encore qu'il faffe clair de lune , pourveu que l'on ne faffe pas de bruit , & que le froid foit piquant.

Il eft abfolument neceffaire en cette chaffe , & dans toutes les autres qui fe font de nuit , d'obferver un filence exact , parce que fi vous parlés , ou vous amufez à rire , les oyfeaux connoiffent vôtre rufe : Tellement qu'eftans éveillez par vôtre bruit , au lieu de voler du côté du feu , ils s'élevent en haut , & le plus fouvent ayment mieux fortir du côté qu'on bat le buiffon , que de celuy où ils ont entendu parler & rire.

Vous obferverez encore , tant que la commodité du lieu le pourra permettre , d'étendre vôtre filet du côté que vient le vent , parce que (comme j'ay déja dit) les oyfeaux font toûjours perchez la tête du côté du vent , quoy qu'il ne donne point aux endroits où ils font retirez.

CHASSE FORT DIVERTISSANTE POVR PRENDRE LES
*petits oyfeaux dans les bois , avecle feu & la palette que les
payfans appellent pinfonnée.*

CHAPITRE XXVIII.

Es païfans qui fe divertiffent une partie de la nuit les fêtes & Dimanches pendant l'hyver à prendre des oyfeaux dans les bois taillis , appellent cette chaffe la pinfonnée. Ils vont trois ou quatre de compagnie , ayant chacun une chandelle & une forte de pallette en main , ils cherchent les lieux qui font à l'abry du vent où les oyfeaux fe retirent aux deffous des füeilles. Outre le plaifir qu'ils y reçoivent , ils y trouvent du profit par le grand nombre d'oyfeaux qu'ils y prennent.

Si vous aymez cette chasse instruisez-vous sur la quarante-cinquiéme figure de la quatorziéme table, qui montre la palette faite d'un morceau de bois A B, long de trois pieds & demy, avec une forme de palette ou batoir à joüer à la paume au bout A, large de quatre doigts, & longue de demy-pied, cette palette doit être assez forte & grosse pour la tenir à pleine main par le bout B, afin qu'elle ayt du coup. La quarante-sixiéme figure vous represente comment il faut tenir la chandelle de la main gauche, entre le trois & quatriéme doigt, la lumiere C, à deux doigts proche de la paume de la main, & le bout D, pendant en bas. Vous entrerez dans le taillis chacun de vôtre côté, à vingt pas les uns des autres, afin de ne se point nuire, & tenant la chandelle comme j'ay dit, & la palette sous le bras, vous poserez le talon de la main droite sur celuy de la gauche E. Vous leverez les doigts en haut pour avoir la liberté de la veüe, & découvrir plus facilement les oyseaux qui se mettent à couvert au fond des branches par dessous les füeilles, & par ce même moyen les oyseaux ne vous appercevront pas si tôt. En même temps que vous en verrez un, il faut prendre de la main droite la palette, & frapper dessus de toute vôtre force pour le tuer; car si vous feignez tant soit peu, quelque petite branche arrêtera le coup, & vous ne tuerez rien, au contraire, vous épouvanterez les autres qui se rencontreront dans le même buisson.

C'est une chose étonnante de voir tous ces pauvres petits animaux endormis la tête sous leurs aîles demeurer immobiles, bien que vous soyez proche d'eux avec de la lumiere : car encore qu'ils soient éveillez, qu'ils voyent la clarté, ils ne remuëront point si vous n'ébranlez bien fort la branche sur laquelle ils sont perchez.

INVENTION

INVENTION FORT PLAISANTE POVR PRENDRE
un grand nombre de petits oyseaux de nuit avec
du feu & des gluaux.

CHAPITRE XXIX.

 Oicy une autre forte de pinfonnée plus agreable, plus facile, plus utile, & moins embarraffante que la precedente, puis qu'on n'a que faire de palette, & que l'on ne fe laffe pas tant les bras pour tuer les oyfeaux.

Il faut auffi porter une chandele & s'en fervir comme j'ay dit à l'autre pinfonnée, & au lieu de la palette, fervez-vous d'un bâton FG, figure quarante-fept dans la quatorziéme table, qui foit gros comme le pouce, long de quatre pieds, bien droit & poly, ayant un trou gros comme un fer d'éguillette, dans le petit bout F. Faites provifion de quatre ou cinq douzaines de petits gluaux longs de cinq ou fix pouces, qu'il faut gluer tous depuis la pointe jufques à deux pouces prés du gros bout; tenez-les envelopez dans un morceau de parchemin, afin qu'ils n'amaffent point d'ordures. Lors que le temps fera bien noir & froid, allez dans les bois la chandelle allumée, regardez fous les branches s'il y aura des oyfeaux, & quand vous en appercevrez quelqu'un, prenez un gluau S, & le mettez dans le trou F, du bâton, puis le pofez legerement fous le ventre de l'oyfeau. Se fentant touché il voudra s'envoler & en étendant les aîles il fe prendra fur le gluau qu'il emportera avec luy en tombant à bas, d'où vous le ramafferez & tuërez promptement, de crainte que fon cry n'épouvante les autres.

De cette façon vous n'en manquerez gueres, mais à l'autre forte de pinfonnée, qui eft la commune, on en manque une grande quantité.

Invention de l'Auteur,

R

AVTRE MANIERE DE PINSONNE'E
avec une branche ou un rameau glué.

CHAPITRE XXX.

Luſieurs perſonnes vont à la pinſonnée d'une autre fa_
çon que les precedentes. Ils ſe ſervent d'un rameau fi_
gure quarante - huitiéme de la quatorziéme table, qui
eſt fait ou d'une branche d'ormeau toute d'une piece,
laquelle a pluſieurs brins par le haut qui ſont tous couverts de
glu, ou bien ils ſe ſervent d'un bâton I H, long de ſix ou ſept
pieds, droit & leger, auquel ils attachent par le petit bout I,
deux ou trois menuës branches d'ormeau qui ont quantité de
brins delicats & droits, leſquels ils gluent par tout. Il faut prendre garde que les branches ſoient attachées, de façon que les
brins de chacune ne ſe touchent point les uns aux autres, &
qu'ils ſoient ſi bien partagez, que le tout ſoit fait en forme d'un
évantail.

A cette ſorte de chaſſe on doit eſtre trois perſonnes, l'un
porte du feu avec des torches de paille R Q P, l'autre bat les
buiſſons, & le plus fort & plus adroit porte le Rameau glué. Il
ne faut pas entrer dans le bois à cauſe des füeilles qui peuvent
s'attacher aux gluau : mais on peut aller ſe promenant dans les
chemins le long des groſſes hayes & buiſſons. La perſonne qui
porte le feu doit toûjours le tenir élevé le plus qu'il pourra &
celuy qui tient le gluau eſtre auſſi toûjours en action pour prendre
les oyſeaux qui voleront autour du feu ; car dés que celuy qui
porte la perche frappe la haye, les oyſeaux en ſortent, & appercevant la lumiere, ils croyent que c'eſt le jour, comme il a
eſté dit, & ils y volent, c'eſt pourquoy ils ſont faciles à prendre
quand le glueur eſt adroit. A meſure qu'il ſe prendra un oyſeau
il le faut promptement tuer, & ne parler ny rire, pour les raiſons
qu'on a déja touchées.

COMMENT ON PREND LES PETITS
oyseaux dans un lieu appasté, quand la terre est couverte de neige.

CHAPITRE XXXI.

Uand la terre est couverte de neige, les petits oyseaux sont en peine de trouver à manger, & cherchent par tout quelque lieu qui ne soit pas
couvert de neige. Ils vont mesme jusques dans
les logis, plusieurs païsans qui ne peuvent travailler pendant ce temps - là, s'amusent à prendre les petits oyseaux
de plusieurs manieres. En voicy une des plus communes
contenuë en la quarante-neuviéme figure de la quinziéme
table.

Choisissez un endroit dans vostre cour ou jardin, qui soit veu
des oyseaux, & à vingt ou trente pas proche de quelque fenestre ou porte, figure cinquante, de laquelle on pourra aussi les
voir sans estre veu d'eux, afin de ne les point épouvanter. Ran-
gez la neige de cette place, & la nettoyez environ six ou sept
pieds de large, & six ou huit de long, ainsi que l'espace quarré environné de lignes ponctuées O, P, Q, R, le montre. Posez dans le milieu une table de bois A, ou une porte, à laquelle
vous aurez auparavant attaché par les costez B C, D E, des
petits morceaux de petites douves de tonneau longs chacun de
six pouces, & larges d'un pouce: Il faut avant que les clouer y
faire un trou plus grand que la grosseur du clou, afin qu'ils
puissent tourner à l'aise autour de chaque clou. On mettra dessous les quatre bouts qui ne sont pas clouez, quatre morceaux
de tuile ou d'ardoise, pour les empescher d'entrer en terre, comme vous voyez F, G, de cette sorte la table ne sera point assu-
rée, & ne fera que mouvoir pour tomber. Il faudra faire une
petite coche ou entaille, ou bien un petit arrest au bout de la
table au lieu marqué de la lettre H, pour y mettre le bout de
la petite douve I, qui doit estre long de sept pouces, & large

d'un, & l'autre bout se doit poser sur un morceau de tuile ou d'ardoise, en sorte que la porte ou table panche dessus preste à tomber vers la maison, si elle n'estoit retenuë par ce morceau de bois, qui sera percé comme environ le milieu pour y passer & attacher le bout d'une petite corde, laquelle ira répondre de l'autre bout à la fenestre ou porte MN, destinée pour ce sujet. Aprés cela, mettez un peu de paille sur la table pour la couvrir, jettez du grain dessous, & un peu autour, dés que les petits oyseaux affamez appercevront la paille & la terre découverte, ils y voleront; & comme ils auront mangé le grain autour de la table, ils voudront manger celuy qui sera dessous. Vous irez voir de temps en temps par quelque trou de la porte, ou bien vous la laisserez entr'ouverte, & lors que vous appercevrez des oyseaux dessous la machine, tirez promptement la corde M, vous arracherez le baston I, qui laissera tomber la table sur les oyseaux que vous en osterez, & vous tendrez derechef vostre machine comme auparavant.

Si la table ne tombe pas assez promptement, les oyseaux se pourront échapper; c'est pourquoy, si elle n'est assez pesante d'elle-mesme, vous la chargerez de terre, ou de quelque autre chose qui ne fasse gueres de montre, de peur de les épouvanter.

D'VN MOYEN POVR PRENDRE LES
petits oyseaux, qui vont dans les greniers & dans les
chambres manger le grain.

CHAPITRE XXXII.

LEs Moineaux, autrement Pessés, ou Passereaux sont fort importuns en ce pays, je croy qu'il en est de même dans les autres contrées. Dans la nostre ils sont comme des domestiques, principalement l'Hyver, & une partie du Printemps. Ils vont dans les chambres, où ils croyent trouver à manger; mais plus souvent encore dans les greniers, où on serre le grain. Les Religieux & Religieuses en font fort importunez dans leurs Refectoirs ; car dés qu'ils trouvent une fenestre ouverte , ils se jettent dedans : c'est ce qui m'a esté dit par plusieurs Religieux & Religieuses, à qui j'ay donné l'invention de les prendre , qui est la mesme que je montre dans la cinquante-u-niéme figure dessignée dans la seiziéme table.

Supposez que les croisées A , B , C , soient les fenestres du lieu où les oyseaux vous incommodent. Fermez-les toutes, & laissez les volets I, K, L, M, N , ouverts , & une des fenestres par laquelle vous croyez qu'ils entreront plus facilement ; par exemple , celle qui est marquée de la lettre A. Vous y attacherez le bout d'une ficelle au milieu F, qui passera dans quelque boucle ou trou G du chassis, & que l'autre bout H , aille rendre à la porte de la chambre , ou qu'il touche à terre par le dehors, selon la commodité du lieu, & selon que vous le jugerez à propos. Ouvrez encore une autre fenestre , comme celle qui est marquée de la lettre E, & fermez la croisée C , avec un filet contremaillé C D , qu'il faudra faire tenir tout au-tour du chassis avec de petits cloux de six en six pouces aux endroits cottez de petites lettres a , b , c , d , e , f , g , h , i , k , l , m , n , o , p , q , r. Jettez un peu de mie de pain sur l'accoudoir de la fenestre , & dans le milieu O, P, Q , de la chambre , afin d'y attirer les oyseaux. Quand le tout sera ajusté , retirez-vous , & voyez de temps en temps par le trou de la serrure s'il y en aura dans la chambre. S'il s'y en ren-contre, tirez la ficelle H , & fermez la fenestre A , puis estant en-tré fermez tous les volets, & ne laissez ouvert que le lieu auquel est le filet, les Moineaux iront tous se jetter dedans , d'où vous les reti-rerez , & remettrez les fenestres en état pour en reprendre d'autres, n'oubliant pas de jetter d'autres miettes de pain sur l'accoudoir de la fenestre.

Si la corde qui doit fermer la croisée A , va par dehors, il faut guetter quand les oyseaux entreront ; mais il est plus à propos & commode qu'elle soit à la porte de la chambre , car ils pourroient peut-estre s'épouvanter la voyant pendre par dehors. Par ce moyen vous pourrez facilement prendre ces petits oyseaux qui vous im-portunent. Le filet dont il se faut servir , est enseigné au trente-qua-triéme chapitre du premier livre. On peut encore se servir dans les greniers de l'invention que j'enseigneray au Chapitre suivant.

R iij

LA MANIERE POUR PRENDRE LES
petits oyseaux qui vont dans les granges manger le grain.

CHAPITRE XXXIII.

Epuis la Touffaint jufques au Carême, les petits oyfeaux, fur tout les Paffereaux, Pinfons & Verdriers, vont aux portes des granges pour y chercher à manger, à caufe qu'ils voyent des pailles femées : & comme d'ordinaire les portes ne ferment pas fi juftement par deffous, qu'il n'y ait toûjours quelque vuide, ils entrent facilement, y eftant attirez par les pailles ou le grain qui eft au dedans. C'eft ce que j'ay experimenté plufieurs fois avec plaifir & profit. Si vous en voulez avoir le divertiffement, la cinquante-deuxiéme figure de la feiziéme table vous fervira d'exemple.

Suppofez donc que cette figure foit la grange, le côté marqué de la lettre O, le pignon, ou pinacle auquel eft la porte lettre P, & l'endroit marqué Q, le deffous de la porte mal jointe par où peuvent paffer les oyfeaux, & s'il y a une feneftre R, mettez-y dedans une naffe d'ofiers avec laquelle on pefche du poiffon, que la gueule ou plus grande ouverture de la naffe, foit par le dedans de la grange, & le bouton S, par le dehors, qui doit eftre fermé d'un bouchon de paille, que vous ficherez tout au bout, lettre T. Jettez des pailles à la porte, s'il y en a, & un peu de grain dans milieu de la grange, tous les oyfeaux y voleront, & lors qu'ils approcheront de l'ouverture Q, ils appercevront la paille & le grain au dedans où ils entreront infenfiblement pour manger. Vous irez de temps en temps faire du bruit à la porte, & en mefme temps vous l'ouvrirez pour entrer promptement, & la fermerez aprés vous, contraignant les oyfeaux qui feront dans la grange de fuir par l'ouverture de la naffe : car ils n'auront garde d'aller chercher l'ouverture du deffus de la porte pour fortir, pendant qu'ils vous verront proche, ou voftre chapeau & voftre mouchoir que vous y laifferez exprés, ils aimeront mieux chercher la feneftre

ńonobſtant la naſſe qui y ſera, ou bien le filet, ſi vous en mettez un comme celuy du Chapitre precedent.

Si par hazard il n'y avoit point de feneſtre, ny de trou à la grange,
faites en un en quelque endroit éloigné de la porte, il ſera bien
aiſé à reboucher quand vous n'en aurez plus que faire , & puis
vous y tendrez la naſſe ou le filet. S'il n'y a pas auſſi d'ouverture
ſous la porte, il ne faut que gratter un peu à terre & y en faire, je
m'aſſure que vous aurez du plaiſir à cette petite chaſſe, qui ſe
fait lors qu'on ne peut ſe promener, ny gueres travailler. Les oyſeaux qui ſont une fois entrez dans le bouton S, de la naſſe, ne peuvent en ſortir ſi vous ne les en retirez par le dehors en arrachant le
bouchon de paille lettre T.

DE LA FACON QV'ON PREND TOVTES
ſortes d'oyſeaux dans le milieu d'une campagne avec un Abret
ou buiſſon & des gluaux.

CHAPITRE XXXIV.

Epuis le mois de Septembre juſques au mois d'Avril ,
on peut ſe divertir à prendre de toutes ſortes de petits
oyſeaux avec un Abret. Cette chaſſe s'appelle eu quelques lieux Breſter. Si vous deſirez y employer quelque temps, inſtruiſez-vous par la demonſtration de la cinquante-
troiſiéme figure de la dix-ſeptiéme table.

Trouvez-vous de bon matin dans une piece de terre , & là
choiſiſſez un endroit qui ſoit éloigné de grands arbres & de hayes.
Piquez en terre trois ou quatre branches de taillis A B T, hautes de
cinq ou ſix pieds, & entrelacez leurs cimes les unes dans les
autres , afin qu'elles s'entretiennent fermes comme un buiſſon.
Prenez deux ou trois branches d'épines noires C, D. les plus touf-
fuës & les plus preſſées que vous pourrez trouver, & les mettez deſſus le haut de ces branches de taillis, les y faiſant tenir par force en
frappant deſſus avec un bâton. Ayez proviſion de quatre ou cinq
douzaines de petits gluaux, longs de neuf ou dix pouces chacun ,

& les plus delicats que vous pourrez trouver. Gluez-les tout du long à la referve de deux pouces proche du gros bout, que vous fendrez avec un coûteau, & les mettrez par-cy par-là fur le buiffon, les y faifant tenir en pofant legerement le bout fendu fur une pointe d'épine, & appuïant un peu le milieu fur quelque autre épine plus élevée, afin qu'ils fe tiennent panchez fans toucher l'un à l'autre. Vous les arrangerez de telle façon, qu'un oyfeau ne fe puiffe pofer fur le buiffon fans fe gluer, ainfi qu'il eft reprefenté par la lettre E. Vous devez toûjours avoir un oyfeau en vie de l'efpece dont vous en voulez prendre, & les nourrir en des petites cages legeres & portatives. Ces oyfeaux ainfi nourris fe nomment Appeaux. Il faut les pofer fur de petites fourchettes de bois a, b, élevées haut de terre de fix pouces, piquées au côté de l'Abret, & éloignées d'une toife comme aux endroits marqués des lettres F, G. Puis retirez-vous à trente ou quarante pas au delà, au lieu cotté S, de la quarante-cinquiéme figure, où vous piquerez deux ou trois branches feüilluës pour vous faire une maniere de loge pour vous cacher.

Quand vous aurez pris trois ou quatre oyfeaux de quelque efpece que ce foit, il faudra tendre une petite ficelle qui eft reprefentée par la cinquante-cinquiéme figure. Prenez un petit bâton I H, long de deux pieds, & le piquez tout droit en terre, à deux toifes plus loin, & au côté de l'Abret. Attachez la petite ficelle au bout I. Vous la pafferez fur une petite fourchette L, M, qui fera de deux pieds de haut, & piquée à quatre toifes de l'autre petit bafton I H, & vous porterez le tout à la loge S. Cela eftant fait, attachez les quatre ou cinq oyfeaux que vous avez pris à cette ficelle entre le bafton I H, & la fourchette L M. Ils feront liez par les pieds, ainfi qu'ils paroiffent defignés par les lettres N, O, P, Q, R, avec un fil de deux pieds de long attaché à la ficelle, qui doit eftre lâche, afin que les oyfeaux qui y font attachés foient tous à terre. Aprés cela retirez-vous dans la loge, & lors que vous verrés voler quelque oyfeau, tirés un peu la ficelle S, ceux qui y feront attachés voleront. Par ce moyen vous pourrés prendre de beaucoup de fortes d'oyfeaux dont vous n'avez pas les appellans: car tous ceux qui pafferont en l'air appercevans voler

les

les voſtres, croiront qu'ils mangent en ce lieu-là; ce qui les fera baiſſer & s'aſſeoir ſur les gluaux, d'où vous les oſterez promptement.

CHASSE PLAISANTE ET RECREATIVE POVR prendre en quantité, & de toutes ſortes d'oyſeaux à l'abbreuvoir avec des gluaux.

CHAPITRE XXXV.

DEz que les petits oyſeaux ont ceſſé de faire leurs nids, qui eſt à la fin du mois de Juillet, vous en pourrez prendre grande quantité, lors qu'ils vont pour boire le long des ruiſſeaux, autour des fontaines, & des foſſes ou mares qui ſont dans les campagnes & dans les bois. Si vous en deſirez prendre, voyez la cinquante-quatriéme figure de la dix-ſeptiéme table, elle vous ſervira d'exemple.

Suppoſez que l'endroit marqué de la lettre A, ſoit le milieu d'une foſſe ou Mare pleine d'eau où les oyſeaux vont boire. Choiſiſſez un abord où le Soleil donne le moins, comme depuis la lettre B, juſques à la lettre X, & en oſtez toutes les ordures, afin que les oyſeaux puiſſent facilement approcher de l'eau pour boire. Ayez quantité de petits gluaux, longs d'un pied, leſquels vous couvrirez de glu juſques à deux pouces proche du bout le plus gros. Vous les couperez en pointe pour les piquer de rang le long du bord B, X. Qu'ils ſoient tous couchez à deux doigts hauts de terre, avançans les uns ſur les autres, ou à coſté, de ſorte qu'ils ne ſe touchent point, ainſi qu'ils ſont repreſentez par les nombres 9, 10, 11, 12, 13, 14, 15. Quand vous aurez fermé cet abord, coupez quelques petites branches, ou autres herbiers, & en mettez tout autour de la foſſe aux endroits cottez des lettres B, C, Z, Y, où quelques oyſeaux pourroient boire, cela les obligera de ſe jetter où vous avez mis les gluaux, dont ils ne s'apperçoivent pas; & ne laiſſez aucun endroit découvert

S

tout autour de l'eau où un oyſeau puiſſe boire, que le lieu B, X, préparé, autrement tous s'y jetteroient. Aprés cela retirez-vous à l'écart, & vous cachez en un endroit d'où vous puiſſiez avoir la veuë ſur tous vos gluaux ; & quand il y aura quelque choſe de pris, vous courrez l'oſter, & remettrez des gluaux aux endroits où il en manquera.

Et parce que les oyſeaux qui vont pour boire auſſi-toſt qu'ils arrivent, conſiderent l'endroit où ils pourront aborder, car ils ne ſe jettent pas à bas d'un plein abord ; mais ils ſe poſent dans les grands arbres s'il y en a, ou la cime des taillis, & y ayant eſté quelque temps ſe baiſſent ſur d'autres branches plus baſſes, où ils demeurent un peu de temps, puis ils deſcendent à terre, en ce cas ayez trois ou quatre grandes branches comme celles qui ſont marquées des lettres T, V, X. Vous les piquerez toutes droites au plus bel abord de la foſſe, éloignées de l'eau d'environ une toiſe. Ebranchez-les depuis le milieu juſques prés de la cime, & faites que la partie ébranchée panche du coſté de l'eau, afin d'y faire des entailles avec un coûteau de trois en trois doigts pour y mettre quantité de petits gluaux, marqués des chiffres 1, 2, 3, 6, 7, 8. Ces gluaux ſeront comme couchés à deux doigts proche de la branche, & avanceront les uns à coſté des autres de la moitié, en ſorte qu'un oyſeau ne ſe puiſſe poſer deſſus ſans ſe gluer. Il eſt conſtant, que ſi vous prenez ſix douzaines d'oyſeaux, tant aux branches gluées qu'à terre, il y en aura les deux tiers davantage de pris ſur les branches T, V, X.

La vraye heure de tendre à l'abbreuvoir eſt, depuis huit heures du matin juſques au ſoir, demie-heure devant le Soleil couché : mais le meilleur temps, eſt ſur les dix heures juſques à onze, & depuis deux heures juſques à trois ; & enfin une heure & demie devant le coucher du Soleil qu'ils y viennent tous à la foule, à cauſe que l'heure les preſſe de ſe retirer pour repoſer la nuit.

Notez que plus la chaleur eſt grande, plus la chaſſe eſt meilleure, ce n'eſt pas la peine de s'y arreſter quand il pleut, ny meſme quand il a tombé quelque roſée le matin, parce que les oyſeaux boivent l'eau qui s'eſt arreſtée ſur les feüilles des arbres. Il n'y fait point bon non plus quand il y a de l'eau dans les chemins aprés

qu'il a fait une grande pluye.   Tellement qu'il faut attendre quelquefois huit jours ou plus que les chemins foient un peu fecs, autrement on perdroit fon temps. Il fe prend à l'abbreuvoir quelques
gros oyfeaux auffi bien que des petits. Pour achever ce Livre, je
vous diray les noms de tous ceux que j'y ay pris, qui font:

Les Ramiers, Tourterelles, Jays, Pies, Pic-verts, Grives, ou
Tourets, Merles, Gros-becs, Ebourgeonneaux, autrement Pin-
fons d'Artois, Pinfons communs, Verdriers ou Paillerets, Ver-
driers Buiffonniers, Linots-bruans, Linots communs ou Linotes,
Chardonnets, Peffe-marines, Peffe-communes, autrement gros
moineaux, petites Peffes ou moineaux communs, Prées ou Co-
quedries, Ortolans, ou Benaris, de cinq fortes de Mefanges, des
Roffignols, Guadrilles, ou Gorges-rouges, Pouliots, ou Oeils de
Bœufs, Moucheris, de trois fortes de Trepilles, ou Fauvettes,
Bouvreüils ou Roffignols Morets, Roitelets.

Fin du fecond Livre des Oyfeaux non paffagers.

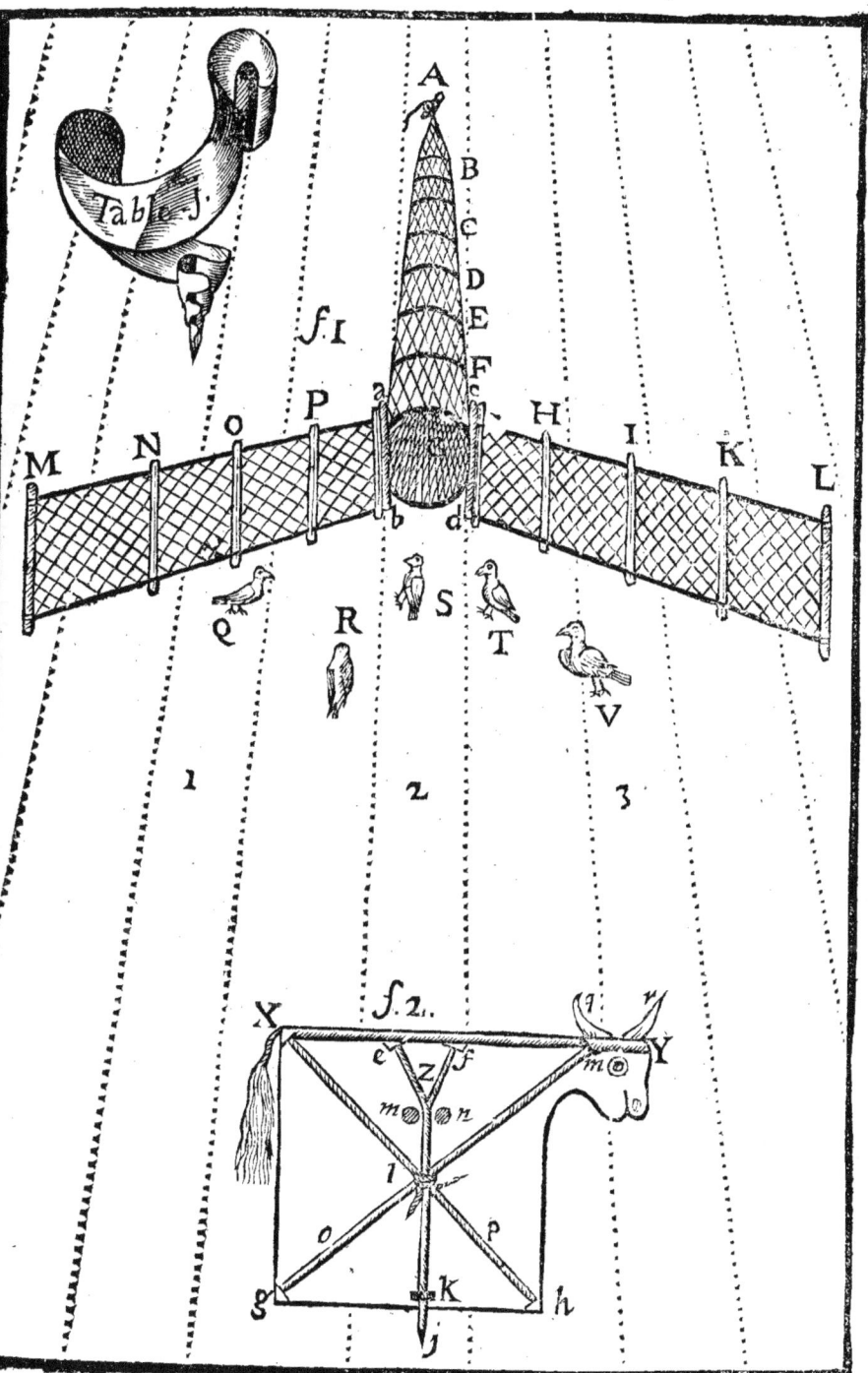

Table I.

A
B
C
D
E
F

*f.*1

P   a

M   N   O   P   G   H   I   K   L

b   d

Q   R   S   T

V

1   2   3

*f.*2.

X   q   r
e   f   Y
Z   m
m   n
l
o   p
g   K   h
j

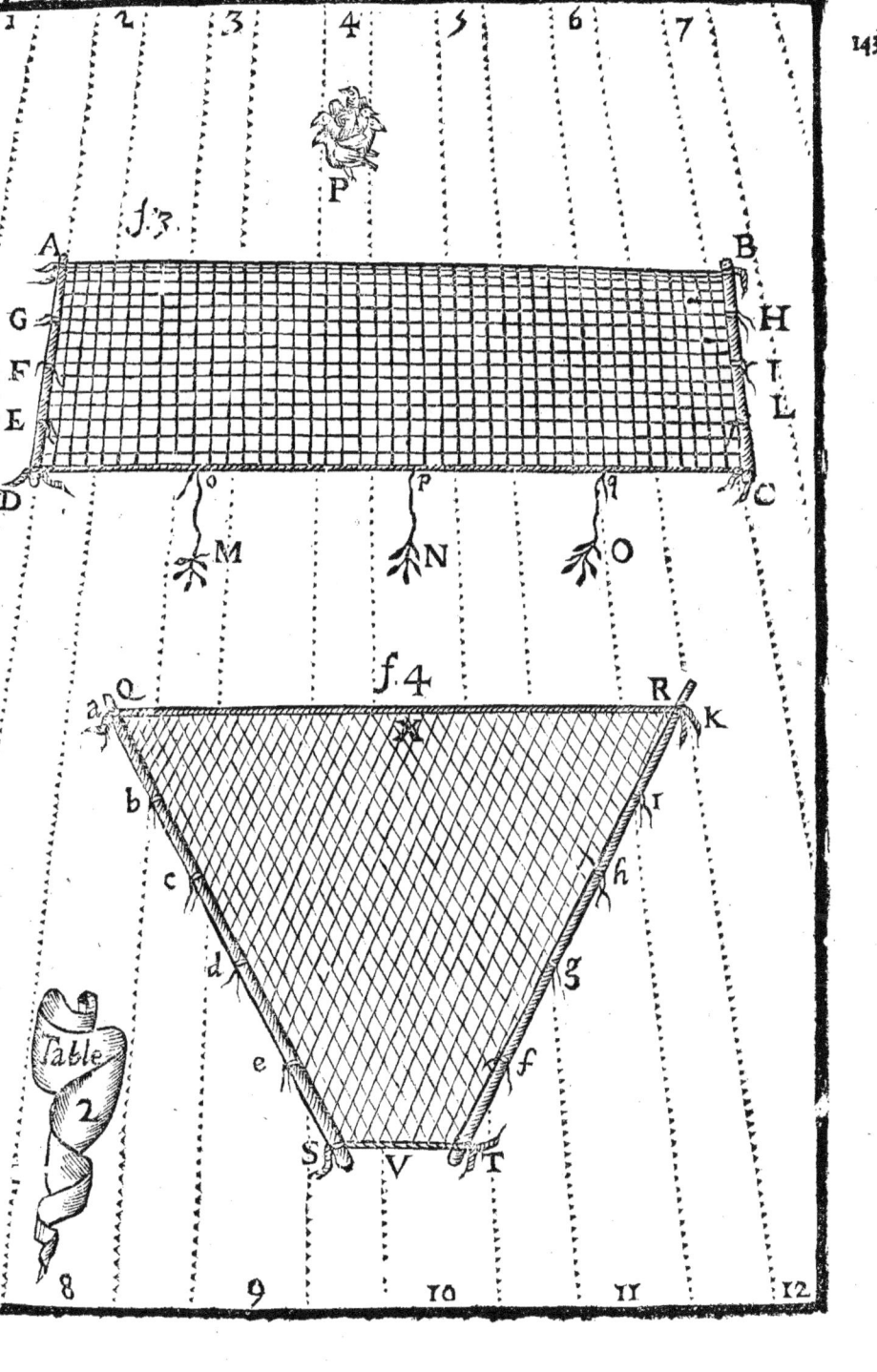

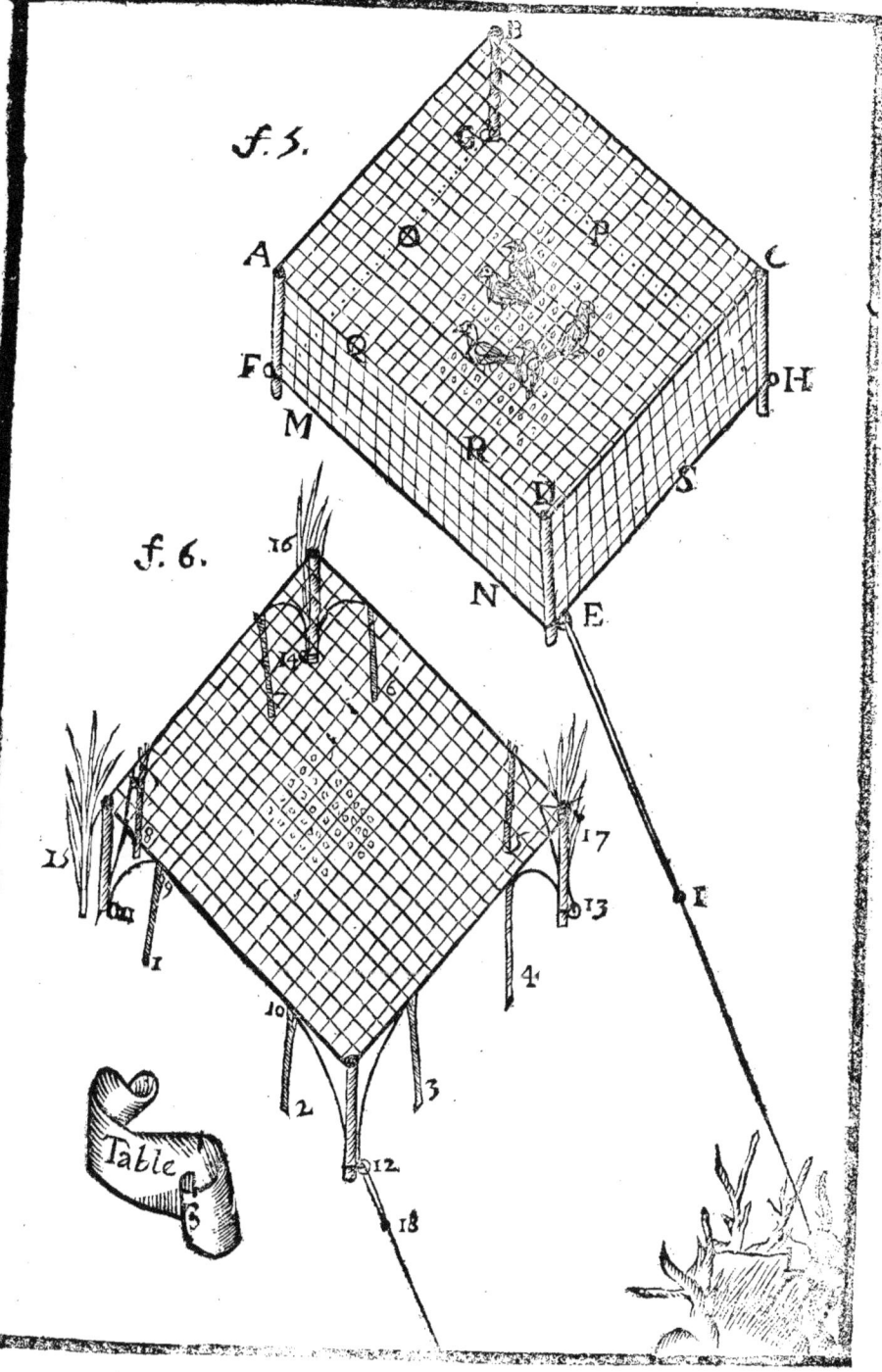

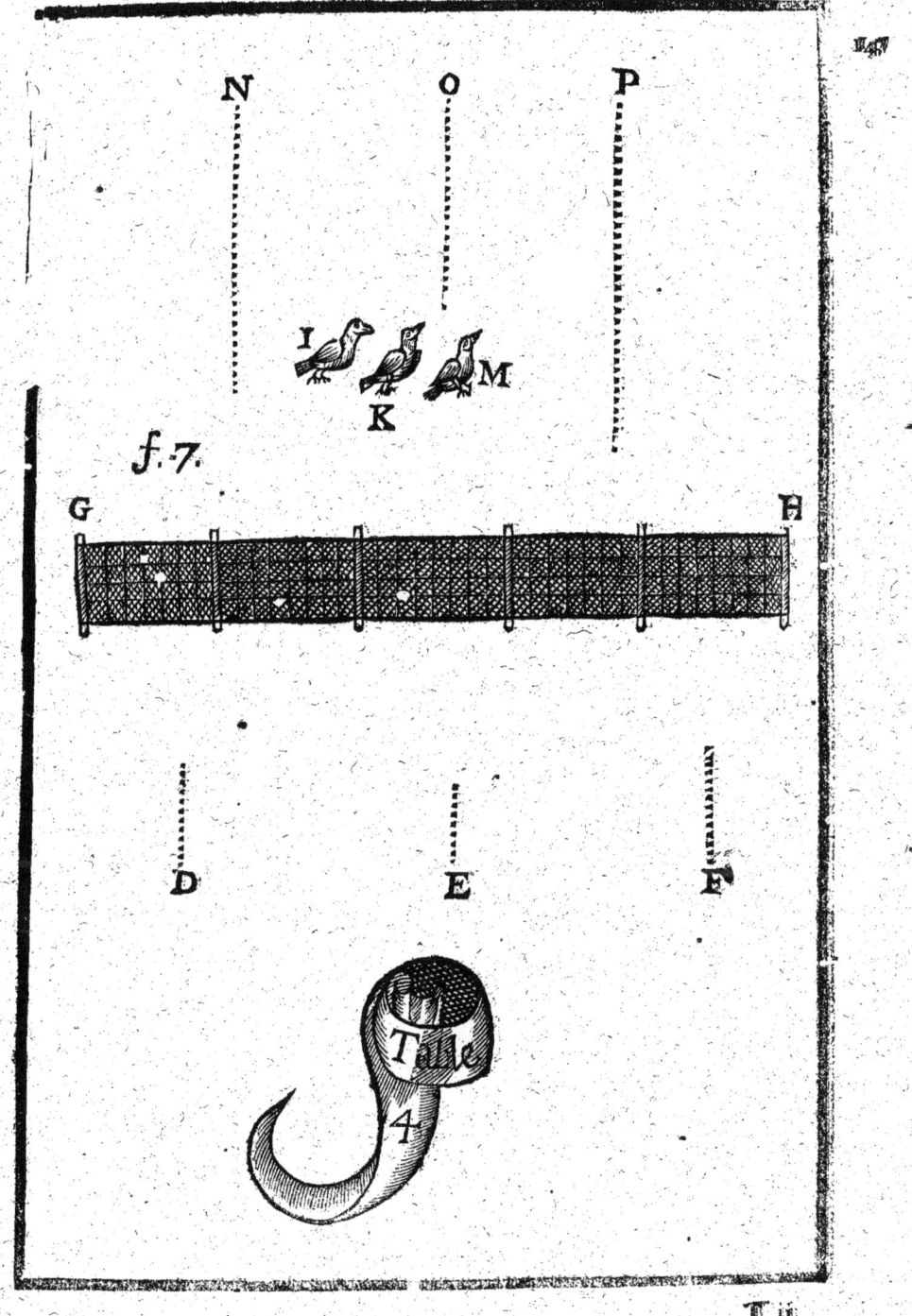

f. 7.

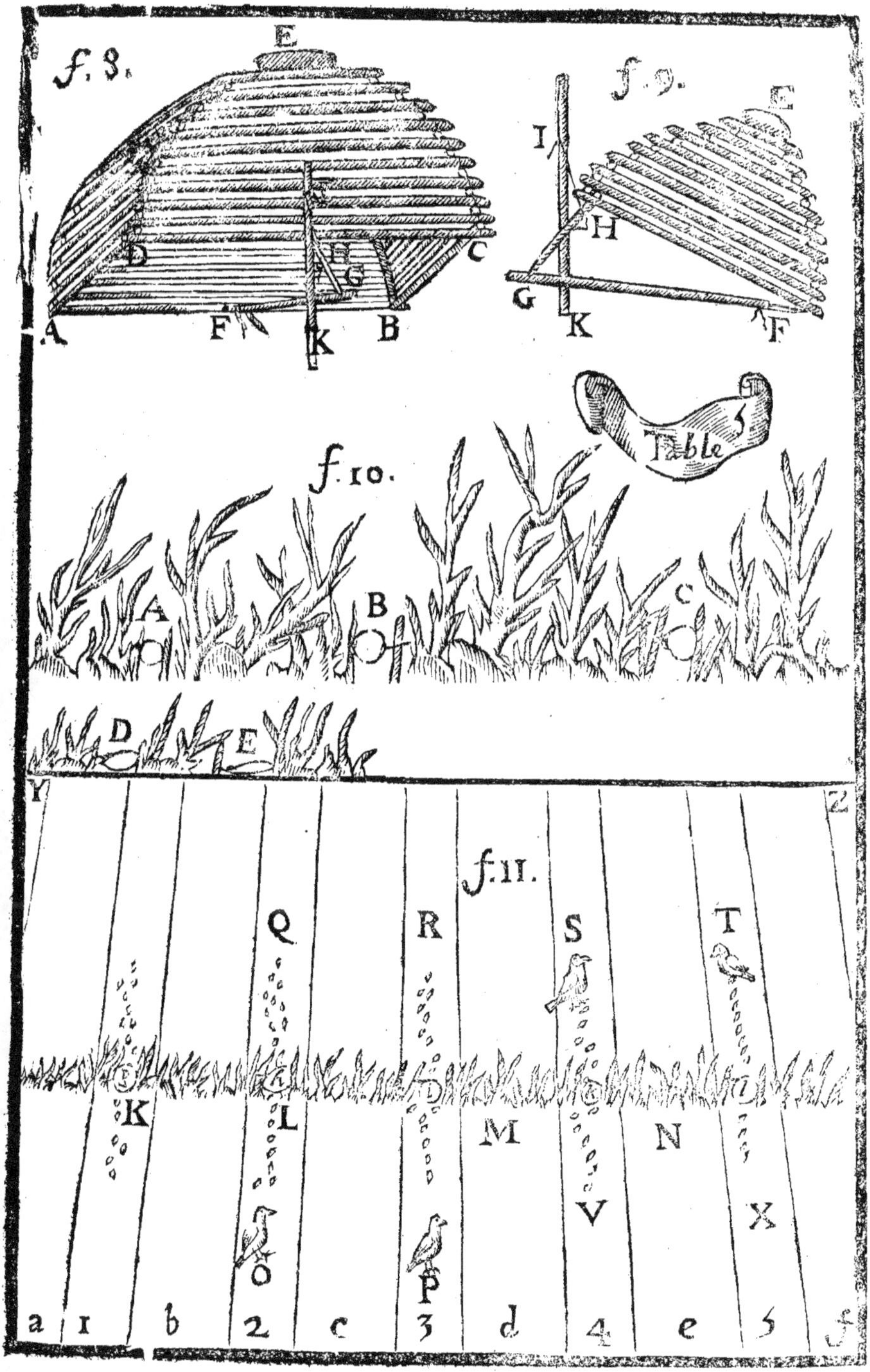

f. 8.

f. 9.

E

I

H

D G C

A F K B G K F

Table 5

f. 10.

A B C

D E

Y Z

f. 11.

Q R S T

K L M N

V X

O P

a 1 b 2 c 3 d 4 e 5 f

f.12.

f.13.

f.14.

f.15.

Table 6.

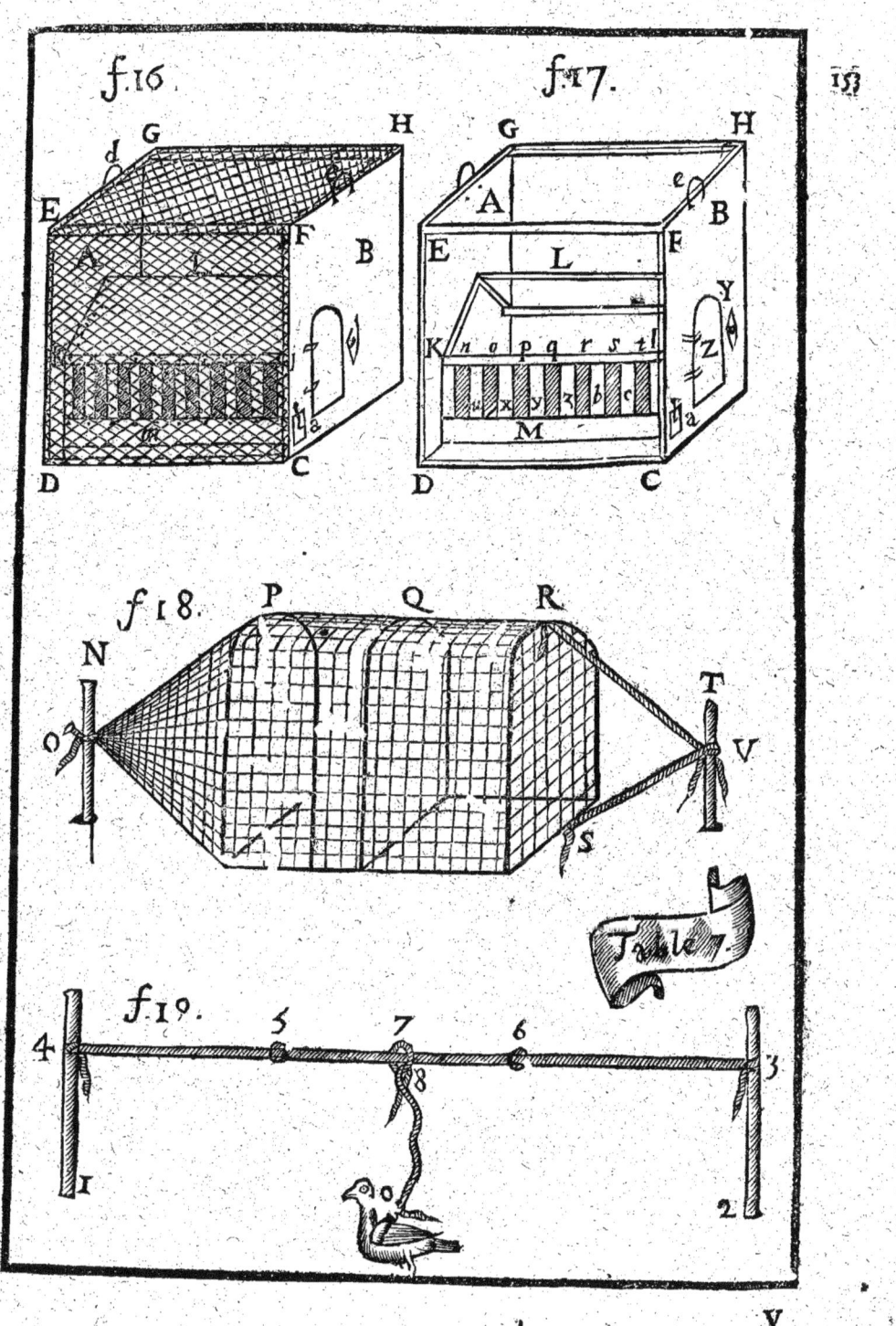

173

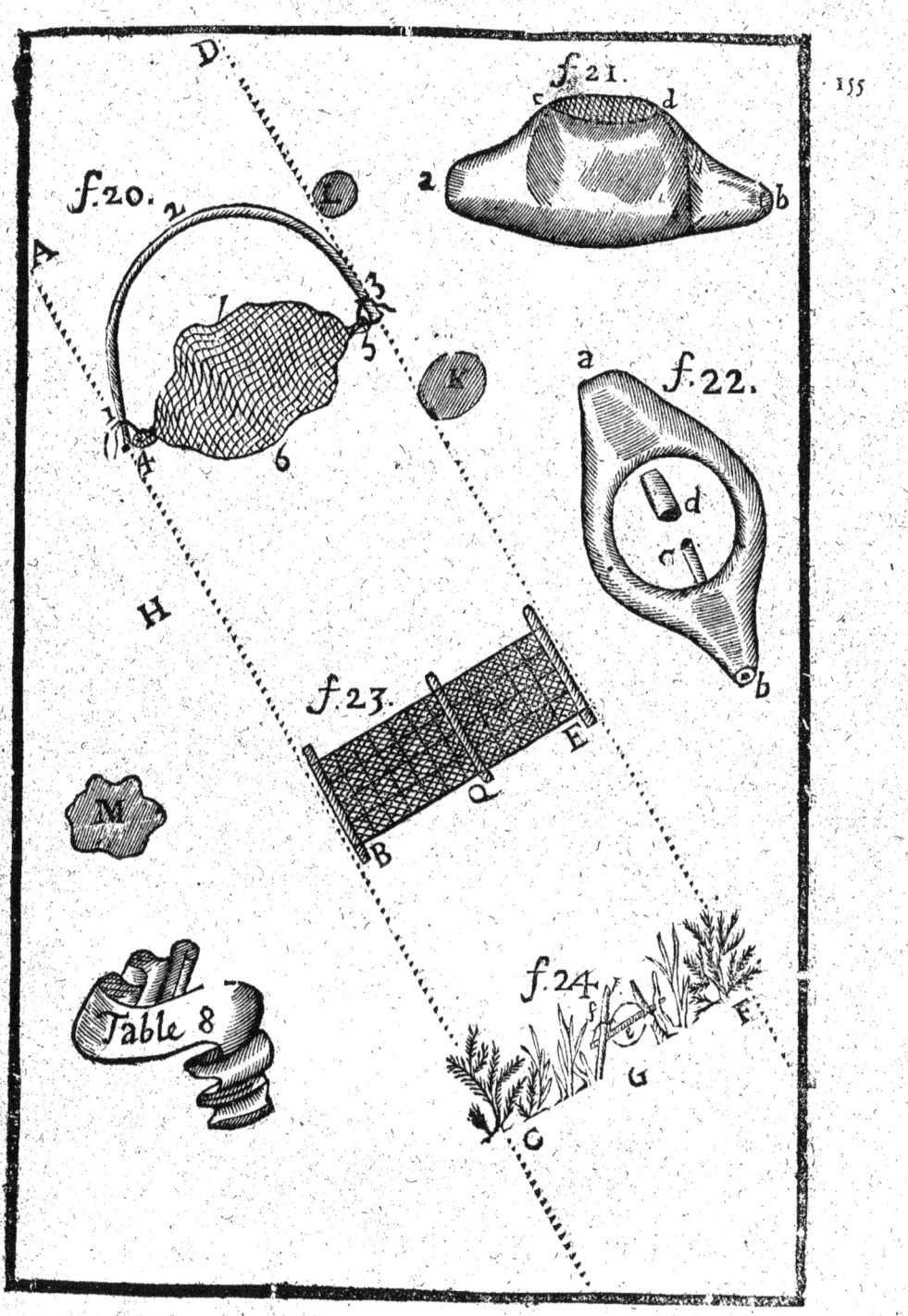

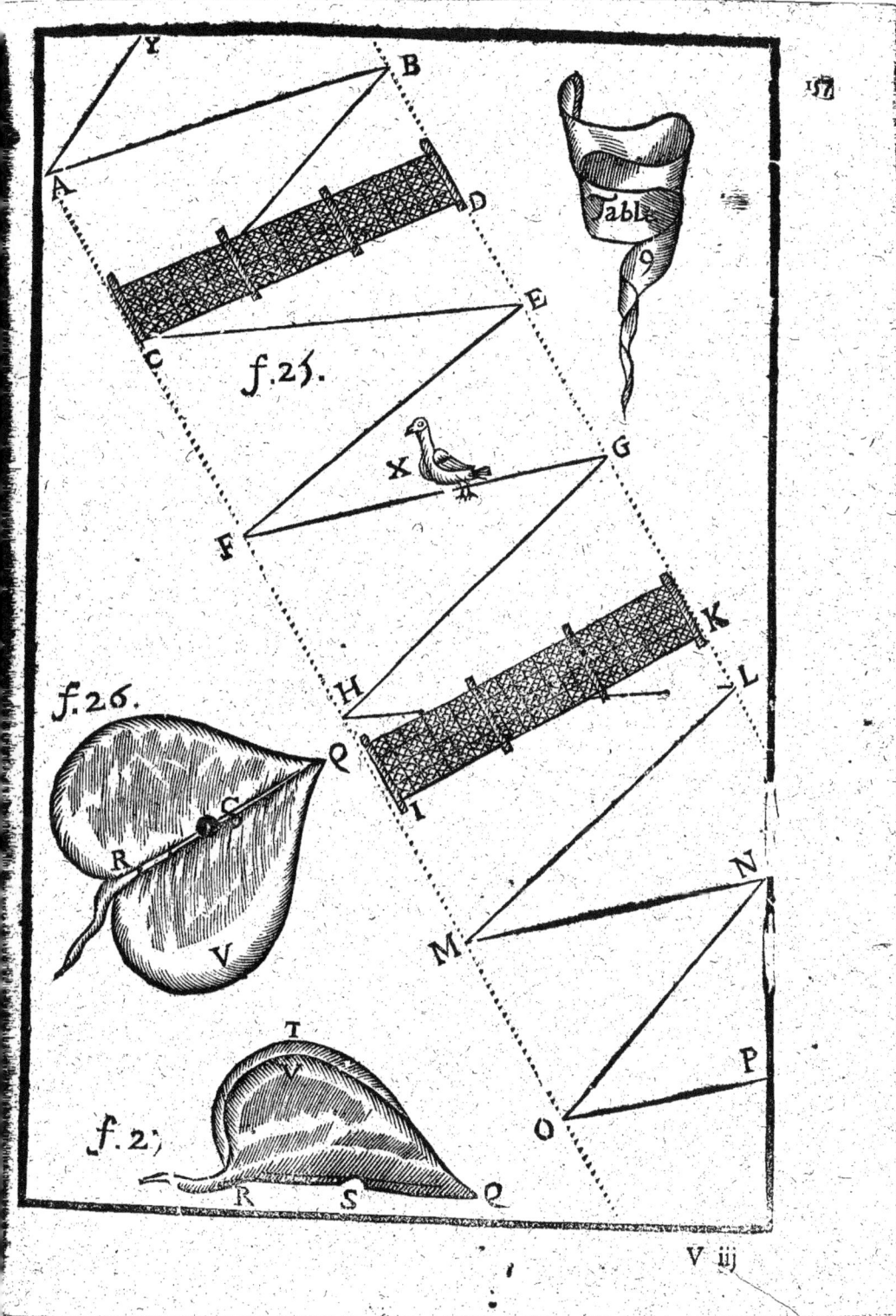

f.25.

f.26.

f.27.

159

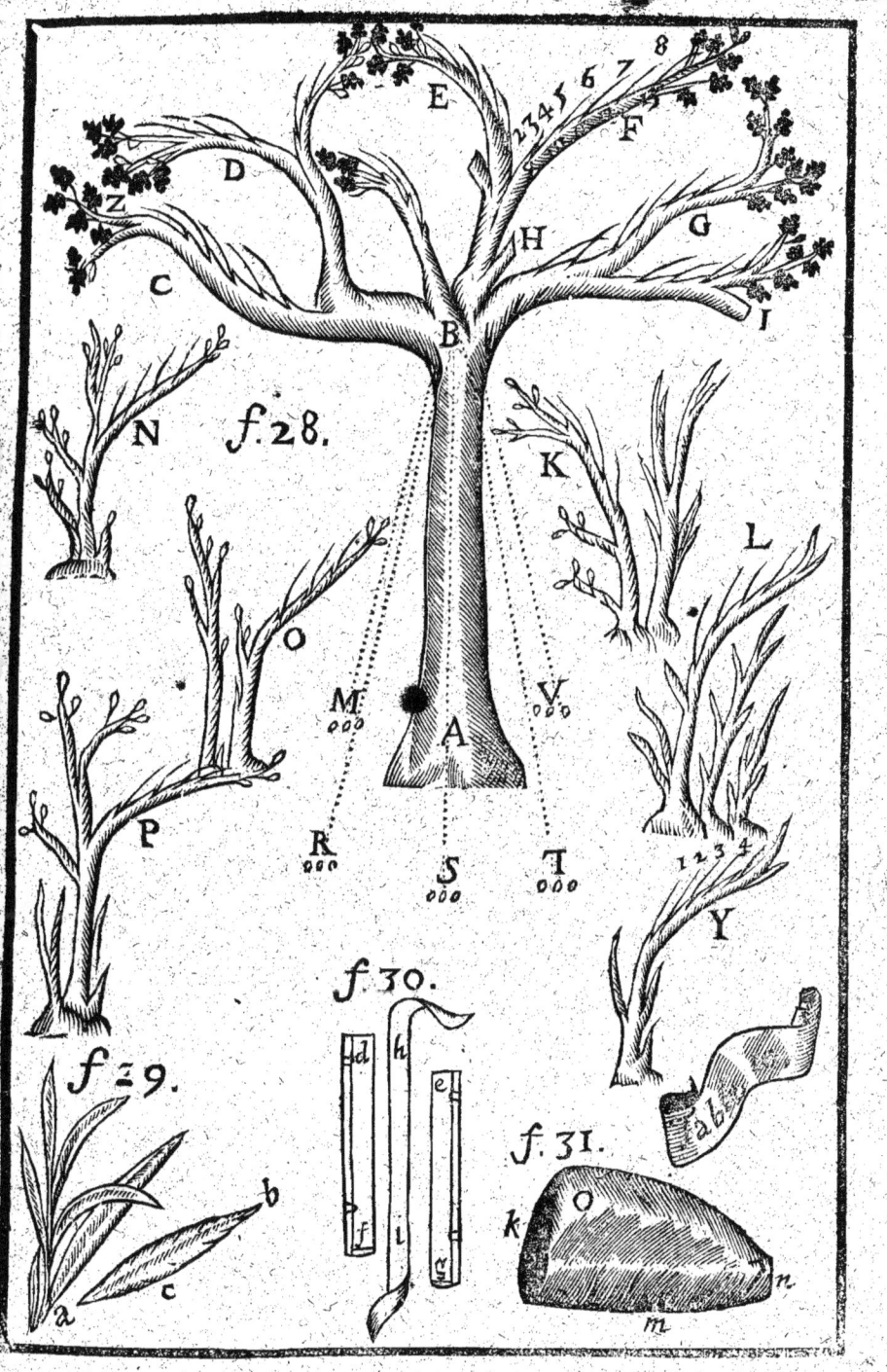

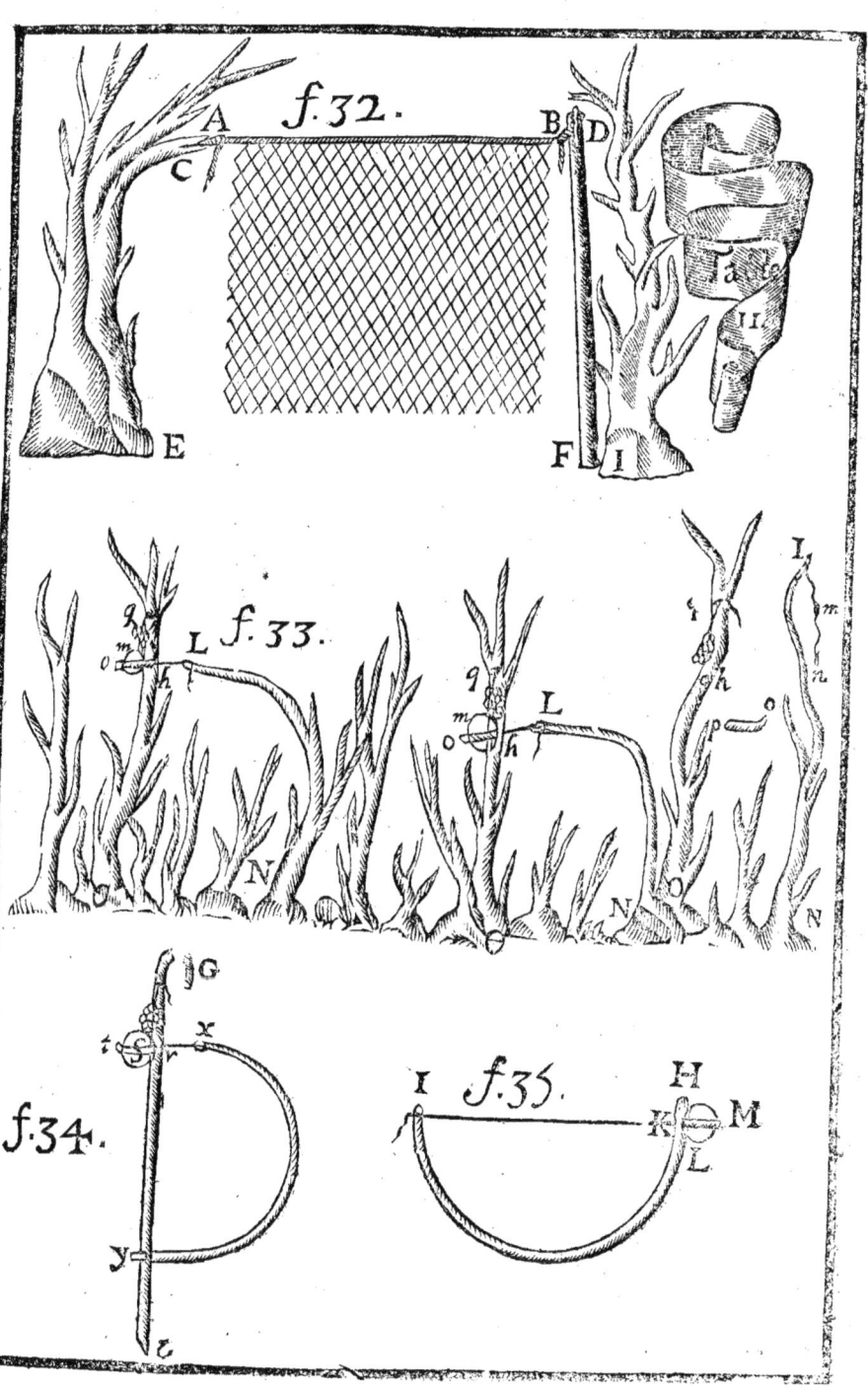

f. 32.

f. 33.

f. 34.

f. 35.

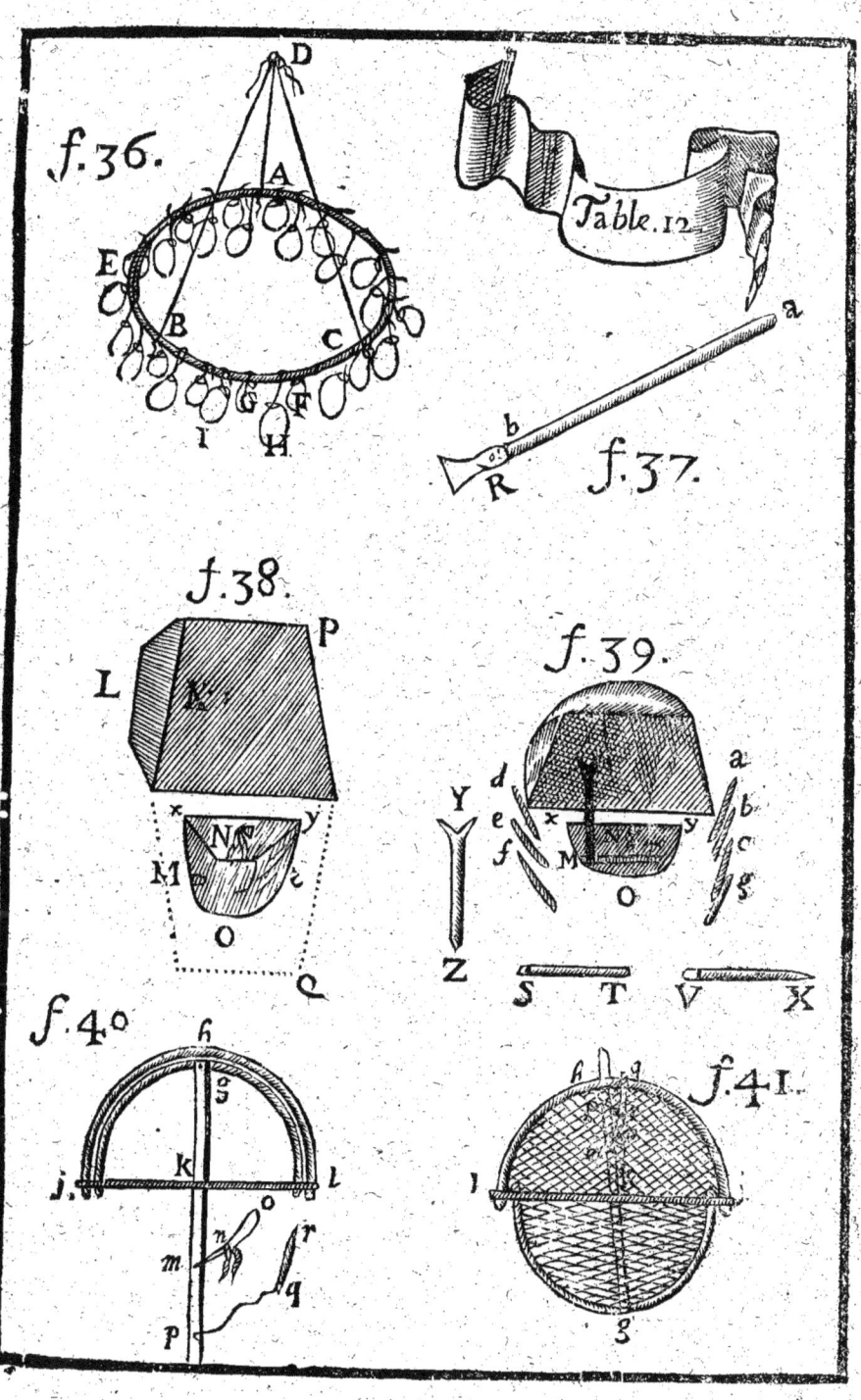

f.36.

D

A

E

B

C

G F

I H

Table.12

a

b

R f.37.

f.38.

L P

x y

M N

O Q

f.39.

Y d a

e b

f x y c

M g

Z O

S T V X

f.40.

h

g

j k l

o

n r

m

q

P

f.41.

h g

j

g

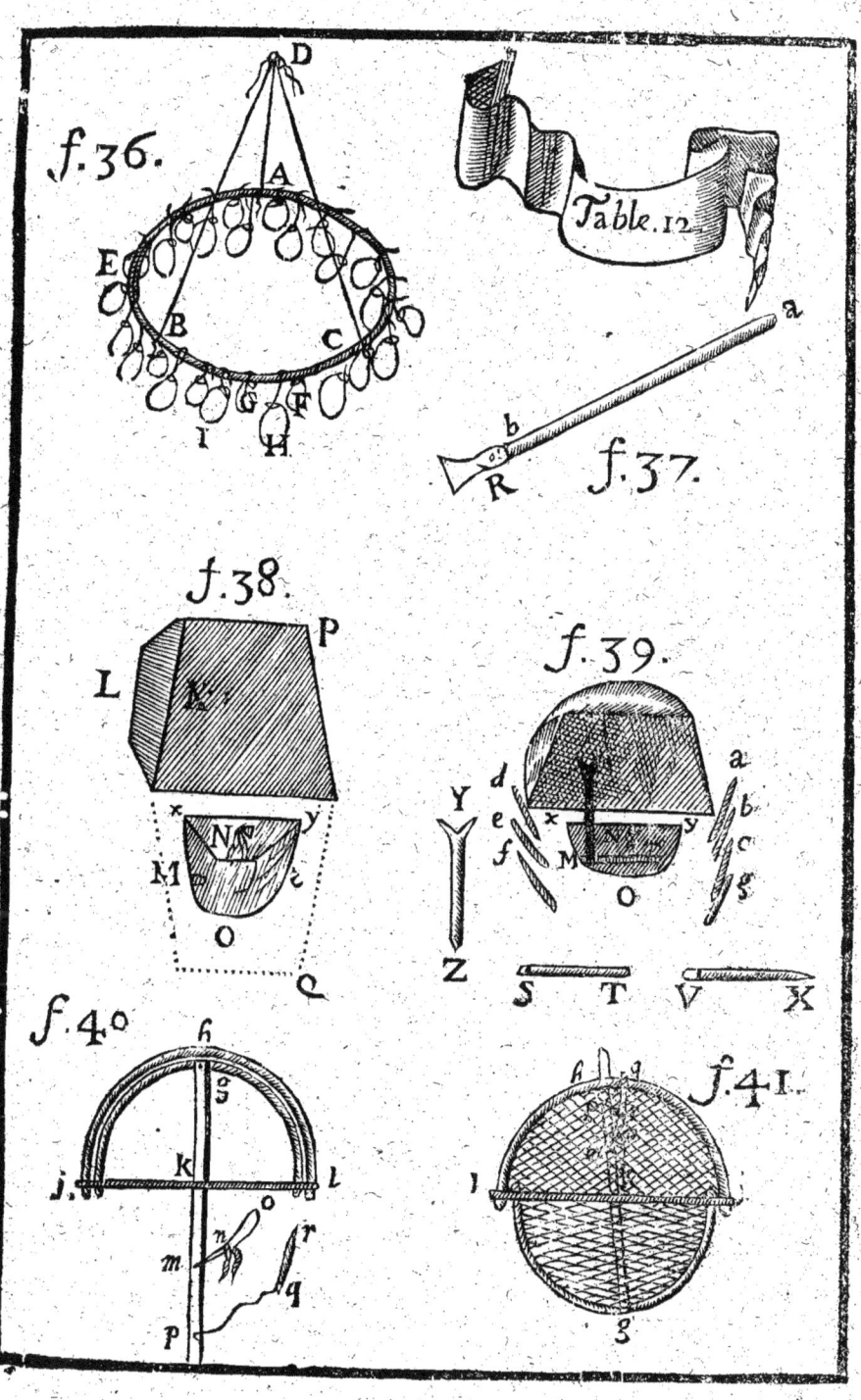

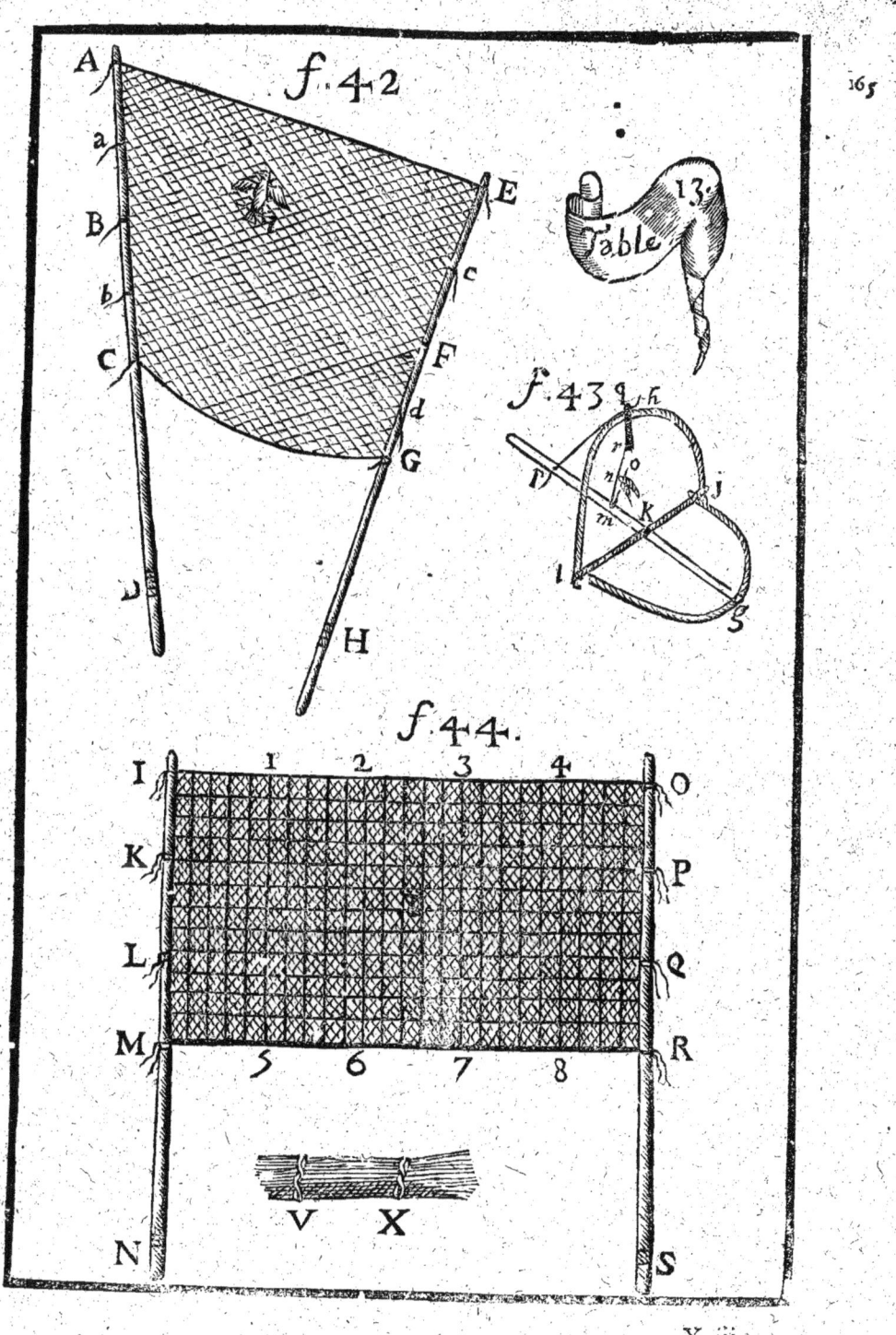

f. 42

A
a
B
b
C
D
E
c
F
d
G
H

13.
Table

f. 43
h
i
o
n
m
K
l
g

f. 44.

I   1   2   3   4   O
K   P
L   Q
M   5   6   7   8   R

V   X

N   S

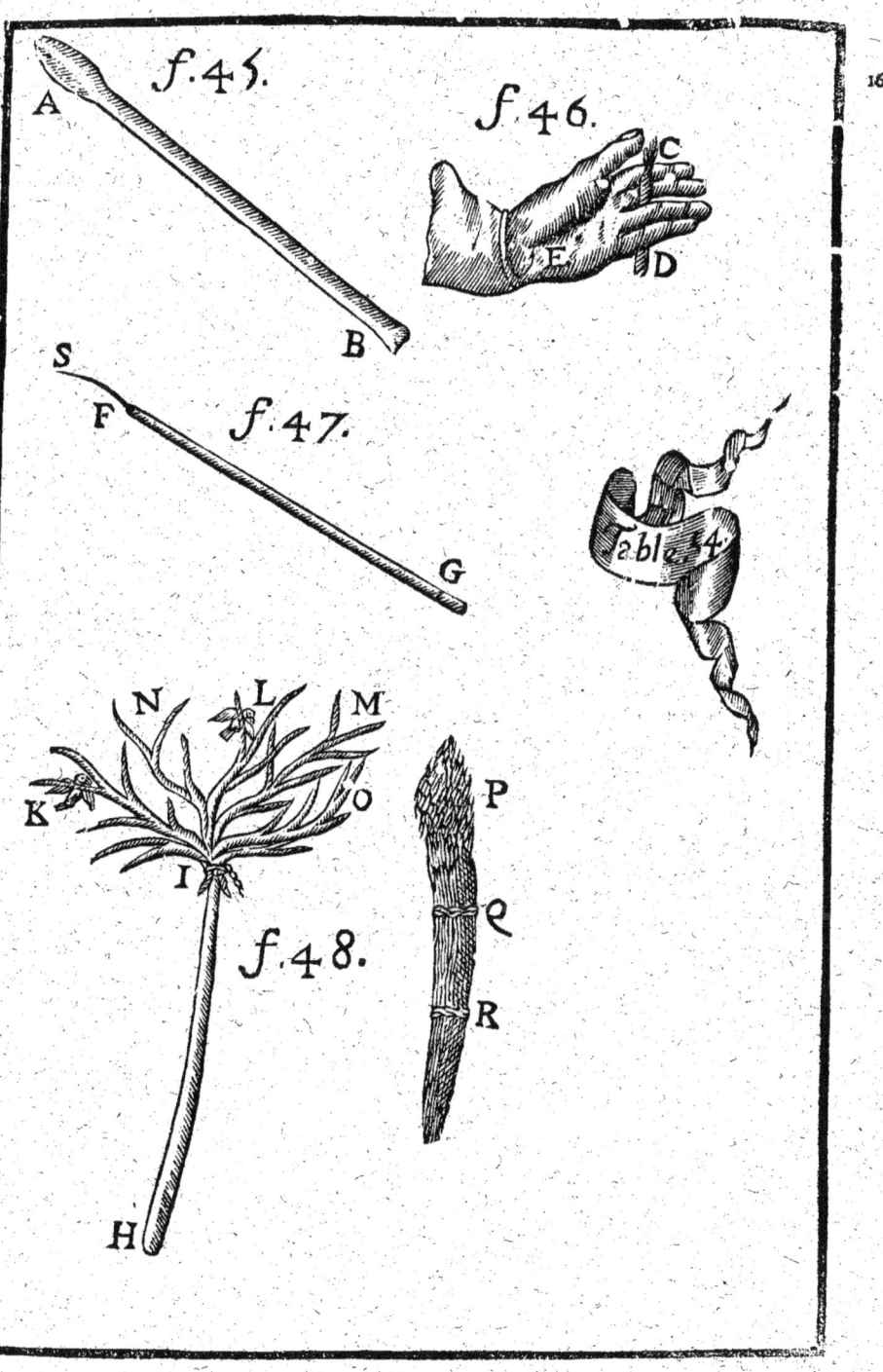

f.45.

f.46.

f.47.

f.48.

Table 54.

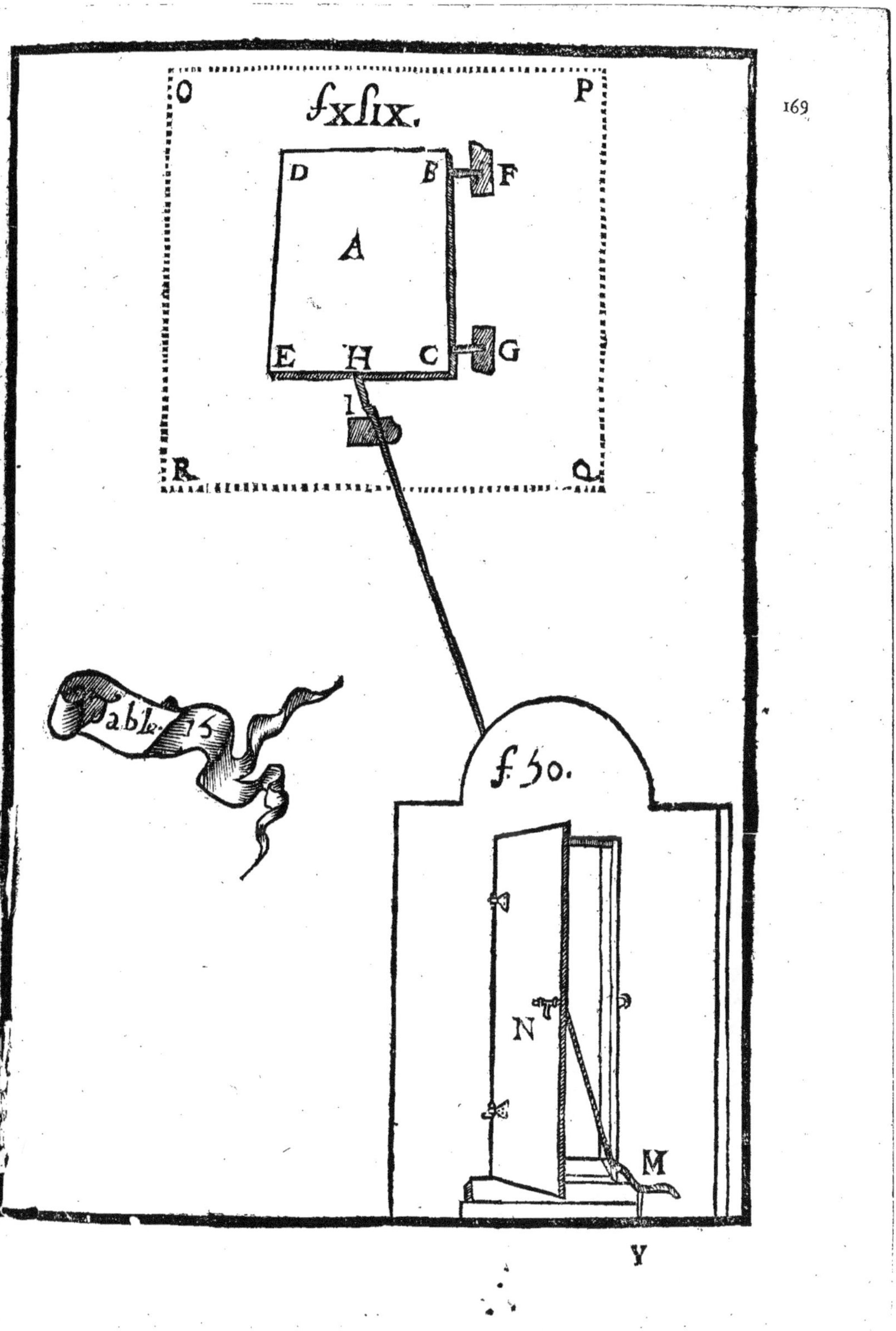

f. XLIX.

O   P

D   B   F

A

E   H   C   G

l

R   Q

Table. 13.

f. 50.

N

M

Y

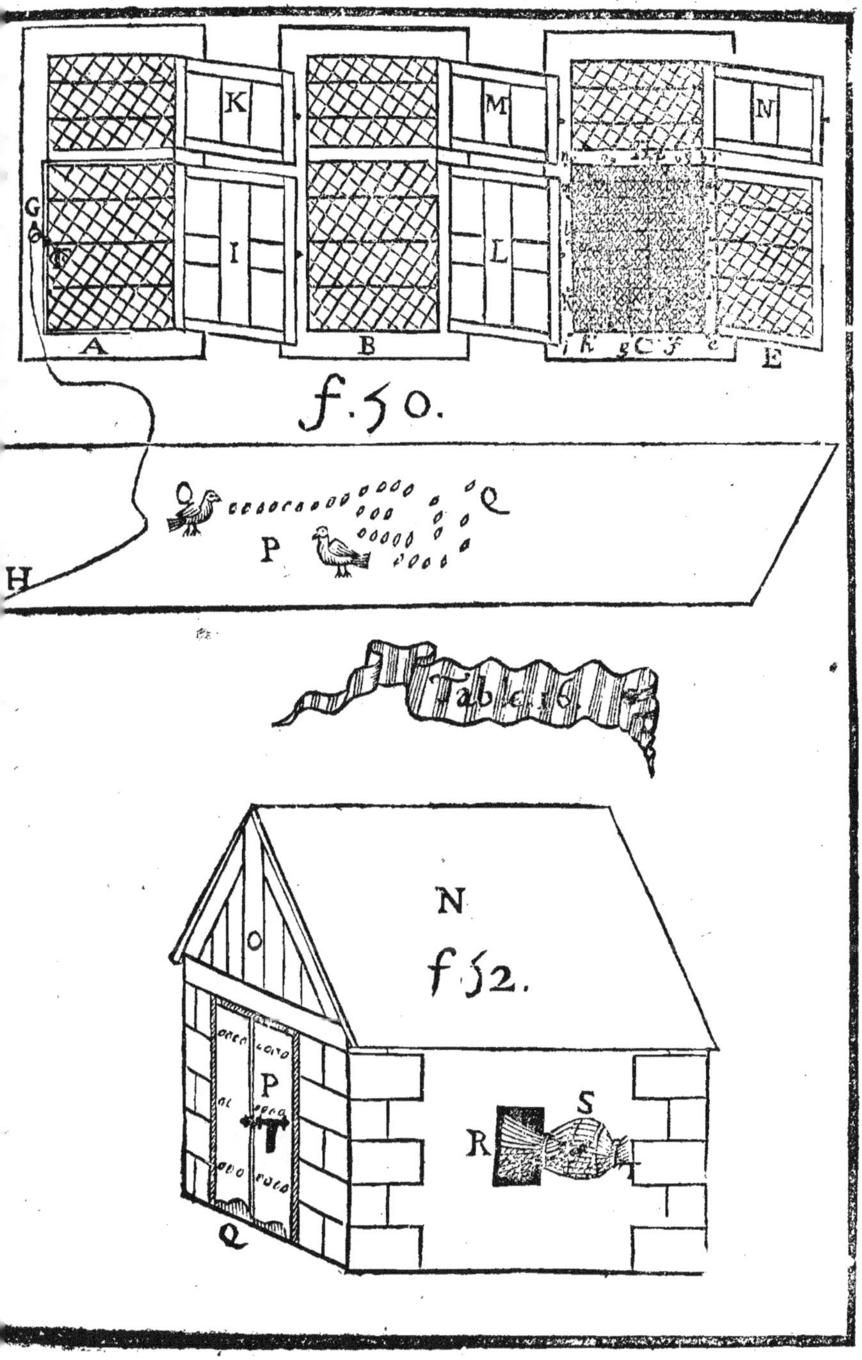

K   M   N

G
G

I   L

A   B   ik gC f e E

f. 50.

P   P

H

Table.

N

O

f. 52.

P
T

R   S

Q

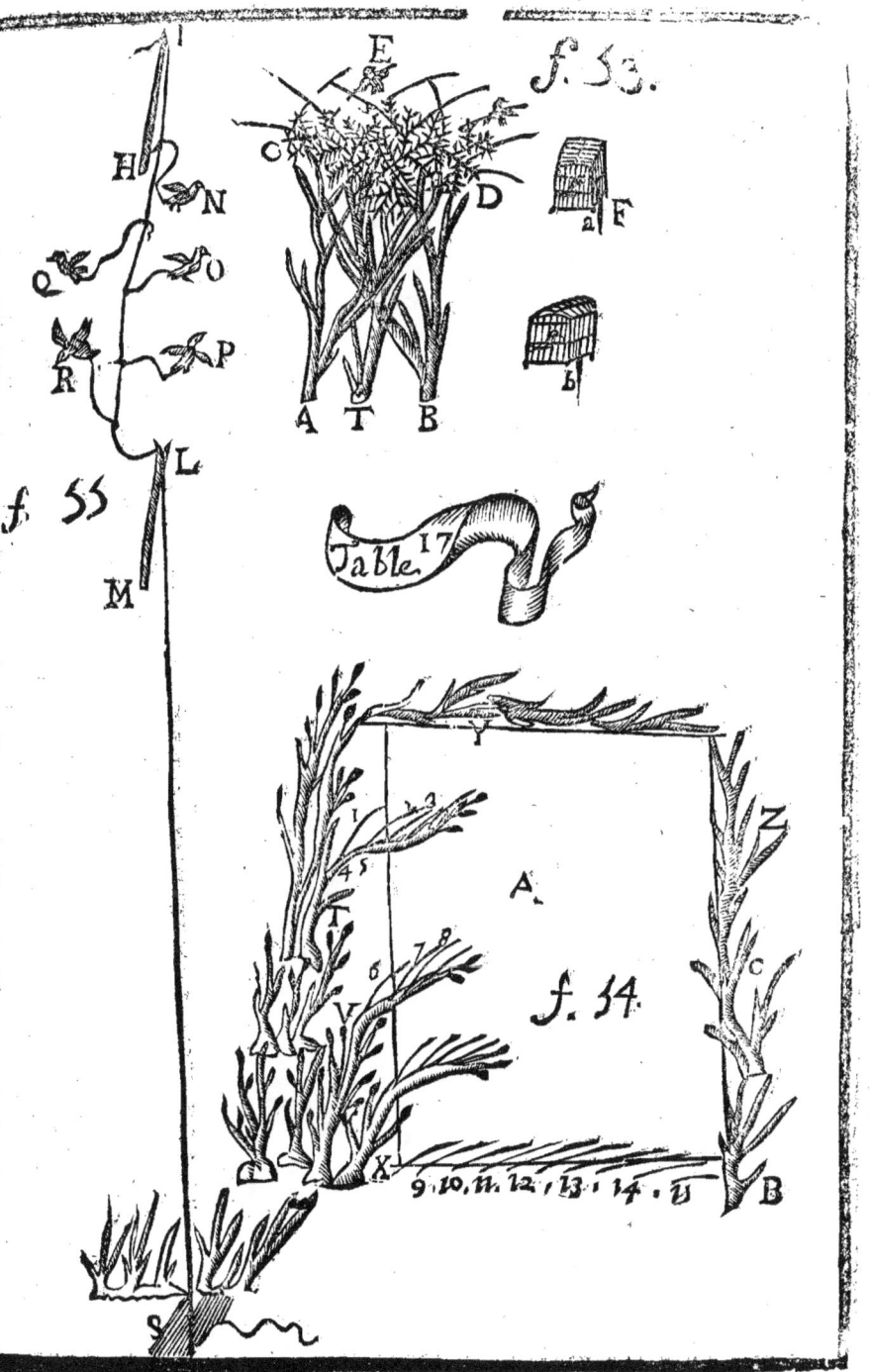

f. 53.

f. 55

Table 17

f. 54

LIVRE TROISIÉME

TRAITANT DE LA MANIÉRE DE PRENDRE
plufieurs fortes d'Oyſeaux paſſagers.

AVERTISSEMENT AV LECTEVR POVR
les termes uſitez en cette troiſiéme partie.

VO US ne devez être étonné , mon Lecteur , ſi dans ce troiſiéme Livre il ſe rencontrera quelquefois certains termes qui ſont plus barbares que François ; mais comme mon deſſein eſt de montrer naïvement toutes ſortes de chaſſes , qu'on peut faire aux oyſeaux paſſagers ; j'ay crû être obligé d'expliquer les choſes par les noms vulgaires , afin que ceux qui voudront ſe divertir , puiſſent s'inſtruire avec les païſans , qui gagnent leur vie à ces ſortes d'exercices , & conferer mes écrits avec eux , qui ne manqueront pas de leur nommer le tout dans les termes qui leur ſont ordinaires , principalement les preneurs de pluviers. J'ay pourtant voulu les mettre au devant de ce traité , & les expliquer le mieux qu'il m'eſt poſſible pour vous en donner l'intelligence. Les Livres precedens contiennent déja quelques termes qui ſe rencontreront en celuy-cy ; mais il vaut mieux les raporter encore en ce lieu, que d'avoir la peine de fueilleter ailleurs , vous ſçaurez donc que

La *toiſe* a ſix pieds de longueur , le pied douze pouces , & chaque pouce douze lignes.

Ligne ponctuée, est une ligne droite ou courbe, qui n'est faite que de petits points, & pour être discernée d'avec une autre ligne tirée d'un trait de plume.

Collet ou *lacet*, n'est autre chose, qu'un brin de crin de cheval, ou plusieurs mis ensemble, ausquels on fait une boucle coulante à un des bouts, dans laquelle boucle on passe l'autre bout. Il se peut faire de soye, ou de fil. On le nomme *collet* quand il prend le gibier par le col, & lacet lors qu'il le prend par les pieds.

Rejet, est une houssine, ou verge de bois, laquelle étant pliée se remet d'elle-même toute droite, comme elle étoit auparavant. Les païsans l'appellent *Regit*, *Repuce*, ou *Repenelle*.

Marchette, c'est un morceau de bois qui tient une machine en état, sur laquelle un oyseau mettant le pied dessus, se prend à la machine.

Arçon, c'est un bâton ou morceau de bois plié en arc, qui fait la moitié d'un cercle, ou rond.

Par le terme de *halier*, se doit entendre un filet, lequel étant tendu en état de servir, ressemble une haye qui clôt une vigne ou un champ.

Quand je dis qu'une caille margote, c'est un certain cry enroüé, qu'elle fait de la gorge avant que de chanter.

La *corde* câblée s'entend d'une corde faite ainsi qu'on s'en sert aux bâteaux, laquelle est faite de trois cordons, composez chacun de trois autres.

Travoüillet, est un diminutif d'un *travoüer*, surquoy les filendriers devident leur fil.

Meute est un oyseau attaché à quelque bâton ou corde, lequel sert pour faire approcher les autres des filets ; aussi l'appelle-t'on quelquefois moquettes.

Entes, sont des peaux d'oyseaux remplies de paille ou de foin, ausquelles on fiche un piquet par dessous le ventre pour les faire tenir à terre, comme s'ils étoient sur leurs pieds, afin de tromper les autres oyseaux, qui les voyans se

jettent

jettent dans les filets avec eux , penſant qu'ils ſoient en vie. On les nomme auſſi quelquefois moquettes.

Tranche , eſt un outil de fer qui coupe la terre , lequel a divers noms ſelon la diverſité des contrées , les uns l'appellent pioche , les autres oüille , & quelques autres oüillau.

Appellant ou *appeau* , c'eſt un oyſeau vivant qui ſe nourrit dans une cage pour appeller les autres oyſeaux paſſans.

Tous les termes ſuivans ſont uſitez parmy les païſans qui prennent les oyſeaux de marécages , & principalement pour les preneurs de pluviers.

Tranche , a eſté cy-devant expliqué.

Entes , ſe void pareillement cy-deſſus expliqué.

Guede ou *guide* , eſt un bâton qui guide un filet tendu pour prendre des oyſeaux avec un rets ſaillant.

Guariere , *garriere* , ou *gardiere* , n'eſt autre choſe qu'une eſpace de terre , creuſée pour loger ou cacher la *guede*. Ce mot , comme je croy , veut dire *gardiere* ou *gardienne* , que les payſans qui corrompent la langue nomment *garriere* , ou bien qu'elle ſe deût appeller *guerdiere* ou *guidiere*.

Par le terme de *palette* ſe doit entendre un morceau de bois plat , fait en forme de palette à joüer au volant.

Sarot ou *Serrot* , eſt un bâton long d'un pied , nommé ainſi , à cauſe qu'il ſerre ou reçoit la guide ſous luy , ou bien qu'il la tient bien ſerrée.

Pau , *pieu* , ou *piquet* , s'entend un bâton pointu par un de ſes bouts.

Pau forceau , eſt un piquet , qui doit avoir plus de force , & ſur qui le filet ſe tient par force en l'état qu'il doit être.

Le *Billard* , n'eſt qu'un bâton recourbé par un de ſes bouts , fait de la forme de ceux qu'on ſe ſert dans un jeu de billard.

Bouroche , c'eſt un panier fait de la forme d'un œuf , dans lequel on met les oyſeaux de marécage pour les tranſporter en vie.

Charote , eſt le panier fait en façon de hote ou de bufet , dans

Z

lequel les preneurs de pluviers mettent leurs entes, & les oyseaux quils ont pris pour les transporter.

Verge de meute, n'est autre chose qu'une verge ou baguette qu'on garnit de trois piquets avec des ficelles, pour y attacher un oyseau vivant, lequel étant lié s'appelle meute.

Verge de huau, c'est une verge plus longe & plus forte que la precedente, laquelle on garnit de quatre petits piquets, & quand on s'en veut servir, l'on y attache les aîles d'un milan, que les païsans appellent un huau.

Paumelle, c'est une machine composée de plusieurs pieces, sur laquelle on met un oyseau en vie, pour meuter, lors qu'on ne peut s'en servir aux verges quand il n'a point de queuë.

Par le terme de *forme*, s'entendra un espace de terre, sur laquelle un filet s'étend & la couvre, lors qu'on le fait joüer.

Et par le *liz*, on peut s'imaginer une liziere de terre fenduë comme une goutiere de maison, dans laquelle se cache le filet qui doit couvrir la forme, & qui borne là même forme d'un côté, ce qui luy donne, comme je croy, ce nom de *liz*, ou *liziere* de la forme.

Les païsans ou preneurs de pluviers appellent *harnais* les entes, les meutes, le huau, les verges & tout ce qui peut servir autour de la forme & des filets : ce qui pourroit mieux se nommer *equipage*.

Ils appellent encore les filets, des *bengins*.

Le *huau*, n'est autre chose que les deux aîles d'une buse ou d'un milan (que les gens des champs nomment un huau) lesquelles s'attachent avec trois ou quatre grelots, ou sonnettes de fauconnerie, au petit bout de la verge du huau, cy-devant dite.

Et quand je parle de *troter*, on doit entendre le marcher des oyseaux de marécage, lequel est different des autres, qui ne vont que sautant les deux pieds ensemble.

Les oyseaux de rivieres, comme peuvent être les Cignes,

Oyes, Cannes, & tous ceux qui ont le bec plat, mettent la tête
dans l'eau pour manger, & cela s'appelle barboter.

Je n'explique pas les autres termes, parce que je croy que tout
le monde les peut entendre.

TABLE

DES CHAPITRES

QUI SONT COMPRIS DANS CETTE
troisiéme partie.

Z iij

LIVRE TROISIE'ME,

TRAITANT DE LA MANIERE
DE PRENDRE TOUTES SORTES
D'OYSEAUX
PASSAGERS

INSTRVCTION NECESSAIRE POVR
prendre les Beccaffes.

CHAPITRE PREMIER.

Es Beccaffes arrivent ordinairement en nos cantons vers le milieu du mois d'Octobre, & s'en retournent au mois de Mars. Elles vont & viennent fans s'arrêter plus de huit ou dix jours en un même lieu, & fi elles y arrêtent davantage, c'eft qu'elles ont été bleffées. Elles ne volent jamais de jour fi quelques beftiaux ou quelques perfonnes ne les y contraignent, & elles font leur retraite dans les bois épais, dans lefquels il fe trouve de temps en temps & de côté & d'autre des efpaces. Elles demeurent toute la journée dans les bois cherchant à manger des vers de terre qui fe trouvent fous les fueilles des arbres & des taillis. Quand la nuit approche, elles fortent du bois & vont chercher les eaux & les prairies pour boire & laver leur bec qui eft plein de terre, parce qu'elles le fichent dedans pour en tirer les achées ou vers. Elles paſſent ainſi toute la nuit juſques au matin que le jour commence à paroître, car alors elles s'envolent dans les bois. Quand elles volent, elles cherchent les lieux ombrageux, & ſe détournent de loin pour côtoyer quelques bois de haute fûtaye, afin de ſe cacher & ſe mettre à l'abry du vent. Si elles veulent entrer dans le grand bois, ou paſſer de l'autre côté, elles le ſuivront toûjours d'un vol bas, juſques à ce qu'il ſe rencontre une clairiere pour paſſer au travers, parce qu'elles n'ayment pas à voler haut, & n'oſeroient voler parmy les arbres, à cauſe qu'elles ne voyent point devant non plus que les lièvres, c'eſt pourquoy on les prend facilement avec des filets tendus le long des foreſts, ou bien dans les clairieres, qui ſe rencontrent à l'entour.

COMMENT ON DOIT FAIRE DES CLAIRIÈRES
ou paſſées pour prendre des Beccaſſes.

CHAPITRE II.

D Ans les païs où il y a beaucoup de bois, les panetieres ſont de bon revenu, puis que l'on peut prendre quelquefois pour un jour plus d'une douzaine de beccaſſes. Si vous avez des bois taillis, & proche de là un bois de haute fuſtaye, ou ſeulement une rangée de grands arbres, ne negligez pas d'y faire une panetiere, ainſi qu'il vous eſt montré par la premiere figure de la premiere table. Suppoſez donc que vôtre fuſtaye ou rangée d'arbres ſoit longue de trois cens pas, plus ou moins, dans quelque endroit vers le milieu (comme par exemple aux lettres A, B,) coupez des arbres au travers, en ſorte qu'il y ait une eſpace de ſix ou huit toiſes entre l'arbre A, & l'Arbre B, & que la place ſoit bien nette ſans arbres, ſouches, buiſſons, bois, ny pierres, d'environ ſix toiſes en quarré, après cela vous ébrancherez les deux arbres A B. du côté que doit prendre le filet, lequel s'y pourroit accrocher en deſcendant. Il faudra enſuite avoir deux groſſes perches, deſquelles on en attachera une au haut de chacun des deux arbres, de façon que le gros bout étant fendu ainſi que CD, ſoit fiché ſur une branche, & que

le

DES OYSEAUX PASSAGERS. 185

le milieu FE, porte deſſus une autre, à laquelle on l'attachera avec une rote ou lien de bois, de ſorte que les bouts GH, où il y a quelque crochet ou fourchu, panche ſur la paſſée, afin d'éloigner un peu le filet des arbres. On aura toûjours bonne proviſion de poulies ou boucles de verre groſſes comme le doigt, qui ſont faites de la forme repreſentée par la 4. figure. Vous en mettrez une à chaque bout de perche G & H, les ayant auparavant garnies d'une corde groſſe comme le petit doigt, que vous lierez autour des deux branches de la poulie qui ſont marquées du chiffre 3. & ayant fait un nœud tout proche faites-en un autre à quatre doigts plus loin au lieu marqué 4. laiſſant deux bouts de la corde 5. & 6. longs d'environ un pied chacun pour prendre la poulie au bout de chaque perche comme elles ſe voyent cottées des lettres I, L & on les met juſtement proche les fourchus des perches G H. Ces fourches ou crochets ſervent pour garder que les poulies ne baiſſent plus bas que le lieu où on veut qu'elles demeurent. Ces boucles de verre étant ainſi attachées, il faudra que l'homme avant que de deſcendre paſſe en chaque poulie une ficelle, dont les deux bouts ſeront au pied de l'arbre, afin de paſſer en leur place d'autres cordes plus fortes quand on voudra tendre le filet, & pour n'avoir pas la peine de monter au haut toutes les fois qu'il faudroit tendre. Vous y pourrez d'abord mettre les groſſes cordes auſſi bien que les ficelles, mais vous ne ſerez pas aſſuré de les y retrouver comme les ficelles, qui ne valent pas la peine d'être dérobées. Il ne reſte plus aprés cela qu'à faire une loge pour retirer celuy qui doit attendre les beccaſſes. Il n'importe pas de quel côté on la faſſe, pourveu qu'elle ſoit droit à droit, & éloignée du milieu du filet de ſix ou huit toiſes, comme au lieu marqué de la lettre R. Cette loge ſera ſeulement de cinq ou ſix branches de taillis entrelacées les unes dans les autres de la hauteur d'un homme, & toute ouverte du côté du filet, afin d'y avoir la veuë lors qu'il ſera tendu. Il y aura pour ſiege un peu de chaume, ou de la fougere, & à trois ou quatre pieds de là, tirant vers le filet un bon crochet de bois, O, ou P, piqué en terre avec force au lieu Q, pour y paſſer le bout des cordes du filet, ainſi la paſſée ſera en état d'y pouvoir être tenduë.

A a

CHAPITRE III.

Uand la saison approchera de tendre les panetieres
vous devez avoir soin de faire nettoyer la place où
doit tomber le filet , & renouveller les perches qui
sont au haut des arbres ; si elles sont pourries, sinon
les faire relier avec de nouveaux liens , & remettre d'autres
poulies ou boucles de verre , parce que les cordes qui passent
dedans les usent avec le temps , & que les cordes avec lesquelles
elles sont pendües se pourrissent. Il faut aussi accommoder la loge, & remettre un autre crochet en terre , & visiter le filet, pour voir
s'il n'y a rien de rompu ou mangé des rats & des souris,&le r'habiller.
On aura deux ou trois livres de cordes , qui soit forte, & moins
grosse que le petit doigt, les Cordiers l'appellent de la babelüe. Ayant
mis tout en état , vous irez sur le lieu aux heures de la volée,
c'est à dire, le matin au point du jour , & le soir au soleil couché,
& vous tendrez la panetiere en cette sorte. Déployez la corde au
milieu de la place nette, & faites une boucle au bout, puis attachés-
y le bout d'une de vos ficelles qui pend aux arbres, & tirez-la , jusqu'à ce que la corde soit passée dans la poulie, & lors que vous en
aurez le bout, attachez-y une pierre pésante de quatre ou cinq livres , & la laissez au pied de l'arbre , puis prenez l'autre bout de la
corde, portez-la au crochet O Q , & la coupez de la longeur convenable. Faites-y une boucle comme à l'autre bout , & la passez au
crochet, ainsi que la figure 11. le montre , ajustez l'autre de même.
Cela étant fait, déployez le filet dans le milieu de la place nette,
entre les deux arbres , portez-en un bout au côté A , & le liez à la
pierre où est attachée la corde , & l'autre bout du filet sera lié pareillement à la pierre du côté B , aprés quoy vous irez proche le
crochet O Q, & tirerez les deux cordes ensemble sans oster les
bouts qui sont passez au crochet ,& quand le filet avec les pierres

MN , sera monté jusques aux poulies, ainsi que le fait voir la premiere figure, vous tournerez les deux cordes ensemble trois ou
quatre tours sur le crochet, pour empécher que le filet & les pierres ne retournent en bas : puis on attachera chaque ficelle , qui
pend à chaque coin du bas du filet au pied des arbres A , & B , afin
de le tenir en état , & d'empécher que le vent ne le fasse aller de
côté & d'autre. Le filet étant bien tendu, il faut redetourner
les cordes de dessus le crochet, & s'asseoir dans la loge R , les tenir ferme des deux mains , & prendre garde qu'elles ne soient em-
barassées l'une avec l'autre, non plus qu'autour du crochet , ny à
vos pieds : Car autrement il se pourroit faire qu'une beccasse venant
à donner dans le filet s'échaperoit , s'il y avoit quelque chose
qui empéchât les cordes de couler ; c'est à quoy l'on doit bien
prendre garde. Pendant que vous tendrez les cordes étant dans la
loge, ayez toûjours la veuë sur le filet, afin d'ouvrir les deux mains
& laisser tomber les cordes si-tost qu'une beccasse frapera contre
la panetiere, où elle s'envelopera incontinent , & tombera avec le
filet sur la terre ; il faudra promptement luy rompre une aîle, &
avec le pouce luy crever la tête , puis sans s'amuser à la vouloir
ôter du filet il faut courir au crochet, reprendre les deux cordes ensemble, remonter le filet, & se retirer dans la loge comme auparavant, & guetter derechef pour en prendre d'autres. Quelquefois on n'a pas le temps de remonter le filet, qu'il en passe par dessus , & d'autres donnent dedans qu'il n'est qu'à demy monté. Vous
pouvez juger par-là, que plus la personne est prompte à tendre &
remonter la panetiere , plus elle prend de gibier. Quelquefois il
s'y prend une compagnie de perdrix tout d'un coup, principalement quand il y a quelque piece de terre ou vigne proche, & au
droit de la passée, & le plus souvent quand il s'en rencontre des
deux côtez. Lors que la passée ou clairiere est sur un chemin, que
le filet traverse, & que la loge n'est pas dans ce chemin , mais un
peu à l'écart, on y prend par rencontre des lievres, des renards, &
des loups, c'est par cette raison que vous devez toûjours porter quelque bâton ferré pour les tuer. Ils ne s'y prennent pourtant pas si
ayfément , que les beccasses, & bien que dans le quatriéme livre je montre la maniere de prendre les bêtes à quatre pieds,

je ne croy pas que l'on trouve à redire si j'en parle en ce lieu, puis que c'est un sujet qui a du rapport avec celuy-cy. Je vous diray donc qu'il ne faut pas que le filet traîne à terre , il en doit être élevé de quatre pieds. Si l'animal vient devant vous , il faudra luy laisser passer le filet, & si-tost qu'il l'aura passé, le laisser tomber, & en même temps faire du bruit pour épouvanter la bête , qui voulant retourner sur ses pas , s'envelopera dans la panetiere , & vous la tuerez, & retirerez promptement pour remonter le filet. Si par hazard elle venoit de derriere vous, il faut attendre qu'elle soit avancée jusques à une ou deux toises du filet que vous laisserez tomber , & l'épouvanterez en même instant, elle voudra retourner sur ses pas lors qu'elle apercevra la panetiere ; mais vous voyant elle fuira du côté du filet, & se jettera dedans. Si la panetiere est tenduë proche d'un étang ou des prairies aquatiques où les canards viennent, on y en prendra ; mais il faut que la loge soit si bien faite, qu'ils ne vous puissent appercevoir. Il y a deux moyens pour tenir les cordes de la panetiere sans se faire mal aux mains, & vous garantir du froid.

Le premier moyen est, suivant la 11. figure de la même table. Supposé que le crochet soit marqué du chiffre 1. les bouts des deux cordes 2. & 3. & que les deux lignes 5, & 6, soient les cordes bandées, qui tiennent le filet tendu, lors que vous serez assis dans la loge, tenez bien fort d'une main l'endroit marqué 7, & de l'autre main passez les deux cordes ensemble redoublées au chiffre 4, entre vos jambes, & rapportez-les par dessus la cuisse , puis les tenant bien ferme quittez l'endroit 7, & avec l'une ou l'autre main vous tiendrez ainsi les cordes sans peine : mais soyez bien prompt à l'ouvrir, & écartés les genoux quand la beccasse donnera dans le filet.

L'autre maniere pour tenir le filet sans avoir froid, ny se blesser les mains , est representée par la 3. figure de la même table. Supposés que le siege de la loge est à la lettre r, mettez-y un piquet h, gros comme deux fois le pouce , & qu'il soit haut de terre de quatre doigts, & à un pied & demy de ce piquet en allant vers la panetiere aux endroits marquez k , & m, fichez en terre deux autres gros piquets i , l, qui soient élevez de terre environ un pied tout au

plus, étant tous deux percez à deux pouces proche du bout d'enhaut d'un trou à mettre le doigt, ayez un morceau de bois n, d, o,
qui soit tourné, & que les deux bouts n, o, ne soient pas plus gros
que le petit doigt, afin qu'ils tournent facilement dans les deux
trous des piquets i, l, où on les fera entrer. Il faudra faire un trou
au milieu de ce bois tourné, qui soit assez gros pour y mettre une
cheville grosse comme le doigt, & longue de cinq ou six pouces :
ce morceau de bois doit être fiché dans les trous avant que de
planter les deux piquets. Ayez outre cela un autre morceau de
bois h, g, f, qui soit plat comme quelque morceau de douve de
tonneau, l'entaillez par les deux bouts en forme de croissant,
afin qu'il se puisse tenir joignant le piquet h. La machine étant
ainsi faite, quand vous aurez tendu & monté le filet, supposez que
les deux lignes a, b, en soient les cordes, levez-les toutes deux
d'une même main, & de l'autre les doublant à la lettre c, tournez-
les un tour sur le bout d, de la cheville du milieu, puis en poussant
l'autre bout e, du côté du filet, vous ferez faire au moulinet
ou au morceau de bois rond n, o, deux tours, & l'arrêterez en
posant l'un des bouts de la marchette h, ou f, contre le piquet r,
& l'autre contre le bout e, de la cheville, si bien que le poids de
la panetiere fera que le moulinet voulant tourner sera arrêté par
la marchette. Vous pouvez donc par ce moyen tenir les mains
dans vos poches sans craindre que le filet tombe, mais ayant
toûjours le bout du pied sur le milieu g, de la marchette : &
d'abord qu'une beccasse donnera dans la panetiere, donnez du
pied, le filet tombera aussi promptement, que si vous le teniez
avec les mains. La maniere de faire ce filet est enseignée au 27.
chapitre du premier livre.

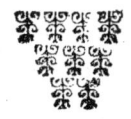

Aa iij

DE QVELLE FACON L'ON PEVT FAIRE
des panetieres aux grandes Forefts.

CHAPITRE VI.

Ans les grandes forefts où le bois eft également fort & haut, il eft bien difficile de faire des clairieres à moins d'abatre quantiré d'arbres, encore ne feroit-on pas affuré que la panetiere y fût bonne, à moins qu'il y eût quelque place de dix ou douze arpens, ou plus, laquelle fût fans arbres, & que la clairiere y aboutît, finon vous pouvez experimenter l'invention que fait voir la 5. figure de la feconde table. Je fuppofe que vous ayez leu & compris l'avertiffement du premier chapitre touchant le vol de la bec-caffe, choififfez quelque endroit au bord de la foreft qui foit bien net (par exemple) je fuppofe les arbres A D, pour la foreft, & l'efpace entre l'arbre A, & la lettre E, la place nette, qui doit avoir cinq ou fix toifes de largeur. Choififfez un arbre haut & droit au bord du bois, comme feroit l'arbre marqué A, afin de l'ébranler du côté de la place nette, & y attacher au haut une perche forte, marquée des lettres K, R, Z, ainfi que j'ay en-feigné au fecond chapitre. Cherchez dans la foreft un arbre de moyenne groffeur E F, qui foit le plus haut & le plus droit que faire fe pourra, après l'avoir ébranché d'un bout à l'autre tranfportez-le fur le lieu de la paneterie, & faites un trou en terre à l'endroit E, qui foit profond de trois, quatre, ou cinq pieds, & éloigné de fix, ou fept toifes du bord de la foreft A. Pofez dans ce trou le gros bout de l'arbre coupé, élevez-le, & l'arrétez tout droit, ayant lié auparavant à deux ou trois pieds proche du bout F, plufieurs liens de bois attachez au bout les uns des autres, comme vous le voyez par les lettres a, b, c, d, e, f, g, h, i, κ, afin de les arrêter fer-mes avec des crochets de bois fichez en terre tout autour ; éloi-gnez du pied E, d'une toife & demie, & de la façon que font les cordes qui tiennent un maft de navire, ou d'un bateau. Il faudra pourtant prendre garde d'en mettre qui aillent dedans la clairiere ou espace A E, de crainte que le filet ne s'y embarrasse. Vous observerez de planter si bien vôtre arbre coupé, que la pointe F, soit panchée d'environ deux pieds sur la passée vers la forest, & d'y attacher de bonne heure une poulie G, au petit bout, avec une corde ou ficelle passée par dedans, ainsi qu'à l'arbre A, où se voit la poulie L. Vous y pourriez bien laisser les grosses cordes, mais parce que les larrons seroient peut-être tentez de les prendre, je vous conseille de n'y laisser que des ficelles, & même de les faire courtes, y attachant quelque petite ficelle B, à un bout, & lier l'autre au tronc de l'arbre, en un endroit où l'on ne puisse toucher sans monter, principalement à celle de l'arbre coupé E H : & si vous voulez encore mieux faire, portez avec vous une échelle legere, de six ou huit pieds de haut, pour frustrer les larrons, & vous exempter de la peine qu'il vous faudroit prendre de monter à la cime de l'arbre quand on a pris les cordes.

Je veux vous donner une autre invention, qui est, qu'ayant détaché le filet des pierres (après que la volée est finie) vous preniez les deux cordes ensemble, & remontiez les pierres jusques aux poulies; puis ayant fait un nœud x, vous le laissiez monté seulement de deux ou trois toises, selon la hauteur des poulies. Ayez ensuite un bâton V, long de deux pieds, fendu par les deux bouts, sur lequel vous ployerez tout le reste de la corde, & la ferez après passer ces deux brins dans les deux fentes des bouts du morceau de bois, & laisserez aller le tout enhaut. Ainsi les pierres S, T, baisseront jusques à la moitié de la hauteur des arbres, à cause que les cordes sont noüées ensemble à la lettre X, & le reste pendra avec le bâton V, si bien que pour les ravoir, il faudra prendre une longue perche avec un crochet au bout pour en accrocher le morceau de bois V, & le tirer. Autrement il faut avoir une ficelle, & y attacher une pierre grosse comme un œuf au bout, pour la jetter entre les deux cordes par dessus le bâton V, & le tirer par ce moyen comme avec le crochet. Pour le surplus de la panetiere, on observera tout ce qui a esté dit au deuxiéme chapitre. Au reste il se peut faire quantité de ces panetieres tout autour d'une forest, & même une personne en peut tendre dix ou douze ſi les filets en ſont triples ou contremaillez, ainſi que la 38. figure de la ſeptiéme table du premier livre les repreſenté. La maniere de faire cette ſorte de panetiere en tramail eſt amplement montrée au 28. chapitre du premier livre, & les panetieres ſimples ſont au 26.

D'VNE AVTRE SORTE DE PANETIERE
qui s'appelle volante.

CHAPITRE V.

Ous ayant montré la maniere de faire de deux façons de panetieres, je croirois pecher contre le deſſein que j'ay de donner la connoiſſance des inventions propres à prendre les oyſeaux de paſſage, ſi j'omettois l'uſage de la panetiere volante, ou à bouclette (que quelques-uns appellent pantine & panteine)·qui eſt utile en tous lieux, principalement dans les pays où il n'y a que des bois taillis & des foreſts, où les proprietaires ne voudroient pas ſouffrir qu'on abatît des arbres ou branches neceſſaires pour conſtruire les deux ſortes de panetieres dont j'ay parlé au 2. & 4. chapitre. La 6. figure de la ſeconde table eſt faite pour ce deſſein. Ayez deux perches E B D C, groſſes comme le bras, longues de trois toiſes, ou trois toiſes & demie, bien droites & legeres, coupées en pointe par le gros bout. Vous attacherez à chaque petit bout B D, une boucle de fer, ou cuivre, ou de quelque autre matiere propre pour ſervir en façon de poulie. Vous aurez auſſi un filet ou panetiere à bouclettes, dont j'ay montré la fabrique au 27. chapitre du premier livre. Par dedans ces bouclettes il faudra paſſer une ficelle forte, qui ſoit unie & longue de douze toiſes, qui ſe voit marquée des lettres a G c F. Vous la ployerez, afin qu'elle ne ſe méle pas avec le filet. Ayez pareillement un crochet de bois F, long d'un pied, & le liez avec tout le bagage, pour s'en ſervir au beſoin. Il eſt à noter que cette panetiere ne ſe tend que

ſur

sur le bord d'un bois taillis, proche d'une piece de terre ou quelque vigne, dans les grands chemins ou allées d'une forest, ou d'un parc, principalement quand ces endroits aboutissent sur des campagnes ou *placiers* qui se rencontrent dans le milieu des bois. L'on peut encore la tendre le long d'un ruisseau au bout d'un étang, ou bien d'une coulée de prez à la venuë des forests, bref en tous les lieux où vous croyez qu'il passe des beccasses. Pour tendre cette panetiere, faut s'y prendre en cette sorte. Supposez que l'arbre L, soit l'abord du bois, ou autre endroit où vous desirez tendre. Déploïés le filet, prenez un bout de la grosse ficelle qui passe dans les bouclettes, & l'attachez au bout de la perche, à la lettre B. Passez une petite ficelle E K, dans la boucle qui est au bout B, & la noüez à la premiere bouclette a, de la panetiere, afin de le tirer comme un rideau de lit; aprés cela piquez la perche tout ou ras du bois L, de sorte qu'elle tienne bien ferme en terre, & soit un peu panchée vers l'arbre H. Prenez l'autre bout F, de la grosse ficelle, & le passez aussi dans la boucle D, qui est liée à la pointe de la perche D C, laquelle vous piquerez pareillement en terre à cinq ou six toises loin du bois, ou de l'autre perche B E. Retirez-vous ensuite à six ou huit toises du filet au pied de quelque buisson ou arbre, ou bien de quelque branche qu'on aura piqué exprés vis-à-vis de la panetiere, comme au lieu marqué Z, ou à F, auquel endroit il faudra ficher le crochet, & y lier le bout de la grosse ficelle, puis aprés la tirer toute entiere jusques à ce que le filet soit monté: & alors vous tournerez la corde deux ou trois fois autour du crochet, afin de la tenir arrétée pendant que vous irez tirer la petite ficelle E K, pour étendre le filet. Cela étant fait retournez au crochet, détournez la corde, & assiez-vous auprés du buisson sans remuer, ayant toûjours la veuë du côté de la panetiere, afin de la laisser tomber quand la beccasse donnera dedans. Dés qu'elle sera prise, il faudra la tuer, remonter promptement le filet, & tirer la petite ficelle pour l'étendre, & faire tout comme la premiere fois. Il ne sera point mal à propos de mettre une petite ficelle à la derniere bouclette c, du filet, comme à l'autre côté. On en aura plûtost ajusté la panetiere.

B b

Ceux qui tendent ordinairement de cette forte de filets, portent avec eux une longue perche, avec quoy ils étendent le filet fur la groffe ficelle, mais l'invention en eft meilleure avec deux petites ficelles, comme je viens de dire: l'experience vous inftruira du refte.

COMMENT LES PAISANS PRENNENT
les Beccaffes dans les bois avec des lacets.

CHAPITRE VI.

Es païfans qui fe mélent de *colleter* dans les bois pour prendre des Beccaffes, n'y perdent pas leur temps, puis que les lacets étans une fois tendus, ils n'ont la peine que d'y aller voir le foir fur les trois ou quatre heures. Celuy qui exerce ce mêtier fait provifion de plufieurs douzaines de collets, plus ou moins, felon l'endroit du bois où il y a des beccaffes. Ces collets font faits de fix brins de crin de cheval bien longs, & cordéz enfemble, avec une boucle coulante à un bout, & à l'autre un gros nœud, qui fait paffer dans le milieu d'un bâton, fendu avec la pointe d'un coûteau: (car ce bâton ne doit pas être fendu par le bout, mais feulement dans le milieu, ce qui fe fait en fichant la pointe d'un coûteau) il s'ouvre, & on y fait entrer le brin ou bout du coller de crin, puis l'on fait le nœud qui le tient arrêté, & l'empêche de paffer par cette fente. Ce bâton eft gros comme le petit doigt, & long d'environ un pied, pointu par un bout pour le piquer en terre. Les lacets ainfi attachez chacun à un piquet, il les met dans un fac tous empaquetez, & s'en va dans les bois taillis les plus fueillus reconnoître s'il y a des beccaffes, ce qu'il voit par les fueilles qui font à terre, lefquelles font rangées de côté & d'autre par les beccaffes qui trouvent des vers deffous, il le connoît encore par leurs fientes qui font des *foirars* grifâtres grands comme la main. Quand le païfan eft affuré qu'il y a des beccaffes en ce lieu-là, il fait une grande enceinte autour comme environ quarante ou cinquante pas de large, laquelle est representée dans la troisiéme table par la 7. figure : ce n'est autre chose qu'une petite haïe haute de demy-pied, qu'il fait entre les souches du taillis, (par exemple) Supposez que les branches marquées des lettres A, B, C, D, E, soient autant de souches, il fait la petite haye avec des brins de genest, ou autre bois, d'une souche à l'autre, & laisse au milieu une voye, où il n'y a que la passée d'une beccasse, comme sont F, G, H, I, si bien que la beccasse qui se promene dans le bois cherchant à manger, trouve cette petite haye, & la suit, jusques à ce qu'elle rencontre une passée, car jamais elle ne s'enleve ; c'est pourquoy le païsan y pique un lacet qui est ouvert en rond, & couché à plate terre, supporté sur quelques fueilles, de sorte que la beccasse passant par dedans la passée, emporte le collet ou lacet avec les pieds, lequel se ferme & l'arrête. La forme de ce lacet tendu est representée par les lettres HI. Si quelquefois en vous promenant dans les bois, vous y rencontrez de ces lacets, faites-y guetter depuis midy jusques au soir, vous y attraperez le *colleteur* : & si parmy ces collets il s'y en rencontre qui soient élevez à cinq ou six pouces haut de terre, tels que sont ceux des lettres F, G, c'est une marque que les perdrix viennent en ce lieu-là, & que les païsans les vont prendre. D'autres colleteurs font dans leurs enceintes plusieurs hayes de travers & quelqu'unes au dehors, afin que les oyseaux se prennent plus promptement. J'ay diverses fois rencontré des perdrix & des beccasses prises de cette façon.

DE LA MANIERE QVE LES PAYSANS prennent les beccasses le long des eaux.

CHAPITRE VII.

'Ay dit au premier chapitre comme les beccasses vont la nuit le long des fontaines, à cause qu'elles ne gelent point. Le païsan qui se mesle d'en prendre, ne s'oublie pas d'aller les matins le long des ruisseaux, fontaines, marais,

& foffes qui font à l'abry dans les bois, pour voir s'il y a eu des bec_
caffes la nuit precedente ; car elles ne manquent guercs d'y retourner la nuit d'aprés, fi elles y ont efté une fois : c'eft pourquoy
il y tend des *rejets* qu'il appelle ainfi, parce que ce font des brins
de bois, qui eftans pliez, fe redreffent d'eux-mêmes. La maniere de les tendre fe voit dans la 8. figure de la troifiéme table.
Suppofez que le quarré long marqué de la petite lettre h, foit
une foffe pleine d'eau où vont les beccaffes, & que leur abord
foit du côté defigné par les chiffres 2, 3, 4, le païfan ferme tous
les autres lieux par où les beccaffes peuvent aborder depuis 2, X,
jufques à Z, avec des genets ou autre bois, & fait au plus bel
abord une petite haye y, p, 2, 3, m, n, haute de cinq ou fix pouces,
qui eft proche de l'eau, comme environ demy-pied, laiffant à
cette haye des efpaces, ou certaines paffées qui font éloignées
les unes des autres d'environ cinq ou fix pieds, plus ou moins,
felon l'étenduë du lieu. Ces paffées font marquées des lettres p, 3,
m, n, aufquelles il tend des collets & des lacets en cette forte. Il pique fur le bord de la paffée un bâton a, haut de terre de cinq pouces, & moins gros que le petit doigt, & l'autre bord de cette paffée à demy pied d'efpace un petit arçon S, élevé haut de terre
de trois ou quatre doigts, qui fait comme une porte ronde
regardant le bâton ou piquet a, puis il y a une petite marchette qui eft un crochet de bois plat, long de fept ou huit pouces, ayant une coche proche du bout r. Le crochet fe met
au bâton a, & l'autre bout paffe fous l'arçon. Il prend encore une verge de bois de coudre y, ou de quelque autre bois,
qui eftant plié fe redreffe de luy-méme ; cette verge eft de la groffeur du doigt, & longue d'environ trois pieds, qu'il pique
dans la petite haye à deux ou trois pieds loin de la paffée. Il
attache au petit bout v, une ficelle longue de demy-pied, au
bout de laquelle eft noüé un lacet de crin de cheval avec
un petit bâton t, coupé par les deux bouts, & fait en coin à
fendre du bois. Le païfan fait plier ce rejet, & paffe le lacet
p, par deffous l'arçon, faifant paffer auffi le bout t, du petit bâton il l'arrête fous le bord S, de l'arçon & levant la marchette fait entrer l'autre bout du bâton dans la coche r, qui

tient par ce moyen la machine en état , puis il étend en rond le
lacet p , par-deſſus la marchette qui doit tenir ſi peu, qu'une bec-
caſſe voulant paſſer , & poſant le pied ſur la marchette faſſe détendre le rejet, de ſorte que le lacet y prend l'oyſeau par le pied.
D'autres attachent à la marchette un petit cercle , afin que la bec-
caſſe ait plus d'eſpace pour mettre le pied, & faire joüer le rejet ;
car il peut arriver qu'elle ne marchera pas deſſus en traverſant la
paſſée. Cette ſeconde façon de rejet avec le cercle à la marchette,
vous eſt repreſentée par la lettre z. D'autres ſe ſervent de collets
qu'ils ajuſtent , comme j'ay montré au chapitre precedent , & qui
ſont marqués dans la figure par les lettres m , n. On peut ſe ſervir
des rejets, & des colets & lacets au même lieu où on tendra proche de l'eau.

MOYEN DE PRENDRE LES CAILLES
avec un hallier.

CHAPITRE VIII.

L A ſaiſon de prendre des cailles avec un filet nommé
hallier, depuis le mois d'Avril , qu'elles arrivent au
milieu de la France , juſques au mois d'Aouſt, qu'elles
ceſſent d'être en amours. On ne prend que les mâles , parce qu'ils viennent à la perſonne , qui contrefait le
cry de la femelle avec un appeau fait comme l'une des deux figure X , & X L. Le premier eſt fait d'une petite bourſe de cuir d , large de deux doigts , & longue de quatre , ſe terminant en pointe en
façon de poire , on l'emplit à demy de bourre de crin de cheval,&
dans le bout ſ, l'on fiche un petit filet c , fait de l'os du jaret d'un
chat, ou d'un lievre , ou pour le mieux du grand os de l'aîle d'un
vieil heron , qu'on coupe long de trois doigts , & l'on fait le
bout c , ainſi qu'un flajolet, avec un peu de cire molle. On en
met auſſi un petit morceau pour boucher le bout a , lequel
on perce avec une épingle , s'il eſt neceſſaire de le faire ſiffler
plus clair. Ce ſifflet ſe lie avec la bourſe. Pour le faire ſonner

B b iij

on le met tout de son long dans la paume de la main gauche, & tenant quelqu'un des doigts de la main renversé dessus l'endroit 5. on frappe dessus le lieu marqué d, avec le derriere du pouce de la main gauche, & on contrefait la femelle. L'autre sorte d'appeau figure 11. est long de quatre doigts, & plus gros que le pouce, fait d'un morceau de fil de fer tourné en rond, comme seroit de la canetille, on le couvre tout de cuir, il doit être fermé d'un bout avec un morceau de bois plat marqué 2. Il y a au milieu un petit brin de fil ou de cuir 7. par lequel on le tient d'une main pour le faire joüer, & on attache à l'autre bout un petit sifflet tout de même qu'à l'appeau figuré X, & pour le faire joüer on tient de la main gauche le petit brin de cuir 7. presque au raiz du morceau de bois 2. & de la main droite on prend le *courcaillet* par l'endroit où il est lié sur le sifflet marqué 3. & on le fait crier comme fait la femelle qui appelle un mâle. Les Savoyards, autrement Contreporteurs, ont souvent de ces appeaux à cailles faits de la derniere maniere. Pour ce qui est du hallier, j'ay enseigné la methode de le faire au 24. chapitre du premier livre, il se porte dans la poche, ou dans quelque petit sac avec l'appeau. Quand vous desirerez passer le temps à prendre de ces oyseaux, il faudra le matin au soleil levé, à neuf heures, à midy, à trois heures, & au soleil couché, vous promener autour des campagnes de bleds tenant vôtre appeau dans la main, & si-tost que vous entendrez chanter une caille, luy donner deux coups d'appeau, si elle n'a point de femelle, elle volera tout d'un coup à vingt pas de vous, principalement le matin & le soir, & pour les autres heures elle courra vers vous, vous connoîtrez par ce moyen si c'est un mâle seul, cur s'il a sa femelle, encore qu'il chante & qu'il entende bien vôtre appeau, il n'approchera pas plûtost. Si vous connoissez que ce soit un mâle seul, il faut approcher à quinze pas de luy, & piquer le halier, ainsi qu'il se voit par la 19. figure de la troisiéme table. Supposez que les lignes ponctuées marquées des lettres A B C D E F G H, soient les planches de bled, & que la caille soit à la lettre P, tendez le filet sur le haut du sillon joignant le bled, & piquez le hallier en sorte que l'oyseau qui court à travers le bled, se mette dedans fans l'appercevoir , puis retirez-vous en arriere dans le fond de la troifiéme ou quatriéme raye O , où vous devez être baiffé & caché vis-à-vis le milieu du filet pour appeller la caille dés qu'elle chantera, & non pas auparavant. Dans le même temps qu'elle commencera à chanter , répondez-luy , & comme il ceffera, ceffez auffi, il viendra droit à vous , croyant que c'eft la femelle qui l'appelle , & fe prendra dans le hallier. Il ne faudra pas vous preffer d'aller à luy, parce qu'il s'en rencontre quelquefois deux ou trois dans la même piece de bled qui n'ont point de femelle , & qui ne chantent point quand ils entendent appeller le mâle qui vous répond, mais ils vont cherchant la femelle où ils l'entendent chanter, fi bien qu'ils fe rencontrent proche du filet, preft à donner dedans, lors que vous penfez prendre celuy qui eft déja pris dans le hallier , & ces mâles vous voyant approcher d'eux s'envolent , & ne veulent plus revenir, parce qu'ils font fort fins. S'il arrivoit que la caille eût paffé par un des bouts du filet, & qu'elle fe trouvât prés de vous , il ne faut pas remuer, mais luy donner le temps de s'écarter, & lors qu'elle fera affez loin pour ne vous appercevoir plus ny entendre remuer, changez de place, & retournez de l'autre côté du hallier pour la faire revenir dedans. Le matin devant le foleil levé , ou le foir aprés le foleil couché qu'il y a de la rofée, ou bien le jour lors qu'il a plu, les cailles ne veulent point courir craignant de fe moüiller, mais elles volent tout d'un coup jufques à vos pieds; en ce cas il vous faudra mettre au fond de la raye la plus proche du filet, afin que la premiere caille qui volera & fe pofera proche de vous, ne foit point obligée de fe relever pour approcher, car elle aymera mieux marcher vous entendant fi proche, que de fe relever pour voler. J'ay jugé à propos de deffeigner la 12. figure , pour vous enfeigner comment il faut que la cage à nourrir les cailles foit faite. Prenez deux ais de bois fec, longs de quatre pieds, larges d'un , & épais d'un demy-pouce : attachez avec des cloux des morceaux de bois plats , larges comme le doigt, & les cloüez des deux côtez de la cage, de telle maniere qu'ils foient autant pleins que vuides , & que le dedans foit de quatre pouces de hauteur entre les deux ais, depuis t, jufques à la lettre v. Il faudra mettre par les deux bouts

un petit ais d'un pied de long, depuis q, jusques à s, & haut de
quatre pouces, qui s'ouvrira en façon de porte pour mettre ou
tirer les cailles hors de la cage. On fera aussi deux petits augets
z, y, x , aussi longs que sera la cage , ayant chacun une sepa-
ration au milieu y , afin de separer le boire d'avec la mangeaille,
& l'on en mettra un de chaque côté de la cage. Ces augets seront seulement de deux pouces de hauteur.

DE QVELLE FAÇON ON PREND DES CAILLES
avec un filet & un chien couchant.

CHAPITRE IX.

LA saison de prendre des cailles avec un filet nommé tirasse , & un chien couchant , est depuis qu'elles sont dans les prairies au mois de May jusqu's
au mois de Septembre qu'elles s'en vont. Cette
chasse est plus penible que la precedente , mais elle est aussi
plus recreative & profitable. Pour la mettre en pratique , il
faut avoir un chien couchant , qui arrête le gibier & une
tirasse. La methode de faire ce filet est montrée au 27.
chapitre du premier livre. Deux personnes vont ensemble,
dont l'un tient le filet plié sur les bras en estat de servir
promptement, l'autre porte un sac pour mettre les cailles
qu'on prendra , (la façon de le faire se voit au 7. chapitre du
premier livre , la forme est desseignée par la 14. figure de la 3.
table du même livre.) Quand on est arrivé au lieu, où l'on veut
chasser, il faut faire avancer le chien. Tant qu'on pourra il faut le
faire chasser le nez dans le vent, & si tost qu'il aura fait son arrest,
vous irez à quinze ou vingt pas de luy par le devant déplier la tirasse , tenant chacun le bout de la corde, il faudra tirer bien fort,
& avancer jusques à ce que le chien soit couvert, & pour lors si le
gibier ne paroist pas, frapez de vos chapeaux sur le filet pour le
faire partir, & l'ayant pris, pliés la tirasse & faites chasser le chien,
comme la premiere fois. La 13. figure de la 4. table montre comme
le chien

le chien fait fon arreft fur une caille, & comme le filet eft étendu deffus par devant le nez du chien.

COMMENT LES PAYSANS PRENNENT LES CAILLES
avec un filet, fans chien.

CHAPITRE X.

Es Païfans qui fe mélent de prendre les Aloüettes & les Pluviers, vont prendre les Cailles dans les prairies, & comme ils n'ont pas le moyen d'avoir un chien couchant, ou bien qu'ils ne le fçavent pas dreffer, ils fe contentent d'avoir un appeau, ou d'écouter chanter quelque caille. Ils vont deux de compagnie, l'un tient la tiraffe, & l'autre l'appeau, qu'il fait fouvent joüer. Tous deux prêtent l'oreille de tous côtez, & la premiere caille qu'ils entendent chanter, ils y courent; quand ils font à peu prés à l'endroit où elle a chanté, ils fe couchent fur le ventre fans parler, jufques à ce qu'elle chante une autre fois, & lors ayant remarqué le lieu, ils fe levent dépliant le filet, & vont le traînant jufques à ce qu'elle foit partie. S'ils croyent l'avoir paffée, ils retournent, & pofant les bouts de la tiraffe à bas, frappent deffus avec leurs chapeaux, puis ils la reportent plus loin, & font plufieurs fois la même chofe, jufqu'à ce que la caille fe leve, ou qu'elle foit prife. Quand il y a quelque mâle qui n'a point de femelle, il répond à l'appeau: c'eft pourquoy ils vont jufques fur luy pendant qu'il chante. Il s'en prend quantité une heure devant le Soleil couché, à caufe que les femelles fe promenent dans l'herbe, & que dés que le mâle perd de veuë la femelle, il court aprés en *margaudant*, qui eft un certain cry qu'il fait de la gorge, qui fait qu'on le fuit facilement de prés, & qu'il eft pris avec fa compagne. Depuis que le foleil eft bien bas, & qu'il y a de la rofée dans l'herbe, les cailles ne courent plus, elles fe tiennent dans les endroits qui font un peu foulez, en ce cas il faut ufer d'une rufe reprefentée dans la même

13. figure. Quand vous aurez entendu une caille, qui n'aura point de femelle, cherchez un lieu où l'herbe soit haute; dépliez la tirasse, & l'étendez, de sorte que la corde A, D, soit du côté de la caille, marquée de la lettre Q, & que l'herbe ne soit point foulée par le devant. Retirez-vous au derriere joignant la queuë G, du filet, & étant couché sur le ventre appellez la caille si-tôt qu'elle chantera, elle volera tout d'un coup au devant de la tirasse & chantera, répondez-luy seulement d'un coup d'appeau pour la faire avancer, elle entrera sous le filet, & lors que vous verrez qu'elle y sera, frappez de vôtre chapeau pour la faire lever, & la prenez.

Invention de l'Auteur.

DV MOYEN DE PRENDRE LES CAILLES
avec un filet & un chien, par une seule personne.

CHAPITRE XI.

Uelquefois on voudroit se divertir pour prendre des cailles, mais faute de compagnon pour ayder à mener le filet, on est contraint de se reposer. Je veux vous en faire faire un qui ne coûtera rien à nourrir. Voyez la 4. figure de la 4. table. Ayez un bâton S, Q, R, gros comme un manche de fourche, long de trois ou quatre pieds, plus gros d'un bout que de l'autre, faites-y mettre au petit bout une pointe de fer R, qui sera faite en douïlle, pour y faire entrer & cloüer le bout du bâton, cette pointe sera longue de demy-pied, afin de mettre en terre ce compagnon, pour le faire tenir bien ferme, attachez l'un des bouts de la corde du filet au bas du bâton ou compagnon à neuf pouces proche de la pointe, qui est l'endroit marqué de la lettre Q, & tenez vôtre filet plié sur le bras gauche, & ce bâton dans la main, faites chasser le chien T, & si-tôt qu'il aura fait son arêt, allez à côté de lui éloigné de deux toises, & piquez y le bâton au point R, puis en reculant vers la lettre V, laissez couler le filet à bas, & tirant bien fort la boucle au bout de la corde E, tournez par devant le nez du chien, jusques à ce que

Invention de l'Auteur.

la corde le touche, car par ce moyen les deux cailles M, N, feront couvertes, pour lors laiſſez aller le filet à bas, & frappez de vôtre chapeau deſſus pour les faire lever. Vous pourrez dés le commencement vous exempter de peine, ſi ayant déplié la tiraſſe, vous mettez vôtre chapeau ſur le milieu O, car en tournant il approchera du gibier, qui en ſera épouventé, ce qui le fera partir.

DE LA MANIERE DE PRENDRE LES Ortolans.

CHAPITRE XII.

ES Ortolans arrivent au mois d'Avril comme les cailles, & s'en vont auſſi au mois de Septembre. La ſaiſon de les prendre eſt dans les mois de Juillet, Août, & Septembre. On en pourroit bien prendre quelques-uns quand ils arrivent, mais l'on ne s'y amuſe guere. Les lieux qu'ils habitent le plus, & où ils ſe plaiſent, font ordinairement dans les vignes & les avoines qui en ſeront proches: on les prend avec des filets qui ſe nomment Naſſes, deſſignez dans la 5. table, figure 15. Il faut toûjours avoir cinq ou ſix ortolans en cage pour appeller, à cauſe qu'il en meurt lors qu'ils muënt. Toutes les uſtenciles neceſſaires pour cette chaſſe ſont figurées dans la même table dont je vais faire la deſcription. On trouvera au 33. chapitre du premier livre, comment il faut faire les filets: Vous aurez un grand pannier haut de trois pieds, & large de vingt pouces, pour mettre tout le bagage. Ce pannier doit être couvert de toile avec quelques pochettes aux côtez marquées des lettres I K, pour mettre beaucoup de petites choſes neceſſaires. Il ſera, ſi vous voulez, couvert par le deſſus H, & aura quatre petits pieds comme C D E, hauts de trois ou quatre doigts, afin qu'il ne ſe gâte contre terre. Il faudra mettre dans le milieu de la hauteur aux endroits F G, deux fangles, couroyes, ou cordes pour le porter en façon de hotte ou butet. On aura quatre bâtons

comme celuy qui est marqué des petites lettres a, b, bien droits
& legers, gros comme le bois d'une pique, dont deux seront
longs de quatre pieds neuf pouces, & les deux autres de cinq
pieds. Ils seront tous cochez par les bouts a, b. Au point b, sera attaché d'un côté un piquet c, long d'un pied, & de même
grosseur que le bâton, & de l'autre côté une cheville ou petit
morceau de bois d, long de deux ou trois pouces. Il faudra avoir
quatre autres piquets marquez de la lettre f, longs d'un pied
chacun, lesquels auront une corde e, f, longues de neuf pieds,
qui seront attachées au gros bout de chaque piquet. Faites
en sorte que deux de ces cordes ayent neuf pieds de longueur, & que toutes les quatre ayent chacune une boucle au
bout e, pour les mettre au bout de chaque bâton quand on
tendra les nappes. Ayez une autre corde a, κ, h, g, laquelle
aura deux branches a, κ, dont l'une aura neuf pieds &
demy, & l'autre dix, avec une boucle à chaque bout, &
le reste de la corde depuis h, jusques vers g, sera long de
dix ou douze toises. Toutes les cordes, tant la grande que celles des piquets, doivent être câblées, & de la grosseur du petit
doigt. Faites un bâton M, N, long de trois pieds & demy ou
quatre pieds, ferré & pointu par le bout M, & par l'autre mettez-y une roulette de bois N, pour poser le panier dessus, quand
vous voudrez vous charger ou décharger, ou bien vous reposer.
Portez aussi deux ou trois petits vaisseaux A, faits en forme d'entonnoir pour les piquer en terre; & y mettre à boire &
à manger pour les oyseaux qui seront en meutte. Il faut pareillement avoir une petite tranche de fer L, qui aura la teste forte pour en coigner les piquets, & égaler la terre lors qu'il
sera necessaire. Vous aurez deux petites verges de bois, comme
celle qui paroît marquée des lettres l, m, n, o, fort menües,
longues d'un pied & demy, ayant au gros bout l, un petit piquet
p, attaché d'une ficelle presque au raiz de la verge. On liera à
neuf pouces plus loin à l'endroit cotté m, une petite ficelle en double, longue chaque brin d'un pied, ayant un piquet à chaque
bout q, r. Il faut mettre au petit bout de cette verge un fil en
quatre doubles qui fera comme deux boucles o, pour les mettre

au pied d'un petit oyseau qui servira de meutte. Faites deux petits *travouillets* F, G, pour y devuider la ficelle, dequoy on fera
voler les meuttes, la maniere de les faire, se peut voir au chapitre
des Pluviers, qui se trouvera cy-aprés. L'on peut se servir d'un peloton si on veut, mais le *travouillet* est plus aisé. Quand la saison sera
venuë des ortolans, il faudra se preparer pour en prendre, & disposer toutes les ustenciles ainsi que je vais dire. Mettez au fonds du panier (destiné pour porter l'équipage) toutes les cages où sont les appellans, ou oyseaux pour appeller, & les filets avec les cordes par
dessus, & en suite les piquets, la tranche, les verges de meuttes, les
travoüillets, ficelles & mangeoires dans une des pochettes I, K, la
bouteille, du pain, & autres provisions dans une autre poche, & du
grain & de l'eau pour les oyseaux privez, les aiguilles ou grands bâtons attachez le long du panier; chargez-le tout à vôtre col, ayant
le bâton à repos, ou à roulette dans vôtre main, & partez à la pointe du jour, afin de tendre du matin, qui est la bonne heure. Cherchez une piece de terre, qui ne soit gueres éloignée des vignes,
ou des pieces d'avoines; choisissez un lieu écarté des grands arbres & des hayes, pour le moins de cent pas, égalez une place de
la grandeur des filets, & faites en sorte que le vent vienne de derriere vous, ou qu'il vous donne dans le nez. (Car s'il donnoit par
les côtez, il empêcheroit les filets de faire leur effet.) Quand
vous aurez bien uny la place, dépliez les nappes, & les étendez de long, ainsi que le montre la figure, & du côté que sera
le filet le plus large & le plus long, mettez-y les plus longs bâtons, par exemple, le filet qui se voit à gauche est le plus large,
mettez-y les aiguilles qui se trouveront les plus longues, prenez
la tranche, & avec la tête de cét instrument coignez le piquet
c, en terre, & passez le bout a, du bâton dans la boucle d'une des
cordes du filet, & la cheville d, dans l'autre boucle du même bout,
& portez l'autre bâton pour l'ajuster de même façon au bout e,
t, mais avant que de coigner le piquet, tirez la corde c, t, du bas du
filet tant que vous pourrez pour la faire roidir, aprés vous prendrez
deux des piquets, ausquels on a attaché des cordes à demeurer,
comme celuy qui est marqué des petites lettres f, e, l'un avec une
corde de neuf pieds & demy de longueur, & l'autre avec une de

neuf pieds, mettez la boucle e, de la plus longue au bout du bâton le plus éloigné, & en vous reculant en arriere coignez le piquet f, en terre, vis-à-vis des deux piquets, c t, & revenant à l'autre bout, paſſez le bâton a, dans une des cordes plus courtes &
coignez pareillement le piquet vis-à-vis des autres piquets c, t, f,
mais il le faut tirer de toute voſtre force avant que de le coigner
pour faire bander, ou roidir la corde, a, e, de la nappe. Cette
nappe eſtant tenduë, il faudra ajuſter l'autre de même, en façon
qu'eſtant toutes deux renverſées ſur l'eſpace qui eſt entre les deux,
l'une avance ſur l'autre de demy-pied. Quand elles ſeront comme
il faut, prenez la grande corde qui doit faire joüer les filets, mettez la branche la plus longue, que je ſuppoſe eſtre a, au bout du
bâton auſſi marqué a, & l'autre branche κ, au bâton κ, puis arrêtez le nœud h, en ſorte qu'il ſe rencontre dans le milieu, &
portez le bout à la loge, tirez-le un peu, & l'arrêtez avec un piquet A, faites une poignée à la corde à l'endroit marqué B, pour la
tirer plus ferme, afin qu'elle ne coule pas entre les mains, & à l'endroit de cette poignée faites deux trous D E, en terre pour y mettre les talens, poſez du chaume C, deſſous la corde pour vous aſſeoir; ce qu'eſtant fait, ajuſtez les verges de meutte à l'entrée de
l'eſpace qui eſt entre les filets, de ſorte que l'oiſeau attaché en
puiſſe eſtre couvert. Pour les mettre il faut premierement piquer
le petit piquet p, & tenant le bout de la verge élevé de demy-pied
de haut, vous ficherez en terre les deux autres piquets q, r, l'un
à droit & l'autre à gauche, vis-à-vis de l'endroit m, de la verge
où la ficelle des mêmes piquets eſt attachée, noüez aprés cela
le bout d'une ficelle d'un des *travoüillet* à trois ou quatre pouces au deſſus de m, au lieu cotté n, & portez le *travoüillet* ou
peloton F, à la loge, faiſant ainſi de l'autre verge. Attachez au
bout O, de chaque verge un oyſeau vivant, ſoit un ortolan, ver-
drier, linot-bruant, ou autre oyſeau approchant de la groſſeur
& du plumage de l'ortolan, qu'il faut nourrir exprés pour ce ſu-
jet. On le liera par les deux pieds ſeparément, & quand les meuttes ſeront poſées, vous tirerez les cages aux appellans, qu'il faudra poſer ſur des petites fourchettes hautes d'un pied & demy,
ou de deux pieds, & les diſpoſez ainſi qu'ils paroiſſent par les

lettres t, v, x, y, qui font aux deux côtez des nappes. Portez aprés cela le grand panier derriere la loge, & vous mettez fur le fiege. Cette loge doit eftre faite de branches de taillis, & du chaume tout autour, en forte que la loge foit comme une petite haye qui vous environne des deux côtez, & non par devant; parce qu'il faut avoir de l'efpace pour faire joüer les meuttes & les nappes. Il ne faudra pas non plus que la loge foit couverte, afin que vous ayez la liberté de regarder de côté & d'autre. Soyez donc affis fur le fiege c, & lors que vous verrez ou entendrez un ortolan, ou que les vôtres appelleront, tirez un peu les ficelles des meuttes pour les exciter au vol, les autres voyant ces oyfeaux attachez, viendront paffer pardeffus les filets, qu'il faut tirer quand les ortolans feront de bonne hauteur, & courir les prendre, puis renverfer & mettre les nappes en l'état qu'elles eftoient auparavant. N'oubliez pas de donner à boire & à manger aux meuttes dans les petits vaiffeaux A, qu'il faut piquer en terre affez proche d'eux pour y toucher. Autant d'oyfeaux que vous prendrez, mettez-les dans une grande cage environnée de toile, afin qu'ils ne fe debattent pas voyant les perfonnes.

DE QVELLE FACON ON PREND LES ALOVETTES
au miroir.

CHAPITRE XIII.

Omme la plus grande partie des aloüettes font paffageres, j'ay crû en devoir parler dans ce traité plûtôt que dans les precedens. On les prend diverfement, la maniere la plus commune eft avec des nappes, qui fe tendent ainfi qu'il a efté dit pour les ortolans au chapitre precedent: c'eft pourquoy on fera toutes les mêmes obfervations, à la referve que les appellans feront à terre, au lieu qu'on met les ortolans fur de petites fourchettes, & qu'il y faut un miroir fait ainfi qu'il eft reprefenté dans la 6. table par les figures 17. & 18. Pour le faire prenez un morceau de bois épais d'un pouce & demy, & le

coupez en arc un peu bas, qu'il ait neuf pouces de diftance d'un
bout a, à l'autre bout c, il faut qu'il garde fon épaiffeur par le bas,
comme vous voyez la portion ou fauffe piece marquée des chiffres
1. 2. 3. 4. 5. 6. car le côté marqué 6. eft le deffous, & les autres pans
achevent le tour de toute l'épaiffeur du bois, en forte que le deffus 3. n'a que demy-pouce de large, les cinq faces 1. 2. 3. 4. 5. feront toutes entaillées en creux pour y coler des petits morceaux
de miroir. Il faudra faire un trou par le milieu du deffous à l'endroit marqué de la letere b, & y mettre une cheville de bois
l, i, b, longue de fix pouces, & groffe comme le doigt, un peu en
pointe par le bout, l, avec un petit trou au milieu i. On aura un
autre morceau de bois, n, m, o, q, long d'un pied & épais de
deux pouces en quarré, pointu par le bout q, il faut luy faire une
entaille O, haute de deux pouces, & large d'un pouce & demy.
On percera ce morceau de bois par le deffus du bout u, pour y
faire entrer la cheville l, qui doit baiffer d'un pouce avant dans le
trou o, & s'y mouvoir facilement. Quand elle fera placée, paffez
une ficelle dans le petit trou i, & le miroir fera achevé, comme
vous le voyez dans la 18. figure. Il faudra le pofer & piquer en
terre au milieu des deux nappes, (figure 15. de la 5. table) & un
peu au devant des meuttes à la lettre I, en façon que la perfonne
qui fera dans la loge tirant la ficelle, le miroir tourne de côté &
d'autre, ainfi que ces petits moulinets que les enfans font tourner
dans une noix, qu'ils appellent guindres, ou noifoles. Cette invention fert lors que le Soleil paroît, il faut les faire marcher inceffam-
ment, tous ces miroirs éclatent, ce qui donne envie aux oyfeaux
de voltiger aux environs pour voir ce que c'eft, & lors qu'ils font
à hauteur convenable on les prend. La vraye faifon de cette chaffe
eft depuis le mois de Septembre, & principalement le matin pendant les gelées blanches.

D'YN

D'VNE AVTRE MANIERE DE PRENDRE LES
Alouettes la nuit avec un filet.

CHAPITRE XIV.

N prend quantité d'Aloüettes la nuit avec un filet, quelques-uns se servent du feu avec le filet. Pour en prendre de cette façon, il faut avoir un filet appellé traîneau, qui s'ajuste ainsi que j'ay dit au 3. Chapitre du second Livre, & se fait de mesme, à la reserve que les mailles n'ont qu'un pouce de largeur, & qu'il doit y avoir un reste par le derriere, long d'un pied traînant à terre, afin que les Aloüettes ne laissent pas passer le filet sans se lever. Pour les prendre avec moins de peine, il est à propos de se promener le soir le long des pieces de terre ensemencées, des terres en friches qui en sont proche, des endroits où on a cüeilly de l'avoine, ou des chaumes coupez bien bas de terre, on les voit sur le tard voler en troupes, & se poser dans l'un de ces endroits qu'on remarque pour y retourner la nuit avec le traîneau qui est attaché avec deux perches, & porté par deux personnes fortes, lesquelles marchent viste, (dans le champ où elles ont esté remarquées) & quand ils entendent lever quelque chose, ils laissent tomber les perches, & courent au filet pour prendre ce qui s'y rencontre. Ceux qui n'ont pas le temps de remarquer le soir les Aloüettes, vont seulement traîner le filet au hazard, sur les lieux où ils croyent trouver le gibier. Pour ce qui est des autres choses qu'il faut observer dans cette chasse, on les trouvera au second Livre, comme j'ay déja dit, où j'en ay amplement traité. Vous serez seulement averty, que quelquefois il se rencontre sous le filet des perdrix ou quelques beccasses, lorsque le traîneau ne fait pas de bruit, comme par exemple sur le bled vert, cette chasse est d'autant meilleure, que la nuit est plus obscure, & qu'il fait froid; ce n'est pas la peine de s'y arrester quand la Lune est claire.

D d

CHAPITRE XV.

ES païfans prennent encore les Aloüettes avec des filets qu'ils attachent bout à bout. Ils nomment cette
façon de chaffe *la Ridée*, elle vous eft montrée dans la
5. table par la 16. figure. L'Hyver lorfqu'il gele bien
fort, ces fortes d'oyfeaux vont en grandes bandes, & volent d'une
campagne à l'autre pour chercher à manger, & lors qu'on les fait
lever ils volent bas ridans contre terre, & fe pofent où ils en voyent
quelques autres, c'eft pourquoy on en prend facilement, & en
quantité. Les filets dont on fe fert ne font autres que les deux
nappes qu'on employe pour prendre les Aloüettes au miroir (&
dont j'ay montré la maniere au 13. Chapitre) qu'on attache bout
à bout, ainfi qu'il fe voit au milieu marqué des chiffres 1, 2. Il faut
avoir trois bâtons famblables à celuy qui eft deffeigné à part marqué des lettres D, E, F, & qui font longs de cinq ou fix pieds, bien
droits, & affez forts, avec une coche à chaque bout. A l'une de
ces coches fera attaché d'un cofté un piquet E, long d'un pied & demy, & de l'autre une petite cheville D, de deux ou trois pouces de
longueur, un de ces trois bâtons aura deux piquets attachez au
bout, à l'oppofite l'un de l'autre, & il y aura auffi deux petits bâtons ou chevilles liées au cofté de chaque piquet, ainfi que le
montre l'autre bâton feparé, marqué des lettres G, H, I, K, L, M,
le bâton eft cotté I, K, avec les deux coches à chaque bout, une
K, pour y mettre le filet & le bout I, où font attachez les deux
piquets G, H, & au cofté de chaque piquet les chevilles L, M.
Quand on veut prendre des Aloüettes, il faut s'en aller trois ou
quatre perfonnes de compagnie dans une campagne qui foit unie,
c'eft à dire, qui ne foit point montueufe, & déplier les filets &
les étendre de long, puis attacher les trois baftons aux deux
bouts & au milieu, & mettre le bafton auquel il y a deux piquets
au milieu, afin que le filet tourne plus facilement & plus prom-

ptement, estant guidé par ce baston qui tournera entre les deux
piquets, que vous coignerez en terre, & les deux autres bouts, vis-
à-vis l'un de l'autre; en sorte que les quatre piquets se trouvent
tous piquez en ligne droite, & que la corde du bas des nappes soit
fort roide. Ayez une corde cablée 3. 5. longue de douze pieds, que
vous attacherez d'un bout au baston 3, & de l'autre à un piquet 5,
qu'on fichera en terre vis-à-vis des piquets 4, 1, 6. Vous mettrez
pareillement une autre corde longue de dix pieds au bout du bâton 7, avec un piquet 8, à l'autre bout, que vous coignerez en terre vis-à-vis les autres, le tirant de toutes vos forces pour faire
que la corde d'enhaut soit aussi roide que celle d'en bas. Il faudra
avoir une autre corde longue de dix ou douze toises, que vous pas-
ferez dans une poulie, & l'attacherez d'un bout au baston 7, &
l'autre fera lié à un piquet derriere la loge, qui doit estre faite
de chaume mis autour de quelques brins de bois. On arrestera
la poulie à quinze pieds du filet, à l'endroit marqué 10. avec
une corde liée à un piquet 11, de sorte que l'espace d'entre la
poulie & son piquet soit d'un pied & demy de longueur, & que
la poulie avance de deux pieds en dedans au bas du filet,
afin qu'il tourne plus viste. Le tout estant ajusté, une personne
s'asseoira dans la loge pour tirer la corde, & faire tourner les
nappes. Dés que les premiers oyseaux de la troupe seront au
dessus du bas du filet, pendant qu'il prendra garde, les autres
s'en iront faire lever les Aloüettes, & les chasseront du costé où
font tendües les nappes, afin de les contraindre d'y aller. Les
personnes se doivent disposer en telle sorte, que le gibier 19 20.
soit comme entre les trois personnes, que je suppose venir l'un
vers la lettre A, l'autre à B, & le troisiéme à C, mais il faut
que les deux qui marcheront aux lettres A, C, avancent plus
que celuy du milieu B, ainsi les Aloüettes se verront comme
enfermées de trois costez, & seront obligées de voler droit pardessus les filets. Pour les y faire aller encore plûtost, ayez
une ficelle qui soit bien longue. Vous l'attacherez d'un
bout à la pointe d'un petit baston marqué du chiffre 9. qui
sera haut d'un pied & demy ou deux pieds, piqué droit en terre à deux pieds proche des nappes, & delà elle passera sur une

petite fourchette 14. de mesme hauteur que l'autre verge 9. &
piquée pareillement en terre, & l'autre bout de cette ficelle
fera porté à la loge. Liez à cette ficelle trois, quatre ou plus
encore d'oyseaux, si vous voulez 15. 16. 17. 18. qu'on attachera par les
pieds avec des petites ficelles longues d'un pied & demy, & lors
que la personne qui fera dans la loge verra voler la bande d'A-
loüettes, il fera voltiger celles de la ficelle en la tirant un peu.
Quand les autres les appercevront, elles s'y en iront tout droit.
Lorsque le guetteur les verra approcher, il doit tenir les deux
mains fur la corde toute prefte à la tirer, quand il fera temps
que les filets fe levent.

COMMENT LES PAYSANS PRENNENT
des Alouettes avec des lacets.

CHAPITRE XVI.

ES païsans qui n'ont point de filets, fe fervent de collets ou lacets pour prendre les Aloüettes pendant les
grands froids. Ils obfervent les lieux où elles fe plaifent le plus, parce qu'elles y font fouvent, & pour
les y attirer davantage ils y jettent de l'avoine, celuy qui veut
en prendre tend des collets, ainfi qu'ils font defignez par la 20.
figure de la 6. table : Il met fur divers feillons ou planches de
terre les unes proche des autres des ficelles 1. 2. 3. 4. 5. 6. 7. 8.
longues d'environ quatre ou cinq toifes chacune, qui font arrêtées avec des piquets à chaque bout, il attache à ces ficelles
plufieurs lacets faits d'un brin de crin de cheval en double, lefquels font à quatre doigts les uns des autres, & jette après cela
de l'avoine le long des ficelles; & de crainte qu'on ne luy dé-
robe celles qui s'y prendront en fon abfence, il va chercher où
il y en a quelque bande, & les fait voler du côté qu'il a tendu
où elles fe vont pofer. Auffi-toft qu'elles découvrent le grain, &
qu'elles s'y jettent, on en prend une quantité prodigieufe, il s'y
prend auffi bien d'autres oyfeaux que des Aloüettes, & tous dé-
meurent pris par les pieds, ainfi qu'il paroift par les nombres 10.

11. 12. parce que cheminant pour chercher le grain, ils paſſent par hazard les pieds dans le lacet qui eſt delicat, & l'emportent avec eux juſqu'à ce que le colet ſoit tout-à-fait fermé, & qu'il les arreſte.

DE LA MANIERE DE PRENDRE VNE
compagnie d'Aloüettes ſous un filet.

CHAPITRE XVII.

Oicy une autre maniere bien facile pour prendre une bande d'Aloüettes. Il ne faut point de filet particulier, puiſque toutes ſortes de filets peuvent ſervir à cette chaſſe, pourveu que les mailles n'en ſoient pas trop larges, & que le filet ſoit aſſez grand, comme ſeroit (par exemple) une tiraſſe de quoy on prend les cailles. Celuy qui voudra ſe divertir à prendre tant les groſſes Aloüettes que les petites appellées *Cotrelus* ou *Trelus*, verra la 19. figure de la 6. table. Il faut avoir premierement trois ou quatre douzaines de petites fourchettes comme celles qui ſont marquées des lettres C,D,E,F,G, hautes d'un pied, & fort menuës, les mettre en un paquet avec le filet dont on ſe veut ſervir, qu'il faut porter ſous le bras & ſe promener dans les campagnes, juſqu'à ce qu'on ait rencontré une bande d'Aloüettes, leſquelles eſtant découvertes, il faudra s'en aſſurer en cette ſorte. Suppoſez qu'elles ſoient aux lieux marquez des lettres O, P, Q, on tournera tout autour d'elles trois ou quatre fois, ne les approchant d'abord qu'à cent pas, & puis en tournant peu à peu, on s'en approchera juſques à trente ou quarante pas. La perſonne qui les tournera ainſi, ne doit point s'arreſter quand il en ſera proche, autrement elles s'envoleroient; mais il marchera continuellement & doucement de côté & d'autre eſtant courbé, contrefaiſant une vache qui paiſt, & lorſqu'il les verra ſans crainte, il dépliera le filet de travers les raizes & planches de bled ou de gueret, (comme on voit par les eſpaces qui ſont entre les lignes ponctuées) à cinquante ou ſoixante pas loin des Aloüettes, & l'étendre tout autour, de ſorte que la corde A, B, ſoit du coſté des oyſeaux. Il faudra piquer tout droit de deux en deux pieds les petits bâtons fourchus, C, D, E, F, G, ſur leſquels la corde au bord du filet A B, portera, laiſ-

D d iij

Invention de l'Auteur.

fant traîner à terre les deux coftez A, Y, & BZ, & pareille-ment le dernier YZ, aprés quoy l'on piquera le refte des au-tres fourchettes, pour foûtenir tout le milieu du filet, ainfi qu'il paroift par les lettres I, K, L, M, N. Quand le filet fera ajufté, on ira faire le tour au deffus des Aloüettes, & cheminant de cofté & d'autre, l'on les approchera peu-à-peu pour les faire marcher, ce qu'elles feront lors qu'on les preffera. Si elles eftoient trop écartées, il faudroit les tourner pour les faire attrouper, & les conduire jufques fous le filet (elles y entreront facilement) où eftant entrées on jettera un chapeau en l'air en courant à elles, afin de les empêcher de revenir du cofté qu'elles auront entré, & fi-toft qu'on fera au bord, il faudra arracher la premiere ran-gée de fourchettes, & fermer le filet tout autour comme une cage, pour prendre le gibier à fon loifir.

INSTRVCTION NECESSAIRE POVR CEVX
qui voudront prendre des Pluviers.

CHAPITRE XVIII.

LEs Pluviers font en fi grand nombre, qu'on en peut voir quelquefois paffer plus de trente mille dans un mefme jour. Ces oyfeaux vont toûjours à grandes bandes, & vólent depuis le matin jufques au foir. On commence d'en voir à la faint Michel, ils fe retirent à la fin du mois de Mars. Quand il fait froid, ils vont chercher les pays proche de la mer, & lors qu'il dégele, ils cherchent les pays hauts, fi bien qu'ils ne font autre chofe que monter & defcendre felon le temps qu'il fait. Lorfqu'ils defcendent, leur vol eft au vent de mer, & lors qu'ils montent, au vent de bife, ainfi que les gens du meftier les nomment, ils vont la plufpart du temps cher-cher leur pafture dans les terres enfemencées, & quand ils ont mangé ils cherchent des eaux pour fe laver le bec & les pieds qu'ils ont pleins de terre. Ils ne fe perchent point pour dormir, mais ils s'accroupiffent en quelque lieu éloigné des arbres & des

hayes, où le vent ne souffle gueres, la pluspart de la nuit ils s'écar-
tent, courant de costé & d'autre aprés les vers de terre, ou
achées dont ils se nourrissent ; & pour ne se pas trop éloigner les uns
des autres, ils font toûjours quelque petit cry, & se r'assemblent
tous au matin pour s'envoler si-tost qu'il est jour. Lors qu'en volant ils en apperçoivent d'autres à bas, ils les appellent, & souvent
se jettent parmy eux. Plusieurs sortes d'autres oyseaux aquatiques
s'y mélent aussi, principalement les Vaneaux & les Guinards, qui
font de trois ou quatre sortes, & les Guinettes. Les Pluviers font
plus faciles à prendre quand ils font seuls, que lors qu'ils font avec
d'autres oyseaux. Pour les faire venir aux filets, on se sert d'un ou
de deux Vaneaux vivans, qui font attachez par les pieds & la queuë,
que l'on fait voler, ainsi que je diray cy-aprés, & d'une douzaine d'entes, qui font des mocquettes faites de foin ou de paille,
couvertes de peaux de Pluviers, ausquels on met un piquet pour
les faire tenir sur terre, comme s'ils estoient vivans. On a un ou
deux filets, & plusieurs ustenciles que je décriray au Chapitre
suivant.

Reste à vous dire, que les Pluviers font beaucoup plus faciles à
prendre le mois d'Octobre lors qu'ils arrivent, que tout l'Hyver,
& encore plus le mois de Mars quand ils s'en retournent ; parce
qu'ils font en amour. Lorsque le froid est long, il ne fait pas bon
tendre ; mais bien par les froids entre-coupez, & par les pluyes
douces. Les vents de bise & de mer font les meilleurs & les plus
commodes pour cette chasse, le vent de basse galerne n'y vaut
jamais rien. J'expliqueray au Chapitre d'aprés celuy qui suit, le nom
des vents, selon que les preneurs de Pluviers les appellent.

LISTE DE TOVS LES INSTRVMENS
nece*ff*aires pour tendre aux *Pluviers.*

CHAPITRE XIX.

Remierement, il faut avoir un filet ou deux, appellez *rets faillans.* La maniere de le faire eft enfeignée au 35. Chapitre du premier Livre. Les autres inftrumens fe voyent dans la 21. figure de la 7. table. Il faudra avoir deux perches marquées des chiffres 1. & 2. qui doivent eftre grof- fes comme le bras, & longues l'une de neuf pieds, & l'autre de neuf pieds & trois pouces, qui feront toutes deux un peu en- cochées par le bout plus menu, elles font nommées en termes de l'art, les *Guefdes.*

Plus deux morceaux de doüelle de tonneau comme la figure cottée 3. longs d'un pied, larges de trois ou quatre pouces, taillez par un des bouts en pointe, on les nomme les *Palettes.*

On aura deux bâtons chiffre 4. gros comme le pouce, & longs de neuf pouces ou un pied, pointus par un bout appellé *Sarrots.*

Trois autres morceaux de bois marqué 5. longs de deux pieds, gros comme un manche de fourche, pointus par chaque bout, nommez les *Paux.*

Il faut une Tranche de fer chiffre 6. dont le trenchant ne fera pas plus large de trois pouces, & aura la tefte forte pour en coigner les paux. Une ferpe ou goüet, ou bien un grand coûteau nombre 7.

Un morceau de bois marqué du chiffre 8. appellé *Billard*, long de deux pieds depuis a. jufques à la lettre b. fe terminant en pointe vers la lettre a, l'autre bout b, c, fera long au moins d'un pied en recourbant, ainfi qu'il eft reprefenté, il le faut couper à trois an- gles, comme il paroift par le bout c.

On aura un fifflet pour appeller les pluviers figure 22. fait du gros os mouflier de la cuiffe d'une chévre, ou d'un puiffant mouton, coupé par les deux bouts, de la longueur de trois pouces. Pour le

faire

faire en sifflet on l'emplit de cire par le bout h, jusques à l'ouverture e, puis on fait le trou d, plat par dessous l'os, pour faire
entrer le vent, il faut faire un trou au milieu f, droit par le dessus,
qui soit assez gros pour y ficher une petite plume à écrire, & un
autre bien plus grand par le costé du bout g, pour luy donner un
son plus clair, & pour le pendre au col. On le percera legerement au bout h, afin d'y attacher une ficelle.

Il faudra un panier figure 25. fait de la forme d'un œuf, de grandeur convenable pour y mettre trois Vaneaux vivans, où il y aura
une ouverture pour les y faire entrer, & quelque chose pour le
fermer, & une boucle ou corde pour le porter, il est appellé
Bouroche.

Deux ou trois petits travoüillets figure 24. pour plier de la ficelle dessus, ils se font de deux morceaux de bois i, K, l, m, larges
d'un demy pouce, & longs de six pouces, lesquels sont percez proche des bouts pour y percer deux bastons q, r, moins gros que le
doigt. L'on percera les deux morceaux de bois plats dans le milieu n, o, afin d'y mettre un baston p, n, o, sur lequel les autres
bastons tourneront bien à l'aise, ainsi que la figure le fait
voir.

On doit avoir un panier, ou pour mieux le nommer un vaisseau
de toile nommé *Charoie*, qui sert à mettre les entes, les oyseaux
morts que l'on a pris, les ficelles, & autres ustenciles necessaires. Il se fait (comme en la 27. figure) de trois morceaux de bois
quarrez B F. CD. A E. longs de deux pieds, d'un pouce & demy d'épaisseur, lesquels sont percez en trois endroits d'un trou,
gros comme le pouce. L'on prend trois autres gros bastons longs
de trois pieds lesquels on plie en arc, & on les fait entrer dans le
trou du milieu K, jusqu'à la moitié, puis on fiche l'un des bouts dans
le trou I, & l'autre dans le trou L, lesquels on arreste avec de petits
coins de bois. Il faut passer les deux autres du haut & du bas de
mesme façon, & mettre trois autres bastons t, h, u, longs de dix-
huit pouces entre les deux morceaux de bois BLF. & CID. qui
entreront dans les trous faits exprés pour tenir le reste en estat. Il
faudra attacher deux sangles, couroyes, ou cordes au baston h, du
milieu, & les autres bouts seront mis avec des boucles aux pieds F,

E e

D, ou bien (comme font quelques preneurs de Pluviers) lier une
corde longue de deux pieds , un bout à la lettre B , & l'autre à la lettre S , & quand on le veut charger, on ne fait que paſſer les gueſdes
par dedans l'ouverture ; ce que fait la corde , & on charge la Charote ſur ſon épaule. Lors que le tout ſera diſpoſé, l'on le couvrira de
toile neuve ou griſe , comme en la 26. figure, à laquelle vous laiſſerez un morceau de toile par le deſſus A , B , C, qu'il faudra
coudre autour d'un arçon de bois qui ſervira de couverture ou
couvercle , comme ſeroit celuy d'un coffre , de cette façon la Charote ſera preſte à ſervir.

Quelques-uns ſe ſervent d'un Pipeau figure 23. pour appeller
les vaneaux. Ce Pipeau n'eſt autre choſe qu'un petit bâton , moins
gros que le petit doigt , long de trois pouces, fendu par le bout S,
juſques au milieu T , pour y mettre un morceau de feüille de laurier , & en contrefaire le cry du vaneau.

Outre cela, on a deux verges de meute ſemblable à la 28. figure, qui eſt une petite baguette 1. 2. 5. longue de deux pieds & demy , bien droite, legere & menuë, ayant au gros bout 5. un piquet
6. long de trois ou quatre pouces, attaché avec une ficelle aſſez
proche de la verge. On lie au milieu 2. ou pour le mieux un peu
plus proche du gros bout deux ficelles longues de deux pieds chacune , avec deux piquets 3 , & 4 , de même grandeur & groſſeur
que l'autre 6. On attache une autre petite ficelle qui n'eſt gueres
forte au petit bout 1. de la verge, dont un bout eſt double, &
fait comme une boucle pour paſſer au bout du vaneau, & l'autre
ſimple beaucoup plus longue pour en attacher la queuë.

Il faut encore une autre verge de huau figure 29. longue de
quatre ou cinq pieds, & un peu forte, à laquelle on attache des
deux coſtez du gros bout 9. deux piquets 10. & 11, gros comme le
petit doigt , & longs de ſix pouces, & à dix-huit pouces plus loin
deux ficelles de deux pieds & demy de longueur , avec chacun
un piquet 13 . & 14. au bout , de meſme grandeur que les deux autres. Il faut dire maintenant comment on doit preparer le lieu
pour tendre.

DES VENTS QV'IL FAVT OBSERVER POUR tendre les filets, & des inconveniens qui peuvent arriver.

CHAPITRE XX.

SI vous defirez prendre des Pluviers, ou autres oyfeaux aquatiques, vous devez commencer de faire provifion de filets & uftencilles nommées au Chapitre precedent, & connoiftre les vents, afin de faire par avance des formes à tous vents, & tendre des coftez d'où ils viendront, parce qu'il faut neceffairement que les filets foient tendus du cofté du vent pour verfer avec le vent; car les oyfeaux paffant pardeffus, ou fe voulant affeoir dans la forme, portent toûjours la tefte à l'oppofite du vent; c'eft pourquoy il faut abfolument que les filets tournent avec le vent. Vous la voyez dans la 9. table, la 31. figure reprefente le filet tendu du vent d'Amont ou Orient: c'eft à dire que le vent vient du cofté d'Orient, par confequent les oyfeaux porteront la tefte de ce même côté, auffi le filet verfera du côté d'Occident, & comme je ne veux pas changer les termes de l'art, j'en ay fait un avertiffement au commencement de ce Livre, afin qu'on les puiffe concevoir, & s'en reffouvenir dans la lecture de ce Traité. Mais parce que les huit vents que j'ay déja dit eftre neceffaires de connoiftre pour tendre, pourroient n'eftre pas entendus de tout le monde par les noms vulgaires des preneurs de Pluviers, j'ay fait la 37. figure de la 11. table, compofée de huit vents principaux, nommez en termes ordinaires, & rapportez vis-à-vis des noms de la Geographie, qui font marquez dans le plus grand efpace, ou dernier cercle, & les vulgaires font au petit (exemple) dans la Geographie. Nous appellons le vent qui vient, ou fouffle du côté auquel le Soleil fe leve, le vent d'Efté qui eft marqué dans la figure au grand cercle cotté A, vous voyez dans le plus petit efpace B, Amont, qui eft le nom vulgaire des pefcheurs, lequel fe rapporte au nom Geographique Eft, & ainfi des autres vents. Quand vous

E e ij

ferez les formes, il ne sera pas besoin d'attendre qu'il fasse du
vent de chaque costé, il suffira que vous sçachiez à peu prés les
endroits où ils sont placez. Ce n'est pas une chose absolument necessaire que les formes soient directement dressées au vent, il faut
s'accommoder ainsi que l'endroit le peut permettre, quelquefois un peu plus à gauche, ou à droit, pourveu que le vent venant
(par exemple) droit du Midy, la forme ne soit pas de mer, tirant
vers à bas, ou de souslaire, tirant vers Amont, autrement il arrive-
roit que les oyseaux en volant suivroient le long du filet, &
non de travers, si bien que difficilement on en prendroit. Joint
aussi qu'en tirant la corde pour les prendre, le vent pousseroit le
filet de long, & l'empêcheroit de s'étendre en large, comme il
doit faire.

DE LA MANIERE QV'IL FAVT FAIRE LES
formes pour tendre les filets,

CHAPITRE XXI.

L faut tendre aux Pluviers dans les grandes prairies, ou
dans les campagnes de bleds verds, dans lesquelles il n'y
a ny arbres, ny hayes qui soient plus proche de trois
cens pas du lieu où l'on veut tendre. Pour ce qui est des
prairies, il sera meilleur de tendre proche de l'eau, à cause, comme j'ay déja dit, que ces oyseaux la vont chercher pour se laver,
lors qu'ils ont cheminé dans les terres labourables. Il faudra prendre
garde que le lieu où la forme sera faite soit plus bas que l'endroit de
la loge, ou du moins égal. Pour y travailler, voyez dans le 8. table
la trentiéme figure. Supposez que toute la table soit la prai-
rie, & que le lieu où se doit faire la forme soit depuis la lettre A jusques à B, & de la lettre B, jusques à E, l'espace entre la
forme & la loge (en raportant les chiffres 13. B 13. de l'espace
B, E, F, au bout de l'espace où est la forme aux lieux marquez
des mesmes chiffres & de la lettre B) & que le vent souffle du
Midy. Ayez une ficelle de quatorze ou quinze pieds de long,

& l'attachez à deux piquets A, B, (j'ay fait la ligne ponctuée A, B,
exprés pour représenter cette ficelle) que vous ficherez en terre
pour tracer le liz, qui est la place du filet. Vous prendrez en suite
le *billard* (a 8 b c, desseigné dans la vingt-uniéme figure de la 7.
table) & en fraperez la terre, par le costé triangulaire, comme si
vous vouliez couper, & suivrez tout le long de la ficelle jusques
à douze toises de longueur, que contient le filet qu'on y doit
tendre. Ce Billard fera une place en terre, comme feroit la
goutiere d'une maison, qui ne doit pourtant avoir que deux ou
trois toises de large. Quand le liz sera fait, il faudra oster la
ficelle d'auprés, & prendre la plus courte des *Guesdes* nombre
1. (desseigné dans la 7. table où sont contenus toutes les usten-
cilles dont il se faut servir) qu'on couchera à bas le petit bout
au bord du liz 1. & le gros à 8. non pas tout droit, mais de costé
en dedans de la forme, de sorte qu'il s'en faille environ deux
pieds, qu'elle ne soit droite, comme il se peut voir par la ligne
ponctuée, qui traverse du chiffre 1. à 7. laquelle est droite, &
non la ligne 8. o. qui represente la *Guesde*. Cette *Guesde* estant
ainsi couchée, mettez une main dessus pour la tenir arrestée, &
de l'autre vous tracerez avec le doigt des deux costez tout le long
& par le bout, puis fichant le bout de la serpe ou coûteau chiffré
7. dans la terre, vous la couperez suivant la trace, & avec
la tranche nombre 6. vous creuserez & emporterez la terre
d'entre les deux traces ou lignes a. 1. 8. o. commençant au bout
1. & finissant au chiffre 8. toûjours en creusant; de sorte que cet
espace soit creux au bout 8. de quatre ou cinq pouces, & en l'autre
bout 1. d'un pouce, & que la *Guesde* puisse estre tout-à-fait cachée dans la *Garriere* (c'est ainsi que s'appelle cette place creuse.)
Quand elle sera faite, portez l'autre plus grande *Guesde* à l'autre
bout du liz, & la couchez de mesme façon à 3. 9. pour faire sa place
ou *Garriere* semblable à l'autre : aprés quoy on prendra les Palettes nombre 3. qu'on fichera en terre au bout de chaque garriere 8. & 9. pour empêcher que les *Guesdes* estant poussées par
la roideur de la corde du filet n'entrent dans la terre. L'on fichera aussi en terre au bord des garrieres à demy-pied du liz, les
sarrots aux endroits marquez des chiffres 1. 3. il les faut piquer.

E e iij

de biais dans le bord de delà, & non de deçà; parce qu'ils servent
pour empêcher que les *Guesdes* ne s'en retournent quand le filet
est tendu, si ce n'est lors que l'on tire la corde: & si on les piquoit
de deçà sur les lignes 9. b, & 8. o, il seroit impossible de faire jouër
le filet; car plus on tireroit la corde, & plus les *Guesdes* se rangeroient sous les sarrots. La forme estant achevée, vous porterez
bien loin toute la terre qui sera ôtée des garrieres, en laissant sur les
bouts 5. & 7. un morceau gros comme les deux poings, pour donner le sault aux *Guesdes*. Cela fait, la forme sera en estat de servir.
Si vous faites encore deux autres garrieres 2. 8. & 4. 9. de l'autre
costé du liz à l'opposite des premieres, la forme vous servira pour
deux vents contraires, sçavoir celuy du Midy & du Septentrion, ou
galerne. De cette façon il ne faudra que quatre formes pour les
huit vents principaux; car celles d'Amont & d'Abas seront ensemble; de Midy & de Galerne, de Soulaire avec basse Galerne,
de Mer avec Bise. Reste à ficher les paux aux endroits necessaires.
Le premier qui est le pau de derriere nombre 14. sera piqué à sept
ou huit pas du bout du liz 3. 4. & à costé comme environ demy
pied plus loin que la palette 9. Le second qui est le pau forceau
nombre 13. doit estre coigné en terre à six ou sept pas du bout du
liz 1. 2. & à costé comme environ un pied & demy plus que la palette 8. Et le dernier H, sera mis en terre derriere la loge, à une toise
plus loin, & vis-à-vis des deux palettes, 8. 9. Mais si on veut tendre du vent de galerne, il faudra arracher ces paux, & les tourner
de l'autre costé de la forme, les posant à mesme distance (qu'il a
esté dit) aux endroits marquez des mesmes chiffres, & le pau H,
sera aussi transporté à la lettre G, la loge E à l'endroit F, & le tout
sera en état.

COMMENT IL FAVT TENDRE LES FILETS,
& disposer le harnois, ou l'équipage.

CHAPITRE XXII.

S I vous desirez prendre des Pluviers, soyez du bon matin sur le champ avec tout le bagage necessaire, & tendez ainsi qu'il est enseigné par la 31. figure de la 9. table, qui est une simple forme du vent d'Amont. Afin de ne rien embarasser, il faut mettre les guesdes dans les garrieres, prendre le filet sur le bras gauche, s'en aller au pau de la loge, distant de la forme d'environ quinze ou seize toises, & y mettre la boucle qui est au bout de la corde du filet, & cheminer à reculons vers la forme, laissant tomber la corde tout le long, & lors que vous serez au pau forceau S, il faudra y attacher la corde de la poulie T, de façon que la poulie soit en droite ligne des deux palettes Q O, & reculer toûjours le long du liz, en laissant couler le filet à bas. Quand on sera au pau de derriere R, l'on tirera la corde jusqu'à ce qu'elle se trouve droite, & pour lors il faut l'attacher au pau, de sorte qu'elle ne puisse couler. J'ay trouvé à propos de faire la 33. figure pour montrer comment se fait le nœud du pescheur, autrement le nœud de la brosse. Supposez que le piquet 7. soit le pau, auquel vous desirez lier la corde 2. 4. prenez-la d'une main par l'endroit marqué du chiffre 1. & rapportez le brin 2. pardessus pour former la boucle 5. qu'il faut passer sur le piquet 7. puis faire comme une autre boucle 6. à laquelle le brin 4. soit passé par dessous, rapportez cette boucle dessus le piquet ensuite de la premiere, & tirez après les deux bouts 2. & 4. le nœud sera si bien fait, qu'il rompra plûtost que de se deffaire. Il est necessaire de le sçavoir faire pour bien tendre les filets aux Pluviers.

Quand le bout de la corde du retz sera ainsi attaché, il faudra lever la guesde P. Q. & mettre son gros bout dans le bout Q, de la garriere, & prendre la corde du filet, la tirer vers le liz, puis la faire entrer dans la coche qui est au petit bout de la guesde, & la faire tenir par une personne, s'il y en a avec vous; sinon logez-la dans la garriere, sous le sarrot P, & piquez le bout pointu du billard dans la terre pardessus pour la tenir tandis que vous irez à l'autre guesde N, O, où vous mettrez aussi la corde dans la coche du bout M. Il faut qu'elle soit si roide, que l'on ait de la peine à la cocher. Cela estant fait, vous logerez la guesde dans la garriere sous le sarrot N, vous osterez le billard de dessus la guesde V, Q, & vous ferez entrer tout le filet dans le liz, en sorte qu'il soit caché sous la corde, & vous planterez les entes de Pluviers & de Vaneaux, commençant par celles des Pluviers marquées des petits o o o. que vous disposerez en cette sorte. Si le vent ne souffle pas droit d'Amont, & qu'il soit un peu vers soustaire, la premiere ente marquée de la lettre Z, sera à un demy pied du liz, & à huit ou neuf pieds du bout V, & les cinq autres toutes arangées telles que vous les voyez à deux ou trois pieds les unes des autres. Les premieres de celles qui sont dans le derriere de la forme seront éloignées du liz de neuf pieds. Et si au contraire le vent tiroit du costé de la Bise, il faudroit que les entes fussent plus loin du bout V. de six autres pieds, à cause que les oyseaux portent toûjours la teste dans le vent, & comme ils passent ordinairement au dessus des entes, c'est à dire entre les entes & le pau derriere R, il se peut rencontrer qu'ils passeroient par dessous la corde; car le filet s'accourcit du tiers, lorsqu'il est détendu, & de la moitié quand le vent est fort.

Lorsqu'il ne fait gueres de vent, on met les deux tiers des entes au derriere du filet, & au contraire si le vent est fort, on n'y en met que le tiers, & le reste devant, à cause que les Pluviers se posent à costé des entes. Pour ce qui est des Vaneaux on ne les mêle point parmy les Pluviers, il faut les mettre aux costez, & au plus proche des garriettes : ils sont marquez des petites lettres, g g. Quand toutes les entes sont plantées on pique les verges de meutes, si on en veut mettre deux, on en pique une devant, & l'autre derriere; mais quand on n'en met qu'une, elle se pose au derriere en cette sorte. Faites entrer en terre le piquet C, qui est attaché au gros bout de la verge, & tenant le petit bout F, regardez s'il est vis-à-vis de la loge, & y estant, tenez-le à un pied de hauteur pendant

que

que vous ficherez en terre les deux piquets A, B, puis vous y attacherez un vaneau vivant, à qui l'on met la boucle de la ficelle au
pied, qui doit estre assez longue afin qu'il ne se blesse, & posant la
queuë sur le bout de la verge, on l'y attache avec une autre ficelle.
Après cela prenant un des travoüillets, il faut lier le bout de la ficelle
qui est dessus au quart de la longueur de la verge, à l'endroit marqué E, & porter le travoüillet dans la loge. Si l'on veut mettre deux
vaneaux en meutte, il faudra placer l'autre de mesme façon au devant de la forme.

Le huau se doit placer à 3. ou 4. toises loin du liz, & environ une
toise au dessus des dernieres entes. Pour le placer il faut prendre la
verge, & ficher en terre les deux piquets qui sont attachez au gros
bout M, de sorte qu'elle se puisse mouvoir, ainsi qu'un essieu de ca-
rosse entre ses deux roües. Prenez le petit bout X, levez la verge
presque toute droite, si bien qu'elle soit vis-à-vis de la loge, & fichez en terre les deux piquets H, I, qui sont liez aux bouts des ficelles, après cela attachez le bout de la ficelle d'un des travoüillets au milieu L, de la verge, & portez l'autre bout à la loge. Le
huau s'attachera au bout X, de la verge, il sera posé à bas, &
couvert de quelques brins d'herbes, ou de chaume, afin qu'il
ne soit apperceu des oyseaux qui s'en épouvanteroient. Ce huau
n'est autre chose que deux aîles d'un Milan, ou d'une Buse, qui
sont liées avec trois ou quatre sonnettes de chasse au bout de la
verge, qui font l'effet que je diray cy-après. Quand le tout sera ainsi
tendu, il faudra accommoder la loge, qui est faite de quelques
branches piquées en terre avec du chaume, & les paniers par
derriere dans le dedans de la loge, qui ne sera pas plus haute de
trois pieds, & sans estre couverte d'aucune chose, mais seulement
faite comme une haye tout autour de la personne qui ne doit estre
habillée de blanc, ny d'autres couleurs éclatantes. Cette loge est
aisée à comprendre par les chiffres 1. 2. 3. 4. 5. 6. 7. 8. 9 de la 16. table, où les figures 34. & 35. representent deux filets tendus qu'un
homme seul peut faire joüer, ou détendre sans sortir de la loge. On
fait un siege avec un gazon large d'un pied & de 4. ou 5. pouces d'é-
paisseur, lequel se met dessous la corde à l'endroit marqué C, où les
cordes se croisent, & d'où l'on peut toucher aux poignées f, g, pour

F f

tirer les filets. Il faut mettre sur ce gazon pardessous la corde une poignée de chaume pour l'empêcher de pourrir, & en mettre une brassée à terre dans la loge pour se tenir plus nettement & seche-ment. On fera deux trous en terre d, e, proche les cordes, & à costé des poignées pour y placer les talons du pied, afin d'avoir plus de force à tirer les cordes, & faire détendre les filets. Toutes ces observations se doivent faire aussi bien pour un filet seul, que pour deux.

DE LA MANIERE DE FAIRE LES FORMES
pour tendre deux filets ensemble.

CHAPITRE XXIII.

Eluy qui voudra tendre deux filets pour les faire jouer d'une même loge, seroit assez empêché, à moins d'avoir veu faire les formes, ou de s'instrui-re par le discours suivant. Voyez dans la 10. table les deux filets tendus figure 34. & 35. faites la premiere for-me figure 35. comme je l'ay enseigné au Chapitre 21. puis prenez une longue ficelle representée par la ligne ponctuée K. I. Il faudra l'attacher d'un bout au piquet M, comme environ deux ou trois pieds à costé du piquet Y, & l'autre bout au piquet H, de sorte que l'endroit K, de la ficelle soit éloigné de cinq ou six toises du bout de la garriere O, quand elle sera arrestée à la guesde la plus cour-te d'un bout à la lettre K, & de l'autre à Q, portez la plus grande à dix ou douze toises plus loin d'un bout à la lettre I, à demy pied proche de la ficelle, & l'autre vers L, laissez-les couchées à bas, & piquez une autre ficelle representée par l'autre ligne ponctuée S, T, qu'il faut tenir roide, & avec le billard on fera le liz Q, P, aprés quoy on taillera les garrieres, y ajustant les palettes & sarrots, ainsi qu'à l'autre forme. On fera si l'on veut cette forme à deux vents, y faisant les garrieres V, X, Z, R, à l'opposite des autres, dans lesquelles on mettra es guesdes. Quand on voudra

changer de vent, il faudra auſſi tourner les cordes, & tranſporter
la loge. Par exemple, les deux figures 34. & 35. montrent les deux
filets tendus du vent d'Abas. Suppoſez donc qu'il ſoit changé &
tourné d'Amont, il faut premierement mettre le bout de la corde
M, à la lettre b, figure 36. le pau forceau A, au petit p, & le pau de
derriere H, à la petite m, la gueſde K, à la lettre X, l'autre I, à la lettre V, ainſi le filet ſe verra tendu du vent d'Amont. On changera l'autre filet de même, mettant la corde Y, au petit a, le pau
forceau au petit o, & celuy de derriere à la lettre n, tournant auſſi
les gueſdes, & faiſant un ſiege bas à la petite h, dreſſant la loge
tout autour, comme elle eſtoit pour l'autre vent, les deux lignes
ponctuées a, h, i, n, & b, h, p, m, font clairement voir le changement de vent, ou la maniere que ſeront tendus les filets eſtans tournez. Il faudra pareillement tourner & changer les entes & les
meuttes: l'on met deux ou trois entes au devant du premier liz,
avec un vaneau ou meutte, & un autre au derriere de la derniere forme, & le reſte des entes au devant du liz P, Q, & le huau
au derriere du dernier filet. Reſte maintenant la maniere d'appeller
les oyſeaux.

POUR APPELLER LES PLVVIERS, ET LES
faire venir aux filets.

CHAPITRE XXIV.

Uand tout l'équipage ſera en état, on s'aſſeoira dans
la loge ayant le ſifflet pendu au col, l'oreille & la veuë
en l'air, regardant de coſté & d'autre, & d'abord que
vous entendrez ou verrez quelque choſe, prenez le
ſifflet & appellez Il faudra pendant que vous ſifflerez faire voler
les meuttes de temps en temps; parce que les oyſeaux approchent
facilement quand ils apperçoivent remuer les meuttes, & voyent
les entes qu'ils croyent eſtre en vie, auſſi bien que les vaneaux.
Lorſque vous les verrez venir à vous, il faut prendre garde de ne
pas faire voler les meuttes; car ils connoiſtront que ces vaneaux

feroient attachez : il ne faut pas auſſi les appeller ſi fort comme lors
qu'ils ſont éloignez, mais diminuer le bruit du ſifflet pour le moins
de moitié, j'ay noté les tons qu'il faut donner au ſifflet pour chaque
ſorte d'oyſeaux ſeulement pour donner commencement. Il eſt bien
difficile de les faire entendre au naturel. Prenez garde à ceux qui
voleront & ſiffleront en paſſant pardeſſus vous, & tâchez de les
imiter, cela ſe peut facilement ayant un vaneau vivant en meutte
car ſi peu que l'on ſiffle en faiſant meutter ils en approchent. Pour;
les faire venir tenez la ficelle du vaneau de la main gauche, le ſifflet
de la droite, & mettant le premier doigt ſur le trou du milieu, vous
entonnerez les tons (qui ſont marquez dans la 38. figure de la 11. table) ſelon l'oyſeau que vous verrez. On doit toûjours feindre l'appeau, tant aux autres oyſeaux qu'aux pluviers, lors qu'ils ſont proche des filets, & tenir la corde du filet de la main gauche toute
preſte à tirer, quand les oyſeaux ſeront preſts à paſſer pardeſſus,
ayant la teſte dans le vent; car s'ils paſſoient à contre-vent, il ne faudroit pas tirer le filet, quand bien ils ſeroient tout au raiz de terre.
Lors que vous les verrez venir aſſez bas, & qu'ils commenceront
d'approcher à trois toiſes de la forme, laiſſez aller le ſifflet, & portez
les deux mains à la corde pour la tirer avec force, quand les premiers ſeront entre les deux palettes K, I, & ſi vous voyez qu'ils
ſoient élevez plus de huit pieds haut de terre. Il faut les laiſſer
paſſer, ils reprendront le tour; car ils paſſeront ſouvent dix fois
ſans eſtre à bonne portée. Le plus ſouvent ils ſe poſent à bas loin
des formes, quand vous vous appercevrez qu'ils le voudront faire,
il faut fouſſer pour les en empêcher; mais ſi nonobſtant voſtre
bruit ils s'aſſoyent, il faut qu'une perſonne les aille faire venir : c'eſt
pourquoy il eſt bon d'eſtre toûjours deux, quand ce ne ſeroit qu'un
petit garçon de huit ou dix ans, lequel doit ſortir par le derriere
de la loge, & s'en aller faire un grand tour par derriere les pluviers qui ſont aſſis, eſtant courbé comme une beſte qui paiſt. Il
les approchera peu à peu, allant de coſté & d'autre ſans s'arreſter,
& lors qu'ils troteront ou marcheront, il les conduira doucement
juſques à deux toiſes du liz; puis jettant ſon chapeau en l'air, ils
s'envoleront par deſſus le filet que vous tirerez pour les prendre, il
faudra y courir promptement leur crever la teſte, & les oſter du

filet au travers des mailles pour retendre viftement , & ramaffer
toutes les plumes qui fe rencontreront en terre , & fi le filet eftoit
lâche , on le roidira en détachant la corde du pau de derriere
pour la tirer & remettre aprés dans fon lieu. Il fe rencontre quelquefois que les oyfeaux fe jettent au devant du liz , on les doit
troter & faire, repaffer pardeffus dedans la forme , où eftant l'on
fera le tour par derriere pour les faire lever. Quand il viendra des
guinettes , qui font des oyfeaux un peu plus gros que des alloüet-
tes , ne vous amufez pas à les tuer les unes aprés les autres , mais frapez deffus à grands coup de chapeau , comme fi c'eftoit des mou-
ches ; parce qu'ils font incontinent paffez au travers du filet qui a
les mailles grandes , vous en mettrez quelquefois dans les rets plus
de cinq cens tout d'un coup , & fi il n'y en demeurera peut-eftre
pas trente. Lors que vous avez deux filets tendus , fi vous voyez que
les oyfeaux foient un peu plus trop hauts que de l'abord du premier
filet , attendez qu'ils viennent au fecond , quelquefois ils fe pofent
entre les deux filets. Alors ne vous preffez point de tirer , mais tenez feulement la corde du devant , pendant que voftre homme les
ira faire lever ; car ils fe levent fouvent d'eux-mêmes. Quand vous
voyez venir une grande bande de pluviers ou autres oyfeaux qui font
écartez , il faut que voftre compagnon tienne la ficelle du huau
prefte à la tirer lors que vous l'avertirez. Le temps de l'en avertir
fera lors que les premiers oyfeaux de la bande volant bas , feront à
une toife prés du liz ; car , fi-toft qu'ils appercevront le huau en
haut , les derniers pafferont les premiers , & tous baifferont à un
pied proche de terre , fi bien qu'on prend fouvent toute la bande
de fept ou huit douzaines , mais il faut que les deux hommes s'entendent bien. Ce huau ne fe doit point tirer que les oyfeaux ne
foient au moins à fept ou huit pieds proche de terre , ou bien
plus bas , parce qu'ils auroient paffé le liz avant que de fondre en
bas.

DE QVELLE FAÇON ON PREND LES CANARDS
avec des filets.

CHAPITRE XXV.

Eux qui fe mélent de prendre des Canards avec des filets, en ont de vivans qu'ils nourriffent exprés pour en prendre d'autres. Il faut que ces Canards foient privez, & pourtant de l'ordre des fauvages, parce que les autres n'approcheroient pas des domeftiques. On fait toûjours provifion de fept ou huit femelles, & d'autant de mâles, afin que s'il s'en perd, l'on en ait toûjours quatre de prefts pour fervir. Les filets ne fe tendent jamais que dans les endroits où il y a environ un pied d'eau, & non davantage ; c'eft pourquoy les greves y font bonnes & quelquefois les prairies, quand l'eau eft débordée. Les filets ne font autres que ceux dont on fe fert pour prendre les pluviers. La maniere de les faire eft montrée au 35. chapitre du premier livre. On les tend de la mefme façon que ceux à pluviers, à la referve qu'ils font dans l'eau, comme j'ay dit, & qu'il n'y a point de liz pour cacher le filet. Il fuffit que le filet foit arrangé dans l'eau, comme s'il eftoit dans un liz. La 39. figure de la 12. table le fait voir tendu. Il faut que les guefdes foient de fer & fortes à proportion de la longueur, & que la corde du filet tienne au bout de chacune, afin que le filet eftant verfé, les Canards ne puiffent plonger par deffous : & fi les guefdes font de bois, on mettra des morceaux de plomb de pied en pied tout le long de la corde Q, S, pour la faire enfoncer dans l'eau plus promptement, & par ce moyen les Canards qui font pris fous le filet, ne peuvent s'échapper de ce côté-là. Ces morceaux de plomb fe voyent dans la figure marquez des chiffres 1. 2. 3. 4. 5. 6. 7. 8. 9. 10. 17. 16. 15. On pique auffi plufieurs petits crochets de bois tout le long du bord du filet 11. 12. 13. 14. oppofé à celuy qui tient à la corde pour le tenir arrefté, ou bien on y met auffi du plomb pour garder que les oyfeaux pris ne s'enlevent. Le pau forceau X, & la poulie V,

doivent eftre cachez dans l'eau, afin qu'ils ne foient veus des Ca_
nards, la loge fera de quelques petites branches, entourée de chau_
me, comme pour les pluviers, & fur le bord de l'eau. Quand on
veut tendre, il faut porter les Canes & Canards, & attacher par les
pieds les femelles, dont on en met quelques-unes au devant du filet S, & les autres par derriere dans la forme Y, lefquelles nagent
& mangent le grain qu'on leur a jetté dans l'eau. L'on retient les
mâles dans la loge, & lors qu'il paffe une bande de Canards fauvages, on donne la volée à un des mâles privé qui les va joindre,
croyant y trouver la femelle, & ne la voyant pas, il l'appelle. La
Cane qui eft attachée dans la forme entend fon mâle en l'air,
chante, & excite les autres fes compagnes de faire de mefme; fi
bien que le Canard retournant à fa femelle qui l'appelle, va fe
jetter dans la forme, les autres le fuivent & fe pofent avec les Canes privées : auffi-toft qu'ils y font, on tire la corde du rets pour les
prendre, on les tuë, & on refferre les mâles privez, puis on retend
le filet comme la premiere fois. Il arrive fouvent que ce mâle
n'entend pas fa femelle, foit à caufe du vent contraire, ou qu'elle tarde trop à l'appeller, pour lors il en faut lâcher un autre,
ou deux, s'il eft befoin, il ramene toute la bande. Quand l'eau
eft trouble, & qu'il fait une petite pluye, ou bien du broüillard,
c'eft le temps le plus propre pour prendre des Canards aux filets.

D'VNE MANIERE POVR PRENDRE LES
Canards avec des filets.

CHAPITRE XXVI.

 Ous voyez dans la même douzième table la 40 figure qui
reprefente deux filets appellez *Nappes*. La façon en eft
enfeignée au 36. chapitre du premier livre. Ces filets
feront tendus dans un lieu où il y aura au moins demy-
pied d'eau pour y eftre cachez : c'eft pourquoy ceux qui prennent
des Canards dans les eaux, doivent toûjours eftre bottez. Ces

nappes fe tendent de la mefme façon que les nappes pour prendre
les ortolans, chapitre 12. il n'y a qu'à obferver les mefures fuivan-
tes. Les baftons ou guefdes B. C. E. G. doivent eftre de fer, longues de fept pieds, ou fept pieds & demy, la groffeur fera proportionnée à la longueur, les piquets, A. F. font forts & longs d'un
pied & demy, les autres piquets D. H. de mefme force, auront chacun une corde D. C. longue de trois toifes : & l'autre G. H. trois
pieds moins. La nappe M. O. doit avoir fes bâtons plus longs
de trois pouces, ou demy-pied que les autres, la loge fera éloignée des filets de feize ou dix-huit toifes, le nœud N. de la corde
où font attachées deux autres cordes NG. NO. eft éloigné des
premieres guefdes de cinq ou fix toifes ; & dautant que toutes les
cordes des filets doivent eftre bandées à force de bras, on pique
des farrots, ou morceaux de bois longs d'un pied & demy, qui
font fichez de biais en terre du cofté des lettres IL. MO. pour
faire tenir les guefdes deffous, qui ne pourroient autrement fe tenir couchées dans l'eau, fi elles n'eftoient retenuës fous ces farrots,
d'où on les fait fortir, quand on tire la corde K. L'on attache les
Canes à l'entrée de la forme, retenant les Canards dans la loge pour
s'en fervir, ainfi que j'ay dit au chapitre precedent. Il ne faudra
pas que les oyfeaux fauvages foient pofez dans l'eau pour tirer
les filets ; parce qu'on les prend en mefme temps qu'ils fe pofent.
Il faut marquer les Canes & Canards privez avec quelque morceau
d'étoffe coufu à la jambe, crainte de les tuer parmy les autres qui
feront pris avec eux fous les nappes.

  Je vous donne cette forte de chaffe fans l'avoir pratiquée non
plus que la precedente, ce que j'en enfeigne icy m'a efté dit par un
homme qui a veu prendre des Canards de cette façon.

COMMENT SE PRENNENT LES CANARDS
avec de la glu.

CHAPITRE XXVII.

E parle auſſi de cette chaſſe ſans experience, & ſeulement ſur le rapport d'autruy. La ſpeculation en eſt a-
greable, & je croy que la pratique en eſt autant facile
qu'avantageuſe à ceux qui ſeront ſur les lieux propres
pour en avoir le divertiſſement, elle ſe voit dans la 41. figure
de la 13. table. Ayez trois ou quatre livres de bonne glu bien vieille & pourrie, & ſur chaque livre mettez-y deux poignées de char-
bon de paille, ou paille brûlée, & plein une coquille de noiſette
d'huile de noix, broüillez le tout enſemble un quart d'heure durant, & en graiſſez une ou pluſieurs cordes longues de dix ou douze toiſes chacune, leſquelles vous porterez où ſont ordinairement
les canards ſauvages, & tendez en cette ſorte. Ayez un bateau ſi
vous ne voulez entrer dans l'eau, & portez la corde parmy les
joncs, ou autres herbiers dans leſquels les canards ſe retirent. Piquez deux baſtons A B. que les bouts en ſoient à fleur d'eau, & y
attachez la corde bien roide. Elle ſera ſoutenuë ſur l'eau par de
petits paquets de joncs ſecs C D E F G, & lors que ces oyſeaux
ſeront parmy ces herbiers en ſe promenant ſans ceſſe, ils iront ſe
poſter proche de la corde, qui les arreſtera, & ſe voulant envoler,
ils ſe brideront les aîles & ſe noyeront à force de ſe debatre. J'ay
ouy dire à une perſonne digne de foy, en avoir veu prendre quantité de cette ſorte. Je croy que cela ſe peut faire dans le pays où
il y en a en abondance, notamment ſi on tend pluſieurs de ces
cordes: c'eſt ce qui m'a engagé à en traiter dans ce lieu, afin de contenter davantage la curioſité du Lecteur, & pour rendre ce livre
plus parfait.

Gg

D'VN MOYEN POVR PRENDRE LES
Canards dans l'eau avec des colets & des lacets.

CHAPITRE XXVIII.

LEs Canards sont fort faciles à prendre avec des collets ou lacets de crin de cheval dans les endroits où il n'y a pas plus d'un pied & demy d'eau, comme seroit dans les marais & prairies, lors que les eaux sont débordées, ou qu'il a beaucoup plu. Il faut remarquer l'endroit auquel ils sont le plus souvent, & y jetter du grain deux où trois jours de suite pour les y attirer ; car dés le moment qu'ils en auront mangé une fois, ils retourneront toûjours au mesme lieu. Quand vous en aurez veu dans ce lieu là, tendez sept ou huit douzaines de collets comme en la 42. figure de la 13. table. Ils doivent estre attachez deux ou trois à la fois, & à chacun un piquet marqué des lettres I, K, L, M, N, O. Piquez-les si avant en terre que le bout & les collets soient un peu cachez dans l'eau, jettez encore du grain sous ces lacets, & y allez voir soir & matin pour oster ceux qui seront pris par les pieds en nageant, ou par le col en barbotant & mangeant.

On doit aussi tendre ces collets de la maniere contenuë dans la 43. figure. Prenez un piquet T, V. long d'environ deux pieds, selon la profondeur de l'eau, percez-le en croix proche du gros bout T, & mettez dans ces trous un baston, P, R, & un autre qui le croise, Q, S, qui soient gros comme le petit doigt, & longs d'environ deux pieds, & qu'ils entrent avec force, attachez à chaque bout de ces bastons trois ou quatre collets de crin, P, Q, R, S. Ces bastons ainsi ajustez, portez-les dans le lieu où les canards sont ordinairement, & piquez le bout V, en terre, de sorte que les bastons où sont liez les collets soient cachez, & que les collets nagent tout ouverts sur l'eau. Jettés après cela du grain tout autour du piquet par dessus les bastons croisés. S'il y avoit des herbiers au fond de l'eau, ou d'autres ordures qui

empéchaffent les oyfeaux de pouvoir manger le grain, il faudra
y mettre quelques tuiles ou ardoifes autour, & jetter l'appas deffus, de façon que les canards voulant manger vont barbotant
au fond de l'eau, & paffent la tefte dans les collets qui fe ferment
& les arrétent par le col, où ils s'étranglent incontinent. On peut
mettre plufieurs de ces piquets, ainfi ajuftez, & les difpofer en
façon qu'ils foient à fept ou huit pieds les uns des autres, pour
moy je trouve l'autre invenvention meilleure avec deux ou trois
collets liez à chaque piquet.

DE LA MANIERE DE PRENDRE LES
Canards avec des hameçons.

CHAPITRE XXIX.

Lufieurs païfans & bateliers qui voyent ordinairement
des canards dans les marais, tendent fept ou huit
douzaines d'hameçons avec des appas au bout. On peut
fe fervir de diverfes chofes pour appafter, comme du
gland, des feves, des morceaux de chair, des petits poiffons, &
des vers de terre. Si vous defirez tendre de la forte, voyez la 44.
figure de la 13. table. Ayez autant de ficelles fortes & longues
de quatre ou cinq pieds que d'hameçons, & liez-en un à chaque
bout. Vous attacherez à chacune de ces ficelles un piquet,
comme celuy qui eft marqué de la lettre G, & les piquerez au
fond de l'eau de cofté & d'autre, faifant entrer l'hameçon H,
dans le gland ou dans la feve E, le poiffon C, le verre de terre
Y, ou autres appafts, vous pouvez y jetter du grain quelques
jours de fuite pour les attirer en ce lieu là. Auffi-toft qu'ils fe feront jettez dans l'eau, & qu'ils auront trouvé les appafts, ils les
avaleront goulument, & lors qu'ils penferont changer de place
fe fentant arreftez ils voudront voler & que l'hameçon les ac-
crochera. Il faudra les vifiter foir & matin pour ofter ceux qui
fe trouveront pris. Il y a des perfonnes qui mettent une longue

ficelle ou corde , & y attachent tous les hameçons , mais ce
n'eft pas la bonne maniere , car le premier oyfeau qui eft pris
efpouvante les autres , faifant remuer cette grande corde. Servez-
vous donc pluftoft de nos lignes feparées avec leurs piquets tels
qu'ils paroiffent cottez des lettres G. D. F. A. X.

D'VNE INVENTION POVR PRENDRE LES
Butors & les Herons avec des hameçons.

CHAPITRE XXX.

Es Herons & les Butors font ordinairement le long des
eaux dans les lieux poiffonneux pour prendre du poiffon,
des grenoüilles , ou des rats d'eau. Il y a certains endroits où ils fe plaifent , à caufe qu'il s'y rencontre beaucoup à manger , comme fur les prairies ou le long des foffez a-

Invention
de l'Au-
theur.

prés une cruë. Ces endroits font affez aifez à connoiftre. Lors que
vous y verrez frequenter ces fortes d'oyfeaux , tendez des hameçons qui foient forts , & mettez au bout une grenoüille comme
en la 45. figure , à laquelle vous pafferez la boucle de l'hameçon
par dans la gueule a , & la ferez fortir par le fondement b. puis
l'attacherez au bout d'une ficelle longue de deux ou trois pied ,
qui fera liée au piquet c , ou à quelque racine ou branche de bois.
Si vous pouvez avoir du poiffon feulement gros de trois doigts ,
il vaudra encore mieux qu'une grenoüille. Il faudra auffi luy paffer la boucle de l'hameçon dans la gueule g , & la faire paffer
par le fondement h , y attacher une ficelle , & cette ficelle au
piquet e , & piquer le bout f en terre , jufques à ce que la tefte
ou gros bout e foit au raiz. Le premier heron ou butor qui verra
cette proye l'avallera promptement , quand le poiffon feroit gros
comme la moitié du bras. Vous irez voir le foir & le matin , &
il fera bon de tendre plufieurs de ces hameçons en divers endroits.
Si en allant voir à vos hameçons il n'y a rien de pris , & que
vous apperceviez des herons en quelque autre endroit éloigné ,
faites le tour bien loin par derriere eux , & en approchez peu à

peu , ils marcheront devant vous du coſté où feront vo sappaſts ,
ou bien ils s'envoleront , & en paſſant par deſſus les hameçons , ils
verront les hameçons : ce qui les fera jetter à bas pour les manger , & ainſi vous les verrez ſe prendre en voſtre preſence.

MACHINE POVR APPROCHER TOVTES SORTES
d'oyſeaux mareſcageux.

CHAPITRE XXXI.

N voit quantité de Cignes , Gruës , Cigognes , Herons ,
Oyes ſauvages , Canards , Sarcelles , & autres ſortes d'oyſeaux , qui ſe tiennent le jour dans les eaux , & demeurent ſur les prairies après les débordemens des rivieres ,
s'éloignant tant qu'ils peuvent des hayes & des arbres , parce
qu'on peut ſe cacher derriere & les ſurprendre. Quand le bord
de l'eau eſt éloigné des arbres de deux ou trois cens pas ſeulement , ils quittent le milieu , & vont barboter le long des bords ,
où il n'y a gueres d'eau , & dés qu'ils apperçoivent du monde ,
ou meſme des animaux qui paiſſent , ils retournent dans la grande eau. Les oyes , les canards , & les ſarcelles abandonnent l'eau le
ſoir , & vont paſſer la nuit dans les campagnes , d'où ils reviennent le matin ſe jetter dans l'eau. Vous les pourrez approcher
ayſément avec la machine deſſeignée dans la cinquante-ſeptiéme
figure de la 14. table , qu'un homme porte & eſt caché dedans ,
tenant une arquebuſe ou fuſil dont il les tire lors qu'il eſt à bonne portée.

Pour faire cette machine voyez la 56. figure , ayez trois cercles
ou cerceaux d'un petit tonneau , leſquels vous ajuſterez avec des
cordes de cette façon. Prenez une corde D E M N , longue de
deux pieds , noüez deux des bouts enſemble , & les deux autres
de même (comme pour faire un cordon de chapeau.) Partagez
le tout en quatre parties , ſans pourtant rien couper , & à chaque
quart D , E , M , N , attachez-y une autre corde de cinq ou ſix
pieds de longueur. Paſſez la teſte dans le milieu , que deux cordes ſoient devant , & les autres derriere : ou bien ayez quelque

Gg iij

morceau de bois fiché en terre, qui soit haut selon la personne qui devra porter la machine, mettez cette corde dessus, & prenez un cercle FCLO, qu'il faudra attacher aux quatre quarts avec les quatre cordes justement à hauteur de sa ceinture. On prendra un second cercle pour le lier de même aux quatre cordes G, B, K, P, vis-à-vis le milieu des cuisses; & le troisiéme sera pareillement attaché aux mesmes cordes, à hauteur de la cheville du pied, aprés quoy l'on mettra tout autour de ces cercles des branches d'arbre bien legeres, qui seront liées aux trois cercles, & ajustées de façon, qu'une personne ne puisse estre veu dedans par les oyseaux. Quand vous desirerez tuer des oyseaux aquatiques, comme sont les signes figurez cinquante-cinq, vous vous mettrez dans la machine avec une arquebuse, vous vous en irez sur le lieu, & lors qu'on pourra estre apperceu deux, on cheminera doucement approchant peu à peu. Les oyseaux qui remuënt sans cesse, vous voyant ap-procher, croyent que ce soit eux-mêmes qui vont vers l'arbre, & non l'arbre qui marche, si bien que par là on les abordera tant prés que l'on voudra pour les tirer. Si vous pensiez les aller join-dre d'abord, & aller au pas vers eux, peut-estre qu'ils ne se laisseroient point approcher; c'est pourquoy il faudra marcher si lentement, que les branches de la machine ne remuënt point, à moins que le vent les y contraigne, & vous approcherez si prés que vous voudrez.

La meilleure heure pour se servir de cette machine est le ma-tin, lors que les oyseaux reviennent des champs; car alors vous pourrez tirer à mesure qu'ils arrivent, parce qu'ils ne reviennent pas tous à la fois, mais à diverses troupes, & pendant le jour quand on a tiré un coup, les autres s'épouvantent & connois-sent la ruse du chasseur.

D'VNE AVTRE MACHINE POVR ABORDER
les oyseaux aquatiques.

CHAPITRE XXXII.

BEaucoup de personnes ne voudront pas prendre la peine de faire la machine dont nous venons de parler, ou craindront de la porter bien loin. En voicy une plus portative, & qui est plus facile & de moindre dépense que les peaux de vaches preparées pour tirer aux canards. Celle-cy est égale de tous costez, afin que les oyseaux ne puissent découvrir la personne qui la porte.

C'est un habit de toile, couleur de vache ou de cheval depuis la teste jusques aux pieds, avec un bonnet figure 58. qui doit estre fait comme la teste d'une vache ou d'un cheval, ayant des cornes ou des oreilles, & des yeux lettre S, & la place R, pour mettre la teste dedans, avec deux pieces de la mesme toile marquées des lettres T, V, pour attacher au tour du col, & tenir le bonnet. Et parce que les oyseaux se pourroient épouvanter ne voyant que deux jambes, il faut laisser pendre deux morceaux de la même étoffe au bout des manches, tout proches la main, ainsi qu'il se voit par la 59. figure aux deux lettres Y Z, si bien que voulant aborder les oyseaux figurez 55. il faudra se courber comme une vache ou cheval qui paist, laissant traîner les bouts des manches lettre Z, à bas, presenter toûjours le bout du fusil en marchand de costé & d'autre, & approcher peu à peu pour les tirer à bas. S'ils se levent, rien ne vous empeschera de les tirer en volant.

MANIERE POVR PRENDRE LES OYSEAVX
paffagers fervans à la Fauconnerie, & comment il faut inftruire &
aprivoifer le Duc & le Hiboux, pour s'en fervir en cette chaffe.

CHAPITRE XXXIII.

Vant que commencer le difcours de l'education du Duc
& du Hiboux, je dois vous dire, que tous les oyfeaux
qui repofent la nuit, font ennemis de ceux qui dorment
le jour; comme du Duc de l'Orfraye, l'Effraye, ou
Frefaye du Hiboux, de la Cheveche, la Hulote, &c. Si bien,
que lors qu'ils en voyent quelqu'un pendant le jour, ils fe tour-
mentent, tous les petits oyfeaux fe perchent autour de luy, &
font un certain cry pour s'affembler, & les gros fe jettent deffus
pour le batre; c'eft pourquoy on fe fert du Duc pour prendre
les oyfeaux de proye paffagers, parce qu'ils le connoiffent comme leur grand ennemy.

On peut fe fervir auffi d'un Chat-huan, & le dreffer comme le
Duc, pour le divertiffement feulement, parce qu'on ne peut
prendre avec le chat-huan ou hiboux, que de petits efperviers,
des Emerillons, Corneilles, Pies, & Jays, qui ne font paffagers,
mais avec l'autre, on peut prendre des Faucons, Autours, La-
niers, Sacres, Faux-perdriaux, Eperviers, & generalement les
mêmes oyfeaux qu'on prendroit avec le hiboux.

Parlons maintenant de la maniere qu'il faut travailler pour inftruire nos oyfeaux noctures. La premiere chofe qu'il faut apprendre au Duc, c'eft de venir manger fur le poing, & lors qu'il y
eft accoûtumé, on le met dans une chambre, ou dans une galerie, en laquelle il faut mettre deux billots de bois, hauts de deux
pieds, qui feront coupez par le haut en dos d'afne, ou pour mieux
faire comprendre comme le haut d'une maifon, afin que l'oyfeau
puiffe fe percher deffus. L'un de ces billots fera à un bout de la
chambre ou galerie: & l'autre à l'autre bout. On attachera une
corde groffe comme le petit doigt, d'un bout à un billot, &
qui

elle ira rendre jufques par deffus l'autre. On y paffera auparavant
une boucle ou anneau de fer, cuivre, ou autre matiere, pour lier
une autre cordelette ou courroye longue de trois pieds, qui tiendra le Duc par les jambes, ainfi qu'un oyfeau de fauconnerie.
Cette boucle doit avoir liberté de fe mouvoir le long de la corde
d'un billot à l'autre, pour foulager l'oyfeau quand il voudra s'é-
batre & changer de place. Quand vous commencerez à dreffer
cét oyfeau, il ne faudra pas éloigner les billots plus d'une toife
l'un de l'autre, puis il faudra les reculer peu à peu de jour en
jour, afin de le mieux apprendre & ne le rebuter pas. Il ne faut
point fouffrir qu'il fe pofe à terre : c'eft pourquoy, on luy accourcira la courroye felon la hauteur des billots, & pour l'accoûtumer de voler d'un lieu à l'autre, vous ne luy donnerez
jamais à manger fur le billot où vous le trouverez perché, mais
vous approchant de l'autre, vous luy montrerez la pâture, fans
la luy donner, à moins qu'il ne quite fa place pour l'aller querir,
& quand il en aura un peu mangé, retournez à l'autre bout de la
corde pour le faire fuivre & luy faites voir la chair, s'il eft bien
inftruit il y fera auffi-toft comme vous.

Tout ce que j'ay dit pour dreffer le Duc fe doit obferver pour
l'inftruction du hiboux ou chat-huan.

DE QVELLE FACON ON DOIT PREPARER
le lieu où l'on veut tendre avec le Duc.

CHAPITRE XXXIV.

E Duc eftant bien accoûtumé, faites provifion de cinq
ou fix livres de corde groffe comme la moitié du doigt,
d'une ferpe à couper du bois, & d'une efchelle double,
puis allez dans une campagne où il y aura fort peu de
grands arbres. Choififfez-en un qui foit éloigné des autres de deux
ou trois cens pas pour le moins, & bien fourny de branches tout
autour, tel que feroit un noyer de moyenne hauteur, fait en forme
d'un potiron ou champignon.

H h

Ayant trouvé un arbre propre pour tendre , ajuftez-le , ainfi qu'il fe voit dans la 15. table , en forte que depuis le bas du tronc A , jufques à la lettre E , il n'y ait aucune branche traînante , qu'el-les foient également élevées de terre tout autour d'environ deux toifes ; que les branches qui fe trouveront par deffus foient ôtées , & que le tout foit bien uny , afin que rien n'accroche les filets. Vous prendrez garde auffi que dans la touffe de l'arbre il ne paroiffe point d'efpace vuide , par lequel un oyfeau puiffe fe jetter fur le Duc lors qu'il fera fous l'arbre , mais que les branches & les fueil-lages fe trouvent à peu prés dans un égal efpace. Il fera bon qu'il y ait quelques branches baffes qui avancent plus que les autres , pour en effueiller les bouts afin de percher l'oyfeau qui paffera & afin qu'il puiffe voir le Duc fur le billot au pied de l'arbre. Cela fait , amaffez toutes les branches & fueilles qui fe trouveront à bas , & les portez bien loin à l'écart , crainte qu'elles n'épouvan-tent les oyfeaux. Choififfez trois branches du deffous de l'arbre qui foient difpofées en triangle , c'eft à dire , qu'elles foient de trois côtez éloignées également les unes des autres , comme les reprefentent celles qui font marquées des lettres T , V , & l'autre que je fuppofe eftre derriere l'arbre , faites une fente avec la ferpe dans le bout de chacune de ces trois branches , & que cette fen-te foit éloignée du tronc de l'arbre d'environ neuf à dix pieds. Elle fervira pour y ficher un petit coin de bois attaché au filet , comme je diray en fon lieu. Cela fait , ayez deux billots , dont vous en ajufterez un H , L , fous l'arbre à quatre ou cinq pieds du tronc qui tiendra bien ferme en terre , & l'autre I , fera mis à cent pas de là auffi bien arrêté en terre. Piquez aprés trois ou quatre branches R , S , à trois pieds plus loin , pour fervir de loge à retirer les chaffeurs , & piquez en terre par derriere chaque billot un gros piquet M , alors le lieu fera preparé pour tendre.

COMMENT IL FAVT TENDRE LES ARAIGNES
pour prendre les oyseaux de leurre avec le Duc.

CHAPITRE XXXV.

LE lieu étant ainsi preparé, prenez le Duc, la corde, & une échelle double, & allez de bon matin sur le lieu destiné pour la chasse, dressez l'échelle au dessous de la fente, que vous avez faite à la branche qui est derriere l'arbre, puis étant monté, prenez le coin de bois qui sera lié au bout de la ficelle d'un des filets, & le fichez legerement dans la fente. Portez aprés l'échelle sous la branche V D, & fichez dans la fente V, le petit coin de bois qui doit être attaché à l'autre bout de la ficelle du même filet. Ce sera une des araignes tenduë, reportez ensuite l'échelle sous la branche C T, & mettez dans la fente lettre T, un des coins de bois de l'autre araige, & l'autre dans la fente de la branche qui est derriere l'arbre, alors les deux filets seront tendus en triangle par le haut, comme ils paroissent par les lettres qui sont au bas X, F, A, C, X, retirez l'échelle hors de là, & liez un bout de la grande corde au tronc de l'arbre, ou à quelque gros piquet, & la faisant passer par le milieu du dessus du billot L, portez-la pareillement par dessus l'autre marqué de la lettre I, & la faisant bien roidir, attachez-là au piquet M, y ayant auparavant passé la boucle de fer ou cuivre N, à laquelle vous lierez la courroye du Duc, qui luy tiendra les deux jambes, puis on le posera dessus le billot lettre I, la veuë du côté de l'arbre. Quand il sera en état, il faudra se cacher dans la loge, & avoir toujours les yeux sur luy pour prendre garde s'il appercevra quelque chose, parce que vous ne pouvez pas découvrir les oyseaux qui volent fort haut, & luy les découvre mieux. On le reconnoîtra lors que le Duc panchera la tête peu à peu de côté, ayant les yeux en l'air, pour lors vous le pousserez par derriere, luy faisant quitter le billot, il volera d'un vol pesant, & s'en ira tout le long de la corde se poser sur l'autre billot qui est sous

Hh ij

l'arbre, si bien que l'oyseau passager l'ayant apperceu, il se baisse-
ra pour le battre, & voyant l'arbre il se perchera dedans, où s'é-
tant un peu delassé & consideré son ennemy, pensant se jetter
dessus il donnera dans un des filets, qu'il fera tomber, & s'envelopera dedans, d'où vous le retirerez promptement, parce qu'il
peut se rompre les plumes en se debatant. Retendez & faites retourner le Duc au billot de la loge pour faire ainsi que devant.

La methode de faire ces araignes est enseignée au 37. chapitre
du premier livre.

CHAPITRE XXXVI.

'Autre maniere pour prendre les oyseaux de leurre avec
le Duc est montrée par les figures de la seiziéme table.
Je la trouve bien plus asseurée & plus facile, que celle
du chapitre precedent pour beaucoup de raisons.

La premiere, c'est qu'on n'est point sujet aux difficultez qui se
rencontrent pour ajuster un arbre comme il faut, parce qu'il
n'est pas necessaire.

L'autre est, que les oyseaux qui viendront à la veuë du Duc,
ne trouvans point d'arbres proche pour s'y percher, se jetteront
d'abord sur le Duc, & vous les pourrez prendre avant qu'ils
ayent le temps de se reconnoître, & de découvrir la ruse avec
laquelle on les veut prendre, ce qu'ils peuvent faire quand ils ont
un arbre pour se poser.

La troisiéme raison qui doit encore obliger à se servir de mon
secret, n'est pas moins considerable que les deux premieres, parce
qu'il peut venir trois ou quatre oyseaux ou plus, à la fois, lesquels
trouvans un arbre, ils s'y posent, & l'un d'eux qui sera le plus
grand ennemy du Duc se voulant jetter dessus se prendra dans les
filets, & épouvantera les autres qui se retireront ayant apperceu
la finesse, d'où s'ensuivra que ce ne sera peut-estre pas le meilleur

qui vous demeurera : mais s'il n'y a point d'arbre pour les percher, il est à croire qu'ils se jetteront tous ensemble pour blesser le
Duc, si bien qu'on en pourra prendre plusieurs à la fois, ou choisir
celuy qui plaira le plus, ce qui est assez probable, supposé que
vos filets soient en estat, & que vous entendiez bien à les manier.

Les filets dont vous vous servirez à cette chasse ne seront autres,
que les rets à pluviers, la façon en est montrée au 35. chapitre du
premier Livre, & la maniere de les tendre se trouvera aux chapitres vingt-un & vingt-deux de ce Livre.

Pour s'en servir aux oyseaux de fauconnerie, il faudra chercher
une grande campagne située en lieu haut & découvert, & là vous
choisirez une belle place éloignée des hayes & arbres pour le
moins de trois cens pas, dans laquelle vous ferez deux formes pour
y mettre deux filets qui se pourront détendre d'un mesme lieu
sans branler de vostre siege. Le moyen de faire ces deux formes
se voit dans le chapitre 23. on les fera de mesme façon, sinon que
pour les pluviers les deux rets versent d'un mesme costé, & ceux-
cy renversent l'un d'un côté & l'autre de l'autre. Par exemple, si
dans la seiziéme table vous avez fait la premiere forme figurée
63. lors que le filet D, F, G, versera, le bout de la guesde D, ira
rendre au point E, & le bout F, au point 3. & si vous faisiez une
seconde forme figure 62. le liz M 4. seroit depuis le point chiffre 2.
jusques à 3. & quand on détendroit le rets, le bout 2. de la guesde
verseroit au point M, & le bout 3. au point 4. mais pour s'en servir au Duc, il faut que cette seconde forme soit disposée comme
elle paroist, de sorte que tirant la corde du filet, le bord M,
tombe sur le point 2, & l'autre 4. sur 3. afin que l'oyseau qui viendra de costé pour frapper le Duc, puisse estre pris, soit qu'il passe
de gauche à droite, ou de droite à gauche; car on ne le peut prendre que par devant, ainsi que j'ay dit au traité des Pluviers. Qui-
conque aura bien entendu la maniere de prendre les pluviers
voyant les figures 62. & 63. comprendra aussi-tost comme il faut
tendre les rets. Ces rets étant en état, on plantera un billot lettre A au milieu des deux formes, & un autre lettre B. au côté de
la loge, & sur ces billots on fera passer la corde pour l'attacher
à deux piquets, puis il faudra poser le Duc de même maniere

Hh iij

qu'au chapitre precedent, & le tenir sur le billot B, pour le poúf-
fer & faire aller sur l'autre lettre A, lors qu'on découvrira en l'air
quelque oyseau paffager, car quand il sera defcendu il ne manquera pas de venir un peu de côté pour fraper le Duc. Prenez garde que
s'il vient du côté gauche, il le faudra prendre avec le filet figuré
63. & s'il vient du côté droit, on le prendra avec le filet gauche
figuré 62. Et pour faire mieux aborder les oyfeaux, ayez quelques
Pies ou Jays vivans pour vous en fervir de meutte.

Fin du troifiéme livre des oyfeaux Paffagers.

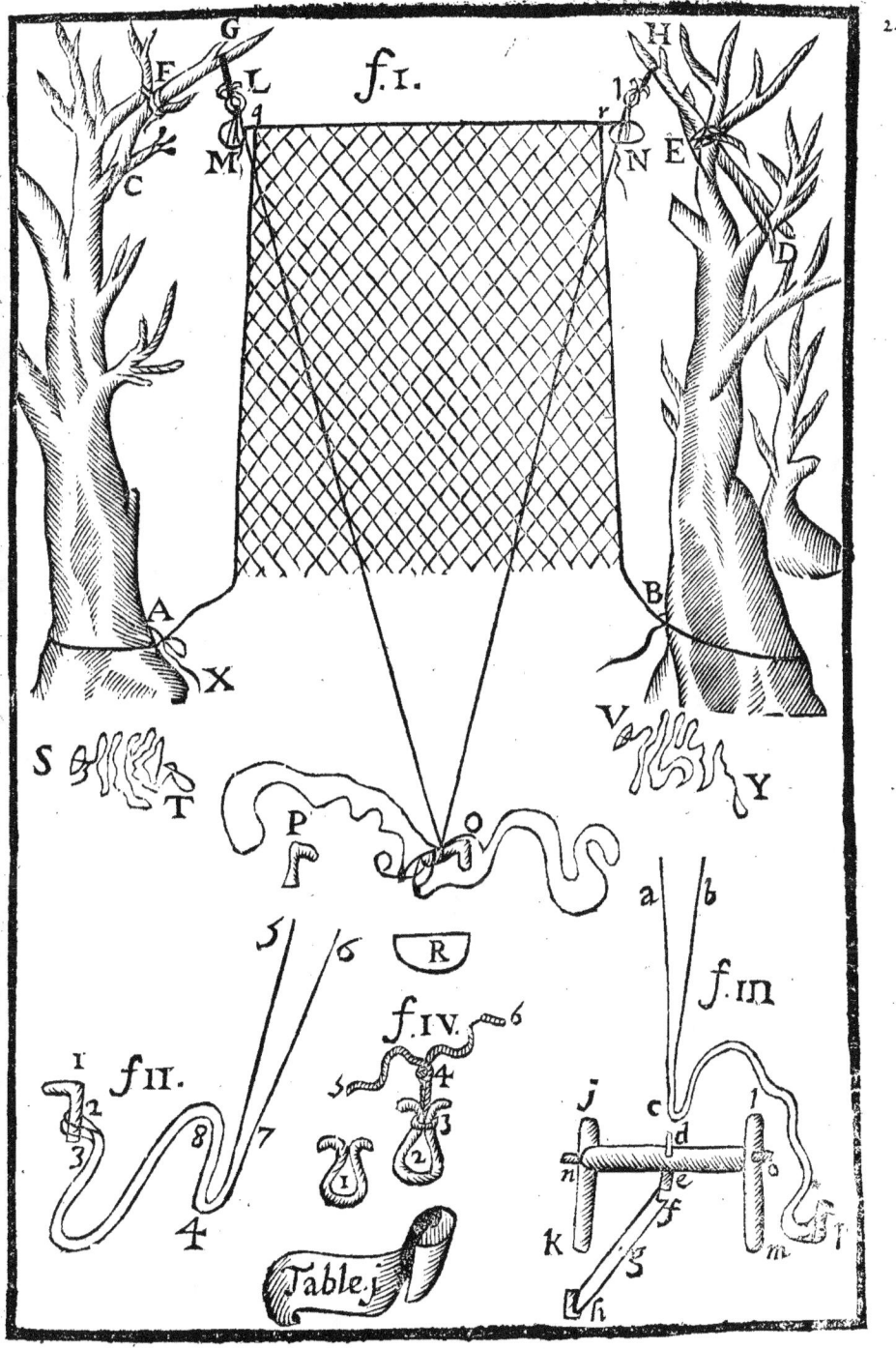

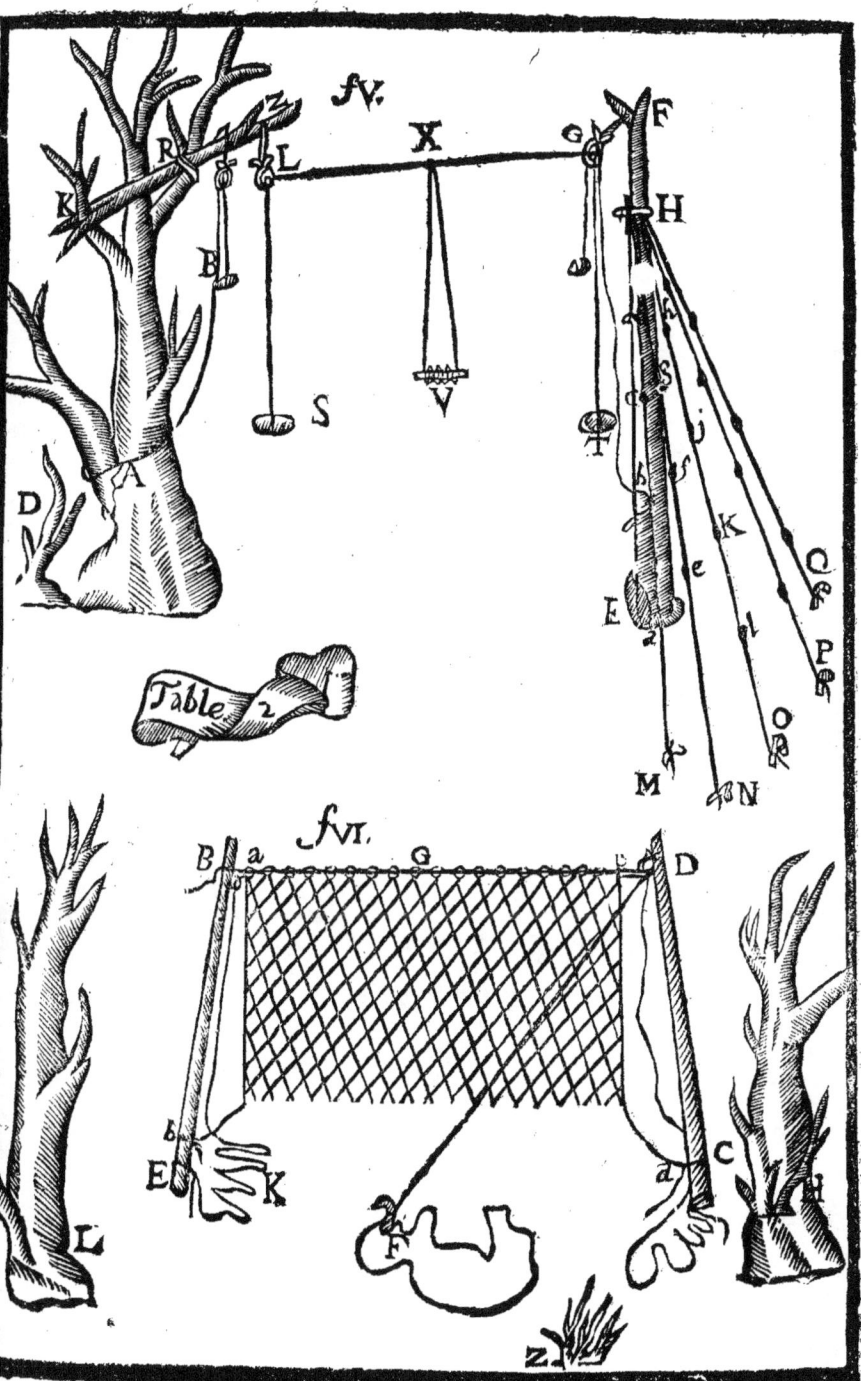

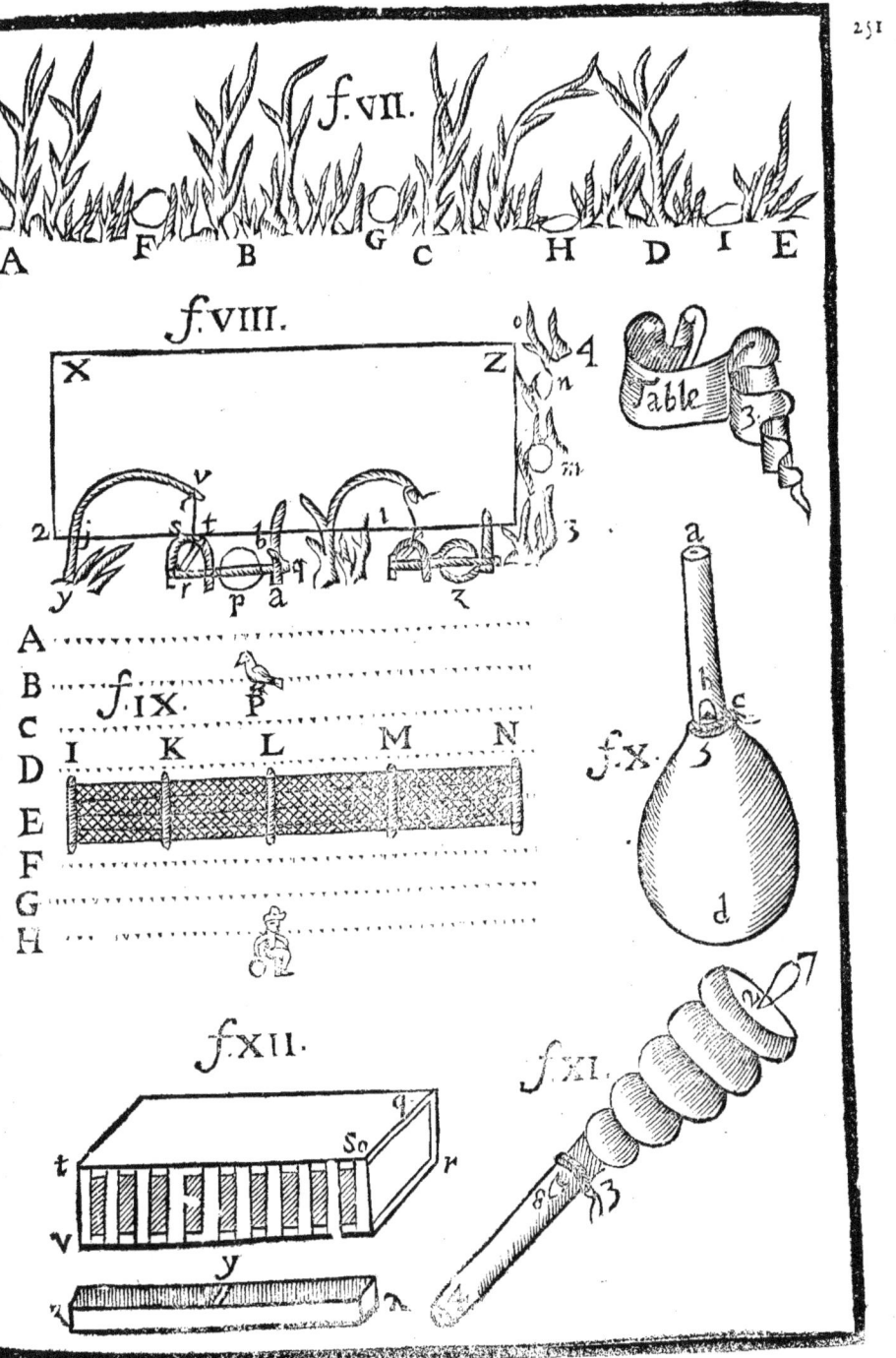

f.VII.

A F B G C H D I E

f.VIII.

X Z

Table

f.IX.

A
B
C
D
E
F
G
H

I K L M N

f.X.

f.XII.

f.XI.

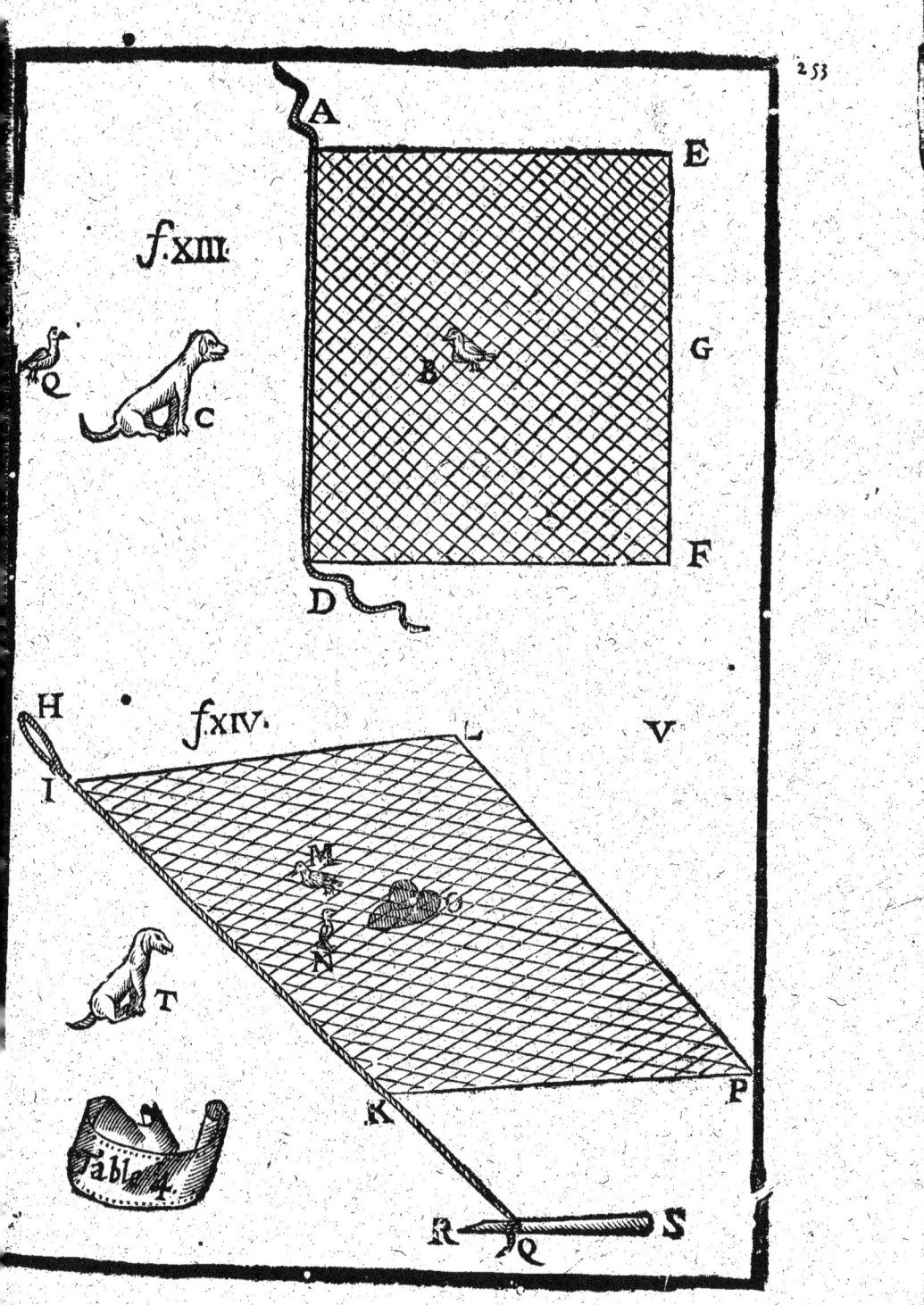

ƒ.XIII.

ƒ.XIV.

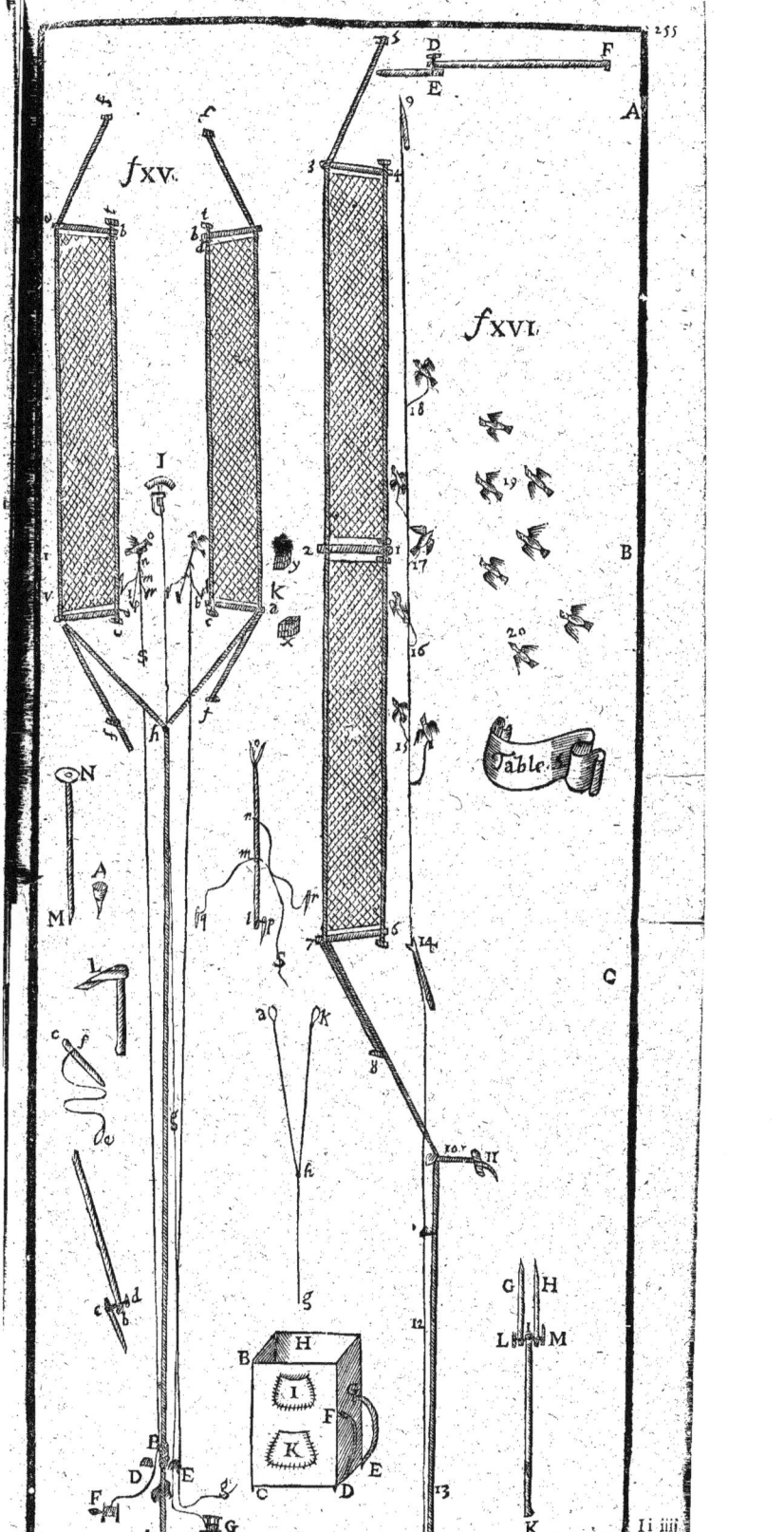

fXV.

fXVI.

Table

255

Ii iiij

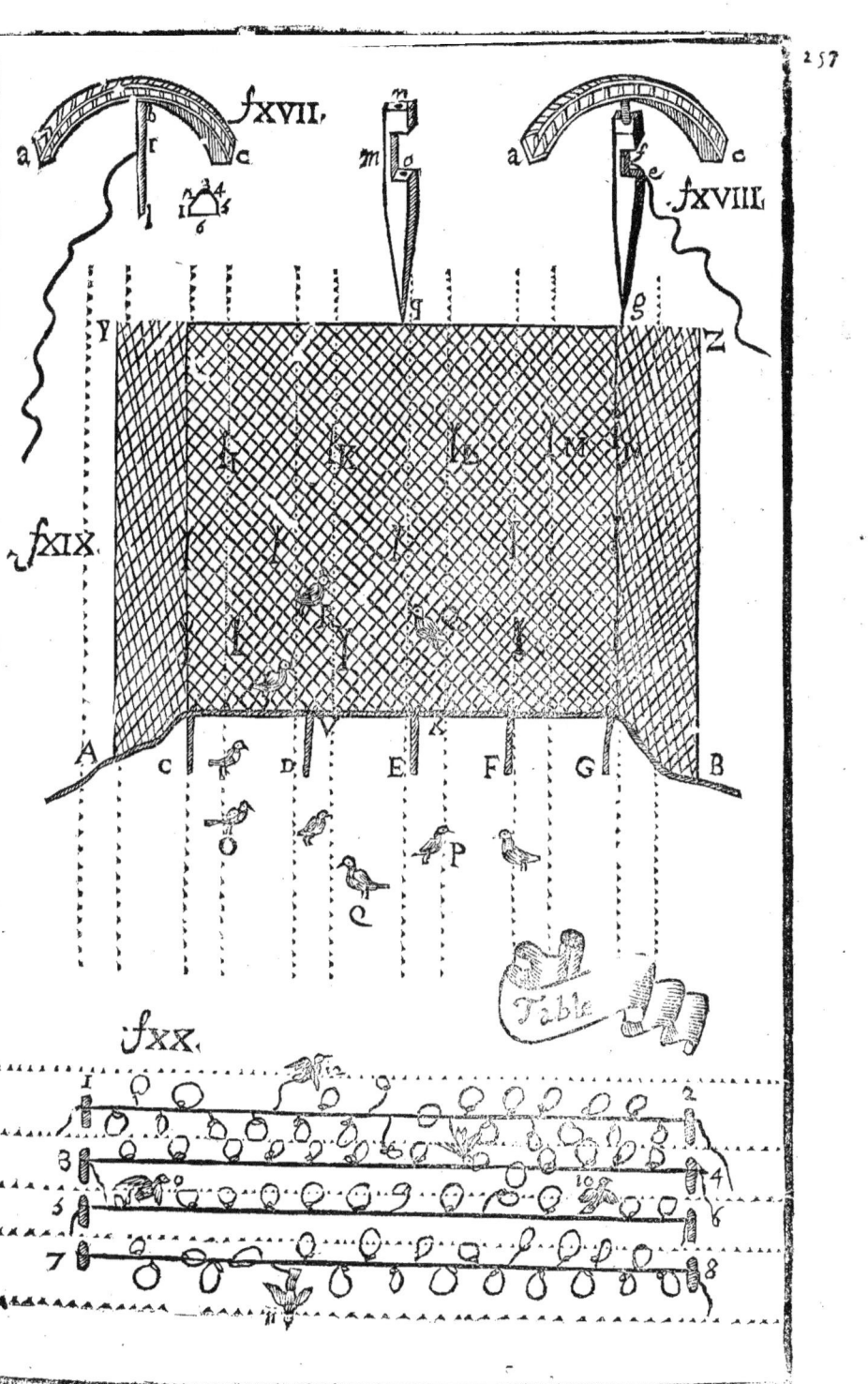

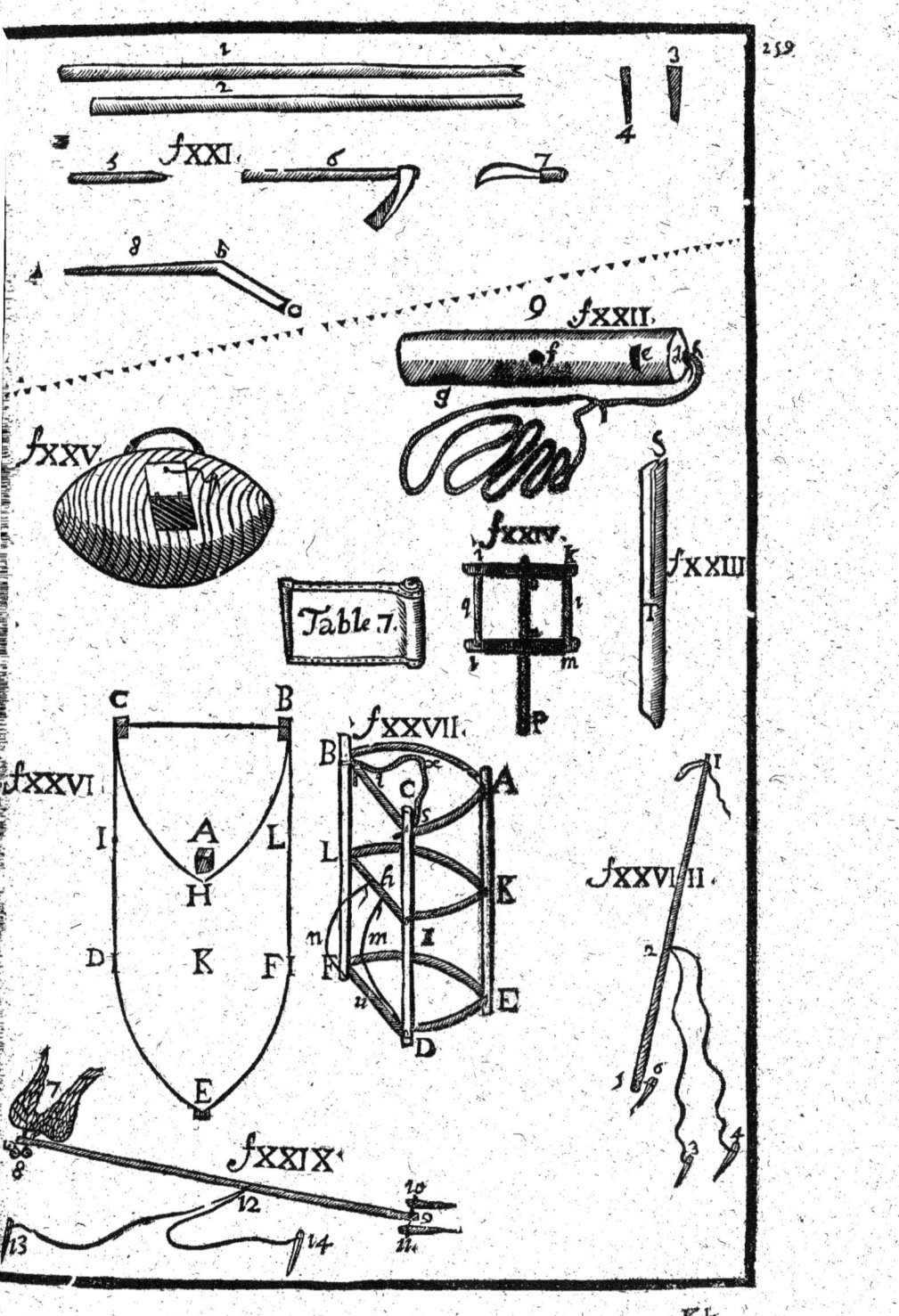

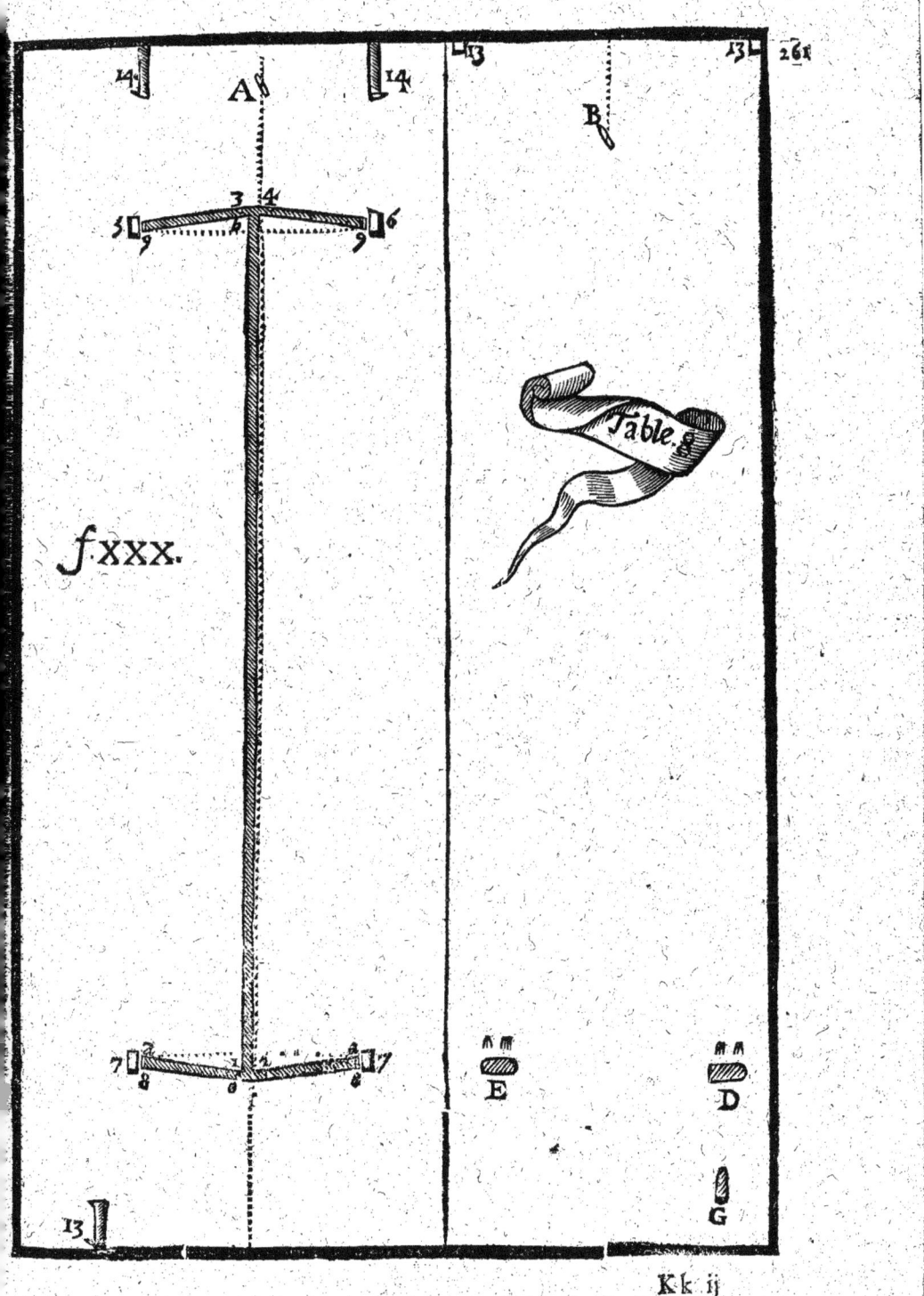

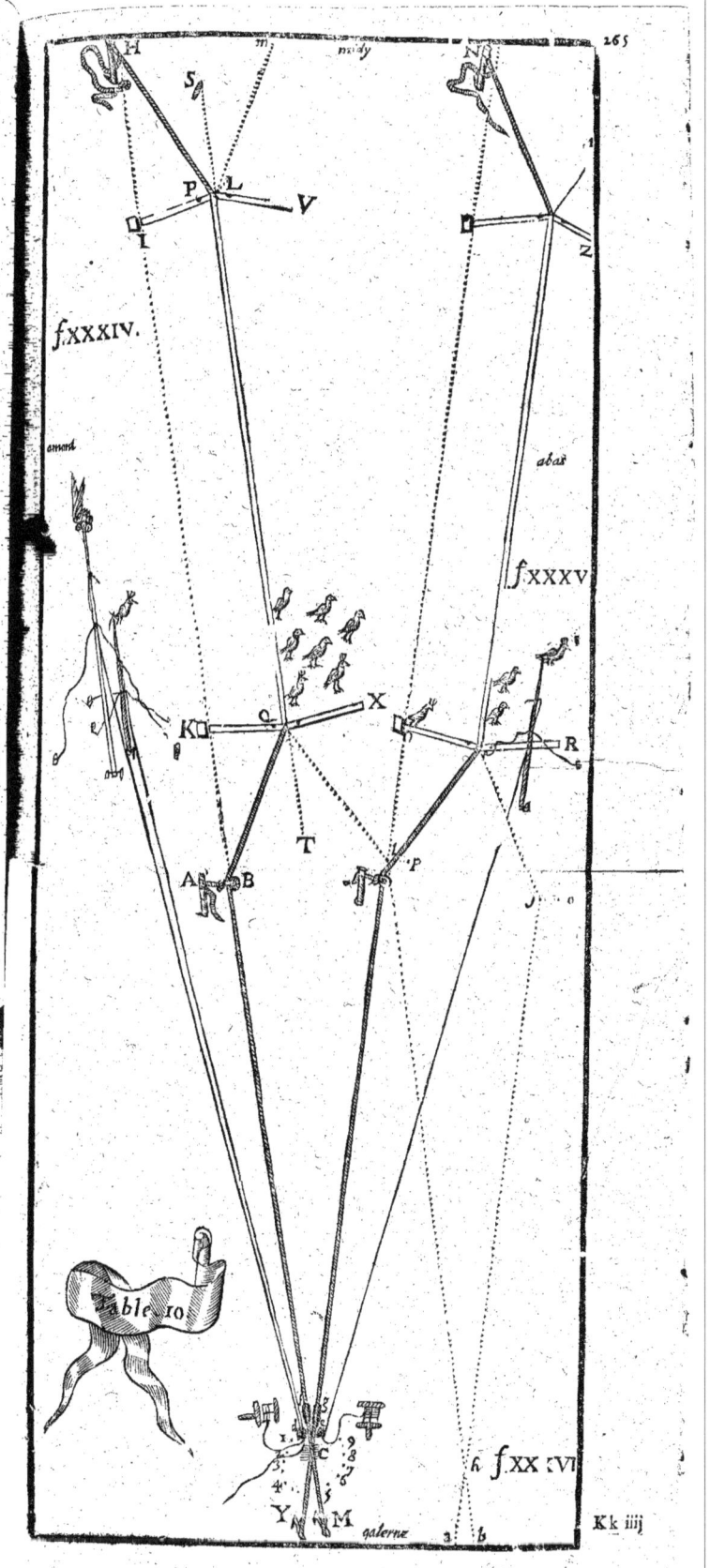

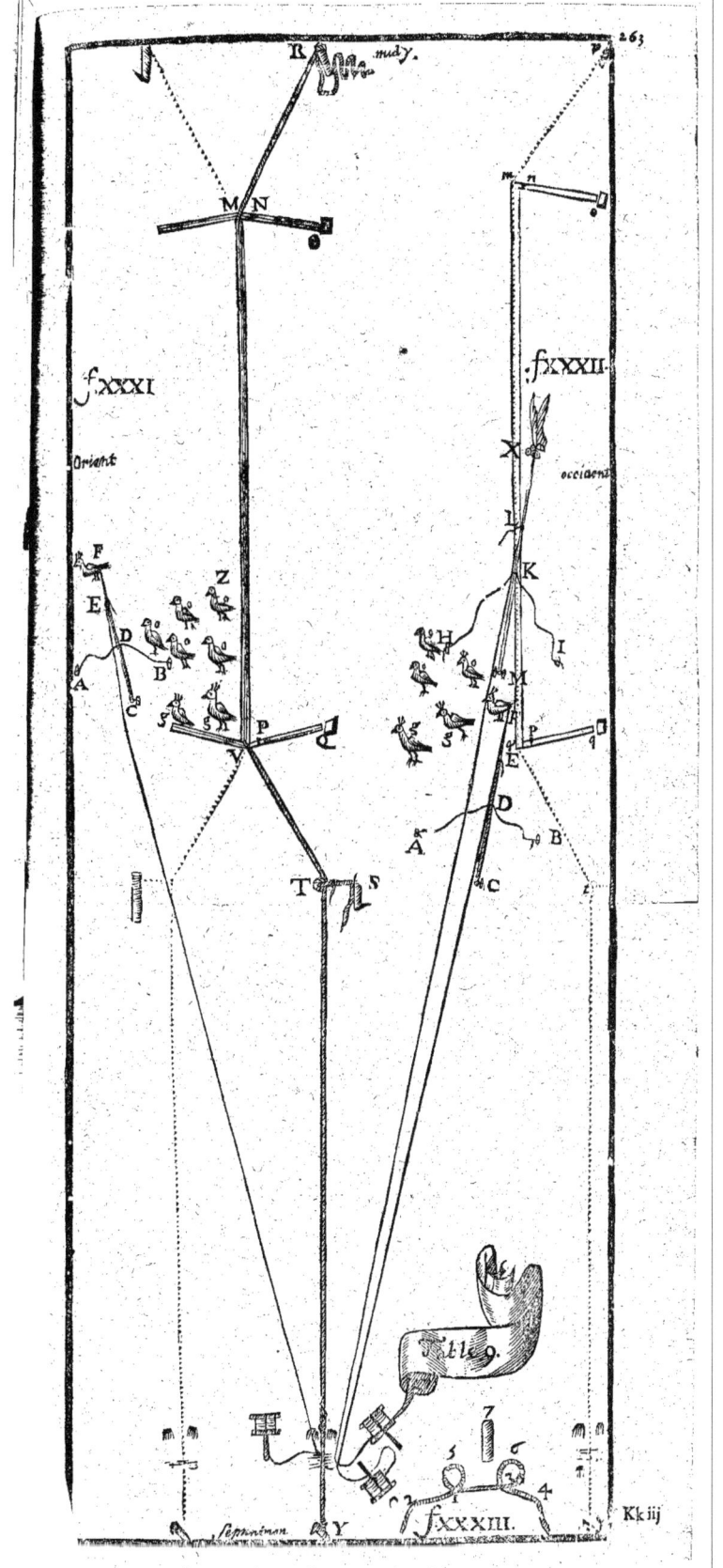

f.XXXI

Orient

f.XXXII

occident

f.XXXIII

f. XXXVII.

f. XXXVIII.

Ton naturel de l'appeau a pluviers.

Le vray Ton des gros Guignards.

Pour apeller les Courlis

Ton pour apeller les Guignettes

Le Ton approchant du Vaneau Malle

Le Ton de La Femele du Vaneau

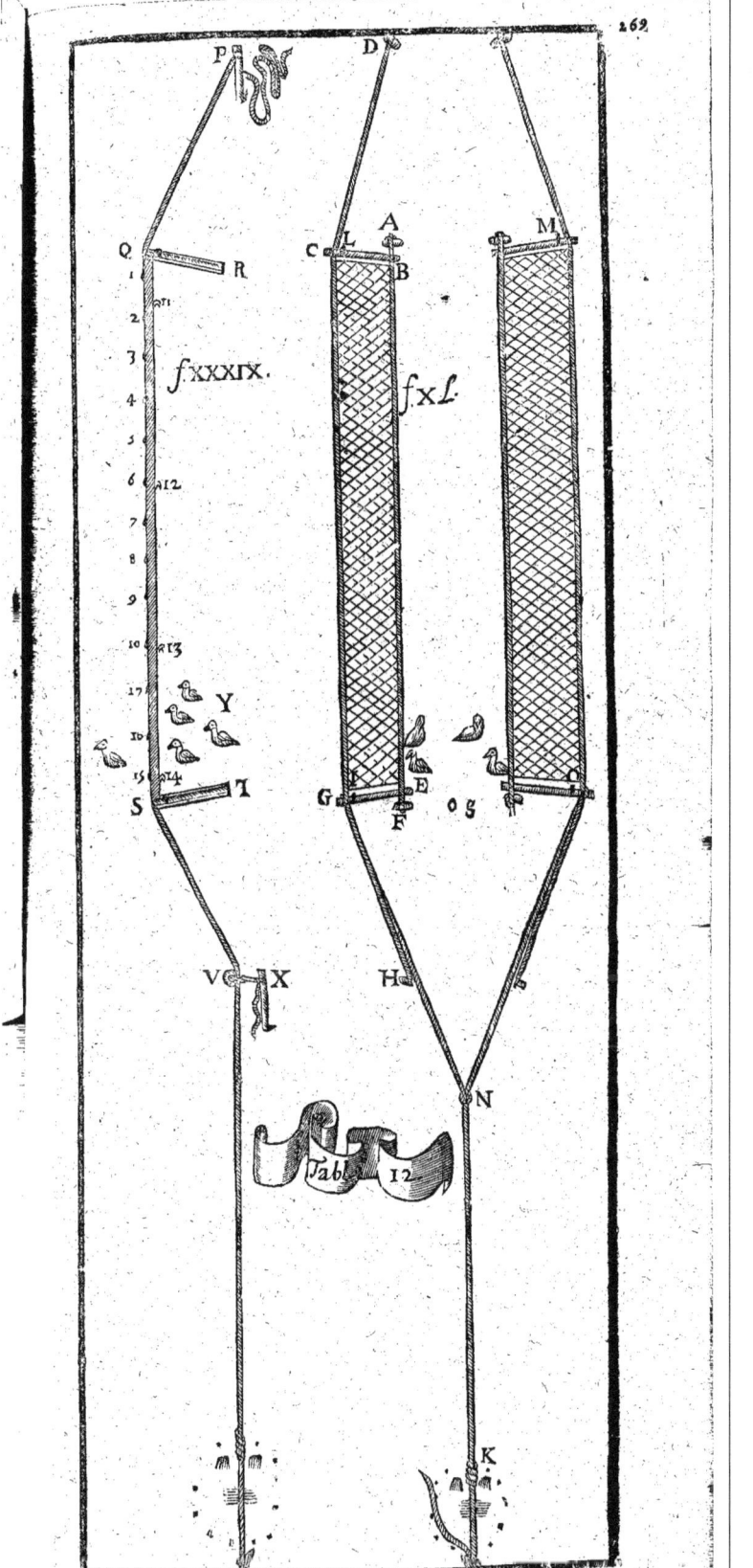

f. XXXIX.

f. XL.

Tab. 12.

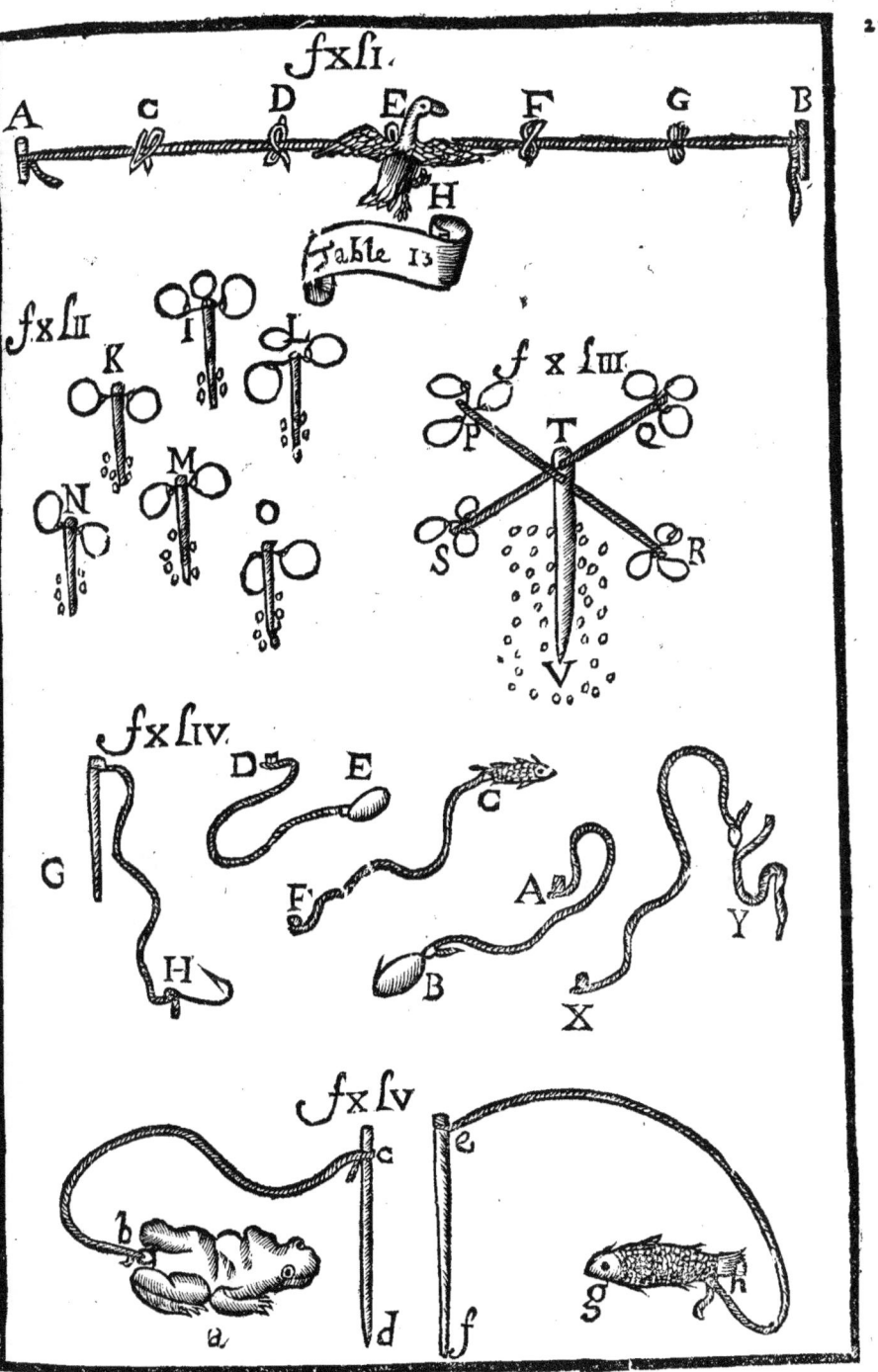

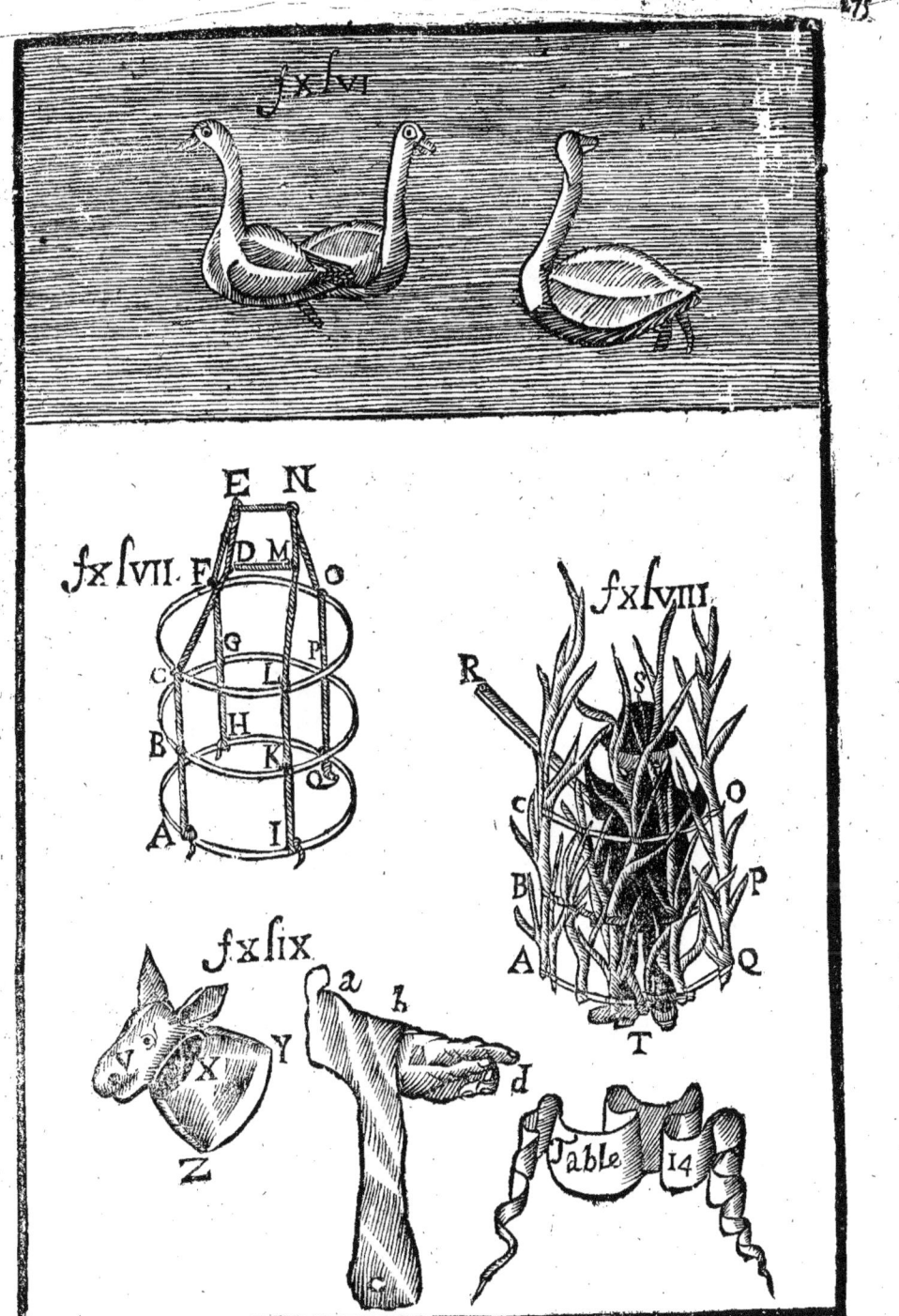

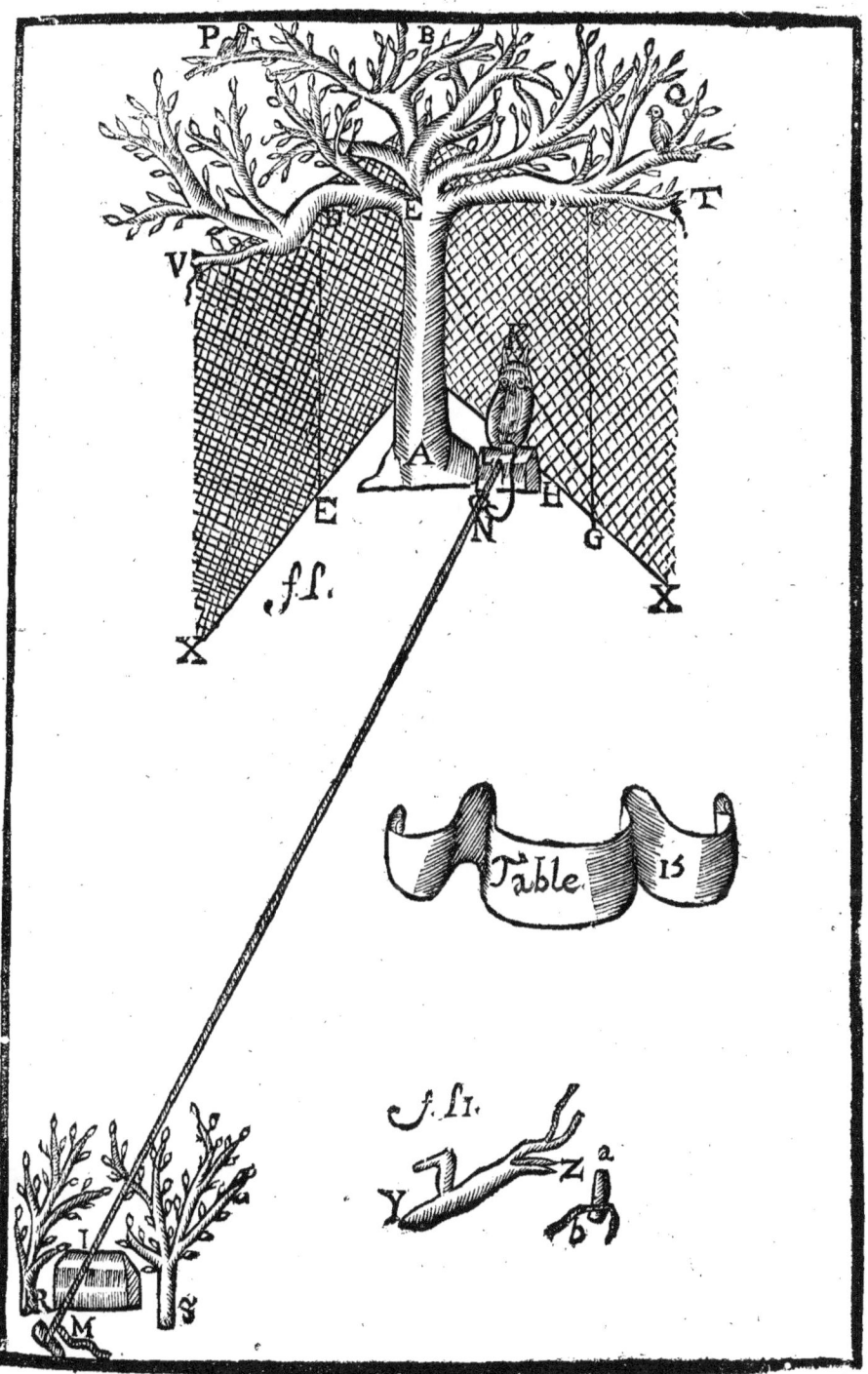

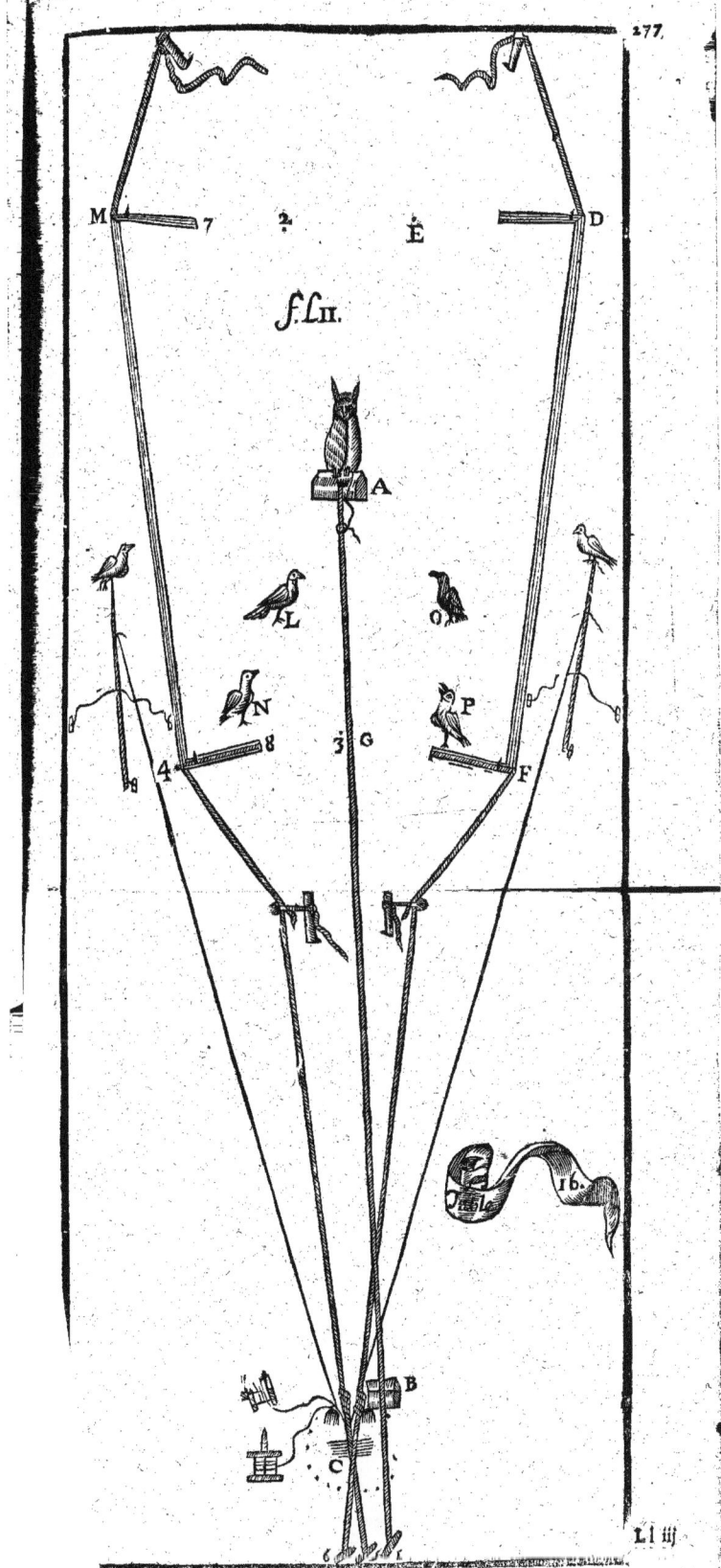

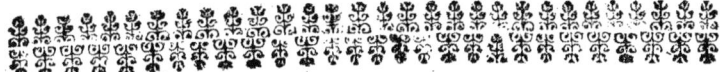

LIVRE QUATRIEME,

DANS LEQUEL EST ENSEIGNE'E
la maniere de prendre plusieurs sortes de bêtes à quatre pieds avec des filets, colets, lacets, pieges, & autres machines.

AVERTISSEMENT
Touchant les termes ordinairement usitez.

A *toise*, contient six pieds de longueur, le pied douze pouces, le pouce douze lignes.

La *ligne ponctuée*, est une ligne marquée de petits points qui se suivent, pour la distinguer d'une ligne tirée toute d'un trait de plume.

Pan ou *paneau*, est un filet, lequel aprés estre tendu, paroît comme un pan de muraille.

Collet ou *lacet*, est un brin de fil de fer, auquel on fait une petite boucle ou nœud coulant, dans lequel se passe l'autre bout, de sorte qu'un animal passant la tête, ou le pied dedans, pour peu qu'il tire, le *colet* ou *lacet* se ferme, & tient la bête arrêtée. Il s'en fait aussi de corde, ficelle, fil, & crin de cheval, qui ont les mêmes noms. La difference est, que ceux qui prennent les animaux par le col se nomment collets, & les autres lacets; ce n'est pas qu'on ne puisse appeller l'un & l'autre d'un même nom.

Par le terme de *muce*, on sçaura que c'est le lieu par lequel un animal traverse ou perce une haye pour passer dans un champ, vigne, ou jardin.

Terrier, est un endroit où il y a divers trous proche les uns des autres, comme seroit dans une garenne, lesquels terriers servent ordinairement de retraites aux lapins, renards & blereaux.

Corde cablée, eſt une corde faite de trois cordons, dont chacun eſt compoſé de trois autres , qui font neuf brins en toute
la corde, pour la mieux connoître on remarquera celles dont l'on
ſe ſert aux batteaux qui ſont cablées.

Marchette , eſt un morceau de bois, qui fait partie de quelque
machine , & la tient en eſtat , ſur laquelle une bête venant à
marcher ſe prend à la machine , ou en tout cas la fait détendre.

Feilleure , eſt un terme de Menuiſier , qui exprime le bord
d'un volet d'une feneſtre , qui eſt entaillé de la moitié de l'é-
paiſſeur du bois pour fermer la feneſtre plus juſtement.

Queuë d'ironde ou *irondelle* , eſt un autre terme de Menuiſier,
lors qu'un morceau de bois eſt entaillé en forme de la queuë d'un
oyſeau qui vole, c'eſt à dire plus large d'un bout que d'autre.

Et par le terme *d'appâter*, s'entendra mettre de la chair ou
autre choſe en quelque lieu pour y attirer l'animal qu'on veut
prendre.

Charnié ou *charniere* , s'entend la tête d'un compas ou deux
pieces de fer ou bois qui ſe meuvent l'une dans l'autre, comme ſeroit le couplet , ou fiche d'une feneſtre.

Fuſter , c'eſt lors qu'un animal s'échappe d'un piege où il
s'eſt pris , ou bien qu'il apperçoit la ruſe par laquelle on le veut
prendre.

TABLE DES CHAPITRES,
contenus en ce quatriéme Livre.

LIVRE QUATRIEME

LIVRE QUATRIÈME,

DANS LEQUEL EST ENSEIGNÉE LA MANIERE
de prendre plufieurs fortes de bêtes à quatre pieds avec des
filets, colets, lacets, pieges, & autres machines.

DV MOYEN DE CONNOISTRE QVEL
animal aura paffé par quelque lieu.

CHAPITRE PREMIER.

L eft abfolument neceffaire qu'une perfonne qui voudra mettre en pratique nos ruzes enfeignées dans cette
quatriéme partie, fçache connoître le pied de chaque
animal, qui aura paffé dans un chemin où la forme de
fon pied fera marquée, ce qui eft affez aifé à voir, lors que la
terre eft couverte de neige, ou qu'elle eft molle, ou bien aprés
une petite pluye, & principalement le matin avant que le monde
ou les beftiaux domeftiques y ayent paffé, parce qu'ils effacent
les voyes des animaux fauvages. Pour cét effet, j'ay deffeigné dans
la 10. table diverfes figures reprefentans plufieurs pieds d'animaux, comme du loup, chien mâtin, renard, blereau, lievre, lapin, & chat domeftique, tels que chaque animal l'imprime fur la
terre. Le premier pied qui eft du loup, eft affez aifé à difcerner
d'avec celuy du chien mâtin, parce que le chien chemine toûjours avec action, & d'un pas vifte, il imprime & écarte plus les
argots que le loup qui va lentement, avec crainte, & pofe le pied

Mm

plus legerement , principalement le talon , que non pas le mâtin. Mais quand il eſt chaſſé & contraint de fuir , pour lors il
écarte davantage les doigts des pieds , parce qu'il appuye avec
plus de force.

Le pied du Renard eſt fort ſemblable à celuy d'un chien de
chaſſe , on le diſtinguera en ce qu'il n'écarte pas auſſi tant les argots , s'il n'eſt preſſé de fuir , & poſe le pied fort legerement du côté
du talon.

Celuy du Blereau eſt aſſez facile à remarquer, dautant qu'il
differe beaucoup des autres Animaux , ayant les doigts du pied
tous ſemblables & le talon fort gros , il poſe le pied peſamment
& également par tout.

Le pied de la Loire , ou Loutre , eſt preſque de la même forme que celuy du Blereau, ſinon que les doigts du pied avancent
les uns plus que les autres par degrez comme le pied d'une perſonne , le train ne s'en rencontre que le long des eaux , où elle
cherche ſa pâture.

Le pied du Lievre & du Lapin ſont ſemblables , il n'y a de
difference qu'un peu en ſa grandeur : Mais afin de ne vous y
point tromper , vous ſerez informé qu'un Lievre en marchant
poſe un pied devant l'autre , & le Lapin aſſied les deux de devant
enſemble côte à côte , & les derrieres de même.

Pour le pied du Chat putois , il eſt preſque égal au chat commun , ſinon qu'il n'appuye pas tant le derriere.

Celuy du Foin eſt fait comme le pied du plus petit chien qu'on
voye , ſinon qu'il eſt plus long & les doigts plus preſſez.

C'eſt une remarque generale , que tous Animaux ſauvages
n'appuyent pas tant le talon du pied , que les domeſtiques qui
approchent de leur eſpece , & que les femelles appuyent encore
moins que les mâles.

COMMENT ON PEVT PRENDRE DES LIEVRES
avec un filet que les païfans appellent un pan , ou paneau fimple.

CHAPITRE II.

I L y a quantité de païfans qui fe mélent de prendre Invention de l'Auteur. les lievres & les lapins avec un certain filet qu'ils appel- lent un pan , & quelques-uns un paneau. Il s'en voît de deux fortes : pour rles tendre il faut que ce foit dans un chemin , ou quelque paffée d'un bois , parce que les animaux fuivent toûjours le lieu le plus aifé & le plus battu.

Quand un païfan veut prendre des Lievres & des Lapins , il obferve avant que de tendre , de quel côté le gibier doit venir , afin qu'il ne découvre pas le filet comme il feroit, fi fon chemin le portoit à avoir le nez dans le vent ; c'eft pourquoy il ne fait bon tendre le filet que dans le lieu, où le Lievre & le vent vien- nent d'un même côté : On pourroit pourtant y tendre quand le vent ne feroit que côtoyer , auquel cas on eft obligé de fe ca- cher à l'oppofite du mefme vent, ainfi que vous l'apprendrez cy- aprés ; & fi vous defirez voir l'experience de cette chaffe, inftrui- fez-vous par la demonftration de la premiere Table. Les deux lignes ponctuées A B, C D, reprefentent les deux bords du che- min où vous voulez tendre, & la troifiéme figure le filet tendu. Le vent eft fuppofé venir avec le Lievre du côté d'Occident.

Vous devez avoir trois ou quatre bâtons O , P , Q , longs de quatre pieds & gros comme le pouce, pointus par le gros bout & un peu courbez par le petit bout, R , S , T , vous les piquerez en terre un peu panchez , comme fi c'eftoit le vent qui les tînt en cét état. Deux de ces bâtons feront aux deux bords du chemin O, Q , & les autres dans le milieu felon la largeure ou portée du filet que vous poferez , fçavoir la derniere maille du coin à l'extremité du bâton R. & la derniere maille du milieu fur le bâton S, & l'autre coin fur T, en forte qu'il tienne fi peu que le Lievre venant à donner dedans , le faffe tomber. Lors que le filet fera tendu , il

faut s'éloigner de dix ou douze pas, & se cacher dans quelque
buisson à côté du chemin, en un lieu d'où vous puissiez voir vostre gibier, & n'en être pas veu, comme (par exemple) à l'endroit
marqué de la lettre X, mais pour y aller, donnez-vous bien de garde
de marcher dans le chemin, du côté que vous attendez la bête,
& ayant ajusté le paneau, retournez tout le long par le derriere.
Quand vous serez à la lettre V, cheminez (comme montre l'arc
ou ligne courbe ponctuée) vers X, & vous y cachez. Y estant ne
faites point de bruit, & lors que vous verrez venir le lievre (qui ne
manquera pas de s'arrêter proche du lieu où vous serez) retenez
vôtre haleine, il avancera un peu, & si-tost qu'il vous aura passé
seulement d'une toise, frapez des mains, il fuira avec vitesse dans
le filet, d'où vous le retirerez promptement pour tendre comme
devant, afin d'en prendre un autre, si l'heure n'est passée.

S'il n'y a pas de buisson, fossé, ou autre lieu commode pour
vous cacher, & qu'il y ait un arbre proche, montez dessus, &
lors que le lievre passera, jettez aprés luy vostre chapeau, il fuira
dans le filet. J'ay montré au 39. chapitre du premier livre la maniere de faire ce filet.

D'VNE AVTRE SORTE DE PANEAV
dont les payfans fe fervent ordinairement pour prendre
les lievres & les lapins.

CHAPITRE III.

LE pan, dont j'ay parlé au chapitre precedent est commode à tendre quand le temps est calme, mais avec un grand
vent, il est difficile de le tenir en état, & quelquefois si on
n'est bien prompt, le gibier s'échape. En voicy un autre
qui est plus usité des païsans & plus asseuré, mais aussi plus embarassant. La maniere de le faire est contenuë au 39. chapitre du premier livre, & sa forme desseignée dans la deuxiéme figure de la
premiere table. Il faut pour la tendre faire les mesmes observations qu'au chapitre precedent, & avoir deux bâtons K L, M N,

longs d'environ quatre pieds , & gros comme deux ou trois fois le pouce. Ces bâtons doivent être coupez bien uniment par chaque bout , puis eſtant ſur le lieu , prenez les deux bouts des ficelles qui ſont d'un même côté du filet , & les attachez enſemble au bas de quelque arbre ou piquet , à un pied & demy proche la terre , & qui ſoit hors du chemin , par exemple à la lettre H , faites-en autant à l'autre côté I , & que les ficelles ſoient aſſez lâches dans le milieu pour pouvoir poſer les bâtons entre les deux , que vous ajuſterez en cette ſorte. Prenez le bâton KL , & le poſez au bord du chemin d'un bout à terre ſur la ficelle L , du bas du filet , & mettez l'autre ficelle du haut ſur l'autre bout K , du bâton , & cheminant tout au travers du chemin par derriere le filet , tenez bien avec la main la ficelle d'enhaut , afin que le bâton ne ſe defaſſe point , puis étant à l'autre bout du chemin , accommodez le bâton MN , ainſi que l'autre , & faites ſi bien qu'ils panchent un peu tous deux du côté par où doit venir le lievre. De façon que l'animal venant à donner dans le filet , il fait ſortir les bâtons d'entre les ficelles , & s'enveloppe à cauſe que les mailles qui ont liberté d'aller d'un bout à l'autre de la ficelle , venant à s'aſſembler , donnent ſuffiſamment de la poche au filet pour y retenir le lievre , ou autre bête enfermée.

AVTRE MOYEN DE PRENDRE LIEVRES
& lapins avec un panеau double , ou pan contremaillé.

CHAPITRE IV.

N peut ſe ſervir d'un pan double qui ſera moins embarraſſant que les deux precedens , mais il s'apperçoit auſſi de plus loin que les autres. Ce filet eſt bon principalement dans les chemins où courent les lapins , qui quelquefois vont cinq ou ſix les uns aprés les autres , & ſe peuvent tous prendre ; parce que ce pan ne tombe point. J'ay fait voir au 38. chapitre du premier livre la methode de le faire , & je montre en ce lieu la maniere de s'en ſervir par la deſcription de la premiere figure de

Mm iij

la premiere Table. Je suppose que vous ayez observé ce que j'ay dit aux Chapitres premier & second, & que les lignes ponctuées marquées des lettres A, B, C, D, soient toûjours les bords du chemin. Piquez un des bâtons du pan à la lettre E, & un autre au milieu F, & ainsi des autres, jusqu'à ce que le passage soit tout fermé, puis retirez-vous dans le buisson ou arbre, comme j'ay dit cy-devant, & prenez garde qu'il faut estre plus éloigné du filet qu'aux autres pans.

Il est à remarquer qu'on ne peut prendre avec les pans doubles que des Lievres & des Lapins, mais avec les precedens on prend des Renards, Blereaux, Lievres, Lapins, Chats putois, & des Loups : C'est pourquoy si vous croyez qu'il en doive passer le long du chemin où vous tendrez, portez avec vous une fourche de fer ou quelque autre ferrement, afin de les tuer promptement avant qu'ils ayent rompu le filet.

La vraye heure de tendre ces trois sortes de pans, est le matin à la pointe du jour, & y guetter jusques à demie heure aprés que le Soleil est levé, principalement durant les grands jours, & le soir demie heure devant le Soleil couché jusques à la nuit toute close.

DE LA MANIERE QVE LES PAYSANS prennent les Lievres aux Collets.

CHAPITRE V.

PLUSIEURS païsans se mêlent de prendre les Lievres aux collets qui sont faits de fil de fer, ou pour le mieux de leton recuit gros comme une épingle commune, auquel on fait une petite boucle à un des bouts, & l'autre se passe dedans pour le tenir fermé en rond comme pour y passer un sabot ou un gros soulier, & quelquefois davantage, selon la grandeur du trou par où passe le Lievre : quand le fil de leton est trop foible, on le met en double le tortillant ensemble.

Celuy qui s'occupe à colleter ne manque pas une Feste ny un Dimanche de se promener autour des pieces de terre ensemncées, & de regarder le long des hayes s'il reconnoistra la passée d'un Lievre ; Ce qui s'apperçoit facilement à caufe qu'il demeure du poil à la muce ou paffage, foit d'un Lievre ou de quelque autre Animal qui y aura paffé. Quand le païfan a reconnu le paffage de fon gibier, il ne manque pas de retourner voir le lendemain s'il y aura encore du poil, afin d'eftre plus affeuré fi c'eft une paffée ordinaire, & pour lors il tend un collet en cette forte.

Voyez dans la feconde Table la 5. figure qui reprefente une haye, dans laquelle je fuppofe qu'un Lievre paffe par les trois endroits marquez des lettres M, N, O, Le *Colleteur* prend du bled verd, du Genet, du Serpolet, ou des crotes ou fiente du même lievre qu'il trouve dans le champ, il en frotte fes mains & les collets, puis s'approchant du paffage L, le nez dans le vent, il attache un collet à une branche de la haye la plus prôche de la muce, par exemple à la lettre N, en forte que la bête ne puiffe paffer fans mettre la tête dedans : & fi par hazard le paffage n'eft pas rond, & qu'il foit plus haut que large, comme il eft au lieu marqué des lettres M, P, Q, il prend deux petits morceaux de bois gros comme une plume à écrire, qui font un peu fourchus par les deux bouts, il les pique deffous le collet pour les tenir à telle hauteur qu'il eft neceffaire, ainfi qu'ils font marquez des lettres P, Q, & fi la paffée eft trop large pour y tendre un collet, il l'étrecit avec quelques branches qu'il pique à côté, mais il n'y met pas le collet que le lievre n'y ait paffé une autre fois depuis que les petites branches y auront efté pofées. Si ce n'eft qu'un levraut qui ait accoûtumé d'y paffer, il ne s'épouvantera pas, quoy que le paffage foit étrecy, mais un lievre fera bien trois ou quatre nuits avant que fe hazarder d'y paffer, fans laiffer pourtant d'y faire quelque reveuë de loin, & s'approcher de la muce à caufe du changement. Les vieux lievres qui font plus rufez, bien qu'on n'ait point augmenté ny diminué leurs paffées, connoiffent toûjours bien que le collet n'avoit pas accoûtumé d'y être : ainfi ils grattent des quatre pieds tout autour & dans la muce pour le ranger, puis ils paffent dedans, ce qui fait que le païfan trouve tous les matins fon collet fermé au cofté de la muce : C'eft ce que j'ay experimenté quelquefois, comme je diray au Chapitre fuivant.

AVTRE MANIERE DE PRENDRE LES
Lievres qui font rufez aux Collets communs.

CHAPITRE VI.

Invention de l'Autheur.

E fçay par experience que les vieux lievres ne paffent point dans une muce qu'ils ne grattent auparavant & principalement quand ils apperçoivent le moindre brin d'herbe que le vent y a jetté, qu'ils n'ont pas accoûtumé d'y voir. Vous fçaurez que je me fuis autrefois diverty à tendre des collets pour prendre des lievres, il s'en prefenta un par hazard qui étoit plus ruzé que moy, & qui me donna bien de l'exercice quinze jours de fuite avant que de connoître fes ruzes. Je ne manquois jamais tous les matins de trouver à un certain endroit mon collet fermé & rangé au côté de la paffée, & je ne pouvois m'imaginer comment cela fe pouvoit faire, finon que le lievre le rangeât avec les pieds. Pour m'en éclaircir, je me fervis d'une autre ruze, qui eft qu'aprés avoir tendu le collet comme j'avois accoûtumé, j'en pofay un autre à plate terre, ainfi que vous le voyez marqué de la lettre b, au deffous du collet O, de la même 4. figure que j'attachay au bas d'une branche lettre a, & mis quelques fueilles deffus, la nuit fuivante le lievre ne manqua pas de gratter à fon ordinaire, il défit le collet commun O, mais il fe prit à l'autre b. par le bout d'un des pieds de derriere. Ainfi je fus affeuré du fait & le pris tout vivant, où il me donna autant de plaifir qu'il m'avoit caufé de peine.

COMMENT

COMMENT ON PEVT PRENDRE LES LAPINS
qui vont de nuit manger dans un jardin qui n'eſt pas clos de murailles.

CHAPITRE VII.

Es lapins ou connils, qui ne ſont pas ſi ruſez que les lievres, ſe prennent plus facilement aux collets, mais ils n'y demeurent gueres. Car d'abord qu'un lapin ſe ſent arreſté, au lieu de tirer comme fait le lievre, il détourne la teſte & tranche le collet avec les dents, ce que l'autre ne fait que bien rarement. Il y a quantité de lieux à la campagne où les lapins gâtent les jardins qui ne ſont pas clos de murailles, s'il n'y a pas le moyen de les en empêcher, à cauſe qu'ils n'y vont que de nuit fort tard, & lors qu'on ne peut les découvrir pour les tirer. Si cela vous arrive, ſervez-vous de l'invention qui eſt expliquée par la demonſtration de la 6. figure dans la ſeconde Table, qui repreſente la haye de voſtre jardin, & l'endroit marqué de la lettre V, la muce ou paſſée du lapin.

Piquez-y tout au bord un morceau de bois ou piquet T, gros comme deux fois le pouce, long d'environ un pied, ayant à un pouce proche du bout d'enhaut au lieu marqué de la lettre S, un trou à mettre le bout du petit doigt. Ayez un collet de fil de leton, & y attachez au bout une ficelle un peu forte, laquelle vous paſſerez dans le trou du piquet, & la lierez au bout de quelque branche forte que vous tiendrez pliée, comme par exemple celle qui eſt marquée de la lettre R. Cela fait, vous aurez un petit bâton un peu moins gros que le petit doigt, long d'un pouce, que vous mettrez dans le trou S, en ſorte que la branche s'en retournant ne puiſſe attirer le collet aprés ſoy, qui ſera retenu par le petit bâton S, à cauſe du nœud que fait le collet avec la ficelle attachées enſemble. Aprés cela, eſtendez & ouvrez le collet V, de la grandeur de la muce, de façon que les lapins ne puiſſent paſſer ſans mettre la tête dedans. Le premier qui voudra y paſſer

N n.

(marginal note) Invention de l'Auteur.

ayant paſſé la teſte, penſera tirer pour couper ce qui le tient arreſté il fera tomber le petit bâton du trou S , qui donnera liberté à la branche R , de s'en retourner : Ainſi l'animal s'étranglera.

La figure marquée des lettres Y , Z , eſt deſſeignée, pour
mieux faire comprendre la forme du bâton. Le trou eſt au lieu
marqué Y, & le petit bâton Z, qui ne doit y entrer que par le
petit bout coupé en rond , pour empêcher ſeulement le nœud
du collet de paſſer.

LA MANIERE DE PRENDRE LES LAPINS
de jour avec des pans doubles ou contre maillez.

CHAPITRE VIII.

A plus grande partie du jour les lapins vont s'ébattre &
manger parmy les buiſſons , dans les genets & hayes
un peu fortes, où ils ſe retirent , lors qu'ils entendent
du bruit , & ſi on les preſſe en frapant les hayes, ou
qu'un chien les pourſuive , ils fuyent vers leurs terriers.

Si vous deſirez en prendre, ayez un ou pluſieurs pans doubles
faits ainſi que j'ay montré au 38. Chapitre du premier Livre, &
ſoyez informez de quel côté ſont les Terriers , afin de tendre
toûjours le filet vers cét endroit. Puis allez vous promener de côté & d'autre dans les lieux où il peut y avoir des connils, & lors
que vous verrez une haye ou un buiſſon un peu fort, n'en approchez point plus prés de dix ou douze pas , & piquez les
filets en demy cercle, fermant aux lapins le chemin des clapiers.
Aprés cela retournez par derriere la haye ou buiſſon, fraper d'un
bâton ou de quelque autre choſe; s'il y en a quelqu'un , il voudra ſortir , croyant s'aller proptement retirer dans ſon trou , & il
ſe jettera dans les filets , d'où vous le retirerez incontinent, parce qu'il les trancheroit auſſi-toſt. L'ayant pris pliez les pans &
cherchez quelque autre endroit , où il s'en pourra trouver.

AVTRE MOYEN POVR PRENDRE LES LAPINS
dans un pan avec un chien.

CHAPITRE IX.

V OICY une autre manière de prendre des lapins plus
asseurée que la precedente. Il est necessaire de sçavoir *Invention de l'Autheur.*
l'endroit des Terriers & d'avoir un bon chien basset,
ou briquet, & lors que vous voudrez avoir le diver-
tissement de cette chasse, soyez du moins deux personnes, dont
l'un s'en ira sur les clapiers, & piquera les filets tout autour,
en sorte qu'il n'y ait pas un trou qui ne soit enfermé dans l'enclos des pans. Puis il se retirera en quelque endroit, d'où il puisse
voir ou entendre quand un lapin sera pris. L'autre personne qui
tiendra le chien étant averty que le tout sera tendu, il le fera
chasser un peu loin en sifflant & parlant à luy, pour l'exciter &
donner de l'ardeur, afin qu'il poursuive vivement son gibier, lequel voulant se sauver dans les trous tombera dans les filets, d'où
le guetteur le retirera promptement, & l'autre personne repren-
dra le chien pour le faire chasser derechef, continuant toûjours
jusqu'à ce qu'il y en aye assez de pris.

La vraye heure de trouver les lapins hors des Terriers, c'est le
matin jusques à six ou sept heures, & depuis onze heures jusques
à une, & le soir une heure ou deux avant que le Soleil se couche principalement quand il fait sec. Ce n'est pas qu'on n'en puisse bien rencontrer hors les trous, à toutes les heures du jour,
mais on en trouvera encore davantage aux heures que j'ay dit.

S'il se rencontre par hazard qu'il y ait tant de trous au lieu où
vous voulez tendre, ou qu'ils soient éloignez les uns des autres
de telle façon que les pans ne puissent tout enclore, il faut les
mettre du côté où il y a plus d'apparence que les lapins aborde-
ront, & fermer les trous plus écartez avec quelques pierres,
branches ou herbiers.

D'VNE AVTRE MANIERE POVR PRENDRE
les Lapins de jour avec des petits filets nommez Poches.

CHAPITRE X.

Invention de l'Auteur.

E s poches ou pochettes à lapins, sont certains filets qui se ferment ainsi qu'une Bourse. Vous en verrez la forme au 13. Chapitre du premier Livre. Pour vous en servir par l'invention que je propose, voyez dans la seconde Table la 4. figure qui represente les Terriers que vous devez sçavoir comme j'ay déja dit au Chapitre precedent.

Ayez deux ou trois douzaines de pochettes, & vous en allez aux clapiers en mettre une sur chaque trou en cette sorte. Ouvrez & étendez le filet sur le trou L, & puis attachez la ficelle, qui passe dans la boucle H, à quelque branche de taillis ou piquet G, & l'autre ficelle qui entre dans la boucle F, qu'il faudra lier de même à un autre piquet ou branche E, & ainsi de toutes les autres poches.

Si vous n'avez pas assez de filets pour couvrir tous les trous, bouchez ceux qui resteront avec quelques pierres, fueilles, branches ou herbiers, puis vous placez dans un lieu, d'où vous puissiez voir toutes les poches afin d'y courir, lors qu'il y aura quelque lapin pris. Y étant ne remuez ny faites aucun bruit, pendant qu'une autre personne ira avec un chien chasser dans le bois pour contraindre les lapins de fuir vers leurs clapiers, ce qu'ils ne manqueront pas de faire, ainsi ils se jetteront tout d'un coup dans les poches, d'où il faudra les retirer promptement & retendre comme auparavant.

Les connils se prennent plus facilement à ces sortes de filets, qu'à des pans, parce qu'ils ne paroissent pas tant.

COMMENT ON PREND LES LAPINS
avec un Furet & des Poches.

CHAPITRE XI.

POUR bien fureter il faut avoir un bon chien baffet ou briquet, & le faire chaffer une heure durant fans la garenne, afin d'obliger tous les lapins de fe terrer. Quand ils le feront, prenez le chien & l'attachez, aprés cela allez fur les clapiers tendre les poches fur tous les trous, comme il eft reprefenté dans la quatriéme figure de la feconde Table, par les trois trous marquez des lettres I, K, L, par exemple fur le trou I, quoy que j'aye déja montré au Chapitre precedent comment il faut les tendre, je le repeteray encore en ce lieu.

Ouvrez la pochette & l'étendez deffus le trou I, comme une ferviette, en forte qu'elle déborde beaucoup tout autour, paffez la ficelle E, dans la boucle F, & l'attachés à quelque pierre, piquet, ou branche auffi bien que la ficelle G, qui paffe dans la boucle H, & fi vous n'avez pas affez de filets, bouchez le refte des trous avec quelques pierres ou herbages. Car il n'en faut pas laiffer un feul fans le fermer, parce que les lapins pourroient fortir par cét endroit. Tous les trous eftans ainfi difpofez, vous attacherez une petite fonnette au col du furet, & le mettez dans un des trous en levant un peu le filet pour luy donner paffage, & lors qu'il fera dedans, ne parlez ny ne remuez point, il fera fa chaffe. Le premier qu'il trouve il le pourfuit jufqu'à ce qu'il foit forty, fi bien que le lapin fuyant fon ennemy & voulant quitter le Terrier, il donne dans une des poches & s'enferme. Il faut être prompt à le retirer, & fi faire fe peut, que le furet ne le voye point, afin qu'il ait plus de courage à le retourner chercher ; ce qu'il fait auffi-toft, forçant à fortir les premiers qu'il rencontre, ou les prenant. Quand il ne rencontre rien, il vient au trou pour fortir, & s'il ne veut retourner, il faut luy fouffler & crachoter fur le nez, il rentre & cherche encore. Si vous voyez qu'apparemment il n'y peut rien avoir, retirez-le, & le mettez en quelque autre trou plus éloigné. S'il fait de même c'eſt une marque qu'il n'y a rien, il faut ploïer les filets & chercher d'autres Terriers meilleurs.

Quelquefois le furet trouve un lapin endormy, ou bien il le ſurprend dans un coin, il le tuë, en boit le ſang, ſe couche deſſus & s'y endort, en ce cas on eſt obligé de le perdre, ou de l'attendre juſqu'à ce qu'il s'éveille, ce qui dure ſouvent cinq ou ſix heures. C'eſt pourquoy portez une arme à feu pour tirer trois ou quatre coups dans les trous afin de l'éveiller, auſſi-toſt qu'il le ſera il ſortira, mais il faut toûjours le laiſſer dormir une heure avant que de tirer, autrement voſtre bruit ſeroit inutile.

Quand vous prendrez des femelles, vous les remettrez pour ne pas dépeupler la garenne, & leur fendrez les oreilles, afin qu'elles ne ſoient tuées par les perſonnes que vous y envoyerez quelquefois à l'affuſt.

DE LA MANIERE QV'IL FAVT
nourrir un Furet.

CHAPITRE XII.

U o y que le furet ſoit un animal aſſez commun en certaines contrées, j'ay jugé qu'il ne ſeroit pas hors de propos d'apprendre la maniere de le nourrir.

Il doit être logé dans un tonneau ſur de la paille fraîche qu'on luy changera tous les trois ou quatre jours. Son vivre eſt pour l'ordinaire du laict de vache tout frais tiré, qu'on luy donne deux fois le jour, ſçavoir une verrée au matin & une autre le ſoir.

Quand on ne peut avoir de laict, il faut luy donner le matin un œuf cru, & le ſoir autant, mais il faut qu'il ſoit battu, c'eſt à dire que le blanc & le jaune ſoient mélez enſemble.

Toutes les fois que le furet aura chaſſé, vous pourrez mettre un lapin devant luy & en arracher un œil qu'il mangera, afin de l'encourager & luy faire mieux connoître ſon gibier.

Lors que vous le voudrez transporter il faut avoir un sac de toille assez grand pour le tenir de sa longueur , & mettre dans le fond une poignée de paille en long pour le coucher.

Quand vous voudrez mettre le furet dans quelques terriers, il faut prendre garde auparavant qu'il entre s'ils sont frequentez des Blereaux & Renards , de crainte qu'ils ne blessent ou tuent vostre furet. On observera pareillement de ne le mettre pas dans des rochers à cause des trous & des cavernes qui s'y rencontrent, car le furet n'en peut sortir parce qu'il ne saute point.

INSTRVCTION TOVCHANT les Blereaux.

CHAPITRE XIIL

Es Blereaux , autrement Tessons , ou Bedouaus , sont des animaux assez connus par le dégast qu'ils font aux vignes. On les peut prendre de diverses façons que j'enseigneray cy-aprés.

Ils font leurs retraites sous terre comme les lapins , & le plus souvent dans les bois & dans les garennes, mais sur tout en celles qui regardent le Septentrion, parce qu'ils n'aiment pas le grand jour. Ils n'en sortent que la nuit aprés le Soleil couché, si ce n'est dans les plus longs jours que la faim les contraint de sortir quelquefois deux heures devant.

Les Blereaux font grands ennemis des Renards, aussi ne logent-ils jamais ensemble ; ils conservent par ce moyen les lapins qui font dans les mesmes Terriers , parce qu'ils donnent la chasse aux Renards , aux Chats communs, & aux Chats putois. Les Tessons n'ont point de sentiment & ne voyent guere clair, c'est pourquoy une personne qui aura un gros bâton dans la main , & en verra venir quelqu'un , peut l'attendre & le tuer.

Il y en a de deux sortes: La premiere sorte est appellée porchins, parce qu'ils ont le nez fait comme celuy d'un porc, & font les plus gros. La deuxiéme espece de Blereau est nommée chenins , à cause qu'ils ont le nez fait comme le chien , & font un peu plus

petits que les autres , tous vivent de même façon , & font leurs
petits au mois de Decembre. On les peut prendre par les mêmes inventions , ils fientent bien loin de leurs terriers , & font
un trou en terre avec les pates , dans lequel ils mettent leur or-
dure & y retournent toûjours jufqu'à ce qu'il foit plein. Ils prennent ordinairement un même chemin , fi bien qu'il eft facile de
les prendre , quand on a connoiffance du lieu par où ils paffent.
Cela fe peut voir par la pique de leurs pieds en terre , aprés la
p'uye (felon l'inftruction du premier Chapitre & les figures de la
19. Table), ils ne font jamais plus de cinq ou fix jours fans paffer par un même endroit, s'ils n'ont efté tirez , ou que les chiens
les ayent pourfuivis , ils percent les hayes pour paffer dans les
champs ou vignes, ils vont auffi dans les jardins champêtre amaffer les fruits , & le Printemps le long des eaux prendre des grenoüilles , limaçons , & des fauterelles dans les prairies. Leur
coup mortel eft fur la tête entre les deux yeux, quoy que d'autres difent qu'il eft fur le nez.

POVR FAIRE VNE MACHINE A PRENDRE
les Blereaux la nuit avec un collet de corde.

CHAPITRE XIV.

Invention
de l'Auteur.

LEs Blereaux fe prennent à toutes fortes de collets , mais
ils n'y demeurent gueres , à caufe qu'ils tranchent. C'eft
pourquoy j'ay inventé la machine deffeignée dans la 8.
figure de la troifiéme Table , à laquelle un Blereau étant
pris, il eft auffi-toft étranglé. Si vous defirez avoir le divertiffement de prendre ces fortes d'animaux par cette invention , faites provifion des uftanciles neceffaires pour compofer cinq ou
fix machines à la fois , afin de tendre en plufieurs endroits en
même temps.

Ce piege eft compofé d'un bâton , lettre A , gros comme une
verge de fleau à battre du bled, long d'un pied & demy , ayant
un trou à quatre doigs proche du gros bout A , & qui eft pointu

par

par le bout plus menu , & d'un autre fecond bâton B , un peu
plus gros, de même longueur que le premier , lequel doit avoir
une mortaife qui paffe de part en part pour y mettre une poulie
de bois à quatre doigts proche du gros bout B , & pointu par
l'autre. Il faut un troifiéme bâton C, long d'environ cinq pieds,
gros comme le bras, qui fera pointu par fon gros bout & fourchu
par l'autre , ou bien il faudra y faire une coche ou un trou pour
y mettre une cheville ou paffer une corde. On doit auffi avoir
autant de cordes cablées que de machines. Ces cordes feront
longues de deux ou trois toifes,& faites comme celle qui fe voit marquée des lettres I, H, G. On fera au bout G, de chacune, une
boucle coulante pour paffer dedans le bout I , & à deux pieds
proche comme au lieu marqué H, un petit arreft comme fi c'é-
toit un nœud , qui fera fait d'un brin de ficelle qu'on tournera
bien ferme deux ou trois tours deffus la corde, puis on le nouëra pour
l'y laiffer. Chaque corde doit eftre garnie d'une boucle de fer
ou de cuivre D , comme feroit par exemple l'anneau d'une clef
de ferrure d'une moyenne groffeur, dans laquelle paffera la corde ou collet. Cette boucle fera auffi fournie d'une autre corde
longue de deux pieds , pour la pendre fur le fourchu ou coche
du bâton G. On mettra au pied de chaque machine une pierre
pefante trente ou quarante livres , pour s'en fervir ainfi que je
diray cy-aprés.

Vous croirez peut-eftre d'abord que ce piege fera difficile à
faire à caufe des diverfes uftanciles que je propofe ; mais en l'ex-
perimentant, on verra qu'il n'y a pas tant d'embaras, j'ay fait &
tendu plufieurs fois cette machine en moins d'une heure. Les figures 7. & 8. font femblables, il n'y a de difference qu'en ce que
l'une eft la machine tenduë dans la muce du Blereau , & l'autre
eft tenduë toute feule pour en faire mieux comprendre la forme ,
auffi les ay-je marquées des mêmes lettres.

COMMENT IL FAVT TENDRE LA MACHINE
pour prendre des Blereaux.

CHAPITRE XV.

Invention
de l'Auteur.

 YANT connu à la pifte le chemin d'un Bedouault,
(par l'inftruction du premier Chapitre) voyez le long
des hayes s'il n'y a point de trous par où il aura paffé,
vous y trouverez quelque poil qui demeure à la muee
que vous connoiftrez pour eftre rude, blanc des deux bouts &
noir dans le milieu. Si vous y en trouvez tendez la machine, vous
prendrez bien-toft le Blereau.

Pour vous inftruire à tendre le piege, voyez dans la troifiéme
Table la 7. figure, que je fuppofe eftre la haye, & le lieu marqué
F, la paffée du Teffon. Prenez le bâton A, & le picquez en terre
tout au raiz de la muce un peu en dedans, il faut le cogner avec
un maillet, & qu'il entre à force jufques à ce que le trou qui eft
au bâton foit à huit ou neuf pouces proche la terre, picquez dans
la même terre à un pied plus loin le bâton B; en forte que le
deffous de la poulie foit vis-à-vis du trou du premier bâton, pofez le troifiéme bâton C, dans la même haye, éloigné du fecond d'un pied & demy ou de deux pieds, & le cognez fi bien
qu'il tienne ferme dans la terre. Attachez-y au haut C, la boucle de fer D, puis paffez le bout I, de la corde par la boucle G,
& de là dans le trou du premier bâton A, & aprés dans la mortaife par deffous la poulie du bafton B, & enfin dans la boucle
de fer D, tirez le bout I, de cette corde jufques à ce que le petit arreft de ficelle H, foit proche le trou du bâton A. Vous ficherez à ce trou une petite cheville longue d'un pouce, qui ne doit
tenir que pour empêcher le petit arreft H, de paffer, prenez enfuite
la pierre E, & la levez jufqu'à la boucle D, & tirant la corde vous la
tournerez autour de la pierre, que vous attacherez à cette corde à laquelle elle doit être pendue, puis vous ouvrirez le collet F dans la muce, en forte que le Blereau ne puiffe paffer fans mettre la tête dedans.
Si la paffée eft trop grande, & que le collet ne tienne pas de luy même,

attachez-le des deux côtez avec un petit brin d'herbe ; & si par
hazard la muce est trop haute, posez une petite fourchette lettre
K, par dessous pour le soûtenir, lors que la bête voudra passer,
elle mettra la tête dans le collet & le tirera aprés elle, & se sentant arrêtée elle voudra s'efforcer. Pour peu d'effort qu'elle fasse
la petite cheville L, sortira du trou & donnera passage au nœud
ou arrest H, qui laissera aller la pierre E, laquelle par sa pesan-
teur arrestera le Blereau par le col, qui s'étranglera. Vous irez
voir le matin s'il y aura quelque chose de pris.

Ne vous ennuyez point de ne rien prendre les premiers jours,
car tost ou tard vous prendrez le Bedouaus depuis que vous aurez
découvert son passage.

MANIERE DE FAIRE VNE AVTRE
Machine plus simple.

CHAPITRE XVI.

Invention
de l'Au-
theur,

VOICY une machine plus simple & moins embarassante,
mais aussi moins asseurée que la precedente.

Pour connoistre le passage du Blereau il faut faire les
mêmes observations qu'au Chapitre cy-dessus, & l'ayant
remarqué, cogner le premier bâton A, au bord de la muce par
dedans, & à deux pieds plus loin dans la haye, cogner le plus
grand marqué C, qui doit estre coupé bien uny par le dessus.
Attachez-y la boucle de fer D, & passez le bout de la corde du
collet dans le trou du bâton A, & delà, dans la boucle D, liez la
pierre E à la corde, puis posez cette pierre sur le bout du bâton
C, qu'elle se tienne d'elle-même, étendez le collet dans la passée & l'attachez avec de petits brins d'herbe. Quand le Bedouaus
aura passé la teste dedans pour peu qu'il tire, il fera tomber la
pierre, laquelle sortant de sa place fera un effort qui l'étranglera : Mais si la corde n'est bien forte, elle pourra rompre du sault
que luy donnera la pierre.

Il y a danger que la pierre tombant de cette sorte ne se trouve
arrestée sur la haye, & que ne faisant pas son effet le Blereau se

détourné & coupe le collet, ce qu'il ne peut faire à l'autre machine, parce que le grand bâton panche toûjours par le poids de la pierre qui est attachée.

DV MOYEN DE FAIRE PASSER VN BEDOVAVS
par une haye qu'on aura faite au travers d'un chemin.

CHAPITRE XVII.

 I en vous promenant, vous avez apperceu le long d'un petit chemin ou sentier le train d'un Blereau, & qu'il y ait passé plusieurs fois, il faut y faire une haye en quelque endroit, où le monde ne passe gueres, & pour l'y faire.

Voyez dans la troisiéme Table la 8. figure, piquez premierement le bâton A, proche le lieu le plus battu du train où la muce doit estre, & à un pied plus loin piquez aussi le second bâton B, & enfin le troisiéme C, comme si la haye estoit déja faite. Vos trois bâtons ainsi picquez, vous en cognerez d'autres de quatre pieds de longueur & assez forts pour soûtenir la haye, que vous ferez en sorte que le chemin soit si bien fermé, qu'aucun animal ne puisse passer, que par l'ouverture que vous aurez laissée, qui sera faite comme une muce proche le piquet A.

La nuit estant venuë, le Bedoüaus prendra son chemin ordinaire, sur lequel rencontrant la haye nouvellement faite, il cherchera un lieu pour la percer, & trouvant le trou tout fait, il ne fera point de difficulté de passer, c'est pourquoy vous y pourrez tendre la machine aussi-tost que le chemin sera fermé.

C'est l'invention dont je me suis souvent servy, quand je ne pouvois trouver de haye commode pour tendre mon piege.

Il ne faut point aprehender que le Blereau retourne arriere lors qu'il verra le chemin fermé, au contraire il fera son effort pour passer, ce n'est pas comme le Renard, qui retourne sur ses pas quand il apperçoit quelque chose d'extraordinaire dans un chemin où il a accoûtumé de passer.

DE QVELLE FACON ON DOIT TENDRE
un piege de fer comme ceux qui se vendent chez les Clinqualiers.

CHAPITRE XVIII.

J'ENSEIGNE icy la maniere de tendre le piege de fer, figure 13. de la quatriéme Table, parce que les Clinqualiers ou Marchands qui les vendent ne peuvent pas vous l'apprendre. Je ne m'amuseray pas à décrire par le menu comment il se fait, puis qu'il se trouve à vendre par tout, mais je vous diray, que ceux qui se vendent sont trop foibles pour leur grandeur. Vous en pourrez faire faire de semblables, & plus forts du tiers ou de la moitié. Je montreray seulement la maniere & le lieu où il faut les tendre.

Promenez-vous à quelque heure du jour le long des petits chemins écartez, & prenez garde quel animal y passe. Vous le connoîtrez par la pique de leurs pieds aprés la rozée, & afin d'en avoir mieux la connoissance, j'ay fait mon premier Chapitre & desseigné les figures de la dixiéme Table pour ce sujet, qui representent la marque des pieds de divers animaux, ainsi qu'ils doivent paroître sur la terre : C'est pourquoy, quand vous aurez veu le pied de quelque bête sauvage, ayez recours aux figures de cette même dixiéme Table, pour y reconnoistre la trace.

Supposez donc que vous ayez découvert par où passe un Renard, & que ce soit un petit chemin large d'un pied ou deux, designé par les deux lignes marquées des lettres M N, O P, de la même 13. figure en la quatriéme Table, faites une petite fosse dans le milieu, marquée par le grand cercle ponctué V Y. Qu'elle soit de deux ou trois doigts de profondeur, afin d'y placer le piege, & dans le milieu de cette fosse faites-y-en une moyenne representée par l'autre petit cercle ponctué Q T, qui soit plus profonde que l'autre de trois ou quatre doigts, afin que la marchette R, puisse se mouvoir dedans lors que la bête marchera dessus. Cela fait, posez-y le piege au travers du chemin,

O o iij

en la forme qu'il paroift, puis attachez le bout de la chaîne Z,
avec une corde à une branche ou piquet S, éloigné du piege de
trois ou quatre pieds. Couvrés le tout de fueilles feiches, que vous
jetterez deffus à la negligence, & en mettez pareillement à quatre ou cinq pieds au tour, afin que l'animal qui voudra paffer n'apprehende rien comme il feroit, s'il n'y avoit des fueilles que fur
le piege feulement.

Invention
de l'Auteur.

Et pour y mieux faire paffer les Renards ou autres animaux carnaciers, prenez quelque morceau de chair cruë, attachez-la au
bout d'un bâton, ou d'une corde, & la traînez bien loin le
long du chemin d'un côté & d'autre du piege, puis retirez-vous
jufques au l'endemain matin qu'il faudra y aller voir. Je m'affeure
que pratiquant bien cette rufe, vous ne tendrez pas deux fois inutilement.

On peut auffi tendre ce piege au milieu d'une muce, dans une
haye où il y aura apparence qu'il y paffe quelque chofe, & en ce
cas on couvrira de fueilles feiches ou de quelques herbiers, le
piege comme j'ay déja dit.

COMMENT ON APPASTE LES RENARDS
pour les attirer aux pieges.

CHAPITRE XIX.

LES païfans qui fe mêlent de prendre des Renards aux
pieges, n'y tendent que l'Hyver, depuis la faint André
jufques à Pâques, dans le temps que la peau en eft bonne
à vendre, parce qu'ils ne muent point, & qu'il n'y a plus
de fruits fous les arbres, ny de grenoüilles & limaçons le long des
eaux, & que ces animaux font contraints de chercher leur pâture en
tous lieux, foit de jour qu'ils font la guerre aux volailles, ou la nuit
qu'ils courent aux lapins & lievres, qu'ils vont chaffer dans les bois.

Le païfan qui veut prendre des Renards, choifit un endroit (fort
peu frequenté) dans les bois où il fe trouve une place du moins de
deux toifes de large, fans arbres ny buiffons, qui puiffent empêcher d'y tendre le piege, & qu'il y ayt auffi quelque petit chemin

ou sentier qui y aboutisse, ou en soit bien proche, afin que les Renards puissent sentir l'appast en y passant. Dans un endroit de cet
espace, il y fait comme une fosse longue d'environ un pied & demy,
large d'un pied & de deux pouces de profondeur; il y a fait dans le
milieu un trou rond, large de six pouces & de cinq ou six de creux,
puis il remplit tout le vuide de fueilles seiches, & en jette sur la terre par tout aux environs, de crainte que la Bête ne s'épouvente n'en
voyant qu'en un endroit. Le lieu estant ainsi disposé, il fait des rôties
de pain blanc, qu'il fricasse après avec du sin de porc nouvellement
fait, & les porte sur le lieu. Il les rompt par morceaux, gros comme
des noix, & les disperse de côté & d'autre le long du chemin & aux
environs de la petite fosse, en mettant trois ou quatre morceaux
dans le trou mêlez parmy les fueilles, & s'en retourne jusques au
lendemain qu'il va voir si l'appast aura esté mangé, & principalement celuy de la fosse, ce qu'il continuë trois ou quatre jours,
jusqu'à ce qu'il apperçoive que son gibier a tiré les rôties du trou,
car depuis qu'un Renard a une fois goûté de ce mets, il ne passe
aucune nuit sans le retourner chercher: C'est pourquoy le païsan y
tend le piege de bois (contenu au Chapitre suivant) pour le prendre.

LA FABRIQVE D'VN PIEGE DE BOIS
pour prendre les Renards.

CHAPITRE XX.

POur faire le piege de bois avec quoy on prendra des Renards, voyez les figures 9. 10. 11 dans la troisiéme Table,
& prenez un ais ou planche de bois (figure 9. longue d'un
pied & demy, large d'un pied, épaisse pour le moins d'un
demy pouce. Faites-y au milieu g, une ouverture ronde, qui soit de
trois ou quatre pouces de diamettre ou largeur, avec une feillure lettre h, qui prenne la moitié de l'épaisseur du bois & qui soit large d'un
demy pouce, qui doit continuer depuis l'ouverture g, jusques au
bout de l'ais e, f, i, & l'entaillez un peu en queuë d'hyrondelle,
à un pouce prés de la feillure ronde, du côté de la lettre e. Faites en suite une petite palette e, g, h, (figure 11.) de même
épaisseur que le grand ais, & qui ait une queuë d'hyrondelle, en

forte qu'estant posée par le bout e, dans la place e, du grand ais, & par le bord dans la feillure h, la palette remplisse tout à fait l'ouverture g, comme si le tout estoit d'une piece. Faites au milieu de cette palette un petit trou g à ficher le doigt, vous percerez les quatre coins a, b, c, d, du grand ais, pour y mettre des chevilles de fer ou de bois, afin de le tenir ferme en terre. Je ne dis point la longueur des chevilles qui doivent estre selon la dureté du lieu où on les fichera ; il faut avoir une cordelette M, Y, N, (de la 10. figure) qui ne soit pas plus grosse qu'une plume à écrire, mais bien forte, longue d'environ six ou huit pieds, à laquelle vous ferez une maniere de boucle au bout M, & un nœud à un pied plus loin, marqué de la lettre Y, & de crainte que le nœud ne se coupe à la longueur du temps, ayez un petit morceau de corne P, grand comme un petit denier, épais d'un quart - d'écu, qu'il faut percer par le milieu & passer par dedans le bout N, de la corde, pour le ranger auprés du nœud Y. On aura aussi une autre corde N O, longue de quatre ou cinq pieds, ayant au bout O, un bâton attaché long de deux pieds. Faites pareillement provision d'une bonne perche d'ormeau ou d'érable (figuré X,) qui ait dix ou douze pieds de longueur assez grosse & forte, & de trois ou quatre crochets de bois (comme celuy qui paroît marqué de la lettre K,) longs d'environ un pied & demy, gros & forts, pointus par le bout, pour les cogner en terre sur la perche qu'ils doivent tenir en état, ainsi que je diray cy-aprés.

DE LA MANIERE QV'IL FAVT TENDRE LE PIEGE
de bois pour prendre les Renards.

CHAPITRE XXI.

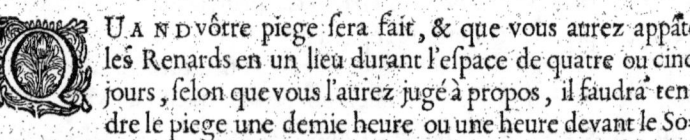 U A N D vôtre piege sera fait, & que vous aurez appaté les Renards en un lieu durant l'espace de quatre ou cinq jours, selon que vous l'aurez jugé à propos, il faudra tendre le piege une demie heure ou une heure devant le Soleil couché, ainsi qu'il est representé dans la quatriéme Table par la douziéme figure.

Supposez

Suppofez que le chemin ou place dans laquelle doit eftre tendu le piege foit l'entre-deux des lignez M N , P Q, & que la foffe où eftoit l'appaft foit fous le piege A B C D , la premiere chofe que vous devez faire c'eft de vous froter les mains & le deffous de vos fouliers avec du galbanon(qui eft une forte de gomme ou refine qui fe vend chez les Epiciers ou Droguiftes) & tirer toutes les fueilles hors du trou & place du piege, puis vous mettrez de la rôtie dans le fond & la palette deffus, ayant la queuë d'irondelle du côté que doit eftre mis la perche, qui eft par exemple vers P Q. Placez enfuite le grand ais, de forte que la feillure foit deffus, & la queuë d'hyrondelle du même côté que fera celle de la palette. Fichez les quatre chevilles dans les trous A, B, C, D & les cognez en biaifant dans la terre pour qu'elles en tiennent plus fort, couchez la perche à bas, le gros bout L en droite ligne du piege, & l'autre bout G, de travers comme au lieu marqué du petit a, en forte qu'il foit éloigné du bord de l'ais C D, d'environ fix pieds. Cognez aprés un crochet fur le bout L, un autre à trois pieds plus loin au lieu marqué K, & un troifiéme à trois autres pieds du fecond à la lettre I. Attachez au bout G, la corde où eft le bâton H, puis mettant cette corde entre vos jambes, le bâton eftant de travers les deux cuiffes par devant, cheminez jufques au piege, en tirant par ce moyen la perche aprés vous, qui fera une forme d'arc. Prenez la corde où eft la boucle, que vous ajufterez comme un collet ou lacet, & la ferez paffer avec un petit bâton par dedans la feillure ou couliffe, qui eft entaillée par deffous l'ais au lieu cotté de la lettre N. Ouvrez & étendez le lacet fur la palette, en forte que le nœud de la corde avec fon petit morceau de corne foit juftement dans une petite coche O, qui eft faite exprés au bord de l'ouverture puis placez la palette E, en forte qu'elle ferme l'ouverture F, & que le collet foit bien ouvert & étendu par deffous la feillure du grand ais. Le lacet ainfi ajufté attachez le bout de la corde à la perche G, le plus court que vous pourrez, afin que la perche tire plus fort, & reculez peu à peu, laiffant roidir la corde, & quand la perche fera tout à fait arrêtée détachez-en tout doucement la corde qui y tient & au bâton H, ainfi que le piege fera tendu. Couvrez-le de fueilles com-

Pp

me la place l'eſtoit auparavant , & jettez de côté & d'autre des morceaux de rôtie.

Le Renard qui aura mangé de l'appaſt les autres jours, eſtant ſur le lieu, croira tirer avec ſes pates la pâture qu'il ſentira dans le trou comme il avoit de coûtume , il fera tomber la palette, laquelle ſortant de ſa place donnera liberté de paſſer au nœud qui eſt à la corde ; mais la perche s'en retournant fera que le lacet prendra la Beſte par le pied , qui demeurera l'épaule tout au raiz de terre , ne pouvant remuer que des jambes de derriere. Vous irez le matin de bonne heure pour l'en retirer , & retendrez tous les ſoirs voſtre piege ; car depuis que vous aurez pris un Renard en un endroit, vous y en prendrez bien d'autres s'il y en a dans le pays. Une perſonne peut tendre de ces pieges en pluſieurs endroits.

D'VNE INVENTION FORT PLAISANTE
& infaillible pour attrapper promptement un Renard
ou un Blereau ſans guetter.

CHAPITRE XXII.

Invention
de l'Auteur. N voudroit quelquefois avoir promptement un Renard , ou un Blereau pour faire de l'onguent , ou autre choſe , & on ſçait qu'il s'en retire dans certains endroits, leſquels on ne peut avoir faute de chiens pour les chercher , ou d'arquebuziers pour les tirer, on me dira peut-eſtre, qu'il ne faudra que les guetter au ſoir à la ſortie du trou , ou le matin à la rentrée , & qu'il ſera facile d'en avoir : Mais je réponds que ces animaux ne ſortent des terriers , que la nuit ſur neuf à dix heures du ſoir , & s'y retirent auſſi de grand matin, ſi ce n'eſt depuis le mois de May juſques au mois de Septembre , qu'ils ſortent de meilleure heure , ſelon que les jours ſont plus ou moins grands , joints auſſi que les endroits où ſe terrent les Renards & les Blereaux ſont pour l'ordinaire tout entourez de bois & d'épines qui empêchent de les tirer, puis qu'on ne les peut découvrir au travers des branches, ou qu'il ne se rencontre pas d'arbre assez proche pour se mettre dedans à l'affust.

Je veux donc vous donner le moyen d'en avoir, sans y guetter ny vous exposer aux incommoditez du temps & de la saison.

Voyez la 22. figure de la septiéme Table, & lisez avec patience ce discours, afin de vous instruire comment il faut dresser la machine devant le terrier de la bête qu'on veut avoir.

Je suppose que vous sçachiez à point nommé le trou où elle est, & que l'entrée de ce trou soit le lieu marqué des lettres A B, piquez un bâton b, long de demy pied tout au raiz du bord de l'ouverture, & un autre d f, gros comme le pouce, long d'environ un pied, de l'autre côté à deux pouces proche du trou ; ce piquet aura une petite coche au lieu marqué de la lettre f, & à quatre pouces haut de terre. Vous aurez ensuite un bâton b e c, qui doit estre quatre doigts plus long que l'espace d'entre les deux piquets b d, ayant un crochet au bout a, & à l'autre c, une petite coche e. Ce bâton ou crochet vous est montré à part dans la 23. figure, marqué des lettres E F, le grand piquet est aussi designé par les lettres O P, & sa coche est l'endroit P. Cherchez un lieu éloigné du terrier de dix ou douze pas (selon la commodité) d'où on puisse tirer un coup de fuzil dans le trou sans empéchement d'aucune branche, par exemple l'endroit marqué des lettres G, q. Piquez en terre une fourchette de bois p q, haute de quatre pieds ou quatre pieds & demy, & à trois ou quatre pieds plus proche du terrié piquez-y-en un autre G ʀ, un peu plus courte, & après posez dessus les deux fourches une arquebuze ou un fuzil i r m, & haussez ou baissez la fourchette G ʀ, jusqu'à ce que l'arquebuze se trouve pointée ou braquée droit dans l'ouverture du trou, ce qu'on pourra voir en la couchant à l'œil ou en joué comme si l'on vouloit la tirer sans pourtant l'ôter de dessus les fourches. Quand elle sera justement au point qu'elle doit estre, vous la lierez bien ferme aux deux fourchettes proche de la croce, au lieu marqué de la lettre m, & par le canon à l'endroit r, afin qu'elle ne remuë point & qu'elle tire justement : Quand ce fuzil

fera accommodé , ayez une ficelle qui foit forte , laquelle vous
pafferez pardeffous le fuzil dans les fourches. Vous attacherez au
bout p , une pierre pefant fept ou huit livres , & à l'autre bout f,
un petit bâton gros comme la moitié du petit doigt , & long
d'environ deux pouces. Tirez ce bâton & la ficelle jufqu'à ce que
la pierre joigne prefque la croce de l'arquebuze , & que le petit
bâton puiffe eftre mis d'un bout dans la coche f du grand piquet d , & l'autre dans la coche e , de la marchette ou crochet
a e c , de forte que cette marchette foit élevée de terre d'un pouce , & que la pierre tienne le tout en eftat par fa pefanteur. Pofez
fur ce crochet un petit ais i g , long de huit ou neuf pouces , &
large de quatre ou cinq , & le couvrez de fueilles feiches ou de
terre , felon la difpofition du lieu , & que le tout foit fait en forte qu'il paroiffe fort peu. Il ne reftera plus pour achever la machine que de bander l'arme à feu , & de lier à la détente o , le
bout d'une petite ficelle , & l'autre bout paffant dans la fourche
p , fera attaché à la pierre ; cela fait , retirez-vous jufques au lendemain matin.

    Il eft probable & prefque infaillible , que la machine eftant
bien dreffée comme je l'enfeigne , pourveu qu'il ne pleuve point la
nuit fur le fuzil , la premiere bête qui fortira du trou ou y entrera , venant à pofer le pied fur l'ais g , fera tomber la marchette, laquelle faifant decocher le petit bâton f e , donnera liberté à la
pierre de tomber , & par fa pefanteur fera détendre le fuzil , qui
tirera dans l'ouverture du terrier & tuëra la bête.

    Vous pourrez peut-eftre mieux comprendre la forme de tou-
tes les pieces qui compofent cette machine , par celles des deux
figures 23. & 24. qui font femblables. Il n'y a de difference qu'aux
lettres , & qu'au deffus de la marchette , où font couchez de petits bâtons au lieu de l'ais g , qu'on voit à l'autre.

AVTRE MANIERE POVR TENDRE LA MESME
machine dans un chemin, pour tuer un loup.

CHAPITRE XXIII.

 I en vous promenant le matin vous avez aperceu quel- *Invention de l'Auteur.*
que trace de loup ou de quelque autre bête mal-fai-
fante le long d'un chemin, & que ce foit fon paffage
ordinaire, tendez la machine figurée 24. dans la feptiéme Table, en cette forte.

Suppofez que les deux lignes ponctuées 2, 3, 4, 5, foient les
bords du chemin, & qu'il y ait des hayes ou du bois taillis tout
le long, ou bien piquez-y quelques branches en forme de haye
à l'endroit où on veut tendre la machine. Ayez un bâton G D,
avec un crochet au bout C, & que tout le bâton foit plus long
d'un demy pied que la largeur du chemin, & gros comme un
bâton commun (fur quoy on s'appuye en cheminant), accro-
chez-le au bas d'une branche A, tout au raiz de terre, & faites
une coche à deux pouces proche de l'autre bout, à l'endroit
marqué de la lettre D. Piquez à l'autre rive du chemin un piquet
B, de même groffeur que le bâton à crochet & long d'un pied,
auquel vous ferez auffi une petite coche G, haute de terre d'un
demy-pied, & du côté de la haye ou du bois, dans lequel vous
choifirez un endroit éloigné du chemin d'environ douze ou
quinze pas (felon la commodité du lieu) & d'où vous puiffiez
découvrir un animal s'il paffoit entre A, & B. Il faudra piquer en
cette place choifie deux fourchettes toutes droites, fçavoir une
marquée I, haute de quatre ou quatre pieds-& demy, & une H,
diftante de l'autre d'environ trois pieds, mais en approchant du
chemin, laquelle, fera plus courte, felon qu'on le jugera à propos.
Pofez fur ces fourches une arme à feu, foit arquebuze ou fuzil,
& la braquez juftement au droit de la marchette entre les lettres
A, & B, à la hauteur proportionnée pour tirer la bête que vous
croyez qui paffera la nuit par ce chemin. Cela eftant fait, liez le

P p iij

fufil fi ferme avec des cordes V Y , qu'il ne branle point en tirant , puis ayez une pierre K , pefant dix ou douze livres , à laquelle vous lierez une bonne ficelle qui paffera par dedans les fourchet- tes I , H , & à fon autre bout attachez-y un petit bâton G D , gros comme le doigt , long de quatre pouces , coupé par les deux bouts en forme de coin à fendre du bois , puis tirez la ficelle jufques à ce que la pierre joigne la croce de l'arquebuze , & que le petit bâton touche le piquet B , pour mettre l'un de ces bouts dans la coche G , & l'autre dans la coche D , de la marchette ou bâton crochu , qui traverfe le chemin , de façon que ce bâton ou mar- chette foit élevée de terre d'un pouce. Liez une ficelle à la pier- re K , & attachez fon autre bout L , à la détente de voftre arme. Aprés cela mettez plufieurs petits bâtons M , N , longs d'envi- ron un pied , qui portent d'un bout fur la marchette & de l'au- tre bout à terre , puis couvrez le tout de fueilles & de petites branches , & en jettez à la negligence de côté & d'autre du che- min , enfuite bandez le fuzil & vous retirez jufques au lendemain au Soleil levant ; que vous irez voir.

Il eft vray-femblable que fi l'animal paffe il pofera les pieds fur ces petits bâtons , qui feront tomber la marchette , laquel- le laiffera décocher le petit bâton D G , qui tient la pierre en l'air , & cette pierre tombant fera débander l'arme , qui tirera dans le paffage & tuëra la Bête. Mais prenez garde , qu'en voulant tuër l'animal une perfonne ne s'y bleffe , c'eft pourquoy ne tendez ces fortes de machines qu'en des lieux où vous eftes affeuré qu'il n'y paffera point de monde , car outre le danger de bleffer quel- qu'un , vous pourriez encore perdre l'arquebuze.

Toutes les pieces qui compofent cette machine , fe voyent def- feignées feparément dans la 23. figure.

COMMENT IL FAVT FAIRE VNE FOSSE
pour prendre des Loups & autres Animaux carnaciers.

CHAPITRE XXIV.

DANS les païs de Forefts & grands bois, où il y a quan_
tité de loups, on peut fe fervir d'une foffe avec une
trape, laquelle eftant un peu chargée d'un bout renverfe fa charge dans la foffe, & fe referme d'elle-méme.

Cette invention ne fe doit faire que dans les chemins écartez, qui font les endroits ordinaires où paffent les loups ; & afin
de ne travailler pas inutilement, il faut avant que d'y faire la
foffe fe promener quelque matin aprés la pluye, ou bien quand la
terre eft molle, ou qu'il a neigé, & regarder à terre le long du
chemin, fi vous y verrez quelque trace de loup qui doit eftre
faite, comme la figure le marque dans la dixiéme Table,
où fe voit en écrit pied de loup, & qui eft differente de la pate
du chien mâtin, figurée à côté, de laquelle difference j'ay amplement traité au premier Chapitre de ce Livre, où vous pouvez avoir recours.

Lors qu'on aura reconnu le paffage du loup, on pourra travailler avec efperance, comme vous l'apprendrez par la 14. figure de
la cinquiéme Table. Suppofez que les deux lignes ponctuées
A B, C D, foient les deux bords du chemin où vous defirez faire travailler, faites-y faire une foffe de douze pieds de longueur,
depuis la lettre E, jufques à G, & large de E, à la lettre F, environ fix, fept, ou huit pieds, & neuf de profondeur, qu'elle foit
faite un peu en élargiffant dans le fond, afin que les animaux qui
tomberont dedans ne puiffent grimper. Faites faire aufli un chaffis de bois E F H G, dont les extremitez pafferont au-de-là de la
foffe & les faites entrer à fleur de terre. Il y faudra faire deux entailles dans la piece du bout G H, aux endroits marquez des lettres Q R. On fera au milieu de chaque piece des côtez une coche
I, K, pour y faire tourner les pivots de la trape qui doit eftre faite

d'ais comme une porte avec des barres aux deux bouts & au
milieu. Vous attacherez à ce milieu les deux pivots I, K, & laifferez avancer au bout de la trape deux morceaux N, O des mêmes ais, & de grandeur convenable pour remplir les deux entailles Q, R, qui font au chaffis. Pour empêcher que la trape ne
baiffe de ce côté-là, il faut qu'il s'en manque trois ou quatre
doigts, que l'autre bout L, ne touche au bord du chaffis E F,
afin que la trape puiffe baiffer facilement de ce côté-là. On attachera une corde longue de fix pieds, d'un bout au bord du
chaffis au lieu marqué de la lettre P, & de l'autre au bout H, O,
de la trape, afin que la charge eftant fur le côté L, qui balance,
ne faffe pas tout-à-fait tourner la trape, qui ne se refermeroit
pas, fi la corde qui la retient panchée de biais & non à plomb,
ne l'y obligeoit par le fault qu'elle luy fait faire. Le côté M, pe-
fera un peu plus que l'autre, & neanmoins ne fera pas fi pefant,
qu'un Renard ne puiffe verfer la machine, fur laquelle vous
clouërez plufieurs petites branches fueilluës, en forte que les ais
de la trape ne paroiffent point. Vous jetterez quantité de fueilles
& de petites branches feiches à la negligence, tout au tour de
la foffe, environ deux toifes loin de chaque côté, de crainte
que les animaux qui voudroient paffer ne s'épouventent, lors
qu'ils verroient des fueilles fur la trape feulement, & non ailleurs.

Il eft évident que tout ce qui paffera par ce chemin de la foffe tombera dedans, vous irez tous les matins vifiter ce lieu, ayant
une fourche de fer ou autre inftrument pour tuer ce qui se rencontrera dedans.

Il ne faut pas manquer de faire publier aux Paroiffes circon-
voifines qu'on ne paffe point par un tel chemin, à caufe du pé-
ril.

DEVX

DEVX SORTES DE RVSES POVR ATTIRER
les Animaux carnaciers à la trape.

CHAPITRE XXV.

IL y a beaucoup de perſonnes qui ſe ſervent d'un mou-ton ou d'une oye pour appeller les loups & autres ani-maux carnaciersà la trape,parce que le mouton eſtant ſeul ne fait que béeler, & l'oye de même ne fait que criér jour & nuit quand elle eſt ſeule, ſi bien que l'un & l'autre peuvent eſtre entendus des Loups & des Renards, qui vont voir où ils ſont pour en faire leur proye, & les voyant en aſſez beau lieu pour les prendre, ils approchent, & penſant ſe jetter deſſus, mar-chent ſur le bout de la trape L, qui baiſſant fait tomber inconti-nent la bête dans la foſſe.

La maniere qu'on doit mettre l'oye ſe verra par la 15. figure de la cinquiéme Table. Suppoſez que l'entre - deux des lignes EG, FH, qui paroiſt couvert de fueilles ſoit le chemin, & que les deux endroits marquez des lettres L, M, ſoient auſſi les deux bouts de la trape, & K, le milieu, le bout L, celuy qui doit verſer. Cherchez un arbre qui ſoit le plus proche de la foſſe, ou un brin de taillis bien fort,comme celuy qui eſt marquéF,faites en ſorte qu'il y ait une branche S, qui panche deſſus à hauteur d'environ ſix pieds, on poſera l'oye deſſus cette branche comme ſur le milieu L, du bout de la trape, & l'on l'attachera par les deux pieds, en ſorte qu'elle ne puiſſe ſe défaire ny verſer.

Si on ſe ſert d'un mouton, on l'attache des quatre pieds ſur le milieu de la trape même du côté L, & on charge l'autre bout à proportion; & quand le loup veut ſe jetter deſſus, il verſe avec la trape & le mouton demeure toûjours en ſon lieu, qui ne fait que béeler jour & nuit.

D'VNE AVTRE MEILLEVRE RVSE POVR
faire paſſer les Loups & autres Animaux par le
chemin de la Trape.

CHAPITRE XXVI.

Invention
de l'Auteur.

OUR moy je ne trouve pas les ruzes du Chapitre precedent ſi bonnes , comme d'avoir une charogne attachée avec une corde à la queuë d'un cheval , & de la
traîner tout le long des grands & petits chemins , en re-
paſſant toûjours la charogne pardeſſus la trape, & l'ayant prome-
née la pendre à un arbre proche de la foſſe , en ſorte qu'aucun
animal n'y puiſſe toucher , & qu'il ſoit obligé de marcher deſſus
la machine, en cherchant la proye qu'il ſent.

Cette charogne pourra ſervir pluſieurs jours à la traîner de la
ſorte. Autant de bêtes carnacieres, ſoit loups ou renards, qui en
cheminant ſentent la terre infectée de cette chair , ſuivent le chemin ayant le nez contre bas , juſques à ce qu'ils ſoient tombez
dans la foſſe, ou qu'ils trouvent ce qu'ils cherchent.

Cette même ruze pourra encore ſervir aux perſonnes qui prennent leur divertiſſement à l'affût ; car ſi on ſe met dans le car-
refour d'un bois , & qu'on ait traîné cette charogne le long de
tous les chemins qui y aboutiſſent , on n'y guettera pas long-
temps ſans voir un loup ou un renard, qui cheminera de côté &
d'autre pour trouver la charogne qu'il ſent.

DV MOYEN DE FAIRE VN PIEGE DE FER
pour prendre les Loups.

CHAPITRE XXVII.

L E piege que je vous propofe eft de fer, femblable à la 16. figure de la fixiéme Table.

Il eft fait de plufieurs pieces qui fe raffemblent.

Je les ay toutes feparées pour le faire mieux comprendre, & enfeigner les mefures pour les faire facilement.

Premierement il faut deux pieces de fer femblables à la 18. figure, longues de deux pouces & demy, larges d'un pouce & épaiffes de trois lignes qui font le quart d'un pouce, ayant un double charnié à chaque bout B, percé pour y mettre une cheville de fer. Ces deux morceaux de fer feront pofez en croix l'un fur l'autre, comme le montre la dixneufviéme figure, & rivez par le milieu avec une cheville de fer E, longue d'un pouce, ayant une boucle R.

Outre ces deux bandes il en faut deux autres, comme en la 20. figure, longues de fix pouces, larges d'un, & épaiffes de deux lignes, qui eft la fixiéme partie d'un pouce. Elles font un peu recourbées par deffous, & à chaque bout L, O, N, P, il doit y avoir une ouverture faite en mortaife, longue d'un pouce, large d'environ quatre lignes. Ces deux bandes feront attachées & rivées en croix avec une cheville de fer MI, longue de quatre à cinq pouces, faite en flêche ou langue de ferpent, plate & pointuë par le bout M, en forte que la faifant entrer dans une piece de chair on ne la puiffe retirer qu'avec force. L'on fait entrer le bout I, de cette cheville dans les trous K, pour tenir les deux bandes arrêtées en croix, ainfi qu'ils paroiffent dans la 21. figure.

Il faut pareillement quatre branches de fer, figure 17. longues d'environ dix-huit pouces, épaiffes de deux ou trois lignes en quarré, finon vers le milieu G, comme à la longueur de fept pouces, qui doit eftre large de cinq ou fix lignes, non pas en quarré, mais feulement du côté où font les dents. Le bout marqué de la lettre A, doit eftre rond avec un fimple charnié percé au milieu, & par l'autre bout H, il faut qu'il foit fait comme une fourche & recourbé en façon d'un crochet. Chacun de ces petits crochets ou branches fera de deux pouces de longueur.

Toutes les pieces eftant faites il les faut raffembler, & commencer par la 18. figure, mettant les deux bandes en croix & le bout de la cheville E, dans les trous F, pour la river en forte que les deux morceaux de fer ne remuent point, & prendre enfuite la fleche MI, (figure 20.) qu'on fera entrer par force du bout I, dans le trou K, des deux bandes PN, OL, & la river fi fort que rien ne puiffe remuer. Ces trois pieces affembléés paroîtront femblables à la 21. figure. Prenez enfuite la figure 17. & faites paffer fon bout A, dans l'ouverture ou mortaife N, puis entrer dans un des charniers lettre B, de la 19. figure, & y mettez une cheville de fer qu'il faut river, en forte que la branche puiffe fe mouvoir librement comme feroient les fiches ou couplets d'une feneftre, & faites ainfi des trois autres branches, prenant garde de mettre les crochets en haut, comme ils font deffeignez dans la 16. figure, & le piege fera monté en eftat d'eftre tendu.

COMMENT IL FAVT TENDRE LE PIEGE DE FER
pour prendre des Loups.

CHAPITRE XXVIII.

Invention de l'Auteu.

QUAND vous fçaurez qu'il y aura une charogne en quelque endroit, il faut y aller le foir devant le Soleil couché, & y porter le piege avec une corde B, groffe comme le petit doigt, longue de deux pieds, avec un bon gros piquet de bois ou cheville de fer, & un maillet ou marteau pour la cogner ferme en terre.

Confiderez le côté à peu prés par lequel le loup peut venir à cette charogne, ce que l'experience vous fera bien-tôt connoître , écartez-vous du lieu où elle est d'environ cinquante ou soixante pas , tirant du côté par où peut approcher le loup , & dans le milieu du chemin s'il y en a , ou au deffaut en quelque belle place , creufez un peu la terre en rond de la largeur de tout le piege (eftant ouvert) , en forte que dans le milieu il foit profond d'un demy pied , & aille en diminuant vers le bord. Pour le mieux faire comprendre , que ce lieu foit creufé en forme d'un grand plat , & dans le milieu de ce creux, cognez-y vôtre piquet ou cheville de fer tout au raiz de terre. Cette cheville , ou piquet doit avoir une tête ou crochet pour attacher la corde qui fera liée à la boucle B du piege , que vous y poferez tout ouvert dans la foffe , en forte que la boucle B tienne ferme avec la corde & la tête du piquet. La machine ainfi attachée , coupez un morceau de charogne gros comme la tête d'un endroit fans os , & le mettez fur la fleche M , le faifant entrer le plus avant que vous pourrez, frotez le piege, la corde & le piquet de cette charogne , & en prenez un morceau , que vous lierez au bout d'un bâton ou d'une corde pour le traîner bien loin aux environs de la machine, & le pafferez auprés , puis vous le remenerez fur la maffe de la charogne. Vous ficherez auprés un bâton tout droit avec un peu de papier blanc au bout , afin que le loup s'épouvente venant la nuit pour manger , & n'approche pas de la bête morte ; car voyant de loin le papier , il croira qu'on le guete pour le tirer , fi bien qu'il n'ofera approcher tout d'un coup , mais il tournera au tour ; & comme la faim le preffera il voudra s'avancer pour mieux découvrir , & alors venant à rencontrer le morceau de charogne qui fera au piege , il le prendra avidement pour l'emporter , fi bien qu'en tirant la chair les quatre crochets H , le faifiront par le corps , & plus il tirera , plus ferme il fe trouvera accroché , ne pouvant repouffer ou rouvrir le piege , parce que les dents G , empêcheront les crochets de s'écarter.

Vous pourrez tendre trois ou quatre de ces machines autour d'une charogne , afin de reüffir aux unes ou aux autres.

Et parce que les chiens & les oyfeaux carnaciers iront de jour à cette charogne & la mangeront en peu de temps , faites

Invention de l'Autheur.

la garder de jour. Pour ce qui eſt de la nuit ils n'y vont jamais
à cauſe du loup, ainſi vous pourrez tendre huit nuits de ſuite
ou plus en ce même lieu, tant que la charogne durera & avoir
le divertiſſement d'emmener la bête vivante à vôtre logis, & la
faire batre avec des chiens mâtins.

FABRIQVE D'VN TRAQENARD SIMPLE
pour prendre les Foüines & autres Animaux
nuiſibles aux volailles.

CHAPITRE XXIX.

D ANS les maiſons de campagne on eſt ſouvent incom-
modé des Foüines, Belettes, Chats communs & Chats
putois, qui mangent les volailles, pigeons & œufs ; ce
qui eſt fort difficile d'empêcher, ſi on ne les prend avec
des Traquenards. Quoy qu'ils ſoient aſſez communs par tout, j'ay
cru qu'il ne ſeroit pas inutile d'apprendre la maniere de les faire.
Il y en a de deux façons, l'un double & l'autre ſimple, qui eſt
celuy que je fais voir par la demonſtration de la 25. figure, en la
hüitiéme Table.

    Prenez trois ais ou planches de quel bois vous voudrez, &
qu'ils ſoient égaux à celuy qui eſt marqué des lettres AB, CD,
longs de trois ou quatre pieds, larges de neuf pouces, épais de
neuf lignes, cloüez-les enſembles comme un cercüeil ou bierre
à mettre un trépaſſé, fermez un des bouts avec un morceau d'ais
de même largeur & épaiſſeur que les autres, & le cloüez de tous
les côtez A, C, E, F, & par le deſſus des trois grands ais vous en
clouërez un autre A F G H, de même largeur, qui ne doit avoir
que le tiers de la longueur des autres, & pour le reſte de l'ouverture, ayez un autre ais G H I K, qui acheve la longueur du deſſus. Vous ferez un trou avec un virbrequin au hord des ais des
deux côtez, aux endroits marquez des deux lettres G, H, & y
cognerez deux clous, qui entreront aux deux côtez de l'ais du
deſſus, en ſorte qu'ils ſervent de tourillons ou pivots, ou pour

mieux faire entendre , comme un effieu de chariot ou caroffe ,
que l'ais fe puiffe hauffer & baiffer facilement , & par l'autre bout
I K , cloüez-y un morceau de bois pareil à celuy qui eft marqué des
lettres A F G H , qui ne doit tenir qu'à cét ais & non aux autres , de
façon qu'eftant baiffé le tout paroiffe ainfi qu'une boëte fermée.
Ayez aprés deux morceaux de bois L M P Q , longs de deux
pieds , larges d'un pouce , épais d'un demy pouce & percez proche les bouts L , M , d'un trou à ficher le petit doigt. Il les faut
cloüer au milieu des planches des deux côtez , vis-à-vis l'un de
l'autre , & avoir un morceau de bois d'un pouce en quarré , fait
par les deux bouts comme un effieu , qu'il faudra faire entrer bien
à l'aife dans les deux trous L , M , & dans le milieu O , de cet effieu
quarré il y aura une mortaife ou un trou pour y ficher & attacher
un bâton O N , qui tombe à plomb fur l'ais mobile quand il fera
baiffé , afin que l'animal qui fera pris dedans ne le puiffe lever
pour fortir. Il faut avant de cloüer les planches enfemble , faire
un trou au bas de celle qui eft marquée des lettres A B C D , au
lieu cotté V X , qui foit haut de deux pouces , large d'un demy
pouce , & à l'autre ais oppofé y faire un petit trou de virebrequin
vis-à-vis de celuy-là , à l'endroit marqué de la lettre R , pour y
paffer une petite corde & y attacher une marchette R S T , faite
d'un bâton gros comme le petit doigt qui doit avoir la liberté
de hauffer & baiffer eftant attaché par le bout R , & paffé dans
le trou V , & qu'il forte deux ou trois pouces dehors , ayant une
petite coche T , auprés du bout. L'appaft s'attache au milieu de
cette marchette par dedans le Traquenard , & cet appaft fera
felon l'animal qu'on veut attraper. Si c'eft une foüine ou un chat
putois on y mettra un poulet , du fruit cuit eft encore propre
pour appafter la foüine : fi c'eft une Belette des œufs feront bons
pour l'y attirer , & fi c'eft un chat commun , un pigeon ou un oyfeau. Ayez une ficelle bien forte , que vous attacherez au bout
de la planche mouvante , au milieu de fa largeur , marqué de la
lettre Y , liez à l'autre bout de cette ficelle un petit bâton V ,
long d'un pouce & demy , gros comme la moitié du doigt , fait
par les deux bouts ainfi qu'un coin à fendre du bois , de façon

que l'ais mobile estant levé à demy pied d'ouverture, comme il est representé dans la figure, & que la ficelle passée pardessus l'essieu Z O, le petit bâton soit d'un bout dans la coche T, de la marchette, & de l'autre bout au bord du trou X. Par ce moyen le Traquenard sera tendu ainsi qu'il doit estre, pourveu que la marchette soit elevée de dessus l'ais d'en bas seulement d'un quart de pouce.

Lors que l'animal verra ou sentira la proye, il entrera, & si peu qu'il la tire le petit bâton sortira de la marchette, qui laissera fermer le Traquenard. Il vous est si bien representé, que je croy que sa seule figure suffit pour vous le faire comprendre.

POUR FAIRE UNE SORTE DE TRAQUENARD double, ou à deux entrées.

CHAPITRE XXX.

E Traquenard double ou à deux entrées vous est montré dans la huitiéme Table, par la vingt-sixiéme figure. Il est plus embarassant que le simple, mais il est plus asseuré, parce qu'estant tendu, comme il est representé, l'animal voit la proye plus facilement, & ne craint pas tant d'entrer que dans celuy qui n'a qu'une entrée.

Il est comme l'autre fait de trois planches pareilles à celle qui paroît marquée des lettres A N B C M H D, longues de quatre pieds, il y a dans le milieu pour tenir les deux planches des côtez en estat, un morceau de bois épais de deux pouces, large de demy pied, avec une feillure à chaque bout E, F, qui entre à moitié de l'épaisseur de chaque ais & est cloüé par le dessus. Il faut avoir deux planches mobiles, au lieu qu'au Traquenard simple il n'y en a qu'une, & faire tout le reste de celuy-cy de même que l'autre, à la reserve que la marchette du double est

eſt au milieu à la lettre Z , comme auſſi le trou par où elle doit paſſer pour tendre le Traquenard , & qu'il y a deux bâtons NMP, de chaque côté , cloüez aux deux tiers des ais , & qu'à l'autre ils ſont au milieu ; & auſſi qu'il y a deux pivots G, H, ſur chaque planche mobile, qui ſont quatre en tout , & des eſſieux P, avec leur bâton ou garde - trape. Il y a pareillement deux cor- des , l'une attachée au bout de la trape V , & l'autre à la lettre a , & toutes deux noüées enſemble au bout d'un autre à la lettre Y, & à cette corde ſimple eſt attaché le petit bâton Z, o , ſi bien que la tirant toute ſeule, elle tire avec ſoy les deux autres qui tiennent les ais mobiles, & qui paſſent pardeſſus les eſſieux P, par ce moyen les deux trapes a , V , ſe levent enſemble , & ſe détendent de même.

Vous pouvez encore vous ſervir d'un autre expédient pour Invention lever & tenir tenduës les planches mobiles ou trapes avec moins de l'Au- de peine. Liez une corde aux deux bouts des bâtons Q, (qui theur. ſont cloüez au derriere du Traquenard) qu'elle ſoit roide , & dans le milieu attachez y une boucle de verre R, ou de cuivre, ou bien une clef de ferrure dont l'anneau ſoit rond , par dans lequel vous paſſerez le petit bâton Zo , avec la corde où ſont liées les deux autres qui tiennent aux trapes , & quand vous le tirerez , les cordes couleront ſans peine.

Celuy qui aura bien compris la façon du Traquenard ſimple , peut facilement faire celuy - cy , en voyant la figure ſur laquelle on ne ſe peut tromper , car à la reſerve des trois grands ais il n'y a qu'à doubler , ou faire deux fois les mêmes pieces , qui ſont au Traquenard ſimple.

LA MANIERE DE FAIRE VNE SORTE D'ARBALESTE
pour prendre les Glais qui mangent les muscats
& autres fruits en Espaliers.

CHAPITRE XXXI.

LEs Glais ou Glirons font certains Rats fauvages femblables aux Rats domeftiques, finon qu'ils font de couleur plus grifaftre, & ont le poil plus long. Ils n'ont pas
auffi la queuë fi longue, mais toufuë en deux endroits.
On ne les voit que le foir bien tard, lors qu'ils montent le long des
murailles des jardins & dans les abres pour manger les fruits, particulierement les mufcats & les abricots, que la plufpart des perfonnes croyent eftre mangez par les oyfeaux. Ces fortes de Rats
dorment fix ou fept mois de l'année, c'eft pourquoy on dit en
proverbe (il dort comme un Glais) j'en ay pris l'Hyver dans des
trous d'arbres où ils eftoient endormis. Ils s'éveillent au mois de
May & fe rendorment aprés vendanges : On les prend avec plufieurs inventions, mais je n'en ay point trouvé de plus affeurée
que l'Arbalefte, ny plus commode à tendre le long des murailles. Vous en voyez la forme par les figures vingt-fept, vingt-huit
& vingt-neuviéme, deffeignées dans la neuviéme Table. La
vingt-feptiéme fait voir la machine tenduë en l'eftat qu'elle doit
eftre pour attraper l'animal ; la vingt-huitiéme reprefente la même machine tournée de l'autre côté, laquelle paroît détenduë
& où le Rat eft pris ; on connoît par ce moyen toutes les pieces
neceffaires attachées en leur place. Le tout eft fi bien reprefente, qu'on ne peut fe tromper dans la fabrique, fi on obferve les
mefures prefcrites, & qu'on examine bien la figure.

　　Pour fabriquer ce piege, reglez-vous fur la vingt-huitiéme
figure. Il eft fait d'une piece de bois A B C D, longue de deux
pieds & demy, large de fix pouces, épaiffe comme une doüelle
de Tonneau (qui y peut fervir) à laquelle on tire une raye marquée de la ligne ponctuée g h, au travers à dix pouces du bout

C D, & ouvrant un compas de la largeur d'un pouce & demy, on le pose d'un pied au bord de l'ais g, & l'on meine l'autre sur la ligne g h, au point q, & delà posant encore un pied du compas au bord D, l'on marque un point à la lettre e, pour tirer delà une ligne jusques à la lettre q. On en fait autant à l'autre bord CEh, après quoy il faut couper avec une scie la doüelle tout le long des lignes e q, & d j, puis en ôter toute la piece G H. Aprés cela, vous ferez avec un coûteau ou autre ferrement, une maniere de coulisse ou goutiere dans l'épaisseur du bois par le dedans de l'entaille, d'où la piece est sortie & vous cloüerez un petit morceau ou bande de bois E F, large d'un demy pouce sur les deux branches C, D, pour les tenir en estat, & attacher la ficelle du bâton qui tiendra la machine tenduë, comme je diray cy-aprés. On coupera une autre piece de doüelle H G I, un peu plus large que l'entaille, qu'il faudra ajuster par les côtez, ensorte qu'elle puisse couler facilement dans la coulisse qui est dans l'épaisseur du grand ais. Cette piece de doüelle sera plus longue de trois ou quatre pouces que l'entaille, & un peu envuidée ou coupée de biais par le bout I, afin de rendre ce bout-là assez estroit pour y faire un petit trou n, par le côté, pour y passer une ficelle forte. Vous placerez cette piece de bois dans l'entaille, afin que le bois la remplisse comme s'il estoit collé au même lieu, mais il faut qu'il puisse mouvoir à l'aise le long des coulisses. Ayez une verge de bois de houx M K N, longue de trois pieds & demy ou quatre pieds, grosse comme le doigt, laquelle vous plierez en arc, & attacherez au bout M, une forte ficelle qui passera par dedans le trou n, du bout I, de la piece mouvante H G I, & delà vous la lierez à l'autre bout N, de la verge. Cela estant fait, ayez trois petits crochets de bois K, f, b, un peu moins gros que le petit doigt, & les fichez dans des trous que vous aurez auparavant faits à six pouces loin de l'entaille. Aprés cela posez le milieu de l'Arc sur le grand ais à l'endroit cotté de la lettre K, en forte qu'il y ait un des crochets du côté K, & les deux autres du côté b, f, & que tous trois soient ajustez de façon qu'ils tiennent la verge arrêtée. Noüez ensuite une ficelle forte au bâton E F,

Rrij

au milieu marqué de la lettre G, que l'on attachera auſſi à un petit bâton c o, gros comme la moitié du petit doigt, long de deux pouces, ne laiſſant de longueur à cette ficelle depuis la lettre G, juſques au bâton, que ſix pouces. Vous aurez un petit bâton f c, gros comme la moitié du petit doigt, long de huit pouces, qu'il faut attacher d'un bout avec une ficelle au milieu K, de l'Arc, en ſorte qu'il tourne de quel côté qu'il voudra, & à l'autre bout ſera fait une coche c, auprés de laquelle ſera lié l'appaſt. Le bâton f c, & la ficelle G o c, doivent eſtre de longueur convenable, afin que le morceau de bois A G I, eſtant tiré & arrêté par le moyen du petit bâton o c, qu'on met d'un bout lettre o, contre le bout H, & l'autre c, dans la coche c, du bâton f c, il ſe faſſe une fenê-tre ou ouverture de deux pouces & demy, ou trois pouces, telle qu'elle paroît par les lettres a o c, de la vingt-ſeptiéme figure. L'Arc M K N, doit auſſi eſtre plié de ſorte que la machine eſtant détenduë telle qu'on la voit dans la vingt-huitiéme figure les bouts M, N, ſe trouvent comme vis-à-vis de la petite barre E F, ainſi que la ligne ponctuée M N, le montre. J'ay deſſeigné la vingt-neuviéme figure pour mieux faire comprendre la forme du grand ais & de la feneſtre ou piece mouvante H G I, qui eſt plus lar-ge de deux lignes que l'entaille, parce qu'elle doit entrer des deux côtez dans les couliſſes. La ficelle de l'Arc entre par le trou n, du bout I, ſi bien qu'à cauſe de la force de l'Arc la piece mouvante entre dans l'ouverture, & fait que le bout lettre a, joint le bord b, de l'entaille. Il y a auſſi une entaille dans le grand ais à demy pied proche du bout A, à l'endroit cotté de la lettre L, pour mettre le pied dedans lors qu'on veut bander l'Arbaleſte. Il faudra couper le bout A, en pointe pour le ficher dans la mu-raille quand on tendra le piege.

DE LA FACON DE TENDRE L'ARBALESTE
pour prendre les Glais & Rats qui mangent les
fruits dans les jardins.

CHAPITRE XXXII.

AYANT fait une Arbalefte de la maniere contenuë au Chapitre precedent, vous aurez une noix feiche demie caffée, un morceau de coine de lard, un bout de chandelle, une poire cuite, une châtaigne, ou quelque autre appaft que vous attacherez au bâton f c, à un pouce proche de la coche c, à l'endroit marqué de la lettre a, puis mettant le bout A, du piege à bas, vous poferez le bout du pied dans l'entaille L, & prendrez d'une main le bout I, de la feneftre ou piece mouvante, que vous tirerez jufqu'à ce que le bout H, foit éloigné du bord B, de trois pouces; & pour lors prenant de l'autre main le petit bâton o c, vous poferez fon bout lettre o, contre le bout H, de la feneftre, & tenant l'autre bout c, bien ferme (qui eft coupé en forme d'un coin à fendre du bois) vous laifferez aller le bout I, de la feneftre, & de cette main vous prendrez la marchette ou bâton f c, auquel eft attaché l'appaft, & vous apporterez fon bout vers le bout H, de la piece mouvante, pour aprés mettre dans fa coche c, le bout c, du petit bâton o c. Par ce moyen la machine fera tenduë en l'eftat qu'elle paroît dans la vingt-feptiéme figure, fuppofez que vous la tourniez fans deffus deffous.

Refte maintenant de montrer comment il faut placer le piege. Ayant remarqué l'endroit de la muraille où le fruit eft le plus mangé des Glais & Rats, prenez l'Arbalefte par le bout E F, & la portez fur le lieu, cherchez un trou dans la muraille, auquel vous puiffiez ficher le bout A, du piege, n'importe pas de combien avant il entre, pourveu que la machine tienne affez. Elle doit eftre pofée, fçavoir le côté qui paroît en haut où le deffus, & l'autre par où eft attaché l'Arc par deffous, en fin de telle façon, que l'animal puiffe marcher par deffus tout le long

Rr iij

de la ligne ponctuée A K B, pour aller prendre la proye lettre a, par l'ouverture a o c, car il ne manquera pas d'y aller, lors qu'é-tant fur l'efpallier, treille ou muraille, il fentira l'appaft. Cela le fera courir fur l'Arbalefte de la maniere qu'il eft reprefenté; & eftant fur le bord B, il allongera la tête & les jambes de de-vant par l'ouverture pour prendre la proye, & s'efforçant de l'em-porter il fera fortir le petit bâton o c, de la coche c, de la mar-chette, qui par ce moyen fera détendre la feneftre, que la force de l'Arc pouffera, qui prendra le Glay par le milieu du corps & le tuëra. Il faut prendre garde qu'en pofant le piege dans la mu-raille, il ne fe trouve point de branche ny autre chofe, d'où la Befte puiffe atteindre à l'appaft par un autre lieu que par le deffus. Cette machine eftant tenduë ne doit eftre ny panchée, ny levée, il faut qu'elle foit plantée dans la muraille, ainfi qu'un clou qu'on y auroit à demy cogné.

Vous pouvez tendre plufieurs de fes Arbaleftes le long d'une muraille, car plus il y en aura de tenduës, & plûtôt vous ferez dé-livré de ces méchans animaux.

Ce même piege peut fervir dans les chambres & greniers pour prendre des Rats de maifon, le tendant de la même forte que j'ay dit.

Fin du quatriéme Livre.

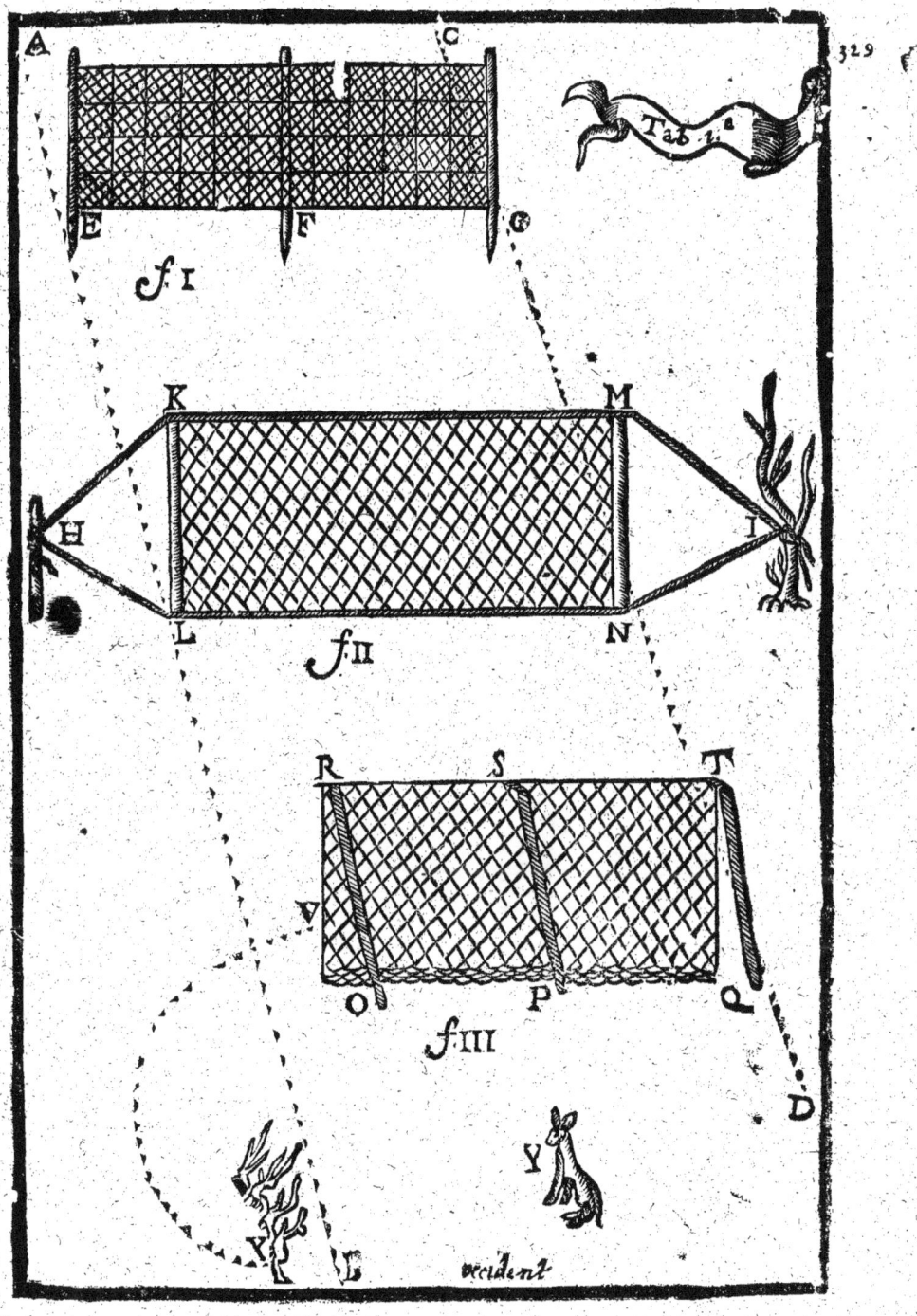

329

Tab. 1.

A   C

E   F   G

f. I

K   M

H   I

L   N

f. II

R   S   T

V

O   P   Q

f. III

D

X   L

Y

occident

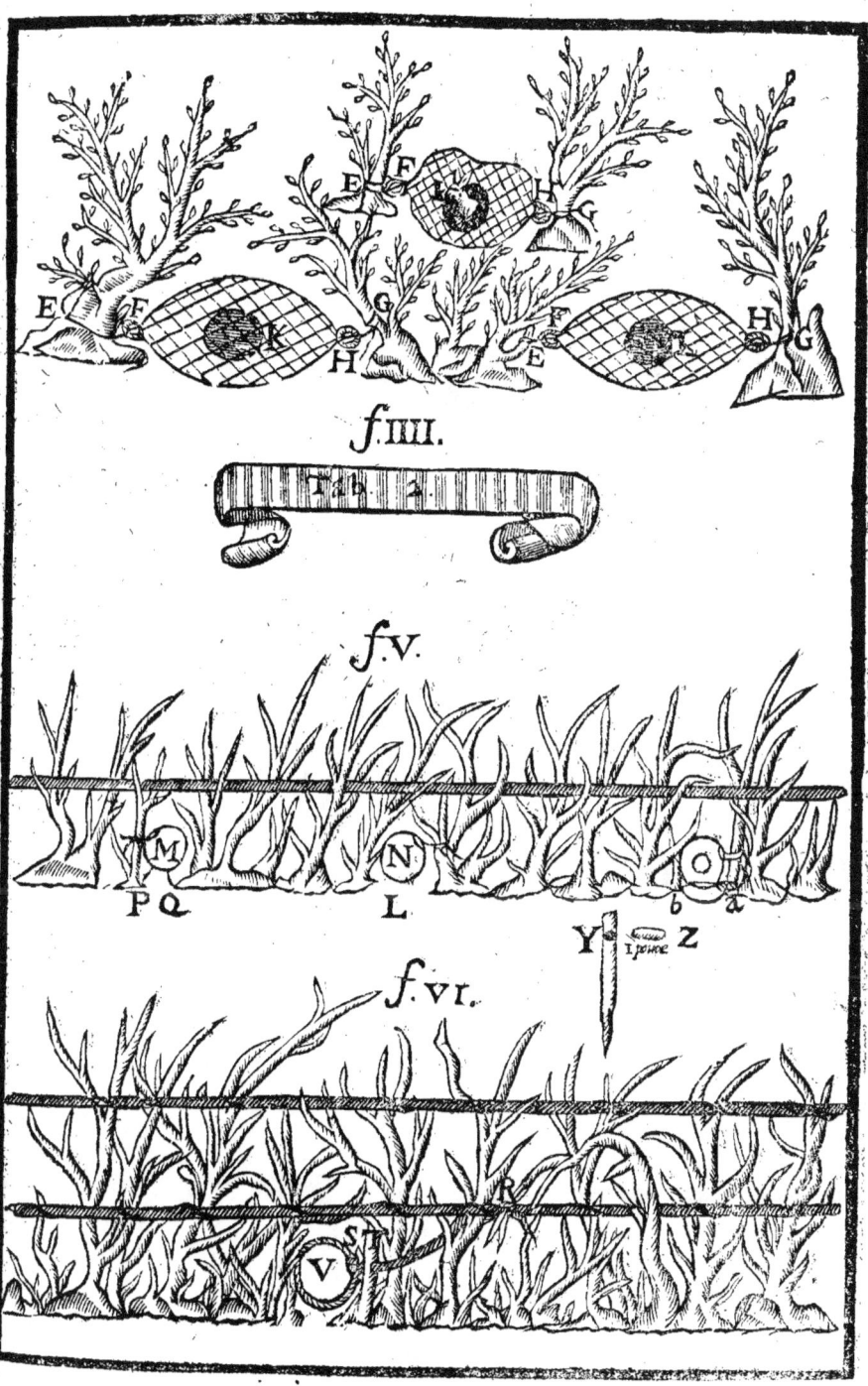

f.IIII.

Tab. 2.

f.v.

f.vi.

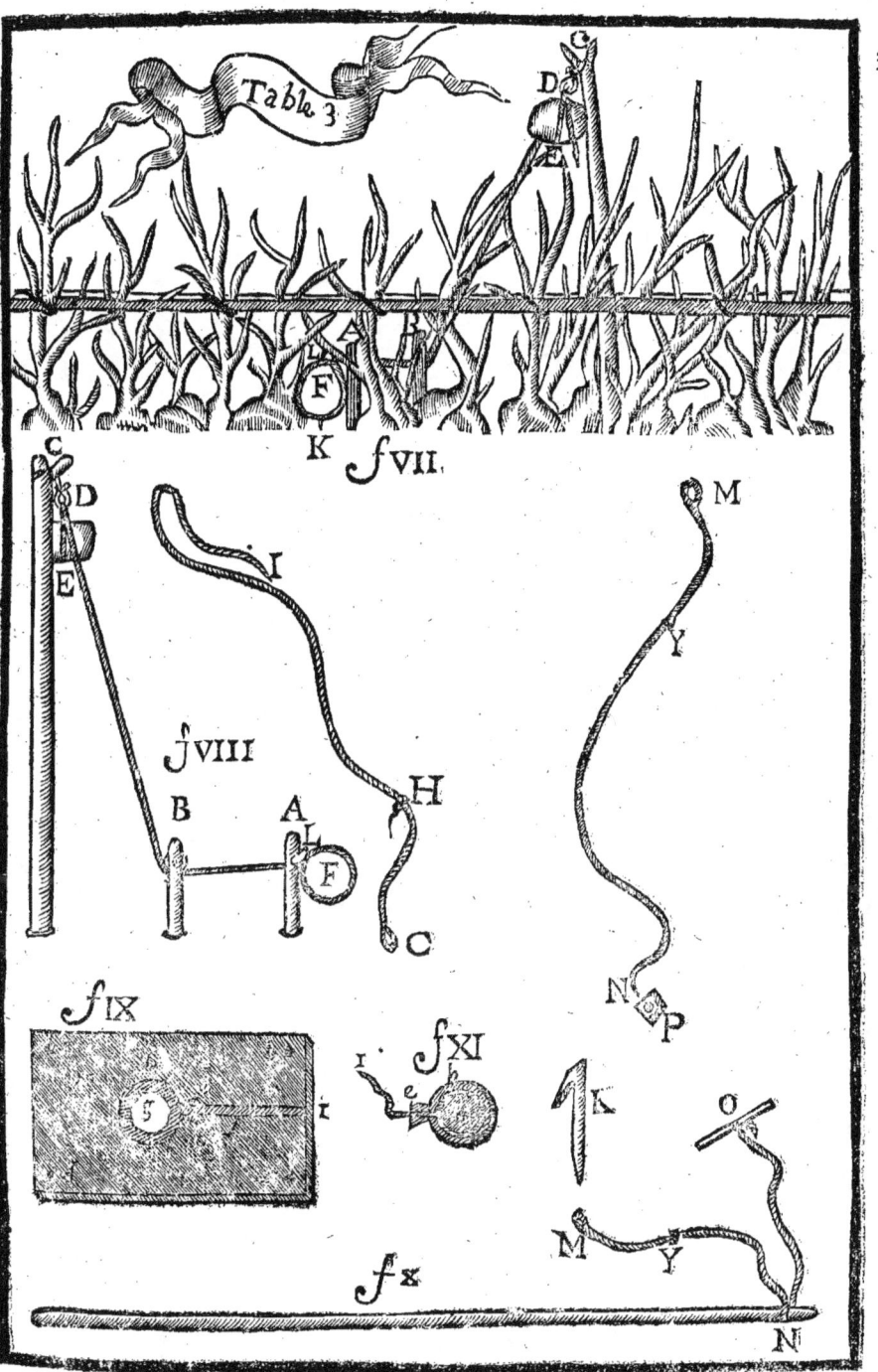

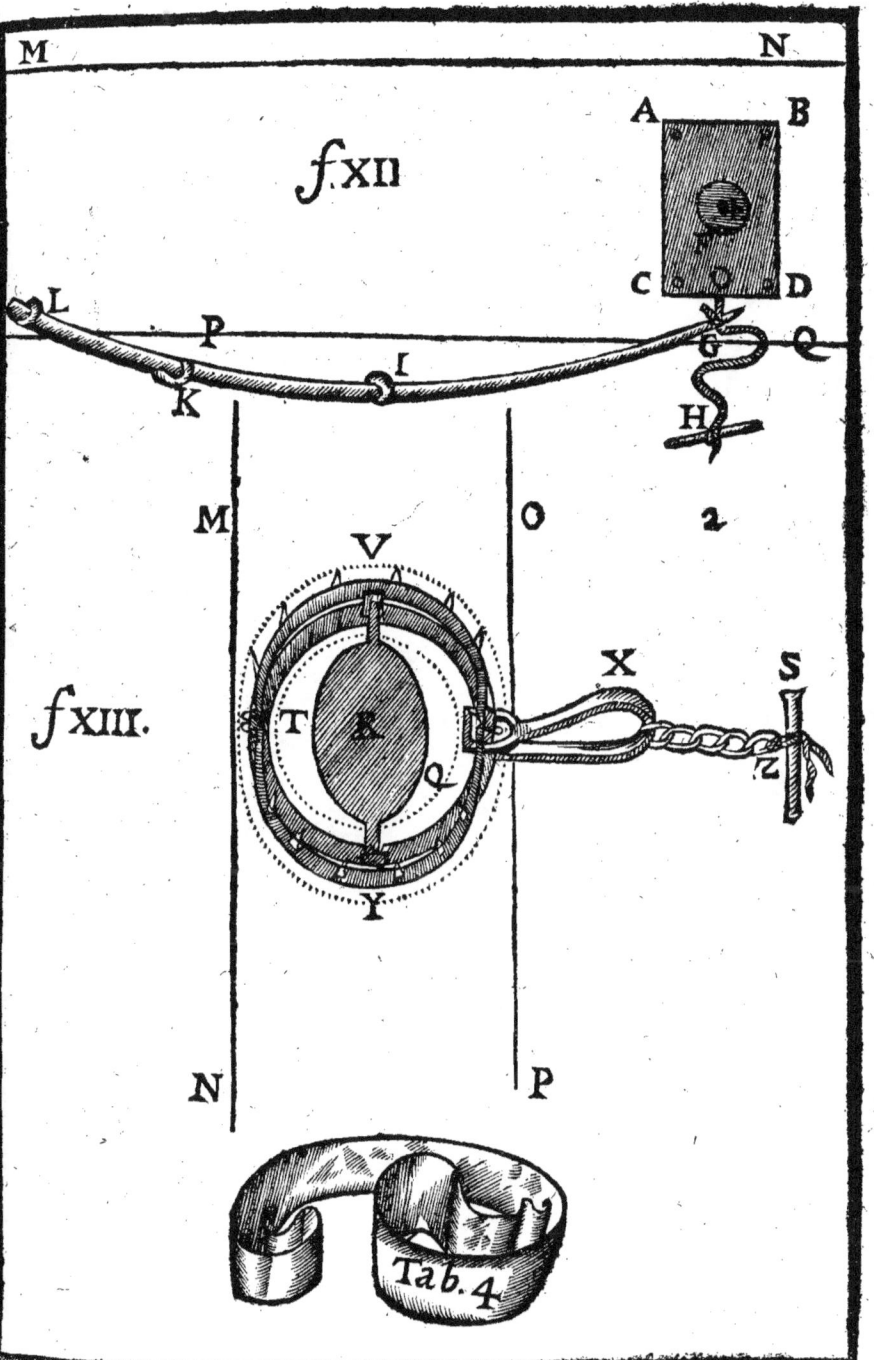

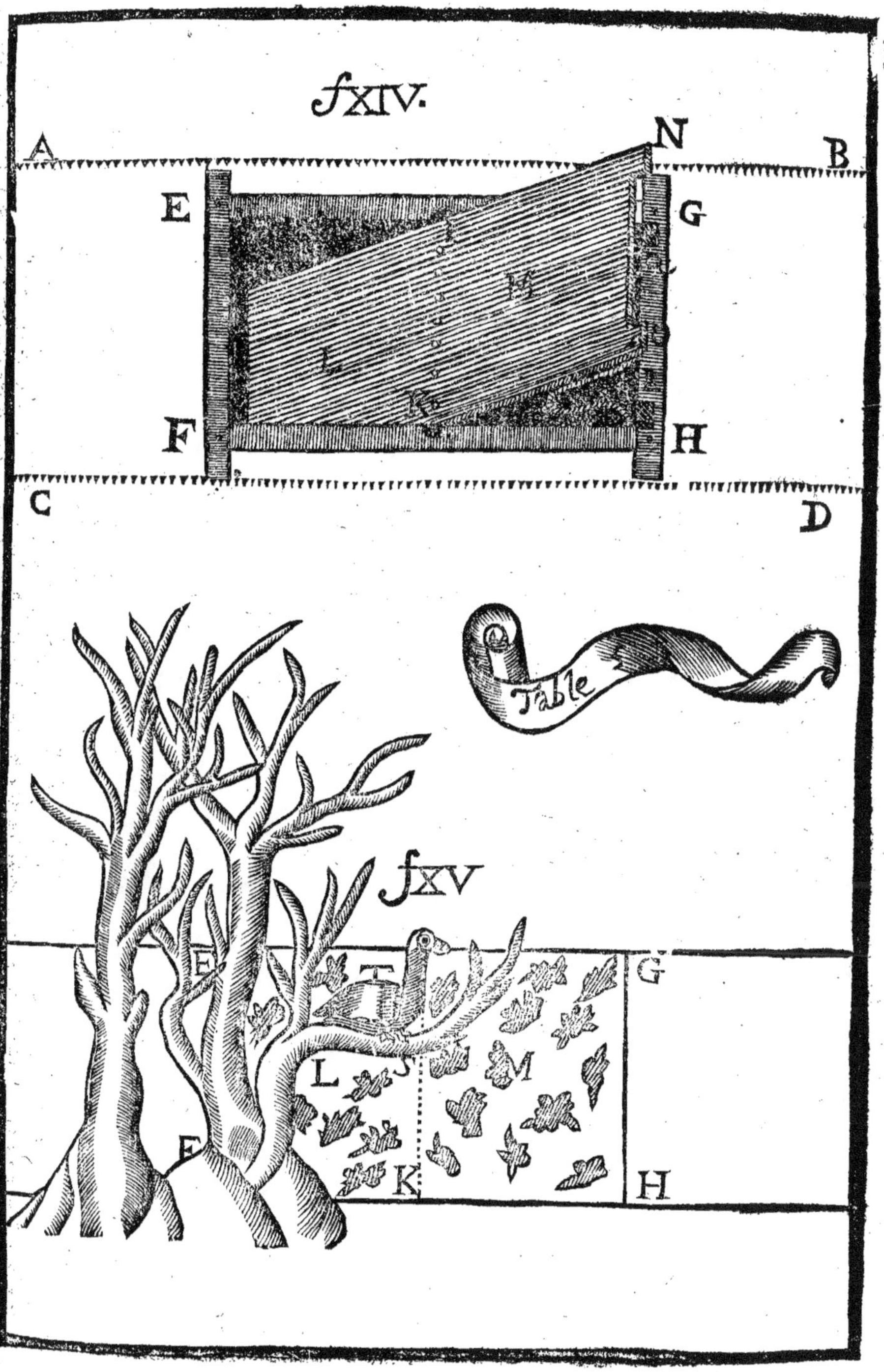

fXIV.

A   N   B

E   G

F   H

C   D

Table

fXV

E   G

L   M

E   K   H

f.XVI

Tab. 6

f.XVII

f.XVIII

f.XIX

f.XX

f.XXI

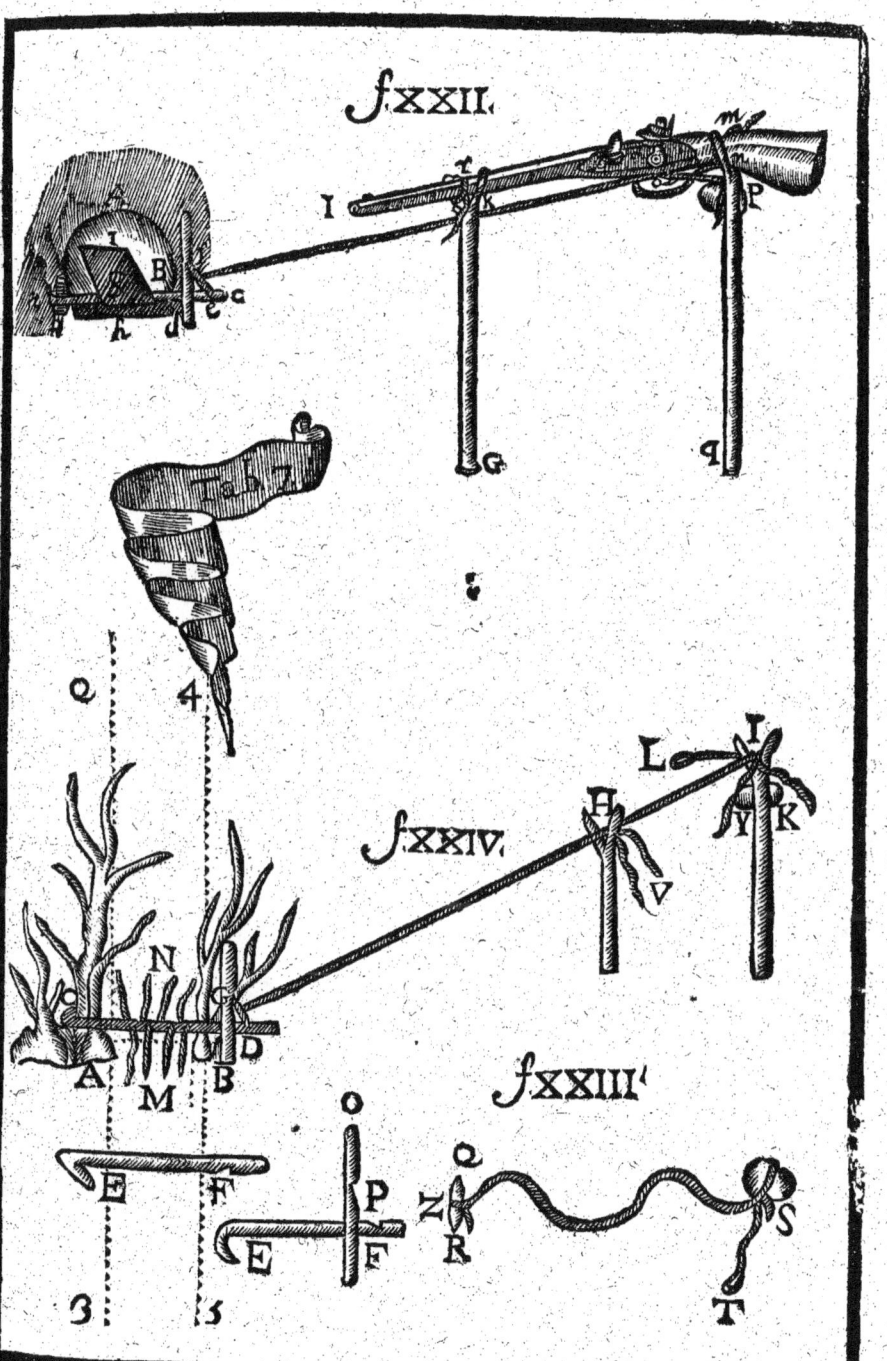

f. XXII.

f. XXIV.

f. XXIII.

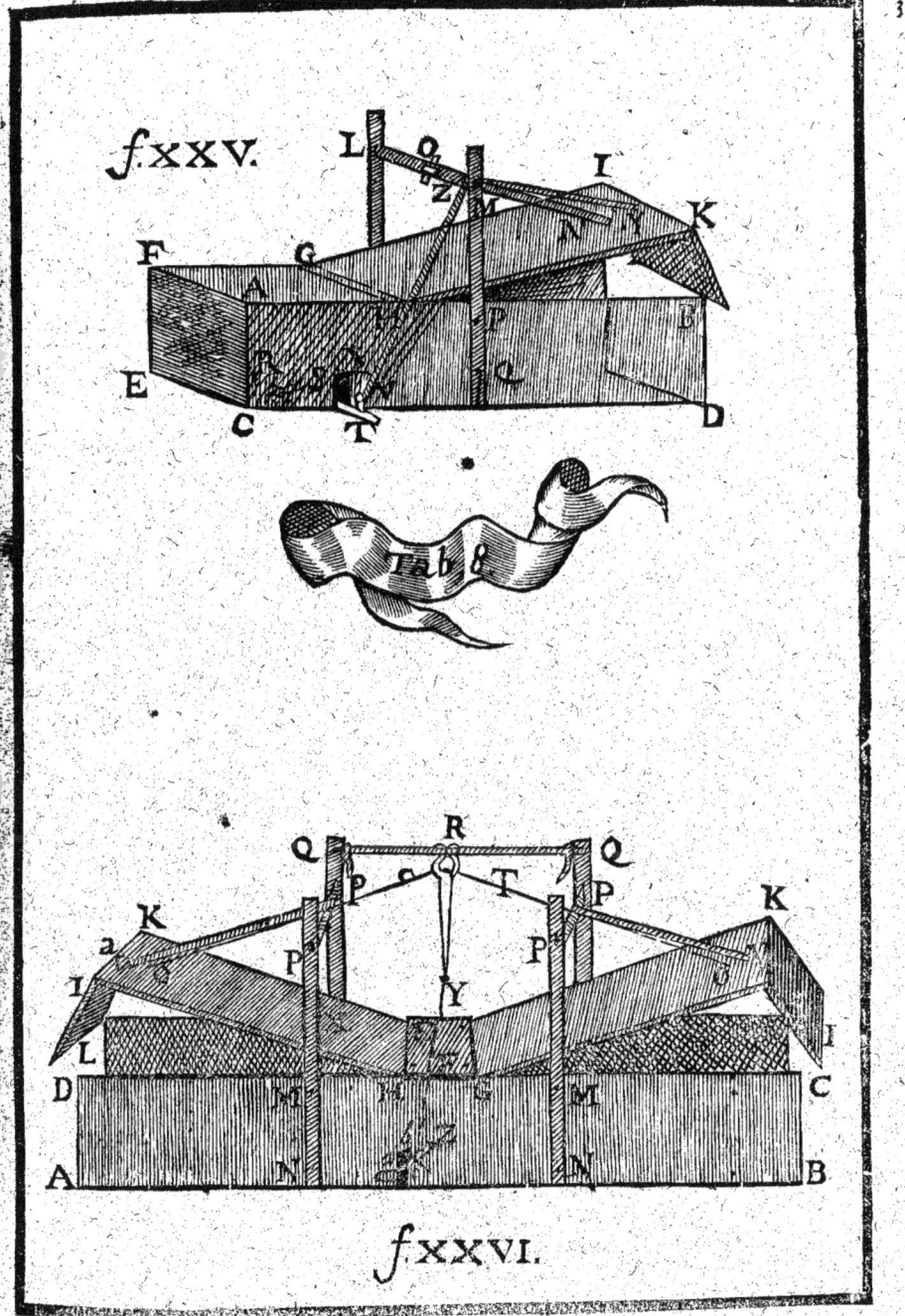

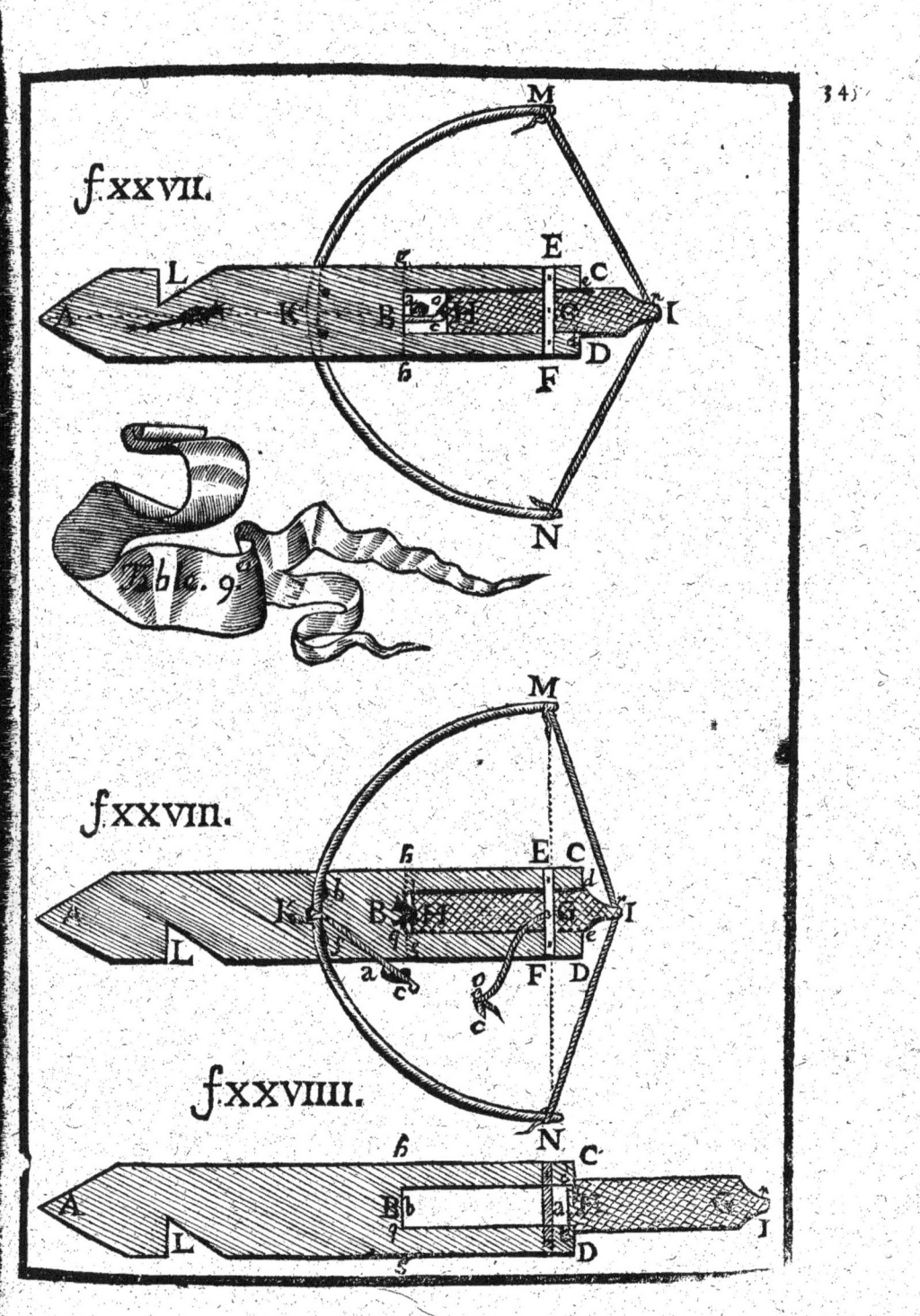

345

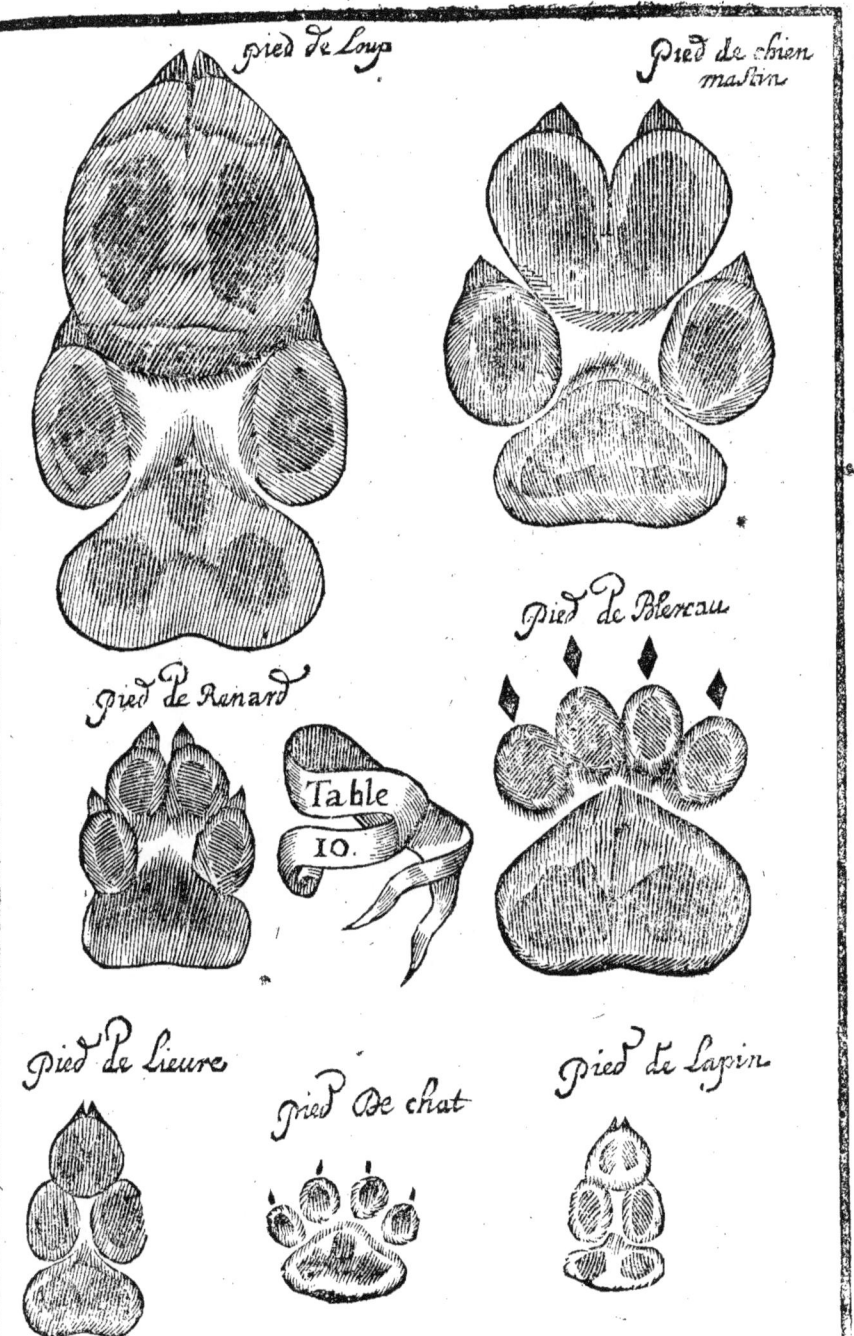

pied de Loup

Pied de chien mastin

Pied de Renard

Pied de Blereau

Table 10.

Pied de Lieure

Pied De chat

Pied de Lapin

Vu

LIVRE CINQUIEME,

AVERTISSEMENT POUR LES PERSON-
nes curieuſes de la pêche.

E Lecteur apprendra , s'il ne le ſçait déja , qu'il faut pour bien pêcher une patience extreme , ſoit pour at-tendre le poiſſon ou pour preparer les choſes neceſſai-res à la pêche; & parce que ſouvent lors qu'on a bien pris de la peine , & que l'on penſe tenir-le poiſſon , il arrive quel-que accident qui le fait échapper , je ne doute point que beau-coup de perſonnes n'approuvent mes ſecrets , mais auſſi voyant tant d'attachement & tant d'embarras en la pêche, il y a danger qu'elles n'ayment mieux prendre moins de poiſſon, & avoir auſ-ſi moins de peine. Elles doivent ſçavoir qu'un Pêcheur qui eſt patient & qui ne ſe rebute ny du premier ny du ſecond coup, & qui prendra plaiſir d'obſerver les regles que je preſcris , n'y trouvera aucune difficulté , ſi ce n'eſt dans les commen-cemens , puis que l'uſage luy apprendra peu à peu la pratique de nos ſecrets. Il y a pluſieurs ſortes de pêches dans ce Trai-té, dont je ne pretends pas me dire l'Auteur. Si je les ay miſes au nombre des autres , c'eſt pour contenter la curioſité , & que je les ay trouvées divertiſſantes , utiles & faciles. J'applique certaines ruzes à quelques manieres de pêches , dont on peut ſe ſervir en pluſieurs autres, bien que je n'en parle pas en cha-que lieu , pour éviter d'eſtre trop long. Par exemple la ruze du xi. Chapitre (pour empêcher que les gros poiſſons ne ſautent par deſſus le liege hors du filet , dans lequel ils ſont enfermez) peu ſervir lors qu'on pêchera avec un tramail ou avec une ſcine ; & la maniere propoſée au xii. Chapitre de pêcher à la ſeine avec ruze peut eſtre obſervée quand on pêchera à la ſeine & au tramail. On ſçaura de plus que le poiſſon eſt curieux de ſon naturel , & qu'appercevant quelque choſe d'extraordinaire , il s'en approche

V u ij

& ne ceſſe de ſe promener aux environs juſques à ce qu'il connoiſſe ce que c'eſt. Il en fait de même, lors qu'il entend un petit bruit, car pour un grand bruit, il s'écarte, & retourne quelque temps aprés pour ſçavoir d'où il vient. Il eſt abſolument neceſſaire en toutes ſortes de pêches de garder le ſilence, parce que le poiſſon a l'ouye parfaitement ſubtile, & la veuë bonne. C'eſt pourquoy il ne faut pas remuer, quand on le void, ny même lors qu'on pêche à la ligne, encore qu'on ne le voye pas.

EXPLICATION
DES TERMES EMPLOYEZ
dans le cinquiéme Livre traitant

de la pêche.

Uand je parleray dans cette cinquiéme partie du *chantier*, on doit entendre la terre qui joint le bord de l'eau.

Les crosnes sont des trous soûterrains, dans lesquels le poisson fait sa retraite. Quelquefois ces crosnes se rencontrent aussi sous des rochers, desracines d'arbres, ou sous des moulins, & pour l'ordinaire ils se trouvent entre deux eaux.

Lignes ponctuées, ce sont deux lignes, qui au lieu d'estre tirées toutes noires, sont seulement marquées de petits points, qui se suivent pour les distinguer des autres, lors qu'il y en a plusieurs dans la figure.

Goulets d'un filet, ce sont des entrées, qui vont en appetissant dans le milieu d'un filet, en sorte que le poisson voulant entrer, il est conduit par ces goulets dans le corps du filet, où estant il n'en peut plus sortir, à cause qu'il ne sçauroit retrouver le lieu par où il est entré, qui est trop

Vu iij

petit. On voit ces goulets dans la troisiéme figure de la troisiéme table.

Boutoir , c'est une longuë perche de sault figure 16. dans la 8. table, ayant deux ou trois morceaux de chappeau ou de semelle de soulier , cloüez l'un sur l'autre par le bout x. pour fouler le fond & le bord de l'eau pour en faire sortir le poisson , qui s'y cache.

Volant , est un instrument de fer figuré 5. de la 3. table , lequel est fait en croissant & emmanché au bout d'une forte & longue perche & trenchant par le dedans pour couper les herbiers.

Lors que je diray qu'il faut *appaster* , c'est jetter de la pâture ou à manger en quelque endroit pour y attirer le poisson.

Et par le terme de *fuster* , on entendra le poisson , qui ayant esté manqué , ou bien rebatu frequemment des pescheurs , fuit & apprehende l'abord des filets.

Monter un filet n'est autre chose que d'y mettre des cordes , des bâtons & des cercles qui luy sont necessaires pour estre en estat de servir.

Collet , c'est du crin de cheval , qu'on met en plusieurs doubles ou divers brins cordez ensemble faisant une boucle par un bout pour y passer l'autre bout , qui doit couler bien à l'aise par dedans, pour s'ouvrir & fermer quand quelque chose s'y acrochera.

Foüine , est un instrument de fer qui a trois branches, lequel sert pour prendre des anguilles dans la vase. On le voit desseigné par la 40. figure de la 15. table. Il est ainsi nommé des Flamans, parce qu'il cherche le poisson dans le fond de l'eau, sous les arbres & parmy les herbiers, ce qu'ils appellent foüiner.

Et comme il eſt ſouvent fait mention de *toiſes*, *pieds*, *pouces* & *lignes*, on doit ſçavoir que la toiſe contient ſix pieds de longueur, le pied douze pouces, le pouce douze lignes.

TABLE
DES CHAPITRES
CONTENUS DANS LE CINQUIE'ME
Livre de la pêche.

Chap.

X x

LIVRE CINQUIEME,

DANS LEQUEL SE VOYENT DE BELLES
& nouvelles inventions pour la Pêche du Poisson dans les
Rivieres & Estangs, tant de jour que de nuit, au feu & sans
feu, soit avec filets dormans & mouvans, soit avec hameçons,
appas & autres machines.

LA MANIERE DE TENDRE ET PESCHER
avec un grand filet appellé Rafle.

CHAPITRE PREMIER.

'AY enseigné dans mon premier Livre le moyen
de faire toutes sortes de rets & de filets en general & quelques autres filets particuliers qui sont
mentionnez dans les quatre autres parties qui
le suivent. On trouvera parmy ceux-là la maniere de faire nôtre grand filet que je nomme
Rafle, parce qu'estant bien tendu comme je le montre, il ne
s'échape gueres de poisson, puis qu'estant une fois entré dedans,
il n'en peut plus sortir.

Pour vous servir de ce filet, il faut faire provision de cinq ou
six perches de saule, qui soient assez fortes, & longues de neuf à
dix pieds selon la profondeur du lieu où on veut tendre, & qu'elles soient coupées en pointe par le gros bout, afin de les faire
mieux entrer dans le fond de l'eau. Il faudra aussi couper les her-

biers, s'il s'en trouve dans le lieu où vous voulez tendre le filet. On les peut facilement couper avec un inftrument de fer figuré 5, dans la troifiéme Table , lequel eft appellé des pefcheurs un faûchon , & de quelques autres un volant. A mefure que ces herbiers feront coupez, rangez-les hors du lieu en quelque en- droit proche du bord, afin qu'ils n'empéchent de tendre le filet, comme il paroift deffeigné dans la premiere Table. Cela fait, attachez une de vos perches à chaque bout des aîles de voftre filet, fçavoir la corde du bas où eft le plomb au gros bout de la perche, & celle du haut à laquelle eft le liege, vers le bout plus menu de la perche, diftante de la corde plombée felon la pro- fondeur de l'eau. Les perches ainfi attachées jettez le bout d'une autre corde à un homme qui fera de l'autre côté de la riviere , (fuppofez que vous n'ayés point de batteau pour mener les aîles du filet) laquelle vous lierez à une des perches qui tiennent au filet, par exemple à celle qui eft marquée du chiffre 8. L'hom- me ayant tiré la corde & tenant la perche, il la piquera tout au raiz du bord, le gros bout lettre a dans le fonds de l'eau, & vous piquerez l'autre perche oppofée Z h, à voftre bord vis-à-vis de luy, aprés quoy il vous rejettera un bout de fa corde & vous luy renvoyerez encore l'aîle du filet Y c, comme vous avez fait la premiere, & tenant la perche de fon côté entre fes mains & vous l'autre X d, qui eft oppofée, il faudra tous deux les por- ter en toute la longueur du filet, afin qu'il foit tendu bien roi- de, en l'eftat qu'il vous eft reprefenté, & chacun de vous fiche- ra fa perche dans le fonds de l'eau tout au raiz du bord, com- me vous avez fait les deux autres aîles. Lorfque le filet fera ten- du, on retiendra le bout O, de la ficelle du fecret N O, qu'il faut cacher fi bien dans l'eau qu'elle ne puiffe eftre découverte que par celuy qui l'aura cachée. Prenez aprés une longue perche figurée 6. dans la troifiéme Table, qui eft fourchuë par le petit bout, avec laquelle il faudra pouffer & étendre les herbiers qui font coupez par tout fur le filet pour le cacher de la veuë des lar- rons, & pour y attirer le poiffon qui cherche fouvent l'ombrage quand le Soleil eft ardent.

Laiffez coucher en ce lieu une ou deux nuits voftre filet, fi l'endroit eft bien poiffonneux, vous ferez étonné de la quantité de poiffon qui s'y prendra.

Si vous ne voulez laiffer voftre filet dans l'eau la nuit crainte de le perdre, & que vous defiriez pefcher feulement le jour, il faut le tendre ainfi qu'on feroit pour la nuit, & qu'une perfonne ou plufieurs s'en aillent bien loin avec le faûchon pour couper les herbiers & approcher toûjours peu à peu vers le filet foulant quelquefois le fonds & les bords de l'eau avec des boutoirs ou perches, pour contraindre le poiffon d'entrer dans le filet. Quand vous aurez fait ainfi d'un côté, retournez de l'autre pour faire la même chofe, & lors que vous voudrez lever la rafle hors de l'eau pour prendre le poiffon, il faudra attacher une corde à chaque bout des aîles, qui font de l'autre côté de la rivière, & les tirer à vous, n'oubliant pas de tenir ferme la ficelle O N, du fecret, crainte que le poiffon qui eft pris ne s'échape comme il feroit, lors que les cercles des deux entrées viendroient à s'approcher l'un de l'autre. Car venant à fe debatre il fait ouvrir les Goulets, & fort à la fin. L'experience vous apprendra d'abord le moyen de vous fervir de cette ficelle. Elle eft faite pour tromper les larrons, qui ne fe doutant point de la ruze penfent en tirant le filet à la hâte dérober le poiffon, & le laiffent échapper faute de fçavoir le fecret.

La feconde Table montre le même filet tendu & marqué de femblables lettres, on le voit feulement fait de fimples traits, afin d'en mieux connoiftre la forme & les proportions, fans embaras n'y confufion.

COMMENT IL FAVT TENDRE ET PESCHER avec un filet nommé Louve.

CHAPITRE II.

 E filet qui fe voit deffeigné par la 3. figure de la troifiéme Table, eft appellé en Bretagne une *Louve*. Ce n'eft autre chofe, qu'un diminutif de la Rafle dont j'ay parlé au Chapitre precedent. La façon de le faire eft enfeignée au Cha-

pitre 42. du premier Livre, & en ce lieu je montre la maniere de
la tendre dans toutes fortes d'eaux.

Voyez donc la 3. figure, qui le reprefente tout monté, il faut
le porter fur le bord de l'eau proche du lieu où vous le voulez
tendre, qui doit eftre dans un endroit remply de joncs, & autres
herbiers affez épais. Vous y ferez avec le volant figure 5. une
paffée ou place, juftement de la largeur de voftre filet, laquelle
paffée fera d'autant meilleure, qu'elle fera plus longue & aura
d'étenduë, & pourtant aboutiffante à l'entrée de la Louve, tant
d'un bout E, que de l'autre F, afin de mieux guider le poiffon
dans le filet. Cette coulée eftant faite, il faudra avoir quatre pierres pefant chacune cinq ou fix livres, qu'on attachera à l'un des
bâtons. Par exemple à celuy où font liées les cordes marquées
des lettres G, H, I, K, afin de faire aller le filet au fonds de l'eau,
vous attacherez auffi une corde L R, d'un bout au milieu L, du
bâton marqué E F, qui fera de longeur convenable, afin qu'un
bout foit au bord de l'eau, & afin d'en pouvoir tirer la Louve.

Si par hazard le lieu où vous devez placer le filet eftoit fi éloigné du bord, qu'on ne puft pas le tendre fans fe mettre dans
l'eau pour le pofer dans un endroit où il puiffe eftre tout à fait
caché, en ce cas, la corde L R, vous fera bien utile pour l'en retirer; Car fi vous avez efté obligé d'entrer dans l'eau pour placer
le filet, & que vous ayez apporté le bout R, de la corde fur le
bord, vous n'aurés que faire de vous remettre dedans pour en retirer la Louve, il ne faudra que tirer la corde R, le filet fuivra
fans qu'on foit obligé de fe moüiller une feconde fois.

Si l'endroit auquel on le veut tendre n'eft pas éloigné du bord
de plus d'une toife ou deux, vous le pourrez bien faire fans vous
mettre dans l'eau, en le prenant de travers avec les deux mains
par un de fes bâtons, & le mettre fur voftre tefte en forte que
le bâton C H I K, où font penduës les pierres foit deffus ou oppofé à celuy que vous tiendrez, vous le jetterez de travers dans
la paffée, en retenant le bout R, de la corde (attachée comme
j'ay dit) puis avec le bout fourchu de la perche figure 6. vous le
drefferez & ajufterez en l'eftat qu'il doit eftre, le couvrant des herbiers coupez, & vous repouffierez pareillement tous les autres dans

la paſſée, afin que le poiſſon la ſuive plus facilement y trouvant du couvert.

Vous pouvez laiſſer le filet dans l'eau une nuit ou deux, ſelon la ſaiſon, & non davantage, pour les raiſons amplement déduites au 46. Chapitre du premier Livre.

La 4. figure fait voir la Louve avec des ſimples traits, & les meſmes lettres, pour en faire mieux voir ſans confuſion la forme & les proportions.

MANIERE POVR TENDRE ET PESCHER LE POISSON
avec un filet appellé Quinque-porte.

CHAPITRE III.

N trouvera dans le premier Livre, Chapitre 43. la deſcription du nouveau filet que je nomme *Quinque-porte*, parce qu'il a cinq entrées ou portes, j'explique maintenant comment on le doit tendre, ſoit dans un Eſtang, ou dans une riviere, ou bien dans une eau dormante, ou rapide.

Invention de l'Auteur.

Faites proviſion de quatre perches bien fortes & droites, de longueur convenable, ſelon la profondeur de l'eau où le filet doit eſtre tendu. Elles ſeront coupées en pointe par leur gros bout, ainſi qu'elles paroiſſent dans la 7. figure de la quatriéme Table. Il faudra les cocher à un pied proche de la pointe, & y attacher à chacune le coin du bas du filet E, F, G, T, & à quatre pieds plus loin tirant vers le petit bout des perches, y lier pareillement les quatre coins du haut A, B, C, D. Le bas du filet eſt la piece quarrée, à laquelle il n'y a point de goulet ou d'entrée. Le filet eſtant ainſi attaché aux perches, on le mettra dans un bateau pour le mener au milieu de l'eau, & le poſer en cette ſorte.

Si c'eſt une eau courante, faites arreſter le bateau au travers du courant, & prenant les quatre perches enſemble, enfoncez

les toutes droites dans l'eau, puis vous en piquerez une dans le
fond la plus droite & le plus avant que vous pourrez. Suppofez
par exemple, que cette perche foit celle qui eft marquée des lettres
D G, prenez l'autre perche B F, qui la fuit, & la tirez tout au
raiz & le long du bateau, jufques à ce que le cofté du filet foit
étendu bien roide, & la piquez pareillement bien fort & droite
tout au raiz du bateau en droite ligne de l'autre. Cela fait, retirez-
vous, & tournez le bateau pour l'arrefter de fon long au courant
de l'eau, pour planter toute droite la perche A E, ainfi qu'on a
fait les deux autres, & de là tournant encore le bateau, l'on aju-
ftera la quatriéme perche C T, de forte que les quatre perches
eftant piquées bien fermes dans le fond, ce filet foit tendu en
fôrme quarrée, de la façon que vous le reprefente la 7. figure.
Si c'eft dans l'eau courante, comme j'ay déja dit, que vous vouliez tendre le filet, elle fera remuer les perches fans ceffe, & par
confequent tout le corps du filet, ce qui épouventera le poiffon.
Pour remedier à cet inconvenient, vous aurez fix ou fept bâtons
longs de neuf ou dix pieds chacun, que vous lierez bien ferme
par le haut des perches pour les tenir en état.

    Et pour mieux faire comprendre la façon d'attacher ces bâ-
tons, fuppofez qu'ils foient reprefentez par les lignes ponctuées,
marquées des petites lettres a, b, c, d, prenez par exemple les
deux bouts lettre a, & les liez en croix avec le haut de la perche
A E, & reprenant un autre bâton, attachez le avec le bout d'un
de ces deux-là à l'autre perche C T, à l'endroit cotté b, & reprenant un quatriéme bâton, liez-le pareillement d'un bout avec l'autre d, & d'autre à la lettre c. Par ce moyen on tiendra le filet en
état arrefté dans l'eau, il fera encore plus affuré & mieux tendu fi
on attache deux autres bâtons en croix, & fi on les met de coins
en coins oppofez, fçavoir un bout à la perche A a, l'autre à celle
qui eft marquée D d, & la feconde d'un bout à la perche C b,
& l'autre à la marque B c.

    Mais fi vous tendez le filet dans une eau morte, comme un
eftang, un vivier, une foffe, ou marais, il fuffit de piquer les quatre principales perches du filet, pourvû qu'elles foient plantées
bien droites, & au quarré.

J'ay

J'ay desseigné la 8. figure avec des traits seulement , & les mêmes lettres disposées comme celles de la 7. figure, pour en faire mieux comprendre la forme & les proportions.

DE QUELQUES INVENTIONS POUR FAIRE ENTRER
facilement le poisson dans des filets dormans.

CHAPITRE   IV.

E n'auray pas grand' peine à persuader à ceux qui entendent un peu la pêche , que le poisson de chaque espece cherche son semblable , & prend plaisir de se promener avec luy, hors le Brochet, qui ne cherche son semblable que pour le manger. Il cherche aussi toutes sortes d'autres poissons de quelque espece qu'ils soient, pour les devorer. C'est pourquoy il est pris facilement aussi bien que la Tanche , non par la même raison, mais à cause quelle est toûjours affamée, ce qui fait qu'elle court d'abord au lieu où elle voit quelque chose d'extraordinaire , & n'a pas peur des filets , comme les autres poissons.

J'ay souvent experimenté que le poisson cherche son semblable , & pour en faire l'experience je me servois d'un filet dormant, lequel n'avoit qu'une entrée. Je le tendois ordinairement sous une Arche d'un petit point, en sorte qu'il bouchoit toute la passée de l'Arche, le poisson entroit dedans , & allant voir le matin (apres que le Soleil estoit levé) à mon filet, j'appercevois celuy qui estoit pris , & d'autre poisson de mesme espece qui tournoit à l'entour pour y entrer. Et ayant levé le filet hors de l'eau, j'en trouvois dedans de semblables : Ce qu'ayant bien remarqué, j'ay mis depuis dans mes filets dormans, une piece de poisson de l'espece qui se trouve sur le lieu. De cette façon je ne tend jamais à faux.

Lors que je ne puis avoir de poisson pour mettre dans mes filets, j'y mets quelques appast attrayans, ou des fleurs de diverses couleurs vives , & quelquefois j'y mele l'appast & les fleurs avec le poisson vivant.

Je dois pourtant vous avertir, que le poisson que vous mettrez dans vos filets sera bien meilleur s'il vient du lieu même où vous tendez, que d'un autre endroit, parce que les poissons s'entre-reconnoissent, (aussi bien que les brebis celles du mesme troupeau) comme je l'ay appris par experience.

LA COMPOSITION D'VN APPAST POVR ATTIRER le poisson dans les filets dormans.

CHAPITRE V.

VOus prendrez quantité de poisson dans l'eau courante avec les filets dormans, si vous y mettez quelque appast qui ait l'odeur forte, l'attachant de telle façon qu'il soit suspendu comme au milieu du filet. Il sera bon d'y mettre tout autour cinq ou six fleurs de couleurs vives, parce que la curiosité de les voir fait venir le poisson de loin, & l'eau courante emporte avec elle peu à peu de l'odeur & du goust de l'appast, & comme le poisson cherche naturellement à monter contre le cours de l'eau, & nage la gueule ouverte, il savoure cette eau, & fleurant l'odeur & le goust de l'appast que l'eau emmene, il monte encore plus viste pour chercher l'origine de ce qu'il sent, & lors qu'il approche il apperçoit les fleurs, qu'il croit être l'appast. C'est pourquoy il entre sans crainte dans le filet, & depuis qu'il est entré il tâche de manger la pâture, & la becquetant, il en fait sortir davantage d'odeur & de goust, qui excite les autres à s'en approcher avec plus d'ardeur.

Quelques pêcheurs mettent des os de porc salé, dont on a tiré la chair aprés estre cuite

D'autres y mettent de la Tourte de chenevis, autrement le marc de la graine de chanvre ou cheneviere, de laquelle on a tiré de l'huile. Le poisson est friand de ces deux sortes d'appas, & principalement du dernier.

Mais le meilleur appast de tous, & qui coûte aussi davantage, est fait d'un levraut corrompu & à demy pourry, qu'il faut em-

brocher & faire rôtir à petit feu , & l'arrofer de miel à mefure
qu'il tournera , (il y faut environ une chopine de miel) & quand
il fera à demy cuit , on fera des rôties de pain blanc, qu'il faut
mettre dans la caffe ou lechefrite par deffous le levraut , en forte
que continuant de l'arrofer, le miel & la recepte tombent fur les
rôties. Quand la viande fera affez cuite , on la tirera du feu , &
l'on fera encore d'autres rôties pour les faire imbiber du miel
jufques à la derniere goutte.

Lors que vous tendrez un grand filet dormant, mettez-y dedans un morceau du levraut & de la roftie , qu'il faudra tenir
fufpenduë dans le milieu du filet , & vous verrez un merveilleux
effet.

INVENTION NOVVELLE POVR PRENDRE
les Carpes & autres gros poiffons qui fe retirent dans des Crofnes.

CHAPITRE VI.

'INVENTION que je vous propofe n'eft pas à mé-
prifer pour les perfonnes qui veulent pêcher en des
lieux où l'on pêche frequemment , comme dans no-
ftre riviere d'Indre , qui eft abondante en pêcheurs
& en poiffon fort difficile à prendre , à caufe des crofnes où il fe
retire auffitoft qu'il entend du bruit , ou qu'il voit tendre des filets , & particulierement les carpes. Les pêcheurs de chaque lieu
fçavent bien l'endroit où font les meilleurs crofnes : c'eft pourquoy
il eft neceffaire de s'en informer avant de difpofer les filets, qui
ne font autres que des Tramaux. Quoy que ce foient des filets
communs, je n'ay pas laiffé d'en montrer la fabrique au 44. Chapitre du premier Livre , & en celuy-cy vous apprendrez comment
il faut s'en fervir pour pêcher les crofnes. Voyez dans la cinquiéme
Table les figures 9. & 10. qui font deffeignées pour le mefme effet. La 9. figure reprefente le Tramail tendu en l'eftat qu'il doit
eftre pour pêcher, & l'autre le reprefente feulement dans fes cor-

des & chevilles, pour le faire mieux comprendre sans embaras.
Je les ay marquez tous deux des mesmes lettres pour une plus facile intelligence ; & pour vous apprendre à tendre ce filet, supposez que toute la longueur de la Table depuis la lettre A, jusques
à la lettre B, soit le chantier ou le bord de la terre proche de l'eau,
& que le fond de la riviere joignant le bord de la terre ou super-
ficie de l'eau A B, soient les crosnes, representez par les espaces
noirs marquez des lettres N, O, P. Visitez cét endroit pour voir
s'il n'y aura point quelques arbres renversez, comme pourroient
estre ceux qui paroissent desseignez par les petites lettres n o p, &
q r l, ou autre chose qui puisse empêcher un filet de fermer les
crônes. On aura un ou plusieurs Tramaux selon la longueur du lieu
où sont les crônes que vous voulez pêcher. Par exemple en ce lieu
supposé de douze toises, il sera besoin d'avoir pareillement plusieurs perches de saule, ou d'autre bois verd ou sec, pourveu
qu'il ne soit point blanc. Chaque perche sera longue à proportion de la profondeur de l'eau où on veut tendre, grosse comme
le bras, & coupée en pointe par le gros bout, sans aucune branche ny autre chose qui puisse accrocher le filet, mais bien droite
& unie. Il les faut piquer toutes dans le fond de l'eau tout au raiz
de la terre, à une toise & demie ou deux toises les unes des autres, & que pas une ne se rencontre à l'entrée des crônes, car cela
épouvanteroit le poisson, mais les espacer & placer ainsi qu'on les
voit par les lettres G, H, I, K, L, M. On les fichera si fort dans le
fond, qu'elles ne puissent gueres mouvoir, ou plûtôt arrestez-les
par le haut avec une corde attachée à quelque branche ou piquet, lettres s, t, u. Aprés cela il faudra percer toutes ces perches
à fleur d'eau d'un virbrequin, pour faire un trou à mettre le petit
doigt, ou une cheville de cette grosseur Ces chevilles se con-
noîtront par les lettres a, b, c, d, e, f, elles seront toutes longues de demy pied & de bois verd, parce que le bois sec venant
à s'enfler il feroit un mauvais effet. Ces chevilles doivent entrer si
fort à l'aise, qu'on les puisse tirer facilement. Elles auront chacune à son gros bout une coche ou un trou pour y attacher une
ficelle forte & longue d'environ un pied ou un pied & demy.
Toutes ces ficelles avec ces chevilles doivent estre liées à une

longue corde Q R S, vis-à-vis de chaque perche, comme ils se
voyent par les lettres g, h, j, κ, l, m.

Lors que vous voudrez pêcher, il faudra tendre le filet en
cette sorte. Dépliez le Tramail & l'étendez dans l'eau tout au raiz
des perches, de façon que le plomb soit tout le long de la ligne
du fond E G H I K L M, & que la corde du liege soit dessus l'eau
tout le long des trous des perches. Cela fait, commencez de l'a-
juster par le milieu, ayant étendu tout le long la corde Q R S,
avec ses chevilles. Approchez-vous de la perche marquée de la
lettre K, & prenant la corde du liege de la main gauche, levez
peu à peu le filet, le faisant froncer tant que vous ayez la corde
du plomb, laquelle vous prendrez encore avec l'autre dans la
main gauche, & de l'autre main vous ficherez la cheville marquée
du petit κ dans le trou d, de la perche, & vous poserez dessus le
filet que vous tenez de la main gauche, en sorte que le plomb
soit le dessus. De là vous irez à l'autre perche I, faire la même
chose, continuant ainsi à toutes jusqu'à ce que le filet soit en l'é-
tat qu'il paroît, sçavoir les perches tout au raiz du chantier, le
filet au raiz des perches, & la corde avec les chevilles en suite
du filet, observant ponctuellement cét ordre tout le long, comme aussi que la corde plombée soit premierement sur les chevilles, le filet sur la corde plombée, & la corde du liege sur le
filet. Autrement si vous manquez à quelqu'une de ces regles,
vous ne ferez rien qui vaille. Enfin il faut que le tout soit si bien
disposé, que tirant la corde Q R S, les chevilles sortent de leurs
trous, & donnent liberté au filet de s'étendre si bien qu'il soit en
état de fermer entierement le passage des crônes, ce qui ne se
peut faire à moins que la corde du plomb marquée des chifres
1 2 3 4 5, ne tombe tout d'un coup sur la ligne E G H I K L M. Le
filet ainsi tendu il faut porter le bout S, de la corde aux chevilles,
à l'autre bord de la riviere, lequel est representé par les lettres
C D; & l'attacher à quelque branche ou piquet S, afin qu'il ne
retourne point dans l'eau.

Vous devez être averty de ne pas tendre le filet dés le premier jour que vous aurez mis les perches, il faut les y laisser six
ou huit jours auparavant, le poisson s'accoûtumera peu à peu à

les voir, & ne s'en épouventera pas si-tost. Vous verrez le reste au
Chapitre suivant.

METHODE POVR FAIRE CVIRE DES FEVES
pour pescher, & comment il faut appaster & faire le guet
au poisson.

CHAPITRE VII.

UAND vous aurez reconnu le lieu où sont les crosnes, composez un appast en cette sorte.

Prenez un pot neuf, vernissé par dedans, & faites boüillir des féves comme environ un quart de boisseau dans l'eau de la rivière, les ayant auparavant fait tremper l'espace de six ou huit heures en de l'eau presque tiede. Quand elles auront boüilly jusques à estre prés de demy cuites, mettez dedans trois ou quatre onces de miel selon la quantité de féves, & deux ou trois grains de musc. Laissez-les apres demy cuire, puis les retirez du feu pour vous en servir le soir & le matin, comme sur les cinq ou six heures, en cette sorte.

Cherchez une place nette où il n'y ait point d'herbiers, & que le poisson puisse voir & prendre les féves au fond de l'eau, & que cette place nette soit éloignée des crosnes d'environ cent ou deux cent pas, selon la grandeur du lieu. Jettez-y soir & matin aux heures marquées, l'espace de six ou huit jours de vos féves, afin d'y attirer le poisson, & le jour avant celuy que vous avez destiné pour pêcher, appastez de vos mesmes féves qui seront cuites comme j'ay dit, à la reserve qu'il faut mettre parmy, un moment avant que les tirer du feu de l'Aloës citrin en poudre, comme environ la grosseur de deux féves sur un plein chapeau. Faites-les boüillir un boüillon, puis retirez-les du feu pour en appaster. Le poisson qui en mangera vuidera tout ce qu'il aura dans le corps, & sera trois jours de suite affamé, ce qui le fera sortir de bonne heure hors des crosnes pour chercher à manger au lieu où il a de coûtume de trouver son appast. C'est pourquoy il faudra eftre preft à deux ou trois heures aprés midy pour tendre les filets, comme j'ay enſeigné au Chapitre precedent ; & lors qu'ils feront achevez, jettez huit ou dix poignées de féves, & vous reti-rez, pour y retourner le foir bien tard avec trois ou quatre perſonnes.

L'heure de pêcher eftant venuë, foyez avec tout voftre monde ſur le lieu preparé, diſpoſés voftre monde en forte qu'un homme foit ſur le bord du chantier C D , & qu'il prenne dans ſa main le bout S, de la corde Q R S, que les autres s'en aillent doucement fans faire de bruit bien loin au deſſus du lieu où vous avez appafté. Celuy qui tien-dra la corde S, doit eftre le mieux entendu afin qu'il donne le fignal aux autres. Le fignal eftant donné, ceux qui feront allez le plus loin auront chacun une longue perche , dont ils frapperont l'eau & fou-leront le fond & les bords pour contraindre le poiſſon de fuïr & ſe retirer dans les crofnes , ce qu'il fera auſſi-toft qu'on commen-cera de frapper l'eau. C'eft pourquoy celuy qui tient la corde S, qui doit faire joüer le Tramail, fera prompt de la tirer au mefme inftant que le bruit commencera ; & en ce faifant, la corde plom-bée du bas du filet tombera au fond de l'eau, & le Tramail ferme-ra l'entrée des crofnes. Le poiſſon voulant ſe ſauver dans ſa retraite ordinaire eftant épouventé du bruit , ſe jettera dans l'embûche , d'où on le retirera avec le filet. Quand les bateurs ou fouleurs feront arrivez ſur le lieu , ils n'auront pas moins de contentement que le maiftre de profit, pour la quantité de gros poiſſons qui s'y rencontreront , fi le lieu eft poiſſonneux & les crofnes bien choifis.

D'VNE INVENTION NOVVELLE ET FACILE
pour prendre d'un seul coup de filet quantité de poisson dans une riviere, où il y a plusieurs crônes, arbres, herbiers ou rochers.

CHAPITRE VIII.

Invention
de l'Au-
teur.

S I vous avez une riviere où il y ayt un si grand nombre de crônes qu'ils ne se puissent tous fermer qu'avec beaucoup de filets, ou bien que vôtre riviere soit sans crônes, mais qu'elle soit fournie de quantité de forts herbiers, arbres renversez, ou de rochers, qui vous empêchent d'y pouvoir pêcher de la même façon qu'on pêche ordinairement avec des filets appellez seines, ou des tramaux en des endroits où rien ne fait obstacle: (Car le poisson se retire quand il entend du bruit, ou bien qu'il voit les filets dans les crônes, ou parmy les rochers, arbres ou herbiers, dans lesquels il trouve sa retraite: Ce qui fait qu'on ne peut le prendre qu'avec grande peine, & en petite quantité.)

Il faut pour prendre le poisson en ces endroits-là, nettoyer une belle place dans la riviere, étang, marais, ou fosse, où il y aura trente, quarante, ou cinquante pas de longueur, sans herbiers, ny autre empêchement. Faites appâter au milieu de cette place avec des féves cuites (comme j'ay dit au Chapitre precedent) & dés le premier jour que vous aurez jetté l'appast, piquez-y des perches au travers de l'eau, ainsi que je le fais voir par les figures 11. & 12. de la sixiéme Table.

Pour ce faire ayez plusieurs perches non pelées, longues selon la profondeur de l'eau, bien droites, grosses comme le bras, & toutes unies tout du long, en sorte que le filet, dont le gros bout sera coupé en pointe pour le faire entrer dans le fond de la riviere, ne puisse s'accrocher. Toutes ces perches ainsi preparées, mettez-les dans un bateau & vous en allez les planter, commençant de piquer la premier E, tout au raiz du chantier desseigné par les lettres A B, & de là traversant l'eau plantez-en une autre

F à

F à deux toifes plus loin , tirant à l'autre bord C D , aprés quoy vous en piquerez une troifiéme G, éloignée de la feconde de deux toifes, continuant ainfi de planter toutes les autres en droite ligne fur le bord E F G H, du lieu appâté, & la derniere comme H, joignant l'autre chantier. Vous en mettrez encore autant fur l'autre bord R S T , de la place nettoyée , lefquelles font reprefentées dans la 12. figure de la même façon que les autres. Quand elles feront toutes pofées , vous les percerez à fleur d'eau d'un trou à mettre une cheville groffe comme le doigt. Ces chevilles doivent y entrer à l'aife , & avoir une coche ou un trou à leur gros bout pour y attacher une ficelle bien forte , longue d'un pied & demy. Toutes ces ficelles feront liées à une longue corde, ainfi qu'elle paroît par les petites lettres a, b, c, d. Les chevilles font auffi montrées fichées dans chaque trou des perches , & marquées des lettres N, O, P, Q. Ces perches étant ainfi accommodées , il faudra appâter foir & matin , jettant à chaque fois cinq ou fix poignées de féves au milieu de l'endroit preparé, & le jour avant celuy de la pêche , vous appâterez de féves cuites avec l'Aloes , comme j'ay dit au Chapitre cy-deffus , prenant foin de difpofer les filets fur deux ou trois heurs aprés midy, en cette forte.

Ayez deux Tramaux auffi longs que contient la largeur du lieu, ou plûtôt la largeur de la riviere où l'on veut pêcher : commencez d'attacher la corde du liege fur le bord du chantier A B , & laiffez aller au fond la corde du plomb , puis menant le bateau tout le long des perches E, F, G, H, vous laifferez étendre le filet jufques à l'autre rive C D , à laquelle vous attacherez pareillement la corde du liege. Cela fait , étendez la corde des chevilles V, a, b, c, d, K, & liez un bout fur la terre à quelque branche ou piquet V, éloigné de la perche N, d'environ fix pieds du côté de l'endroit appâté , puis menant le bateau au milieu de l'eau , prenez la corde du liege avec la main gauche & levez peu à peu le filet , jufqu'à ce que vous teniez le plomb , le liege & le filet froncé dans la même main , vis-à-vis de la perche F, vous ficherez la cheville O, par deffous dans le trou, & poferez tout le filet deffus. Aprés cela il faudra aller à l'autre per-

Z z

che G, en faire autant & continuer de perche en perche jusques
à ce que le Tramail soit tendu de la forme qu'il paroît. On portera ensuite l'autre bout de la corde sur le chantier C D, vis-à-
vis du milieu de la place appâtée, & à cette corde, on fera une
boucle pour la passer sur un piquet K. Ce filet ainsi tendu on en
posera un autre figuré 12. y observant tout ce que je viens de
dire. Je l'ay representé seulement en ses cordes pour en faire mieux
connoître la forme & les pieces particulieres, cottées des mêmes
lettres que l'autre figuré 11. L'un des bouts de la corde des chevilles ira aussi rendre au piquet K.

Quand tout sera prest, jettez à sept heures du soir le reste de
vos féves dans le milieu de la place nette, & lors qu'il sera nuit,
menez trois ou quatre personnes avec vous, lesquelles iront bien
secretement deux d'un côté A B, & deux de l'autre C D, se sepa-
rant pour se tenir chacun vis-à-vis du bout de chaque Tramail,
sans en approcher pourtant plus prés de deux toises, sinon quand
le signal aura été donné par celuy qui doit faire joüer les filets.
Les quatre personnes étant ainsi disposées, le plus prompt & le plus
adroit de la bande qui sera destiné pour donner le signal, prendra les deux bouts des cordes des chevilles, qui sont au piquet
K, & en courant les tirera de force, arrachant par ce moyen toutes les chevilles, qui donneront liberté aux filets de s'étendre &
d'enfermer le poisson qui se trouvera mangeant l'appast que vous
avez jetté entre les deux machines. En même temps qu'on a tiré cette corde, le signal se donne, & les quatre personnes courent promptement avec chacun une perche ajuster le bout du filet proche le bord, afin que rien ne puisse passer, & que les
cordes du plomb marquées des lettres x y z, soient l'une sur la ligne
E F G H, & l'autre sur R S T. Par ce moyen le poisson se trouve
enfermé entre les deux Tramaux comme dans une cage. Il ne
restera plus qu'à le prendre. Pour ce faire, deux hommes prendront chacun un bout d'un des filets, & l'approcheront peu à
peu de l'autre pendant que les autres fouleront les rives & le fond
de l'eau, pour empêcher que le poisson ne laisse passer le Tramail pardessus luy, & pour l'obliger à fuïr vers l'autre filet. On
poursuivra jusqu'à ce que les deux Tramaux se touchent, & que le

poiſſon ſoit enfermé comme entre deux napes pliées en double, puis l'on retirera le tout hors de l'eau.

De cette façon il n'y a point de poiſſon ſi fûté qu'on ne prenne, & en grand nombre. La methode de faire un Tramail ſe voit par le 44. Chapitre du premier Livre.

Je dois pourtant vous avertir, qu'on ne peut pêcher avec l'invention propoſée dans une eau courante, parce que le cours de la riviere empêcheroit les filets de s'étendre, & ſe tenir ſur les chevilles; c'eſt pourquoy vous devez toûjours choiſir un endroit où l'eau ne ſoit point trop rapide, afin de ne pas travailler inutilement.

POVR PRENDRE TOVTES SORTES DE POISSONS en quantité avec le feu & les filets.

CHAPITRE IX.

E ſecret de prendre le poiſſon la nuit avec feu & filets, doit être en quelque conſideration. J'ay déja dit dans mon Avertiſſement, que le poiſſon eſt curieux d'aller voir où il a entendu du bruit; c'eſt pourquoy il eſt aſſez facile d'en prendre par la maniere cy-aprés enſeignée, ſoit dans une riviere ou bien dans un étang. *Invention de l'Auteur.*

Choiſiſſez une place qui aura d'étenduë pour le moins quarante ou cinquante pas en quarré, ſans herbiers, bois, rochers, ou autre choſe qui puiſſe empêcher d'y traîner un grand filet. Si c'eſt dans un étang que vous vouliez pêcher, voyez la 13. figure de la ſeptiéme Table. Je ſuppoſe le lieu deſtiné pour la pêche être deſſeigné par l'arc ou ligne courbe ponctuée, marquée des lettres O P D Q, & la longueur I L, le bord de la terre auquel on doit aborder le filet. Il ſera bon d'appâter trois ou quatre jours de ſuite dans le milieu de cette place nette, comme à deux toiſes proche du bord, à l'endroit marqué du petit arc ponctué K, afin d'accoûtumer le poiſſon en ce lieu-là, & le matin du jour que vous deſirez pêcher, appâtés avec des féves

Z z ij

purgatives cuites avec de l'aloës, ainſi que j'ay montré au 7. Chapitre, & ſoyez ſur le lieu preſt à tendre le filet ſur les deux ou trois
heures aprés midy, en cette ſorte.

Mettez un grand Tramail, ou une ſeine dans un bateau ſur
le bord P D, de la place nette. Il faudra poſer le filet dans ce
lieu-là de la même façon qu'il paroît par les lettres A B C D, c'eſt
à dire qu'il ſoit arrangé en un monceau de telle ſorte qu'en tirant
les deux bouts E, F, il ſe puiſſe étendre de toute ſa longueur
ſans s'embarraſſer, & qu'il ne paroiſſe pourtant point dans l'eau,
que comme quelque piece de bois éloignée du bord M N, de
quarante ou cinquante pas. On attachera une longue corde au
bout E, qui aura ſon autre bout à terre, liée à un piquet H, &
une autre au bout F, dont le bout ſera pareillement au bord de la
terre, à l'endroit marqué de la lettre G, éloigné du lieu appâté
K, d'environ cent pas, plus ou moins, ſelon la diſpoſition du lieu,
& que la place où ſera miſe la pâture ſe trouve juſtement entre
les deux cordes G, H, & vis-à-vis du lieu où eſt le filet eſtant
ainſi diſpoſé il ne faut plus faire de bruit proche de là, mais ſeulement faire un petit amas de bois ſec & de pailles ſur le bord
de l'eau entre les deux lettres M, N, pour y mettre le feu quand
il ſera temps, puis retirez-vous juſques à la nuit environ huit ou
neuf heures du ſoir, & remarqués que plus le temps eſt obſcur,
& meilleur eſt cette maniere de pêche.

La nuit eſtant venuë, le poiſſon eſtant ſorty des croſnes, herbiers & rochers, il ne manquera pas de ſe trouver où il a de coûtume de manger l'appaſt, principalement celuy qui aura mangé
des féves qu'on y a jettées le matin, à cauſe qu'il ſera le plus affamé, ayant vuidé par le moyen de l'aloës qui a boüilly avec
les féves. Ne manquez donc pas d'y aller à l'heure convenable
pour faire cette pêche, & de mener avec vous deux ou trois perſonnes, dont l'une ira ſans bruit prendre la corde G, ſans la faire
aucunement remuer dans l'eau, & l'autre prendra de même la
corde H, & tous deux s'arreſteront juſques au ſignal que vous
leur donnerez. Vous irez auſſi le plus ſecretement que vous pourrez mettre le feu au bois M N, preparé pour cét effet, aprés
quoy il faut vous coucher ſur le ventre tout au bord de l'eau, afin

de voir & entendre remuer le poiſſon, qui viendra au feu par curioſité. Auſſi-toſt que vous en appercevrez, jettez des féves en a-
bondance, & ſoyez un demy-quart d'heure à l'amuſer ; & lors que
vous vous douterez qu'il y en peut avoir abondamment, donnez
un coup de ſifflet à vos gens pour le ſignal. Le ſignal ainſi donné ils
tireront leur corde le plus promptement qu'il ſe pourra, afin de
faire étendre le filet qu'ils ameneront de chaque bout à la terre
un peu en rond, comme l'Arc ponctué O P D Q, afin que le poiſſon s'y arreſte. L'un eſtant abordé à l'endroit O, & l'autre à la
lettre Q, il faudra avec des boutoirs (comme celuy qui eſt figuré
16, dans la huitiéme Table) batre & fouler le fond & le bord de
l'eau, & approcher petit à petit les deux bouts du filet l'un de l'autre, à l'endroit marqué K, & lors qu'ils ſeront joints enſemble, prenez avec les mains les deux cordes plombées du bas du filet, & deux
autres perſonnes prendront chacune la corde du liege, puis vous tirerez tous trois le filet tout doucement au raiz de terre, juſqu'à ce
qu'il ſoit hors de l'eau.

D'VNE AVTRE MANIERE POVR PRENDRE LE POISSON,
au feu dans l'eau courante.

CHAPITRE X.

S I vous déſirez pêcher du poiſſon la nuit avec feu & filets *Invention*
(de la façon que j'ay montré au Chapitre precedent) dans *de l'Au-*
une eau courante, il faut trouver un moyen de tenir vôtre *teur.*
filet arreſté & plié au milieu de l'eau, en un ſeul endroit
le plus ſerré qu'il ſe pourra, comme j'ay déja dit, autrement l'eau le
pourroit emporter.

Voicy l'invention dont je me ſers, & qui eſt repreſentée par
la 14. figure de la ſeptiéme Table. Quand vous aurez deſtiné l'endroit où vous voulez arreſter le filet, par exemple le lieu marqué
des lettres A B C D, éloigné du bord du chantier E F, ſelon
l'étenduë ou largeur de la riviere, piquez-y un bon gros pieux

Z z iij

de bois C, qui foit fort & droit ; bien uny en toute fon étenduë, de crainte que le filet ne s'y accroche, & de longueur convenable à la profondeur de l'eau , hors de laquelle il en paroiftra feulement la longueur d'un pied pour pofer le filet auprés, mettant le premier bout B , & tournant le filet à demy autour du pieux C. Quand il fera à la lettre D , il faudra retourner vers B , & continuer de le plier ou arranger comme vous avez commencé, jufqu'à ce que vous foyez au bout A, de forte que le plomb foit au fond de l'eau, & le liege au deffus. Cela fait, attachez une corde au bout B, & portez fon bout à terre au piquet F. Liez-en une autre au bout A, du filet , & menez pareillement l'autre bout au piquet E, le filet fera tendu en état. On fera l'amas de bois pour le feu vis-à-vis du filet à la lettre G. Ne manquez pas d'obferver que le filet foit pofé toûjours contre le pieux au deffus du cours de l'eau & non au deffous, par exemple , fi le cours de la riviere vient du côté d'Orient le filet doit être pofé du même côté au deffus du pieux C, car s'il eftoit de l'autre , l'eau l'emmeneroit.

Il faudra faire le refte de même qu'il a efté dit au Chapitre precedent , finon que l'homme qui tiendra la corde E, tirera plûtôt & plus fort que l'autre , qui tiendra celle marquée F, dautant que le cours de la riviere menera affez le filet vers en bas , celuy-cy ne tirera pas fa corde qu'il ne fente que le filet eft tout à fait hors d'auprés le pieux , c'eft pourquoy la corde E, doit être toûjours éloignée du feu G, de cent pas plus que l'autre corde F.

METHODE NOVVELLE ET INFAILLIBLE
pour empêcher les Carpes & autres gros poiffons de fauter pardeffus les filets.

CHAPITRE XI.

ETTE invention étant extraordinaire, comme elle eft avantageufe & facile dans fon execution, j'eftime que le Lecteur fera en quelque façon fatisfait du fecret que je luy veux apprendre. Il faut remarquer la 39 figure de la

feptiéme Table du premier Livre, qui doit fervir à nôtre rufe. C'eſt
une forte de Tramail qu'il faut avoir pour pêcher felon nôtre deffein, la compofition en eſt contenuë au 44. Chapitre du même
premier Livre. Et en ce lieu vous fçaurez comment il s'en faut
fervir par la demonſtration de la 15. figure, deſſeignée en la huitiéme Table de cette partie.

Suppofez que la bande noire A B Q R, foit le chantier ou la
rive de l'eau à laquelle on veut aborder le filet, & où on croit
qu'il y a de la carpe ou autres gros poiſſons. Etendez le filet comme pour pêcher à l'ordinaire, c'eſt à dire pofez-en un bout C,
au bord de la terre, & étendre le reſte dans l'eau en demy rond,
rapportant l'autre bout D, pareillement fur la terre, de façon
que le plomb foit au fond de l'eau, & le liege joignant la rive. Faites
aprés approcher le filet volant, qui eſt coufu au Tramail G H I,
ce qui fe fera facilement en tirant la corde P, jufqu'à ce que le
nœud O, foit proche de la lettre P, par ce moyen le liege K, du
filet fimple fe trouvera à l'endroit Q, & l'autre côté L, à la lettre R, M au chiffre 8, & N au chiffre 7, qui formera le même
arc que le principal filet, fi bien qu'aprés cela vous pourrez fouler le fond & le bord de l'eau avec le boutoir figuré 16, pour contraindre le poiſſon de fe mailler, & s'il eſt trop ruzé il fera effort
pour fauter par deſſus le liege, comme il avoit accoûtumé; mais
il trouvera le filet volant, qui luy fermera le paſſage, fi bien que
n'ayant pû s'échapper, il tâchera de fe fauver au travers du Tramail, où il fe maillera. Si vous êtes aſſeuré d'abord, qu'il y a de
gros poiſſons dans l'enceinte que forme le filet, il faut auparavant
de fouler dans le milieu, approcher peu à peu les bouts du Tramail l'un de l'autre, jufqu'à ce que vous voyïez que les deux lieges du filet fimple puiſſent atteindre l'endroit Y Z, & qu'il n'y ait
pas plus de quatre ou cinq pieds entre les deux cordes: De cette
maniere il n'y a point de poiſſon qui puiſſe échapper de vos filets.

Je croy que ce que j'ay dit de cette pêche fuffit pour en faire
connoître la Theorie. La pratique vous montrera le reſte.

MANIERE EXTRAORDINAIRE POVR PRENDRE
le poisson avec la seine.

CHAPITRE XII.

QUAND je parle en ce lieu de pêcher avec un filet appellé *Seine* , je ne pretends pas en apprendre le secret
aux Maîtres Pêcheurs, puis qu'ils le doivent sçavoir mieux
que moy. Je veux seulement le montrer aux curieux de
la pêche, qui se divertissent quelquefois à prendre du poisson dans
les marais, fosses, viviers , ou petites rivieres, peut-être qu'il y en
a beaucoup qui croyent être bien sçavans en cét art, lesquels
pourtant ne sçavent pas pêcher avec la Seine & le Tramail, de la
maniere que je vais dire.

Voyez dans la neufiéme Table la 18. figure , & supposez que
l'espace depuis T , jusques à la lettre S, soit le bord du chantier
où vous devez faire aborder le filet. Vous l'étendrez dans l'eau comme un arc T Z S , ou du moins vous luy donnerez cette forme ,
quand vous le tirerez à bord afin d'y enfermer le poisson, lequel
se retire toûjours vers le milieu Z , à mesure qu'on approche de
la terre pour fuïr le bruit qu'il entend : joint que les cordes des
côtez vont batant l'eau , ce qui l'épouvente & l'empêche de
fuïr par les bouts du filet ; tellement que le poisson se laisse facilement traîner jusques au chantier , & ne se tourmente gueres
que lors qu'on commence à fouler l'eau pour tirer tout à fait le
filet sur la terre , si bien que pour se sauver il met le nez ou la
tête dans la bourbe , & laisse passer le filet par dessus luy, principalement la tanche & la carpe. Pour l'empêcher , il faut avoir
toûjours une longue perche V qui soit legere , droite , unie &
coupée en rond par le gros bout , & quand les deux bouts X, Y,
de la seine ou du tramail seront abordez, ajustez-les en sorte,
que le bout de la corde du plomb soit sur la terre & coule tout
au raiz du chantier jusques dans le fond aux letres a, b, puis
alongeant la perche dans l'eau , vous poserez son gros bout sur
le bas du filet à l'endroit marqué de la lettre e , & la tournant
                                                          deux

deux tours, le filet s'envelopera à l'entour. Vous attirerez ce filet en pesant dans la bourbe jusques à ce qu'il soit à la lettre h, où estant, il faut détourner derechef la perche, & la poser pareillement au bas du filet joignant le plomb d, & la tourner aussi deux tours pour amener le filet raizant la vaze à la lettre L, & de là à la petite f, pour tirer aussi le plomb au lieu marqué j, faisant de mesme tout autour du filet. Amenant enfin le plomb a, au lieu marqué O, & le costé b, à la lettre P, de cette maniere, il n'y aura point de poisson qui ne soit forcé de quitter le fonds, puisqu'on continuëra toûjours de fouler le fonds de l'eau à chaque fois que l'on fera approcher la corde du plomb, & aprés que le filet sera ainsi proche du bord, on prendra ensemble la corde du liege & celle du plomb d'un mesme costé, pour tirer le filet hors de l'eau, prenant garde qu'en le tirant sur la terre, le plomb suive toûjours le fonds de l'eau, autrement le poisson s'échaperoit pardessous le filet.

LE MOYEN POUR FAIRE VNE GARENNE
à poisson, pour le prendre dans la quantité, & le temps qu'on voudra.

CHAPITRE XIII.

Oici une autre maniere pour pescher du poisson quand on voudra, sans appaster ny s'embarasser que d'un Tramail, & principalement dans les lieux découverts, & où il n'y a pas beaucoup d'herbiers ny de crônes.

Cherchez un lieu commode où vous puissiez étendre un filet en rond sur une largeur de quatre ou cinq toises, soit au milieu d'une riviere ou d'un estang si vous avez un bateau, ou au bord si vous n'en avez pas. Faites faire environ vingt ou trente fascines ou fagots de branchages tortus, qui soient liez par les deux bouts, longs de six ou sept pieds, de la grosseur d'un homme, & les portez sur le bord du lieu où vous voulez faire la garenne, ainsi qu'elle paroist dans la 19. figure de la neuviéme Table.

A a a

Suppofez que le circuit P Q R, foit le lieu deftiné pour voftre pefche, vous poferez les fafcines dans l'eau toutes de rang, comme fi vous les vouliez entaffer, finon qu'elles feront éloignées les unes des autres, en forte qu'il y ait environ un pied d'efpace entre deux. Ayant pofé le premier rang marqué des lettres B A E, faites-en un autre pareil pardeffus, & que les feconds fagots traverfent les premiers, comme vous voyez le premier de la rangée marqué de la lettre K. On fera un troifiéme rang F D, qui traverfera auffi les fafcines du fecond, & enfin le quatriéme L M N O, croifera auffi l'autre, continuant ces rangées jufques à demy pied proche la fuperficie de l'eau, puis il faudra mettre quantité de branches & d'herbiers par le deffus, pour empêcher le Soleil d'y penetrer. On y pourra encore mettre des pierres deffus pour faire affaiffer le bois, & que le tout en foit plus ferme.

Si cette garenne fe fait dans une eau courante, vous aurez un gros pieux de bois ferré par le bout, lequel on fera entrer dans le milieu du fagot M, & paffer dans tous les autres qui fe rencontreront deffous, & de là en terre pour l'y faire entrer à force, afin qu'il tienne la garenne arreftée dans un mefme lieu. Mais prenez garde que toutes les fafcines foient fi bien arrangées, que le tout foit tant plein que vuide pour y retirer le poiffon : ces efpaces vuides font deffeignées par les lettres F, G, D, H, I. Les chofes ainfi difpofées, on fe doit retirer, & ne point approcher de ce lieu de plus de huit ou quinze jours, afin de donner temps au poiffon de reconnoiftre la garenne. En moins de dix ou douze jours il s'accoûtumera de voir cet objêt, en approchera peu-à-peu; & l'ayant reconnu, il s'y retirera.

Quinze jours aprés il fera bon de pefcher un peu loin de la garenne, comme on a coûtume de faire, & quelquefois l'on pefchera aux environs affez proche du lieu préparé, pour obliger le poiffon de s'y cacher quand il entendra du bruit. Vous y pourrez pefcher de temps en temps, felon que vous aurez affaire de poiffon, comme je dirai au Chapitre fuivant. Il faut avoir une longue perche figure 17. de la huitiéme Table, avec un crochet de fer T, cloüé au gros bout pour tirer les fagots hors de l'eau, & deux boutoirs figurés 16. pour en fouler le fonds.

DE LA MANIERE QV'IL FAVT PESCHER
la garenne au poiſſon.

CHAPITRE XIV.

PRE´s que vous aurez diſpoſé la garenne & attendu trois
ſemaines ou un mois pour y laiſſer retirer le poiſſon,
vous pourrez y peſcher avec un tramail bien plombé
par le bas & liegé par le haut, que vous mettrez dans
un bateau avec les deux fouloirs & le crochet de fer (figurez
16. & 17. dans la huitiéme Table) & vous vous en irez bien loin
battre l'eau tout autour du lieu deſtiné pour la peſche, & vous
approcherez peu-à-peu, afin de contraindre le poiſſon de s'y retirer. Cela eſtant fait, approchez le bateau avec le Tramail à
deux toiſes prés de la garenne, & dépliez le filet tout autour,
commençant à l'endroit marqué de la lettre P, & tournant par
Q finir à la lettre R, qui ſont les deux bords de la terre. Si les
fagots ſont éloignés du chantier on rapportera le bout P, par
derriere Q, & R, de meſme, en ſorte que ces deux bouts du
Tramail croiſent l'un ſur l'autre; & quand le tout ſera ſi bien clos,
que le poiſſon ne puiſſe ſortir, on prendra la perche, & avec ſon
crochet on tirera toutes les faſcines les unes aprés les autres hors
de l'enclos du filet, & meſme toutes les branches s'il y en a, puis
avec les boutoirs il faudra fouler demie heure durant le fond de
l'eau dans tout l'eſpace qu'environne le Tramail; & lors que tout
le poiſſon ſera maillé, levez voſtre filet pour en prendre & retirer ce qui ſe trouvera dedans: puis remettez les fagots comme
ils eſtoient auparavant, afin d'y repeſcher tous les quinze jours
ou tous les mois de la meſme façon, parce que le poiſſon s'y retirera toûjours.

D'VNE AVTRE SORTE DE GARENNE A POISSON
que les Pescheurs appellent ordinairement un fonds.

CHAPITRE XV.

 L se fait dans les rivieres poissonneuses & sablonneuses une autre sorte de garenne, que les Pescheurs appellent un fonds ou une porte, & qui se pose dans des lieux les plus découverts où le Soleil donne pendant les grandes chaleurs.

Quand on a destiné le lieu pour y placer un fonds, il faut y jetter quantité de pierres grosses comme la teste d'une personne, qui soient éloignées les unes des autres, en sorte que les espaces en soient tant pleins que vuides, aprés cela on couche sur ces pierres de vieux ais de bateau attachez ensemble, comme une grande porte F H, figurée 20. dans la dixiéme Table, longue d'environ douze ou quinze pieds, & large de huit ou neuf pieds, à laquelle on fait deux ou trois trous au bord F, ou H, pour la lever avec un crochet de fer quand l'on voudra pescher. On connoistra les pierres sur lesquelles doit estre posé le fonds par les espaces blancs qui paroissent autour, dont quelques-uns sont cottez des lettres K, L, M, D, & le vuide est montré par les petites lettres a, b, c, d, e, f, g. Aprés avoir couché la porte sur les pierres, il faut la couvrir d'autres pierres & de sable, tant pour empêcher l'eau de l'emmener, que pour la cacher de la veuë des larrons, & y entretenir davantage la fraîcheur, qui attirera le poisson peu à peu pour se loger dessous entre les espaces vuides pendant les grandes chaleurs, ou lors qu'il sera épouventé.

Le lieu où l'on placera ce fonds doit pour le moins avoir quatre pieds de profondeur dans le temps des basses eaux.

On peut faire de cette sorte de garennes en plusieurs endroits, qu'on peschera de temps en temps, comme de quinze en quinze jours, ou de mois en mois, selon que vous appercevrez qu'il y aura du poisson dessous.

COMMENT IL FAVT PESCHER
le fonds ou porte.

CHAPITRE XVI.

Ous pouvez, comme je viens de dire, pescher cette forte de garenne de mois en mois, ou tous les quinze jours même s'il y a du poisson. Vous le connoistrez, quand approchant avec le bateau vous remuërez un peu avec une perche autour du fonds, & qu'il en sortira comme de petites bouteilles, ou que l'eau fera quelque boüillon, car c'est un signe evident qu'il y a du poisson retiré dessous. Vous pescherez donc en cette sorte.

Voyez dans la dixiéme Table la 20. figure qui represente la garenne, ou porte marquée tout autour de lettres F C K L M D H E, ayez dans vostre bateau une perche avec un crochet au bout figure 16. de la huitiéme Table, & un ou deux boutoirs figure 17. avec un Tramail assez grand pour enfermer une espace de six ou huit pieds de distance autour du fonds. Vous le tendrez ainsi qu'on le voit par la figure, laissant premierement le bout A, dans l'eau, & faisant comme un cercle. Environnez la garenne & rapportez le bout B, contre A, de façon qu'il avance sur l'autre de deux pieds, comme vous le voyez desseigné, afin qu'il ne puisse rien sortir de vostre enceinte. Cela estant fait, il faudra avoir un gros Pieux de bois G H I, bien uny en toute son étenduë, qui sera de longueur proportionnée à la profondeur de l'eau du lieu qu'on veut pescher, & qu'il soit ferré en pointe par le gros bout H, afin de le mieux faire entrer dans le sable. On le picquera tout au raiz le milieu du bord de la porte à l'endroit marqué de la lettre I, où il doit tenir bien droit & ferme dans le fonds de l'eau, puis avec le crochet de fer vous accrocherez la porte par quelqu'un des trous qui sont à l'autre bord F. & la leverez toute droite contre le pieux G. & passant une corde dans un de ses trous, il faudra la lier bien fort au haut du pieux, au

Aaa iij

lieu marqué de la lettre G. Quand elle fera attachée, arreſtez le
bateau, & prenez les boutoirs pour fouler le fonds de l'eau parmy
les pierres, & contraindre le poiſſon de ſe mailler dans le filet;
& lors que vous verrez que tout ſera pris, levez le Tramail pour
en oſter le poiſſon qui ſera dedans, & remettez la porte en l'état
qu'elle eſtoit auparavant, pour y repeſcher une autre fois quand
il y ſera bon.

Si vous deſirez faire le filet vous-meſme, la maniere d'y travailler eſt contenuë au 44. Chapitre du premier Livre.

RVLE NOVVELLE POVR PESCHER
de gros poiſſons avec un Carrelet.

CHAPITRE XVII.

Invention
de l'Au-
teur.

J E ne doute point qu'on ne s'étonne d'abord de ce
que je traite en ce lieu la maniere de peſcher du poiſſon avec un Carrelet, qui eſt un filet connu de tout le
monde, quoy qu'il ſoit nommé diverſement ſelon la
diverſité des lieux. La figure 21. de la dixiéme Table en fait pa-
roiſtre la forme. Je n'aurois pas voulu groſſir le Livre de ſa figure, non plus que du diſcours, ſi je n'en avois trouvé l'uſage auſſi
utile que plaiſant.

Vous ſçaurez que ce filet ſe monte & ſe tend comme les communs. Il le faut faire de ſix pieds en quarré & de mailles aſſez larges,
car plus la maille en ſera grande, & plus le Carrelet ſera facile à lever de l'eau : Ce qui eſt abſolument neceſſaire, parce que les
gros poiſſons, principalement les carpes, ſautent par deſſus.

Vous ſçaurez auſſi, qu'on ne prend pour l'ordinaire avec ces
ſortes de filets, que de petits poiſſons, ſi l'eau n'eſt trouble, auquel cas on en peut prendre de toutes façons, mais par hazard :
Et par noſtre ruſe on en prend de gros & de petits dans l'eau claire comme dans l'eau trouble, le ſoir, le matin, pendant le jour,
l'Hyver & l'Eſté, & principalement au Printemps, à l'Eſté, &
une partie de l'Automne ſur le ſoir.

Avec l'invention que je donne maintenant, j'ay pris quelque-

fois d'un coup de carrelet cinq ou fix carpes, il eft vray que c'eftoit
dans un eftang.

Ce fecret n'eft autre chofe qu'une bonne poignée de vers de
terre, vulgairement appellez des achées ou lefches, que j'enfile
toutes par le milieu du corps, en forte qu'elles remuent le cofté
de la tefte & de la queuë, comme fi elles eftoient en liberté.
Quand tous ces vers font enfilez, je noüe les deux bouts de la
petite ficelle enfemble, & je fufpends ces achées lettre Q, en l'air
au milieu du filet, en forte que la ficelle eftant attachée à la
lettre h, à l'endroit où les bâtons fe croifent, les vers font à demy
pied proche le fonds du filet quand il eft pofé dans l'eau. Aprés
cela j'ay une perche O P N, longue & legere, laquelle je lie avec
une corde à un pied proche du bout le plus menu, au lieu marqué P, en forte qu'il y a deux ou trois doigts de jeu ou d'ébat
entre les enlarmes ou bâtons & la perche, afin que le carrelet fe
tourne du cofté que je veux pour le mieux placer. Eftant ainfi
ajufté je le mets dans l'eau luy faifant faire un peu de bruit. Le
poiffon curieux de fçavoir d'où procede ce bruit approche du
filet, les plus petits viennent les premiers, & voyans remuer les
achées qui font penduës au milieu du filet, ils fe mettent tout
autour à les tirailler pour les manger. Les gros poiffons qui font
plus rufez, fe contentent de tourner tout autour du carrelet
un peu éloignez, afin de découvrir la caufe du bruit qui les a
fait venir; mais voyant que les petits mangent, ils s'en approchent de plus prés, & auffi-toft qu'ils apperçoivent les vers, ils
chaffent les peits poiffons & attirent les vers chacun de leur
cofté, ce qui fe connoif't par le branfle qu'ils donnent au filet.
Pour lors il le faut lever promptement, afin que la carpe ne s'élan-
ce, parce que voyant remuer les quatres baftons du carrelet autour d'elle, elle veut plonger dans le fonds, où le filet fe rencontre, qui l'arrefte fi bien qu'elle faute dehors, fi on luy en donne le temps.

La plufpart des perfonnes qui pefchent avec ces fortes de
filets, quand ils le levent hors de leau, tiennent le gros bout de
la perche de la main gauche qu'ils pofent contre la cuiffe, &
de l'autre main ils prennent la perche à trois pieds proche du bout,

qui eſt une maniere aſſez lente pour enlever la carpe qui eſt prompte à ſauter. D'autres poſent la perche ſur le bras gauche, & peſent de la main droite ſur le bout de la perche pour le faire baiſſer , & par ce moyen lever le carrelet comme on fait un pont-levis.

Pour moy, je trouve qu'il eſt plus expedient de mettre le bout de la perche entre les jambes , & de l'y tenir toûjours ſans remuer, juſqu'à ce que le filet demeure dans l'eau ; & lors qu'on veut le lever, il faut allonger les deux mains enſembles à deux pieds plus loin, & peſant du cul ſur le bout de la perche, lever le carrelet promptement. On a plus de force de la moitié par cette façon de lever le filet, que par aucune autre.

METHODE POVR PESCHER AVEC LE FILET nommé Eſpervier.

CHAPITRE XVIII.

JE montre en ce Chapitre comment on peſche avec un filet appellé eſpervier, non pas que j'y vueille rien augmenter de mon invention , mais ſeulement pour apprendre aux curieux de quelle maniere on s'en ſert , parce que l'uſage en eſt aſſez agreable & divertiſſant.

Il s'en fait de deux ſortes, l'un eſt deſſeigné dans la 22. figure de l'onziéme Table , qui eſt le plus commun & le plus facile à jetter: L'autre ſe voit par la 23. figure, qui eſt plus embaraſſant que le premier , mais auſſi il n'en échappe rien depuis qu'il eſt étendu ; car il ſerre & emporte avec luy pierre, bois & poiſſon, ſans rien laiſſer de ce qu'il embraſſe , ſi bien qu'on eſt ſouvent contraint de ſe mettre dans l'eau pour le retirer, ou bien de le rompre ou perdre tout à fait. J'ay fait voir dans le 40. Chapitre du premier Livre , comment il faut faire les deux ſortes d'eſperviers, & j'enſeigneray en ce lieu, la maniere de les jetter pour peſcher le poiſſon. Ce qui ſe dira pour l'un ſe doit auſſi entendre pour l'autre , puis que tous deux ſe tendent de même ſorte ; & quoy qu'il ſoit aſſez difficile de montrer par écrit comment il

s'en

s'en faut fervir, je tâcheray du mieux qu'il me fera poffible de vous le faire comprendre. Mais vous pouvés toûjours avoir recours à la 22. figure.

Il faut paffer la main gauche dans la boucle s, de la corde qui tient à la queuë (lettre r,) du filet, & de la même main empoigner tout l'efpervier depuis t, jufques à la lettre u, comme environ deux pieds proche du bas b g n o p q c, où eft le plomb. L'endroit par où on le doit prendre fe voit marqué d'une ligne ponctuée t v, & tenant aprés le filet baiffé en forte que tout le plomb foit à terre, on en prendra avec la main droite le tiers depuis d, jufques à la lettre l, & on le jettera fur l'épaule gauche, ainfi qu'on feroit un manteau : puis il faudra prendre un autre tiers depuis a, jufques à la lettre j, que l'on tiendra de la main droite, laiffant pendre le refte. Le tenant en cét eftat on fe levera tout droit, & s'approchant du lieu deftiné pour le jetter, il faudra s'élancer en fe détournant un peu fur la gauche, fe retourner fort vîte fur la droite, & laiffer aller le tout dans l'eau en forme ronde, il va incontinent au fonds & enferme ce qui fe trouve deffous. C'eft tout ce qui fe peut dire touchant l'ufage de l'efpervier, finon qu'il faut prendre garde que les mailles n'accrochent point vos boutons, car autrement vos pourriez peut-eftre bien fuivre le filet dans l'eau.

Il faut regarder auffi s'il n'y aura point de bois ou de pierre à l'endroit que vous voulez pefcher, pour les raifons que j'ay dites cy-deffus.

D'VNE BONNE ET FACILE INVENTION
pour connoiftre s'il y a de la carpe dans un lieu où l'on veut pefcher.

CHAPITRE XIX.

E ne puis m'imaginer que l'invention pour découvrir s'il y a de la carpe dans une riviere ou autre lieu dans lequel on veut pefcher, foit mal receuë des perfonnes qui fe divertiffent quelquefois à prendre le poiffon à la ligne, & principalement la carpe. Car outre la fatisfaction

B b b

qu'on peut avoir lors qu'on eſt aſſuré de trouver quelque choſe dans le lieu où l'on s'arreſte, noſtre ruze ſert encore à deux autres fins.

La premierc eſt, que le poiſſon qui va voir voſtre machine, & qui mange la paſture que vous y avez miſe, eſt par ce moyen déja appaſté en ce lieu, & il ne manquera pas d'y retourner ſoir & matin pour y manger encore.

L'autre fin, & qui n'eſt pas moins conſiderable que la precedente, c'eſt que bien ſouvent l'endroit où l'on veut peſcher eſt, ou plein d'herbiers dans le fonds, ou trop empêché de bois & de pierres : Tellement que poſant la ligne dans l'eau l'amorce eſt cachée parmy ces obſtacles, qui empêchent le poiſſon de la trouver, & ainſi on perd le temps, & le plus ſouvent auſſi la patience.

Noſtre invention ſervira donc de remede à ces inconveniens, puis qu'elle fera trois ſervices notables en un meſme temps. Le premier, comme j'ay dit, pour eſtre aſſuré qu'il y a de la carpe en ce lieu-là. Le ſecond pour appaſter, & le dernier pour preparer l'endroit afin d'y poſer la ligne & l'hameçon, que le poiſſon pourra mieux découvrir n'y ayant plus d'objet qui l'empêche.

Il faudra avoir une vieille porte ou des ais attachez enſemble, ainſi que vous verrez par la 24. figure de la douziéme Table. Je n'en ſpecifie point la longueur, non plus que la largeur, il ſuffit de dire qu'elle ſera d'autant meilleure qu'elle aura plus d'étenduë. Faites porter cette porte ſur le bord de l'eau où on la veut mettre, en ſorte que le bout Q, ſoit tout au raiz de l'eau, on fera un trou à l'autre bout R, pour y paſſer une corde S, qu'on nouëra bien ferme; aprés cela il faudra couvrir la porte de terre ſorte ou à potier, y mettant deux doigts de cette terre également par tout, laquelle on preſſera deſſus avec les mains pour l'y faire mieux tenir, puis vous aurez des féves cuites, comme j'ay enſeigné au Chapitre 7. leſquelles on piquera par tout de quatre en quatre doigts, de façon qu'elles ne ſoient qu'un peu enfoncées dans la terre, & que les carpes les puiſſent tirer pour les manger, mais il faut auſſi qu'elles tiennent aſſez pour que l'eau ne les en oſte pas. Elles ſont repreſentées de coſté & d'autre par

les lettres V, X, Y, Z. Quand les féves feront ainfi mifes, pouf-
fez la porte dans l'eau, que le bout Q, entre le premier en biaifant, & la faites aller au fonds retenant le bout T, de la corde pour
le lier à quelque branche. Laiffez le tout jufques au lendemain,
que vous irez voir fi les carpes auront mangé l'appaft. Pour
cela, vous prendrez la corde T, & tirerez la porte hors de l'eau,
fi toutes les féves y font encore, ce n'eft pas bon figne. Remettez-
la, & y retournez voir trois ou quatre jours de fuite ; & fi à toutes les fois on y trouve l'appaft entier, il ne faut plus s'y arrefter,
parce que s'il y avoit des carpes en ce lieu-là, les féves auroient
efté mangées dés la première ou feconde nuit.

Si au contraire vous reconnoiffez le premier jour que le poiffon
ait mangé l'appaft, c'eft une marque qu'il fera bon pefcher en
cét endroit-là : remettez-y encore des féves, & y retournez
voir une autre fois que vous retirerez pareillement la porte hors
de l'eau, pour connoiftre fi elles y feront retournées, puis vous
ôterez la porte fi le fonds de la riviere eft bien net, & vous jetterez en ce lieu-là quatre ou cinq poignées de féves.

Et fi le lieu eft remply d'herbiers, de pierres ou de bois, il
faudra y laiffer la porte, qui fervira de fonds, & fur laquelle on
jettera encore [cinq ou fix poignées de féves pour appafter, &
y pofer les hameçons quand on pefchera.

NOVVELLE INVENTION POVR FAIRE
une ligne à pefcher du poiffon, dont une Carpe ne pourra
s'échaper.

CHAPITRE XX.

P LUSIEURS perfonnes fe mêlent de pefcher à la ligne,
qui n'en fçavent pas les fecrets. Je ne veux point taire
ce que j'en puis fçavoir, principalement pour la carpe,
qui eft le poiffon le plus difficile à prendre.

Il faut avoir de bons hameçons d'acier, & des lignes de foye
verte, fortes & groffes comme le bout d'un fer d'aiguillette, avec

une ou pluſieurs gaules ou verges de houx ou de charme, ou bien de quelque autre bois qui plie ſans rompre & ſe rejette ou re-dreſſe de luy-même. Mais pour le mieux ayez un bâton qui vous ſervira ou de contenance, ou pour vous ayder à marcher. Ce bâ-ton doit eſtre creux par dedans comme un canon de fuzil, dans lequel vous mettrez une baguette ou verge de baleine pour vous ſervir de ligne en cette ſorte.

Voyez dans la douziéme Table la 25. figure. La cane ou bâ-ton creux eſt marquée des petites lettres a b, par le bout a, eſt la poignée du bâton qui ſe tire pour l'ouvrir, afin d'y placer la verge de baleine b c, lors qu'on ne s'en ſert point. Quand on veut peſcher, on la tire de dedans pour la ficher du gros bout b, dans un trou fait exprés à l'autre bout I de la cane, où il y a une virolle d'argent, de cuivre ou de fer, pour garder le bâton de ſe fendre par ce bout-là, & au petit bout c, de la verge on attache la ligne. Mais de crainte que les efforts que fait une carpe quand elle eſt piquée ne l'arrache hors du bâton, & n'emporte la ligne, il faut commencer de lier le bout de la ligne deſſus la cane, à l'endroit cotté de la lettre j, & la tourner ſerpentant tout autour de la baleine juſques au bout c, où vous l'arrêterez. Quant à l'hameçon il doit eſtre bien attaché avec de la ſoye verte au bout e, de la ligne, & le liege d, éloigné de l'hameçon ſelon la pro-fondeur de l'eau, en ſorte que la ligne eſtant dans l'eau il y ait un pied de cette ligne, qui rampe ſur la terre ou ſur le ſable avec l'appaſt au bout, parce qu'il ne faut pas que la carpe voye la li-gne; ce qu'elle feroit s'il n'y avoit juſtement de ligne dans l'eau, que pour aller juſques au fonds: c'eſt pourquoy on aura un liege gros comme une noix, qui ſera percé dans le milieu pour y paſſer la ligne dedans, & le pouvoir faire couler d'un bout à l'autre, l'arrêtant quand on voudra avec une petite cheville qui entrera dans le trou.

Invention de l'Auteur. Et parce qu'il y a des carpes ſi monſtrueuſes & ſi fortes qu'on a peine de les arrêter, tant elles tirent fort, & que le plus ſou-vent elles rompent & les lignes & les perches, ſi elles ne ſont extrémement fortes, vous vous ſervirez de nôtre ligne, repre-ſentée dans la 26. figure de la même Table, marquée des mê-

mes lettres que l'autre. Faites en forte que vôtre ligne ait toûjours cinq ou fix toifes de longueur, plus qu'elle ne doit avoir
pour pêcher à l'ordinaire ; & ayant attaché le bout au bâton I,
comme j'ay déja dit, & tourné la ligne plufieurs tours fur la verge, vous l'arrêterez au bout c, puis vous prendrez un petit bâton K, long de quatre pouces, qui fera un peu fendu par les deux
bouts, & le pofant proche du bout c, de la Baleine, vous ferez
entrer la ligne dans l'une de fes fentes, par exemple celle du bout
f, & vous devuiderez la ligne fur le milieu h, du petit bâton fendu, en forte qu'il n'en refte plus que ce qu'il en faudra pour pêcher (comme avec la ligne commune) dans le lieu preparé. Faites aprés cela entrer la ligne dans l'autre fente du bout g, de ce
petit bâton. La ligne eftant ainfi accommodée, mettez l'appaft
à l'hameçon, & pêchez. Ce qui fera plié fur le petit bâton ne fe
défera point que lors que la carpe fera prife & qu'elle fera fes
efforts ; & pour lors ayant de l'ébat, vous aurez moyen de la laf-
fer fans qu'elle rompe aucune chofe, & peu à peu elle fe noye-
ra & fera contrainte de fe laiffer mener à bord.

Par cette invention on ne peut manquer de prendre toutes les
carpes qui mordront, à moins que ce ne foit par la faute du pêcheur qui ne les fçaura pas piquer dans le temps qu'il faut.

DE LA MANIERE QU'IL FAVT PIQVER
la Carpe & la tirer hors de l'eau, & la difpofition du lieu.

CHAPITRE XXI.

E lieu où on veut pefcher des carpes à la ligne, doit
eftre profond & bien uny, fans pierres, bois, ny herbiers dans le fonds, afin que les carpes y puiffent voir
& prendre l'appaft.

Il faut auffi prendre garde qu'il y ait un endroit propre pour les aborder quand elles font piquées, c'eft à
dire, que le bord de la terre & l'eau foient de même hauteur,
ou pour le mieux en douce pente, comme feroit un abreuvoir

où vont boire les beſtiaux , autrement l'on en manqueroit plus
qu'on en prendroit.

Si par hazard le lieu où vous voulez pêcher eſt trop plein
d'herbiers , de pierres , ou de bois , on y peut laiſſer la porte comme j'ay dit au 19. Chapitre , ou bien y en mettre une de même
façon , & pêcher deſſus comme ſi c'eſtoit le fond même de la
riviere. Mais avant que d'y pêcher , il ſera à propos d'appaſter
quatre ou cinq jours de ſuite ſoir & matin , y jettant à chaque
quatre ou cinq poignées de féves cuites de la maniere contenuë au 7. Chapitre. La veille qu'on voudra pêcher , on ap-
paſtera avec des féves purgatives (cuites avec de l'Aloës, dont
la compoſition ſe voit dans le même 7. Chapitre) reſervant les
plus groſſes pour pêcher , afin que l'hameçon puiſſe eſtre tout à
fait caché dedans ; & le jour que vous voudrez pêcher , ſoyez
ſur le lieu deux heures avant le Soleil couché , ou au matin au
Soleil levant , dépliez vôtre ligne & l'ajuſtez comme j'ay dit au
Chapitre precedent , luy donnant aſſez de fonds , pour qu'elle
ſoit couchée ſur le ſable d'un pied de long proche l'appaſt , puis
faites entrer la pointe de l'hameçon dans la féve , & le coulez
doucement dedans juſques à ce qu'il ſoit tout à fait caché, & que
la pointe perce tant ſoit peu l'écorce pour ſortir. Cela eſtant fait,
j'ettez l'appaſt avec la ligne dans l'eau , vous aſſoïez ſans faire de
bruit ny remuer ; & lors que vous verrez que vôtre liege s'en ira
tout d'un coup à fond , tirez-le en haut pour piquer la carpe, laquelle ſe ſentant priſe à l'hameçon ſe tourmentera. Il faudra en
ce cas lâcher peu à peu la ligne & la laiſſer promener de côté &
d'autre , juſques à ce que vous voyez qu'elle ſoit laſſe & qu'elle
manque de force , pour lors vous l'aborderez , vous couchant ſur
le ventre , ou vous tenant à genoux , afin que lors qu'elle ſera proche du bord vous luy mettiez le doigt dans la gueule pour la tirer
ſur terre. Ne l'enlevez pas tout d'un coup ſur la terre , de crainte
qu'elle n'échappe ; car il arrive ſouvent qu'on la perd lors qu'on
la veut tirer ſur la terre.

Invention
de l'Au-
teur.

Et ſi vous voulez mieux faire , ſervez-vous d'un petit filet fait
exprés , comme je m'en ſers en ce recontre. Sa forme eſt deſſeignée dans la douziéme Table par la 28. figure. Il eſt monté ſur

un morceau de bois LMNO, fait en fourche, dont chaque branche NO doit estre longue de deux pieds, & si bien écartées l'une .de l'autre, qu'il y ait deux pieds de distance du bout N, au bout O. Le filet P, estant ajusté dessus aura aussi environ deux pieds de creux. Vous l'aurez auprés de vous quand vous pêcherez, & lors que vous serez prest d'aborder la carpe à quatre ou cinq pieds du bord, mettéz le pied sur la ligne, & posant vôtre filet dans l'eau par dessous la carpe, vous l'enleverez sans peril.

Une seule personne peut pêcher en même temps avec deux ou trois lignes, mais il faut qu'elles soient proches de luy, & qu'il puisse voir tous les lieges sans sortir de sa place. Pour pêcher de cette façon, il faudra piquer le gros bout de chaque perche en terre, non pas tout droit, mais en biaisant, en sorte que la perche estant couchée il y ait seulement un pied ou deux à redire que la verge touche à l'eau; & de crainte que la carpe en mordant n'emporte la ligne & la perche tout d'un coup, il faut poser sous la perche une petite fourchette de bois de hauteur convenable. Cette fourchette fera que la carpe en emportant l'appast donnera un petit branfle à la perche, qui la fera piquer d'elle-même. Il ne faudra pas manquer de luy donner encore un petit branfle en haut afin d'estre plus asseuré.

LA COMPOSITION DE DEUX SORTES D'APPAST
pour pescher les Carpes à la ligne.

CHAPITRE XXII.

'Ay eu peine à me resoudre de vous apprendre la composition de deux sortes d'appasts, parce que tous ceux qui se mêlent de pêcher à la ligne croyent les sçavoir : joint que plusieurs Auteurs en ont écrit, & y ont si mal reüssi, que peut-estre mes secrets seront méprisez aussi bien que les leurs. Je m'en rapporte à l'experience pour les laisser si vous ne les trouvez pas à vôtre fantaisie, il en coûtera peu de chose pour

connoître leur bonté. Je croirois contrevenir à la promeſſe que
je vous ay faite de vous découvrir tous mes ſecrets, ſi je m'en re-
ſervois quelqu'un. Il s'en fait de deux ſortes.

　　Pour compoſer le premier, prenez un heron mâle, il ſe connoît en ce qu'il eſt plus noir que la femelle, laquelle peut nean-

moins ſervir à ſon defaut : Plumez-le & le hachez & pilez bien
menu, pour le faire entrer dans une bouteille de verre, que vous
enterrerez dans un fumier chaud, & l'y laiſſerez quinze jours ou
trois ſemaines, juſques à ce que la chair ſoit pourrie & reduite en
huile. Quand elle ſera en cet état, tenez la bouteille bien cloſe,
afin que cette huile ne s'évente, & lors que vous voudrez peſcher,
prenez de la mie de pain molet bien blanc, & un peu de chenevis ou graine de chanvre pilée parmy, puis y mêlez de vôtre huile de heron, & pêtriſſez le tout enſemble pour en faire de petites boulettes groſſes comme des féves, dont vous appaſterez &.
en mettrez au bout de la ligne tout autour de l'hameçon, pour
peſcher comme on feroit avec des féves cuites.

　　L'autre appaſt eſt compoſé d'une livre de tourte de chenevis,
qui eſt le marc de cette graine, aprés qu'on en a tiré de l'huile
pour brûler, deux onces de momie, qui eſt de laiſſe de chair
humaine, autrement graiſſe de pendu, qu'on trouve chez les
Apotiquaires, deux onces de ſin-doux ou graiſſe de porc, deux
onces d'huile de heron, deux onces de miel, une livre de mie
de pain blac raſſis, & quatre grains de muſc ; faites une pâte de
toutes ces drogues, & en appaſtez par petites boulettes groſſes
comme des féves, & lors que vous peſcherez, couvrés-en l'hameçon, & ne craignés point la dépence de cet appaſt, car il n'y
a carpes qui n'y morde, ou elles ſeront bien fûtées. Si aprés avoir
fait vôtre pâte vous la trouvez trop molle, mettez-y encore de
la tourte de chenevis pour luy donner plus de corps.

　　Il y a certaines ſaiſons de l'année que le poiſſon mord à toutes ſortes d'appas, principalement aprés qu'il a frayé. Le bon temps
pour peſcher la carpe à la ligne, eſt dans les mois de Juin, Juillet
& Aouſt. Incontinent aprés le mois de May ou de Juin, que la
carpe a frayé, elle eſt affamée, parce qu'elle a vuidé ; & ainſi on
la peut prendre auſſi bien avec des féves boüillies dans de l'eau

toute

toute pure, fans aucune drogue, & mefme avec des vers de terre,
comme à d'autres appas compofez de divers ingrediens.

INVENTION PLAISANTE POUR PRENDRE
des Brochetons & des Perches avec un Colet de crin.

CHAPITRE XXIII.

LE s Brochets & Brochetons dorment au Soleil dans
les mois de Fevrier, Mars, Avril, May, Juin, Juillet &
Aouft, & fe tiennent ordinairement à fleur d'eau proche du bord : Il eft facile d'en prendre avec un colet
de crin de cheval, ainfi que le fait voir la 27. figure de la douziéme Table.

Ayez une petite gaule ou perche IK, longue d'environ neuf
pieds, qui foit affez forte & pourtant legere, pour la pouvoir
manier d'une main, attachez-y au petit bout K, un colet de crin
de cheval en fix ou huit doubles, ouvert en rond le long de la
perche, & non de travers; & lors que le Soleil fera bien clair &
haut, promenez-vous le long des eaux, vous appercevrez les
Brochets & Brochetons endormis qui ne remuent point, approchez tout doucement le premier que vous découvrirez, jufques
à ce que vous puiffiez luy toucher bien à l'aife de voftre perche,
paffez-luy legerement le collet jufques au milieu du corps, &
aprés vous l'enleverez tout d'un coup hors de l'eau.

Si par hazard le Brochet que vous voulez prendre, avoit la
tête ou la queuë tournée de vôtre côté, il faut bien doucement
le faire tourner de travers, en luy touchant legerement le bout
de la queuë avec la gaule, il le fouffrira, pourveu qu'il n'entende
point de bruit, & que vous ne branliez pas.

Les Perches fe prennent de mefme façon que les Brochetons, Invention
dans les mois d'Avril & de May, mais vous prendrez encore plus de l'Auteur.
facilement l'un & l'autre de la maniere contenuë en la 28. figure
de la mefme Table, qui eft faite d'un bâton LMNO, long de
douze ou quinze pieds, fait par un bout en façon de fourche,

qu'il faut tenir en eſtat avec une corde ou un gros fil de fer attaché aux deux bouts des branches N, O, en ſorte qu'il y ait environ un pied & demy depuis N, juſques à O, & deux pieds de
N, O, à la lettre M, puis y mettez un filet fait exprés de fil bien
délié, & de mailles aſſez grandes. La figure montre aſſez comme
il doit eſtre fait. Prenez-le ſur vôtre épaule, & vous promenez
pendant le Soleil, comme il a eſté dit, & lors que vous découvrirez quelque poiſſon endormy, faites tout doucement entrer le
filet dans l'eau juſques au deſſous du poiſſon, & hauſſez peu à peu
le filet juſques à ce que vous ſoyez preſt de le toucher, & pour
lors levez la fourche de toute vôtre force, & vous emporterez
le poiſſon. Cette ſorte de peſche n'eſt gueres penible, & eſt divertiſſante & profitable.

DV MOYEN POVR PRENDRE LES GROS
Brochets avec des Bricoles ou lignes dormantes dans les rivieres &
dans les eſtangs, & comme il faut faire divers hameçons.

CHAPITRE XXIV.

LA maniere de tendre aux Brochets dans les rivieres,
eſt differente de celle des eſtangs, nous le montre-
rons aprés avoir fait connoître les diverſes ſortes d'hameçons dont on ſe peut ſervir. On en voit de trois
façons.

La premiere eſt deſſeignée par la 30. figure, la ſeconde dans
la 29. & la troiſiéme paroît dans la figure 31.

La 30. fait voir un hameçon d'un morceau de fil d'acier, gros
comme la pointe d'un fer d'aiguillette, ayant ſon crochet ou bar-
billon lettre a aſſez ouvert, afin qu'un poiſſon eſtant accroché
ne puiſſe ſe défaire, & la pointe b, écartée. La grandeur de l'hameçon & la groſſeur du fil d'acier, avec ſa forme cy-deſſus,
eſt ſi bien repreſentée dans la figure, qu'on ſe peut regler deſſus
ſans manquer. Il doit y avoir une boucle au bout C, afin d'y paſſer un fil de letton gros comme une épingle commune, que l'on

plie en trois , puis on le tortille pour en faire un chaînon C B, long comme le doigt, auquel il en faut encore paſſer un autre, & enfin un troiſiéme à la lettre A.

La deuxiéme façon d'hameçon paroît figuré 29. elle eſt faite auſſi d'un fil d'acier de même groſſeur que le precedent, qu'on travaille par les deux bouts N, O, comme un hameçon commun, puis on le plie par le milieu M, y laiſſant une forme de boucle, & faiſant joindre les deux crochets par le derriere l'un contre l'autre , comme s'ils eſtoient d'une piece : enfin on y met deux ou trois chaînons M, B, tout de même qu'au premier. Il ne ſe peut échaper aucun Brochet de cet hameçon double , car l'un ou l'autre accroche toûjours , & le plus ſouvent tous deux à la fois.

La maniere d'hameçon de la 31. figure eſt extraordinaire, il ſe peut faire quand on eſt en des lieux où on veut peſcher des Brochets ou de groſſes Anguilles , & qu'on ne peut avoir des deux autres ſortes d'hameçons , auquel cas vous vous ſervirez des petits que les Merciers vendent ordinairement , & qui ſont faits comme vous les voyez marquez des lettres a, b, c, d, ayans chacun une boucle. Pour les ajuſter comme il faut pour prendre de gros poiſſons, prenez-en deux a b, c d, & les liez enſemble, de ſorte que la boucle a, ſoit poſée ſur la boucle b, & qu'elles paroiſſent aſſemblées comme s'il n'y avoit qu'une boucle, & que les deux derriere c, d, des hameçons ſe joignent l'un contre l'autre, puis avec du fil ou de la ſoye vous les entourerez bien fermes ; ce qu'eſtant fait, ils paroîtront ainſi liez comme le montrent les lettres e, f, aprés quoy il faudra mettre au bout deux ou trois chaînons b, i, comme aux autres hameçons precedens.

Quand on veut ſe ſervir de ces hameçons, il faut avoir de petits poiſſons vivans, gros comme deux doigts. Vous en voyez un figuré 32. ſur lequel vous devez vous regler pour mettre les autres hameçons.

Si c'eſt le grand hameçon de la figure 29. prenez-en le premier chaînon, & faites entrer le bout P, dans la gueule V, du poiſſon, qu'il ſorte par dans l'ouye x, & le tirez juſqu'à ce que les deux crochets joignent le bout de la tête V, puis attachez avec du fil la queuë du poisson tout au raiz de l'hameçon, ainsi qu'on voit dans la 33. figure à la lettre G, & ensuite on noüera le bout de la ligne à la derniere boucle du chaînon K. Cette ligne sera assez bonne si elle est faite de ficelle grosse comme un fer d'aiguillette, & longue à proportion du lieu où elle doit estre tenduë, comme je diray cy-aprés.

Si vous desirez tendre des hameçons marquez par la figure 30. il y a deux moyens d'y mettre le poisson, l'un comme je viens de dire, & l'autre de prendre le chaînon AZ, & faire entrer le bout Z, par la gueule V, du poisson, & le passer tout du long dans le ventre, pour le faire sortir par le fondement Y.

Quant à l'hameçon de la figure 31. il peut estre ajusté en toutes les deux manieres. J'ay seulement à vous dire, qu'un poisson auquel on passe l'hameçon par dedans le corps, ne vit pas plus de quatre ou cinq heures, mais celuy à qui on le fait passer par dessous les oüyes peut vivre douze heures, qui est un secret avantageux pour l'Esté, parce que le Brochet mord bien plûtost un poisson qu'il voit vivant, qu'à celuy qui ne vit plus, joint aussi que l'Esté un poisson estant mort est aussi-tost corrompu. Il n'en est pas de mesme l'Hyver, car le poisson sera dans l'eau vingt-quatre heures sans se gâter.

L'experience vous fera connoître l'avantage qu'il y a de conserver vôtre poisson dans l'eau sans corruption, puis que si rien ne se prend au soir, il pourra se prendre quelque chose le matin. Je dois encore vous dire que dans les lieux où le Brochet trouve assez à manger, il ne mord que le poisson qu'il voit remuer ; mais dans les autres endroits où il est affamé, il mord à tous appas, pourveu que le poisson ne soit pas pourry.

COMMENT IL FAVT TENDRE
les Bricoles en toutes sortes d'eaux.

CHAPITRE XXV.

UAND on veut tendre des Bricoles , il faut prendre garde à ne les pas mettre proche des herbiers forts, ou quelque gros arbre ou branche de bois, à cause que le poisson se sentant pris tourne de côté & d'autre pour se dégager , si bien qu'il s'engage parmy les bois ou les herbiers, de telle façon, qu'il faut quelquefois tout rompre pour tascher de les retirer, & par ce moyen on perd la ligne & le poisson, principalement quand c'est une Anguille , parce qu'elle cherche toûjours sa proye en ces sortes d'endroits.

On aura un reservoir pour conserver de petits poissons vivans, pour servir d'appast lors qu'on voudra pescher. Touté sorte de poisson y peut servir. Le Carpeau est le meilleur de tous , & la Tanche le moindre. Quand vous voudrez y mettre des perches ou perchodes, coupez l'aîleron qu'elles ont sur le dos , à cause qu'il pique. Ce qui empescheroit le Brochet de mordre.

Ayant reconnu le lieu où vous voulez tendre , ajustez vostre poisson à l'hameçon , de la maniere prescrite au Chapitre precedent, puis ayez un morceau de liege lettre L, de la 33. figure, dans la treiziéme Table, qui sera percé ou fendu par le milieu, & l'attachez à la ficelle à trois ou quatre pieds proche de l'appast, plus ou moins, selon la profondeur de l'eau ; & tenant de la main droite toute la ficelle pliée , comme elle est representée , vous rapporterez le poisson par dessus pour le tenit tout ensemble de la mesme main, & retenant le bout Q, dans la main gauche, il faudra jetter la ligne, le liege & le poisson de toute vostre force, en sorte que l'appast soit au lieu que vous desirez. Cela fait, attachez le bout Q, à quelque chose sur le bord de la terre, on peut se servir au lieu de liege d'un morceau de jonc qui se voit dans la 35. figure de la quatorziéme Table. Il faudra le plier en quatre ou cinq doubles , & le lier à la ligne par le milieu QR , il

Ccc iij

sera encore meilleur que du liege, parce que le poisson ne s'en épouvente pas, ayant coûtume d'en voir.

La vraye heure de tendre ces bricoles est à trois ou quatre heures aprés midy dans la saison d'Esté, & l'Hyver à deux ou trois heures, on les retire de l'eau le matin sur les huit ou neuf heures, car le Brochet mord aussi bien le matin que le soir.

Il y a difference entre la maniere de tendre des lignes dans l'eau dormante, & dans celle qui court, ce que je viens de dire servira pour la premiere. Et pour l'autre, si on pensoit tendre de la même façon dans les rivieres où l'eau court, elle entraîneroit la ligne & l'appast, qui seroit à la fin emporté le long du bord. C'est pourquoy on attachera une pierre grosse comme un œuf de poule, à six ou huit pieds de l'appast à l'endroit marqué de la lettre N, de la 33. figure, de sorte que le liege soit entre l'hameçon & la pierre, & que la ligne estant mise dans l'eau la pierre soit au fonds, car le liege montant en haut tiendra par ce moyen l'appast entre deux eaux.

Pour bien tendre ces Bricoles dans les rivieres, il est à propos d'avoir un bateau, car il y a beaucoup de difficulté de jetter l'appast dans l'endroit que l'on veut, à cause de la pierre.

Si la riviere où vous voulez tendre est profonde le long des bords, vous pourrez bien poser des Bricoles sans bateau en des endroits proches des herbiers, qu'on appelle vulgairement volets, parce que le Brochet s'y tient ordinairement à l'ombre & pour guetter sa proye. Pour tendre en ces lieux-là, servez-vous de la ruse demontrée par la 35. figure de la quatorziéme Table.

Il faut avoir autant de petites fourchettes de bois que de lignes à tendre. L'une de ces fourchettes est marquée à part des lettres A B C D, figure 36. Pour en faire mieux comprendre la forme, elle doit estre longue de quatre ou cinq pouces en toute son étenduë, sçavoir depuis le bout A, jusques à l'endroit où naissent les fourchons ou branches C, D, un pouce & demy ou deux pouces, & depuis là jusques au bout des branches deux pouces & demy ou trois pouces. Le bout de ces branches est fendu pour y faire entrer la ficelle, comme je diray. Pour vous en servir, faites une coche au bout A, pour y tenir toûjours une petite cordelette longue d'un pied, qui fervira pour attacher la Bricole au lieu où l'on voudra la pofer, liez le bout de la ligne à l'endroit du fourchu B, & puis devidez le refte fur les deux branches, paffant & tournant fur la ficelle de côté & d'autre par dehors & par dedans alternativement, jufques à huit ou dix pieds de l'appaft mettant un liege E, à trois ou quatre pieds de l'hameçon, & une pierre comme j'ay dit, s'il eft neceffaire, felon que l'experience vous montrera; & quand vous aurez affez plié de la ligne fur la fourchette, faites entrer la ficelle dans une des fentes du bout C, ou D, cela la tiendra arreftée. Aprés attachez avec la cordelette la Bricole à une branche ou un piquet, ou bien à une poignée de joncs ou volets, & jettez tout doucement l'appaft au lieu que vous jugerez à propos: Tellement que le Brochet en fe promenant rencontrera l'appaft H, qu'il avalera; & voulant changer de place comme il fait ordinairement ayant pris fa proye, il fe fentira pris, & fe debatera pour fe défaire, & en fe tourmentant il fera fortir la ficelle ou ligne de la fente C, ou D, & s'en ira bien loin penfant eftre échappé, par ce moyen il évitera le hazard de s'empétrer dans les herbiers; c'eft pourquoy on fera la ligne bien longue, prenant garde fur tout qu'elle foit bien attachée à la fourchette, & la fourchette à la branche, au piquet, ou aux volets, autrement vous courrez rifque de ne rien prendre, & de perdre la ligne.

CHAPITRE XXVI.

 A pêche du Brochet avec la ligne volante eft agreable, en ce qu'elle n'oblige pas d'eftre toûjours à rêver fans partir d'un lieu, comme on fait à pêcher de la carpe, au contraire, elle veut qu'on marche & agiffe toûjours. Pour vous inftruire à cette pêche, voyez dans la quatorziéme Table la 37. figure.

Vous aurez une perche longue & legere H G O P, d'une pie-

ce ou de deux morceaux fi vous voulez, pour la commodité, liez
enfemble par deux endroits F, G, en forte qu'elle ait environ
douze ou quinze pieds de longueur. Attachez-y le bout d'une
ficelle comme environ le milieu P, & la tournez en ferpentant
tout autour de la perche jufques au petit bout H, auquel vous
l'arrefterez & en laifferez pendre environ trois toifes, mettant
au bout K, un hameçon de la mefme groffeur & forme, que celuy de la 30. figuré dans la treiziéme Table; avec un poiffon qui
aura tout au plus deux doigts de largeur. Ce poiffon fe met fur
l'hameçon d'une autre maniere qu'aux Bricoles. Il faut pour
l'ajufter paffer le bout K, du chaînon par deffous l'oüye N, du
poiffon, & luy faire fortir par la gueule M, jufques à ce que la
pointe du crochet de l'hameçon entre un peu dans le corps par
deffus l'écaille, puis vous noüerez la ficelle à la boucle K, &
mettrez un morceau de plomb I, gros comme une petite noix à
un pied & demy ou deux pieds de l'appaft. Cela eftant fait, prenez
voftre perche avec les deux mains par le gros bout, & vous promenez le long du bord de la riviere, jettant voftre ligne bien avant,
en forte que l'hameçon avec l'appas aille au fond, & faites
toûjours fautiller ou remuer voftre poiffon dans l'eau comme s'il
eftoit vivant, & qu'il voulût fuïr fon ennemy, s'il y a quelque
Brochet ou Brocheton proche des endroits où vous allez ainfi
jettant vôtre ligne, il s'élancera en même temps fur vôtre amorce.
Ne tirez pas la ligne fi-toft qu'il mordra, mais donnez-luy le
temps de l'avaler, puis luy donnez le faut & le tirez au bord. Cette
pefche eft autant profitable que recreative.

Si vous n'avez pas de poiffon pour appafter, fervez-vous d'une
grenoüille, le Brochet y mort comme au poiffon.

Vous pouvez pefcher de cette façon prefque à toutes les heures
du jour, quoy qu'il foit beaucoup mieux deux heures avant le Soleil
couché, & le matin deux heures aprés qu'il eft levé.

D'VN MOYEN POVR PRESDRE QVANTITÉ
d'Anguilles, Barbeaux, Perches, Chaboceaux & autres
poiſſons aux hameçons dormans.

CHAPITRE XXVII.

E rapporte icy la maniere de prendre les Anguilles
& autres poiſſons, avec une longue ligne dormante, fournie de quantité d'hameçons, non pas que
je veüille la faire paſſer pour une nouveauté, mais
ſeulement pour ſatisfaire aux curieux, & aſſurer qu'on ne perdra
pas ſon temps, ſi on veut s'aſſujettir tous les jours à tendre ces
ſortes de lignes dans une riviere, où en d'autres eaux, ſoit qu'elles courent, ou qu'elles ſoient dormantes.

Si vous voulez vous divertir à cette peſche, ayez toûjours
bon nombre d'hameçons d'acier, longs d'un pouce, avec chacun une boucle, comme vous verrez dans la 38. figure de la
quinziéme Table, par les lettres C, D, E. Attachez une ficelle
à chaque boucle, longue d'environ deux pieds; & lors que vous
voudrez tendre, ayez auſſi quantité de petits poiſſons, comme
par exemple ceux qu'on appelle vulgairement des ablettes, ou
de gros vers de terre, autrement des achées; vous trouverez au
Chapitre ſuivant la maniere d'en avoir: ou bien pour le mieux,
ayez de petites lamproyes groſſes comme une plume à écrire,
que les Peſcheurs nomment chatoüilles, & qui ſe trouvent dans
la vaze proche le bord des meſmes rivieres. Enfin, ſoit de ces
chatoüilles, achées, ou des petits poiſſons, mettez-en un à chaque hameçon, puis prenez une longue corde A B, & vous en
allez ſur le lieu deſtiné pour la peſche. Eſtant là, vous étendrez
la corde tout le long du bord de l'eau, & y lierez toutes les ficelles où ſont les hameçons de deux en deux pieds, de la maniere que vous les voyez aux lettres F, G, H, en ſorte que la ficelle de chaque hameçon ait un pied & demy ou deux pieds,
depuis l'appaſt juſques à la ligne principale. Les hameçons étans

Ddd

ainfi tous attachez, liez le bout B, à un piquet I, ou à quelque branche, ou groſſe pierre, & de là allez à l'autre bout A, y attacher une pierre peſante trois ou quatre livres, & la prenant de la main droite, jettez-la dans l'eau le plus loin que vous pourrez. Par ce moyen elle emportera tous les hameçons avec elle, qui ſe trouveront traverſer la riviere, ſi bien qu'il ne paſſera aucun poiſſon qui n'apperçoive les appaſts. Il faut laiſſer coucher cette ligne dormante en ce lieu-là pour y aller voir le lendemain du matin, que vous la tirerez avec contentement s'il y a tant ſoit peu de poiſſon. Faites en ſorte que cette ligne ſoit tenduë en un lieu où il n'y ait point en tout d'herbiers ny de bois, afin de ne rien perdre, parce que les anguilles ſe ſentans priſes ſe tournent tout autour de ce quelles rencontrent, pour ſe dégager de l'hameçon qui les tient arreſtées.

Quelques-uns ſe ſervent au lieu d'hameçons d'aiguilles à coudre ou de longues eſpines, auſquelles ils attachent la ficelle par le milieu, & font entrer les aiguilles ou eſpines dans l'achée ou le poiſſon. Ils appellent cela peſcher à l'eſpinette. Pour moy je trouve que c'eſt plûtoſt fait, & le mieux d'avoir des hameçons.

PLVSIEVRS MOYENS POVR AVOIR
des Vers de terre ou Achées en toutes ſaiſons de l'année, pour
peſcher du poiſſon commun.

CHAPITRE XXVIII.

N peut avoir affaire ſouvent de vers de terre, vulgairement appellez Achées ou Laiches, ſoit pour en faire quelque recepte, ſoit pour nourrir des oyſeaux, ou pour peſcher: Et comme c'eſt une ſaillie qui prend ſur l'heure, on ne peut avoir d'autres appas ſur le champ, que des vers de terre, mais il ſe rencontre ſouvent de la difficulté pour en trouver à cauſe de la ſechereſſe, ou bien qu'on n'a pas du

monde pour faire befcher la terre pour en chercher. Vous trouverez en ce lieu divers moyens pour en avoir prefque en toutes
faifons.

Le premier eft de s'en aller dans un pré, ou autre lieu herbu,
dans lequel on croira qu'il peut y avoir des laiches, & fans fortir d'une place, il faut danfer ou plûtoft trepigner des pieds environ demy-quart d'heure durant fans s'arrefter, vous verrez les vers
fortir de terre tout autour de vous, que vous amafferez, non pas
à mefure qu'ils fortiront, mais quand ils feront tous dehors, car
fi vous penfez vous arrefter ils rentreront dans la terre.

La deuxiéme maniere fe pratique l'Efté, qu'il y a des noix
vertes dans les noyers. Prenez-en un quartron ou deux, puis
ayez un feau ou autre vaiffeau plein d'eau, & une brique, un
quarreau ou une thüile, fur laquelle vous raperez en frotant deffus l'échalun de vos noix, tenant la brique & les noix dans le
fond de l'eau, & ayant tout rapé, l'eau fera amere & d'un gouft
qui ne plaift pas aux achées. Portez cette eau fur le lieu où vous
croyez qu'il y a des vers, & la jettez bien étenduë fur la terre,
ils fortiront tous en un quart-d'heure.

L'autre invention eft de chercher un pré ou une terre en friche, ou quelque autre lieu dans lequel on connoiftra qu'il y a
des laiches, & travailler comme il eft montré dans la 39. figure de
la quinziéme Table. Ayez un bafton lettres Q, R, long d'environ cinq pieds, affez gros & fort, & pointu par un bout R, lequel
vous ficherez un pied avant en terre, il le faut prendre d'une
main prés du bout Q, & l'ébranler comme fi vous le vouliez arracher, continuant ce branle demy-quart d'heure fans difconti-
nuer ny remuer les pieds du lieu où vous les avez placez, toutes
les achées qui feront à une toife autour fortiront fur la terre.

La quatriéme & derniere methode que je veux vous donner,
eft la meilleure de toutes, puifque dans une heure vous pouvez
amaffer un plein chapeau de vers, vous l'apprendrez par la demonftration de la 40. figure de la même quinziéme Table.
Ayez une lanterne de papier ou de corne, n'importe pas, pourvû qu'elle foit bien claire, & un pot T, pour mettre les laiches
dedans à mefure qu'on les amaffera; & le foir quand il fera nuit,

allez dans un jardin le long des allées, ou bien dans un pré où il n'y aura plus d'herbe, cheminez doucement à courbette, vous verrez les vers à demy hors de terre, qui viennnent pour rece-voir la douceur de la rosée, & pour frayer ensemble, comme on les voit souvent attachés l'un à l'autre, ainsi que vous les repre-sentent les lettres X, Y. Vous pouvez choisir quelle heure de la nuit il vous plaira, vous les rencontrerez jusques au matin sur la terre, & principalement l'Esté, aprés une pluye ou un broüillard, ou quand la nuit est fraîche, & l'Hyver par un degel, & autre temps doux. Notez que lors qu'il fait sec, les laiches ne sortent point de leur trou que dans des lieux humides, & à l'abry du vent & du Soleil.

D'VNE MANIERE POVR PRENDRE DES
Anguilles, comme on les prend en Flandres, avec un instrument
nommé Foüine.

CHAPITRE. XXIX.

'Ay pesché quantité d'Anguilles en Flandres, avec un instrument que les Habitans appellent une *Foüine*. Cet instrument vous est montré au naturel par la 40. figure de la quinziéme Table. Il est fait d'un mor-ceau de fer plat, épais comme deux Loüis d'un escu, ayant une doüille L, comme celle d'une pelle à bescher la terre, pour y met-tre le bout d'une perche forte & legere K L, longue de quinze pieds, laquelle y doit estre arrestée avec un clou ou deux. Ce fer plat est fait en façon d'une fourche à trois dents, ayant trois bran-ches marquées des lettres N, O, P, longues de neuf pouces, dont les deux des costez N, O, se détournent en dehors vers leur poin-te. Celle du milieu P, est pointuë, en forme de langue de serpent, mais pourtant en arondissant. Toutes trois ont des dents par de-dans, & doivent estre tenuës si fermes en estat par deux petites bandes de fer M, qui sont chevillées & rivées ensemble, que les branches ne puissent se r'ouvrir ny fermer plus qu'elles sont, ny une Anguille pour petite qu'elle soit, passer qu'avec peine entre les branches. Il faut pourtant que cet espace soit plus large vers le bout P, de l'instrument. Je ne diray rien davantage de la composition, puis qu'en observant les proportions qui se vóyent dans la figure, on ne peut se tromper.

Pour vous servir de la *Fouïne*, il faut aller le long des fossez & autres lieux, où vous croyez qu'il y a des Anguilles, fichant cet instrument dans la vaze de costé & d'autre, comme si vous fouliez le fond pour en faire sortir le poisson. S'il y a des Anguilles, elles se trouveront prises entre les branches de la *Fouïne*. On en tire quelquefois deux ou trois ensemble d'un mesme coup, selon qu'il y en a quantité. Plusieurs artisans & païsans sçavent bien s'en servir dans les Pays-Bas, où il y a quantité d'Anguilles.

DE LA MANIERE QU'ON PREND LES Escrevices avec des appas & filets.

CHAPITRE XXX.

ES Escrevices ne se trouvent que dans les ruisseaux, qui ne seichent jamais, & où l'eau est vive. Elles sont ordinairement retirées le jour dans les crosnes ou trous soûterrains qui sont prés des bords, ou bien sous de grosses pierres & racines d'arbres. On les prend de deux façons.

La premiere est avec la main, sans aucun filet ny instrument. On s'en va tout le long du lieu où on croit qu'il y en peut avoir, & ayant la manche de la chemise troussée jusques à l'épaule, l'on met le bras dans l'eau, cherchant le long du bord s'il n'y a point de trous où les Escrevices puissent estre ; ce qu'ayant rencontré, il faut ficher la main jusques au fond du crosne, & s'il y a quelque chose on le sent avec les doigts ; c'est pourquoy prenant l'Ecrevice par le milieu du corps, vous la tirerez pour la jetter promptement sur la terre, & remettrez encore la main dans le mesme trou, pour prendre les autres s'il y en a, & ayant tout pris, vous rechercherez d'autres crosnes ailleurs. On prend beaucoup de

poiſſon en peu de temps. Mais comme ſouvent on y trouve des ſer-
pens d'eau, dont la morſure eſt tres-dangereuſe, je vous donne
avis de ne point peſcher les Eſcrevices de cette façon, prenez-
les avec des appas & filets, comme il eſt repreſenté dans la 41.
& 42. figure de la ſeiziéme Table.

Ayez cinq ou ſix petits filets figure 41. d'un pied de large, ſur
chacun deſquels vous ajuſterez une petite verge pliée en rond,
comme un cercle C D E. Prenez auſſi autant de baſtons A B,
longs de cinq pieds, auſquels vous attacherez le cercle avec le
filet G, en trois endroits eſpacez les uns des autres égalcment, en
ſorte qu'eſtans liez bien ferme l'un avec l'autre, & le filet poſé à
plat ſur la terre, le baſton A B, ſe tienne droit de luy-meſme, comme s'il eſtoit fiché en terre. Quand ces filets ſeront montez preſts
à ſervir, coupez une douzaine de baſtons figure 42. longs de cinq
pieds, que vous fendrez par le petit bout I, pour y mettre une
Grenoüille écorchée, ou quelques tripailles d'animaux, ou bien de
la chair. Prenez ces baſtons par le gros bout H, & poſez l'autre bout
dans l'eau avec l'appaſt devant chaque croſne ou autre endroit, dans
lequel vous croyez qu'il y aura des Eſcrevices. S'il y en a elles ſor-
tiront promptement pour s'attacher à l'appaſt. Il faudra vous promener avec un filet dans la main, & voir à tous les baſtons les
uns aprés les autres, s'il n'y aura rien de pris. S'il y a quelque choſe attaché à l'appaſt, tirez doucement le baſton au milieu de l'eau,
& paſſez le filet par deſſous l'Ecrevice ſans la toucher, puis levez
l'appaſt & le filet enſemble, d'abord que le poiſſon ſentira l'air, il
quittera l'appaſt, & tombera dans le filet.

Cette peſche eſt profitable & fort recreative, en ce que pluſieurs perſonnes peuvent s'y divertir en un meſme temps, ayant
chacune un filet en main, & pluſieurs appas qu'elles auront ſoin de
viſiter de temps en temps. C'eſt une choſe prodigieuſe de voir la
quantité d'Eſcrevices qu'on prend de cette maniere, quand il y en
a abondamment dans le lieu où l'on peſche: J'en ay quelquefois
trouvé à un ſeul appaſt vingt & vingt-cinq toutes attachées, leſquelles j'apportois hors de l'eau dans mon filet.

COMMENT ON PREND LES GRENOVILLES
la nuit avec le feu.

CHAPITRE XXXI.

C E n'eſt pas un mediocre plaiſir à ceux qui ne craindront point de ſe mettre dans l'eau, de prendre des Grenoüilles la nuit avec le feu, pour la grande quantité qui y abordent, parce qu'elles croyent voir le Soleil. Plus le temps eſt noir, plus cette peſche eſt abondante. Pluſieurs perſonnes y peuvent aller enſemble, & chacune porter un ſac pour mettre ce qu'elle prendra. Il faudra porter des torches de paille, dont il y en aura toûjours une d'allumée pour faire approcher les Grenoüilles, & éclairer pour les amaſſer. Si vous deſirez vous divertir à cette peſche, voyez la 43. figure de la ſeiziéme Table, qui vous repreſente un homme nuds pieds, qui eſt dans l'eau. Prenez comme luy une poche de toile P N O Q, que vous mettrez entre vos jambes, en ſorte que le cul du ſac lettre Q, traîne à bas, ou balance contre le gras des jambes, & que l'ouverture de la poche ſoit attachée d'un coſté P, à l'aiguillette de voſtre haut-de-chauſſes, & le reſte N O, que vous laiſſerez ouvert pour y mettre les Grenoüilles, à meſure que vous les prendrez. En meſme temps que vous en mettrez, ſerrez les cuiſſes l'une contre l'autre pour les empêcher de ſortir, ſi mieux vous n'aimez tenir le ſac toûjours fermé de la main gauche, pendant que vous amaſſerez de la droite.

Vous pouvez eſtre trois ou quatre Peſcheurs de cette ſorte, avec un homme parmy vous qui tiendra le feu de paille ou un flambeau pour vous éclairer à prendre les Grenoüilles. On a le moyen de les choiſir, car elles ne remuënt point, il ne faut point faire de bruit, parce qu'elles ſe cachent quand elles en entendent. Vous les verrez toutes mouvoir à la clarté du feu, s'imaginans que c'eſt le jour. J'eſtime vous avoir aſſez bien enſeigné cette peſche, comme j'ay fait les autres precedentes, je prie Dieu qu'elles vous ſoient auſſi utiles que vous le ſouhaitez.

PLVSIEVRS SORTES D'APPAS QVI SE RENCONTRENT parmy les secrets de divers Auteurs.

CHAPITRE XXXII.

J'Ay donné dans le 22. Chapitre la composition de deux sortes d'appas dont je me suis quelquefois servy, & dans ce lieu vous trouverez divers secrets pour attirer le poisson, que j'ay pris du Livre de Wexer Medecin Allemand, lequel dit les avoir recüeillis de divers Auteurs qu'il cite à chaque secret. Si vous les approuvez, vous pouvez en user.

Le premier est de Florent, pour assembler les poissons en un lieu.

Prenez de marjolaine bastarde, ou origan, de sariette, de marjolaine, de chacun trois drachmes, d'escorce d'encens, de myrrhe, de bol Armenien commun, de chacun huit drachmes, de farine d'orge détrempée en vin odoriferant demie mine, de foye de porc rosty trois onces, de graisse de chévre trois onces, & d'ail autant. Pilez chaque chose à part, & puis mélez-y sablon menu, & en mettez une heure ou deux devant au lieu, & tendez les rets.

Le second est de Democrite, pour faire que toutes sortes de poissons s'assemblent en un lieu.

Prenez du sang de bœuf, du sang de chévre, du sang de brebis, de fiente de bœuf, qui est aux petites entrailles, de fiente de chévre des petites entrailles, de fiente de brebis des petites entrailles, du thin, d'origan, du pouliot, de la sarriette, marjolaine, ail, lie de vin odoriferant, de chacun une partie, puis de graisse ou de moüelle des mesmes animaux, ce que bon vous semblera. Pilez le tout separément, ou ensemble, & redigez en petites masses, lesquelles vous jetterez au lieu où vous pensez qu'il y ait des poissons, une heure auparavant, puis les environnerez de vos filets.

Autre du mesme Auteur, pour prendre toutes sortes de poissons.

Prenez du sang d'une chévre noire, de la lie de vin odoriferant, paste de farine d'orge, mélez le tout ensemble, & y ajoûtés du poulmon de chévre coupé bien ménu. Il dit que pour empêcher qu'un Pescheur ne prenne du poisson, il faut jetter du sel autour de sa ligne.

Autre

Autre secret de Didyme , pour prendre poiſſons de riviere.

Prenez de la graiſſe de brebis, du fiſame ou jugioline roſty, de l'ail, du vin odoriferant, de l'origan, du thim, du romarin ſec, de chacun mediocrement, pilez le tout enſemble , & en faites de petits pains pour jetter dans la riviere.

Endormie pour prendre poiſſons. Secret de Tarentin.

Prenez une once d'eſtourgeon du plus puant qui ſe trouvera, une once de papillons jaunes qui volent, de l'anis, du fromage de chevre, de chacun quatre drachmes, du ſuc de panax deux drachmes, du ſang de porc quatre drachmes , du galbanum autant. Pilés le tout, & les ayant mélés, verſés parmi quelque peu de vin pur qui ſoit rude, & en formés des trochiſques, comme on fait pour faire parfums, & les ſeichés à l'ombre.

Autre endormie du même Autheur pour prendre des petits poiſſons de riviere.

Prenés du ſang de veau & de la chair, leſquels vous mettrés en petits morceaux dans un pot de terre, & les y laiſſerés l'eſpace de dix jours, puis en uſerés.

Autre appaſt pour mettre dans des naſſes. Du même Autheur.

Prenés du marc & expreſſion de mirabolans , de la fiente humaine, de la mie de pain, pilés chacun à part, & les mélés & mettez dans les naſſes, vous ne perdrés pas voſtre temps.

Endormie pour les naſſes. Du même Tarentin.

Les Ictiophages uſent en peſchant des coquilles qui croiſſent aux rochers.

Pour prendre de toutes ſortes de poiſſons , & en tout temps.
Du même Autheur.

Prenés du nard (autrement aſpic) Celtique quatre feüilles, une de ſouchet , du ſmirne la groſſeur d'une féve, du comin autant qu'on en peut prendre avec trois doigts, de la ſemence d'anis une poignée, puis les pilés & paſſés par le crible, & mettés de cette poudre dans un tuyau quand l'uſage le requerera, lavés un ver de terre, & le mettés dans quelque petit Vaiſſeau, exprimés une ſole, & prenés de la ſuſdite compoſition, que vous y mélerez, & y ajoûtant des vers, broyerés tout enſemble pour faire une amorce.

Eee

Alexis Piedmontois, pour prendre poisson.

Il faut prendre des vers qui luisent de nuit, & les distiler en un vase de verre à petit feu & lent, jusques à ce que l'eau en soit toute sortie. Puis vous prendrés cette eau, & la mettrés dans une fiole de verre avec quatre onces de vif-argent, tenant le vaisseau tellement fermé que l'eau n'y puisse entrer. Il faut l'attacher ainsi à un filet, le poisson y courera en troupe.

Hermes, pour attirer le poisson.

Pilés de l'ortie & de la quinte-feüille, ajoûtez-y du suc de joubarbe, & vous en frottez les mains, puis jettez le marc dans une eau où il y aura abondance de poissons, & mettez vos mains dans l'eau, il y viendra à la foule. Il en arrivera de même, si on met de cette mixtion dans une nasse.

Pline, pour attirer le poisson.

Prenés de l'eau de sarrasine ronde, & y ajoûtés de la chaux, puis la jettés dans de l'eau dormante, le poisson y viendra à troupes; & s'ils mangent de cette poudre, ils nageront sur l'eau comme morts, & se laisseront prendre avec la main.

Mizauld, pour prendre poissons.

Prenés des coques de Levant, avec du cumin, du fromage vieux, de la farine de froment & du vin, broyez le tout ensemble, & en formez de petites pillules grosses comme des pois, & en jettés dans l'eau où il y aura beaucoup de poisson, tous ceux qui en mangeront se jetteront au bord tout enyvrés.

Cardan, comment on prend les poissons sans peine.

Les poissons sont pris à la viande, & la viande doit avoir quatre conditions, qu'elle sente fort, afin que de loin elle les attire, comme l'anis, le suc de panax, le cyminum: qu'elle soit de saveur delicate, afin d'inviter & tromper ceux qui en mangeront, comme le sang de porc, le fromage de chévre, le pain de froment, les papillons jaunes, qui sont les meilleurs: qu'elle donne à la teste, afin de porter plus viste à celle du poisson, comme l'eau-de-vie, la lie de vin. Il faut aussi avoir d'un poison qui les rende étourdis; de ce genre est la fleur de Caltha, qui est nostre soucy; car la fleur qui est jaune estant coupée en morceaux, les rend étourdis, & étonnez en une heure, même les plus grands poissons: La chaux eſt encore de ce nombre ; car quoy qu'elle corrige l'eau ſi elle eſt puante, toutefois elle tuë les poiſſons : le ſuc de toutes les eſpeces de Thitimale, la noix, tant celle qui eſt dite vomique, que celle qu'on appelle methel, ou ſomnifere. Mais il n'eſt rien de meilleur que le fruit apporté d'Orient. On l'appelle Coculam, ſa graine eſt noire & ſemblable à celle de laurier, moindre toutefois & plus ronde. La compoſition pour prendre les poiſſons eſt experimentée, la quatriéme partie d'une once des graines Orientales, la ſixiéme de cyminum & autant d'eau ardente, une once de fromage, trois onces de farine : le tout ſoit battu enſemble, puis redigé en morceaux.

Albert, pour attirer les poiſſons.

La ſemence de roſe, avec grains de moutarde & le pied d'une Belette, mis autour des filets, ou y attachés, attirent les poiſſons.

SECRETS QUI SONT DANS LA MAISON Ruſtique.

CHAPITRE XXXIII.

P Our aſſembler des poiſſons en un lieu, prenez pouliot, ſarriette, origan, marjolaine, le poids de trois eſcus de chacun, eſcorce d'encens & mirrhe une once de chacun, griottes ſeiches détrempées en bon vin demie livre, foye de porc roſty, graiſſe de chevre, aulx, de chacun une livre ; pilés chacun à part, & puis y ajoûtés ſablon délié. Une heure ou deux avant que de peſcher, appaſtés le poiſſon de cette mixtion, & avec les rets environnés le lieu où il ſera.

Pour prendre toutes ſortes de poiſſons.

Prenés graiſſe de brebis, ſeſame brûlé, aulx, origan, thim, Marjolaine ſeiche, de chacun aſſez ſuffiſamment, & les pilés avec mie de pain & vin, donnés de ce mélange au poiſſon : ou bien prenés griotte ſeiche, broyés-la, & en faites pillules pour donner aux poiſſons : ou faites un appaſt avec chaux, vin, fromage vieil,

& fere de bellier que jetterez dans l'eau, vous verrés les poiſſons accourir incontinent deſſus l'eau. Autrement prenés coque de Levant, cumin, vieil fromage, farine de froment, pétriſſez le tout enſemble avec vin, formez-en des pillules groſſes comme des pois, & les jettez dans l'eau, le poiſſon qui en mangera ſe laiſſera prendre à la main : Ou bien faites une autre compoſition avec racine d'ariſtoloche ronde pilée, ou pain de porc & chaux, jettez ſur l'eau quelque portion de cette confection, les poiſſons y accourront, & en ayant mangé mourront.

Pour prendre Perches.

La Perche ne ſe prend pas facilement aux rets ni à la naſſe, mais plûtoſt avec amorce propre & en eau trouble : c'eſt pourquoy il faut faire un appaſt avec foye de chevre, & le mettre à l'hameçon : Ou bien prenez papillons jaunes qui volent, fromage de chevre, de chacun demie once, opopanacis le poids de deux écus, ſang de porc demie once, de galbanum autant : pilez bien le tout, & mélez enſemble, & verſez par deſſus de gros vin pur, & en faites de petits pains, comme ſi vous vouliez faire parfums, & les ſeichez à l'ombre.

J'ay voulu rapporter exprés ces ſortes d'appas, pour faire voir que la pluſpart des Auteurs donnent au public beaucoup de choſes qu'ils ont pris dans d'autres Livres, & qu'ils voudroient s'attribuer. Pour moy, je ne veux rien prendre des autres pour m'en dire l'inventeur : ce qui eſt de mon invention ſe voit cotté à la marge. Je ne l'ay appris de perſonne, il ſe peut faire que d'autres en ſçauront la pratique auſſi-bien que moy. Dieu ſoit beny.

Cet Auteur ſe trōpe, car il n'y a gueres de poiſſon plus facile à prēdre que la Perche.

Fin du cinquiéme & dernier Livre.

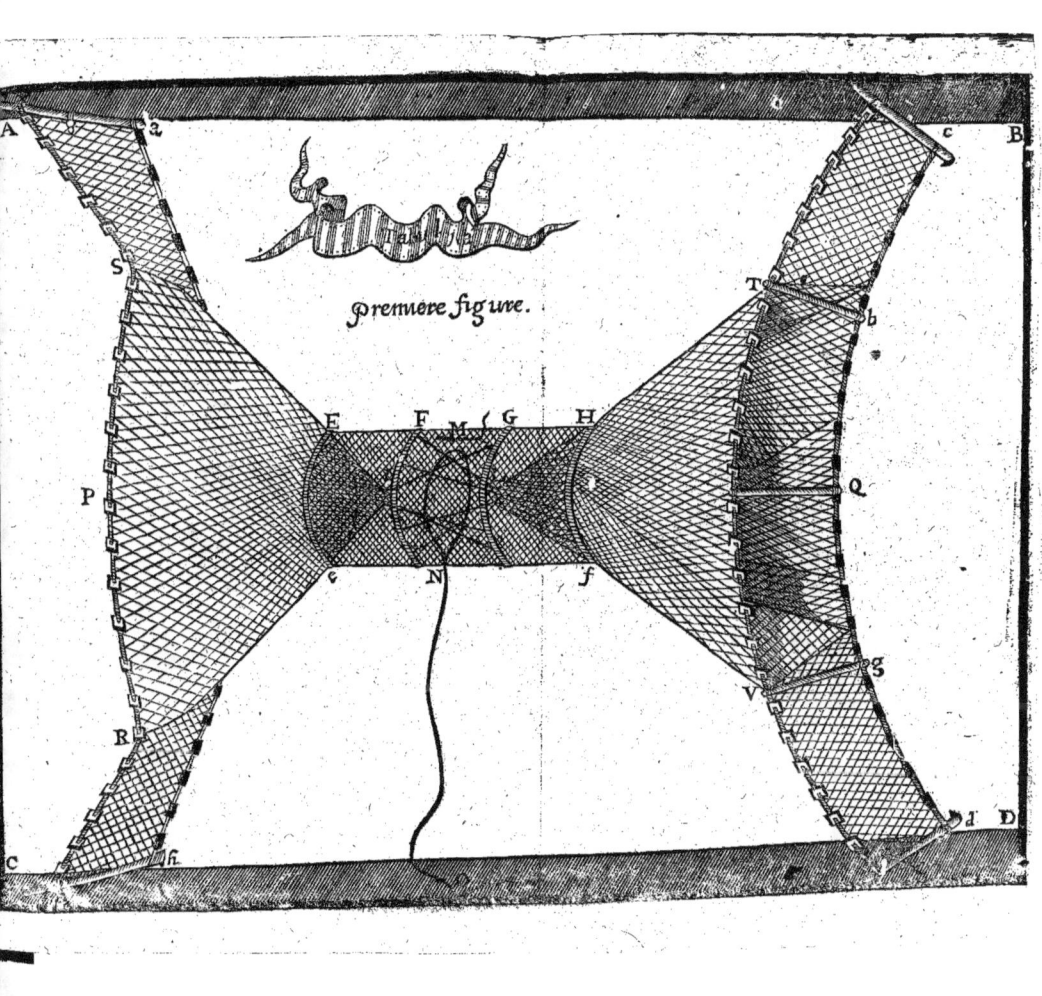

Premiere figure.

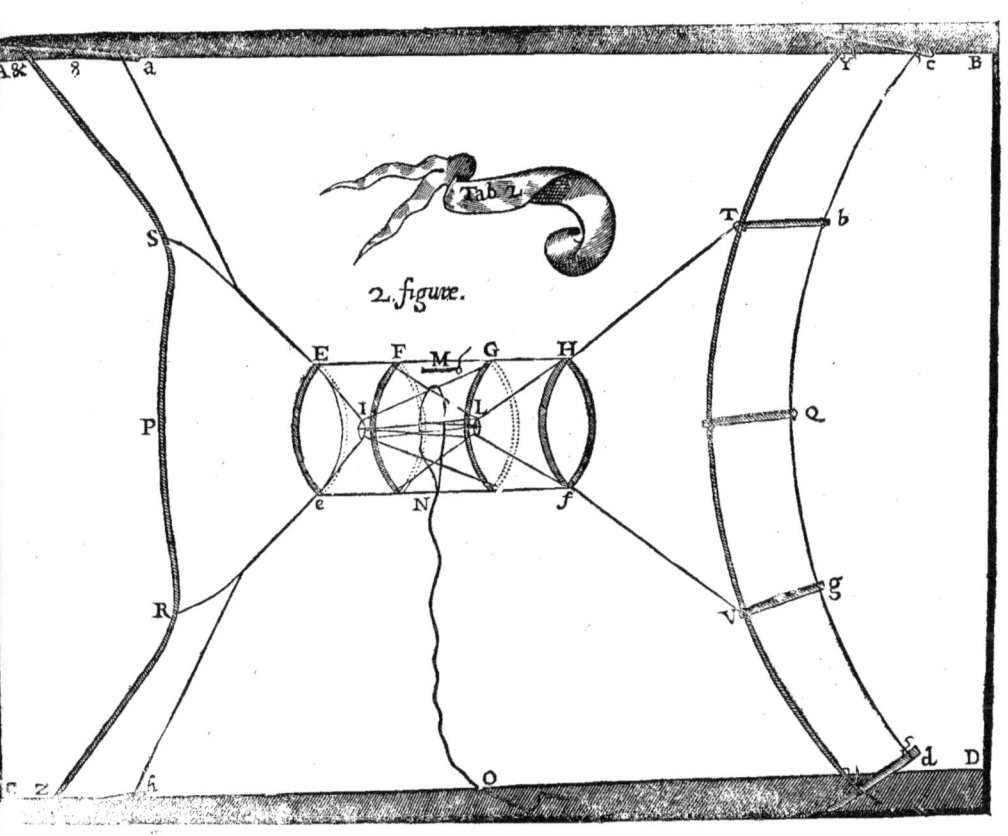

2. figure.

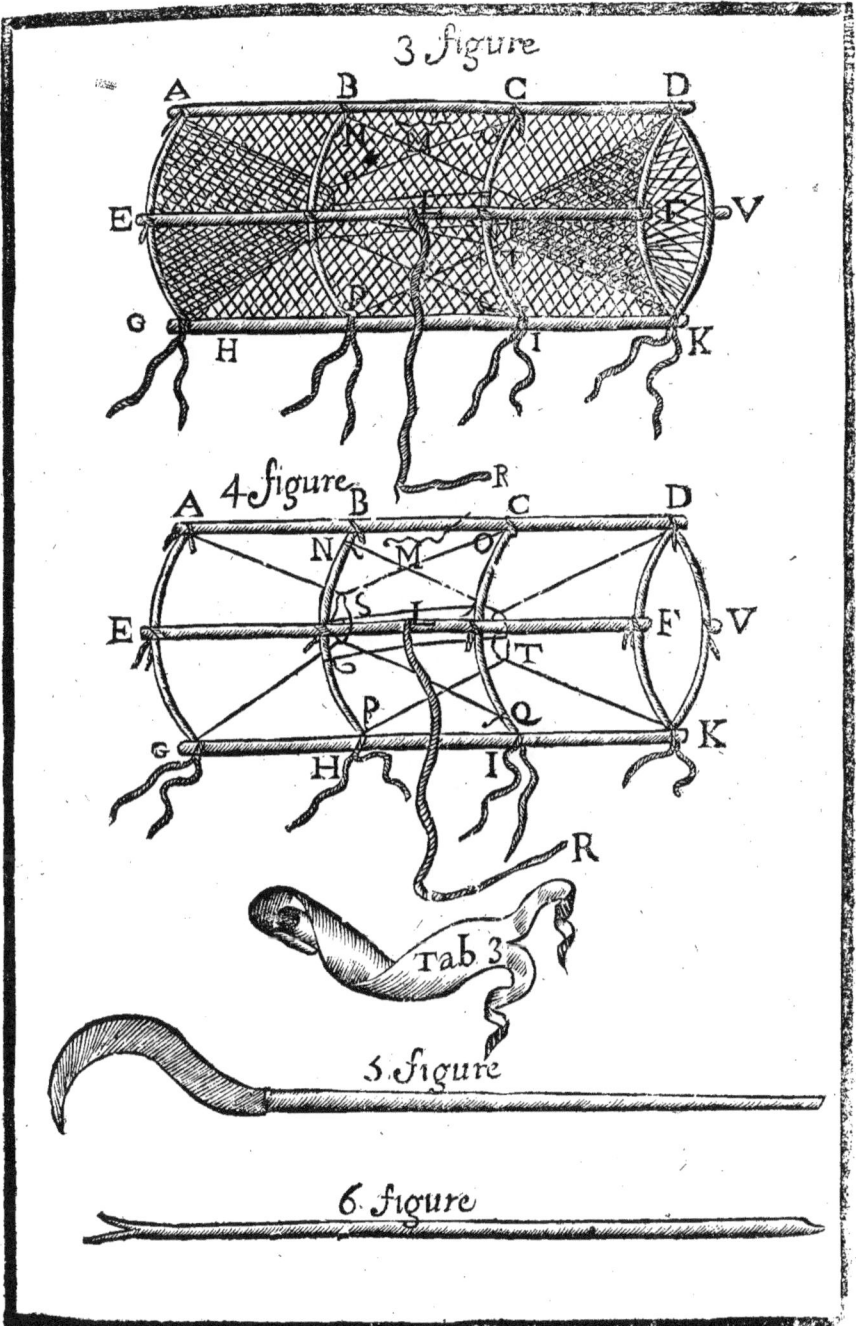

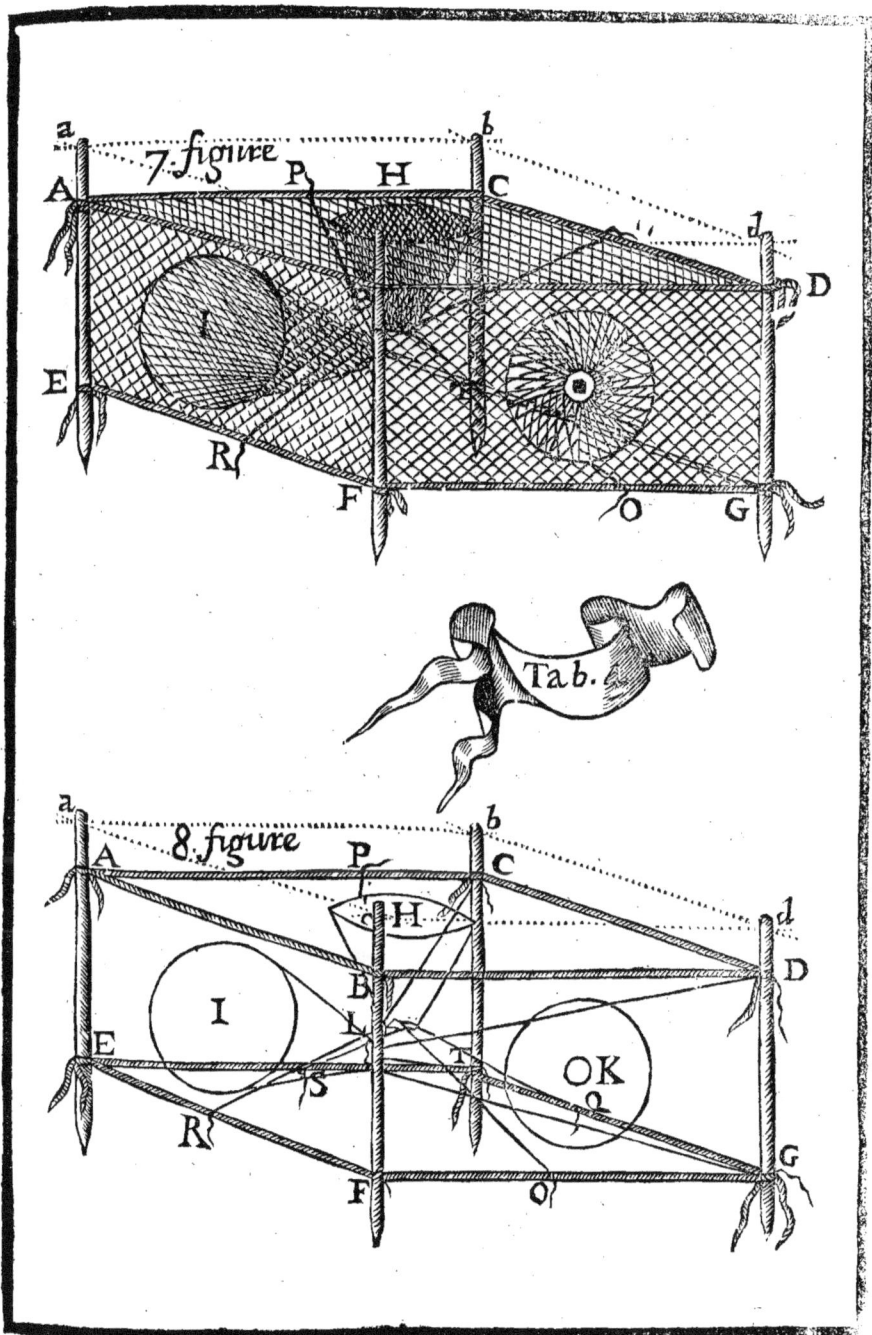

7. figure

8. figure

Tab.

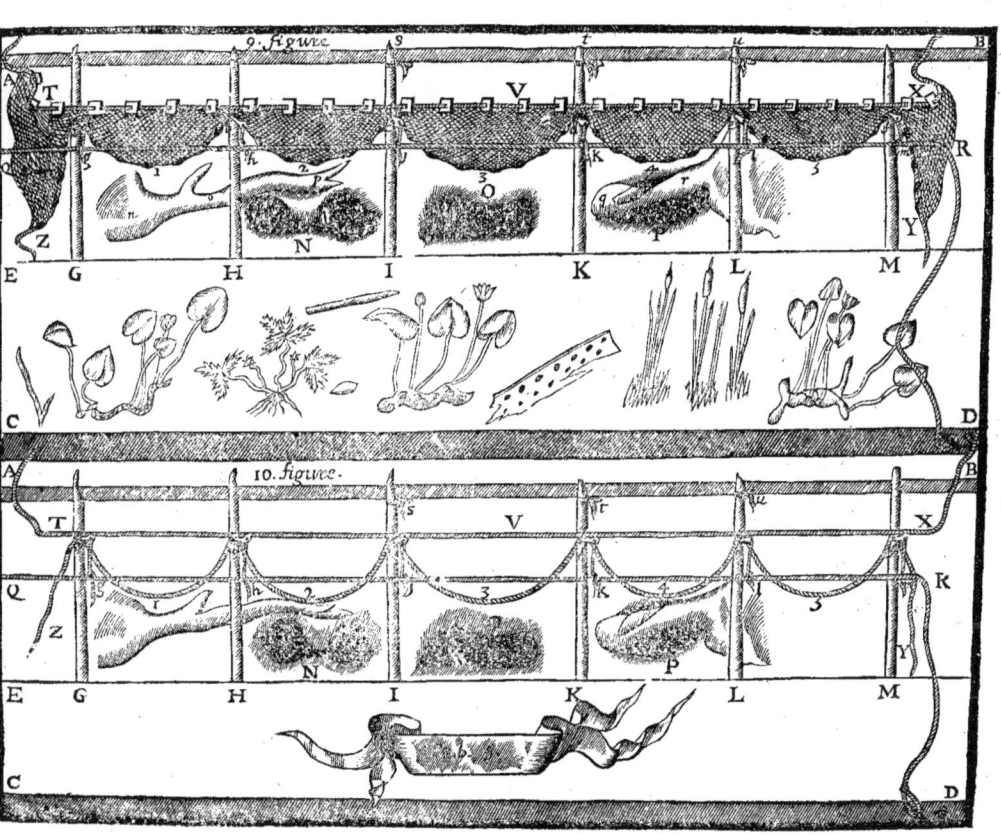

11. figure.

Tab. 6.

12. figure.

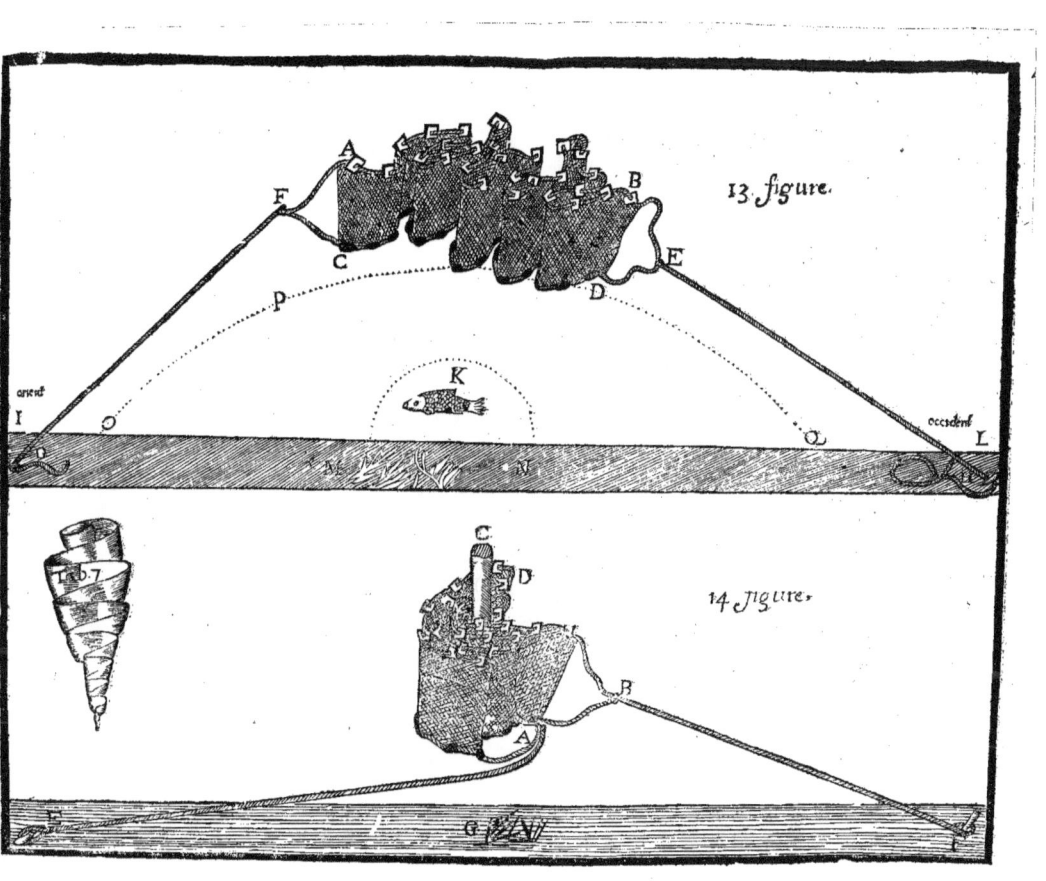

13 figure.

14 figure.

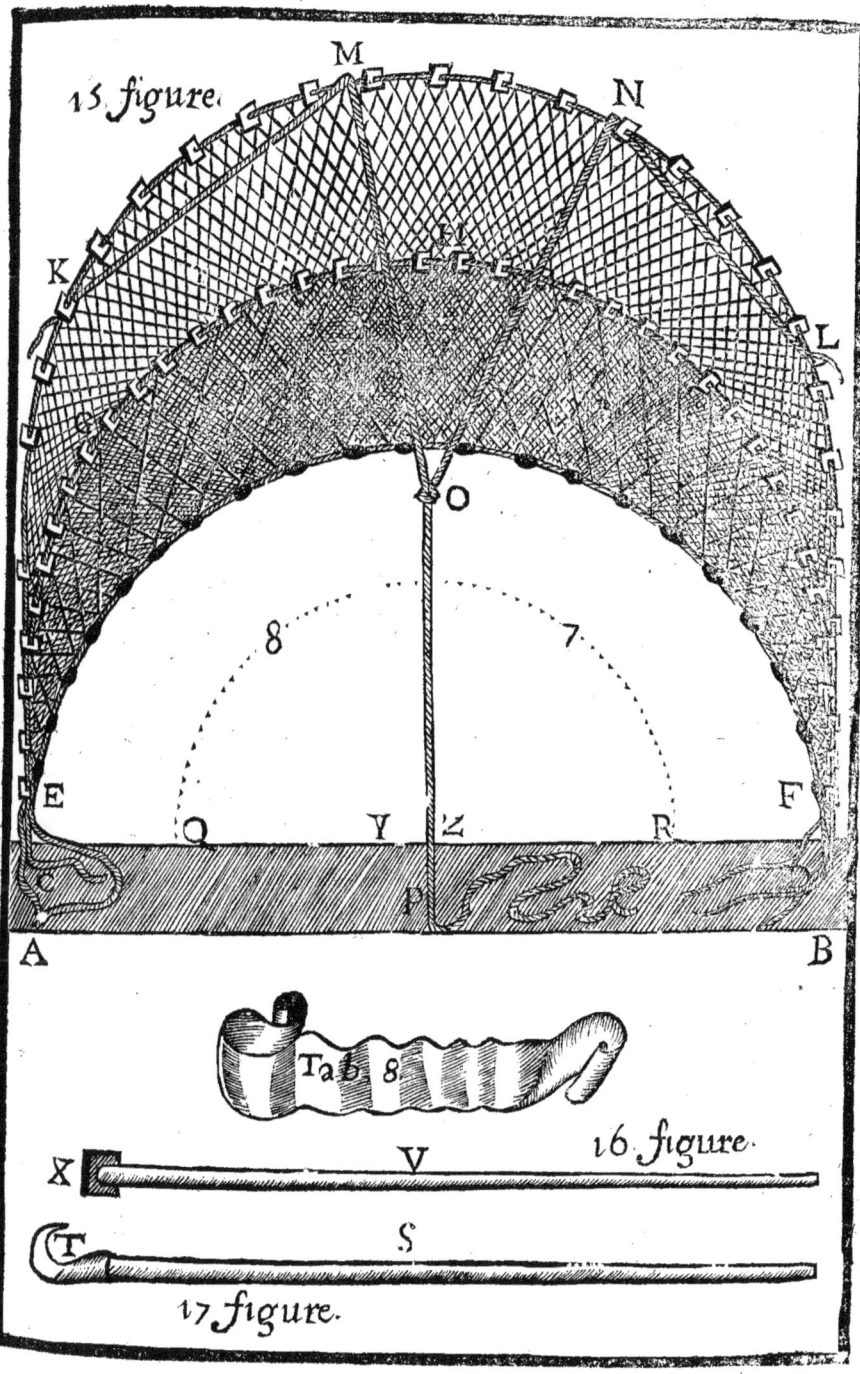

15. figure.

M   N

K   L

O

8   7

E   F

Q   Y Z   R

P

A   B

Tab. 8

X   V   16. figure.

T   S

17. figure.

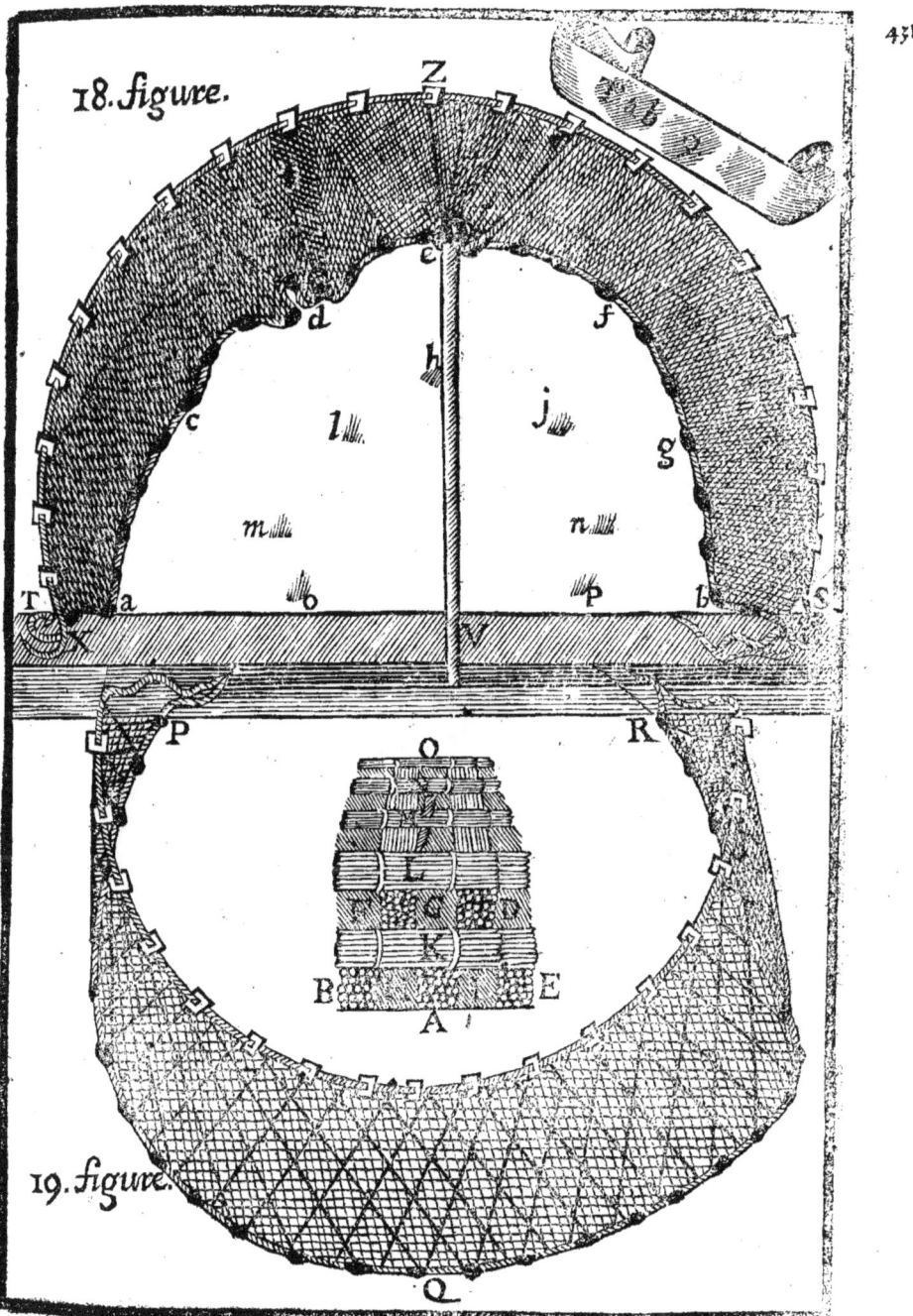

18. figure.

Z

d · e · f

h

c · l · j · g

m · n

T · a · o · p · b · S

X · V

P · R

O

L

C · G · D

K

B · E

A

19. figure.

Q

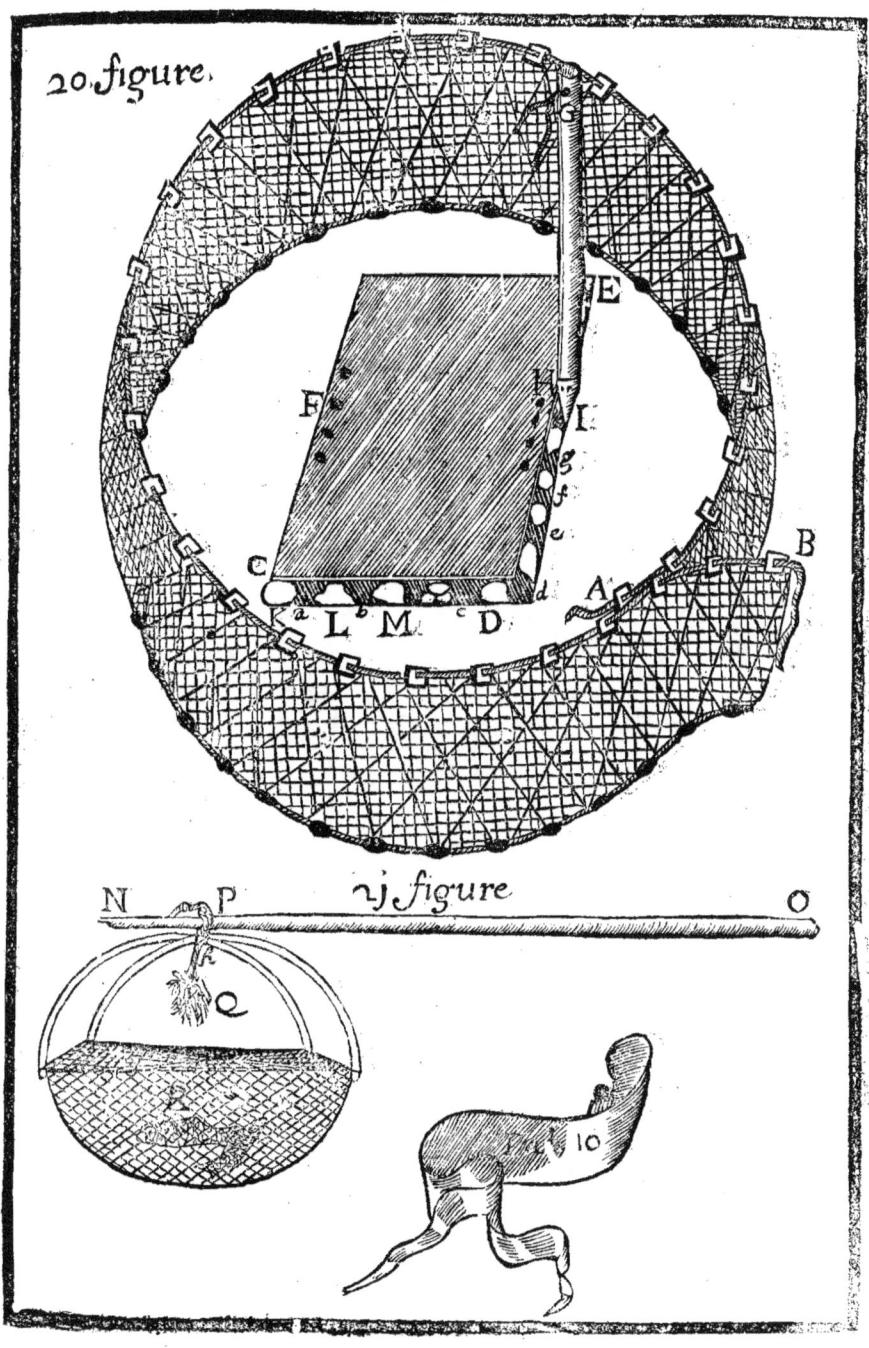

20. figure.

E
F
I
B
c   d   A
a   L M   b   D

N   P   zj figure   O

Q

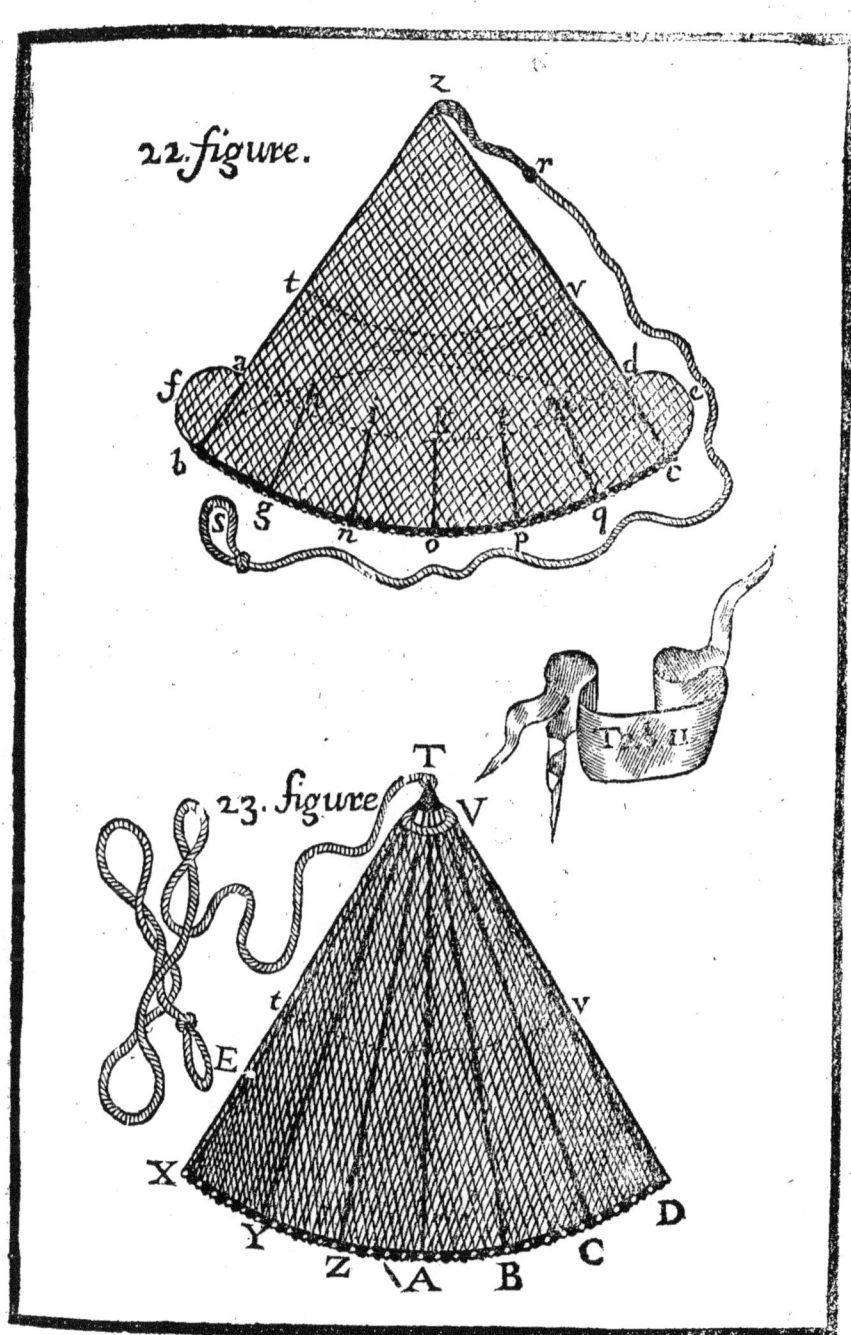

22. figure.

23. figure.

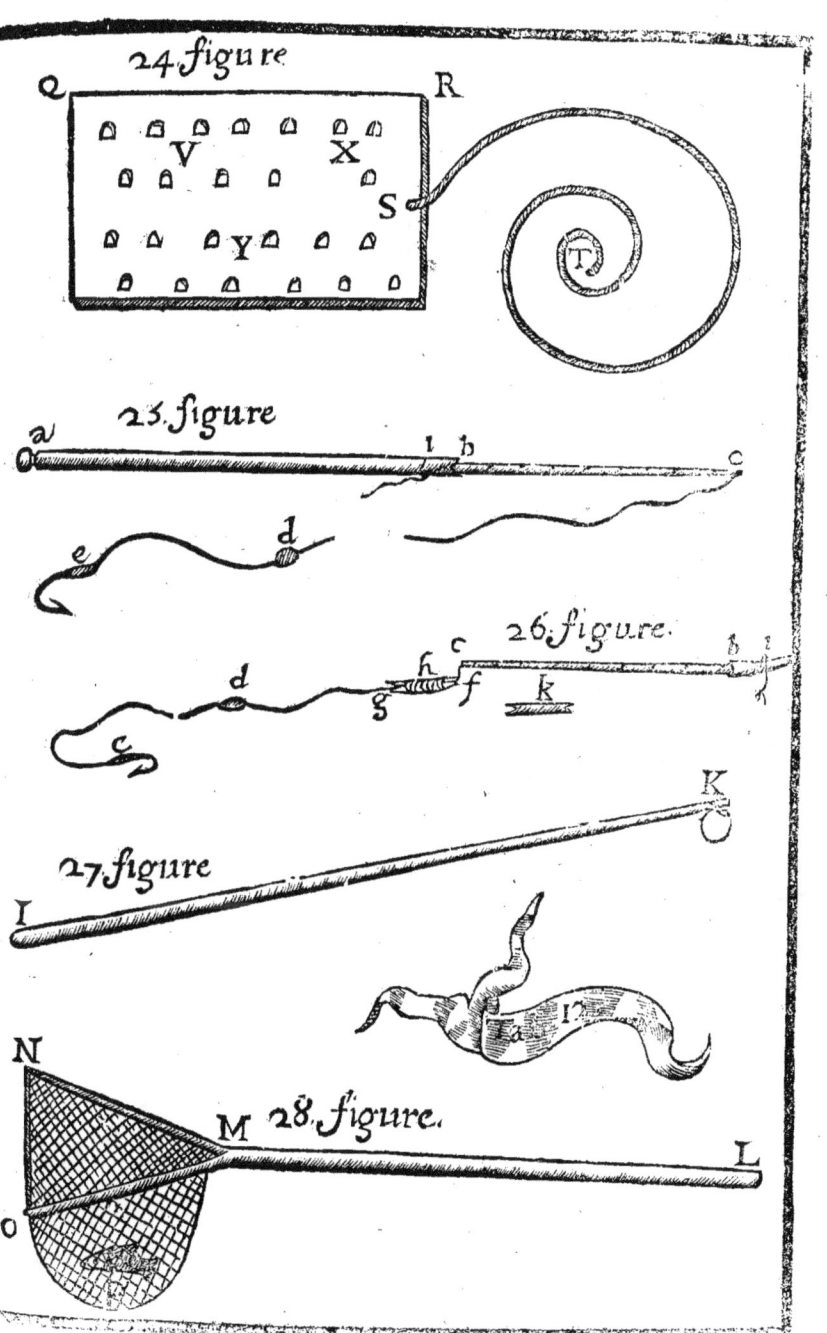

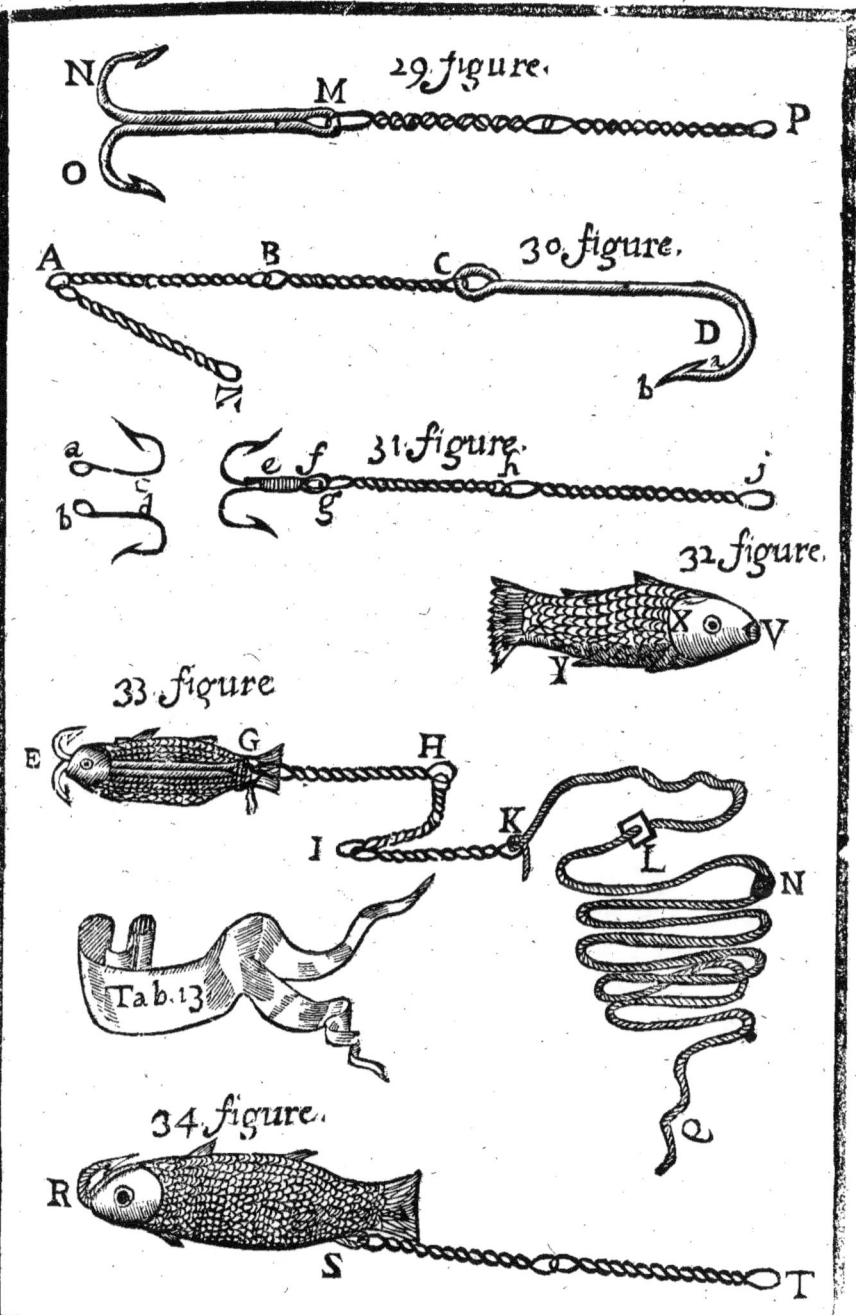

29. figure.

N
M
O
P

30. figure.

A
B
C
D
a
b

31. figure.

a
b
c
d
e f
g
h
i

32. figure.

X
Y
V

33. figure.

E
G
H
I
K
L
N
e

Tab. 13

34. figure.

R
S
T

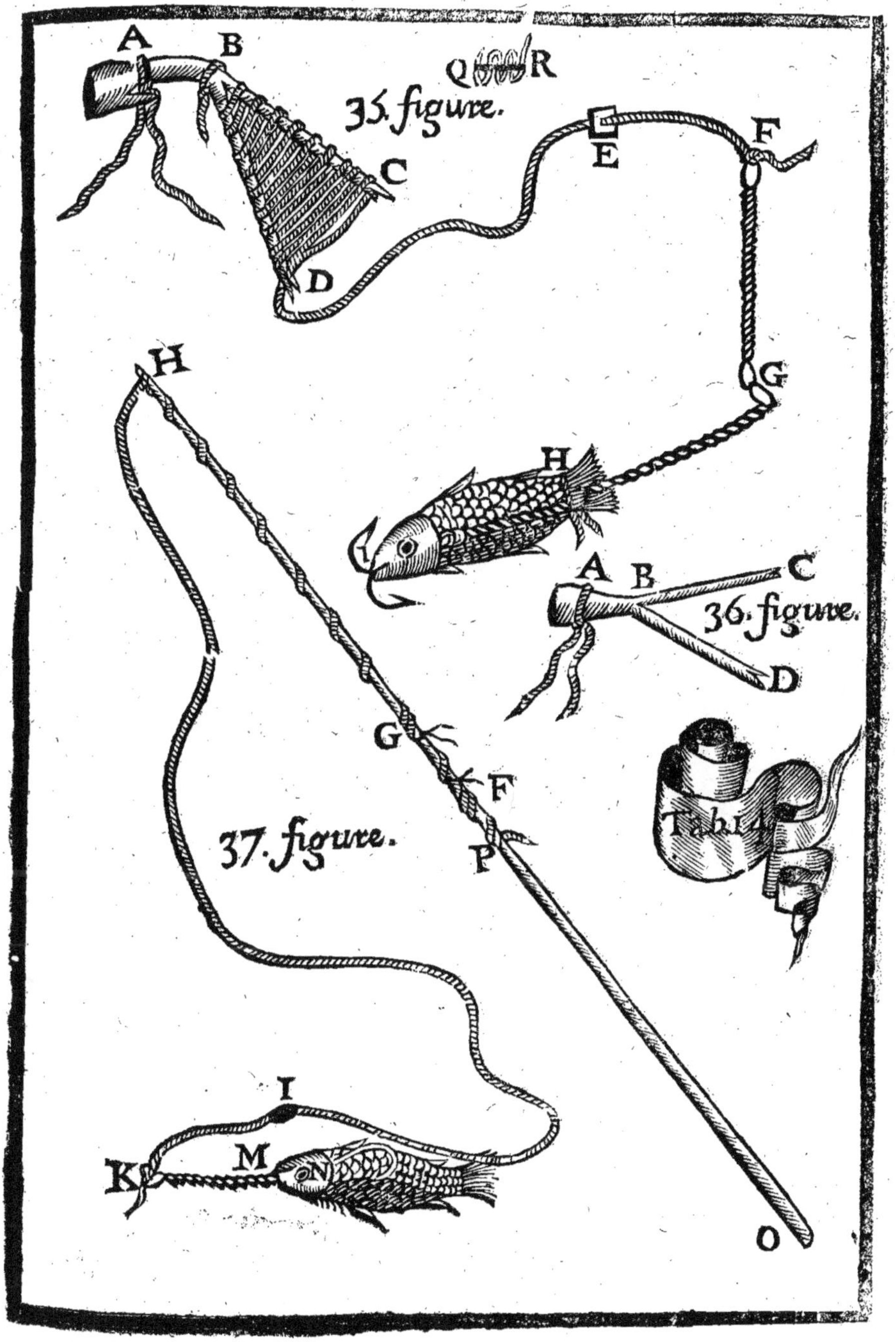
A B
Q R
35. figure.
C
D
E
F
G
H
A B C
36. figure.
D
Tab. 4.
H
G
F
P
37. figure.
I
K
M
N
O

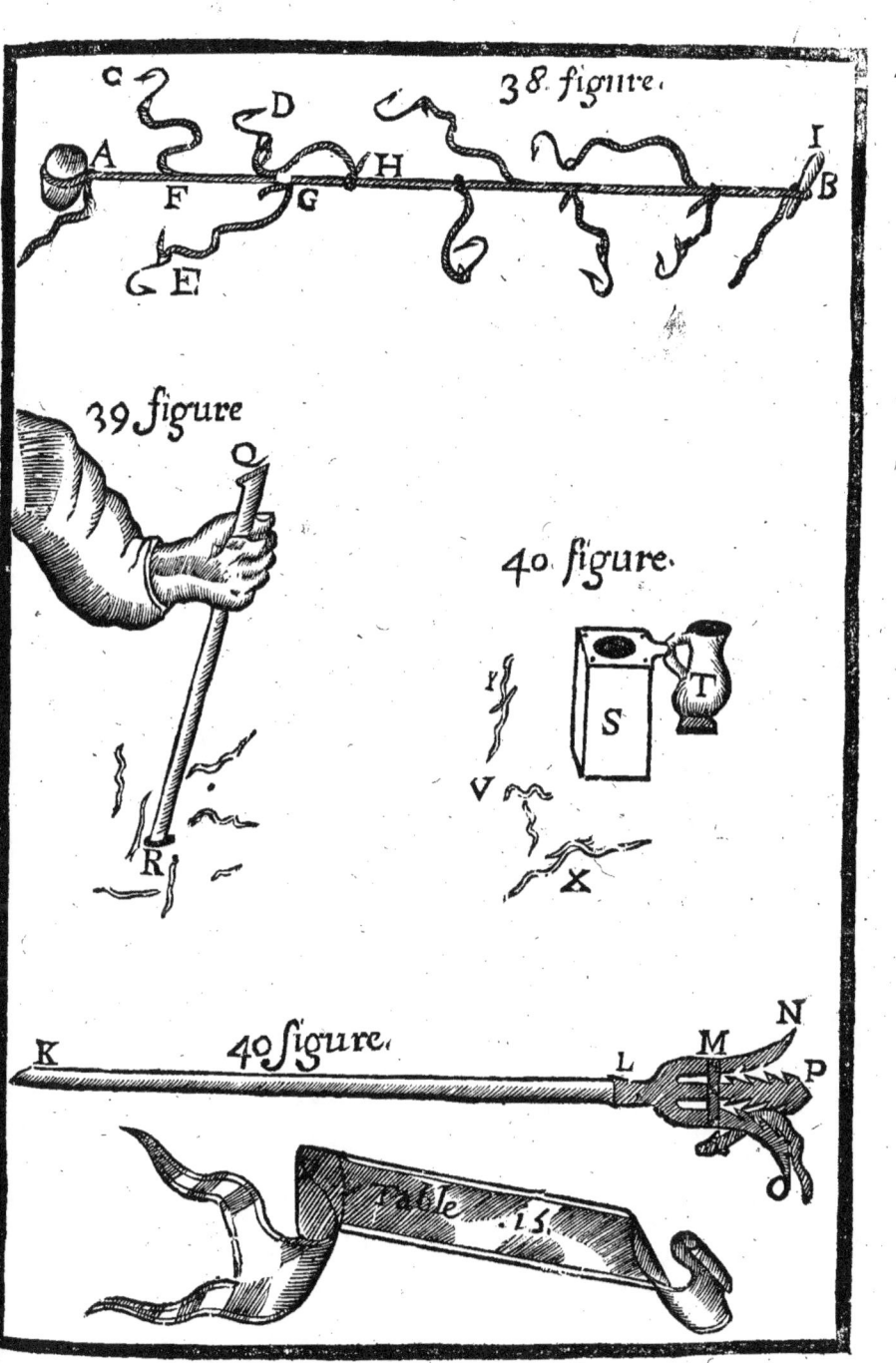

38. figure.

39. figure

40. figure.

40 figure.

Table .15.

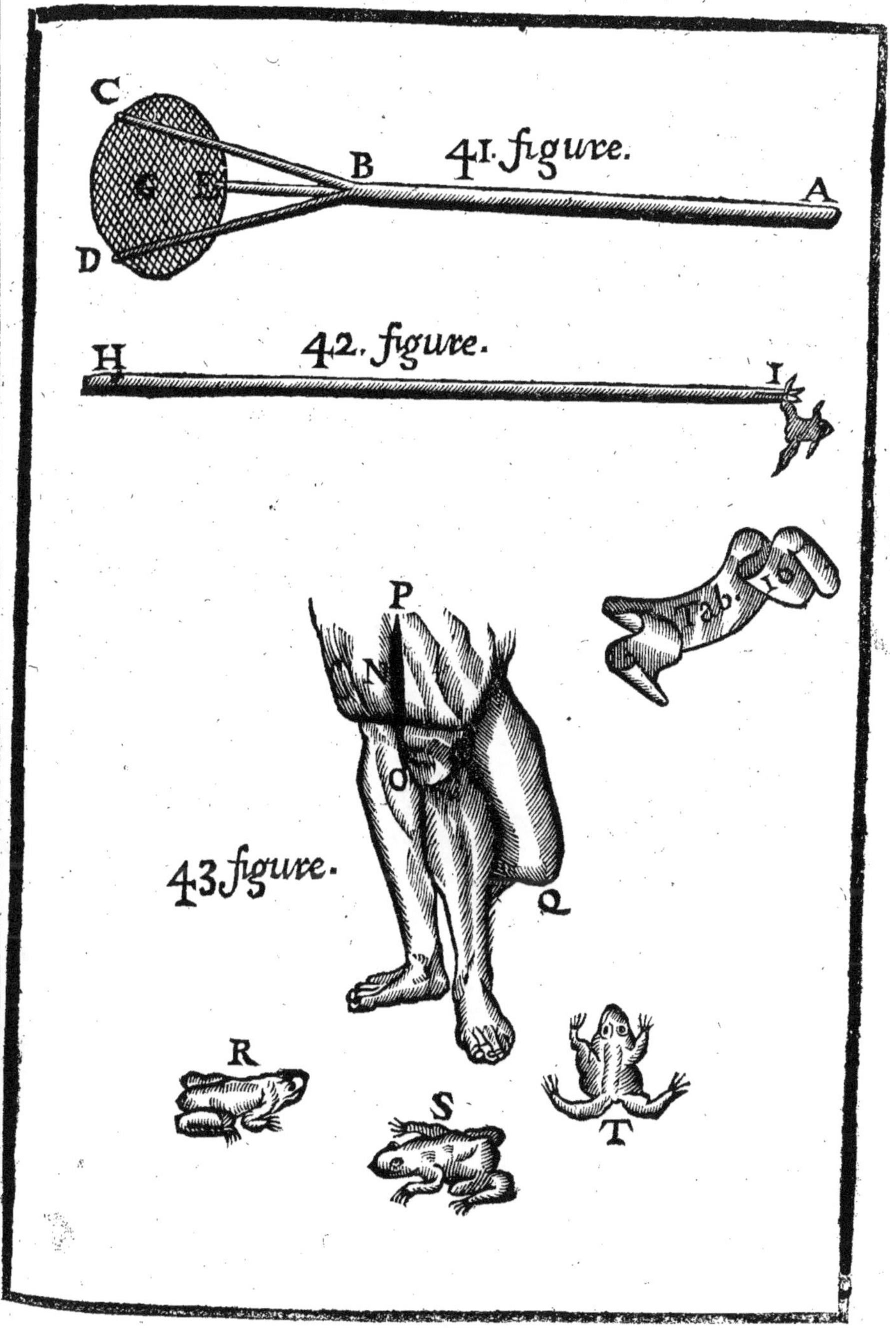
C
B
41. figure.
A
D
H
42. figure.
I
Tab. 10
P
N
O
43 figure.
Q
R
S
T

TRAITÉ
TRES-UTILE
DE LA CHASSE

Pour facilement prendre toute sorte de Gibier pour
les quatre saisons de l'année.

Les saisons où l'on peut Chasser à toutes sortes de gibier, quelles es-
peces d'oyseaux s'y trouvent, en quel temps & heure du jour il
y fait bon Chasser, & en quelle terre on les trouve.

'ANNÉE estant composée de quatre saisons, nous
commencerons par le Printemps, durant lequel temps
la saison est morte pour la Chasse, dautant que les oyseaux se retirent tous pour faire leurs petits; durant ce
temps, l'on ne trouve rien aux rivieres, le gibier est caché dans
les grands marais & étangs, se tenant dans les herbes.

Vous trouverez depuis les quatre heures du matin jusqu'à neuf
heures, la tourterelle, & le ramier qui chantent sur la branche,
à quoy vous pouvez tirer. Cette heure passée, ils vont prendre
une gorgée d'eau, & se retirent sur les arbres jusqu'à trois heures
aprés midy, qu'ils vont paître dans les semailles jusqu'à cinq ou
six heures, & de là vont chanter une heure sur les branches seiches des arbres les plus prochains de quelque rivage, où ils se
perchent jusqu'à l'Aube du jour.

Vous pouvez aussi à l'Aube du jour, aller au bois, ou garenne
jusqu'à dix heures, où vous verrés le lievre & le lapin venant au
bord du taillis ou bois, qui a mangé toute la nuit & se retire
dans le fort; vous pouvez aussi y aller à Soleil couchant, & vous
remettre à l'afut à vingt pas du bois, & vous les verrez sortir
pour paître en quelque pré, ou avoine qui commence à croître

*

Vous avez auſſi en cette ſaiſon le chevreüil, & la bête fauve, qui commencent à manger le bourgeon, leſquels vous pouvés tirer dans les jeunes taillis, le matin & le ſoir; au haut du jour le tout ſe retire aux forts des Forêts.

L'ESTÉ.

Dans la ſaiſon de l'Eſté, vous n'avez que les ſuſdites Chaſſes, les oyſeaux ſont alors empêchez à leurs petits, & cachés aux lieux les plus inacceſſibles, mêmes les grains ſont élevés ſur la terre, tellement qu'on ne chaſſe ny à lievres ny à perdrix, il vous reſte hors la Chaſſe ſuſdite, la Chaſſe de la caille avec le chien couchant & la tiraſſe, le long des prez; il y fait bon à la plus grande chaleur du jour, dautant quelles attendent mieux.

L'AUTONNE.

L'Automne eſt la plus belle ſaiſon de l'année pour la Chaſſe, car les Oyſeaux ont fait leurs petits, & ſortent des lieux forts, ſe perdant par les marais & étangs avec leur volée de l'année; les jeunes n'ont point encore eſté battus, ny du fuſil, ny des tendeurs, tellement qu'encore qu'en cette ſaiſon il n'y en ait pas ſi grande quantité qu'au fort de l'hyver, où ils viennent icy des regions les plus froides, ce qu'il y a n'eſt point battu, & la ſaiſon douce qui ſe fait ſentir aux champs, rend la Chaſſe auſſi plaiſante que pendant le froid, bien qu'on ne puiſſe pas tant abatre de gibier, mais c'eſt avec moins de peine & en ſaiſon plus agreable.

Au mois d'Aouſt vous trouverés la tourte & le ramier aux grains coupez, qui mangent le grain, ſe perchent ſoir & matin, & ſont déja en troupes.

Vous trouverez auſſi les perdreaux, leſquels vous ne pourrés tirer au fuſil, pour eſtre dans les chaumes ou auprés, le long de quelque ruiſſeau, à la plus grande chaleur du jour; il faut donc les avoir avec la tiraſſe, le chien couchant, ou l'oyſeau.

En la même ſaiſon vous irez aux plus grands étangs ou marais, ſans y trouver un ſeul oyſeau, à moins que vous n'y alliez à quatre heures du matin preciſement, ou plutoſt encores; car alors vous verrés partir des joncs & herbes, tout le gibier du Marais ou étang, qui ſe jettera en quelque chaume ou bled Sarraſin à la mangeaille; là vous irez faire vôtre Chasse jusqu'à neuf heures qu'ils retourneront à l'eau, & se mettront au rivage à grenoüiller jusqu'à midy, puis se retirent au fort de l'étang ou marais jusqu'à quatre heures aprés midy, d'où ils repartent tous d'une volée pour aller aux grains, comme il a esté dit, jusqu'à nuit close : comme ils sont en trouppe jeunes & point battus, l'on fait de beaux coups dans les grains où ils paissent tous en un monceau.

Vous avés aussi le heron au soir & au matin le long des rivages.

Vous avez la bête fauve, comme le cerf qui est en venaison qui vient aux grains, il sort des taillis au coucher du Soleil, il fait bon le guetter dans quelque jeune taillis à vingt pas du fort où il est, se mettant à vauvent, de peur qu'il ne vous sente.

Vous pouvés Chasser la bête noire avec un abbayement, vous la trouverez au haut du jour en quelque fort hallier, où il y a des sources ou des fontaines, dans lesquelles elle se plaist, quand les grains & les raisins sont bons, vous ferez des loges dans la vigne ou bled où elle vient paître, & vous ne manquerez de tirer à demie heure du Soleil couchant.

A la fin de cette même saison comme l'on fait les semailles, vous avez la grüe & l'oye sauvage qui viennent, il fait bon les tirer alors, car elles n'ont point encore esté effarouchées, elles descendent aux grandes plaines découvertes, où il y a quelques grands Marais ou étangs pour se retirer la nuit, elles vont à grandes troupes partant de leur couchée dés l'aube du jour, ils vont aux semailles dans les plus grandes campagnes, & paissent à la veuë des laboureurs ; tellement que pour y tirer il est malaisé d'en approcher, si vous ne prenez une charüe qui est le plus seur, ou bien une charette, derriere laquelle il faut se mettre, & feindre passer chemin; vous ferés mener ladite charüe, ou charette au laboureur ou chartier, parlant tout haut, passant auprés vous y tirerez de bien prés ; vous n'en approcherez jamais sans cela, & encore aurez-vous grand peine d'en venir à bout.

Elles mangent jusqu'à midy, & à midy elles s'en vont boire

*ij

aux marais & étangs, n'en bougent jusqu'à trois heures qu'elles partent, & vont à la mangeaille aux plaines, il y faut aller au matin & au soir pour y tirer, car avant jour vous ne trouveriés rien à la plaine, elles sont au milieu des eaux d'où vous ne sçauriés approcher. Le soir sur le tard elles se retirent à leur couchée, les oyes aux grands étangs se mettent au lieu le plus mal-aisé à approcher, & la gruë au milieu des marais.

Vous avez aux étangs quantité de poules d'eau, beccassines & autres sortes de menus oyseaux que vous tirerez le long du rivage où ils se trouvent.

L'oûtarde est en cette saison, mais en peu de lieux en France, elles se tiennent ordinairement aux grandes plaines & qui sont pierreuses.

Vous pouvez tirer à l'oye sauvage aux grands étangs en cette maniere : il faut prendre une nacelle, l'armer de joncs d'un bord à l'autre, la mettre au lieu de l'étang où les oyes viennent boire au haut du jour, la laisser là trois ou quatre jours jusqu'à ce qu'elles l'ayent accoûtumée & ne s'en effrayent point, puis lorsqu'elles seront allées paître, vous mettrés dedans trois ou quatre chasseurs, lesquels tireront tous ensembles ; quand elles reviendront auprés de la nacelle, ce qu'elles ne manqueront pas de faire jusqu'à ce qu'elles ayent esté battuës, & vous ferez un beau coup.

La même ruse sert aussi à les tirer la nuit quand il fait clair de L'une, si vous voulez aussi avoir du plaisir, mais ne le faites qu'un coup le soir, il se faudra cacher derriere un saule, ou butte en l'endroit de l'étang, par lequel elles reviennent troupe à troupe, & venant bas comme elles font, vous tirerez en volant plusieurs coups, mais elles ne reviendront plus à l'étang.

DE L'HIVER.

Il nous reste à parler de la derniere saison de l'année, qui est l'Hyver, en laquelle abonde le gibier, les oyseaux passagers sont venus des regions froides, les marais sont pleins, les eaux & rivieres débordent le plus souvent.

Quand le temps ne sera point à la gelée, vous trouverez le gibier aux grands marais & étangs, quand le temps est à la gelée il quitte lesdits lieux, & vous le trouverez aux grandes rivieres,

ruiſſeaux ou fontaines, & aux étangs gelés, où il y a des ſources & des fontaines, il ſera là comme l'un ſur l'autre.

Quand il gele fort aux grandes rivieres, il s'y fait grande tuërie
d'oyſeaux, ſi l'on ſe met dans une nacelle habillé d'une robbe
de païſan : vous tirerez tout le jour ; à toutes les heures, la Chaſſe eſt bonne & la plus aiſée, d'autant qu'aux marais ou étangs
gelez la glace ne porte point, & aux eaux débordées il y a des
ſources où l'on enfonce; s'il commence à dégeler, vous retournerez
aux étangs & marais, car alors les oyſeaux quittent la riviere.

Vous trouverez aux pays où il y a beaucoup de poiriers, grande
quantité de biſets & ramiers, il y fait bon à toutes les heures
du jour.

Vous trouverez les pluviers & les ſarcelles aux pays où il a plu
lorſqu'il dégele.

Quand il a neigé vous trouverez toute ſorte de gibier ſur la
grandre riviere, ou ſur la terre prés de là.

Vous pouvez tirer ſur la neige aux perdrix que vous voyez de
loin, tournoyez-les & tirez en les tournoyant.

La nuit quand les ramiers ſont perchez, vous y pouvés aller
au charivari, & les tirer avec fuſil.

Le temps étant à la pluye il ne fait pas beau chaſſer, car outre
l'incommodité le gibier eſt tout épars, & occupé à manger le
ver qui ſort de terre quand il pleut.

Voila les lieux auſquels l'on trouve le gibier & le temps d'y Chaſſer, nous décrirons à cette heure bien amplement la maniere
de charger l'arquebuſe ou fuſil pour tirer à toutes ſortes d'oyſeaux, ou animaux, & le moyen auſſi de les approcher.

Il faut que l'arquebuſe de laquelle vous voulés chaſſer, ayant
un cheval, ſoit ſeulement de trois pieds & demi de longueur.

Si vous tirez ſans cheval, il ſuffira qu'elle ſoit de quatre pieds
de Roy.

Vous prendrez garde à ne tirer que d'une même ſorte de poudre ; vous la ferés faire l'eſté, & la conſerverez en vaiſſeau de
cuivre, qui la tienne ſeiche, vous uſerez de trois ſortes de dragées
pour tirer à tous animaux, ſçavoir de celle qui entre trois à trois de
calibre à vôtre canon, de celle qui entre cinq à cinq qui eſt fort

menuë, que vous mélerez parmy de la larme, tant d'un que
d'autre, le nombre fera écrit plus amplement cy-après fur cha-
qu'une, & en quelle forme il les faudra mettre.

Vous tirerez de la dragée qui entre trois à trois aux oyes, de
celle qui entre quatre à quatre aux canards, & de la plus menüe
mélée avec la larme aux farcelles, pluviers, ramiers, ramerets, bi-
fets, & autres menus oyfeaux. Pour les grües, ouftardes, cignes,
vous aurez une charge à part, que nous décrirons tantoft. Si vous
avez un cheval, la larme mélée eft le meilleur pour tirer quand
vous pouvez approcher, mais fi vous n'avez point de cheval, il n'eft
pas fi bon, car il faut tirer de plus loin.

Vous porterez l'arquebufe chargée de poudre, & vous ne mettrés la dragée que vous ne voïés le gibier auquel vous voulés tirer,
car s'il eft amoncelé enfemble, vous chargerés à un lit, s'il eft
pofé en une longue file, comme le plus fouvent on les trouve,
vous chargerés à deux lits, car cette charge fait une traînée longue
& étroite, fi vous tirés à trois ou quatre canards à un lit, fi vous
tirez à trouppes fur branche à un lit, fi le nombre paffe, chargez à
deux lits, & prenés toûjours le rang en long, car fi vous tirés de
travers vous n'en tuërez gueres.

Pour tirer à lievres, conils, renards, vous uferez de la dragée
qui entre trois à trois.

Pour tirer aux bêtes fauves vous chargerez de deux balles
juftes, il faut avoir deux balles avec un fil d'archal de quatre
doigts de long qui joint les deux balles, cela fait une grande ouverture, mais il faut tirer de prés, cela s'appelle une balle ra-
mée, fi vous avez chargé pour lievre, & que vous rencontriez
un chevreüil vous ne laifferez pas de le tirer de ladite charge,
car vous le tirerez de dragée.

Vous bourrerez ordinairement la bourre, mais quand vous vien-
dres tirer aux oyes, grües, ou cignes, au lieu du tapon de bourre que vous mettés après la poudre, mettés-y un tapon fait en
la maniere fuivante, car il porte beaucoup plus loin que la bourre.

Prenez une cuillere & mettez dedans les trois parts de fuif,
& une part de cire, faites-les fondre, & trempés dedans une

piece de vieux drapeau que vous en retirerez auſſi-toſt, il vien-
roide comme toille cirée ; coupés-le par petits morceaux, comme il faut pour un tapon pour mettre au lieu de bourre aprés la
poudre, car aprés la dragée il ne faut mettre que le tapon ordinaire de bourre ; l'arquebuſe ſera un peu plus rude, car cela
retient la force de la poudre, & la rend plus violente, mais on
en va bien plus loin, & ſi en des piſtolets on y met un ſemblable tapon, il n'y a corps de cuiraſſe que vous ne perciez.

Pour tirer aux canards & à tous moindres oyſeaux, vous mettrés le poids de quatre dragées, de celle qui entre trois à trois,
que la poudre n'excede pas ce poids de toutes les quatre dragée, mais que le plomb l'emporte plûtoſt un peu à la balance.

Si vous tirés aux canards quand il ne gele pas, parce qu'ils
n'attendent point de ſi prés que quand il fait froid, & qu'il faut
tirer de plus loin, mettez vingt-ſept dragées de celle du calibre
de trois, quinze aprés la poudre & bourrés deſſus, & puis douze
& un peu de bourré deſſus pour le retenir; s'il gele, ils attendent
de plus prés.

Sur même charge de poudre mettés quarante trois de celle qui
entre quatre à quatre, qui peut eſtre la peſanteur de deux balles, ſçavoir, vingt-quatre au premier lit, & le ſurplus en l'autre couche.

Si vous tirez aux biſets ſur branches de même charge de poudre, mettés des larmes en un lit le poids de trois balles, mais
non pas tout-à-fait, pour cela vous ferez faire une charge de fer
blanc qui tiendra juſte le nombre qu'il en faut, afin que vous
n'ayez pas la peine de compter.

Si vous tirez à terre ou ſur l'eau aux ſarcelles, aux pluviers
dans les prez, ou aux biſets & ramiers, vous chargerés de larmes & menuë dragée le poids de deux balles, & aurés de me-
ſures de fer-blanc, contenant le tout.

Pour tirer à l'oye, vous mettrés de poudre le poids d'une dragée de trois, plus qu'à tirer aux canards, & vous ferés vôtre tapon
aprés la poudre du drapeau cy-devant declaré, vous ferez un
fer qui coupera dans feutre de petits ronds du calibre de vôtre
canon, puis aprés les tapons vous mettrés dans un linge trois

dragées de celles du calibre de trois , & ferés une plate forme
du lit de feutre, puis trois dragées deffus, continuant ainfi jufqu'au nombre de dix-huit entre chacune trois une plate forme,
puis les coulant à fonds toutes enfembles bourrez deffus , mettés-y après cinq poftes d'un coup , de la groffeur d'un pois , &
bourrés deffus de cette charge , vous ferez un coup de loin.

Pour la gruë, l'oye, & ouftarde, vous mettrés même charge
de poudre & de la dragée qui entre deux à deux, vous en mettrés
huit pour fix, bourré entre les deux couches, & trois poftes pardeffus , aux bêtes groffes la charge de poudre ordinaire & deux
balles.

Vous pouvés avoir une arquebufe particuliere pour les oyes &
gruës, parce qu'elles n'attendent pas de fi prés qu'un canon de qua-
re piéds puiffe porter jufqu'à elles, & d'une portante une once de
balles , vous en ferez quatre meurtres avec les charge fufdites.

Il faut noter qu'en Efté les oyfeaux vont feuls ou deux enfemble pour le plus, que la poudre eft plus feiche, & confequam-
ment plus forte qu'en Hyver, il n'en faut donc pas tant mettre
que nous avons dit , vous mettrés auffi un peu moins de cette
menuë dragée, il faut recharger foudain après avoir tiré, parce
que fi on eft long-temps à recharger de poudre & bourre ; le
canon fe rend humide & retient, de forte que la poudre ne
pouvant couler s'attache de côté & d'autre à cette humi-
dité , qui fait qu'elle chifle & eft lente à prendre feu , mais
chargeant foudain , le canon étant encore chaud, elle coule feiche au fond , & en fait meilleur coup.

Quand vous tirés à quoique ce foit , ne defcendés pas de cheval à la veüe du gibier , s'il eft poffible alles derriere quelque
haye, buiffon , ou arbre , où vous laifferés ceux qui vous fuivent,
car rien ne fâche tant un bêtail quand il voit un tireur, que de
voir auffi des gens qui font arreftés, cela le met en foupçon &
le fait partir; quand vous voudrés tirer à quoy que ce foit ga-
gnés le vent & n'allés droit à la chaffe , mais comme fi vous vou-
liés paffer à trois cent pas aux côtez & lors que vous ferez vis-à-vis
le lieu où eft le gibier paffés outre , car quand vous l'aurez paffé
il ne fe défie plus, lors en tournant de loin commencés à le ra-
procher

procher en tournoyant , & comme vous ferez quafi à portée
ayant le chien baiffé, allés droit choifir le rang ou le monceau
plus ferré, & quoy qu'il commence à partir il n'y a point de
danger de tirer comme il fe leve , fur tout fi ce font oyes , ou
gruës, ou autres menus gibiers en grande troupe.

Si vous tirez aux Vanneaux & en tués quelqu'un , ayez deux
arquebufes chargées, car quand ils en-voyent quelqu'un de mort,
tous retournent fur luy vollant fur vôtre tête , & vous ferés un
plus beau coup en l'air que n'avés fait à terre.

Les mouiettes font de même nature.

Vous tirerez l'hyver le long des hayes aux gruës & merles avec
de la menüe dragée groffe comme une tefte dépingle , la moitié
de la charge de poudre que vous mettés pour les canards, ou fi
vous voulés une poignée de petits pois, cela eft bon à la neige
aux petits oyfeaux qui vont enfemble.

Vous pourrez tirer la nuit aux ramiers au feu quand il fait un
froid noir , vous les trouverez en un fort fur des petits arbres
perchez bas, il vous y faut aller avec des tabourins , des chau-
drons & des poîles faifant grand bruit , vous leur mettrés l'arquebufe contre le ventre demie charge de poudre & un peu de
larmes, on peut fe fervir à cela de l'arbalête fi l'on veut.

En une garenne à l'obfcurité de la nuit, mettés une lanterne
dans un champ là auprés, vous verrés venir le connil autour fe
joüer croyant voir le Soleil, fi vous voulés y tirer, vous le pouvés faire aux canards pareillement la nuit dans une nacelle en
une riviere qui ne coule gueres ; porter au bout du bateau du
feu fait de fuif dans un demi pot de terre, à trois gros lumi-
gnons comme le doigt qui faffe un feu pâle, & un batelier qui
vous mene avec une pele derriere fans faire bruit, les canards
viennent à vous & femblent blancs, vous les tirerés ou couvrirés
d'un filet tramaillé au bout d'une grande perche.

Le gibier vient fi prés de vous, & femble de fi étrange couleur, qu'un homme qui ne le fçauroit, penferoit voir une for-
cellerie, joint que ce feu fait au plus noir de la nuit éclaire tout
un canton de pays comme l'aube du jour , & non feulement

une bête, mais un homme y feroit trompé.

Quand vous tirés aux oyes ou grües avec la charette, garnif-
fez le haut de paille, vous pouvez mettre trois ou quatre tireurs
derriere, car encore que tirans tous, l'un ne tire pas auffi-toft que
l'autre, que l'un donne à terre, l'autre comme elles fe levent, il
s'y fait de grands coups, & quand vous avez tiré prenés garde au
gibier qui s'écarte de la troupe, car il eft bleffé.

Il y a une autre maniere pour tirer au gros gibier, comme
l'oye & la grüe, aprés vôtre charge de poudre, & tapon de
drapeau, vous mettrés une charge faite en cette maniere.

Faites faire un bâton de calibre jufte à vôtre arquebufe à la
façon d'un moule à fufée percé, puis vous aurés un bâton qui
entre dedans le trou, ce bâton fera long de deux doigts, comme nous le dépeindrons cy-aprés.

Vous le boucherez par un bout de papier trempé en cire fon-
düe, afin que ce que vous verferez dedans coule, puis par l'autre bout mettant ce moule fur une table, vous mettrés quinze
dragées de celles de calibre de trois dans ledit moule, & les
ayant laiffé couler au fond, vous ferés fondre dans une cuilliere
trois part de fuif, & une part de cire jaune, & le verferés dans
ledit moule, & il s'en fera comme une chandelle, car cela lie
les dragées.

Quand il fera froid ayés un bâton jufte au calibre du moule,
faites fortir le tapon qui femble un morceau de cire, & le mettés dans un tuyau de fer-blanc pour en garder cinq ou fix char-
ges, car cela fe brife fi vous le portés dans une gibeciere, aprés
la poudre mettés ladite charge, puis bourrés & mettez encore
cinq poftes pardeffus, cette charge va fort loin enfemble.

Si vous pouvés recouvrer un Duc pofés-le fur une perche prés
quelques grands arbres feul, qui foit proche d'une tour murail-
lée ou fenêtre, & vous verrés lefdits arbres couvers d'oyfeaux,
aufquels vous pourrés tirer depuis le matin jufqu'au foir, chaffe
plaifante pour tirer fans partir d'un logis.

S'il n'y a point de maifon, faites une loge fous ledit arbre avec
des genefts ou autres branchages épais & touffus.

Faites noircir au feu le canon duquel vous voulés tirer au gibier, car la clarté luy fait peur, & n'allés pas auſſi habillé de noir, c'eſt la couleur qu'ils attendent le moins, mais de gris cendré ou de brun en forme de couleur de payſan, à quoy ils ſont accoûtumés tous les jours.

Il y a auſſi de la poudre qui ſe fait en Guienne, à Grenade, au Mas de Verdun, Daſir, & à Cabarles.

Elle eſt beaucoup plus violente que celle de tous les autres lieux de France, quand vous tirerés de celle-là vous diminüerés la charge à proportion. Voila les ſingularités les plus remarquables, deſquelles on ſe peut aider pour la Chaſſe.

Pour attirer les Loups & les Renards, & les faire aller ou l'on voudra.

Il faut prendre une livre du plus vieil oingt que l'on pourra trouver, & le faire fondre avec demie livre de galbanum, & quand cela ſera fondu, il y faudra mettre une livre de hannetons pilez, & faire cuire le tout à petit feu durant quatre ou cinq heures; cela eſtant fait, il faudra paſſer ladite mixtion eſtant chaude par quelque gros linge neuf & fort, & la preſſer juſqu'à ce qu'il ne demeure audit linge, que les pieds & les aîles deſdits hannetons, puis mettés vôtre onguent en quelque bouteille de terre & le gardés, car plus il eſt vieil & mieux il vaut.

L'VSAGE.

Vous aurez une paire de ſouliers qui ne ſerviront qu'à cela, & vous ferés un lieu d'afut dans le bois pour vous cacher, & y attendre les Loups & les Renards qui vous y viendront trouver, où vous les pourrés tirer à vôtre aiſe de ſi prés que vous voudrés.

Ayant fait vôtre afut, ou choiſi un lieu propre dans le bois, vous froterez la ſemelle de vos ſouliers avec cet onguent, & vous irez promener par le bois, vous verrés le lieu ou endroit où ſe retirent leſdits animaux, vous vous en reviendrez à vôtre afut, car ils ne manqueront pas de vous venir chercher à vôtre piſte.

Pour empêcher la roüille de toute forte de fer & acier.

Il faut de la graiffe d'un chat mâle non falé, & la graiffe d'une angüille, les faire fondre enfemble & y mettre autant pefant de blanc de plomb, brûlez le tout enfemble jufqu'à ce qu'il foit affés épais, & en frottés les armes avec un bâton.

FIN

4. 1. Sup.

miscell. pag. 70.

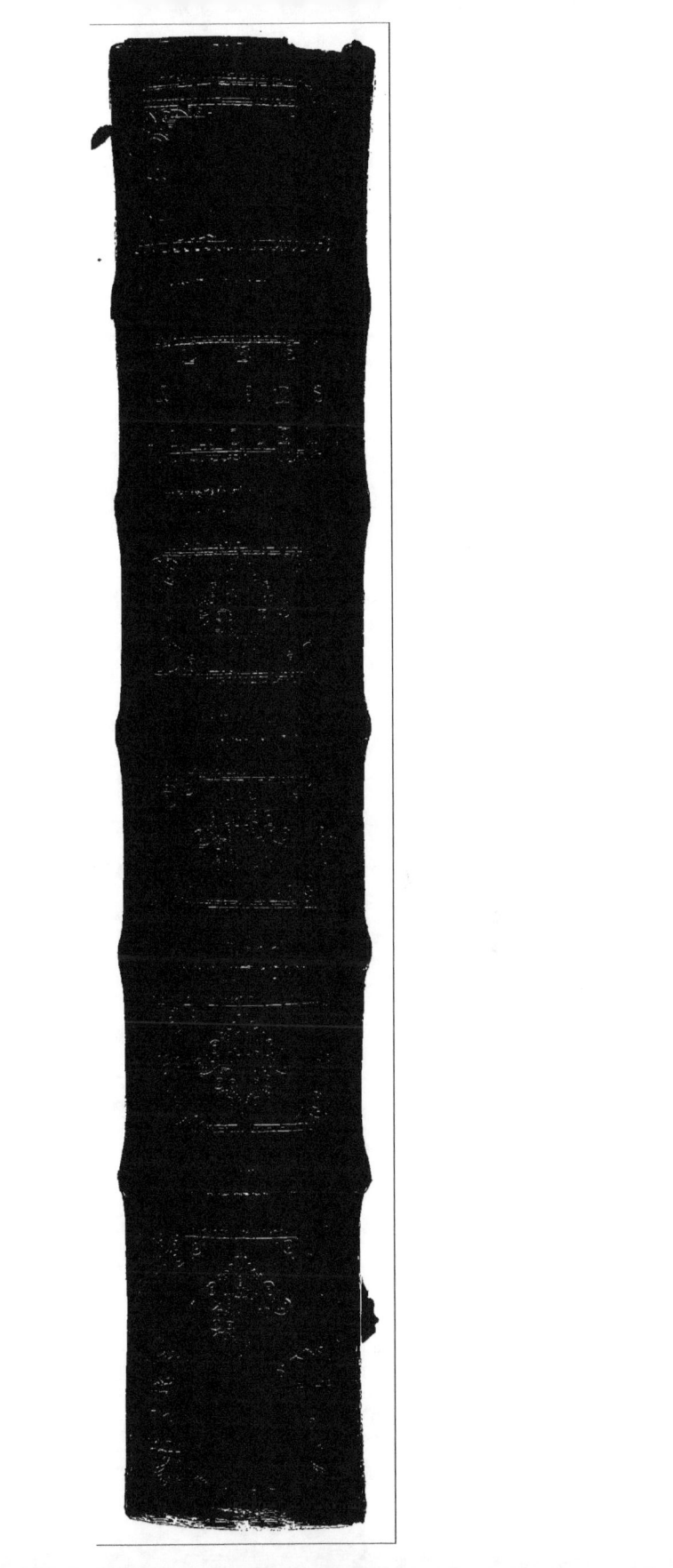

www.ingramcontent.com/pod-product-compliance
Lightning Source LLC
Chambersburg PA
CBHW061037030726
47504CB00002B/407